Teufelskerl
Dair

# LUCINDA BRANT BÜCHER

*— Die Roxtons – die frühen Jahre —*
DER EDLE SATYR
SEINE HERZOGIN
IHR HERZOG
IHRE GNADEN


*— Roxton-Familiensaga —*
HEIRAT UM MITTERNACHT
HERZOGIN DES HERBSTES
TEUFELSKERL DAIR
DIE STOLZE MARY
DER SOHN DES SATYRS
IN LIEBE
HERZLICHST


*— Salt Hendon-Serie —*
DIE BRAUT VON SALT HENDON
RÜCKKEHR NACH SALT HENDON


*— Alec-Halsey-Krimis —*
TÖDLICHE VERLOBUNG
TÖDLICHE AFFÄRE
TÖDLICHE GEFAHR
TÖDLICHE VERWANDTSCHAFT

# ÜBER DIE AUTORIN

Wenn ich nicht in meiner Sänfte durch das London des 18. Jahrhunderts schaukele oder mit parfümierten Hofleuten mit Schönheitspflästerchen in den vergoldeten Salons von Versailles den neuesten Klatsch austausche, schreibe ich preisgekrönte historische Liebesgeschichten und Krimis (die auch ihre Liebesgeschichten enthalten) aus der georgianischen Zeit. Meine Bücher spielen im georgianischen England des 18. Jahrhunderts, mit gelegentlichen Ausflügen auf den europäischen Kontinent. Ich lege die Zügel bei der französischen Revolution, wo ich ein früheres Leben wegen meines unverzeihlichen hedonistischen Lebensstil als faule Aristokratin beendet habe, nieder.

| | | |
|---|---|---|
| lucindabrant@gmail.com | \| | lucindabrant.com |
| pinterest.com/lucindabrant | \| | twitter.com/lucindabrant |
| facebook.com/lucindabrantbooks | \| | youtube.com/lucindabrantauthor |

ÜBER DIE ÜBERSETZERIN

SUSANNE DÖRING

BÜCHER WAREN IMMER mein größtes Vergnügen; indem ich sie übersetze, kann ich sie auch mit denen teilen, die lieber auf Deutsch lesen. Ihre Meinung ist mir wichtig, Sie erreichen mich unter:

werrakind@gmail.com

# Teufelskerl Dair

Ein Liebesroman aus dem 18. Jahrhundert

Buch 3 der Reihe über die Geschichte der Familie Roxton

# Lucinda Brant

Übersetzt von Susanne Döring

Ein Sprigleaf-Buch
Veröffentlicht von Sprigleaf Pty Ltd

*Teufelskerl Dair*. Ein Liebesroman aus dem 18. Jahrhundert.
Copyright © 2020 Lucinda Brant.
www.lucindabrant.com
Deutsche Übersetzung: Susanne Döring.
Redaktion & Korrektur: Stef Mills.
Titelmodelle: Jam Murphy & Guy Macchia.
Photographie, Kunst und Design: Sprigleaf & GM Studios.
Modeschmuck: Kimberly Walters, Sign of The Gray Horse
Reproduction und historisch inspirierter Schmuck.

*Rorys Ananas* Fleuron-Muster von Sprigleaf.
Die Silhouette eines georgianischen Paares ist ein Markenzeichen von Lucinda Brant.
Sprigleaf Triple-Leaf Design ist ein Markenzeichen von Sprigleaf Pty Ltd.



Gesetzt in Adobe Garamond Pro.

Auch als E-book, Hörbuch und in anderen Sprachen.

ISBN 978-1-925614-69-5

10 9 8 7 6 5 4 3 2 1   Broschierte Ausgabe   (s.iii) I

*für meine Tochter*

*Cinda Ann*

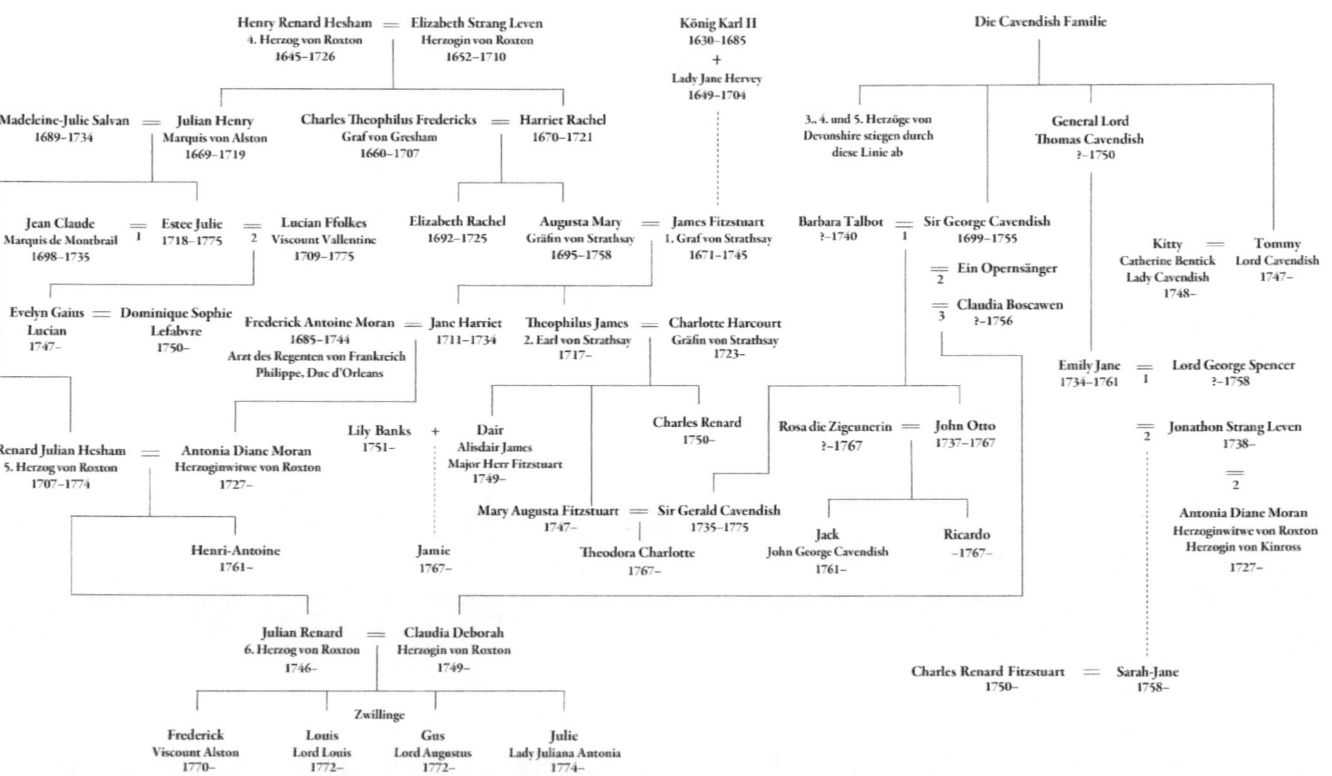

Die Cavendish Familie

Henry Renard Hesham
4. Herzog von Roxton
1645–1726

Elizabeth Strang Leven
Herzogin von Roxton
1652–1710

König Karl II
1630–1685
+
Lady Jane Hervey
1649–1704

3., 4. und 5. Herzöge von
Devonshire stiegen durch
diese Linie ab

General Lord
Thomas Cavendish
?–1750

Madeleine-Julie Salvan
1689–1734

Julian Henry
Marquis von Alston
1669–1719

Charles Theophilus Fredericks
Graf von Gresham
1660–1707

Harriet Rachel
1670–1721

Jean Claude
Marquis de Montbrail
1698–1735

1

Estee Julie
1718–1775

2

Lucian Ffolkes
Viscount Vallentine
1709–1775

Elizabeth Rachel
1692–1725

Augusta Mary
Gräfin von Strathsay
1695–1758

James Fitzstuart
1. Graf von Strathsay
1671–1745

Barbara Talbot
?–1740

1

Sir George Cavendish
1699–1755

2 Ein Opernsänger

3 Claudia Boscawen
?–1756

Kitty
Catherine Bentick
Lady Cavendish
1748–

Tommy
Lord Cavendish
1747–

Evelyn Gaius
Lucian
1747–

Dominique Sophie
Lefabvre
1750–

Frederick Antoine Moran
1685–1744
Arzt des Regenten von Frankreich
Philippe, Duc d'Orleans

Jane Harriet
1711–1734

Theophilus James
2. Earl von Strathsay
1717–

Charlotte Harcourt
Gräfin von Strathsay
1723–

Emily Jane
1734–1761

1 Lord George Spencer
?–1758

2 Jonathon Strang Leven
1738–

Lily Banks
1751–

+

Dair
Alisdair James
Major Herr Fitzstuart
1749–

Charles Renard
1750–

Rosa die Zigeunerin
?–1767

John Otto
1737–1767

2

Renard Julian Hesham
5. Herzog von Roxton
1707–1774

Antonia Diane Moran
Herzoginwitwe von Roxton
1727–

Mary Augusta Fitzstuart
1747–

Sir Gerald Cavendish
1735–1775

Jack
John George Cavendish
1761–

Ricardo
–1767–

Antonia Diane Moran
Herzoginwitwe von Roxton
Herzogin von Kinross
1727–

Henri-Antoine
1761–

Jamie
1767–

Theodora Charlotte
1767–

Julian Renard
6. Herzog von Roxton
1746–

Claudia Deborah
Herzogin von Roxton
1749–

Charles Renard Fitzstuart
1750–

Sarah-Jane
1758–

Zwillinge

Frederick
Viscount Alston
1770–

Louis
Lord Louis
1772–

Gus
Lord Augustus
1772–

Julie
Lady Juliana Antonia
1774–

# EINS

## CAVENDISH SQUARE, LONDON. ERSTE
## MAIWOCHE 1777

ALISDAIR ‚DAIR‘ FITZSTUART ZOG DAS WEISSE LEINENHEMD ÜBER seine eckigen Schultern, knüllte es zu einem Ball zusammen und warf es seinem Offiziersburschen zu. Bill Farrier fing dieses zerknitterte Objekt mit einer Hand auf und stopfte es in einen großen Segeltuchrucksack, oben auf die mitternachtsblaue Seidenweste seiner Lordschaft und den dazu passenden Gehrock. Die schwarzen Lederreitstiefel seines Herrn hatte er neben eine hohe Steinmauer gestellt, aus dem Weg der Passanten. Es war in Anbetracht von Ort und Stunde jedoch unwahrscheinlich, dass Fußgänger hier vorbeikämen.

Red Lyon Lane lag auf der Rückseite einer Reihe eleganter Stadthäuser, die nach vorn auf den Cavendish Square gingen. Sie wurde von Händlern und ähnlichen Leuten benutzt. Es war keine Adresse, die von Gentlemen frequentiert wurde, es sei denn, sie waren auf Unfug aus. Die drei betrunkenen Herren, die kräftige Schlucke aus einer Weinflasche nahmen, die zwischen ihnen herumgereicht wurde, führten definitiv nichts Gutes im Schilde. Bill Farrier wusste das genau. Der phlegmatische Ex-Soldat wusste auch, dass aus ihren Possen nichts Gutes entstehen würde.

Es war Abenddämmerung und Neumond. Es bedeutete, dass die Nacht so schwarz wie Pech sein würde. Das war auch recht gut so, dachte der Bursche. Sein Herr und dessen zwei Freunde würden die Chance haben, in die Nacht zu fliehen, ohne erwischt oder erkannt zu werden. Er hatte volles Vertrauen in Major Lord Fitzstuart. Nach fünf Jahren als Offiziersbursche seiner Lordschaft konnte Farrier den Mann einschätzen. Er würde ihm bis ans Ende der Welt folgen und über den Rand hinaus, wenn das nötig wäre.

Er hatte nicht das gleiche Vertrauen in die beiden zivilen Begleiter seines Herrn. Die beiden sahen aus, als würden sie unter Beschuss gerade so viel Mut aufbringen wie seine Lordschaft in seinem kleinen Finger hatte. Aber da sie seit seinen Tagen in Harrow die besten Freunde des Majors waren, war es nicht seine Aufgabe, Kommentare abzugeben, es sei denn, er wurde darum gebeten. Aber Farrier war nicht gefragt worden. Er schwieg und wartete geduldig darauf, dass seine Lordschaft sich des Rests seiner Kleidung entledigte: Strümpfe, Reithosen und Unterhosen. Dann gab er einem der Kerzenjungen einen Wink mit dem Finger, als ob die Beleuchtung mittels eines brennenden Kerzenhalters Licht auf die stattfindende Diskussion werfen oder zumindest dem mit bloßem Oberkörper dastehenden Major einen Funken Wärme verschafften könnte.

Dair spürte die kühle Frühlingsluft nicht, seine Zehen krümmten sich auf dem kalten Boden unter seinen bestrumpften Füßen, als er die drei verdeckten Knöpfe an seinen Knien öffnete und dann mit seiner Hosenklappe weitermachte. Er schaute auf, als er direkt angesprochen wurde.

„Halt mal!", forderte ein großer, weißblonder Gentleman, der bis auf die Hosen ausgezogen war. Er deutete mit dem Hals der Weinflasche in die Richtung seines Freundes. „Es war keine Rede davon, sich nackt auszuziehen wie ein Neugeborenes."

„Um als amerikanischer Indianer Romneys Atelier zu überfallen, kannst du nicht wie ein Engländer gekleidet auftauchen", erklärte Cedric Pleasant geduldig, als spräche er zu einem kleinen Kind.

Dair ließ seine Reithose auf die Füße fallen, stieg heraus, zog seine Strümpfe aus, wickelte diese in seine Reithose und warf das Ganze Farrier zu.

„Lendenschurz, Mr. Farrier, wenn ich bitten darf."

„Also *trägst* du Unterhosen", stellte Lord Grasby zufrieden fest; er war der gutaussehende weißblonde Mann. „Das ist eine Wette, die ich gewinnen werde. Jetzt hat meine Wenigkeit eine Guinee gut!"

Cedric Pleasant steckte seine silberne Taschenuhr die tiefe Tasche seines Gehrocks.

„Wette? Über Dairs *Unterhosen?*"

„Ob er welche trägt oder nicht", sagte Lord Grasby. „Ich sagte, im Gegensatz zu dem, was andere glauben könnten, *weiß* ich, dass Alisdair Fitzstuart ein Gentleman ist."

„Ich danke dir, Grasby."

Lord Grasby salutierte Dair mit dem Hals der Weinflasche an seiner Schläfe.

„Wer zum Teufel würde dagegen wetten?", fragte sich Cedric Pleasant laut.

„Oder sich darüber Gedanken machen", fügte Dair schnaubend hinzu.

Lord Grasby nahm einen herzhaften Schluck Wein, und sagte dann: „Bruder Wiesel. Genau der! Wiesel sagte, ein Soldat — noch dazu ein Dragoner — hätte keinen Sinn für ein so unnützes Kleidungsstück wie Unterhosen, denn ein Soldat müsste seine Waffe jederzeit griffbereit haben." Er schnaubte. „Hast du das gehört, Cedric? Wiesel — Waffe griffbereit — jederzeit."

Cedric grunzte zur Bestätigung und griff nach der Flasche, die Lord Grasby herumschwang und verfehlte sie.

Dair verdrehte die Augen zum dunkler werdenden Nachthimmel und winkte Farrier an seine Seite.

„Kutsche am Ende der Gasse?"

„Ja, M'lord."

„Und die Büttel sind bezahlt?"

„Damit sie so taub sind wie eine Nuss? Ja, M'lord. Von dem Haufen werden wir keinen Hilferuf hören."

„Gut. Sobald Lord Grasby und ich durch die Gartentür geschlüpft sind, nimmst du das Zeug mit und wir sehen uns an der Kutsche auf dem Platz wieder. Nicht vor Romneys Haus. Stelle sie auf die andere Straßenseite. Wir rennen dann hinüber." Er fing Ferriers skeptischen Blick in Richtung seines betrunkenen blonden Schulfreunds auf. „Keine Sorge. Wenn nötig, werfe ich ihn mir einfach über die Schulter.

„Sehr gut, M'lord." Farrier sagte nichts mehr dazu. „Lendenschurz?"

„Lendenschurz."

Lord Grasby stützte einen knochigen Ellbogen auf Cedric Pleasants Schulter, damit er einen Fuß heben und seinen Strumpf entfernen konnte, ohne flach auf sein Gesicht zu fallen. „He! Dair! Sag mir noch einmal: Warum ziehen wir uns in einer Gasse aus?"

Cedric Pleasant seufzte entnervt und wollte gerade antworten, als Dair geduldig sagte:

„Zwei Gründe: Wir wollen in das Atelier eines Malers einbrechen, um Cedrics nicht existentes Liebesleben anzufeuern. Zweitens: Du möchtest dein nichtsnutziges Wiesel von Schwager in Verlegenheit bringen; das waren deine Worte, nicht meine. Daher tun dir deine besten Freunde mit diesem Theaterstück den Gefallen."

Lord Grasby brauchte einen Moment, um den Plan mit seinem betrunkenen Gehirn zu erfassen.

„Gut. Freue mich, dir helfen zu können, Cedric. Hoffe, das Wiesel erstickt an einer Lammkeule! Iih", fügte er hinzu und verzog das Gesicht, als hätte er etwas unerwartet Bitteres geschmeckt. „Warum muss ich auch mit Wiesel Watkins als Schwager geschlagen sein? Der Mann ist ein — ein ..." Er durchsuchte seinen durch Alkohol beschränkten Wortschatz. „Wiesel."

Dair grinste. „Das ist die richtige Einstellung! Jetzt zieh dich aus."

Lord Grasby zog gehorsam seinen anderen Strumpf aus. „Ihr wisst, was ich an ihm mehr als alles andere verabscheue, mehr als sein scheinheiliges Gejammer, mehr als seine kleingeistige Selbstüberschätzung, mehr als die Art, wie er um meine Schwester herumtänzelt ..."

„Die Liste dürfte sicher lang genug sein ..."

„... nämlich, dass er die Bosheit besaß, die Meinung zu vertreten, dass Charles Fitzstuart einen besseren Earl von Strathsay abgeben würde als Dair. Er behauptete sogar, dass Dairs Verwandte das auch meinen würden! Verdammte Unverschämtheit!"

„Mein Bruder würde einen passenderen Earl abgeben", stimmte Dair zu und zog an der Kordel seiner Unterhosen. „Und ja, meine geschätzten Verwandten denken genauso." Er zuckte die Achseln. „Alles nichts Neues. Das Wiesel ist ein Stiefellecker, aber ich gebe zu, dass er das bisschen Gehirnmasse, das er zwischen seinen Segelohren hat, zu nutzen versteht."

„Hand drauf!", verkündete Lord Grasby und nahm einen weiteren Zug aus der Weinflasche. Er wischte sich den Mund am Rücken der Hand ab, die noch immer den ausgezogenen Strumpf hielt. „Ich mag deinen Bruder recht gern, Dair, aber Charlie ist nicht wie du. Oder, Cedric?"

„Auf keinen Fall!", stimmte Cedric Pleasant zu. „Charles ist ein Bücherwurm; das bist du nicht. Was weiß ein Bücherwurm außer dem, was auf dem Papier steht? Bücher, geschrieben von lauter toten Leuten. Ein grässlicher Haufen, diese Autoren."

„Man kann einen Bücherwurm nicht eine Grafschaft erben lassen", warf Lord Grasby ein. „Würde den Rest von uns aussehen lassen, als hätten wir nicht alle Tassen im Schrank. Es ist nichts Falsches daran, nur Muskeln und kein Gehirn zu haben, und das habe ich dem Wiesel gesagt. Wenn nicht ihr tapferen Burschen in Uniform wäret, würden schniefende Kerle wie das Wiesel ihre Tage zitternd vor Angst unter der Bettdecke verbringen! Und so habe ich es ihm auch gesagt."

Dair lachte laut auf. „Ich bin jetzt nicht in Uniform, Grasby. Aber danke für deine temperamentvolle Verteidigung; na ja, zumindest denke ich, dass es das war, was deine Rede darstellen sollte."

„Ich würde das, was Grasby sagt, mit etwas Vorsicht genießen", sagte Cedric Pleasant vertraulich. „Aus dem größten Teil seiner Worte spricht der Rotwein.“

Dairs dunkle Augen fingen Cedric Pleasants Blick auf.

„Aber Wiesel Watkins trinkt nicht ... Ich nehme es mir natürlich nicht zu Herzen, Cedric“, sagte er und zwang sich zu einem Grinsen, als sein Freund beklommen aussah. Er schlug ihm auf die Schulter. „Ich habe nicht nur kein Gehirn, sondern anscheinend auch kein Herz. Ha! Ich frage mich, welche inneren Organe Wiesel Watkins mir zu besitzen erlauben wird?“

„Kein Herz? Das wäre mir neu“, erwiderte Cedric Pleasant mit einem Lächeln und folgte Dairs nonchalanter Führung. „Vielleicht denkt er insgeheim, du wärest ein Automat? Du erwachst zum Leben, wenn der Schlüssel gedreht wird. Was meinst du dazu, Grasby? Geheimnis gelüftet! Der Major hat neun Jahre in der Armee überlebt, weil er nicht aus Fleisch und Blut, sondern aus Zahnrädern und Spulen besteht!“

„Ein Automat? Kein Hirn und kein Herz? Nun, das könnte erklären, warum er eine so widerliche Wette akzeptiert, für einen Schilling mit einem Krüppel zu schlafen“, erklärte Grasby und fuhr Dair in einem Moment der Klarheit an. „Hast du das? *Hast* du eine so verächtliche Herausforderung angenommen, Dair?“

Cedric Pleasant war verblüfft. „Zum Teufel würde er das! Wer sagt das?“

„Wiesel, wer sonst!“

Cedric sah Dair erstaunt an. „Unmöglich! Das kannst du nicht getan haben!“

Dair sah für einen Moment unbehaglich aus, verbarg dies aber schnell und sagte mit einem erzwungenen nonchalanten Lachen: „Wenn sie halbwegs hübsch und willig ist, warum nicht?“ Er blickte von einem finsteren Gesicht zum nächsten und verstand die plötzliche Spannung zwischen seinen beiden besten Freunden nicht. „Na und? Ich war betrunken. Es ist Jahre her.“ Und um sie zum Lachen zu bringen, fügte er mit einem verlegenen Grinsen hinzu: „Lahm bedeutet nicht, lahm im Denken zu sein. Da ich kein Hirn habe, würde sie herausfinden, dass ich ein Automat bin und meinen Schlüssel abziehen, bevor ich auch nur ihre üppigen Lippen küssen könnte!“

„Du würdest ihr nicht einmal dazu nahe genug gekommen! Darauf setze ich meinen Schilling!“, verkündete Lord Grasby.

Sie lachten und die Freundschaft war wiederhergestellt.

„Ist es nicht an der Zeit, dass du deine Reithose ausziehst, Grasby?“, wollte Cedric wissen und lenkte das Gespräch zurück auf die Gegenwart.

Lord Grasbys Schultern sanken herab.

„Ist es absolut notwendig, dass ich Hosen und Unterhosen ausziehe?"

„Ja", antwortete Dair mit einem Unterton von Entschuldigung. „Es ist entscheidend für den Erfolg unserer Mission."

„Und die Taschenuhr tickt auf halb eins zu ...", fügte Cedric Pleasant mit hochgezogenen Augenbrauen hinzu.

„Na gut. Na gut", brummte Lord Grasby, als er widerwillig an den großen Hornknöpfen seiner leinenen Hosen zog. Er konnte die Luftblase in seiner Kehle nicht unterdrücken, stieß einen lauten Rülpser aus und fühlte sich besser dadurch. Er lachte in sich hinein. „Scheint, ich hab' zu viel Roten getrunken. Drusilla — Silla — meine liebe Frau — wird mich nach meiner Rückkehr streng tadeln. *Harvel Grasby, du bist betrunken und wirst die Nacht in deinem eigenen Bett verbringen.*" Er sah auf, als er am vierten und letzten Knopf zog. „Ihr kennt meine Frau, nicht wahr, Dair? Cedric?"

„Ja", antwortete Dair und verdrehte die Augen zu Cedric, der grinste. „Wir waren beide bei deiner Hochzeit."

„Ah! *Stimmt* ja!", sagte Grasby. „Meine Schwester war es, die an meinem großen Tag fehlte. Bettlägerig. Fieber."

„Dair trug seine Uniform", fügte Cedric Pleasant hinzu. „Es war kurz bevor du hinübergeschickt wurdest, um dich um diese grässliche Angelegenheit in den Kolonien zu kümmern ..."

Dair verzog bei dem Wort *grässlich* das Gesicht, es hörte sich an, als wäre der Krieg in Amerika etwas ähnliches wie Zahnschmerzen. Wie er es immer gehalten hatte, äußerte er sich nicht über seine Zeit in der Armee, besonders nicht über seine Beteiligung an dem blutigen Kampf auf der anderen Seite des Atlantiks, zwischen den Loyalisten der Krone und den Unruhestiftern, die gegen ihren König die Waffen erhoben hatten. Er hatte in seinem Leben Entscheidungen getroffen, wegen denen er jetzt wünschte, dass er mehr darüber nachgedacht hätte, doch er bereute nichts und war philosophisch genug eingestellt, um zu hoffen, dass er auf dem ganzen Weg etwas gelernt hätte.

Er hatte seine Unterhosen ausgezogen, und als Bill Farrier ihm einen dünnen geflochtenen Ledergürtel reichte, schlang er ihn tief um die nackten schmalen Hüften, verknotete die Bänder und zog daran, um sicher zu sein, dass sie fest saßen. Dann verschob er den Knoten so, dass er direkt unter seiner rechten Hüfte zu liegen kam und die beiden rechteckigen Lappen aus weichem Kalbsleder, die an den Gürtel genäht waren, vorn und hinten hingen und ihm Schutz zwischen seinen Beinen gaben. Als er aufblickte, sah er Lord Grasby verwundert die Stirn runzeln.

„Das nennt man einen Lendenschurz. Farrier hat auch einen für dich.“

Lord Grasby starrte seinen besten Freund an, nackt, bis auf den Lederstreifen zwischen seinen muskulösen Schenkeln, und sein Selbstbewusstsein rutschte ihm in die Knie.

„Ist das alles, was amerikanische Indianer tragen?“

„Im Sommer — ja.“

Lord Grasby schnaubte panisch. „Du machst mir etwas vor!“

„Nein. Das hier, oder gar nichts“, antwortete Dair, der sich in seiner eigenen Haut wohl fühlte. „Suche es dir aus.“ Als Lord Grasby eine aufgeregte Bewegung mit seiner Hand machte, als wollte er eine Biene verscheuchen, tat Dair sein Bestes, ihn zu beruhigen und fügte hinzu: „Du wirst dich mehr wie ein Krieger fühlen, wenn die Kriegsbemalung erst angebracht ist. Jeder Mann kann sich hinter Kriegsbemalung verstecken. Jetzt beweg dich, Grasby, bevor die hübschen Püppchen in die Nacht davonflitzen.“

Lord Grasby gefiel die Idee, sich hinter Kriegsbemalung zu verstecken. Er zog seine Unterhosen aus, schnappte sich den Gürtel mit dem angehängten Lappen von dem geduldigen Farrier, der bereits einige Zeit an seiner Seite gestanden hatte, und warf ihn sich um die Taille. Da er sich seines Körpers sehr bewusst war, band er die Gürtelenden eilig zu und stieß einen Seufzer der Erleichterung aus, diese Aufgabe in Rekordzeit erledigt zu haben. Ohne dass er es bemerkt hatte, hingen die beiden Lappen allerdings nicht vorn und hinten, wie er dachte, sondern links und rechts, an seinen nackten Hüften.

Als Cedric Pleasant in Gelächter ausbrach, funkelte Grasby ihn mit in die Taille gestemmten Händen an und fragte, was los wäre. Cedric konnte vor Lachen nicht sprechen, daher wackelte er nur mit dem Finger in Richtung von Grasbys Lenden. Seine Lordschaft warf einen Blick nach unten, erschrak, und versuchte mit brandrotem Gesicht eiligst, die Angelegenheit in Ordnung zu bringen.

„Verdammt! Jetzt ist alles verwickelt!“

„Darf ich Euch behilflich sein, Mylord?“, fragte Farrier mit seinem ausdruckslosesten Gesicht.

„Ja. Ja. Na gut! Aber macht schnell!“

Grasby ließ sich die Dienste des Burschen, der den Sitz des Lendenschurzes richtete, mit erhobenem Gesicht und aller Würde eines Mannes, der in seinem Ankleidezimmer und nicht nackt in einer Gasse steht, gefallen.

„Wenn Ihr nur prüfen würdet, Mylord, ob der Knoten, den Ihr gebunden habt, noch fest sitzt, dann dürfte alles in Ordnung sein.“

„Könnt Ihr das nicht auch für mich tun?", verlangte Lord Grasby durch zusammengebissene Zähne zu wissen.

Als der Bursche schwieg und seinen linken Arm hochhielt, sah Grasby ihn schließlich an. Wo die Hand des Mannes hätte sein müssen, war nur Luft. Die Neugierde überwältigte ihn und er spähte in die Leere von Farriers Mantelärmel. Zur Antwort schob Farrier den Arm durch den Ärmel und heraus fuhr ein Stumpf. Er war mit einem kleinen, polierten Silberhaken verschlossen, die angepasste silberne Kappe wurde von einem Lederband gehalten, das um seinen Unterarm geschnallt war.

Grasby machte einen Satz.

„Für König und Vaterland, M'lord", war Farriers milde Antwort auf Lord Grasbys Reaktion auf seine amputierte Hand.

„Ihr habt mich halb zu Tode erschrocken! Verdammt!"

Der Bursche verneigte sich und bewegte seinen Arm mit einem Schwung, so dass der Stumpf wieder verborgen war, nur die Spitze seines Hakens war in seinem Mantelärmel zu sehen.

„Danke, Mr. Farrier", sagte Dair und löste seine nackten Schultern von der Steinmauer. „Ihr habt Euren Spaß für heute Abend gehabt; unserer soll erst noch beginnen. Zeit, Farbtopf und Asche zu holen."

Der Bursche verbeugte sich, zog sich zurück und hinterließ ein lastendes Schweigen.

„Neun Jahre in der Armee, und du kommst mit ein paar blauen Flecken heim, aber der arme Ferrier hat das verdammte Pech, eine Hand zu verlieren", sagte Cedric Pleasant in diese Stille hinein. „Trotzdem habt ihr beide es geschafft, den Kopf auf den Schultern zu behalten, und das ist die Hauptsache, nicht wahr?"

„Das hättest du mir vorher sagen können, verdammt!", warf Grasby Dair an den Kopf. „Ich werde wochenlang Albträume haben." Er schauderte vor Abscheu. „Verdammt unappetitlich ..."

Dairs Gesicht wurde angespannt. Er stand kurz davor, seinen Freund daran zu erinnern, dass es da draußen Tausende von Farriers gab, die Glieder verloren hatten, ganz zu schweigen von denen, die das höchste Opfer gebracht hatten, alles im Dienste für ihren König und ihr Land. All das nur, damit Gentlemen wie Grasby die Freiheit hatten, ihr tägliches Leben ungestört und unbehindert weiterzuführen. Stattdessen jedoch schluckte er die unausgesprochene Strafpredigt herunter, drehte sich um und nahm seinem Burschen den Farbtopf ab.

„Sieh zu und lerne, Grasby", sagte er und winkte seinen besten Freund näher heran.

Dair tauchte seinen Zeigefinger in den kleinen Tontopf mit weißer Farbe, spähte dann in einen Handspiegel, den sein Bursche in den sanften, gelben Schein der Kerze des Laternenjungen hielt und malte einen durchgehenden Strich von Wange zu Wange quer über seine schnabelartige Nase. Er fügte auf jeder Wange zwei Streifen hinzu, sowie einen weiteren von der Unterlippe bis in die Mitte seines kantigen, markanten Kinns. Zufrieden mit seiner Kriegsbemalung tauschte er den Farbtopf gegen ein mit Holzkohle bestäubtes Tuch. Damit rieb er über seine geschlossenen Augenlider, schwärzte die Haut unter seinen Augen und dehnte die Schwärze von seinen Schläfen bis zum Haaransatz aus. Dann trug er Ruß auf die Oberseite seiner kräftigen, runden Schultern auf. Als er wieder in den Spiegel sah, grinste er. Das Weiß seiner Augen wirkte jetzt grell und bedrohlich und die Farbe und der Ruß ließen seine Zähne irgendwie weißer und schärfer aussehen.

Dair wandte sich mit diesem makabren Grinsen seinen Freunden zu, die ihre Augen weit aufrissen und anerkennend über seine Verwandlung lächelten. Und als er den Kopf zurücklegte, sein schwarzes Haar nach hinten warf und den Mond anheulte, stimmte Grasby ein, angesteckt von der Begeisterung seines Freundes.

Nachdem beide Gentlemen ausreichend mit Kriegsbemalung geschmückt waren, bei Lord Grasby der Ruß nicht nur in seinem Gesicht verteilt, sondern auch über sein Haar gestäubt war, um es grau zu färben und seine Blondheit zu verbergen, warf Cedric Pleasant einen letzten Blick auf seine Freunde und erklärte, sie wären jetzt bereit, ihr Vorhaben auszuführen. Und während Farrier und der Laternenjunge die Sachen der Gentlemen einsammelten, ging Dair ein letztes Mal die Einzelheiten durch.

„Wenn Cedric droht, mich mit seinem Schwert zu durchbohren", schloss Dair, „ist das unser Signal, uns zum Teufel zu scheren und abzuhauen ..."

„... und dabei angemessen entsetzt auszusehen", fügte Cedric Pleasant hinzu.

„Wir werden vor Angst erstarren, alter Junge", bestätigte Grasby. „Völlig erstarrt höre ich auf, die Tanzmädchen zu verfolgen und renne hinter Dair her aus dem Haus. Wir rennen über den Platz zur Kutsche."

Dair lächelte. „Cedric tritt als Retter auf und die göttliche Consulata Baccelli hat nur Augen für ihren neu entdeckten Helden. Einfacher geht es nicht." Er streckte die Hand aus. „Gentlemen, das Abenteuer kann beginnen!"

Alle drei Männer reichten sich, ein mutwilliges Funkeln in den Augen, die Hand und wünschten einander viel Glück, bevor sie getrennte Wege gingen. Mr. Cedric Pleasant ging weiter die Gasse hinunter, beschwingten Schrittes und eine behandschuhte Hand am

Heft seines Schwertes. Major Lord Fitzstuart und Lord Grasby betraten heimlich durch das Hintertor den Garten von George Romneys Stadthaus.

Im selben Moment wurden Lady Grasby, Mr. William Watkins und Lord Grasbys Schwester Miss Talbot von Mr. Romneys Butler in dessen Stadthaus begrüßt.

# ZWEI

Mr. William Watkins bemerkte die späte Stunde im Licht einer Fackel, dann ließ er seinen gravierten Zeitmesser wieder an der silbernen Kette in die Tasche seiner Weste gleiten. Er blieb am Fuße von drei flachen Steinstufen stehen, um es seiner Schwester, Lady Grasby, und Miss Talbot zu ermöglichen, vor ihm Mr. George Romneys Heim zu betreten.

„Sag mir noch einmal, warum du darauf bestehst, dass wir dein unvollendetes Bild jetzt ansehen?", fragte er Lady Grasby mit resignierter Stimme und winkte einen Lakaien weg, der vorgetreten war, um ihm seinen Umhang abzunehmen, ein unmissverständliches Zeichen dafür, dass der Besuch von kurzer Dauer sein sollte. „Wir haben keinen Termin und Mr. Romney ist vielleicht gar nicht im Hause, oder hat er einen Kunden ...?"

„Es wird nur einen Moment dauern, William", antwortete Lady Grasby knapp und zog ihre behandschuhten Hände aus einem übergroßen Nerzmuff. Sie drückte ihn dem Butler in die Hand. „Da wir zwei Häuser entfernt zu Abend gegessen haben, wäre es dumm von mir, in so unmittelbarer Nähe zu sein und nicht vorbeizukommen. Mr. Romney wird mich kaum abweisen. Ich habe ihm bereits neun Mal Modell gesessen. Dennoch ist etwas nicht ganz richtig, und das hält mich nachts wach. Ich bin so abgelenkt davon, dass ich mich an keines der Gerichte am Tisch Ihrer Hoheit erinnern kann. Nur, dass es einen Tafelaufsatz gab, eine aufwändige Zuckerkonfektion aus weidenden Schafen ...“

„Kühen.“

„Kühen? Waren es Kühe?" Lady Grasby runzelte die Stirn, für einen Augenblick verwirrt. „Bist du sicher, dass diese Zuckerklumpen Kühe waren, Aurora?"

Rory (niemand außer ihrer Schwägerin nannte sie bei ihrem richtigen Vornamen) nickte und täuschte ein Hüsteln vor, eine behandschuhte Hand vor ihren Mund gelegt, um ein Lächeln über den gequälten Ausdruck von Langmut auf Mr. Watkins' langem Gesicht zu unterdrücken, während er dem Geplapper seiner Schwester lauschte.

„Eine entzückende Hirtenszene mit Rindern", bestätigte Watkins. „Und es gab ein Milchmädchen — oder waren es zwei, Miss Talbot?"

„Ich kann mich nicht erinnern, Sir. Aber sie war entzückend", stimmte Rory zu und erlaubte einem Diener, ihr den roten Wollumhang abzunehmen. „Lady Cavendish sagt, ihre Hoheit habe den talentiertesten Konditor in ganz England, und ich glaube ihr."

Lady Grasby zuckte die Achseln. „Ich bin mir sicher, dass es wunderbar war, und ich hätte es auch so empfunden, wenn ich mir keine Sorgen um mein Porträt gemacht hätte. Ich habe kaum eines von fünf Worten von der Unterhaltung gehört, obwohl diese geschwätzige Lady Cavendish viel zu sagen hatte."

„Ebenso wie ihr korpulenter Ehemann." Mr. Watkins schnaubte laut und abfällig. „Was überraschend war, da er selten zwischen zwei Bissen eine Pause macht, um zu atmen, geschweigen denn zu sprechen. Ich fürchte, Lord Cavendish wird eines Tages einfach — *platzen*."

„Liebe Güte, ich hoffe, ich werde nicht die Unglückliche sein, die neben ihm sitzt, wenn es soweit ist", witzelte Rory mit Belustigung in ihren klaren, blauen Augen. „Man muss hoffen, dass Lord Cavendishs Manieren ausreichen, um zu *platzen*, wenn er allein ist ..."

„Es interessiert mich nicht, ob Lord Cavendish seine Innereien über den gesamten Speisesaal verteilt!", verkündete Lady Grasby empört. „Ihr beide führt manchmal derart ungewöhnlich geschmacklose Gespräche, dass ich mir Gedanken um eure guten Manieren mache. Du möchtest doch, dass ich nachts schlafen kann, William, oder?"

„Nichts ist mir lieber, nichts ist mir wichtiger als dein Wohlergehen, Silla, aber ..."

„Hast du Lady Cavendishs Geschwätz beim Dessert mitbekommen, Aurora?", fragte Lady Grasby, als sie weiter durch den Flur ging, wobei der Butler in ihrem Kielwasser folgte; ihre Frage an ihren Bruder war, wie er zu spät erkannte, rhetorisch gewesen. „Kann das wahr sein? Hat die Tochter eines Kaufmanns, eine Miss Strang, einen Heiratsantrag von Lord Fitzstuart abgewiesen?"

„Genau das erzählte Lady Cavendish", antwortete Rory. Sie machte eine nachdenkliche Pause. „Obwohl ... ich bin eher überrascht, dass er einen Antrag *gemacht* haben soll, als darüber, dass er *abgelehnt* wurde."

„Es liegt mir fern, ein solches Gespräch im Flur eines Malers fortzusetzen, aber Miss Strangs Ablehnung von Lord Fitzstuarts Angebot zeigt, dass sie eine Menge gesunden Menschenverstand hat", erwiderte Mr. Watkins. „Seine Lordschaft ist ein Schürzenjäger und ein Schuft. Keine Frau, die bei Verstand ist, würde einen solchen Mann als Ehemann akzeptieren."

Rory gelang es, ein Lächeln zu unterdrücken. Sie lehnte sich leicht auf ihren Gehstock und sagte ruhig: „Ich habe nicht gehört, dass Miss Strang anders als bei klarem Verstande wäre. Aber vielleicht kann man darüber streiten. Sie hat den älteren Bruder abgewiesen und ist mit dem jüngeren durchgebrannt, wenn man Lady Cavendish glauben darf."

„Sie ist mit Fitzstuarts *Bruder* durchgebrannt?" Lady Grasby war so verblüfft, dass sie den Butler, der ihr die gute Nachricht überbrachte, dass Mr. Romney Zeit hätte, sie zu empfangen, mit einem Wink zum Schweigen brachte. „Sag, dass das nicht stimmt! Ein Mädchen, dass noch nach dem Markt von Covent Garden riecht, hat die Stirn, den Erben eines Earls abzuweisen und ihm seinen jüngeren Bruder vorzuziehen, der keine Aussichten und noch weniger Vermögen hat? Das Mädchen muss in der Tat verrückt sein!"

„Oder verliebt ...?"

„Unfug, Aurora!", stellte Lady Grasby abwehrend fest. „Die Kinder von Kaufleuten werden in erster Linie dazu erzogen, den Wert *materieller* Güter zu schätzen. Liebe ist ein Ideal, eine Emotion auf höchstem Niveau. Als solche kann sie nicht beziffert werden, kann also nur wenig oder keinen Wert für solch praktische Menschen darstellen."

Rory fragte sich, ob die Aussage ihrer Schwägerin aus der Erfahrung geboren war, einen Großvater zu haben, dessen riesigen Reichtum er im Laufe seines Lebens als Fischhändler in Billingsgate angesammelt hatte. Da sie jedoch die dritte Person benutzt hatte, konnte Rory nur hoffen, um ihres Bruders willen, dass ihre Schwägerin die geruchsintensiven Ursprünge des Geldes ihrer eigenen Familie völlig vergessen hatte.

„Lasst uns jetzt nicht mehr über diese Miss Strang und ihre geistigen Mängel reden. Ich möchte auch kein weiteres Wort über Lord Fitzstuart hören", fuhr Lady Grasby fort. Sie bedeckte die behandschuhte Hand ihrer Schwägerin mit ihrer eigenen und sagte leise: „Um ehrlich zu sein, es ist die sklavische Freundschaft deines Bruders mit Fitzstuart, die mich nachts wachhält. Manchmal denke ich ... Manchmal denke ich, Grasby liegt mehr an diesem Mann als an mir! Ich wünschte ..."

„Grasby ist dir völlig ergeben", unterbrach Rory.

„... Fitzstuart wäre in den Kolonien gestorben!"

Rory schnappte nach Luft. „Das meinst du nicht wirklich, Silla!"

„Leider hat er das Glück des Teufels", sagte Mr. Watkins seufzend und bot seiner den Tränen nahen Schwester sein perfekt gebügeltes und gefaltetes weißes Leinentaschentuch an. „Je gefährlicher die Mission, je gewagter die Sache, desto eher ist Fitzstuart bereit, den Helden zu spielen. Und er kam mit allen vier Gliedmaßen und dem Kopf auf den Schultern aus der Armee zurück!"

Rory sah fassungslos von Schwester zu Bruder.

„Ich traue meinen Ohren nicht. Mr. Watkins, Ihr mögt den Mann als Frauenheld bezeichnen, und du, Silla, magst ihn vielleicht absolut nicht und bist eifersüchtig auf die Zeit, die Grasby in seiner Gesellschaft verbringt ... sicher gibt es nicht viel, was Lord Fitzstuart zu seiner Verteidigung sagen könnte, was sein Fehlverhalten betrifft, aber keiner von euch hat das — das *Recht*, ihm den *Tod* zu wünschen. Wie — wie unbarmherzig, und das, wo seine Lordschaft ein Kriegsheld ist!"

„Nein. Nein, Miss Talbot. Ihr missversteht mich", entschuldigte sich William Watkins. Er lächelte dünn und sah geheimnisvoll aus. „Als Sekretär des Komitees für koloniale Korrespondenz von Interesse bin ich mit bestimmten — Mitteilungen und — und Einzelheiten über den Krieg in Amerika vertraut. Es gab Gelegenheiten — gefährliche Gelegenheiten, Miss Talbot —, an denen seine Lordschaft verpflichtet war, sich zu beteiligen, und das hat er auch bereitwillig und mit erheblichem Risiko nicht nur für die Männer unter seinem Kommando, sondern auch für seine Person, getan. Er wird für äußerst wagemutig gehalten, so sehr, dass ich nicht der Einzige bin, der sich laut gefragt hat, ob er nicht einen Pakt mit dem ..." Er hielt inne, schaute über seine Schulter zum Butler, der rasch wegsah, und deutete mit einem behandschuhten Finger auf den Boden, um zu flüstern: „... *ihr wisst schon wem* geschlossen hat."

Rory blinzelte bei der empörenden Unterstellung des Mannes, dass Lord Fitzstuart es geschafft hatte, gefährliche und oft lebensbedrohliche Missionen zu unternehmen und zu überleben, nur weil er seine Seele an den Teufel verkauft hätte. Aber bevor sie eine Bemerkung machen konnte, warf Lady Grasby Rory mit einem Schmollmund vor:

„Wenn du bei deiner temperamentvollen Verteidigung eines Gentlemans, den du überhaupt nicht kennst und der dich auf der Straße nicht einmal erkennen würde, aber den zu beobachten du freiwillig zugibst, nicht aufpasst, könnte das als das ungesunde Interesse einer verrückten, unscheinbaren alten Jungfer an einem gutaussehenden Schurken missverstanden werden."

Rorys Gesicht wurde tief rot. Eine alte Jungfer mochte sie sein.

Verrückt war sie nicht. Sie war auch nicht unscheinbar. Ihr Haar hätte man am besten als feuchtes Strohblond beschreiben können. Ihre Augen waren blau, aber so blass, dass man sie für kalt hielt. Doch ihr Gesicht war herzförmig und ihre Haut makellos, also galt sie auch als zart und hübsch, wenn nicht sogar als schön. Unscheinbar wirkte sie nur in der Gesellschaft der dunkelhaarigen Schönheiten mit erhitzten Wangen, wenn diese von der Tanzfläche kamen. Aber mit zweiundzwanzig erwartete sie nicht mehr, aus Liebe oder einem anderen Grund zu heiraten. Rory verfügte weder über ein Vermögen noch über genügend Schönheit, um eine magere Mitgift aufzuwiegen, und hatte sich daher damit abgefunden, ihre Tage so zu beenden, wie sie sie begonnen hatte, abhängig von ihrem Großvater.

Daher war es von ihrer schönen Schwägerin, einer bemerkenswert hübschen Brünetten mit feuchten, braunen Augen, eine besondere Bosheit, die Tatsachen ihrer Situation in so unverblümter Art und Weise und in aller Öffentlichkeit herauszustreichen, und es verletzte Rory zutiefst. Sie war nur überrascht, dass Drusilla das Offensichtlichste nicht erwähnt hatte; das blieb William Watkins überlassen, der ebenso dümmlich taktlos war wie seine Schwester.

Es ließ Rory innerlich zusammenzucken und sich wünschen, sie wäre eine Maus, die durch ein Loch in den Dielen verschwinden könnte, als er mit einem widerlich süßen Lächeln des Verständnisses sagte:

„Ich bin sicher, dass Miss Talbots Interesse an Lord Fitzstuart nicht tiefer geht als eine Würdigung seiner außergewöhnlich athletischen Erscheinung. Wie so oft bewundern wir das, was uns selbst fehlt, bei anderen sehr. Ihr, meine liebe Miss Talbot, könnt nichts dafür, dass ihr lahm seid, so wie ich nicht für mein schlechtes Sehvermögen verantwortlich gemacht werden kann. Es ist Gottes Wille, und so ertragen wir es mit guter Haltung und Duldsamkeit."

„Wenn Ihr mir in den Salon im Obergeschoss folgen wollt, wird Mr. Romney gleich bei Euch sein", sagte der Butler in die Stille hinein, die der Predigt von Mr. Watkins folgte, einen Fuß auf der untersten Stufe.

„Du hast deine Augengläser bei dir, William?", fragte Lady Grasby und raffte ihre aprikosenfarbenen Röcke, um die Treppe hinaufzusteigen, so schnell es ihre hochhackigen Pantoletten erlaubten. „Ich möchte so gern, dass du dir das Porträt genau anschaust und mir sagst, was mich daran so stört." Sie hielt wegen eines plötzlichen Gedankens inne und schaute, eine Hand schon auf dem polierten Geländer, über ihre Schulter zurück. „Bemühe dich nicht, mit heraufzukommen, Aurora. Wir werden nicht länger als eine halbe Stunde bleiben."

„Das wird das Beste sein", antwortete Rory fröhlich, als sie am Fuß einer Treppe stand, für deren Aufstieg sie zweimal so lange brauchen würde wie alle anderen, außer einem Kind, das die ersten Schritte unternahm. „Ich weiß so wenig über Kunst, dass ich dir überhaupt keine Hilfe wäre." Ihr Blick wanderte durch den Flur auf der Suche nach einem Sofa oder einem Ohrensessel. „Mr. Romney muss einen geeigneten Vorraum für Besucher in diesem Stockwerk haben ..."

Sie sprach mit sich selbst. Der Butler und Lady Grasby, mit einem Schritt Abstand gefolgt von ihrem Bruder, waren über die Treppe verschwunden.

Einer der Assistenten des Malers rettete sie. Er betrat den Flur vom Studio im hinteren Teil des Hauses aus, in einen Kittel gekleidet, der mit allerlei farbigen Tupfen bedeckt war, und kam rechtzeitig, um die Unterhaltung mit anzuhören. Er bot Rory an, ihm in einen kleinen Besichtigungsraum vor Mr. Romneys Malatelier zu folgen. Dort brannte ein Feuer im Kamin und ein bequemer Stuhl, auf den sie sich setzen und warten konnte, stand davor.

Das Feuer war einladend, aber sie interessierte sich nicht für die vielen bemalten Leinwände, die an zwei Wänden gestapelt waren, oder für jene, die auf Staffeleien zur Besichtigung gestellt waren, sondern für die aufgeregten Geräusche, die von der anderen Seite einer Tür kamen, die der Assistent angelehnt gelassen hatte. Rorys Interesse war geweckt und sie betrat unaufgefordert den großen, gut beleuchteten Raum, den sie voller Leben und Lachen fand.

Sie befand sich auf halbem Weg durch den Raum und neben einer Leinwand, die auf einer Staffelei ausgestellt war, bevor sie von den Menschen auf der Bühne vor ihr bemerkt wurde. Sie warf nur einen flüchtigen Blick auf die Leinwand eines halbfertigen Gemäldes und interessierte sich mehr für die Gruppe spärlich gekleideter Frauen, deren Anstand durch strategisch drapierte durchsichtige Seiden gerettet wurde. Während diese drapierten Stoffbahnen ihre Oberkörper bedeckten und zu ihren bestrumpften Füßen hinabflossen, half die Transparenz des Gewebes wenig, ihre Gliedmaßen und weiblichen Rundungen zu verbergen. Alle besaßen die langen, wohlgeformten Beine von Operntänzerinnen. Dies wurde bestätigt, als drei von ihnen aus der Gruppe ausbrachen und über die Bühne tanzten, sich an den Händen hielten und auf den Spitzen ihrer bestrumpften Füße auf und ab wirbelten, während ihre schlanken, anmutigen Arme einen eleganten Kontrapunkt zu ihrer Beinarbeit bildeten.

Sie wirkten wie griechische Statuen aus glänzend weißem Marmor, die mit ihren weißen Gliedmaßen und gepuderten Gesichtern zum Leben erweckt worden waren; ihre anmutigen Bewegungen, als sie über die Bühne tanzten, waren faszinierend. Rory freute sich so sehr über ihren Überschwang und ihre Beweglichkeit, dass sie erst nach einigen Augenblicken bemerkte, dass sie von der Ersten Ballerina, die sich auf der Chaiselongue fächelte, angesprochen wurde.

„Ich bitte um Verzeihung. Ich war von Euren Kolleginnen so fasziniert, dass ich Eure Frage nicht gehört habe.“

CONSULATA BACELLI ANTWORTETE NICHT SOFORT UND NAHM SICH Zeit, um Rorys Kleid aus gestreiftem, mintgrünem Taft mit einem Unterrock aus bestickter fliederfarbener Seide zu mustern, dessen Überrock sich in Rüschen nach hinten bauschte, um das modische Kleid *à la polonaise* zu betonen. Dies war eine modebewusste Dame, wenn sie nicht sogar der obersten Gesellschaft angehörte, und sie fragte sich, wo der männliche Begleiter der jungen Frau sein mochte — oder doch zumindest ihre Zofe — insbesondere zu dieser späten Stunde. Sie musste sich nicht fragen, warum die junge Frau einen Gehstock benutzte.

Als Rory leise durch den Raum gekommen war, wurde an ihrem ungelenken Gang deutlich, dass sie ihn brauchte, um sich zu bewegen. Der kurze Saum ihres Kleides, der etwa drei Zoll über dem Boden hing, zeigte ihre schlanken Knöchel in ihren weißen, gewirkten Strümpfen und dazu passenden hochhackigen Seidenschuhen; ein nach innen gedrehter rechter Fuß erklärte den ungleichmäßigen Gang.

Rory zeigte nur großäugiges Interesse und Consulata fand es äußerst bedauerlich, dass die junge Frau nie würde tanzen oder sich anmutig bewegen können, was mit Sicherheit bedeutete, dass sie nie vorteilhaft wirken würde. Doch ihr spontanes Entzücken beim Beobachten der Ballerinas, wie sie sich verspielt über die Bühne bewegten, ließen Consulata erkennen, dass dies eine junge Frau ohne Bosheit war und sie beschloss sofort, sich mit ihr anzufreunden.

„Signora—”

„Signorina. Signorina Talbot“, berichtigte Rory lächelnd, den Blick zu Consulata Baccelli gewandt, als die Tänzerinnen von einem müden Helfer wieder in Formation gescheucht wurden; ein anderer eilte rasch seinem Kollegen zu Hilfe, um die Stoffbahnen und den Blumenkopfschmuck zu richten. „Sie tanzen wunderschön. Ich bin sicher, dass Ihr alle das tut.“

„Sí. Das stimmt. Aber ich, Consulata Baccelli, bin die entzückendste Tänzerin von allen.“ Die Erste Ballerina lachte hinter ihrem flatternden Fächer über ihre eigene Arroganz. „Ich würde es Euch vorführen, aber wegen dieser empörenden Gewänder, die Signore Romney uns zu tragen zwingt, geht das nicht." Sie deutete auf das mit blauem Damast bezogene Sofa. „Kommt, setzt Euch zu mir."

Als Rory sich umsah, als wäre ein näher stehender Stuhl besser geeignet, als mit den Tänzerinnen auf der Bühne zu sitzen, lächelte Consulata und klopfte auf das Damastpolster.

„Kommt her. Erheitert mich, bis die Aufregung beginnt."

Rory stieg zögernd die drei Holzstufen hinauf und setzte sich an den ihr angebotenen Platz, wobei sie darauf achtete, die in ihrem Rücken gerafften Röcke nicht in Unordnung zu bringen. Ihren Gehstock behielt sie dicht bei sich, eine behandschuhte Hand auf den Elfenbeingriff gelegt.

„Ihr müsst sehr erfreut darüber sein, dass ein Maler von Mr. Romneys Können und Ruf Euch und Eure schönen Tänzerinnen verewigen soll."

„Signore Romney malt uns nicht als Tänzerinnen, sondern als Teil einer griechischen Allegorie. Ich? Ich würde es vorziehen, so gemalt zu werden, wie ich bin, als die berühmteste Ballerina. Doch das hier ..." Sie winkte mit einem plumpen, perlenbedeckten Handgelenk zu der großen Leinwand, die auf der Staffelei stand. „... dieses Gemälde, das uns alle in diese lächerlichen Laken hüllt, die nur ein Ärgernis sind, wird für den Herzog von Dorset gemalt. Er wird es in die Galerie von Knole hängen." Consulata beugte sich mit einem schlauen Lächeln vor. „Und dann, weil Dorset mein Geliebter ist, wird er mich malen lassen, beim Tanzen. Und dieses Gemälde wird er in seinen privaten Gemächern aufhängen, nur für seine Augen bestimmt." Ihre großen braunen Augen tanzten fröhlich und sie fügte hinzu, so dass nur Rory es hören konnte: „Dorset, er möchte, dass Signore Romney mich nackt malt. Vielleicht werde ich es erlauben, ja?"

Rory errötete unfreiwillig. Consulata Baccellis Eröffnung war empörend, vor allem einer unverheirateten Dame gegenüber, die im Hause ihres alternden Großvaters ein behütetes Leben führte. Er würde entsetzt sein zu erfahren, dass seine einzige Enkelin sich in Gesellschaft einer Truppe von Tänzerinnen von bestenfalls fragwürdiger Moral aufhielt. Dass Rory sich mit der berüchtigten Geliebten des Herzogs von Dorset unterhielt, war eine Begegnung, die sie für sich zu behalten beschloss. Und um nicht prüde zu wirken, nahm sie ihren Mut zusammen, schaute Consulata in die schönen, großen Augen und sagte mit einem Lächeln, von dem sie hoffte, dass es eine Weltläufigkeit ausstrahlte, die sie absolut nicht besaß:

„Der Herzog wird ein solches Gemälde mit Sicherheit schätzen.

Eure anmutige Gestalt ist bewundernswürdig und verdient es, verewigt zu werden."

Consulata war über diese Antwort erfreut und strahlte.

„Ich glaube, wir werden gute Freundinnen werden. Sehr gute Freundinnen, in der Tat, Signorina Talbot. Ich werde dafür sorgen, dass Dorset Euch zum Diner einlädt. Dann könnt Ihr mit mir zusammen lachen und über das kleine Abenteuer, das Major Fitzstuart für seinen netten Freund arrangiert hat, Erinnerungen austauschen."

Rory versuchte, das Interesse aus ihrer Stimme und die Überraschung von ihrem Gesicht fernzuhalten. „Major? Major Fitzstuart?"

Die dunklen Augen der Tänzerin funkelten vor mutwilliger Belustigung. Bevor sie jedoch Rory aufklärte, drehte sie sich zu der kichernden Gruppe junger Frauen herum, die sich hinter dem Sofa gegenseitig anstießen, schlug mit ihrem Fächer hart auf die vergoldete Rückenlehne der Chaiselongue. Die Tänzerinnen schluckten sofort ihre Heiterkeit herunter und schwiegen lange genug, um getadelt zu werden.

„Hört sofort auf, oder keine von euch wird je wieder im Haymarket tanzen." Sie deutete mit ihrem dunklen Kopf zum Fenster. „Behaltet die Fenster im Auge und wenn der hübsche Major und sein Freund auftauchen, tut ihr, was man euch gesagt hat. *Sì*? Bene,", fügte sie hinzu, als die Tänzerinnen gehorsam nickten. „Und jetzt bezähmt bitte eure Ungeduld. Wenn Ihr Major Fitzstuart in seiner gesamten Pracht seht, dann habt ihr meine Erlaubnis, vor Aufregung so laut zu kreischen, dass sein netter Freund in diesen Raum gerannt kommt und mein Leben rettet."

Sie wandte sich wieder Rory zu und sagte fröhlich: „Bald wird es losgehen, und damit Ihr Euch nicht erschreckt, werde ich Euch verraten, was passieren soll. Aber versprecht mir zuerst, Signore Romneys Dienerschaft nichts zu erzählen. Es ist sehr wichtig, die Überraschung zu bewahren, damit der nette Freund des Majors, der natürlich in mich verliebt ist, glaubt, ich hätte Angst und er würde mich vor einem Schicksal bewahren, das schlimmer wäre als der Tod."

Rory war so fasziniert, dass sie nur nicken konnte. Sie rutschte die Chaiselongue entlang, in Erwartung, von Consulata vertrauliche Informationen über Major Fitzstuart zu erhalten. Aber kaum hatte sie das getan, begannen die Tänzerinnen in ihrem Rücken, auf und ab zu hüpfen und vor Entzücken zu quietschen. Dies ließ Consulata Baccelli aufspringen. Gleichzeitig warf einer von Romneys Gehilfen Farben und Pinsel in die Luft, als ob er in Panik geriete, und floh aus dem Raum, während zwei der Tänzerinnen die Schleppen ihrer Gewänder rafften, leichtfüßig die drei Stufen der Bühne hinabrannten und durch das Atelier auf die Fenster zueilten.

Die ausbrechende Aufregung war so groß, dass Rory sich instinktiv umdrehte, um über die Schulter zu schauen — zu den Tänzerinnen, nicht etwa, um zu sehen, was im Atelier ihre Aufregung verursacht hatte. Bis sie sich wieder zu den Fenstern umwandte, scheuchte ein Eindringling, der durch ein offenes Fenster in das Atelier hereingesprungen war, zwei Tänzerinnen durch den Raum.

Rory war bis zur Sprachlosigkeit schockiert durch derart befremdliches Benehmen, und während sie zur Reaktion darauf mehrfach blinzelte, als ob sie sich davon überzeugen müsste, dass die Szene, die sich vor ihren Augen entfaltete, real war, empfand sie keine unmittelbare Gefahr für sich oder für eine der Tänzerinnen. Das überraschte sie, denn der Eindringling war männlich und nackt, bis auf einen Gürtel um seine Taille, der ein knappes Tuch zwischen seinen Beinen festhielt. Als sie ihm zuschaute, wie er hinter den kichernden Tänzerinnen herjagte, die keinerlei Widerstand gegen ihre Gefangennahme zeigten, erwies sich, dass das Tuch keine Bedeckung bot, und Rorys Gesicht wurde von der aufsteigenden Hitze ihrer Verlegenheit überflutet.

Und dann verwandelte sich ihre akute Verlegenheit innerhalb eines Augenblicks in einen tiefen Schock, und durch den Schock entstand panische Angst, nicht um sich selbst, sondern um den Eindringling. Als er den Raum zur Bühne hinaufrannte und die kreischenden Tänzerinnen um die Taille gepackt hielt, sah Rory, dass sein Haar grau gepudert war, seine Augen geschwärzt und sein lachendes Gesicht mit dicken weißen Farbstreifen getarnt. Aber es war eine spärliche Verkleidung und würde niemanden zum Narren halten, der ihn kannte. Rory kannte ihn besser als jeder andere. Der nackte Eindringling war Harvel; Harvel Edward Talbot, Lord Grasby; ihr einziger Bruder.

# DREI

Zuvor war Lord Grasby Dair auf Zehenspitzen gefolgt, war in der Dunkelheit nahe bei seinem Freund geblieben, als dieser sich über die Pfade des kleinen Gartens hinter George Romneys Stadthaus bewegte.

„Dair! *Psst*! Dair?", zischte Grasby. „Ist es hier? Ist das das Fenster?"

Dair nickte. Er hatte sich unter eines der drei Schiebefenster geduckt, bei dem der untere Teil hochgeschoben und die Samtvorhänge vor der Nacht aufgezogen waren. Er spähte rasch durch das Fenster. Grasby schloss sich ihm an, die Nase knapp über dem Fensterbrett, die blauen Augen sehr weit aufgerissen.

Kerzenlicht flackerte überall. Am anderen Ende des Raumes kicherten und flirteten ein halbes Dutzend spärlich gekleideter Schönheiten auf einer erhöhten Plattform vor einem Hintergrund aus weißem Leinen mit zwei nüchtern gekleideten Herren, die versuchten, sie in einer bestimmten Ordnung um die Lehne einer damastbezogenen Chaiselongue zu arrangieren. Auf dieser Chaiselongue lehnte sich die wohlbekannte italienische Balletttänzerin Consulata Baccelli zurück, ließ ihren Fächer flattern und unterhielt sich mit einer Frau, die wegen des dritten Gehilfen Romneys, der seine beiden anderen Kollegen herumkommandierte, von ihrem Standpunkt aus nicht recht zu sehen war.

Weder Dair noch Grasby interessierten sich für diese unbekannte Frau. Wenn überhaupt, war ihre Anwesenheit eine Komplikation, auf die Dair verzichten konnte. Consulata hatte keine Begleiterin erwähnt, und die Tatsache, dass sie nicht wie die Tänzerinnen gekleidet war, bedeutete, dass sie möglicherweise eine lästige Kundin war, die den Maler wegen eines Porträts aufsuchte. Dair tat sie als unwichtig ab und vergaß sie bald, als er sich Grasby anschloss, um den faszinierenden Anblick einer Truppe schöner Ballerinas in dünner Seide zu bewundern, deren milchig weiße Brüste von jeglicher Beschränkung befreit waren.

Wäre Grasby weniger betrunken und weniger bezaubert gewesen, hätte er vielleicht den Gehstock der teilweise verdeckten Frau bemerkt, eine Anomalie unter einer Gruppe von Tänzerinnen. Und wenn er den Stock bemerkt hätte, hätte er das Gesicht der Besitzerin eines im Grunde genommen männlichen Accessoires sehen wollen, das nur von älteren oder gebrechlichen Frauen und von seiner Schwester Rory benutzt wurde, solange er denken konnte.

Es war reiner Zufall für Dair, dass sein Freund diesen Gehstock nicht bemerkte und dass der Gehilfe ihnen weiter die Sicht auf das Gesicht seiner Eigentümerin verstellte. Hätte Grasby seine Schwester erkannt, wäre er nicht durch das Fenster gesprungen und mit erhobenen Armen, kreischend wie ein Insasse aus Bedlam, auf die Bühne zu gerannt. Er hätte sein knochiges Hinterteil vom Fenster abgewandt und wäre den Gartenweg hinunter und in die Dunkelheit der Nacht geflohen und seinen Freund allein und von so feigem Verhalten verwirrt zurückgelassen.

„Das ist ein Glücksfall. Romney ist nicht im Zimmer. Die Leinwand ist unbeaufsichtigt. Es ist jetzt oder nie, Grasby!"

„Was? Ich? *Zuerst?*"

„Ja. Ich folge dir auf dem Fuße. Du läufst links zur Bühne und brüllst so laut du kannst, um Aufmerksamkeit zu erregen. Ich nehme die rechte Seite und schleiche mich an diese Kerle an und übernehme sie, sollte es sich erweisen, dass sie doch ein bisschen Mut haben."

Grasby gefiel die Vorstellung, dass Dair sich um etwaige Gewalt kümmern wollte, aber er zögerte dennoch.

„Wir könnten diese köstlichen Geschöpfe mit unserem Vorgehen ernsthaft erschrecken, und ich glaube, das kann ich nicht — sie erschrecken. Man muss doch Gentleman bleiben. Es fühlt sich nicht richtig an, ihnen Angst einzujagen."

Dair verstand. Er hatte auch nicht den Wunsch, Frauen in Entsetzen zu versetzen, ob sie wehrlos waren oder nicht.

„Ich verrate dir ein Geheimnis, etwas, das Cedric nicht weiß, weil er entschlossen ist, der Held der Stunde zu werden. Consulata weiß genau, was passieren wird und ich habe sie angewiesen, es den Mädchen zu erzählen. Sie erwarten uns. Ich nehme an, das ist der Grund, warum so viel gekichert und herumgehüpft wird. Schau noch einmal hin, du wirst sehen, dass sie nicht stillhalten können." Als Grasby seinen Blick über den Fenstersims hob, grinste er. „Wunderschön, nicht wahr?"

„Himmlisch ..." Grasby ließ sich wieder nach unten fallen. „Dieser Plan gefällt mir viel besser." Er tat so, als würde er seine Lippen versiegeln. „Kein Wort zu Cedric."

Dair streckte die Hand aus. „Viel Glück."

Ihr Händedruck war fest. Beide grinsten in der Erwartung, halbbekleideten Tänzerinnen hinterherzulaufen, die vor Vergnügen quietschten.

Dair zog sich langsam am Fenstersims hoch, und als er weit genug oben war, um einsteigen zu können, nickte er. Als Grasby sich aus der Hocke aufrichtete, packte Dair kurz seine Schulter, um ihm Mut zu machen. Grasby kletterte über das Fensterbrett und ließ sich in den Raum fallen.

Es dauerte nur dreißig Sekunden.

Die Wände des Ateliers hallten von den durchdringenden Quietschlauten eines halben Dutzend Tänzerinnen wider, die vor Freude hüpften. Zwei von ihnen liefen mit offenen Armen durch das Studio, um den Eindringling zu begrüßen, der als Indianer auftrat.

Lord Grasby war im siebten Himmel.

ALS RORY IHREN BRUDER ERKANNTE, SPRANG SIE VON DER Chaiselongue auf. Als eine Hand ihr behandschuhtes Handgelenk packte, riss sie ihren Blick von Lord Grasby, wie er mit zwei kichernden Tänzerinnen herumsprang, los und starrte Consulata Baccelli ausdruckslos an.

„Keine Angst", beruhigte die Ballerina sie. „Es besteht keine Gefahr. Der Major und sein Freund spielen nur ein Spiel ..."

„Ich muss sofort hier herunter!"

Consulatas Griff wurde fester, aber ihr Lächeln blieb.

„Das ist nicht möglich, bis die Aufführung vorbei ist. Setzt Euch und seid ruhig."

„Ihr versteht das nicht. Ich darf hier nicht gesehen werden. Ich muss gehen, sofort!"

„Es ist natürlich, dass die Spiele, die Männer spielen, uns Frauen ängstigen, weil sie immer unberechenbar sind", antwortete Consulata und missverstand Rorys Entschlossenheit als weibliche Furcht. Sie versuchte, sie zur Vernunft zu bringen. „Aber ihre Spiele sind harmlos. Diese beiden sind wie kleine Jungen, die sich als Wilde ausgeben. Und meine Tänzerinnen amüsiert es sehr, so unterhalten zu werden. Also, Signorina, wollt Ihr Euch hinsetzen und uns nicht die Freude an ihrer Leistung verderben, sí?"

„Ich versichere Euch, wenn ich nicht sofort hier verschwinde, werden die Folgen für diese Männer weit schlimmer sein als Euer entgangenes Vergnügen. Jetzt lasst bitte meine Hand los."

„Warum benehmt Ihr Euch wegen einer solchen Kleinigkeit wie eine dumme Gans?", fragte Consulata entrüstet und hob die Stimme, um über all der Aufregung gehört zu werden.

Ein kurzer Blick über Rorys Schulter und sie sah den Grund für die zunehmend laute Bewunderung der Tänzerinnen. Ein zweiter männlicher Eindringling hatte sich jetzt durch das Schiebefenster ins Atelier geschwungen. Es war Major Lord Fitzstuart. Ihr Blick kehrte widerwillig zu Rory zurück. Jetzt war sie wütend auf diese junge Frau, der sie einen Platz in der ersten Reihe für die empörende Zurschaustellung des hübschen Majors eingeräumt hatte.

„Ihr seid wirklich furchtbar lästig!", verkündete sie und erhob sich von der Chaiselongue. „Und ich werde mich nicht bei jemandem entschuldigen, der vor Schreck erstarrt, wenn er einen unbekleideten Mann erspäht! Ha? Der männliche Körper ist schön, kraftvoll, *stupendo*. Wenn man in Ohnmacht fällt, sollte es vor Bewunderung sein! Ihr wollt vor etwas völlig Natürlichem davonlaufen, aber Consulata wird Euch das nicht erlauben! Für Eure Augen ist die perfekte Gelegenheit gekommen, sie zu öffnen und auch damit zu *sehen*."

Die Erste Ballerina packte Rorys Schultern, drehte sie zum Atelier zurück und schnaubte zufrieden.

„Jetzt seht Euch genau an, was sich Euren Augen darbietet, denn ich habe große Erfahrung mit Männern, und keiner ist von so wohlgeformter Männlichkeit wie der Körper Major Fitzstuarts. *Ecco!*"

Rory gab sich keine Mühe, sich aus Consulatas Griff zu befreien, aber sie tat auch nicht, was diese ihr befahl und schaute nach dem Major. Sie hielt ihren Blick in die mittlere Entfernung gerichtet, wo die Farben, die Malerpinsel und andere Utensilien des Künstlers von einem flüchtenden Gehilfen in die Luft geworfen und zerstreut auf dem Boden liegengeblieben waren. Auf diese Weise hoffte Rory zu vermeiden, versehentlich ihren Bruder zu erblicken, so dass es ihm nicht sofort peinlich sein würde, wenn er zufällig seine Aufmerksamkeit von den Tänzerinnen in seinen Armen abwandte und sie erkannte. Denn sicher wäre die Tatsache, sie inmitten einer Gruppe spärlich gekleideter Tänzerinnen fragwürdiger Moral zu finden, zwar in sich bereits schockierend, aber das wäre nichts im Vergleich dazu, dass seine kleine Schwester ihn entdeckt hatte, wie er mit eben diesen Frauenzimmern herumtollte.

Ihr zweiter Gedanke und der, der sie am meisten beschäftigte, war, wie sie möglicherweise verhindern konnte, dass ihre Schwägerin und Mr. Watkins das Atelier betraten. Sie befanden sich nur eine Etage über ihnen und die Störung war so ohrenbetäubend und anhaltend, dass sie, selbst wenn sie drei Stockwerke höher gewesen wären, das schrille Quietschen und die lachenden Proteste der Tänzerinnen auf ihrer Flucht nicht überhören konnten. Es war nur eine Frage der Zeit, bis jeder im Hause Romneys herausfinden würde, was diese Aufregung verursachte. Und wenn Lady Grasby entdeckte, dass einer der Eindringlinge tatsächlich der Mann war, mit dem sie seit drei Jahren verheiratet war, war sich Rory sicher, dass das Eheleben ihres Bruders danach nicht mehr lebenswert sein würde.

Um die Ehe ihres Bruders vor dem Ruin und die Familie vor einem Skandal zu bewahren und um der häuslichen Harmonie willen, wusste Rory, dass es ihre Pflicht war, alle Anstrengungen zu unternehmen, um das Atelier zu durchqueren und die Tür zur Außenwelt abzuschließen. Ihre Schwägerin und Mr. Watkins mussten um jeden Preis daran gehindert werden, hereinzukommen. Wenn sie es schaffte, die Tür abzuschließen, dann war sie zuversichtlich, dass Grasby und der Major genügend Gelegenheit haben würden, aus dem Haus zu fliehen, wie sie es betreten hatten, ohne Entdeckung und ohne dass einer ihrer Bekannten etwas von ihrem abstoßenden Verhalten erführe.

Und dann sprach die kleine Stimme in ihr, die Stimme, die sie hörte, wenn sie mit ihren Gedanken in ihrem Schlafzimmer allein war, oder in ihrem Gewächshaus, in dem sie ihre kostbaren Ananas pflegte, die drei kleinen Wörter aus, die sie so gut kannte.

*Was wäre, wenn?*

Als sie viel jünger und daher ungestümer und weniger besonnen gewesen war, hatten diese drei Worte ihr viele Male mehr Kummer und Unfrieden bereitet, als sie zählen wollte. Sie hatten ihr erlaubt, Alternativen und Möglichkeiten für eine Zukunft zu erträumen, die doch seit dem Tag ihrer Geburt vorherbestimmt war.

Ihre Mutter war im Kindbett gestorben, und sie war lahm geboren. Der *accoucheur*, der sie entband, hatte sogar verkündet, dass sie aller Wahrscheinlichkeit nach auch hirngeschädigt wäre. Er ging davon aus, dass sie niemals laufen, sich niemals körperlich entwickeln könnte und ihr Gehirn nur eingeschränkt funktionieren würde. Es wäre das Beste, wenn man sie hungern und der Natur ihren Lauf lassen würde. Ihr Großvater hat sie gerettet. Niemand konnte jedoch ihren Vater retten. Der Tod seiner geliebten Frau versetzte ihn in eine tiefe Depression und zwei Monate nach ihrer Geburt tat er das Undenkbare. Er wurde tot in der Themse gefunden. Bei einem Bootsunfall ertrunken, so wurde der Welt erzählt.

*Was wäre, wenn* sie ohne Missbildung geboren worden wäre? Was wäre, wenn sie ohne Stock aufrecht und selbstbewusst und mit der Anmut aller jungen Damen, die sich bestmöglich präsentieren wollten, hätte gehen können? Sie hätte einen Verehrer finden können. Sie hätte geheiratet. Inzwischen hätte sie Kinder bekommen.

*Was wäre, wenn* ihr Großvater sie nicht gerettet hätte? Und das war die tiefste der *was wäre, wenn* Fragen von allen.

Und als sie unentschlossen auf der Bühne stand und von Consulata Baccelli gegen ihren Willen festgehalten wurde, kamen diese drei kleinen Worte ihr in den Sinn, und sie wagte es, die Konsequenzen von *was wäre, wenn* in Betracht zu ziehen.

*Was wäre, wenn* sie auf der Bühne bliebe und den als Wilden verkleideten Major Fitzstuart anschaute, wie Consulata Baccelli es verlangte? Die Ballerina bestand darauf und wäre beleidigt, wenn sie es nicht täte. Und schließlich wünschte er sich als Hauptdarsteller doch sicher, dass jeder als Publikum Anwesende auf seine Leistung aufmerksam würde. Es wäre die Höhe der schlechten Manieren, ihm keine Beachtung zu schenken ...

Rory lächelte in sich hinein, glättete ihre Röcke und setzte sich wieder auf die Chaiselongue. Mit geradem Rücken, eine behandschuhte Hand leicht in den seidenen Falten ihres Schoßes und die andere auf dem geschnitzten Elfenbeingriff ihres Gehstocks ruhend, hob sie langsam ihren Blick und erlaubte es ihren hellblauen Augen, ruhig den Hauptdarsteller, einen Major Lord Fitzstuart, zu betrachten.

Liebe Güte ... In all ihren Tagträumen hatte er nie *so* ausgesehen.

Bis auf Hosen und weißes Hemd entkleidet war so weit, wie ihre Fantasie sie führen konnte. Und bei der jüngsten Roxton—Osterregatta hatte Major Lord Fitzstuart ihr unabsichtlich den Gefallen getan, diesen Tagtraum zu erfüllen, als er auf der Suche nach Erfrischung nach seinen Anstrengungen, die Regatta zu gewinnen, unter ihre Markise trat. Er war ohne einen zweiten Blick direkt an ihr vorbeigegangen, was zu erwarten gewesen war. Er kannte sie nicht. Sie war sechs Jahre jünger als ihr Bruder, und der Major war bei der Armee im Ausland gewesen, bevor sie überhaupt im Erdgeschoss zu sehen gewesen war. Und wie immer bei solchen Anlässen saß sie mit den Alten, den Kranken und den Gästen zusammen, die nicht bereit waren, die Ruderer vom Seeufer aus anzufeuern. So ignoriert, hatte Rory Muße, seine Lordschaft in feuchten Kniehosen und einem noch feuchteren weißen Hemd, das an seinem männlichen Körper klebte, zu bewundern.

Aber selbst in ihren kühnsten Träumen war der Major nie mit lediglich einem Lappen zwischen seinen harten Schenkeln aufgetaucht. Als er stehenblieb und seinen Kopf vor Lachen zurückwarf, als er ihren Bruder erblickte, der sich mit zwei Tänzerinnen, die über ihn gefallen waren, vergnügt auf den Dielen wälzte, erhielt sie weitere Gelegenheit, ihn genau zu betrachten. Und so wie die Tänzerinnen ihr aus ätherischem Marmor gehauen schienen, war es auch der Major. Sein breiter Rücken und seine Schultern waren wie glattpoliert, die Muskelkonturen an Armen und Beinen waren so gemeißelt wie bei einer klassischen Apollo—Statue. Aber als er sich umdrehte und durch den Raum zur Bühne rannte, war sie so erstaunt, dass sie nach Luft schnappte, als bräuchte sie Luft, um ihren Schwindel abzuwehren. Es waren nicht seine dunklen Augen oder die Kriegsbemalung oder die beiden Zöpfe an den Seiten seines schönen Gesichtes, die sie völlig unvorbereitet erwischten. Es war der Schock des Unerwarteten.

Gentlemen ihrer gesellschaftlichen Kreise waren immer glattrasiert; einige trugen zwischen zwei Rasuren einen blauen Schatten auf Wangen und Kinn. Sie wusste, dass Männern, wenn sie unrasiert blieben, Haare im Gesicht wuchsen, und wenn sie sie wachsen ließen, verwandelten sich diese Haare in einen Bart. Major Lord Fitzstuart hatte diesen blauen Schimmer an seinem starken Kiefer und seinem schweren Kinn, und während sein Hals glatthäutig und haarlos war, war das der Rest seines Körpers nicht. Die Bedeckung seiner breiten Brust mit dunklem Haar war eine völlige Überraschung. Dieses dunkle Haar bedeckte nicht nur seine Brust, sondern setzte sich über der harten Fläche seines Bauchs in einer sauberen dunklen Linie fort, die unter dem Lendenschurz, der zwischen seinen Beinen hing, verschwand. Ein kurzer Blick auf den Boden und sie sah, dass seine nackten Füße groß und unbehaart waren, seine festen Waden und muskulösen Oberschenkel jedoch nicht. Es war eine Offenbarung. Rorys Kehle wurde trocken. Die Männlichkeit des Majors übertraf die mädchenhaften Erwartungen ihrer Tagträume bei weitem. Kein Wunder also, dass die Tänzerinnen applaudierten und voller Bewunderung auf und ab hüpften! Innerlich tat sie es ihnen nach.

Nachdem sie sich von dem Schock der Offenbarung erholt hatte, ließ sie sich von seiner Zurschaustellung männlichen Prahlerei und athletischer Kraft einfangen.

Einer von Romneys Assistenten, der mutig — oder dumm genug? —, war sich ihm entgegenzustellen, hob die Fäuste. Der Major lachte und begrüßte die Herausforderung. Doch ließ er seine Hände in die Taille gestemmt und forderte den Gehilfen heraus, den ersten Schlag zu tun. Als der Mann genau das tat, duckte sich der Major lässig in diese und jene Richtung, um den Kontakt mit den Hieben zu vermeiden, die vor ihm in die Luft geschlagen wurden. Scheinbar dieses Spiels müde, ging er schließlich zum Angriff über. Seine Faust traf das Kinn des Gehilfen beim ersten Schlag und der Mann taumelte erschrocken zurück.

Rory erhob sich halb von der Chaiselongue.

Die Tänzerinnen hinter ihrem Rücken jubelten.

Daraufhin versetzte der Major dem Körper des Mannes eine Reihe strategisch platzierter, kurzer, scharfer Schläge. Der Gehilfe brach erschöpft auf dem Boden zusammen.

Rory klatschte.

Die Tänzerinnen jubelten lauter als je zuvor.

Der Major drehte sich zur Bühne, um den Beifall entgegenzunehmen, aber die Tänzerinnen, einschließlich Rory, keuchten auf und zeigten auf etwas oder jemanden hinter seinem Rücken.

Ein zweiter Gehilfe war dumm genug, den Major von hinten mit einem erhobenen Stuhl anzugreifen. Sofort drehte sich der Major auf den Fußballen herum, sah den Stuhl in der Luft, ging in die Hocke und schob eine Schulter vor. Der Gehilfe prallte direkt mit der Schulter des Majors zusammen, wodurch er von den Beinen gehoben wurde, das Gleichgewicht verlor, den Stuhl loslassen musste und durch die Luft geschleudert wurde. Als der Major sich aufrichtete, fielen der Stuhl und der Gehilfe zu Boden. Der Stuhl landete mit einem Knall und zersplitterte. Der Gehilfe landete außer Atem und mit erschüttertem Selbstbewusstsein auf dem Rücken. Als der Mann wieder zu Atem kam, floh er auf allen vieren unter dem herzhaften Gelächter des Majors und den Neckereien der Tänzerinnen aus dem Raum.

Nachdem aller Widerstand gebrochen war, wandte Major Lord Fitzstuart sich zur Bühne und verbeugte sich schwungvoll, um dann schnell in seine Rolle eines amerikanischen Ureinwohners zurückzufallen. Er überquerte geschickt das Schlachtfeld verstreuter Gegenstände, die sich in einem Maleratelier finden, und die von einem von Mr. Romneys Gehilfen in Panik verstreut worden waren: Pinsel, die herumlagen wie zerbrochene Stöckchen, eine Palette, die dort hingefallen war wie der Schild eines Soldaten, und alle Regenbogenfarben, die aus ihren Mischtöpfen herausgespritzt waren und sich über die Dielen verteilten wie das Blut der verwundeten Unterlegenen.

Jubel und Freudenschreie von der Bühne begleiteten diese erfolgreiche Überquerung eines so gefährlichen Schlachtfeldes, und zur Feier seines Sieges heulte der Major den Mond an und hob die Fäuste zum Sieg. Die Tänzerinnen applaudierten weiter und jede hoffte, dass sie diejenige sein würden, die der Major gefangen nehmen würde, wenn er die Bühne beträte.

Consulata Baccelli beugte sich auf der Chaiselongue vor, und die durchsichtige Seide rutschte ihr einladend von der Schulter, als sie ihn aufforderte, sich ihr anzuschließen. Und als der Major in ihre Richtung sah, winkte sie ihn mit einem heißblütigen Lächeln und einem gekrümmten Finger zu sich. Das war alle Ermutigung, die er brauchte, um einen fliegenden Sprung in Richtung der Chaiselongue zu machen.

Was Major Lord Fitzstuart nicht sehen konnte und somit nicht wusste und was die Tänzerinnen zwar sahen, aber sofort ignorierten, war die plötzliche Aktivität in seinem Rücken. Ein Überfalltrupp war in das Studio eingedrungen, die Tür wurde weit aufgerissen und gegen die Holztäfelung geschlagen. Der Knall, als Holz hart auf Holz traf, verlor sich in dem Lärm der Tänzerinnen, die um die Aufmerksamkeit des Majors buhlten.

Rory sah nicht nur, wie die Tür aufsprang, sondern erlebte auch, wie Mr. Cedric Pleasant zielstrebig zur Mitte des Raumes schritt, bevor er sein Schwert dramatisch zog und in die Höhe hielt, wie ein tapferer Ritter aus alten Zeiten auf der Suche, den Feind zu schlagen. Dann ließ er seinem theatralischen Auftritt die gebrüllte Ankündigung folgen, dass er, der Junker Cedric Pleasant, gekommen wäre, um zur Rettung zu eilen. Zu Mr. Pleasants Enttäuschung hörte niemand außer den hinter ihm Stehenden diese mutige Erklärung.

Mr. George Romney, Mr. William Watkins und Lady Grasby, gefolgt von einem Rory unbekannten Gentleman, schoben sich alle fast gleichzeitig durch die Tür.

Rory sprang sofort auf die Beine.

Jemand — sie — musste Grasby warnen.

Am Rande der Bühne wanderte ihr Blick von den Eindringlingen zu ihrem Bruder, der auf dem Boden lag und zufrieden schien, dort zu bleiben. Sein rußiger Kopf ruhte in dem Schoß einer Tänzerin, während eine andere auf seinem Schoß saß. Beide Frauen fuhren mit den Fingern über den gefangenen Wilden und suchten nach den empfindlichsten Stellen an seinem Körper, an denen er kitzlig war. Und ihr Bruder hatte einen Kicheranfall, seine langen, dünnen Beine traten, soweit es ihm möglich war, wild umher bei dieser erlesenen Foltermethode.

Es sagte viel über ihre schwesterliche Liebe, dass sie trotz des schockierenden Anblicks ihres Bruders, während sie ihn sich amüsieren sah, in liebevoller Nachsicht lächeln musste. Es war Jahre her, seit er sich so wohl gefühlt hatte. Sie hatte fast vergessen, dass er so herzlich lachen konnte.

Rorys nachsichtiges Lächeln besiegelte ihr Schicksal. Hätte sie nicht in Gedanken innegehalten, um ihren Bruder mit liebevoller Zuneigung zu beobachten, hätte sie vielleicht genug Zeit gehabt, um eine Katastrophe zu vermeiden, indem sie aus dem Weg sprang. Als sie ihren Blick zurück zur Tür wandte, wo die wie zu Stein erstarrten Hilfstruppen standen, stumm vor Verblüffung, wurde sie mit einem schrecklichen Anblick konfrontiert. Er war so bestürzend, dass jede Faser ihres Wesens sich gegen sie zu verschwören schien und sie keinen Muskel rühren konnte. Major Lord Fitzstuart hatte einen mächtigen Satz gemacht und flog auf die Chaiselongue zu. Er raste direkt auf sie zu und es gab nichts, was sie tun konnte, um sich selbst zu retten. Sie schloss die Augen und holte tief Luft. Auf eine Katastrophe gefasst, hoffte sie dennoch das Beste.

# VIER

Während Dair sich mit Romneys Gehilfen befasste, fragte er sich, wo Cedric Pleasant bleiben mochte. Sein kurzer, stämmiger Freund musste erst noch eintreffen. Und wo war Grasby, während der kleine Kampf stattfand? Nicht, dass Dair seine Hilfe gebraucht hätte, um mit den beiden Männern fertigzuwerden. Er hatte mit ihnen gespielt bis ihre Possen ihn zu langweilen begonnen hatten, um sich ihrer dann rasch nacheinander zu entledigen. Es war eine ausgesprochen erfreuliche Überraschung, seinen blonden Freund flach auf dem Rücken zu entdecken, wo er von zwei Tänzerinnen bis zur Unterwerfung durchgekitzelt wurde, und Dair hätte sich nicht mehr für ihn freuen können. Seit der Zeit vor seiner Heirat mit dieser kalten Schönheit, Drusilla Watkins, hatte er Grasby nicht mehr so unbekümmert erlebt. Also beschloss er, Grasby nicht zu stören und allein die Bühne anzugreifen. Und als Consulata ihn zu sich winkte, brauchte er keine weitere Ermutigung.

Dair machte einen fliegenden Sprung auf die Bühne.

Das Jubeln, Quietschen und Klatschen war ohrenbetäubend.

Und dann geschah das Unerwartete.

Es war so unerwartet, dass die Zeit langsamer zu laufen schien, um den Moment in der kollektiven Erinnerung der Anwesenden einzugravieren. Die Ungläubigkeit war so groß, dass einige Sekunden lang niemand sprach und keiner sich bewegte, sondern alle sich fragten, ob dies zu der Darstellung der empörenden Angeberei des Majors gehörte. Er hatte den Spitznamen „Teufelskerl Dair" nicht erhalten, indem er bei White's saß und Karten spielte.

Dair befand sich im vollen Sprung, als das weibliche Wesen in mintgrünen und lavendelfarbenen Röcken ihm in den Weg trat. Wo in Jupiters Namen war sie plötzlich hergekommen? Es war der schlechtest mögliche Zeitpunkt. Hatte ihr Gehirn die Größe einer Erbse, dass sie nicht verstand, was ihr durch einen solch dämlichen Schritt geschehen würde? Es war ihm unmöglich, mitten im Sprung innezuhalten. Sein Soldateninstinkt sagte ihm, dass, wenn er nicht sofort auswiche, sein großer, muskulöser Körper mit voller Wucht auf dieses Hohlköpfchen prallen würde. Es würde gebrochene Knochen geben. Ihre Knochen. Es gab keine Zeit und keine Möglichkeit, dass sie ihn würde hören können, selbst, wenn er eine Warnung ausstieße.

Die Schar von Schönheiten, die erst vor wenigen Augenblicken herumgezappelt, gekichert und aufmunternd gerufen hatten, sahen nun die Katastrophe, die auf ihn zuraste, und sie zerstreuten sich schreiend, um aus dem Weg zu gehen.

Dair ergriff die einzige Möglichkeit, die ihm blieb, um katastrophale Folgen abzuwenden. Er schlang die Arme um sich, drehte sich und ließ sich fallen, in der Hoffnung, dass dies ausreichen würde, um seine Flugbahn zu ändern und ihn von der idiotischen Kreatur fernzuhalten. Sein schnelles Denken hätte Wirkung gezeigt, wenn das Frauenzimmer dort geblieben wäre, wo es war, und sich nicht umgedreht hätte. Es war, als würde sie eine bedrohliche Gegenwart spüren, und als sie versuchte, ihr zu entkommen, trat sie erneut in seinen Weg. Ihm blieb keine Wahl mehr.

Er landete schwer auf der Bühne, sein Schwung trug ihn vorwärts, er hob die Frau auf und drückte sie fest gegen seinen Oberkörper, während er weiter rannte. Seine Füße bemühten sich, seinen Schwung aufzuhalten. Sein Oberschenkel prallte gegen die Ecke der Chaiselongue und erschreckte die darauf Sitzende, die sich vorbeugte, bevor sie mit einem unwillkürlichen Kreischen in die Kissen zurückfiel, als die fast kippende Chaiselongue mit einem dumpfen Schlag auf alle vier ihrer Spindelbeine zurückfiel.

Dair schätzte, dass der Rand der Plattform ein paar Fuß vor ihm liegen musste, danach kam eine tiefe Stufe und eine Lücke von etwa fünf Fuß bis zu der verputzten Wand an der Rückseite des Ateliers. Das letzte, was er wollte, war, mit seiner Gefangenen in die Lücke zu fallen; sie könnte unter ihm landen und zerdrückt werden. Und selbst wenn er über die Lücke sprang, es gab nichts dahinter. Sie würden gegen die Wand prallen. Während er dabei ein paar Prellungen und Schürfwunden davontragen könnte, gab es keine Garantie dafür, dass er seiner Gefangenen gebrochene Knochen, wahrscheinlich Rippen, würde ersparen können.

Er musste etwas unternehmen, und zwar schnell. Aus dem Augen-winkel erblickte er den Leinenvorhang, der als Kulisse für den Maler diente. Er bauschte sich in dem Luftzug, der durch das offene Fenster kam. Dair nahm an, dass er in Reichweite wäre. Seine Gefangene in einem Arm haltend, streckte er den anderen aus, packte eine Handvoll des Stoffs und betete, dass die Gardinenstange nicht brechen würde. Der Stoff musste an seine Ringe genäht hängen bleiben, lange genug, dass sie sich darin verheddern konnten, was sie daran hindern dürfte, vom Rand der Bühne zu stürzen.

Seine Strategie funktionierte. Geschwindigkeit und Bewegung verwickelten sie in die leinenen Falten. Der Vorhang schwang weit herum. Dairs Schulter prallte mit einem Knall gegen die Wand, dann schwang sich der Vorhang mit den beiden daran Hängenden zurück auf die Bühne und kam zum Stillstand. Das Paar war in den Stoff gewi-ckelt, blieb aber auf den Beinen und unverletzt.

Zufrieden mit seinen Bemühungen, eine Katastrophe abzuwenden, stieß er ein unfreiwilliges, leises Lachen aus. Für einige Sekunden war alles, was er hören konnte, sein eigener schwerer Atem, und alles, was er fühlen konnte, war sein Herz, das hart gegen seine Rippen schlug. Weit weg, am anderen Ende des Studios, gab es viel Aufregung, aber hier, in diesem Leinenkokon eingewickelt, gab es nur Stille... und Atmen. Auch seine Gefangene atmete heftig. Er spürte ihren Atem auf seiner nackten Brust, an die ihre Stirn gedrückt war, und sie zitterte, ohne Zweifel vor Angst. Aber sie schrie nicht und stöhnte nicht, was ihm bestätigte, dass sie unverletzt war. Also keine gebrochenen Knochen. Gut. Möglicher-weise hatte er einen üblen blauen Fleck am Oberschenkel und einen an der Schulter, aber das war nichts im Vergleich zu dem blauen Fleck auf seinem Ego, den er dieser idiotisch ahnungslosen Frau verdankte, die sicher in seine Arme gewickelt war.

Wer zum Teufel war sie überhaupt? Woher war sie gekommen? Warum war sie auf der Bühne, von Tänzerinnen umgeben, die als grie-chische Nymphen gekleidet waren, während sie selbst von Kopf bis Fuß angezogen war? Sein weinumnebeltes Gehirn suchte nach Antworten. Sie muss eine Freundin von Consulata sein. Vielleicht eine Sängerin oder eine Schauspielerin oder eine hochkarätige Hure, die sich um die Bedürfnisse von Männern seines gesellschaftlichen Standes bemühte? Vielleicht die Mätresse von einem von Dorsets Kumpanen? Das ergab Sinn.

Sie gehörte mit Sicherheit nicht zu den behütet aufgewachsenen Frauen wie seine Schwester, seine Cousine und seine Mutter, die es nicht wagen würden, ohne eine männliche Begleitperson einen teuer beschuhten Zeh in das Atelier eines Malers zu setzen, weil sie Angst hatten, genau den Frauen zu begegnen, für die er und Grasby hier aufgetreten waren. Eine feine Miss wäre inzwischen in Ohnmacht gefallen oder hätte sich die Kehle aus dem Hals geschrien. Der üble Schock, von einem nackten Mann, der einen Wilden spielte, von den Füßen gerissen zu werden, hätte sicher zu einem hysterischen Anfall geführt. Aber sie war nicht hysterisch. Vielleicht war seine Gefangene zu sehr vor Angst erstarrt, um sich zu wehren? Das würde erklären, warum sie so fest an ihm hing wie eine eifrige Braut, die sich in der Hochzeitsnacht an einen begeisterten Bräutigam klammerte.

Er stellte fest, dass sie vielleicht doch nicht völlig dumm war, sondern eine listige kleine Füchsin. Dumm bei der Ausführung ihres Schachzuges — niemand, der ein bisschen Verstand besaß, würde sich in den Weg eines Dragoners werfen, dessen Brust so breit war wie eine Sänfte — doch schlau, denn wenn sie seine Aufmerksamkeit hatte erregen wollen, besaß sie sie jetzt, und zwar ungeteilt. Und sie war auch nicht schüchtern dabei, ihn wissen zu lassen, was sie von ihm wollte. Füchsin.

Wie ging nocheinmal der Spruch, den Cedric nach einer zu großen Menge Rotwein ad nauseam wiederholte? Carpe irgendetwas? Carpe … Carpe diem … Nutze den Tag! Das wars. Er hatte auf jeden Fall etwas in seinen Händen, warm und weich und ohne Zweifel köstlich … Er grinste. Und er war sich nicht zu gut, um den Augenblick nicht zu nutzen. Was sich jenseits ihres Kokons zutrug, mochte der Teufel holen.

Wie praktisch, dass ihre Röcke verschoben waren, sich an einer Seite bauschten, der Reifrock ziehharmonikaartig zu ihren Hüften hochgeschoben, wobei er ihren linken Arm an ihre Taille drückte und seine Hand an ihr festes, rundes *derrière*. Ihr leichtes Leinenhemd war kein Hindernis für das angenehme Gefühl von warmem, rundem weiblichem Fleisch unter seinen Fingern, und er fragte sich, ob sie so gut roch, wie sie sich anfühlte.

Er neigte den Kopf und erwartete einen der süßlicheren, schweren Düfte, die Floris erschuf und unter seinen Liebhaberinnen verspritzte, als ob es Wasser wäre und er Münzen ins Meer würfe. Aber welchen Preis hatte es, mit einer schönen Frau zu schlafen?

Er war angenehm überrascht. Dieser Duft war viel subtiler und verführerischer …

Er schloss die Augen, schnupperte an ihr und fragte sich, welche Bestandteile ein so betörender Duft haben mochte. Er war undefinierbar, eine kaum wahrnehmbare Mischung aus Aromen, von Vanille und Lavendel, aber vor allem von ihrer Weiblichkeit. Er löste in ihm eine tiefe Sehnsucht aus, die er weder beschreiben konnte noch sich selbst eingestehen wollte. Alles, was er wusste, war, dass er mehr von ihr wollte, hier und jetzt. Seine Hand krampfte sich in ihr dünnes Hemd und knüllte das Leinen zwischen seinen schlanken Fingern zusammen, während er sich an ihr berauschte.

Sie hob ihren Kopf von seiner Brust und er neigte sich von ihr weg, aber gerade genug, um ihr Gesicht zu sehen und festzustellen, ob sie von diesem Moment ebenso gefesselt war wie er. Ihre großen blauen Augen, die unter schweren Lidern klar waren, blinzelten zu ihm auf, und als sich ihre Lippen langsam und sehr einladend öffneten, brauchte er keine weitere Ermunterung. Er drückte seinen Mund auf ihren und gab sich dem Moment hin ...

Es waren die Holzdübel im Putz, die zuerst nachgaben. Sie hielten die Metallklammern in der Wand. Eine Metallklammer löste sich und fiel klirrend auf die Bühne, als die hölzerne Gardinenstange, die sich unter dem Gewicht der beiden in den Vorhang gewickelten Menschen bog, knackend in zwei Teile brach. Es folgte ein lautes Rauschen und das Klappern von hölzernen Vorhangringen, als diese von den zersplitterten Enden der zerbrochenen Stange rutschten. Dair und seine Gefangene wurden vom Vorhangstoff überflutet.

Innerhalb von Sekunden war es vorbei. Das in seinem Kokon steckende Paar wurde überrascht und kämpfte darum, auf den Beinen zu bleiben, nachdem sie nicht länger von dem durch ihr Gewicht gespannten Vorhang gestützt wurden. Mit blitzschnellem Reflex schlossen sich Dairs Arme fest um seine Gefangene. Und als sie zu Boden geworfen wurden, streckte er die Ellbogen vor und nahm die Hauptlast des Sturzes auf sich. In den Vorhängen gefangen, rollten sie sich hin und her, fielen von der Bühne und in die enge Lücke zwischen ihr und der verputzten Wand.

Dair landete auf seinem Rücken, seine Gefangene auf ihm, die sich an ihn klammerte, als wäre er das einzige Stück Treibgut in einem tosenden Meer. Beide waren erschrocken, aber unverletzt. Beide lagen still und atmeten tief durch, um ihr Gleichgewicht wiederzugewinnen, wenn schon nicht ihre Würde. Dann erkannten plötzlich beide ihre neueste, missliche Lage. Beim Herunterrollen von der Bühne hatte sich der Leinenstoff aufgewickelt und sie freigelassen, als sie in die Lücke fielen. Jetzt befanden sie sich in einem Gewirr aus nackten Armen und Beinen, sein Lendenschurz hing schief, ihr Reifrock war verdreht und zerbrochen, Lagen sorgfältig angeordneter Röcke zerdrückt und verschoben, und alles davon war sichtbar.

Dair hielt es für einen großartigen Spaß.

Grinsend legte er einen Arm unter seinen Kopf und machte es sich völlig ungerührt gemütlich. Sein Grinsen wurde zu wirklich guter Laune, als er zuschaute, wie seine Gefangene darum kämpfte, ihre

Glieder und ihre Kleidung von seiner muskulösen Gestalt zu lösen. Und ohne seine Hilfe hatte sie damit wenig Erfolg. Er konnte an ihrem störrischen Gesichtsausdruck erkennen, dass seine mangelnde Unterstützung sie ärgerte, aber als sie es schaffte, sich aufzusetzen und sich die verworrenen blonden Haare aus dem Gesicht zu streichen, griff er nach ihrem Handgelenk. Er hatte durchaus die Absicht, sie wieder auf sich nach unten zu ziehen, um dort weiterzumachen, wo sie, eingewickelt in den Vorhang, aufgehört hatten, und alle anderen mochten zum Teufel gehen.

Dann dröhnte eine Stimme durch das Atelier, über den ganzen Tumult hinweg. Dair ließ seine Hand um das Handgelenk seiner Gefangen liegen, legte einen Finger auf seine Lippen, signalisierte ihr, dass sie nicht sprechen sollte, und hob sich auf einen Ellbogen, um zu lauschen. Es war nicht Cedric Pleasant, der verkündete, er wäre gekommen, um sie alle zu retten. Er erkannte die Stimme nicht, aber er erkannte den Befehlston. Es wurde von Schritten begleitet. Und auch das war vertraut. Es waren Männer in Stiefeln, die im Gleichschritt marschierten. Wenn er richtig hörte, hätte er ein Dutzend Männer geschätzt, vielleicht mehr.

Soldaten.

FÜNF

Rory hatte sich nicht von ihm küssen lassen wollen. Im Gegenteil, sie war nur einen Atemzug davon entfernt, ihrer Empörung darüber Ausdruck zu verleihen, dass es die Höhe der Unhöflichkeit war, an ihrem Hals zu schnuppern, an irgendjemandes Hals! Sie hätte erschrocken, verzweifelt oder sogar hysterisch sein müssen, sich an einen nackten Mann gedrückt zu finden, mit nichts zwischen ihnen als einem Stück Rehleder. Und das bot nicht viel an Schutz. Ein bestimmter Teil seiner Anatomie verhielt sich nicht so, wie er sollte, oder vielleicht war es das Problem, dass er sich genau so verhielt, wie er sollte, aber ohne Erlaubnis, dies zu tun. Nicht, dass sie *darüber* etwas gewusst hätte, außer dem, was sie durch ihre Betrachtung der Wandteppiche in einem Lustschlösschen auf dem Landsitz ihrer Paten in Hampshire begriffen hatte.

Zweiundzwanzig Jahre alt und völlig unwissend über Herzensdinge, genauer gesagt, über alles, was Lust betraf. *Zwei*undzwanzig. Sie konnte ihre eigene Unwissenheit kaum fassen!

Als junges Mädchen hätte sie in Ohnmacht fallen müssen. Wenn nicht, hätte sie alles ihr Mögliche tun müssen, um ihn abzuwehren und sich einen Weg aus diesem Kokon zu bahnen. Schreien. Alles, um ihren jungfräulichen Körper so weit wie möglich von dieser starken Männlichkeit zu entfernen. Ihr makelloser Ruf verlangte das. Ihre Familie würde es erwarten. Die feine Gesellschaft würde sie dafür verurteilen, es nicht getan zu haben.

Aber Major Lord Fitzstuart hatte ihre geordnete Welt erschüttert, als wäre sie eine faszinierende Schneekugel. Als sie in einem Meer von bunten, fließenden Möglichkeiten schwebte, stellte sie fest, dass dieser spontane Besuch in George Romneys Atelier die aufregendste Nacht ihres ganzen, gesetzten Lebens war. In ihrem Alltag ereignete sich nie etwas, das nicht von der Konvention gebilligt, für passend, friedlich und *sicher* für die unverheiratete Enkelin eines Lords gehalten wurde.

Und jetzt lag sie hier in den Armen des bestaussehenden, verruchtesten Kriegshelden ihrer Zeit. Was sollte sie tun? Sie wusste, was sie tun wollte, aber es widersprach allem, was ihr jemals gesagt oder beigebracht worden war. Was war das für ein Spruch, den Cedric Pleasant bei jeder Gelegenheit benutzte ... *Carpe* ... *Carpe — Diem*. Das war es! Nun, sie würde die Gelegenheit nutzen, und zum Teufel mit den Konsequenzen!

Was war schon Schlimmes an einem einzigen, einfachen Kuss? Ein Kuss, und sie würde auf die eine oder andere Art wissen, ob das Küssen überbewertet wurde. Sie war noch nie geküsst worden, und schon gar nicht so, wie sich Frauen von gutaussehenden Männern leidenschaftlich und ohne Zurückhaltung küssen lassen wollten. Als sie eines Tages in ihrem Gewächshaus allein war, hatte sie es sich erlaubt, vom Küssen zu träumen, wie man küsste und was man dabei wohl fühlen mochte. Sie kam zu dem Schluss, dass zwei Menschen, die sich vor der Tat Gedanken machten, es nicht tun würden. Ihr Tagtraum hatte dazu geführt, dass sie eine reifende Ananaspflanze vollständig mit Gerberrinde bedeckte, bis der Gärtner sie aus ihrer Gedankenverlorenheit riss und warnte. Zwei Menschen, die ihre Lippen aufeinanderpressten? Was sollte daran so Besonders sein?

Er war so warm und so — so *männlich*. Er roch nach Pfeffer und Moschus und ... frisch gepressten Limetten ... Faszinierend, wie die Haut auf seinem Gesicht glatt wirkte und doch, wenn sie darüber nach oben strich, sein Kinn rau war, wie die scharfen Spitzen auf der Muskatreibe ihres Großvaters ... Seine Nase war wirklich groß und geformt wie ein Schnabel. Das hatte sie schon früher an ihm bemerkt ... Und seine Wimpern ... Sie waren so lang und dunkel ... Sie war sicher, dass ihre Lippen geschwollen waren ... Er schmeckte salzig und köstlich ... Waren die Fenster gegen die Nachtluft geschlossen und ein Feuer im Kamin entzündet worden? Plötzlich fühlte sie sich heiß und wie berauscht, und da war ein Kribbeln, eher ein Pulsieren, irgendwo ...

Liebe Güte!

Ihr war nie in den Sinn gekommen, dass man, um einen leidenschaftlichen Kuss wirklich zu genießen, den Mund öffnen musste. Das war so ... *hemmungslos*. Und er war so ... *köstlich*. Sie presste sich an ihn und wollte mehr, wollte nicht, dass er aufhörte. Sie wollte, dass sich alles an diesem Moment in ihr Bewusstsein einbrennen sollte: Seine warme Hand, die ihr Gesäß umfasste, das Gefühl von ihm, wie er groß

und nackt an sie gedrückt war; seine Finger, die sich in ihre Nacken-
haare gruben, die mit einem lavendelfarbenen Band zusammengefasst
waren; und die wundervolle Art und Weise, wie er sie küsste, als ob er
wirklich nichts und niemand mehr begehrte als sie.

Oh, wie leicht es war, sich einem falschen Glauben hinzugeben.
Und alles, was es dazu brauchte, war ein einziger Kuss ...

WENN RORY UNTRÖSTLICH WAR, DASS IHR KÖSTLICHER KUSS
durch den Bruch der Gardinenstange ein plötzliches Ende fand, war sie
vor Schock sprachlos, als sie wie ein zerzaustes Wrack auf ihm landete.
Es war unwichtig, dass sie sich hätte die Rippen brechen können. Sie
wusste, dass sie von Kopf bis Fuß von blauen Flecken übersät sein
würde, weil sie unter ihm herumgeworfen und -gestoßen worden war,
als sie über die Bühne rollten und dann auf dem Boden landeten. Und
als sie zu einem krachenden Halt kamen, lag er nur lachend auf seinem
Rücken, lachte so herzhaft, dass sie auf seinem Bauch durchgeschüttelt
wurde.

Doch der Fall hatte sie auf ihr Benehmen aufmerksam gemacht und
alles, woran sie denken konnte, war, ihre Kleidung zu ordnen und sich,
so schnell sie konnte, von ihm zu entfernen. Sie musste fort von ihm,
bevor Drusilla und Mr. Watkins entdeckten, wo sie war, und bevor
Grasby erkannte, dass seine kleine Schwester ihn betrunken und deran-
giert beim Herumtoben mit Frauen schlechten Rufs gesehen hatte. Aber
was sollte sie ihm sagen, was mit ihr geschehen war? Ihr Reifrock war
verdreht und zerbrochen, die Knöpfe und Bänder, die ihre Röcke zu
einer *polonaise* rafften, waren abgerissen und der Stoff hing jetzt lose
und ungeordnet um sie herum. Und wo war ihr Gehstock? Sie erinnerte
sich, ihn zuletzt gesehen zu haben, als sie von einer Wand aus männlichen Muskeln getroffen worden und der Stock ihr aus der behandschuhten Hand geflogen war. Sie hoffte, dass er dabei keine der
Tänzerinnen ernsthaft verletzt hatte ...

Sie wurde in die unmittelbare Gegenwart zurückgeholt, als Dair
sanft ihren Oberarm drückte und mit einem Augenzwinkern und einem
Finger an seinen Lippen signalisierte, dass sie still bleiben sollte. Eine
Erklärung war nicht erforderlich. Das laute, regelmäßige Klappern von
Stiefeln auf Dielen, begleitet von dem erschrockenen Quietschen der
Tänzerinnen, ließ sie von ihm herunterkrabbeln und sich an den Rand
der erhöhten Plattform knien, um zu sehen, was vor sich ging.

Direkt an der Tür stand Mr. George Romney mit verschränkten

Armen, gebeugten Schultern und besorgtem Blick. Neben ihm war sein Bruder Peter, der breit grinste. Sie machten einer Abteilung uniformierter Milizen Platz, deren Einmarsch von einem rotgesichtigen Hauptmann der Wache angeführt wurde. Die Soldaten kamen in der Mitte des Ateliers abrupt zum Stehen, wo ein untersetzter Gentleman in einem eierschalenblauen Gehrock mit Metallfäden und Pailletten mit gespreizten Beinen dastand und so seine kräftigen Wadenmuskeln zur besten Geltung brachte. Was die Wirkung seiner Haltung minderte, war, dass er in die verschüttete Farbe getreten war und nun überall auf seinen Schnallenschuhen Spritzer hatte. Vor einem Publikum weinender und in Panik geratener Tänzerinnen hob er ein Schwert in die Luft und hielt eine Rede. Diese eingeübte Rede beendete er schnell, als er vom Hauptmann der Wache unterbrochen wurde, der Befehle bellte, doch sein Arm, der das Schwert hielt, blieb steif erhoben. Rory vermutete, dass Zunge und Körper erstarrt waren, als er die Soldaten hörte und dann sah. Sie erkannte den erstarrten Schwertkämpfer. Es war der beste Freund ihres Bruders, Mr. Cedric Pleasant. Sie vermutete, dass er der „angenehme Freund" war, den Consulata Baccelli gemeint hatte.

Sie fragte sich, wo ihr Bruder sein mochte. Sie betete, dass er es geschafft haben mochte, sich irgendwo im Raum zu verstecken. Vielleicht hockte er hinter dem Stapel Leinwände an einer Wand oder unter dem stoffbedeckten Tisch, auf dem sich alle Utensilien befanden, die ein Porträtmaler brauchte? Besser noch, wenn er es geschafft hätte, aus dem offenen Fenster zu springen, durch das er hereingeklettert war. Er gehörte nicht zu denen, die jetzt im Studio versammelt waren, sodass sie sich, als Dair an der Spitze an ihrem Ellbogen zog, um ihre Aufmerksamkeit zu erregen, bereitwillig von dem Melodrama abwandte. Sie war überrascht, dass er immer noch außer Sichtweite, auf einen Ellbogen gestützt, dalag.

„Berichtet, edler Späher! Was geschieht dort draußen?"

„Wollt Ihr Euch das nicht selbst ansehen?"

„Lasst mich raten", sagte er. „Zwölf — vielleicht fünfzehn — Mann Miliz, ihren Hauptmann nicht mitgezählt ...?"

Rory schaute ins Atelier, zählte, nickte und war beeindruckt.

„Könnte nicht besser sein! Ich wäre beleidigt, wenn es weniger als ein Dutzend wäre. Sechs, und die Bachstelzen würden sie für Kunden halten. Acht, und unsere Kanarienvögelchen könnten denken, sie sollten wegen unanständigen Benehmens ins Kittchen gebracht werden. Aber jetzt, wo ein *Dutzend* der besten Männer der Stadt das Gelände besetzt, werden sie den Verdacht haben, dass etwas weit Ernsteres am Kochen ist."

Rory runzelte die Stirn.

„Bachstelzen und Kanarienvögel? Am Kochen? Ich habe keine Ahnung, wovon Ihr redet, aber es hat nichts mit Volieren zu tun, sondern, wenn ich eine Vermutung anstellen sollte, mit etwas, das Ihr zu Eurem eigenen Vergnügen ausgeheckt habt?"

Überrascht starrte Dair Rory zum ersten Mal seit ihrem Zusammenstoß an. Ihm gefiel, was er sah, sie war ein wohlgeformtes kleines Ding mit großen blauen Augen und leuchtendem Haar, ihr Selbstbewusstsein und die Intelligenz ihres Gesichtsausdrucks beunruhigten ihn jedoch. Er war sich nicht sicher, ob sie *über* ihn oder *mit* ihm lachte. Sein Instinkt sprach für letzteres, also beschloss er, ihr zu vertrauen und sagte auf seine nonchalanteste Weise:

„Es stört Euch nicht besonders, dass Mr. Romneys Atelier von uniformierten Schlägern überrannt wird?"

„Warum sollte es das?", sagte sie achselzuckend und fügte mit einem kessen Lächeln hinzu: „Ich habe einen Kriegshelden, um mich zu beschützen."

„Ha! Das stimmt!", erwiderte er und spürte, wie sein Gesicht heiß wurde. Lieber Gott! Wurde er etwa rot? Bei dieser Schwäche wurde ihm übel. Viele Frauen hatten diesen einzeiligen Schachzug bei ihm versucht, mit den Wimpern geklimpert und mit den rotgeschminkten Lippen geschmollt, und um die schönsten ins Bett zu bekommen, hatte er sie glauben lassen, dass es wirkte. Aber er war bei dieser Bemerkung noch nie rot geworden.

„Ein Kriegsheld, der sich als Wilder verkleidet hat", neckte Rory.

„Für eine Wette — das ist alles", platzte es aus ihm heraus, als ob ein Geständnis von ihm verlangt würde.

„Ja, ich dachte mir, das könnte der Grund sein. Aber diese Armen — Bachstelzen und Kanarienvögel — wissen das nicht, oder? Und die Miliz ... Ich hoffe, Eure Taschen sind tief genug für diese Invasion? Oder decken Eure Gewinne auch Eure Kosten?"

„Schlau." Um seine Mundwinkel zuckte es. „Ich wette meinen Lendenschurz, dass Ihr auch wisst, was *verstört* bedeutet."

Rory wandte sich ab und schaute wieder über die Bühne; alles, nur um ihn davon abzuhalten, sie so eindringlich anzustarren. Sie fühlte sich ziemlich schwach. Sie erzählte ihm, was sich abspielte und fügte hinzu: „Der Hauptmann hat zwei seiner Männer als Wache an die Tür gestellt, die jetzt geschlossen ist. Auf diesem Weg werdet Ihr nicht entkommen können, wenn das Euer Plan war?"

Er zupfte wieder an ihren Spitzen und deutete mit dem Daumen über seine nackte Schulter. „Tür hinter uns. Und sie ist nicht verschlossen. Was macht der Gentleman mit dem Schwert jetzt?"

„Er hat sein Schwert weggesteckt und unterhält sich mit dem Hauptmann."

„Mr. Pleasant wird so mürrisch sein wie ein zertretener Giftpilz, dass sein Auftritt verdorben wurde. Klug von ihm, sein Schwert in die Scheide zu stecken und nicht den Helden zu spielen. Er ist kein Feigling, aber es wäre idiotisch, Männer in Uniform herauszufordern, besonders wenn das Kräfteverhältnis derartig ungleich ist."

„Ein Kriegsheld würde das. Ihr würdet das. Ihr fürchtet Euch vor nichts."

Zum zweiten Mal in ebenso vielen Minuten war Dair von einer solch festen Überzeugung überrascht. Doch er gewann schnell seine Kaltblütigkeit wieder und neigte zustimmend seinen Kopf, um grinsend zu erwidern: „Ich werde sie so erschrecken, dass sie nachgeben. Ich bezweifle, dass einer dieser Jungen je einen Kolonisten gesehen hat, geschweige denn einen Eingeborenen dieses Kontinents."

Rorys Blick huschte über sein bemaltes Gesicht, an dessen beiden Seiten zwei Zöpfe hinter seinen Ohren baumelten, und dann über seine breiten Schultern, aber sie wagte es nicht, ihre Augen weiter nach unten wandern zu lassen, sondern lenkte ihren Blick schnell zu seinem Gesicht mit seinen geschwärzten Augenhöhlen zurück. Dass er sie aufmerksam beobachtete, zeigte sich in seinem starren Blick.

„Ja, das werdet Ihr", sagte sie ruhig. „Und Ihr müsstet dazu nicht einmal diese absurde Verkleidung tragen. Ihr seht nicht im Geringsten aus wie ein amerikanischer Indianer."

„Absurd? Und wie viele Indianer habt Ihr ..."

„Ich habe Radierungen gesehen!"

Ein unwillkürlicher Lachanfall wurde schnell gedämpft, als er sich mit der Hand über den Mund schlug. Er beugte sich mit hochgezogenen Augenbrauen zu ihr. „Ich zeige Euch meins, wenn Ihr mir Eures zeigt…?" Aber als sie die Stirn runzelte und diesen Vorschlag nicht verstand, lehnte er sich plötzlich unbehaglich zurück und sagte mit ungewöhnlicher Schroffheit: „Das nächste Mal, wenn ich mich lächerlich machen möchte, werde ich Euch um Rat fragen!"

„Ihr braucht meinen Rat nicht. Das könnt Ihr ganz prächtig allein! Oh! Oh! Das war jetzt unhöflich von mir! Verzeiht mir!"

Er grinste und beobachtete, wie sie nervös wurde und ihre Entschuldigung mit vor Verlegenheit apfelroten Wangen herausstammelte. Er fasste sie unter dem Kinn und kniff dann zärtlich hinein.

„Ihr, mein süßmäuliges Entzücken, seid überhaupt nicht wie Consulatas übliche Schar von Freundinnen ... ich bin froh, dass Ihr Euch mir in den Weg geworfen habt."

„Mich geworfen?" Rory schnappte laut nach Luft. „*Mich geworfen?*"

Sie wusste nicht, was sie sonst zu einer so unerwarteten Anschuldigung sagen sollte. Weitere Verlegenheit und Erklärungen blieben ihr erspart, als Dair einen Finger auf seine Lippen legte, um sie zum Schweigen zu bringen und mit dem Kopf Richtung Bühne deutete.

„Horcht! Klingt wie ein Streit. Wie eine Frau, die einen armen Kerl in der Luft zerreißt. Das ist nicht Consulata. Wenn sie in Rage gerät, geht das nur auf Genuesisch und mit lauter Gesten! Was sagtet Ihr, wer dort draußen ist?"

„Ich habe nichts gesagt."

Rory spähte über den Rand, aber sie wusste auch so, wem diese aufgebrachte Stimme gehörte. In das Bild von strammstehenden Soldaten, sich zusammendrängenden Tänzerinnen und einem in Trümmern liegenden Maleratelier fegte Lady Grasby, der William Watkins auf dem Fuße folgte. Beide eilten zu Mr. Romney und forderten Antworten. Rory hatte keine Ahnung, was gesagt wurde, es herrschte zu viel weiterer Lärm. Sie konnte sich gut vorstellen, wie ihre mit dem Fächer wild gestikulierende Schwägerin dem Maler die Schuld an allem Unheil der Welt an den Kopf warf.

Unzufrieden mit den kurzen Antworten des Malers, der dann auf den Hauptmann deutete, stürzte sie sich bereitwillig auf diesen uniformierten Offizier und fuhr bei diesem fort, ihn ohne Rücksicht auf seinen Rang, seinen Auftrag oder die Zuschauenden herunterzuputzen. Drusilla änderte ihre bevorzugten Waffen nie: der Stammbaum der Talbots, der bis zu Edward dem Dritten zurückreichte; ihr Großvater, der Earl, dessen Erbe ihr Ehemann einmal sein würde; und die hochrangigen Beziehungen des Earls zu jedem geheimen Rat, der dafür sorgen konnte, dass der Hauptmann auf die Insel St. George im Südpolarmeer geschickt werden könnte, wenn er nicht täte, was sie verlangte.

Rory seufzte und sagte etwas entschuldigend: „Lady Grasby bedroht den Hauptmann und er sieht ausgesprochen eingeschüchtert aus."

„Grasby? *Lady* Grasby?" Dairs Ohren brannten und er setzte sich auf. „Sagt mir, mein Augenstern, seht Ihr einen Kerl mit großen Augen, rotblonden Haaren, dünn wie eine Bohnenstange — einen Schreiber mit Löscher und Bleistift? Macht er sich mengenweise Notizen?"

Sie nickte. „Ja. Und er kann nicht so schnell schreiben, wie die Unterhaltung läuft. Er hat gerade die Spitze seines Bleistifts abgebrochen und er ist ihm aus der Hand gefallen. Oh nein! Der arme Kerl hat sich zu Boden gebückt, um ihn aufzuheben, und ihm wurde auf die Hand getreten, von Mr. Watkins ..."

„Mr. *William* Watkins? *Wiesel* Watkins ist auch da? Halleluja! Es ist in der Tat ein glücklicher Tag!"

Rory schaute rechtzeitig über die Schulter, um zu sehen, wie Dair vor Freude eine Faust in die Luft stieß.

„Wiesel? *Wiesel* Watkins? So nennt Ihr ihn?"

Sie versuchte ein Lächeln zu unterdrücken, aber Dair sah es und zeigte mit einem Finger auf sie.

„Bewundert es, Augenstern! Der Spitzname passt ihm wie angegossen. Diese zusammengekniffenen Augen! Diese buschigen Brauen! Diese dünnen, missbilligenden Nasenflügel!"

„Ich werde nichts zugeben. Schämt Euch. Nicht jeder kann ein Adonis sein. Ganz sicher nicht Mr. Watkins. Aber er verbirgt seine Schwächen durch gute Kleidung."

„Aber er verbirgt seine Schwächen durch gute Kleidung", ahmte Dair sie nach und zog ein angewidertes Gesicht.

Rory konnte nicht anders — sie kicherte.

„Ich hätte in meinen wildesten Träumen nicht gedacht, dass Major Lord Fitzstuart in der Lage wäre, einen anderen zu beneiden. Ihr könntet in einen Sack gekleidet sein, und die weibliche Welt würde Euch trotzdem ohnmächtig zu Füßen fallen. Der arme Mr. Watkins muss alle Künste seines Schneiders bemühen, um sich auch nur ein wenig weiblicher Aufmerksamkeit würdig zu erweisen. Ihr betretet einen Raum, in einen Sack gekleidet, und alle Bemühungen Mr. Watkins' wären umsonst."

„Kommt her, Augenstern", befahl er sanft und zog sie neben sich zu Boden, ihre behandschuhte Hand fest im Griff. Er trug kein schurkisches Lächeln, als er ihr in die Augen sah und leise sagte: „Es ist Zeit, dass ich dieser Scharade ein Ende bereite. Das muss ich tun, bevor mein Freund, der Schreiber, sein ganzes Pergament verbraucht hat. Aber bevor ich meinen großen Abgang habe, möchte ich Euren Namen wissen. Ihr seid keine Tänzerin und auch keine Schauspielerin. Eure Konversation — alles an Euch — sagt mir, dass Ihr wohlbehütet seid oder es in der Vergangenheit wart. Nein. Sträubt Euch nicht. Ich will Euch nicht in Schwierigkeiten bringen. Ich möchte Euch anbieten ..." Als Rory ihn weiter verständnislos anschaute, schnaubte er, sah zur Seite und dann wieder zu ihr, sichtlich verwirrt. „Zum Teufel! Was biete ich Euch an?"

Rory schluckte schwer, ihre Kehle war vor Erwartung trocken und ihr Blick war auf sein hübsches Gesicht gerichtet. Durch die tiefen Linien zwischen seinen schwarzen Brauen erkannte sie, dass sein Verstand sich in einem Aufruhr der Unentschlossenheit befand.

„Woher soll ich es wissen, wenn Ihr es nicht tut?", fragte sie leise.

Dabei senkte sich sein Blick — nicht von ihr fort, sondern nach unten, zu ihrem Mund. Dann noch weiter, zu der Rundung ihrer kleinen, festen Brüste, die in einem engen Mieder aus gestreifter Seide gefangen waren, dessen viereckiger Ausschnitt tief war, und über dessen seidenen Rand die schöne Spitze ihres Hemdes lugte. Er streichelte eine Falte der zarten Spitze zwischen Daumen und Zeigefinger und es juckte ihn, noch viel mehr zu streicheln ... Schließlich hob er ihr Kinn mit seinem Zeigefinger und richtete seinen Blick wieder auf ihr Gesicht.

„Ihr wisst, was ich will, Augenstern. Man küsst einen Mann nicht so, wie Ihr mich geküsst habt, ohne Folgen zu erwarten. Nun, das ist Euer Glückstag. Ich werde Euch geben, was Ihr Euch wünscht."

Rory blinzelte. Jetzt war sie verwirrt. In ihrem Kopf stritten sich Gefühle von Freude und Angst. Freude, weil sie sah, dass er sie begehrte. Sie mochte unwissend sein, aber sie war nicht einfältig. Der bestaussehende Mann von London fand *sie* begehrenswert. Niemand hatte sie jemals so angesehen. Er hatte sicherlich noch nie von ihrer Existenz gehört, obwohl sie vor weniger als einem Monat am Osterball der Roxtons teilgenommen hatte. Aber die Freude wurde schnell von der Angst verschluckt, der Angst vor dem, was er gleich vorschlagen würde. Ein Kuss und er glaubte zu wissen, was sie wollte? Männer handelten immer so überstürzt!

Sie wollte nicht hören, was er anzubieten hatte und rutschte beiseite, um ihre Röcke glattzustreichen, ihr Kleid und sich selbst irgendwie in Ordnung zu bringen, bevor sie entdeckt wurde, was wohl unvermeidlich war. Ihre Schwägerin hatte aufgehört, den Hauptmann zu beschimpfen, und er wandte sich jetzt an seine Männer. Auch die Tänzerinnen waren verstummt. Ein dumpfer Schlag ganz in ihrer Nähe ließ sie zusammenzucken. Auf der Bühne waren Schritte zu hören. Die Chaiselongue wurde wieder auf die Füße gestellt. Zum ersten Mal, seit sie in dem Graben gelandet waren, hörte man Consulata Baccelli sich in ihrer eigenen Sprache beschweren.

Doch bevor Rory nach oben spähen konnte, um zu sehen, was sich ereignete, zog Dair sie in seine Arme und küsste sie rasch auf den Mund.

„Was ist an dir, was mich so fesselt? Ich muss verrückt sein! Egal. Es ist abgemacht. Was immer du willst. Haus. Kutsche. Kleider. Gib mir eine Woche, um alles zu arrangieren. Bis dahin geh in das Haus der Banks in Chelsea. Es liegt an der Mauer des Physic Gardens. Lil... Lily Banks. Sie wird dich aufnehmen, bis ich dich abholen komme, und keine Fragen stellen. Erwähne nur meinen Namen. Wiederhole die Anweisungen, damit ich weiß, dass du sie nicht vergessen wirst. Sage es!"

„Banks House in Chelsea. Das Haus liegt an der Mauer des Physic

Gardens. Lily Banks wird sich um mich kümmern, ohne Fragen zu stellen. Wer ist Lily?"

„Eine Freundin — eine sehr gute Freundin." Er grinste. „Die Mutter meines Sohnes."

Alles Blut schwand aus Rorys Gesicht. Der Schock war groß. Obwohl sie keine Ahnung hatte, warum das so war. Es war nicht so, als hätte sie nicht gewusst, dass der Major eine Geliebte aushielt und mit ihr uneheliche Kinder gezeugt hatte. Über die Gewohnheiten der Adligen und ihrer Geliebten wurde in jedem Salon offen gesprochen. Sie war sogar bei einer Diskussion zwischen zwei langmütigen Ehefrauen anderer Adliger zugegen gewesen, die sich über die Versorgung und Pflege der Kinder ihres Mannes von verschiedenen Geliebten unterhielten, wobei eine der Ladys sich über die Fähigkeit ihres Mannes beklagte, jede Frau, die er ansah, zu schwängern. Ihre Schwägerin hatte sie weggezogen, bevor sie mehr hatte hören können. Für sie waren solche Gespräche nur das, Gespräche wie jedes andere. Daher hatte sie sich nie wirklich Gedanken über etwas gemacht, was für viele Ehefrauen Adliger eine Tatsache des Lebens war. Doch es so offen ins Gesicht gesagt zu bekommen, noch dazu von dem Mann selbst! Sie war nicht sicher, was sie am meisten störte, dass seine Lordschaft nur in einem Lendenschurz hier saß oder dass er ihr sagte, er hätte einen unehelichen Sohn von einer Frau namens Lily Banks.

Einige Sekunden lang konnte sie weder fühlen noch hören. Sie sah zu, ohne es wirklich wahrzunehmen, wie Dair über die Bühne spähte, sich dann duckte, und etwas zu ihr sagte. Aber sie hörte ihn nicht. Alles, woran sie denken konnte, war ein Haus in Chelsea, seine Geliebte und ihr gemeinsamer Sohn. Was hatte er ihr angeboten? Ein Haus? Kleider? Eine Kutsche? Aber was war mit Lily Banks und dem Jungen? Sollte Lily Banks ihretwegen fortgeschickt werden, oder sollte sie selbst nur seinen Harem vergrößern? Wie viele andere Frauen waren da noch? Und Kinder? Was würde ihr Bruder denken? *Ihr Bruder?* Warum war Grasby in ihre unruhigen Gedanken über den Major und seinen schändlichen Lebensstil eingedrungen?

Grasby! Sie konnte ihn hören. Sie schüttelte innerlich den Kopf, um klar denken zu können und entdeckte, dass Dair verschwunden war.

„DAIR! DAIR! UM HIMMELS WILLEN! LASS MICH DOCH NICHT HIER vergammeln!"

Das war Grasby, der da flehte. Aber von wo? Seine Stimme war gedämpft, als wäre er in einen tiefen Brunnen gefallen. Soldaten schwärmten jetzt im ganzen Atelier aus. Bald würde man sie entdecken! Oh, wo war der Major? Kaum hatte Rory sich das gefragt, als er schon unter dem Podium heraus erschien. Er rutschte auf seinem Bauch weit genug nach außen, so dass er seine Schultern anheben und seinen Körper auf sein nacktes Gesäß drehen konnte. Rory drehte ihren Kopf weg, um nicht zu sehen, wie er sich aufsetzte. Als er schnaubte, sah sie wieder zu ihm. Er war von Spinnweben und Staub bedeckt.

„Schüchternes kleines Ding seid Ihr, wie?", stellte er fest, ohne dass es nach Kritik klang. Er deutete mit dem Kopf zur Bühne. „Freund in Not. Er ist von einem Balken eingeklemmt. Muss ihn befreien. Daher müsst Ihr mich entschuldigen. Und eine Warnung, ich würde den Kopf unten lassen, bis der Kampf ..."

„Der *Kampf*?"

„... vorüber ist." Er beugte sich nach unten und rief unter das Podium: „Würde dich nie im Stich lassen, Grasby! Tu einfach, was ich sage! Du kannst nicht vorwärts kriechen. Die Lücke ist zu schmal, selbst für deinen mageren Korpus! Du musst rückwärts herauskommen, das Hinterteil zuerst!"

„Oh Gott! Nein! Nicht so! Dair! Dair! Du musst mich *retten*!"

„Werde ich, alter Junge! Muss nur erst eine Ablenkung veranstalten. Wenn du großen Lärm hörst und das Geschrei der Mädchen, dann kannst du rückwärts rutschen, so, wie du hereingekrochen bist, und so schnell, wie du kannst. Verstanden?"

„Verstanden! Lauter Lärm und Geschrei, dann krieche ich rückwärts raus."

„So schnell wie du kannst!"

„So schnell wie ich kann!"

„Das ist die richtige Einstellung!"

„Dair! Dair? Was zum Teufel soll ich dann tun? Wohin soll ich gehen? Zum Fenster laufen?"

„Nein! Nicht zum Fenster! Über das Podium. Auf der anderen Seite gibt es eine Tür ..."

„Eine Tür? Auf der anderen Seite des Podiums? He! Was ist das für ein Krach? Hört sich an, als würde ein verdammtes Nashorn über mir herumtrampeln!"

„Soldaten, sie suchen nach ..."

„Sie hat *Soldaten* geschickt, um nach mir zu suchen? Hölle und Teufel! Ich bin erledigt!"

„Nicht nach dir! Nichts, worum du dir Sorgen machen müsstest!"

„Sorgen machen? Die verdammte Miliz ist mir egal! Es ist meine verdammte Frau — meine geliebte Silla — sie ist da draußen, Dair! Sie wird mich *umbringen*! Dair! Dair ... ich habe meinen verdammten Lendenschurz verloren ... Dair?"

Dair drehte sich auf den Zehenspitzen um, beugte sich vor, seine Schultern zitterten und er schlug sich die Hand vor den Mund, um ein Lachen zu unterdrücken. Lachtränen füllten seine Augen. Er drehte sich wieder zu der schwarzen Leere unter der Plattform um, von wo Grasby ihn in einem dünnen, hohen Flüsterton anrief.

„Dair? Dair, hast du mich gehört? Du lachst! Ich wusste es! Das ist nicht komisch! Es ist *mein* Kopf, der auf dem Richtblock liegt!"

Obwohl Dair sein Lachen zu beherrschen versuchte, konnte er ein Grinsen nicht unterdrücken und man hörte es in seiner Stimme. Er wischte sich Tränen aus den Augen und verschmierte dabei den Ruß.

„Nein. Gar nicht komisch! Aber das Problem ist nicht dein Kopf."

„Zur Hölle mit dir, weil du mich in diese Klemme gebracht hast!"

„Ja. Ja. Ich werde bald genug da landen. Leg einfach deine Hände über deinen Jonny und mach dich über die Bühne und durch die Tür, so schnell du kannst! Renn zur Kutsche. Grasby? Grasby!"

„Ja! Ja! Tür! Kutsche! Kümmere dich um Silla. Sei sanft mit ihr. Ihre Nerven. Der Schock ... Hörst du mir zu, Dair? Dair? Dair! Der Teufel soll dich holen! Verdammt dämlicher Streich! Verdammt ..."

Der Rest von Lord Grasbys Tirade von Flüchen wurde vom Geräusch der Tänzerinnen verschluckt, die unter Protest auf die Bühne zurückgescheucht wurden.

Dair warf einen Blick über die Bühne, um die Position der Soldaten festzustellen. Die meisten standen noch in Formation und warteten auf Befehle. Die Zivilisten waren noch an der Tür, genau wie Lady Grasby und das Wiesel, und zwei Soldaten bewachten den Ausgang. Seltsamerweise waren sie dort aufgestellt; das gehörte nicht zu seiner Vereinbarung mit dem Hauptmann. Die Tänzerinnen drängten sich alle auf der Bühne zusammen und versperrten ihm den Blick auf die rechte Seite des Ateliers. Er vermutete, dass Consulata auf der Chaiselongue lag; alles, was er von ihr sehen konnte, war ein Fächer, der aufgeregt über der Rückenlehne hin und her flatterte. Und dort, mitten im Raum neben Mr. Cedric Pleasant, stand der Zeitungsreporter, Stift und Löscher in der Hand, der sich interessiert mit weit aufgerissenen Augen umschaute, als hätte er die Geschichte der Saison erwischt! Dair lächelte. Er würde ihm seine Geschichte verschaffen, und mehr noch.

Schließlich beschloss er, dass es Zeit war, seinen Schritt zu machen. Zum Abschied zupfte er an einer von Rorys langen Haarsträhne, die sich aus ihrer zerzausten Frisur gelöst hatte, stand auf und streckte die Beine. Als sie ebenfalls ging, bedeutete er ihr, außer Sicht zu bleiben.

„Bleibt hier. Es wird sicher Blut vergossen werden. Nichts Ernstes, aber ich möchte nicht, dass Ihr in das Durcheinander verwickelt werdet ...“

„*Blut*? Seid aber vorsichtig, ja?“

Er dachte sofort an seine neun Jahre in der Armee und an das blutige Gemetzel, das er und seine Kameraden überlebt hatten. Niemand hatte ihn jemals gebeten, vorsichtig zu sein oder sich Sorgen gemacht. Er lachte barsch, sah über die Schulter, um zu sehen, ob er schon bemerkt worden war, und winkte ihre Besorgnis ab.

„Nicht mein Blut! Das von denen da draußen. Na ja, vielleicht auch ein bisschen von meinem“, räumte er angesichts ihres besorgten Ausdrucks ein. In einer impulsiven Bewegung beugte er sich zu ihr und flüsterte neben ihrem Ohr: „Ich werde vorsichtig sein, nur für Euch ...“

Mit den Zähnen zog er das lavendelfarbene Satinband aus ihrem zerwühlten Haar heraus und lachte leise, als sie überrascht nach Luft schnappte.

„Dachtet Ihr, ich wollte Euch beißen?“, fragte er, als er das Satinband hastig an das Ende des Zopfes band, der vor seinem rechten Ohr hing.

Nein. Rory hatte geglaubt, er wollte sie küssen, und als er das nicht tat, war sie böse auf sich selbst wegen dieser Erwartung. Es musste auf ihrem Gesicht zu lesen gewesen sein, denn er sagte mit einem entschuldigenden Lächeln:

„Jeder Krieger bekommt seinen Anteil an der Kriegsbeute. Dies ist meiner. Jetzt wünscht mir Glück, Augenstern!“

Sie bekam keine Gelegenheit, ihm überhaupt etwas zu wünschen. Er war aus der Lücke auf die Bühne gestiegen und stand mit in die Seite gestemmten Armen da, bevor sie eine Silbe von sich geben konnte. Dann brüllte er mit der ganzen Begeisterung eines Mannes, der das Ergebnis seiner Einladung genoss, in den Raum.

„Hallo, Jungs! Wer will es zuerst mit mir aufnehmen?“

Und dann brach die Hölle los.

# SECHS

Lord Shrewsbury war in seinem siebzigsten Lebensjahr, aber an diesem Tag fühlte er sich wie einhundertsiebzig. An Tagen wie diesen dachte er darüber nach, seine Stellung als Englands oberster Herr der Spione aufzugeben. Er würde sich zurückziehen und den Rest seiner Tage hier in seinem niederländischen Haus in Chiswick mit seiner geliebten Enkelin als Gesellschafterin verbringen. Zusammen würden sie Wasserfahrzeuge beobachten, die die Themse auf und ab segelten — all die Übel der Welt, all die Niederträchtigkeit und Intrigen würden auf den Seiten seiner geheimen Aufzeichnungen verbleiben.

Aber er hatte seinem Souverän versprochen, der Herr der Spione zu bleiben, bis die „kleine Unannehmlichkeit" in den amerikanischen Kolonien beseitigt wäre. Die Mitglieder des Geheimen Rates, die solche Begriffe für den andauernden Krieg auf der anderen Seite des Atlantiks verwendeten, waren entweder hoffnungsvolle Idioten oder einfach nur ignorante Dummköpfe. Seine Majestät war unerschütterlich in seinem Glauben, dass der „unbedeutende Vorfall" bald vorbei sein würde und seine amerikanischen „Kinder" zu ihm, ihrem englischen Vater, zurückkehren würden.

Insgeheim hielt Shrewsbury die amerikanischen Kolonien bereits für verloren. Er glaubte dies, weil er mehr als jeder andere Mann im Königreich Zugang zu geheimer Korrespondenz und Geheimdienstinformationen aus einem Netzwerk von Spionen hatte, das sich über das Königreich, EurGrand, den weiten Atlantik und jede Kolonie in Amerika erstreckte. Und er wusste, dass das amerikanische Kind sich an ein anderes Elternteil gewandt hatte, einen Rivalen, den großen Feind

Großbritanniens — Frankreich. Der französische Botschafter am Hofe von St. James gab sich alle Mühe, König George zu versichern, dass Frankreich nicht in den Krieg ziehen würde, um den amerikanischen Rebellen zu helfen: Es würde neutral bleiben.

*Unfug!*, dachte Shrewsbury. Er hielt die Franzosen für Lügner. Louis' Regierung leistete heimlich Hilfe in verschiedensten Formen, damit die Rebellen einen umfassenden Krieg gegen die britischen Truppen führen konnten, die die kolonialen Untertanen Seiner Majestät verteidigten. Er stand bis zu den Knien in geheimen Informationen, die ihm das bestätigten. Vor kurzem hatte er die Nachricht erhalten, dass ein in Lissabon ansässiger Agent Frankreichs bereit war, nicht nur seine Landsleute zu verraten, sondern auch den Namen des Verräters innerhalb der bürokratischen Reihen von Lord Shrewsburys eigenem Spionagenetzwerk preiszugeben. Shrewsbury wusste, dass dieser Verräter existierte, weil er kurz davorgestanden hatte, Charles Fitzstuart, einen jungen Idealisten, zu verhaften, der es geschafft hatte, sich mit Hilfe seiner adligen Verwandtschaft der Gefangennahme zu entziehen.

Es ließ ihm die Galle hochkommen, wenn er daran dachte, dass Charles Fitzstuart nach Frankreich entkommen war. Er würde jetzt nicht wegen seiner verräterischen Aktivitäten zur Rechenschaft gezogen werden können und er hatte das Wissen um den Verräter im englischen Spionagenetzwerk mit sich genommen. Daher war es jetzt unbedingt erforderlich, den Kontakt zu dem französischen Doppelagenten in Lissabon aufzunehmen. Shrewsbury würde seinen besten Mann schicken, der die Fähigkeit besaß, mit der örtlichen Umgebung zu verschmelzen, jede benötigte Sprache sprechen konnte, mit allen Arten von Waffen umzugehen wusste und, wenn er erwischt wurde, der Folterung standhielt, der ausländische Spione unterzogen wurden. Es war eine gefährliche und herausfordernde Aufgabe, die großen Mut und List erforderte, aber er war zuversichtlich, dass Major Lord Fitzstuart dieser Aufgabe gewachsen war.

Der Major leckte sich gerade nach einem besonders wilden Abend im Atelier eines Malers in der Nacht zuvor die Wunden. Shrewsbury hatte die genaueren Einzelheiten eines Berichts über das Geschehene nicht gelesen, aber er wusste, dass es sich um Huren, Alkohol und Fäuste drehte, wie es beim Major immer der Fall war. Ein halbes Dutzend Leute und ein verärgerter Maler suchten Wiedergutmachung und Genugtuung. Nichts davon störte Shrewsbury im Geringsten. Als er im selben Alter gewesen war, wie der Majors jetzt, war er genauso gewesen. Junge Männer, insbesondere junge Männer, die ihr Leben riskierten, brauchten Ablenkung. Und solche Männer würden sich aufführen wie unartige Jungen, wenn sie Verlockung und Gelegenheit fanden.

Welche Ironie, dass der Major, sein bester Agent, zufällig der ältere Bruder des entkommenen Verräters Charles Fitzstuart war. Doch er vertraute dem Major bedingungslos. Dasselbe konnte von den anderen Mitgliedern der Familie von Charles Fitzstuart nicht gesagt werden. Zwei von ihnen saßen ihm in seinem Arbeitszimmer gegenüber. Beide waren Adlige von höchstem Rang, und gegen beide bestand der ernsthafte Verdacht, Charles Fitzstuart bei der Flucht zu geholfen und unterstützt zu haben.

Der Herzog von Roxton war der mächtigste Herzog des Königreichs, Sohn seines besten Freundes und Charles Fitzstuarts Cousin; der andere, Jonathon Strang, der kürzlich zum Herzog von Kinross aufgestiegen war, war das reichste und mit Sicherheit freimütigste Mitglied des schottischen Hochadels. Ein einschüchterndes Duo. Beide Männer waren arrogant, eigensinnig und furchtlos. Aber beide hatten eine Schwäche, dieselbe Schwäche: Antonia, die Herzoginwitwe von Roxton.

Der Herzog von Roxton wollte wissen, warum er sie einbestellt hatte.

Der Herr der Spione war bemerkenswert gefasst und selbstgefällig.

„Wisst Ihr es nicht, Euer Gnaden?" Lord Shrewsbury war nicht überzeugt. Er schaute Kinross an. „Vielleicht wären Eure schottischen Gnaden so gut, seine englischen Gnaden zu erleuchten?"

„Ihr müsst Euch unseretwegen keine Mühe geben, fröhlich zu erscheinen", stellte Kinross trocken fest. „Wenn Roxton sagt, dass er es nicht weiß, glaubt ihm einfach."

Shrewsbury schaute Kinross in die Augen.

„Na gut. Dann muss ich nur Euch wegen Hochverrats verhaften, Euer Gnaden."

„*Hochverrat?*" sagten beide Herzöge einstimmig, doch es war Kinross, der ein bellendes Gelächter ausstieß, als ob Shrewsbury scherzte, was, wie er wusste, nicht der Fall war. Er blies Tabakrauch von seinem Stumpen in die Luft.

„Weil ich einem Paar geholfen habe, durchzubrennen? Seid kein Narr, Mann! Daran ist nichts Verräterisches!"

„Wissentlich einem Verräter dabei zu helfen, sich seiner Gefangennahme zu entziehen, steht unter Strafe — ich sehe, dass Ihr nicht wisst, was früher heute Morgen geschehen ist, Roxton?", fuhr Lord Shrewsbury fort und wurde von Kinross unterbrochen.

„Ich erzähle Euch, was sich heute abgespielt hat. Shrewsbury hier gab der Miliz die Erlaubnis, im Morgengrauen das Haus Eurer Mutter zu stürmen. Stellt Euch das vor! Das Haus wurde von Truppen überrannt. Es war eine verdammt beängstigende Erfahrung für *Mme la duchesse ...*"

Roxton erhob sich halb aus dem Sessel.

„*Was? Soldaten* haben das Haus *meiner Mutter* gestürmt?" Er sah von Kinross zu Shrewsbury. „Welches Spiel spielt Ihr hier? Es ist unerträglich, dass Ihr mich keine fünf Minuten nach meiner Ankunft in der Stadt hierher rufen lasst, und ich meine Frau, *meine schwangere Frau*, aus Sorge um den Grund eurer Bitte zurücklassen muss. Und jetzt muss ich erfahren, dass Ihr meine Mutter noch mehr belästigt habt? Ich werde nicht erlauben ..."

„Was Ihr erlauben wollt und was nicht, ist unwichtig, Euer Gnaden", unterbrach Shrewsbury höflich. Er schaute mit kalten blauen Augen über den Rand seiner Brille. „Ihr solltet Euch selbst fragen, woher Kinross weiß, dass das Haus Eurer Mutter auf meinen Befehl durchsucht wurde. Und noch dazu zu so früher Stunde am Morgen, wenn der größte Teil von Westminster noch schläft ..." Er schaute den Herzog von Kinross direkt an und sagte, ohne mit der Wimper zu zucken: „Ich nehme an, die Herzogin war noch zu Bett ... Niemand sollte das besser wissen als Ihr, Euer Gnaden."

„Ha! Ihr stellt Euer Licht unter den Scheffel, Shrewsbury. In Anbetracht Eurer dunklen Machenschaften würde ich mein silbernes Zigarrenetui darauf wetten, dass Ihr nicht nur die Antwort darauf kennt, sondern auch wisst, welche Seite des Bettes sie bevorzugt!"

Als Antwort auf das zweifelhafte Kompliment neigte Shrewsbury sein weißes Haupt.

„Und wenn sie nicht im Bett ist, bevorzugt sie eine Chaiselongue in der Bibliothek, oder den öffentlichen Raum des schönen Sommerpavillons Ihrer Gnaden, nicht wahr? Die unendliche Vielfalt der Umgebung, die Ihr für Eure heiße Liebesbeziehung wählt, wird nur durch Eure Vorstellungskraft begrenzt."

Kinross zeigte seine weißen Zähne. Aber in seinen Augen stand kein Lachen. Er sog tief an seinem Stumpen und blies absichtlich dem Herrn der Spione den Rauch ins Gesicht.

„Was für ein trauriger kleiner Mann Ihr seid, Shrewsbury. Die saftigen Berichte über eine schöne Frau, die von ihrem Geliebten verwöhnt wird, gefallen Euch wohl, oder? Legt Ihr sie Euch unters Kopfkissen? Nehmt sie heraus, um darüber zu sabbern, wenn Ihr Erleichterung braucht? Ha! Ich könnte wetten, dass Ihr schon hinter *Mme la duchesse* her spioniert habt, bevor ich ..."

„Um Gottes willen, Kinross! Ihr sprecht über meine Mutter."

Das war Roxton. Er umklammerte hart die Stuhllehnen, sein Gesicht war purpurrot angelaufen. Er sah Shrewsburys Sekretär, Mr.

William Watkins, wütend an, der seinen Blick sofort auf die Feder in seiner Hand senkte. „Meine *Mutter*, Kinross", flüsterte er aufgebracht. „Keine gewöhnliche Hure. Eine Herzogin. Ich dachte, Ihr — mein Gott! Ich weiß nicht, was ich jetzt denken soll!"

Kinross tätschelte liebevoll den Samtärmel des jüngeren Mannes und beugte sich vor, um leise zu ihm zu sprechen. „Verzeiht. Das ging mir unter die Haut. Er hat mich teuflisch aufgebracht. Er hat kein Recht, keinerlei Recht, ihr nachzuspionieren. Ich hatte Euch nicht verärgern wollen. Julian ..." Er wartete darauf, dass Roxtons grüne Augen seinen Blick erwiderten. „Ich liebe und verehre Antonia aufrichtig und hingebungsvoll. Es gibt nichts, was ich nicht täte, um sie glücklich zu machen. Ich habe vor, sie unverzüglich zu heiraten. Mit Eurem Segen oder ohne ihn." Er grinste schief. „Ich würde es vorziehen, Euren Segen zu haben."

„Gut. Roxton kann Euch die Sonderlizenz überreichen, die er sich kürzlich bei Cornwallis beschafft hat, sobald Ihr Euch von mir verabschiedet habt. Vielleicht hat er sie jetzt bei sich, in seiner Jackentasche ...?"

„Wie ...?"

Shrewsbury lächelte dünn, unbekümmert und zufrieden mit sich selbst, dass er es geschafft hatte, die beiden Adligen innerhalb der ersten Minuten nach Beginn ihres Gesprächs aus der Fassung zu bringen. Die Angelegenheit entwickelte sich schneller, als selbst er hatte vorhersehen können. Die beiden Herzöge starrten erst einander und dann Shrewsbury an.

„Erwartet nicht, dass er Euch das verrät!", sagte Kinross mit einer abwehrenden Handbewegung. Er grinste verlegen. „Aber ich würde die Lizenz mit Freuden annehmen, wenn Ihr wirklich eine habt."

„Natürlich habe ich eine! Verdammt!", polterte Roxton. „Ich kann nicht sagen, dass ich überglücklich bin, einen Vater zu bekommen, der nur acht Jahre älter ist als ich. Dass Ihr meine Mutter aufrichtig liebt und ein Herzogtum mitbringt, versüßt diese bittere Pille etwas. Außerdem ist es das, was sie will. Ihr macht sie glücklich. Und das ist alles, was ich mir jemals für sie gewünscht habe — dass sie glücklich ist. Also um Himmels willen, heiratet sie unverzüglich. Heute Nachmittag ist noch nicht früh genug!"

Kinross schüttelte entschuldigend den Kopf. „Nicht heute. Habe versprochen, sie ins Theater zu begleiten. Premiere von Sheridans neuem Stück. Sie freut sich schon seit Wochen darauf. Kann sie nicht enttäuschen."

„Dann morgen früh. Nicht später." Als Kinross nickte, seufzte Roxton hörbar vor Erleichterung. Er holte ein Päckchen mit dem Siegel

des Erzbischofs von Canterbury aus einer tiefen Rocktasche und überreichte es. „Die restlichen Einzelheiten überlasse ich Euch … Was Euch
angeht, Sir", sagte er und wandte sich an Shrewsbury. „Ich erwarte Eure
Entschuldigung dafür, dass Ihr den Ruf der Herzoginwitwe von Roxton
verunglimpft habt und ich werde sie jetzt hören, oder ich verlasse Euer
Haus, und weder ich noch meine Freunde werden je wieder mit Euch
sprechen."

Shrewsbury war keineswegs eingeschüchtert, und er beugte sich in
seinem Stuhl vor und verschränkte die Arme über dem Löschpapier auf
seinem Schreibtisch.

„Was ist das bei Euch, Roxton, dass Ihr diesen festen Glauben daran
habt, dass Euer Herzogtum Euch und Eure Familie über das Gesetz und
alle Regeln stellt?"

„Mein Vater glaubte das mit Sicherheit", scherzte Roxton, fügte
dann aber ernst hinzu: „Ihr wisst, dass ich es sehr genau damit nehme,
das Rechte zu tun. Dass ein Mitglied meiner Familie ein Verräter an
seinem König sein könnte, betrübt mich entsetzlich." Er warf Kinross
einen Blick zu. „Ich muss gestehen, dass ich erst kürzlich auf die verräterischen Aktivitäten von Cousin Charles aufmerksam geworden bin.
Dass andere Familienmitglieder sich verpflichtet fühlten, ihm zu helfen,
der Gefangennahme zu entgehen, begrüße ich nicht. Ich glaube jedoch,
dass solche Maßnahmen mit den besten Absichten ergriffen wurden,
auch wenn sie *fehlgeleitet* waren."

„Mit den besten Absichten? Fehlgeleitet? Papperlapapp!", stellte
Shrewsbury abweisend fest. „Was diese *Hilfe* angeht, so könnten Eure
Mutter und Kinross genauso gut mit den Franzosen gemeinsame Sache
machen!"

„Charles Fitzstuart hat meine Tochter nach Frankreich entführt,
und ich habe zugestimmt, es ist also kein Verbrechen", erklärte der
Herzog von Kinross. „Das ist alles, was irgendjemand außerhalb dieser
vier Wände wissen muss. Und damit ist die Sache erledigt!"

Shrewsbury starrte Kinross unter halb geschlossenen Lidern
hervor an.

„Beleidigt nicht meine Intelligenz oder die Intelligenz von Roxton
und meines Sekretärs. Ihr und die Herzoginwitwe wart maßgeblich
daran beteiligt, Charles Fitzstuart vor der Gefangennahme zu retten
und ihm zu helfen, nach Frankreich zu fliehen. Fitzstuart zu bestrafen,
ist jetzt illusorisch geworden. Aber nur, weil dieser Vogel ausgeflogen
ist, heißt das nicht, dass andere nicht bestraft werden und an seiner
Stelle zum abschreckenden Beispiel gemacht werden können. Wer in
Betracht zieht, zum Verräter zu werden, muss sehen, dass es nicht
bedeutet, frei zu sein, wenn sie es schaffen, der Gefangennahme zu

entgehen, vor allem nicht, wenn sie Freunde und Familie hinterlassen. Es gibt unzählige Möglichkeiten, Strafen zu verhängen, ohne eine Hand an einen Verräter zu legen."

Shrewsburys Mund zuckte vor Selbstzufriedenheit. Er hob den Arm und winkte jemanden aus den Schatten des langen Raumes heran.

„Eure Familie wird zur Rechenschaft gezogen, und ich werde dafür sorgen, dass Charles Fitzstuart bestraft wird. Tatsächlich möchte ich drei Fliegen mit einer Klappe schlagen. Und dafür habe ich genau das richtige Instrument."

„Instrument?", fragte Roxton und wechselte einen Blick mit Kinross.

Als der Edelmann mit den Schultern zuckte und ein verständnisloses Gesicht zog, schaute Roxton sich um. Kinross tat dasselbe. Beide Herzöge waren verblüfft, als Major Lord Fitzstuart aus den Schatten trat. Ihre Überraschung war jedoch nicht darin begründet, dass er die ganze Zeit dort gewesen war und die gesamte Unterhaltung mitangehört hatte, sondern in dem Zustand seines Äußeren.

Kinross konnte nicht anders als auszurufen: „Guter Gott! Was ist Euch denn zugestoßen?"

Dair lächelte, aber sogar diese kleine Bewegung ließ ihn das Gesicht verziehen. Instinktiv berührte er den Mundwinkel, wo seine Lippe gespalten war und wo eine üble blau-schwarze Prellung von Stunde zu Stunde hässlicher wurde. Oberhalb seines linken Auges war seine Stirn ebenfalls schwarz und geschwollen, und seine Knöchel wiesen Schürfwunden und blaue Flecken auf. Jeder Teil von ihm fühlte sich wund an. Aber trotz alledem konnte er noch aufrecht stehen. Ein gutes heißes Bad in seinem Badezuber hatte seine Schmerzen erheblich gelindert. Eine Rasur, ein sauberes weißes Hemd und Krawatte und ein Anzug aus kohlschwarzem Leinen mit silbernen Schnüren und passenden Knöpfen, und er hatte das Aussehen eines Gentlemans wiedererlangt, selbst wenn der Zustand seines Gesichts und seiner Hände ihn wie ein Straßenschläger aussehen ließen.

„Kommt und nehmt Platz, Major", sagte Shrewsbury mit echter Wärme. „Kümmert Euch um die Teekanne, Watkins."

Als der Sekretär sich halb erhob, dabei eine Grimasse schnitt, machte Dair ihm mit einer Hand ein Zeichen, wieder Platz zu nehmen.

„Ein Ale wäre mir lieber, aber der Tee tut es auch. Bemüht Euch nicht, Watkins. Ich versorge mich schon selbst. Vielleicht müsst Ihr

Eure Notizen bemühen, für den unwahrscheinlichen Fall, dass ich etwas vergesse. Wurde ich von zehn Soldaten verprügelt oder waren es zwölf?"

„Ich — ich kann nicht — ich habe nicht —" William Watkins wurde nervös und tat so, als würde er in seinen Notizen blättern, indem er Papier hin und herschob.

Er fragte sich, wie der Major wusste, dass er nicht nur einen ausführlichen Bericht über das Drama geschrieben hatte, das sich am Vorabend in Romneys Atelier abgespielt hatte, sondern dass er dort gewesen war, um die ganze unverzeihliche Angelegenheit mitzuerleben. Der Mann war ein Tier. Er konnte es kaum erwarten, dass Lord Shrewsbury seinen Bericht las, und er wartete mit freudiger Erwartung darauf, dass dieser arrogante Flegel erhielt, was ihm gebührte.

„Es waren zehn", sagte Dair, ließ einen Zuckerklumpen in seine Teetasse fallen und rührte. Er nippte vorsichtig an dem schwarzen Gebräu. „Nicht das beste Kräfteverhältnis, aber ich kam bei dem Getümmel besser weg als diese Rotjacken."

Jetzt war die Reihe am Herzog von Roxton, seine Stirn zu runzeln.

„*Zehn* Soldaten sind auf Euch losgegangen?"

Dair flegelte sich in einen Stuhl neben William Watkins, woraufhin dieser sich sofort neben einem solchen Koloss so unzulänglich fühlte, dass er instinktiv vor ihm zurückschrak. Wenn er den neben ihm zusammenschrumpfenden Sekretär bemerkte, ignorierte Dair ihn jedoch und streckte seine langen Beine aus, den Absatz eines polierten schwarzen Reitstiefels auf einen gepolsterten Fußschemel gestützt.

„Ich bin überrascht, dass ich nicht noch mit einem Grillspieß angestochen wurde", antwortete er nonchalant. „Trotzdem. Kann nicht klagen. Prellungen heilen schneller als eine Schwertwunde."

„Warum sollte jemand Euch mit einem Schwert verletzen?", fragte Kinross.

Dair hob seine schwarzen Brauen mit spöttischer Überraschung; und selbst das ließ ihn zusammenzucken. Er hatte keine Ahnung, dass man so viel Gefühl in den Augenbrauen hatte. Dennoch gelang es ihm, unbekümmert und unverletzt zu wirken.

„Ist das nicht das, was mit Verrätern passiert?" Er sah zu Shrewsbury. „Oder werden verräterischen Söhne von Adligen mit der Axt auf dem Block geköpft?"

Shrewsbury neigte seinen Kopf und sagte: „Ich kann Euren Bruder nicht wegen seines Verrats anklagen, aber ich kann *Euch* in den Tower werfen …"

„*Was? Dair* in den Tower stecken? Wegen — wegen *Verrats*? Seid Ihr verrückt?", wollte der Herzog von Roxton wissen. „Seid nicht albern! Niemand wird das auch nur einen Moment glauben! Warum sollte ein

Kriegsheld, der neun Jahre in der Armee verbrachte, drei dieser Jahre im Kampf gegen eben diese Rebellen, plötzlich beschließen, alles zu verraten, was ihm am Herzen liegt? Unmöglich! Nicht glaubwürdig!"

„Denkt Ihr? Gestern hätte niemand gedacht, dass ein sanfter Idealist, der seine Tage mit dem Kopf in einem Buch verbrachte, zum Verrat fähig wäre, aber Charles Fitzstuart hat genau das getan, indem er Staatsgeheimnisse weitergegeben hat." Shrewsbury blickte Dair an, der unbekümmert weiter an seinem Tee schlürfte, und sprach weiter zu Roxton und Kinross. „Ihr beide werdet helfen, dafür zu sorgen, dass dieser Schmutz glaubwürdig bleibt. Es ist das Mindeste, was Ihr wegen der Rolle tun könnt, die ihr gespielt habt, um Charles Fitzstuart bei seiner Flucht zu helfen. Und was die Frage angeht, warum der Major seine Landsleute verraten hat? Sucht es Euch aus: Gewissensbisse, Kriegsmüdigkeit — Schulden?"

Roxton tat das mit einer Handbewegung ab. „Unsinn! Niemals. Nichts davon wird glaubhaft wirken."

„Das macht nichts. Eines wird ausreichen", antwortete Shrewsbury und sagte mit erhobenen Brauen angesichts Roxtons anhaltendem Stirnrunzeln: „Bitte macht Euch keine unnötigen Gedanken, Euer Gnaden. Ich habe nicht vor, dass diese Enthüllungen die Zeitungen erreichen — nichts so Geschmackloses. Es soll nur der Gesellschaft zu Ohren kommen, dass der Major unter dem Verdacht des Verrats in den Tower gebracht wurde. Wenn Ihr beide Euch weigert, diese Anschuldigung weder zu bestätigen noch abzustreiten, wird die Gesellschaft sie glauben. Zweifellos werdet Ihr Flüstern hinter Eurem Rücken hören, aber niemand wird den Mut haben, Euch die Beschuldigung ins Gesicht hinein zu wiederholen. Doch ich fürchte, dass eine solche Enthüllung dafür sorgt, dass die Köpfe aus den völlig falschen Gründen in Eure Richtung gewendet werden." Lord Shrewsbury schüttelte missbilligend seinen Kopf und wandte sich an den Herzog von Kinross. „Was für eine Schande, dass es der Kriegsheld ist und nicht sein Bruder, der als Verräter gebrandmarkt werden muss. Ich hoffe, Ihr könnt nachts schlafen in dem Wissen, dass Ihr dazu beigetragen habt ..."

„Ihr seid ein echter Hurensohn, Shrewsbury."

Der Herr der Spione breitete seine Arme aus und lächelte zur Antwort auf den angeekelten Fluch des Herzogs von Kinross.

„Alles im Sinne des Allgemeinwohls, das kann ich Euch versichern, Euer Gnaden. Und ich bin so höflich, Euch darüber zu informieren, bevor die Nachricht, dass der Major verhaftet und in den Tower geworfen wurde, die Frühstückszimmer von Westminster erreicht."

„Und Ihr? Was haltet Ihr von all dem?", fragte Roxton Dair.

„Es scheint ihm nicht sehr viel auszumachen, soviel steht fest", murmelte Kinross.

Dair setzte sich vorsichtig auf und nahm seinen Stiefelabsatz von dem Fußschemel. Jeder Quadratzoll seines Körpers pochte schmerzhaft. Das machte ihn gereizt und unverschämt.

„Es ist gleich, was ich denke. Es dient alles nur dazu, die unverzeihlichen Taten meines Bruders auszugleichen. Wenn das heißt, dass ich in Fesseln in den Tower muss, dann muss es eben sein."

„Ihr seid nicht gesetzlich verpflichtet, den Platz Eures Bruders einzunehmen", stellte Roxton fest. „Das würde er auch nicht wollen. Wenn er gedacht hätte, Ihr ..."

„Das ist es ja eben. Er hat nicht *gedacht*, nicht wahr?" Dair hob die Hand. „Und mich hält man für den Trottel der Familie!"

„Niemand sagt, dass Ihr ..."

„Ich will weder Euer Mitleid noch Eure Hilfe, Roxton. Verräter bekommen, was sie verdienen!"

„Aber Charles ist Euer *Bruder*."

„Und hat mein Bruder auch nur einmal an mich gedacht, als er sich als Vermittler für die Franzosen und die Rebellen in den Kolonien betätigt hat, während ich für König und Vaterland kämpfte? Hat er je innegehalten und daran gedacht, dass die Zahlen auf den Papierschnipseln, die er den Franzosen weitergeleitet hat, in Wirklichkeit aus Fleisch und Blut bestanden? Jede Ziffer ein Mann mit Familie, ein Mann, der tausende Meilen von seiner Heimat entfernt kämpft, auf fremdem Boden, und dort niedergeschlagen wird, wo er steht, hier ein Glied abgehackt, dort ein Bein weggeschossen? Der Mann hinterlässt seine Frau als Witwe und seine Kinder als Waisen, die alle sehen müssen, wo sie bleiben. Hat er einen Gedanken an mich oder an sie verschwendet? Sein Verrat hat die Zahl unserer Toten und Verwundeten in die Höhe getrieben; vielleicht dazu geführt, dass wir die ein oder andere Schlacht verloren haben. Er verdient so viel Rücksicht, wie er auf mich genommen hat: keine. Doch da er ein Feigling ist und sich nicht gestellt hat, bleibt es mir überlassen, mich zu stellen und seine Strafe auf mich zu nehmen. Und ich bin kein Feigling."

„Das wäre die Antwort", murmelte Kinross in die ohrenbetäubende Stille; seine Wangen hatten sich gerötet. Er straffte seine Schultern und zog sein silbernes Zigarrenetui heraus, nur, um etwas zu tun zu haben. Als er sah, wie Dair es anschaute, bot er ihm einen Stumpen an und reichte ihm dann seine eigene glühende Zigarre, damit der Major seine daran entzünden könnte; dabei sagte er im Plauderton, den Stumpen wieder zwischen seine Zähne steckend: „Wenn Euch der Tabak schmeckt, schicke ich Euch eine Kiste. Man erwartet von mir, dass ich das verdammte Zeug verschenke." Er grinste schuldbewusst und warf Roxton einen Blick zu. „Sie sagt, es ist kein gutes Beispiel für die Jungen ..."

Dair hob eine Augenbraue, nicht ganz sicher, von wem Kinross sprach, spürte aber, dass es alles mit der Herzoginwitwe von Roxton zu tun hatte. Den Stumpen zu rauchen versetzte ihn in bessere Laune und er nickte Kinross zu, bevor er sagte:

„Vielen Dank. Eine Kiste davon wäre sehr willkommen ..." Er sah seinen Cousin an und sagte in einer Kehrtwende: „Charles ist ein Verräter und ein Feigling, aber Ihr habt recht. Er ist trotz allem immer noch mein Bruder. Ich wünsche ihm nicht den Tod, ebenso um meiner Mutter wie um meiner selbst willen. Ich hoffe, er und Miss Strang haben ein langes und glückliches Leben zusammen. Verzeihung, Sir, aber es ist wahr", entschuldigte er sich bei Shrewsbury. „In den Kolonien habe ich gesehen, wie Bruder gegen Bruder gekämpft hat, und das sollte niemals sein. Es ist einfach nicht richtig. Außerdem, wenn der Titel als Earl über meine Generation hinaus vererbt werden soll, wird es Charles sein müssen, der den Erben zeugt, der meine Nachfolge antritt. Es würde dem Andenken an unseren Großvater, den General, nicht gerecht, wenn unsere Linie mit mir ausstürbe, nicht wahr?"

„Papperlapapp!", stellte Roxton fest. „Ihr werdet heiraten und einen Sohn bekommen — ich meine, einen ..."

„... legitimen Sohn?" Dair lächelte schräg. „Das halte ich nicht für wahrscheinlich, tut Ihr das? Die Chance, dass Charles und seine Frau einen legitimen Erben für den Titel der Strathsays hervorbringen werden, sind besser als die meinen, den nächsten Winter zu überleben, wenn man meine gewählte Tätigkeit bedenkt. Daher möchte ich, dass er am Leben bleibt", sagte er zu Shrewsbury. „Ich werde alles tun, was dazu nötig ist. Ich werde im Tower verfaulen wegen jeder Anschuldigung, die Ihr Euch ausdenken mögt, aber Charles und seiner Familie darf nichts geschehen. Euer Wort darauf, Sir."

Shrewsbury hielt dem Blick des jüngeren Mannes stand, als würde er über die Konsequenzen nachdenken, falls er ein solches Versprechen gäbe und Charles Fitzstuart seine Freiheit ließe. Er hatte darüber nachgedacht, heimlich einen Mörder zu schicken, um den Mann zu erledigen; es hätte ihm eine gewisse Befriedigung bereitet, wenn die Franzosen und die amerikanischen Rebellen erfahren hätten, dass er seine besondere Form der Gerechtigkeit bequem von seiner Bibliothek in London aus durchsetzen konnte. Doch er war ein Mann der Tradition. Er wollte nicht nur der Gräfin von Strathsay unnötigen Kummer ersparen, wenn sie einen ihrer zwei einzigen Söhne verlor, sondern er wollte auch nicht daran schuld sein, das der Titel des Earls von

Strathsay erlosch, vor allem, da diese Linie mit der Verbindung zwischen Charles dem Zweiten und Lady Jane Hervey begann, der jüngeren Tochter eines Herzogs, der zufällig zu seinen eigenen Vorfahren mütterlicherseits gehörte. Die englische Aristokratie war ein derart inzestuöser Haufen.

Sein Blick wanderte über die blauen Flecken zu dem hübschen Gesicht des Majors und zu seinen schlanken Fingern, die den Stumpen hielten, zu den noch frischen Abschürfungen an seinen Fingerknöcheln, und er musste ihm zustimmen. Der Mann missachtete seine eigene Sicherheit beständig auf rücksichtsloseste Art und Weise. So war er immer gewesen, selbst als Junge schon. Er war nicht im Mindesten davon überrascht gewesen, dass die Depeschen und Briefe von der Front in den Kolonien das Heldentum des Majors lobten. Tollkühnheit wurde mehr als einmal erwähnt. Dass er sein neunundzwanzigstes Lebensjahr noch erlebte, grenzte an ein Wunder. Er machte sich daher keine Sorgen, ob der junge Mann den nächsten Winter überleben würde, sondern die nächsten paar Wochen in Portugal. England und Portugal mochten Verbündete sein, aber mit einer neuen Königin, die erst seit drei Monaten auf dem Thron saß, herrschte an jeder Ecke Unruhe. Lissabon wimmelte von Halsabschneidern und Spionen, sowohl spanischen als auch französischen, und er betete, dass Alisdair Fitzstuart lebend nach England zurückkehren würde und nicht in einem Bleisarg. Schließlich nickte er, zur Erleichterung aller im Raum.

„Ja. Na gut. Ihr habt mein Wort und die anderen hier im Raum sind Zeugen."

„Danke, Sir", sagte Dair feierlich, grinste dann aber, was seine Lippe schmerzen ließ. „Also Traitor's gate und ein Aufenthalt im Tower für mich, nicht wahr?"

„Seid kein Idiot, Fitzstuart!", sagte Shrewsbury abweisend. „Ein furchtloser, ausgebildeter Mörder wie Ihr, der bereit ist, Leben und Gesundheit für König und Vaterland aufs Spiel zu setzen, soll in ein Gefängnis gesperrt werden? Eine völlige Verschwendung von Fähigkeiten und Energie. Nein. Ich habe Verwendung für Eure besonderen — *Fähigkeiten* — auf dem Kontinent."

Er schaute an Dair vorbei zu Roxton, dann zu Kinross, und sagte: „Was das angeht, dass irgendjemand glauben könnte, Ihr wäret ein Verräter ... Wer sich das vorstellen kann, dessen Gehirn kann nicht größer als ein Kieselstein sein. Aber es gibt genug Kieselsteine da draußen in unserem Bekanntenkreis, dass man damit einen Strand füllen könnte, umso schlimmer! Trotzdem. Der Verdacht wird seinen Zweck erfüllen und uns Zeit verschaffen, Zeit genug, dass Ihr in See stechen und hoffentlich Euer Ziel und Euren Kontakt erreichen könnt, bevor die Rufe, die Eure Freilassung verlangen, zu laut werden. Wenn Euer Gnaden uns jetzt entschuldigen würden, ich muss mit Fitzstuart allein sprechen.“

„Und warum bin ich zum Verräter geworden?“, fragte Dair. „Gewissen? Kriegsmüdigkeit? Oder Schulden?“

„Schulden. Roxton. Kinross. Sagt der Herzoginwitwe, dass ihr Cousin eine Menge Schulden gemacht hat und beschuldigt wird, geheime Dokumente an seinen Bruder weitergegeben zu haben, um sie in seinem Auftrag an die Franzosen zu verkaufen. Soweit es sie und den Rest der Gesellschaft angeht, verbringt Fitzstuart einige Zeit im Tower, während die Angelegenheit weiter untersucht wird.“

„Das wird sie nicht glauben“, sagte Kinross trocken, stand auf und streckte seine Beine, der Rest der Herren im Raum tat es ihm nach.

Dair stimmte zu. „Das wird sie nicht. Sie kennt mich besser als meine eigene Mutter.“

„Nun, Kinross wird dafür sorgen, dass sie es glaubt!“, knurrte Shrewsbury. „Wenn Antonia Roxton es glaubt, werden es andere ebenso tun. Für unsere Kriegsanstrengungen in den Kolonien ist es entscheidend, dass unsere Freunde und Verwandten glauben, Fitzstuart sei im Tower eingesperrt. Daher ist es mir gleichgültig, Kinross, wie Ihr es anstellt, aber seht zu, dass die Herzogin es glaubt.“

Der Herzog von Roxton zupfte an den Spitzenrüschen an seinen Handgelenken. „Wenn jemand sie überzeugen kann, dann Ihr, Kinross.“ Er musterte den Major einen Moment und streckte ihm dann die Hand hin: „Ich weiß nicht, was Shrewsbury mit Euch vorhat, aber ich befürchte sehr, dass es etwas ebenso Lebensbedrohliches ist wie der Sturm in einer Schlacht. Viel Glück.“

„Alles, damit wir sicher in unseren Betten schlafen können, nicht wahr, Dair“, sagte Kinross und packte den Unterarm des Majors.

Dair zog ihn näher zu sich, sodass nur er es hören konnte. „Ich muss Cousine Herzogin sehen, bevor ich zu meinem Ausflug auf den Kontinent aufbreche. Morgen früh.“

Kinross nickte. „Ich werde sie wissen lassen, dass Ihr kommt. Zeit?“

„Vor dem Mittag.“

Kinross zog ob der frühen Stunde seine Augenbrauen hoch, nickte aber zustimmend. Und ohne ein weiteres Wort folgte er Shrewsbury und Roxton aus der Bibliothek in das Vorzimmer, wo man sich verabschiedete.

„Ich nehme an, ich sehe Euch beide heute Abend im Theater?“, fragte Shrewsbury herzlich, als ob das Gespräch in seiner Bibliothek nie stattgefunden hätte.

„*Ich* lande im Tower, wenn wir Sheridans neues Stück verpassen!“, rief Kinross aus. „Kommt in unsere Loge. Antonia wird Euch erwarten."

Shrewsbury war überhaupt nicht von der Einladung überrascht oder von der Tatsache, dass Kinross und die Herzoginwitwe durch ihre gemeinsame Loge ihre Beziehung öffentlich machen würden. Dennoch konnte er nicht umhin, dem Herzog von Roxton einen Blick zuzuwerfen, um dessen Reaktion auf diese interessante Neuigkeit einzuschätzen. Roxton verdrehte nur die Augen, behielt aber die Lippen fest zusammengepresst, was Shrewsbury ein Grinsen unterdrücken ließ, weil der prinzipientreue Herzog offensichtlich der *force majeure* seiner Mutter gegenüber kapituliert hatte.

„Ich würde mich freuen", antwortete Shrewsbury, „und meine Enkelin auch. Rory freut sich auf dieses neue Stück fast genauso wie Ihre Gnaden. Tatsächlich glaube ich, dass es die Herzogin war, die ihr geschrieben und ihr davon erzählt hat ..."

Und mit dieser Unterhaltung über den bevorstehenden Abend im Theater verabschiedete Lord Shrewsbury die beiden Adligen in viel besserer Stimmung, als er sie empfangen hatte. Als er in seine Bibliothek zurückkkam, standen Dair und William Watkins noch immer da.

„Um Himmels willen, mein Junge, setzt Euch! Setzt Euch! Mit Euch und Euren Verwandten herumzustehen gibt mir das Gefühl, als stände ich am Boden eines verdammten Teichs. Ihr auch, Mr. Watkins. Nun, bevor wir besprechen, was ihr in Lissabon erledigen sollt, gibt es etwas, was ihr tun müsst ... Für mich ..." Er schaute zu seinem Sekretär. „... und Mr. Watkins."

Dair ließ seine Schultern in die Polsterung des Ohrensessels direkt gegenüber von Shrewsburys Schreibtisch sinken, den schwelenden Stumpen zwischen den Fingern und kreuzte die in Stiefeln steckenden Knöchel. Ohne einen Blick zu William Watkins sah er in die blauen Augen des alten Mannes hinter den Brillengläsern.

„Was auch immer es ist, Sir, wenn es für Euch ist, betrachtet es als erledigt."

„Gut. Ich möchte, dass Ihr vergesst, dass sich der Vorfall in George Romneys Atelier je ereignet hat."

# SIEBEN

„Verzeihung, Sir? Vorfall?“, fragte Dair.

„Ja. Sehr gut“, antwortete Shrewsbury. „Genau so werdet Ihr reagieren und antworten, wenn jemand Euch fragt.“

Dair warf William Watkins einen misstrauischen Blick zu. „In Romneys Atelier?“

Der alte Mann nickte.

„Es war nur ein Scherz mit ein paar hübschen Tänzerinnen und eine kleine Prügelei mit der Miliz.“ Dair zuckte mit den Schultern und zog wieder an dem Stumpen. „Nichts Besonderes, worüber man groß reden müsste, und noch dazu ziemlich zahm.“

„*Ein Scherz?* Eine klein… eine kleine *Prügelei* mit der — der Miliz? *Zahm?*“ William Watkins' Stimme klang dünn wie ein Zwirnsfaden. „Allein den Schaden an Mr. Romneys Atelier würde ich auf Hunderte von Guineen schätzen! Was den großen Schock angeht, den …“

„Danke, Mr. Watkins“, unterbrach ihn Shrewsbury. „Ich verstehe Eure Bedenken, und ich habe Euren Bericht — alle fünfundzwanzig Seiten davon.“

Dair verzog das Gesicht. „Nur fünfundzwanzig Seiten. Also keine Ausschmückungen?“

„Wenn seine Lordschaft Zeit gehabt haben wird, meinen Bericht ganz zur Kenntnis zu nehmen, wird er sehen, dass Euer grotesker Auftritt …“

„Sagt das fünf Mal, Watkins. Ich wette, das könnt Ihr nicht.“

„… unermesslichen Schaden angerichtet hat bei …“

„Ja. Ja. Schaden in Höhe von Hunderten von Guineen“, stellte Dair mit einem übertriebenen Seufzer fest. „Schickt mir die Rechnung. Romney sollte sich bei mir bedanken. Allein der Artikel in den Nachrichtenblättern wird sein Geschäft mit Porträts verzehnfachen. Ganz zu schweigen von denjenigen, die ihn nur besuchen werden, um einen Blick auf den Ort zu werfen, an dem sich das Ganze abgespielt hat; vielleicht könnte er sie ja auch überreden, ein Ölgemälde zu kaufen.“

„Es wird keine Artikel in den Nachrichtenblättern geben“, sagte Shrewsbury glatt. „Die Notizen des Reporters wurden ... beschlagnahmt.“

„Verbrannt, Mylord“, versicherte Watkins ihm steif. „Ich habe mich persönlich darum gekümmert. Und der Herausgeber wurde informiert, dass der Atem des Reporters nach Alkohol roch, sodass man sich auch nicht auf seine mündlichen Aussagen verlassen dürfte.“

„Na, seid Ihr nicht unbezahlbar“, näselte Dair sarkastisch. „Was habt Ihr für eine Zugabe getan? Den Mädchen den Inhalt Eures Hosenlatzes angeboten, um sie auch zum Schweigen zu bringen?“

Während Watkins aufrichtig schockiert war, kicherte Shrewsbury.

„Die Loyalität eines Sekretärs reicht nur so weit ...“

„... und sein Jonny nicht weit genug.“

Mr. Watkins hatte keine Ahnung, was ein Jonny war, aber als der alte Mann mit aufrichtiger Fröhlichkeit lachte, war er überzeugt, dass man sich über ihn lustig machte; bei Shrewsburys nächster Bemerkung wusste er, dass es so war, und sein Gesicht wurde vor Verlegenheit dunkelrot.

„Das ist nicht fair gegenüber Watkins, oder? Nur wenige Männer sind mit gutem Aussehen und einem Körperbau gesegnet, der eines preisgekrönten Bullen würdig wäre. Also damit wir anderen nicht unter unserer Unzulänglichkeit zu leiden haben, halten wir doch unsere Gespräche besser oberhalb der Gürtellinie, ja? Wenn Ihr es wissen müsst“, fuhr der alte Mann ernsthafter fort, „Eurem Schwarm weiblicher Bewunderer wurde mit Newgate gedroht, wenn sie auch nur einen Pieps über den letzten Abend verlauten ließen. Und Signora Baccelli wird ihren hübschen Mund schön geschlossen halten, wenn sie sich weiter Dorsets fortgesetzter Ergebenheit erfreuen möchte. Romney wird entschädigt, er bekommt mehrere lukrative Aufträge vermittelt, um ihm sein Schweigen zu versüßen; die Schulden seines verschwenderischen Bruders werden ebenfalls bezahlt. Mr. Cedric Pleasant hat sein Wort gegeben, niemals über den Vorfall zu sprechen, ebenso wie mein Enkel. Jetzt müsst nur Ihr mir noch Euer Ehrenwort geben, dasselbe zu tun. In der Tat möchte ich, dass Ihr noch mehr tut. Ich möchte, dass Ihr behauptet, so betrunken gewesen zu sein, dass Ihr an diesen Abend keine wie auch immer geartete Erinnerung habt.“

Dair ärgerte sich über Shrewsburys Überheblichkeit wegen etwas, das nichts anderes gewesen war als drei Freunde, die einen Abend voller Spaß und Spiel hatten. Dass dieser in einem Aufruhr geendet hatte, war strenggenommen nicht seine Schuld gewesen. Das war die Schuld der Miliz und den vom Herrn der Spione angewendeten Mittel, um ihn verhaften zu lassen. Er hatte sich bereitwillig an Shrewsburys Plänen beteiligt, war bereit, sich in den Tower werfen zu lassen, wenn nötig, oder sich zu einer halsbrecherischen Mission ins Ausland schicken zu lassen, alles nur, um die britischen Kriegsanstrengungen gegen die Rebellen in den Kolonien zu unterstützen.

Aber wozu er nicht bereit war, das war, sich wegen eines harmlosen Streichs rügen zu lassen, der seinen Freund Grasby glücklicher gemacht hatte, als er seit Jahren gewesen war, und das nur, weil Wiesel Watkins und seine prüde Schwester Anstoß genommen hatten. Dass Wiesel quiekend zu Shrewsbury gerannt war, wegen eines Vorfalls, der ihn überhaupt nichts anging, steckt ihm als ein Akt der Feigheit quer in der Kehle; ein Bericht über fünfundzwanzigseitig Seiten, also wirklich!

Der Ärger über Wiesel Watkins' Einmischung in seine Angelegenheiten verhinderte nicht, dass er die Art von Unbehagen verspürte, die er bei den zahlreichen Gelegenheiten erlebt hatte, bei denen er vor den Schulleiter in Harrow gebracht wurde, um wegen einer geringfügigen Übertretung der Regeln verprügelt zu werden. Ein Blick auf den Sekretär sagte ihm, dass dies genau das Gefühl war, das dieser bei ihm erzeugen wollte.

Er war äußerst versucht, seine Faust in Watkins' selbstgerecht grinsendes Gesicht zu schlagen. Stattdessen hob er sein kantiges Kinn und sagte streitlustig:

„Das könnte schwierig sein. Ich bin vielleicht nicht der Schlaueste, aber ich habe ein außergewöhnliches Gedächtnis ... Und ich war noch nie so betrunken, dass ich mich nicht an den Abend zuvor hätte erinnern können. Grasby, ja, der war betrunken und sollte für nichts verantwortlich gemacht werden, denn *ich* habe ihn betrunken gemacht. Ich bin durchaus bereit, die Schuld für sein Handeln auf mich zu nehmen. Aber ich werde mich nicht in die Ecke stellen lassen, weil Euer feiger Sekretär und seine hochnäsige Schwester Anstoß an etwas genommen haben, das sie überhaupt nicht hätten mit ansehen sollen!"

Shrewsbury nahm seine Brille ab, schloss die Augen und drückte den Nasenrücken zwischen Daumen und Zeigefinger. Als er seufzte, als wäre sogar *er* jenseits der Grenzen seiner Geduld angelangt, war William Watkins überzeugt, dass der alte Mann den Major gehörig herunterputzen würde, und das war ja auch höchste Zeit! Daher war er erstaunt, den Earl sagen zu hören:

„Wie Ihr beide wohl anerkennen werdet, waren die letzten zwölf Stunden sehr anstrengend, zwölf Stunden, die ich mit Besserem hätte verbringen können, aber so ist es nun einmal ... Watkins ... Bitte seid so gut und geht."

„Gehen? Aber ... Mylord! Ich verstehe, dass ich als Euer Sekretär tun sollte, was Ihr verlangt ... aber als Lady Grasbys *Bruder* ist es meine Pflicht, hier als ihr Vertreter anwesend zu sein, wenn Ihr beabsichtigt, die unentschuldbaren Vorgänge zu besprechen, die sich in Mr. Romneys Haus abgespielt haben."

Shrewsbury öffnete die Augen und fixierte seinen Sekretär, der stur hinter seinem Schreibtisch, und hinter einer Rauchwolke, sitzenblieb. Er brauchte sich nicht zu fragen, woher diese gekommen war, da der Major absichtlich Rauch von seinem Stumpen über seine rechte Schulter in Watkins' Richtung blies. Der Junge war unheilbar mutwillig und Shrewsbury musste ein Lächeln unterdrücken.

„Ihr mögt dieses Gefühl haben, Mr. Watkins, aber das ist irrelevant. An dem Tag, als Eure Schwester meinen Enkel heiratete, wurde sie eine Talbot und Teil meiner Familie, und daher seid nicht länger Ihr für sie verantwortlich, ganz gleich wie stark Eure brüderlichen Gefühle sein mögen. Doch ich habe keine Einwände, wenn Ihr Lady Grasby zu dieser Tageszeit aufsuchen wollt. Sie dürfte inzwischen aufgestanden sein und Eurer brüderlichen Schulter bedürfen, um sich daran auszuweinen. — Zweifellos wird es noch sehr viel mehr Tränen geben", murmelte er in sich hinein, als Watkins leise die Tür der Bibliothek schloss.

„Abgesehen davon, dass Ihr fast die Ehe meines Enkels ruiniert habt", sagte Shrewsbury, als er sich in seinem Stuhl zurücklehnte und die Hände über seinem runden Bauch in der seidenen Weste faltete, „und dass es jetzt vielleicht einer unbefleckten Empfängnis bedürfen wird, damit meine Schwiegerenkelin schwanger wird, da sie ihren Ehemann nicht näher als zwanzig Fuß an sich heranlassen will, müsste mich das, was letzte Nacht passiert ist, keineswegs interessieren, von einer wesentlichen Tatsache abgesehen. Es ist diese Tatsache, die mich dazu veranlasst, Euch um Euer Ehrenwort als Gentleman zu ersuchen, dass Ihr von diesem Tage an niemandem gegenüber, weder durch Worte noch durch Gesten, zugeben werdet, Euch an die geringste Einzelheit dessen zu erinnern, was sich in den Räumlichkeiten von George Romneys Atelier abgespielt hat."

Dair setzte sich auf, seine Aufmerksamkeit war aufs Höchste gespannt.

„Sir, wenn es Euch so viel bedeutet, dann gebe ich Euch gern mein Wort als Offizier und Gentleman. Wenn Ihr wollt, dass ich sage, ich wäre bis zur Besinnungslosigkeit betrunken gewesen, dann war es so. Aber darf ich erfahren, warum? Warum die Geheimhaltung und warum muss ich alles vergessen? Wenn Lady Grasby jemandem die Schuld geben möchte, dann sollte ich dieser jemand sein ...“

„Oh, sie gibt Euch die Schuld, oh ja! Und das kann ich *ihr* nicht verdenken! Ihr habt ihren Ehemann der Lächerlichkeit preisgegeben und damit auch ihre Ehe, und das vor Zeugen. Sie ist ein stolzes, eitles Geschöpf und wird sich von dieser Demütigung vielleicht nie erholen. Ganz sicher wird sie Euch niemals vergeben. Das stört mich nicht im Geringsten. Dass Ihr die Einzelheiten des ganzen Abends vergessen habt, wird ihre Selbstachtung in hohem Maße beschwichtigen. Wenn Ihr aus Lissabon zurückkehrt, könnte sie vielleicht sogar wieder in der Lage sein, Euch hoch erhobenen Hauptes in die Augen zu sehen. Eine Abwesenheit von ungefähr vier oder fünf Wochen sollte auch Grasbys Ärger über Euch beschwichtigen.“

„Weil ich ihn betrunken gemacht habe? Ich gebe zu, dass ich seinen Lendenschurz ein wenig zu kurz geschnitten habe ...“

Shrewsbury winkte ab.

„Ich wünschte, ich wäre dort gewesen, um Euren Auftritt selbst zu sehen. Ich habe keinen Zweifel daran, dass Grasby sich köstlich amüsiert hat, bis ihm klar wurde, dass seine Frau und ihr Bruder im Publikum waren. Ein höchst unglücklicher Zufall. Aber das ist nicht der Grund für Grasbys Zorn, oder warum ich Euch um dieses Versprechen bitte. Lady Grasby und Mr. Watkins wurden von meiner Enkelin, Grasbys jüngerer Schwester, ins Atelier begleitet. Was sie gesehen hat und wie viel, muss ich erst noch herausfinden ...“

Dairs Ausdruck höflichen Interesses bei dieser Neuigkeit sagte Shrewsbury alles, was er wissen musste. Irgendwo in den Tiefen der Erinnerungen des Majors gab es ein schwaches Bewusstsein, dass sein bester Freund eine Schwester hatte. Wenn er sich die Zeit nähme, könnte er sich vielleicht sogar an ein Bild von ihr als Kind erinnern, wenn er gelegentlich zwischen den Schulsemestern zu Besuch gewesen war. Dass er keine Ahnung hatte, wie alt sie war und sie unter zehn jungen Damen aus guter Familie, die in einer Reihe zu seiner Besichtigung standen, nicht hätte erkennen können, überraschte Shrewsbury nicht. In der Welt des Majors existierte Aurora Christina Talbot nicht. Warum sollte sie auch?

Sie hätten einander irgendwann vorgestellt werden sollen, nachdem Rory das Schulzimmer verlassen hatte. Sie gehörten dem gleichen größeren gesellschaftlichen Kreis an, und ihre engeren Freundes- und Verwandtschaftskreise wären von Zeit zu Zeit bei eleganten gesellschaftlichen Veranstaltungen miteinander in Berührung gekommen. Diese gesellschaftlichen Begegnungen hätten während der letzten sechs Monate, seit der Major sein Offizierspatent bei der Armee abgegeben hatte, zunehmen sollen.

Das jüngste entsprechende Ereignis war das Osterwochenende auf dem Landsitz des Herzogs von Roxton in Hampshire gewesen. Er war Deborah Roxton so dankbar dafür, dass sie Rory bei kleinen Gesellschaften mit Leuten ihres Alters mit einbezog, wenn Scharaden aufgeführt, Picknicks am See und abendliche Konzerte veranstaltet wurden, und es Tanz bei dem großen Ball gab. Die Tanzfläche war der Ort, wo passende junge Männer und Frauen sich am besten in der Gesellschaft begegnen konnten; eine Chance, einander gegenseitig abzuschätzen, ohne dass eine Anstandsdame dem Mädchen ständig über die Schulter sah.

Rory konnte nicht tanzen. Aber Deborah Roxton platzierte Rory ganz in ihrer Nähe, daher hatte sie einen hervorragenden Blick auf die Tänze und damit sahen auch die anderen Gäste, dass seine Enkelin ein bevorzugter Gast war. Und was die älteren Herrschaften der feinen Gesellschaft anging, die solchen Dingen großen Wert beimaßen und die sich über Rorys Platz wunderten, wurden höflich daran erinnert, dass Miss Talbot nicht nur die Enkeltochter des Earls von Shrewsbury war, sondern auch das Patenkind des alten Herzogs von Roxton und seiner verwitweten Herzogin, Antonia Roxton.

Es gab Gelegenheiten, bei denen ahnungslose Gäste sich laut wunderten, warum so ein hübsches, kleines Ding nicht verheiratet war, aber keiner Antwort mehr bedurften, wenn Rory sich mit der Hilfe ihres Gehstocks erhob. Der Blick tiefster Verlegenheit, oft voller Mitleid, der dann über dieselben verwirrten gepuderten Gesichter huschte, wenn seine Enkelin davonhumpelte — sie verwandelte sich in ihren Augen in ein völlig anderes und unerwünschtes Geschöpf durch ihren ungelenken Gang — ließ ihn wünschen, jeden einzelnen von ihnen zu Boden zu schlagen.

Doch was sein Herz brach, was nie versäumte, ihm die Tränen in die Augen zu treiben, war das nie verlöschende Funkeln in ihren Augen, diesen blauen Augen, genau wie seine, voller Staunen und Interesse für die Welt um sie herum. Es war nie deutlicher zu sehen, als wenn sie die ländlichen Tänze beobachtete, die Wangen voller Lebensfreude gerötet. Es war, als wäre sie dort draußen auf der Tanzfläche und folgte jedem Schritt der tanzenden Paare. Er würde absolut alles geben, wenn er das für sie hätte wahr werden lassen können ...

„Sir...? Mylord? Lord Shrewsbury?"

Es war Dair, der vor Shrewsburys Schreibtisch stand. Der alte Mann schien plötzlich krank geworden zu sein, so blass waren seine Wangen und seine Augen glasig. Doch ebenso schnell wurde er wieder zu seinem normalen Selbst und winkte Dair fort. Der Major zog sich zu seinem Stuhl zurück und stupste seinen Stumpen vorsichtig auf ein kleines Silbertellerchen an seinem Ellenbogen, um dem alten Mann Zeit zu geben, sein Gleichgewicht vollends wiederzuerlangen.

„Ich möchte, dass meine Enkelin vergisst, dass die letzte Nacht jemals passiert ist", fauchte Shrewsbury ohne Vorrede. Seine Unfähigkeit, Rory eine Heilung für ihre körperliche Behinderung verschaffen zu können, ließ ihn sich frustrierend unzulänglich fühlen. „Ich bete, dass es mit der Zeit zu nicht mehr als einem fernen Albtraum wird. Und es muss ein Albtraum gewesen sein — ein verdammter Albtraum — für ein wohlerzogenes Mädchen, das nie ohne Anstandsdame aus dem Haus gegangen ist und nie allein in Gesellschaft eines Mannes gelassen wurde, der nicht ihr Bruder oder ihr Großvater war, *niemals*. Sie ist unverheiratet und wird es wahrscheinlich bleiben, nachdem sie Zeugin Eures widerlichen und unappetitlichen Verhaltens geworden ist!"

„Ich bitte um Verzeihung, Sir?", fragte Dair höflich und zermarterte sich das Gehirn, um den emotional aufgeladenen Schrei des alten Mannes zu verstehen, nachdem dieser keine zehn Minuten zuvor über die ganze Episode gekichert hatte. Ihm fiel auch außer der uneingeladenen Lady Grasby kein anderes weibliches Wesen ein, auf das die Beschreibung ‚wohlerzogen' gepasst hätte, und diese war mit seinem besten Freund verheiratet. „Außer Lady Grasby, die unbeabsichtigt Zeugin unseres — äh — Unfugs wurde, war dort kein anderes weibliches Wesen, das ..."

„Verdammt noch mal, Fitzstuart! Meine Enkelin ist Zeugin der ganzen schmutzigen Angelegenheit geworden! Und nachdem, was Lady Grasby in ihr Kissen schluchzte, klingt es, als wären sie und meine Enkelin einer Szene ausgesetzt worden, die direkt aus den Seiten bacchanalischer Orgien stammte!"

Er schob die Papiere vor sich hin und her, als ob er sich von dem Vorfall und dem Major distanzieren wollte, und versuchte sein Bestes, sein Temperament und seinen Tonfall unter Kontrolle zu bringen.

„Wenn Ihr Euer bestes Stück zur Bewunderung der sylphidenähnlichen Huren und ihresgleichen herausholt, ist mir das völlig egal. Wie viele Ihr besteigt und wie oft, ist Eure Angelegenheit, und ich wünsche Euch viel Glück! Ihr spielt für Euer Land ein gefährliches Spiel und der Einsatz ist unglaublich hoch, daher verdient Ihr es, Euch ebenso riskant zu amüsieren. Aber ... es gibt Gelegenheiten — *diese Gelegenheit* — wenn derartiges Verhalten absolut unpassend ist. Meine Enkelin, Grasbys kleine Schwester, ist völlig unschuldig. Sie war dort, verdammt noch mal!"

„Ich verstehe, Sir. Ihr müsst es mir nicht zweimal sagen", sagte Dair eilig und fühlte sich unter seiner Krawatte unangenehm heiß. Er beugte sich auf seinem Stuhl vor. „Ihr könnt nicht annehmen, dass ich so weitergemacht hätte, dass ich zugelassen hätte, dass Grasby sich so blamierte, wenn ich geahnt hätte, dass sie — die Schwester meines besten Freundes — Zeugin davon würde? Mein Wort darauf, Sir!"

Shrewsbury nickte, er war jetzt ruhiger, als er die Aufrichtigkeit in der Stimme des Mannes hörte. „Ich nehme an, das hättet Ihr nicht ... Ihr hättet es nicht erfahren sollen ... Nur, dass ihre Anwesenheit den ganzen Vorfall ändert, nicht wahr?" Er zog eine Augenbraue hoch. „Ich fragte mich, ob Ihr anders gehandelt hättet, wäre Euch bewusst gewesen, dass Lady Grasby und Mr. Watkins zu Eurem Publikum gehörten?"

Dair konnte sein Grinsen nicht verbergen.

„Das wusste ich, Sir."

Das löste bei dem alten Mann ein widerwilliges Lachen aus.

„Lässt mich fast wünschen, ich wäre ein Floh in Watkins' Perücke gewesen, nur, um das Gesicht der Lady zu sehen. Aber *das* bleibt besser zwischen Euch und mir, und keinem anderen." Er schob seinen Stuhl zurück und Dair erhob sich. „Wenn Ihr also nächstes Mal meiner Enkelin begegnet, werdet Ihr Euch so verhalten, als hätte es den gestrigen Abend nie gegeben; täuscht völlige Unwissenheit vor. Dann kann sie unbefangen sein — wie wir alle." Er kam um den Schreibtisch herum. „Und das gilt auch für Grasby und jeden anderen, der Romneys Atelier erwähnt oder Fragen stellt. Ihr wart zu betrunken und habt keinerlei Erinnerung an die Ereignisse. Ihr seid ein guter Schauspieler. Wenn jemand meine Enkel überzeugen kann, dann Ihr."

„Und Watkins? Was ist mit ihm?"

„Mr. Watkins wird tun, was ihm gesagt wird. Und er weiß, was auf dem Spiel steht. Er wünscht sich ebenso wie ich, dass seine Schwester dem Earl von Shrewsbury einen Erben schenkt. Es wird seinen Platz in der Familie festigen. Besser, als der Onkel eines Earls zu gelten, denn als Enkel eines Fischhändlers aus Billingsgate in Erinnerung zu bleiben." Als Dair skeptisch schnaubte, lächelte Shrewsbury. „Ihr könnt das leicht abtun, Ihr habt Euer königliches Stuartblut in den Adern, nicht Brackwasser wie die Watkins. Jetzt legt einen guten Auftritt hin und man wird Euch glauben. Meine Enkelin hat trotz all ihrer Jugend und Unerfahrenheit einen scharfen Verstand und ein noch schärferes Auge; kommt von all der Zeit, die sie da sitzt und die Menschen beobachtet. Sie wird die Fassade durchschauen, wenn Ihr Euch nicht dazu bringt, selbst an Eure Worte zu glauben." Er streckte Dair seine Hand hin. „Ich verlasse mich auf Euch, mein Junge."

„Das könnt Ihr, Sir", antwortete Dair und nahm die Hand des alten

Mannes fest in seine. Er versuchte immer noch, Grasbys Schwester ein Gesicht und einen Namen zu geben, doch es gelang ihm nicht. Letztlich war das unwichtig. Er hatte sein Wort gegeben, noch dazu Shrewsbury, dem letzten Mann auf dieser Welt, den er jemals enttäuschen wollte. „Ich werde Euch nicht im Stich lassen. Mein Wort darauf!"

Shrewsbury lächelte milde, er hatte sich jetzt beruhigt. „Das weiß ich. Das habt Ihr noch nie. Ich danke Euch. Jetzt lasst mich einen Krug Ale bestellen und wir können es auf der Terrasse trinken und im Garten herumgehen. Frische Luft hilft, den Kopf klar zu bekommen und sich zu konzentrieren. Es gibt noch viel, was ich Euch erklären muss, bevor Ihr nach Lissabon segelt ..."

„Grand! Grand? Es ist etwas absolut Wundervolles geschehen! Crawford hat es zuerst entdeckt! Es ist genauso wie in dem Buch. Oh, du musst ins Gewächshaus kommen und es selbst sehen! Oh! Oh — bitte verzeiht mir! Ich dachte, du wärest allein. Crawford sagte, deine Gäste wären gegangen..."

„Rory. Komm herein! Komm herein, meine Liebe!", lockte Shrewsbury, als seine Enkelin einen Schritt nach hinten machte, um sich aus dem Zimmer zurückzuziehen. „Ich weiß, dass Ihr einander bereits früher vorgestellt wurdet, aber ich werde es noch einmal tun, denn eine Vorstellung bei einer Veranstaltung, wo es immer ein Gedränge von Leuten im Salon gibt, ist eigentlich so gut wie keine Vorstellung, nicht wahr? Das ist Major Lord Fitzstuart, der Cousin deiner Patin; Grasbys Freund Dair aus seinen Tagen in Harrow. Major, das ist meine Enkelin, Aurora Talbot."

Das einzige Geräusch im Zimmer war der Knall, mit dem Rorys Buch auf dem Boden aufkam.

# ACHT


Sie wandte keinen Moment ihre Augen von ihm ab. Er bückte sich, um
*A General Treatise of Husbandry and Gardening* von Richard Bradley
aufzuheben, richtete sich dann zu seiner vollen Größe auf, so dass ihr
Blick auf der Höhe seiner gravierten silbernen Knöpfe an seinem
schwarzen Leinenrock hängen blieb. Aus einem unerklärlichen Grund
wirkte er bekleidet größer und viel breiter. Er versperrte ihr den Blick
auf den Schreibtisch ihres Großvaters völlig.

Er verbeugte sich leicht vor ihr wie vor einer Bekannten, murmelte
eine Plattitüde, dass das Vergnügen ganz seinerseits wäre und hielt ihr
das Buch hin; alles, ohne jeden Blickkontakt. Sie war so glücklich, ihn
wieder zu sehen, dass ihr die Kälte in seiner Art und seinem Tonfall
nicht sofort auffiel. Sie war auch zu sehr damit beschäftigt, sich zu
fragen, ob er bemerken würde, dass sie keine Reifen unter ihren Röcken
trug, etwas, das sie zu Hause vermied, und ob auf ihrer Wange
Schmutzflecken waren. Sie hatte daran gedacht, ihre Gartenhandschuhe
auszuziehen, sodass ihre Hände sauber waren, aber ihre dünne weiße
Schürze über ihrem weißen Musselinkleid (nicht die praktischste Farbe,
um zwischen Kompost herumzulaufen), war auch mit Schmutz
verschmiert. Sie hatte nicht vorgehabt, nach dem Mittagsmahl ins
Gewächshaus zu gehen, da sie sich für den Theaterbesuch vorbereiten
musste. Doch der Gärtner hatte wunderbare Neuigkeiten ausrichten
lassen, von einer aufgehenden Ananasblüte, und daher hatte sie es
gleich selbst sehen müssen.

Als ihr Großvater sie sanft daran erinnerte, ihr Buch entgegen zu nehmen, das der Major immer noch hielt, war sie plötzlich schüchtern, weil sie ihre Manieren vergessen hatte. Ihr wurde plötzlich klar, dass sie unhöflich direkt auf seine breite Brust starrte und ihm nicht ins Gesicht gesehen hatte. Doch als sie ihm ihr Buch abnehmen wollte, bemerkte sie den Zustand seines Daumens. Die Haut war am Gelenk blutig und zerfetzt. Ihre Sorge um sein Wohlergehen überwog bei weitem ihre Verlegenheit und Unsicherheit. Ohne um Erlaubnis zu bitten, drehte sie seine rechte Hand sanft um und sah, dass seine restlichen Fingerknöchel ähnlich wund waren, dazu ein paar Blutergüsse. Sie war sich sicher, dass seine Finger geschwollen waren. Was sie nicht bemerkte, war, dass er in dem Moment, als sie seine verletzte Haut berührte, reagierte, sein Griff um Bradleys Abhandlung wurde so fest, dass sie das Buch nicht zwischen seinen Fingern hätte herausreißen können, wenn sie beide Hände und all ihre Kraft benutzt hätte, um dies zu tun.

„Ihr habt furchtbar Prügel bezogen ... ich fürchte, ich war gar nicht tapfer. Bei Eurem ersten Schlag bin ich in Ohnmacht gefallen ...“

Während ihre Finger noch immer auf seinem Handrücken ruhten, hob sie ihren Blick von seinen Verletzungen zu seinem Kinn und seinem Mund. Hier hielt sie inne, ihre blauen Augen wurden vor Sorge angesichts des Risses in seiner Lippe groß. Dann schaute sie ihm in die Augen. Die Prellungen in seinem Gesicht ließen sie unfreiwillig nach Luft schnappen.

„Ich hoffe – ich hoffe, Ihr habt etwas genommen, um den Schmerz zu lindern. Ihr solltet wirklich ein rohes Steak auf Euer Auge legen, um die Blutergüsse zu lindern und es gibt ein Mittel, damit sich keine Narbe an Eurer Lippe bildet ...“

„Danke, meine Liebe“, unterbrach Lord Shrewsbury sanft und nahm Dair das Buch aus den Händen. „Ich bin sicher, dass der Major alles getan hat, was im Moment möglich ist.“

„Natürlich. Natürlich“, murmelte Rory mit einem Nicken, wieder verlegen, weil sie ihre Manieren vergessen und so offen gesprochen hatte.

Als ihr ihre Umgebung wieder bewusst wurde, entdeckte sie, dass der Major ihr Buch nicht mehr hatte und dass sie seine Hand hielt. Sie ließ seine Finger sofort los und zog ihre Faust ruckartig hinter ihren Rücken zurück, um sich an der Schleife festzuklammern, die ihre dünne Schürze zusammenhielt. Ihre rechte Hand ergriff den geschnitzten Elfenbeingriff ihres Gehstocks fester, da sie das Gefühl hatte, zu schwanken, als ob sie bei rauer See an Bord eines Schiffes wäre.

„Bitte entschuldigt mich, Miss Talbot“, sagte Dair schwerfällig. „Ich kenne den Weg zur Terrasse, Sir. Ich erwarte Euch dort, wenn Ihr Zeit habt.“

Er nickte knapp, trat an Rory vorbei und verließ den Raum.

Sie sah ihn gehen, und ein seltsamer Kloß bildete sich in ihrem Hals; es war, als ob alles schwankte. Sie hatte keine Ahnung, was gerade passiert war, aber es ließ sie tieftraurig zurück. Warum erkannte er sie nicht? Keiner von ihnen hätte die Einzelheiten des Vorabends erwähnen müssen, aber es war nicht nötig, dass er so tat, als sei zwischen ihnen überhaupt nichts gewesen. Er hatte ihr eine Adresse in Chelsea gegeben. Sie hatten sich geküsst! Sie hatte ihn gesehen, und er hatte sie in jeder Hinsicht nackt umarmt. Vielleicht war es ihm peinlich? Vielleicht war es die Anwesenheit ihres Großvaters, die ihn formell und kalt reagieren ließ? Doch er hätte ihr zuzwinkern können, um sie wissen zu lassen, dass er sich ihrer Existenz wohl bewusst war. Sie hätte ihn nie verraten.

Und dann hatte sie einen plötzlichen schrecklichen Gedanken, was der Grund für sein Verhalten sein könnte. Es war keine Kälte, es war Verlegenheit und eine peinliche Verlegenheit, der sie schon viele Male begegnet war, die sie aber ignorierte, weil sie nichts daran ändern konnte.

Am Abend zuvor hatte er ihren Gehstock nicht gesehen. Er hatte sie nicht gehen sehen. Aber jetzt schon. Und jetzt wusste er, dass sie ein Krüppel war. Sie konnte es ihm nicht übelnehmen, dass er bei einer solchen Entdeckung überrascht war. Doch verachtete er sie jetzt, weil sie so unvollkommen war? Sein Gesichtsausdruck hatte sich nicht geändert. Er hatte keine Abscheu vor ihr gezeigt oder einen Ausdruck des Mitleids aufgesetzt. In der Tat hätte er eine Mauer sein können, so groß war sein Mangel an Emotionen. Etwas, man hätte es Intuition nennen können, tief in ihrem Inneren sagte ihr, dass die Kälte seines Auftretens, oder passender ausgedrückt, das Fehlen jeder wie auch immer gearteten Reaktion, nicht daraus resultierte, dass er voreingenommen wäre. Welche Schwächen er auch haben mochte, sie glaubte nicht, dass Intoleranz dazu gehörte. Warum benahm er sich dann wie ein Stein?

Ihr Großvater gab ihr die Antwort, und seine Erklärung ließ sie verstörter zurück, als sie es für möglich gehalten hatte. Hätte der Major sie mit Abscheu betrachtet, hätte das zumindest ein Gefühl gezeigt, und sie hätte ihn dann als ihrer unwürdig vergessen können.

Das Buch an seine Brust gedrückt legte Lord Shrewsbury einen Arm um Rorys Schultern und küsste ihre Schläfe.

„Da. Das war doch nicht so schwierig, nicht wahr, mein Liebling? Sagte ich dir und Drusilla nicht, dass der Major letzte Nacht so betrunken war, dass er sich wahrscheinlich an nichts von allem was geschehen ist, erinnern kann? Und ich hatte recht. Er erinnert sich an nichts. An nichts, nachdem sie in Romneys Atelier eingedrungen sind. Es scheint, dass er, dein Bruder und Mr. Pleasant eine ansehnliche

Anzahl von Rotweinflaschen geleert haben, bevor sie diesen Unfug angefangen haben. Besinnungslos betrunken, alle drei. Wir sollten ihnen ihre Schande verzeihen, meinst du nicht? Vor allem dem Major. Jeder Mann, der so tapfer für sein Land kämpft, wie er, verdient es, sich genauso intensiv vergnügen zu dürfen. Die Schrecken des Krieges können einen Mann stark beeinflussen. Selbst ein Mann wie der Major, der einen starken Charakter hat, muss seine dunklen Momente erleben. Ein bisschen betrunkener Unfug erlaubt solchen Männern, diese Momente zu vergessen, wenn auch nur für kurze Zeit."

Er küsste sie wieder und zog sie mit seinem Arm an seine Seite, um mit echtem Bedauern hinzuzufügen:

„Was für ein Pech für sie alle drei, dass eure kleine Gruppe Romney zufällig zur gleichen Zeit einen Besuch abstattete. Alle drei sind, wenn sie nicht betrunken sind, echte Gentlemen und es tut ihnen unendlich leid, dir und Drusilla die geringsten Unannehmlichkeiten bereitet zu haben. Wenn es dir recht ist, werde ich sie sich nicht persönlich entschuldigen lassen, es würde deine Schwägerin nur noch mehr in Verlegenheit bringen. Je schneller wir den ganzen Zwischenfall hinter uns lassen, desto besser. Meinst du nicht auch, Liebes?"

Rory nickte, nicht ganz überzeugt, dass ihr Bruder und seine Freunde so betrunken gewesen waren, dass sie alle Erinnerung an ihr Verhalten verloren hatten, insbesondere Mr. Cedric Pleasant, der die ganze Zeit vollkommen klar und bekleidet gewesen war. Ihr Bruder war betrunken gewesen, das stimmte wohl, aber der Major? Wenn sie Alkohol in seinem Atem gerochen hatte, dann nicht so deutlich, dass sie ihn für betrunken gehalten hätte, und sie hatte auf seiner Zunge nichts davon geschmeckt ... Stattdessen stieg ihr jetzt die Hitze in den Kopf bei der Erinnerung an seinen tiefen Kuss. Wenn er herumging und unbekannte Frauen so küsste, dass sie in seinen Armen förmlich schmolzen, wie mussten seine Küsse erst bei einer Frauen sein, an der ihm wirklich lag?

„Geht es dir auch wirklich gut, Rory?", fragte Lord Shrewsbury, den Arm noch immer um ihre Schultern gelegt. Er fühlte, wie sie schwankte und zitterte. „Du hast mir beim Frühstück gesagt, dass du keine Albträume erlitten hast, und du würdest mir sagen, wenn es etwas anderes gibt, das dich beunruhigt...?"

Sie zwang sich zu einem Lächeln und nahm ihr Buch zurück. „Ja. Natürlich, Grand. Ich habe wirklich gut geschlafen."

„Soll ich ins Gewächshaus mitkommen, um deine große Überraschung zu sehen?"

„Nein. Nein, Grand. Der Major – Lord Fitzstuart wartet auf der

Terrasse auf dich. Die Überraschung kann warten. Außerdem muss ich mich für das Theater umziehen."

Shrewsbury stupste sie unters Kinn. „Wir freuen uns schon seit einiger Zeit auf diesen Nachmittag, nicht wahr? Und ich habe eine zusätzliche Überraschung für dich. Deine Patin hat uns in ihre Loge eingeladen."

„Oh? Wie—wie schön. Ich freue mich, das Stück mit *Mme la duchesse* besprechen zu können."

Shrewsbury begleitete Rory von der Bibliothek und durch den Vorraum zur langen Galerie, und sprach über nichts als den bevorstehenden Besuch im Drury Lane Theater, um Sheridans *School for Scandal* zu sehen. Sie hielten vor einem kleinen Schrank mit einer halben Tür an, in dessen Innerem sich eine Bank mit einem Samtkissen befand. Vertikal durch den Schrank verlief ein seidenes Seil, das durch ein System von oben und unten angebrachten Rollen geführt wurde. Dadurch konnte der Schrank, der eigentlich ein Hebesessel war, von seinem Insassen leicht angehoben und abgesenkt werden.

Shrewsbury hatte den Hebesessel vor fünfzehn Jahren nach einem Vorbild aus den privaten Gemächern des französischen Königs in Fontainebleau installieren lassen, der dort dazu gedient hatte, dass Louis' Geliebte, *Mme de Pompadour*, ihn heimlich dort besuchen konnte. Rory hingegen schenkte er Bewegungsfreiheit. Als Kind hatte sie einen Diener rufen müssen, um sich die breite Treppe mit ihren vielen Stufen, die sich durch die Mitte des holländischen Hauses schwang, nach oben oder nach unten tragen zu lassen. Auf dem Samtkissen sitzend konnte sie sich jetzt einfach zum ersten Stockwerk hinaufziehen, in dem ihre Zimmer lagen. Shrewsbury konnte sich immer noch an den Ausdruck der absoluten Freude in ihrem kleinen Gesicht erinnern, als sie zum ersten Mal mit dem Hebesessel fuhr und ihr Bruder die Treppe hinaufrannte, um schneller als sie im ersten Stock anzukommen. Es war ein Spiel, dessen sie nie müde wurden, selbst jetzt nicht.

Zwei Lakaien standen zu beiden Seiten des Hebestuhls Wache, und einer öffnete die Halbtür für Rory, aber bevor sie hineingehen konnte, legte Shrewsbury seine Hand auf ihre.

„Rory. Mein Liebling. Ich möchte nicht, dass du dich an Einzelheiten der letzten Nacht erinnern musst, die dich vielleicht beängstigen könnten, aber Mr. Watkins hat mir gesagt, dass er dich in einer Lücke im hinteren Teil der Bühne zusammengebrochen vorgefunden hat – dass du ohnmächtig geworden wärest ..."

„Ja. Ja, so war es. Ich wurde ohnmächtig."

„Erinnerst du dich, wie du dorthin gekommen bist oder warum du ohnmächtig geworden bist?"

„Ich kann nicht – ich kann mich nicht an den genauen Moment erinnern, nein..."

„Mr. Watkins hat einen Bericht des gesamten Abends verfasst ..."

„Einen—einen Bericht? Warum?"

„Bitte. Rege dich nicht auf. Niemand außer mir wird ihn lesen. Und wenn du dich in der Zwischenzeit an Einzelheiten erinnerst ... hoffe ich, dass du sie mir anvertrauen wirst ..."

Rory zögerte, dann schaute sie langsam in die blauen Augen ihres Großvaters. Sie lächelte schwach.

„Natürlich, Grand."

LORD SHREWSBURY NICKTE UND LIESS RORY MIT EINEM KUSS AUF die Stirn in den Hebestuhl treten. Er sah zu, wie der Stuhl nach oben stieg und Rory ihm zuwinkte, während er nur dastand und hinauf ins Leere starrte. Er lächelte und winkte zurück. Das Zögern seiner Enkelin, auf seine Fragen zu antworten, die Art und Weise, wie sie seinen Blick mied, ihr Lächeln, das kein echtes Lächeln war, alles das waren Zeichen des Verschweigens. Er war nicht so lange Spion Seiner Majestät gewesen, ohne jetzt zu bemerken, dass sie ihm etwas verbarg. So, wie er Rory kannte, würde sie nur mit der Wahrheit zurückhalten, um einen anderen zu beschützen. Er vermutete, dass es sich bei dem anderen um ihren Bruder Harvel, Lord Grasby, handelte.

Er mochte Grasby, der sein Erbe war, aber es war Rory, die er liebte. Von ihm hatte sie die blauen Augen der Talbots und die ruhige Entschlossenheit geerbt, und von ihrer Mutter einen liebevollen Charakter und zarte nordische Züge. Shrewsbury hatte die Mutter der Kinder, seine Schwiegertochter Christina, mit jeder Faser seines edlen Wesens verabscheut. Sie hatte in jeder erdenklichen Weise das Schlimmste in ihm zum Vorschein gebracht.

Ironischerweise hatte er bei all seiner Erfahrung als Spion und seiner Fähigkeit, das öffentliche Gesicht einer Person zu durchschauen und die Ausflüchte ihrer verborgenen Wünsche und Machenschaften zu erkennen, nicht gesehen, dass Christina keine Maske trug. Sie war, wie sie aussah: Eine schöne Frau mit einem Herz aus Gold. Shrewsbury kannte nur eine Frau, auf die eine solche Beschreibung zutraf, Antonia, Herzoginwitwe von Roxton, und er war nicht bereit zu glauben, dass er in seinem Leben zwei solchen Frauen begegnen könnte. Mehr noch, er war zu verbittert, zu sehr von Scham verzehrt gewesen, dass sein Sohn und Erbe so tief unter seinem Stand geheiratet hatte, um sich mit der Vorstellung, eine solche Frau als Schwiegertochter zu akzeptieren, anfreunden zu können. Sie war nicht nur eine Ausländerin — eine Norwegerin! —, sondern auch die uneheliche Tochter eines minderjährigen Hofbeamten und einer Näherin.

Als sein Sohn und seine neue Familie nach England zurückkehrten, war er so von Zorn zerfressen gewesen, dass er sich weigerte, etwas mit ihnen zu tun zu haben, bis ihm seine Schwiegertochter eines Tages einen Besuch abstattete. Es war das erste Mal, dass er sie zu Gesicht bekam, und er war sofort völlig in sie vernarrt. Sie brachte seinen kleinen Enkel mit, der noch keine fünf Jahre alt war, und Vater und Sohn waren bald versöhnt.

Er hatte keine klare Erinnerung daran, wie er in solche Tiefen der Verderbtheit geraten war, und zu der Zeit hatte er ihr die volle Schuld gegeben. Sie hatte ihn mit Leib und Seele verzaubert. Nur wenige Stunden nachdem seine Schwiegertochter Rory zur Welt gebracht hatte, wurde ihr gesagt, dass ihr Baby nicht normal wäre und höchstwahrscheinlich nicht länger als ein paar Monate leben würde. Sie gab sich die Schuld für das, was sie ihm erlaubt hatte, ihr anzutun, und warf sich von einem Balkon. Der Welt wurde erzählt, dass sie im Kindbett gestorben wäre. Ihr Mann war untröstlich. Er hätte die Wahrheit in tausend Jahren nicht erahnt, aber seine Frau hinterließ ihm eine Nachricht. Er ertränkte sich und ließ Shrewsbury allein und mit der Sorge um einen kleinen Jungen von sechs Jahren und ein Neugeborenes zurück.

Es waren diese beiden Waisenkinder, die ihn am Ende aus seiner verbitterten Einsamkeit rissen. Grasby war nicht viel älter als sieben Jahre, als sein Großvater spontan das Kinderzimmer besuchte, angetrieben von einer Frage Antonia Roxtons, wie es ihrer Patentochter ginge. Das Wunder für Shrewsbury war, dass die Roxtons bereitwillig Paten seiner Enkelin geworden waren, besonders, da kein Arzt ihm versichern konnte, dass sie würde laufen können, oder ob sie tatsächlich einen Gehirnschaden hatte, wie es oft bei missgebildeten Kindern vorhergesagt wurde.

Die Nachfrage der Herzogin hatte ihn so beschämt, dass er dem Kinderzimmer, das er nie betreten hatte, einen Besuch abstattete. Er hatte sich den Weg von einem Lakaien zeigen lassen müssen. Er, der Herr der Spione Englands, kannte die Räume seines eigenen Hauses nicht! Was er dort vorfand, ließ seine Scham nicht nur ins Unendliche steigen, sondern schockierte ihn so, dass er handelte.

Sein siebenjähriger Enkel hockte in einer staubigen Ecke zusammengekauert und wurde mit Ruten geschlagen. Dabei versuchte sein kleiner, magerer Körper sein Bestes, seine einjährige kleine Schwester zu beschützen, die unaufhörlich schrie. Aber sie schrie nicht aus Angst, sondern wegen des eisernen Schuhs, in den ihr verdrehter kleiner Fuß gequetscht und der mit eisernen Stäben und Bolzen direkt unter ihrem molligen Knie befestigt war, um ihn in die richtige Lage zu zwingen. Ihr Bruder hatte versucht, diesen eisernen Schuh zu entfernen und erhielt für diese mitleidige Tat Prügel, die die Haut auf seinem Rücken aufplatzen ließ.

Noch an diesem Tag übernahm Shrewsbury die Kontrolle über jeden Aspekt im Leben der Kinder. Neue Diener, neue Lehrer, eine neue, helle Umgebung. Keine Schläge mehr, keine eisernen Schuhe oder Klammern mehr, und jedes Gerede darüber, „den Krüppel zu kurieren" wurde verboten. Er ließ Agenten den Kontinent nach einem Arzt absuchen, der die Missbildung seiner kleinen Enkelin behandeln konnte und fand einen in Professor Petrus Camper in Amsterdam. Camper, ein Experte für viele Bereiche, war auch ein solcher für Füße. Und obwohl er nicht in der Lage war, Rorys Klumpfuß zu heilen, gab er Shrewsbury und damit auch ihrem kleinen Bruder die notwendige Sicherheit, dass Rory in jeder anderen Hinsicht normal wäre. Von diesem Tag an wuchsen Bruder und Schwester unzertrennlich auf. Grasby war der Held seiner Schwester und Rory die größte Unterstützerin und Vertraute ihres Bruders.

Daher war es für Shrewsbury ein Leichtes zu glauben, dass die Geschwister einander beschützen, sogar füreinander lügen würden; dass Rory ihm bestimmte Einzelheiten der Ereignisse in Romneys Atelier verschweigen könnte, um Grasby nicht zu verraten. Er würde sie nicht weiter ausfragen. Er würde es auf andere Weise herausfinden. Watkins' Bericht wäre ein Anfang. Die Befragung der Anwesenden würde ein vollständigeres Bild liefern. Seinen vertrauenswürdigen Agenten schriftliche Anweisungen zu erteilen, würde bis zum nächsten Morgen warten können. Der Major wartete auf ihn. Und an diesem Abend wollte er die Probleme des Königreichs und wichtiger noch, die seiner eigenen Familie, beiseiteschieben und einen angenehmen Abend in Gesellschaft seiner Enkelin genießen. Doch konnte er die Annahme, dass Rory ihm gegenüber nicht ehrlich gewesen war, nicht abschütteln — dass sie sich zum Lügen gezwungen gesehen hatte, und dass störte ihn mehr, als er zugeben wollte.

# NEUN

Rory hatte gelogen. Sie hatte ihren Grossvater noch nie angelogen, und das machte ihr das Herz schwer. Sie hatte gelogen, nicht um ihren Bruder, sondern um Major Lord Fitzstuart zu beschützen. Wenn sich der Major nicht an die Nacht zuvor erinnern konnte, genauer gesagt an seine Begegnung mit ihr, was hatte es dann für einen Sinn, wenn sie sich an den Vorfall erinnerte und sich schämte? Welchem Zweck würde es dienen, wenn ihr Großvater die Wahrheit erführe? Es würde ihm nur großen Kummer bereiten. Und es wäre demütigender, als sie es ertragen könnte, den Major aufzufordern, sich an einen Vorfall zu erinnern, der ihm offensichtlich völlig gleichgültig war, und zu dem es, wäre er nüchtern gewesen, nie gekommen wäre.

Sie tadelte den Major nicht wegen seiner Erinnerungslücke. Für ihn war ihre Begegnung nur eine von vielen; *sie selbst* nur eine in einer langen Reihe unzähliger anderer Frauen, mit denen er in all den Jahren getändelt hatte. *Getändelt* ... Was für ein banaler Ausdruck! In ihrem Fall war er passend. Aber sie war sich sicher, dass der Major mit anderen Frauen viel mehr getan hatte als nur zu *tändeln*. Sie hatte sich nur auf einen kurzen Kuss eingelassen. Ein kleiner Kuss, der es nicht wert war, dass er sich dessen erinnerte. Für sie jedoch war dieser Kuss ein Augenblick, den sie wie einen Schatz bewahren würde, und der ganze Abend war so aufregend gewesen, dass sie ihre Erinnerung daran festhielt. Eine solche Begegnung würde sich wahrscheinlich nie wiederholen. Was ihr behütetes Leben nur noch mehr betonte. Sie schaute wieder auf das Buch in ihrer Hand. In ihrem Alltag war sie eine alte Jungfer, deren größtes Interesse der Pflege und dem Anbau von Ananas galt.

In Gedanken versunken übergab sie den Gehstock ihrer Zofe, ohne sie wirklich zu bemerken, und kletterte auf den Fenstersitz mit seinem Blick über den Ziergarten. Bradleys Abhandlung über Gartenarbeit ließ sie auf den Teppich fallen, die ganze Freude über ihre Entdeckung wurde von ihrem Unwohlsein überlagert. Ihr Kopf schmerzte und sie fühlte sich heiß und doch seltsam kalt. Vielleicht war sie dabei, Fieber zu bekommen? Das Atelier war ungeheizt gewesen und sie ohne ihren Umhang ... Doch in seinen Armen hatte sie keine Kälte verspürt; ganz im Gegenteil ...

Sie fand ihren Wollschal zu ihren Füßen und wollte ihn sich um die Schultern legen, als ihre Zofe Edith dies für sie tat.

„Ihr seht völlig erschöpft aus! Ihr verbringt zu viel Zeit in der Hitze dieses Gewächshauses", schalt die ältere Frau sie liebevoll und zupfte an dem Schal herum. „Und nach all der Aufregung in der letzten Nacht wage ich zu behaupten, dass alles noch mehr Farbe auf Eure Wangen gebracht hat. Jetzt sitzt schön still und ruhig da, dann lasse ich eine Tasse Tee holen. Ihr habt noch Zeit für eine Tasse, bis Ihr Euch fürs Theater umziehen müsst. Aber lasst mich Euch zuerst die Schuhe ausziehen ..."

Rory nickte und drückte eines der Gobelinkissen an sich, während sie sich tiefer in die Kissen an ihrem Rücken kuschelte. Wie Edith es immer tat, entfernte sie zuerst den Schuh an Rorys rechtem Fuß.

Genau wie die hübschen Schuhe, die unzählige junge Damen trugen, waren Rorys oft mit Material überzogen, das zu ihren Kleidern passte. Aber im Gegensatz zu den meisten Schuhen, die identische Leisten hatten, wurden Rorys Schuhe so hergestellt, dass sie individuell zu ihrem linken oder rechten Fuß passten. Ein von Professor Camper empfohlener Schuhmachermeister fertigte ihre Schuhe an, seit sie ein kleines Mädchen war. Er hatte Gipsabdrücke gemacht und Schuhe gefertigt, die sich der verkrümmten Form ihres rechten Fußes anpassten; mit Ausnahme ihrer Pantöffelchen trug sie Fußbekleidung gemäß der letzten Mode.

Die Schuhe, die Edith hielt, als sie Rorys bestrumpfte Füße mit ihren weißen Musselinröcken bedeckte, waren lila Satinschühchen mit niedrigen Absätzen aus weißem Leder. Rory starrte auf die Schuhe und schluckte die Tränen herunter. Sie hörte kaum, wie Edith sie aufforderte, ein wenig zu dösen, während sie den Tee holte, und drehte ihr Gesicht zum Fenster, als die schweren Vorhänge vor dem Fenstersitz zugezogen wurden. Gemütlich in ihre kleine Nische gekuschelt bemerkte sie erst jetzt, dass Tränen ihr über die erhitzten Wangen liefen.

*Töricht! Dumm! Albernes Geschöpf!*, schalt sie sich selbst. *Hör sofort auf, dich selbst zu bemitleiden! Weinst ohne jeden Grund. Wenn du schon*

*Tränen vergießen musst, dann sollte es sein, weil du Grand nicht die Wahrheit gesagt hast. Die letzte Nacht war also die aufregendste Nacht deines ereignislosen Lebens? Sei dankbar, dass du das überhaupt erlebt hast. Du hast jetzt eine Erinnerung, die du festhalten kannst und die nur dir allein gehört ...*

„Rory? Rory? Bist du da? Darf ich hereinkommen?"

Rory fuhr sich mit beiden Händen über ihre feuchten Wangen, als sich die Vorhänge teilten und Grasby seinen Kopf zwischen die Samtvorhänge steckte. Er sah verlegen aus und war noch nicht ganz angekleidet, hatte nur einen seidenen Morgenrock über sein weißes Hemd und seine braunen Samthosen gezogen. Ein passender Seidenturban bedeckte sein kurzes blondes Haar. Rory nickte und zog ihre weißen Musselinröcke enger um sich, setzte sich in den Kissen auf, um Platz für ihren Bruder auf dem Gobelin—Polster des Fenstersitzes zu machen. Er brauchte keine weitere Einladung und kletterte eifrig hinauf, um sich ihr anzuschließen, schloss schnell die Vorhänge wieder, als würden diese sie vor dem Rest der Welt verstecken. Grasby konnte sich keinen tröstlicheren Ort vorstellen, um seine Wunden zu lecken.

„Erinnerst du dich, wie wir uns in Grands Bücherzimmer versteckt haben?", sagte er mit echter Zärtlichkeit, den Rücken an die Holzvertäfelung gelehnt. Er machte es seiner Schwester nach, legte seine Arme um eines der Gobelin—Kissen und drückte es an seine Brust. Er begann gleich, sich besser zu fühlen. „Wir haben immer gekichert und dem anderen zugeflüstert, dass er ruhig sein sollte. Grand hat nie ein Wort gesagt. Er hat immer so getan, als wüsste er nicht, dass wir dort hinter den Vorhängen waren! Selbst, wenn er Besprechungen mit diesen hochnäsigen Leuten vom Außenministerium hatte, die mit all diesen Papieren kamen und gingen. Ich glaube nicht, dass es uns jemals gelungen ist, ihn hinters Licht zu führen, oder?"

Rory schüttelte den Kopf. „Nein. Nie." Sie lächelte bei einer Erinnerung. „Und einmal bist du vom Sitz gefallen auf den Teppich, in voller Sicht von Grand und seinen Besuchern. Sie haben nicht einmal ihren Satz unterbrochen, sondern die Besprechung fortgesetzt, als wäre nichts geschehen. Selbst, als ich mich zeigen musste, um dir zu helfen, wieder hinter dem Vorhang hochzuklettern, sagte keiner von ihnen einen Ton."

Grasby lächelte schief. „Ich bin nicht gefallen, Rory. Du hast mich rausgeschubst."

Rory riss ihre blauen Augen auf. „So?"

„Oh ja! Glaube nicht, dass du hier die Unschuldige spielen kannst. Ich kenne dich besser!"

Sie lachten beide und verfielen dann sofort in eine unangenehme

Stille. Rory schaute wieder aus dem Fenster, ohne den blauen Himmel, die grünen samtigen Wiesen und den Ziergarten, der sich bis zum Fluss erstreckte, wirklich zu bemerken. Grasby beobachtete sie ängstlich. Er sah, dass ihre Wangen feucht waren und wusste, dass sie bekümmert war. Es war nicht schwer zu erraten, warum. Obwohl der traurige, üble Zustand seiner eigenen Angelegenheiten ihn niederdrückte, sagte es doch viel über seine brüderliche Liebe, dass er diese Gedanken beiseiteschob und die Sorge um das Wohl seiner Schwester alles andere übertraf. Trotzdem mied er das Thema, das zuvorderst in ihren Gedanken war, noch ein wenig länger und genoss es, nur mit ihr hier zu sitzen und die ganze Welt auszuschließen.

„Ich dachte, ich würde vor deiner Tür weggeschickt; dass du dich fürs Theater ankleiden würdest", sagte er in aufmunterndem Ton. „Immer, wenn Silla sich auf einen Ausflug vorbereitet, besonders wenn sie weiß, dass wichtige Leute anwesend sind — wer auch immer sie sind, aber Silla kennt sie! —, beginnt sie mit dem Ankleiden direkt nach dem Mittag. Ich wage es nicht, sie zu stören. Nicht, dass ich das wollte. Nach dem Mittag halte ich lieber ein Schläfchen. Ich schaffe es immer noch, mich in der Hälfte der Zeit anzuziehen. Ich wage zu behaupten, dass das daran liegt, dass ich nicht geschnürt und in Reifröcke gesteckt werden muss ..."

„Edith holt Tee ... Dann ziehe ich mich an ..."

„Ja. Ich bat sie, mir auch eine Tasse mitzubringen. Hast du dich für ein Kleid entschieden? Habe ich nicht gehört, dass du Silla gesagt hast, du trägst ein Kleid aus lila Seidenbrokat mit bunten Blumen ..."

„Ich weiß, dass ich dich und Grand gelangweilt habe, vor lauter Begeisterung für Sheridans neues Stück und mit dem, was ich an diesem Abend anziehen würde."

„Du langweilst uns nie, Rory, und Silla war ebenso begeistert. Obwohl... ich vermute, dass es eher wegen des Spektakels als wegen des Stückes selbst war. Sie hatte sich bis gestern noch nicht entschieden, welches Kleid sie anziehen sollte ..." Er sah plötzlich verlegen aus. „Aber das ist nicht länger eine Frage für sie. Sie sagt, sie sei zu blamiert, um das Drury Lane zu besuchen, und nie wieder in meiner Gesellschaft ... Rory? Rory, hast du es gehört? Silla bleibt zu Hause ..."

Rory wandte ihren Blick widerwillig von der Aussicht ab. Eben erst hatte sie ihren Großvater und Major Lord Fitzstuart erspäht. Sie waren aus den Schatten in den Sonnenschein auf der Terrasse geschlendert und hatten dabei Ale aus silbernen Bechern getrunken. Nachdem sie das Ale ausgetrunken hatten, nahm ein Lakai die Becher mit und die beiden Männer traten von der Terrasse auf den Kiesweg. Sie gingen Seite an Seite, aber der Major, der so viel größer war als ihr Großvater, hatte respektvoll seine rechte Schulter gesenkt, die Hände leicht hinter dem Rücken verschränkt, ein Ohr den Worten des alten Mannes zugeneigt.

Die Stimme ihres Bruders klang so eindringlich, dass Rory ihren Wunsch, ihren Großvater und dessen Begleiter weiter zu beobachten, unterdrückte, und Grasby ansah.

„Was ist los? Was ist denn los, Harvel? Du siehst so müde aus. Hast du letzte Nacht überhaupt nicht geschlafen?"

„Ich habe kein Auge zugetan", gab er zu. „Die Liege in meinem Ankleidezimmer ist klumpig, und man hatte das Feuer ausgehen lassen, also war mir eiskalt." Er zuckte mit den Schultern. „Nicht die Schuld der Diener. Woher sollten sie wissen, dass ich die ganze Nacht dort verbringen würde? Trotzdem… Jeder Lakai mit einem bisschen Verstand konnte sehen, wie die Dinge standen. Ich musste nur meinen Kopf in Sillas Ankleidezimmer stecken und sie warf mir einen Hund aus Meißener Porzellan an den Kopf. Kannst du es glauben? Sie hat mich, *ihren Mann*, mit Porzellan angegriffen!"

„Hat es dich getroffen?"

„Nein. Daneben. War ein hübsches Figürchen. Geschenk zum Geburtstag… Sie hat gute Arme, Silla. Kommt davon, dass sie eine so begeisterte Bogenschützin ist. Gott sei Dank hatte sie ihren Bogen und Köcher nicht zur Hand."

„Oh, Harvel! Du armes Lämmchen. Silla *wird* dir vergeben … Aber lasse dich am besten in der nächsten Zeit nicht in ihren Zimmern sehen … Sie hat sich sehr aufgeregt."

„*Sie* hat sich aufgeregt?" Grasby blies empört die Wangen auf. „Sag mir einen Menschen, der sich nicht aufgeregt hat! Es macht mir nichts aus zu sagen, dass meine Selbstachtung in Stücken am Boden liegt. Bin mein ganzes Leben noch nicht so in Verlegenheit gebracht worden wie gestern Abend, als die Miliz sich auf mich stürzte, als wäre ich ein gewöhnlicher Verbrecher! Verdammte Unverschämtheit!"

Obwohl ihr Bruder elend aussah, musste Rory kichern. Sie streckte ihm mitfühlend die Hand entgegen. „Aber was sonst hätten die Soldaten denken, als du ohne Kleidung durch das Atelier ranntest?"

„Ich sollte zu einer Tür laufen, aber als Dair die gesamte Miliz angriff und links und rechts Schläge ausgeteilt wurden, war ich desorientiert. Lief in die falsche Richtung. Kann ja passieren …"

„Oh, ja. Das denke ich auch."

„… also blieb mir nichts anderes übrig, als mich auf das offene Fenster zu stürzen", fuhr Grasby fort, erleichtert, endlich seine Seite der Geschichte erzählen zu dürfen, noch dazu vor so mitfühlenden Ohren, was ihn jede Rücksicht auf die Tatsache, dass sein Bericht für die Ohren seiner jüngeren Schwester völlig ungeeignet war, vergessen ließ. „Ich hatte es auch fast in die Freiheit geschafft, als die Konstabler auf meine Flucht aufmerksam gemacht wurden und zwei von ihnen mich zu Boden warfen! Es hätte Knochenbrüche geben können! Bei mir! Als ob es nicht lästig genug gewesen wäre, meine — meine empfindlichen *Stellen* mit einer Hand bedecken zu müssen, während ich durch den offenen Raum rannte, setzte sich ein großer Rohling auf meiner Brust und ließ mir überhaupt keine Gelegenheit mehr, etwas zu verbergen! Ich sage dir, Rory, wenn dieser Schläger nicht gewesen wäre, und ich brandrot geworden wäre, hätte Silla mich überhaupt nicht erkannt!"

„Oh?" Rory hörte ihm mit gespitzten Ohren und aufgerissenen Augen zu. „Ich dachte, Frauen könnten ihre Ehemänner ohne ihre Kleidung leicht auseinanderhalten?"

„Was du schon weißt! Frauen *sehen nicht hin.* Aber ich habe dieses verdammte Muttermal und als sie es entdeckte, fiel sie ohnmächtig zu Boden! Ich ..."

Plötzlich schluckte Grasby seine Worte herunter, als ihm klar wurde, dass sie nicht nur ein Thema diskutierten, das für das zarte Geschlecht grob unpassend war, sondern dass er mit seiner kleinen Schwester sprach. Er war es so gewohnt, sich ihr anzuvertrauen, und sie hatte seinen Problemen immer zugehört, sodass es bis zu diesem Moment kein Thema gegeben hatte, das zwischen ihnen verboten gewesen wäre.

Er war in ihre Zimmer gekommen, um sich für sein ungeschicktes Verhalten zu entschuldigen, und hatte stattdessen lediglich bestätigt, dass er kein Gentleman war. Er war in jeder Hinsicht das, als was Silla ihn geschimpft hatte: Ein absoluter, gefühlloser Esel! Bevor er jedoch eine Entschuldigung formulieren konnte, die ihr vermitteln würde, wie tief zerknirscht er wegen seines Verhaltens war, fesselte Rory seine Zunge mit einer hellsichtigen Beobachtung, die auch seine Ohren brandheiß werden ließ, noch mehr.

„Meinst du, Frauen schauen nicht hin, weil sie es nicht wollen und lieber in Unwissenheit gehalten werden möchten? Oder meinst du, eine Frau gibt nur *vor*, ihren Ehemann nicht unbekleidet anzusehen, weil es als unanständig angesehen wird, wenn sie es tut? Denn ich kann nicht glauben, dass eine Frau sich dafür entscheidet, in Unwissenheit gehalten zu werden, aber da es immer unhöflich ist, jemanden anzustarren, kann ich das Letztere gut glauben." Sie kräuselte nachdenklich ihre Nase. „Das würde erklären, warum die anwesenden Herren außer Hörweite sind, wenn dieses Thema von Frauen bei gesellschaftlichen Zusammen-künften angesprochen wird. Hinter geöffneten Fächern wird viel über

Größe und Vermutungen gekichert. Und Lady Hibbert-Baker führt ein kleines Wettbuch."

Grasby setzte sich kerzengerade auf. Seine Gefühle waren auf seinem Gesicht deutlich zu lesen. Er war gleichermaßen entsetzt und verblüfft. Seine Stimme klang schriller als gewöhnlich. „Vermutungen? Größen? Ein *Wettbuch*? Das glaube ich dir nicht! Du denkst dir das nur aus!"

„Welchen Grund hätte ich, mir das auszudenken?", fragte Rory empört. „Außerdem verstehe ich nicht die Hälfte von dem, worüber sie kichern."

„Nein. Nein, das könntest du nicht", stimmte Grasby bereitwillig brummend zu.

„Ich dachte, die Herren machen ständig Wetten über Frauen?"

„Aber doch nicht über die eigenen *Ehefrauen*. Nie über die eigene Frau, die Schwester oder die Mutter, was das angeht. Ein Mann, der das täte, wäre kein Gentleman. Es ist schlechter Stil und in den Clubs ist es nicht erlaubt, zu erwähnen ...“

„... aber seine Mätresse zu erwähnen ist völlig akzeptabel?"

„Das ist etwas völlig anderes!"

„Wie das? Es sind auch Frauen. Und wie auch immer die Gesellschaft sie verurteilen mag, sie sind doch Frauen mit Herzen, Verstand, Wünschen und Träumen ...“

Grasby war nicht in der Lage, die Richtigkeit der Feststellungen seiner Schwester zu widerlegen, daher brach es frustriert aus ihm heraus:

„Ein Besuch in Romneys Atelier und du bist plötzlich eine Expertin für gefallene Frauen!"

Rory lächelte, die blauen Augen voller Mutwillen. „Oh? Aber ich dachte, sie wären Operntänzerinnen ...“

„Sie sind Operntänzerinnen, aber ...“

„Dummchen. Natürlich sind sie nicht nur Tänzerinnen. Insbesondere Signora Baccelli. Jeder weiß, dass sie die Geliebte des Herzogs von Dorset ist, selbst Vögel in vergoldeten Käfigen, so wie ich. Ich hätte einfach nie gedacht, dass ich die Geliebte eines Adligen treffen würde. Es war eine so belebende Erfahrung ... Im Übrigen, wenn man Frauen als ‚Bachstelzen und Kanarienvögel' bezeichnet, sind solche ornithologischen Begriffe Euphemismen für *Huren*?"

„Hölle und Teufel, Rory! Silla hat recht. Ich bin nicht nur der verdammt schlechteste Ehemann, ich bin ein elend schlechter Bruder. Du solltest nichts über solche Dinge wie Bachstelzen und Kanarienvögel wissen oder diesen hohlköpfigen Ehefrauen und ihren — ihren *Bettgeschichten* zuhören."

„Leichter gesagt als getan, wenn sie laut über eine bestimmte Wette diskutieren, als ob ich überhaupt nicht da wäre."

„Und ich dachte, du wärest bei diesen Teegesellschaften an einem sicheren Ort. Silla hat den Nerv, mich zu beschuldigen, ein so schlechter Bruder zu sein, und sie nimmt meine Schwester mit in solche Lasterhöhlen. Ich werde ihr etwas erzählen ..."

„Das kannst du nicht. Sie spricht nicht mit dir, erinnerst du dich? Außerdem glaube ich nicht, dass sie eine Ahnung hat, worüber diese Frauen hinter ihren Fächern kichern. Sie ist einfach nicht neugierig."

„Neugierig? Das ist ein Wort dafür. Lauschen ist ein anderes."

Rory schmollte. „Wie kann ich denn anderes, wenn ich bei diesen Teegesellschaften praktisch die einzige bin, die nicht verheiratet ist? Ich bin vier Jahre zu alt, um mit den Mädchen zusammen herumgescheucht zu werden, die ihre erste Saison genießen, und viel zu jung, um bei den wichtigtuerischen alten Jungfern herumzusitzen, die schon Hörrohre benutzen. Und weil Silla so freundlich ist, mich mitzunehmen, wenn sie Besuche macht, vergessen ihre Freundinnen und Bekannten, dass ich unverheiratet bin." Sie warf ihrem Bruder einen Blick zu und sagte, während sie den Wollschal enger um sich zog, mit einem Achselzucken: „Und wenn ich einmal Platz genommen habe, ist es für mich nicht einfach, mich aus der Hörweite solcher Gespräche zu entfernen. Ich mag kein Aufsehen erregen, und mein Stock ..." Sie zwang sich zu einem Lächeln. „Warum denken manche Leute, dass man auch taub sein muss, wenn man humpelt? Es ist alles so schrecklich peinlich für die Person, die mich anschreit, von unserer Gastgeberin zu erfahren, dass es nicht heißt, dass ich keine zwei perfekt funktionierenden Ohren habe, nur weil ich schief gehe!"

„Rory — verzeih mir. Ich dachte nicht ..."

„Oh, reg dich wegen mir nicht auf. Sie wollen nicht unhöflich sein und ich habe mich an solche Vorurteile gewöhnt."

„Das ist großmütig von dir. Trotzdem ist es unerträglich, dass du gezwungen bist, dazusitzen und solchen abscheulichen Gesprächen zuzuhören. Und diese Frauen nennen sich respektabel. Ha!"

„Oh, aber das sind sie. Das ist in gewisser Hinsicht nur ein bisschen Spaß." Sie lächelte verschmitzt. „So harmlos, wie für einen Haufen Tanzmädchen den amerikanischen Wilden zu spielen." Als ihr Bruder sein Gesicht beschämt mit den Händen bedeckte, fügte sie ernst hinzu: „Ich bin von dem Vorfall unverletzt und unverdorben geblieben, als wurde kein Schaden angerichtet. Und es hat mir geholfen, eine Frage zu klären, die mir ein Rätsel war ..."

„Die dir ein Rätsel war?"

„Ja. Die dummen Wetten in Lady Hibbert—Bakers Wettbuch ...

Ich hatte nur sehr begrenztes Wissen darüber, wie ein Gentleman ohne Kleider aussieht; ich konnte nur raten. Aber nach der letzten Nacht habe ich nicht mehr ...“

„Oh. Mein. Gott. Ich habe meine eigene Schwester verdorben.“ Grasby stöhnte, eine Hand auf die Stirn gelegt, als schütze er seine Augen und sich selbst vor weiteren offenen Geständnissen. „Hänge mich jetzt gleich!“

„Um die Wahrheit zu sagen“, sagte sie leise, beugte sich zu ihm und ignorierte seinen melodramatischen Ausbruch. „Ich war schockierter zu entdecken, dass Männer hier Haare haben.“ Sie legte eine Hand auf ihr Dekolleté. „Darauf war ich überhaupt nicht vorbereitet.“

„Bitte, Rory! Nicht mehr!“, bettelte Grasby und versenkte seinen Kopf in dem Gobelinkissen. Nach ein paar Sekunden setzte er sich wieder auf. Er schob seinen Turban zurecht und stieß einen tiefen Seufzer aus. „In solchen Zeiten wünschte ich mir aufrichtig, wir wären nicht verwaist. Nur eine Mutter kann die Fragen ihrer Tochter beantworten.“

„Silla hat mir anvertraut, dass Mrs. Watkins ihr absolut *nichts* über *irgendetwas* erzählt hätte.“

„Nun, das ist zumindest *etwas*.“ Er sah seine Schwester scharf an. „Ist das alles, was Silla dir gesagt hat?“

„Absolut. Silla erzählte es mir in einem Moment der Schwäche. Ich glaube, sie tat es, um mich von dem Versuch abzuhalten, sie ins Vertrauen zu ziehen, um Antworten auf intime Fragen zu erhalten, die zu beantworten sie nicht bereit war.“

Er seufzte erleichtert. Aber kaum ließ er seine Schultern entspannt herabsinken, als ihm ein plötzlicher Gedanke kam. „Rory ... ich ... ich habe keine behaarte Brust ...“

„Nein. Nein, hast du nicht ...“

Grasby brauchte einen Augenblick, um das zu verdauen. In diesem Moment wurde das Gesicht seiner Schwester scharlachrot. Er wusste sofort, wen sie beschrieben hatte. Das verwandelte sein verwirrtes Stirnrunzeln in einen unterdrückten Zorn, und er biss die Zähne zusammen. Als er seine Gefühle beherrschen konnte, sagte er tonlos:

„Watkins sagte, er hätte dich bewusstlos hinter der Bühne gefunden. Er hat angedeutet, du wärest dort hinten einige Zeit mit Fitzstuart gewesen — allein. Ich habe ihm angedroht, ihm die Zähne auszuschlagen, wenn er diesen Umstand je wieder erwähnen würde. Sag mir die Wahrheit, Aurora. Warst du mit Dair Fitzstuart allein hinter der Bühne?“

Ihr Bruder hatte sie vor vielen Jahren nur einmal bei ihrem vollen Namen genannt, und sie konnte sich nicht daran erinnern, warum er das getan hatte, nur dass er wütend auf sie gewesen war — so wütend wie jetzt. Oh je, sie würde gleich in ebenso vielen Stunden ein zweites Mal lügen und fühlte Tränen in ihren Augen brennen. Aber sie würde die Erinnerung an den Kuss, den sie mit dem Major ausgetauscht hatte, nicht preisgeben. Wenn sie das tat, würde der Kuss von anderen als etwas Schmutziges und Unwürdiges ausgelegt werden, wofür man sich schämen sollte. Sie schämte sich nicht und unabhängig davon, wie der Major und andere diesen kurzen intimen Moment betrachten könnten, war sie bestrebt, sich den Traum zu bewahren, dass er ihren Kuss genauso genossen hatte wie sie.

„Es gibt nichts zu erzählen, Harvel. Ich habe Grand dasselbe gesagt. Beim ersten Blutstropfen bin ich in Ohnmacht gefallen. Ich kann es nicht ertragen, wenn Männer einander schlagen. Ich bin Mr. Watkins dankbar, dass er mich in Sicherheit gebracht hat. Es war wirklich beängstigend.“

„Beängstigend? Zweifellos! Du hättest einem so abscheulichen Anblick nie ausgesetzt werden dürfen. Niemals.“ Noch immer wütend schlug Grasby mit der Faust auf das lackierte Fensterbrett. „Verdammter Dair, immer den Helden spielen! Ständig gerät er in eine Klemme und wird bestenfalls zusammengeschlagen, schlimmstenfalls irgendwann getötet! Manchmal frage ich mich, warum ich seine verdammten Heldentaten ertrage. *Verdammter Trottel* ... Rory, er ist mein bester Freund, aber du bist meine Schwester, und wenn ich gedacht hätte, er hätte dich ausgenutzt — auch nur ein Haar auf deinem Kopf berührt — wäre das das Ende unserer Freundschaft gewesen. Ich würde deine Ehre verteidigen, und zum Teufel mit den Konsequenzen.“

„Das weiß ich, Harvel“, antwortete Rory leise. „Ich weiß auch, dass die Konsequenzen eines solchen Aufeinandertreffens einseitig wären. Er ist Soldat; du nicht. Ihn hat man das Töten gelehrt; du könntest es nicht. Und er würde dich töten ...“

Wie um die Wahrheit ihrer Aussage zu unterstreichen, ertönte ein heftiges Gelächter aus dem Garten. Rory drückte ihre Stirn gegen die Fensterscheibe und sah den Gegenstand ihrer Unterhaltung. Der Major hatte sein festes Gesäß auf einer niedrigen Steinmauer platziert, ein langes Stiefelbein schwang, als er sich zu einer brennenden Kerze vorbeugte, die ihm von einem Lakaien entgegengehalten wurde, um seinen Stumpen zum Leben zu erwecken. Ihr Großvater stand neben ihm und hielt einen kleinen Porzellankorb in der Hand. Sie kannte das Behältnis. Er enthielt Krümel für den Schwarm von Karpfen, der im Teich lebte, in dessen Mitte ein Springbrunnen mit springenden Delfinen stand. Das Wasser des Springbrunnens war abgestellt worden, um eine routinemäßige Reinigung zu ermöglichen, weshalb die Unterhaltung, wenn auch nicht einzelne Worte, hörbar waren. Der Major blies Rauch in den blauen Himmel und sagte etwas, das ihren Groß-vater zum Lachen brachte und den Kopf schütteln ließ.

Bruder und Schwester beobachteten die beiden Männer schwei-gend. Grasby lehnte sich zurück, als sein Großvater den Porzellankorb an einen Lakaien übergab, um seinen Spaziergang mit Dair im Zier-garten fortzusetzen.

„Verzeih mir, Zuckerpflaume", sagte er leise und benutzte Rorys alten Spitznamen aus ihrer Kinderzeit. „Ich habe mich doppelt zum Narren gemacht. Gestern Abend habe ich mich aufgeführt wie ein völlig Irrer und heute fluche ich wie ein Droschkenkutscher. Ich bin eine Schande und dafür gibt es keine Entschuldigung."

Rory glitt vom Fenstersitz, um ihn zu umarmen.

„Du bist der beste Bruder auf der ganzen bekannten Welt und ich würde dich gegen niemanden eintauschen. Gestern hätte ich nicht gedacht, dass du fluchen könntest, geschweige denn, nackt im Atelier eines Künstlers herumlaufen, und du hast mich überrascht, indem du beides getan hast! Natürlich muss ich dir bei einem solchen Verhalten deinen Heiligenschein abnehmen und ihn durch kleine Hörner und einen gegabelten Schwanz ersetzen. Aber deshalb habe ich dich doch nicht weniger lieb."

Er schüttelte mit einem Lächeln den Kopf, da ihm klar war, dass sie versuchte, seine groben Fehler zu seinem Vorteil zu betrachten, aber er fand nichts Witziges an seinem, eines Gentleman unwürdigen, Verhal-ten. Er bog sich zurück, um ihr in die blauen Augen zu sehen.

„Vielen Dank. Ich verdiene, dass mein Heiligenschein beschlag-nahmt wird. Mein Schwager hält mich jetzt für eine lüsterne Missge-burt. Mein Großvater schüttelt enttäuscht den Kopf über mich und meine Frau ... Silla ist so angewidert von meinem Verhalten, dass sie nichts mehr mit mir zu tun haben will. Sie gibt Dair die Schuld und verlangt, dass ich unsere Freundschaft beende. Das ist ihre Bedingung für eine Versöhnung zwischen uns."

„Aber... sicherlich kann sie sehen, dass Ihr drei nur einen riesigen Spaß veranstaltet habt. Es wurde kein wirklicher Schaden angerichtet. Und wenn wir — Silla, Mr. Watkins und ich — nicht zufällig zu eurem Unfug hinzugekommen wären, hätte sie nie etwas davon erfahren."

„Sie ist mit ihrer Vergebung nicht so großzügig wie du. Sie hat Dair nie gemocht, obwohl sie mir keine vernünftige Erklärung für ihre Abneigung geben kann. Ich hatte keine Ahnung, wie groß diese Abnei-gung ist, bis er von den Kämpfen in Amerika zurückkam. In den letzten sechs Monaten hat sie jede Gelegenheit genutzt, um schlecht über ihn zu sprechen, und jetzt bringt mich ihre Einstellung wirklich in Verlegenheit. Du hast recht. Es war nur ein Spaß. Und es bestand nie die Gefahr, dass ich ihr untreu werden würde. Das habe ich Silla auch gesagt. Aber wird sie auf die Vernunft hören? Nein. Sie wird nur hysterisch und wirft mit Sachen nach mir! Ich sagte ihr, sie müsse meine Freunde so akzeptieren, wie sie sind. Ich werde sie nicht aufgeben. Dair Fitzstuart ist mein bester Freund."

„Aber Silla ist deine Frau, Harvel."

„Du siehst also mein Dilemma. Jemand muss ihr das klarmachen. Ich werde mich nicht umstimmen lassen. Bis sie das akzeptiert, bleiben wir einander entfremdet."

„Dann sollten wir am besten gemeinsam überlegen, wie wir eine Lösung finden können, die für euch beide akzeptabel ist", antwortete Rory, froh, dass ihr Gespräch von ihrer Anwesenheit bei der Razzia in Romneys Atelier abgelenkt worden war, aber verstört, weil die Ehe ihres Bruders unter solcher Anspannung stand.

„Und wie ginge das besser als bei einer Tasse Tee?", fügte sie in viel fröhlicherem Ton für die Ohren ihrer Zofe hinzu, die mit leichtem Räuspern auf ihre Anwesenheit aufmerksam gemacht hatte. „Ich schenke ein, Edith. Danke."

Edith hatte die Vorhänge vorsichtig geöffnet und wurde von zwei Zimmermädchen begleitet, eines mit dem Tablett mit Teegeschirr, das andere mit der silbernen Teekanne und dem Stövchen.

Grasby grübelte weiter und starrte aus dem Fenster, während seine Schwester sich um den Tee kümmerte. Er sah zu, wie sein Großvater und sein bester Freund an einer Wegkreuzung anhielten. Hier zählte der alte Mann unter Zuhilfenahme seines Zeigefingers und seiner Fingerspitzen etwas auf; Dair nickte zur Antwort, während er weiter seinen Stumpen rauchte. Er erinnerte sich, dass Dair ihm einmal erzählt hatte, dass Soldaten rauchten, Offiziere schnupften. Er wusste, dass Dair sich nichts aus Schnupftabak machte und für andere Offiziere nicht viel übrig hatte, die sich hübsch aus der Schusslinie hielten und unter gestreiften Marquisen Tabak schnupften, während Soldaten auf dem Schlachtfeld in Stücke geschossen wurden. Daher rauchte er in ihrer Gesellschaft, um sie zu ärgern. Und er konnte sie ärgern. Er, Erbe eines Earls, war den meisten von ihnen gesellschaftlich überlegen, die die zweiten und jüngeren Söhne von Adligen waren und keinen Titel hatten, der sie erwartete, außer dem Rang in der Armee, den sie gekauft hatten.

Aber was diese Offiziere mehr ärgerte als Dairs geringe Achtung für gesellschaftlichen Rang und seine unbekümmerte Haltung, war, dass jeder gewöhnliche Fußsoldat dem Major kopfüber in die Schlacht folgen würde, ohne Fragen zu stellen. Und so nannten ihn seine

Kollegen arrogant und tollkühn und schenkten ihm oder seine Heldentaten keine Aufmerksamkeit, weil er ihnen zeigte, was sie wirklich waren — angemalte Pappmaché-Soldaten. Ein Funke von Dairs Stumpen und sie würden in Flammen aufgehen.

Grasby lächelte und nippte an heißem Tee mit Milch, bevor er auch nur bemerkte, dass er eine Porzellantasse und Untertasse in der Hand hielt. Er riss sich weit genug aus seinen Gedanken los, um grimmig zu sagen:

„Die Wahrheit ist, Rory, ich habe kein Recht, Dair für seine leichtsinnigen Mätzchen zu verfluchen. Er ist der tapferste Mann, den ich kenne. Wo seine Familie — insbesondere sein Vater — ihm so wenig Zuneigung entgegenbringt, ist es da ein Wunder, dass er sich so wenig um seine eigene Sicherheit kümmert? Nein, Rory. Ich werde ihn nicht aufgeben. Das kann ich nicht. Silla muss einsehen, warum ich das nicht kann, oder sie wird unglücklich sein und mich noch dazu unglücklich machen.“

Rory musste die Frage stellen. „Warum, Harvel? Warum willst du deine Ehe aufs Spiel setzen?“

„Ohne Dair Fitzstuart hättest du keinen Bruder, Silla hätte keinen Ehemann und Grand hätte keinen Erben für seinen Titel und seine Güter.“

# ZEHN

Da er ein so williges und mitfühlendes Ohr fand,
vertraute Grasby Rory bald Einzelheiten und Geschichten über seinen
besten Freund an, die, wäre Dair Fitzstuart gefragt worden, besser in der
Vergangenheit begraben geblieben und nie wieder erzählt worden
wären, schon gar nicht der Enkelin seines Mentors.

„Im zweiten Jahr in Harrow kam Dair zum ersten Mal zu meiner
Verteidigung. Ich wurde von Bully Biscoe, einem großen Affen von
einem Jungen aus dem Jahrgang über uns, zu Brei geschlagen. Kann
mich nicht mehr erinnern, warum. Ich glaube, er mochte meine Haar-
farbe nicht. Oder waren es meine blauen Augen? Was auch immer es
war, es war nichts, was ich an mir hätte ändern können, selbst wenn ich
es gewollt hätte. Cedric tat sein Bestes, um den Affen von mir herunter-
zuziehen, aber seine Kumpels packten Cedric, der einen ziemlich guten
Schlag führen konnte, und hielten ihn fest, während Bully sich mit mir
befasste. Da mischte sich Dair ein. Damals war er kaum größer als ich.
Aber er konnte kämpfen! Hatte Bully bewusstlos geschlagen, bevor der
wusste, was ihn getroffen hatte!“

„Und so wurdet ihr rasch Freunde ... du, Mr. Pleasant und Lord
Fitzstuart“, stellte Rory fest, um das Gespräch voranzutreiben, als ihr
Bruder innehielt und bei einer Erinnerung seinen beturbanten Kopf
schüttelte. „Wann hat er dich zum zweiten Mal verteidigt?“

„Zum zweiten Mal?“

„Du hast gesagt, Lord Fitzstuart wäre zum ersten Mal zu deiner
Verteidigung gekommen, als ihr in Harrow wart ... Also muss es ein
zweites Mal gegeben haben.“

„Schlau! Aber es wäre nicht recht von mir, dir die Einzelheiten zu erzählen. Es sollte reichen, wenn ich sage, dass ich an einer Klinge entlang starrte, deren Spitze von einem Mann auf meine Brust gehalten wurde, der glaubte, ich hätte mir Freiheiten bei einem — ähm — *weiblichen Wesen* herausgenommen, das unter seinem Schutz stand.“

„Seine Schwester? Ehefrau? Nicht seine Tochter?“

„Nein! Nein! Nein! Nicht diese Art von weiblichen Wesen oder diese Art von Schutz.“

Rorys Augen weiteten sich, aber sie blieb sachlich. „Eine Hure. Rede weiter. Es sei denn, ich liege falsch und du möchtest mich berichtigen?“

„Nein. Keine Berichtigung erforderlich. Es war direkt bevor Dair zu seinem Regiment ging und Cedric und ich nach Oxford aufbrachen. Wir feierten die Geburt seines ... nun, das tut nichts zur Sache. Wir waren zum Feiern ausgegangen und endeten an einem gewissen Ort, an dem junge Gentlemen willkommen sind. Der Mann mit dem Schwert bildete sich ein, in meine — Freundin — verliebt zu sein. Ich war nicht in der Lage, mich zu verteidigen. Er hatte die Absicht, mein Blut zu vergießen. Dair mischte sich ein, und um die Geschichte zu Ende zu bringen, er verwundete den Mann tödlich. Es war ein fairer Kampf, nur Sekunden, mit einem fairen Ergebnis. Der Mann wusste, wie man mit einer Klinge umgeht, und ohne Dair wäre ich derjenige gewesen, der dort auf dem Boden verblutete.“

„Dann verdankst du ihm tatsächlich dein Leben. Seltsam, dass er nicht mit euch beiden nach Oxford gegangen ist, sondern stattdessen zur Armee. Nicht der übliche Weg für den ältesten Sohn eines Earls, oder? Mehr Tee?“

Grasby hielt ihr seine Teetasse hin.

„Nichts ist daran gewöhnlich. An Dairs ganzer Familie ist nichts Gewöhnliches. Der Vater verließ seine Gräfin und drei Kinder, als Dair ungefähr zehn Jahre alt war. Ging nach Westindien und kam nie wieder nach Hause. Dair sagte, es war, als wäre sein Vater gestorben, aber es gäbe keinen Leichnam, den man hätte begraben können.“ Grasby ließ einen Zuckerklumpen in seinen Tee fallen und legte die silberne Zange wieder in die Schale, die ihm hingehalten wurde. „Wir waren vielleicht verwaist, Rory, aber wir hatten Grand, der sich um uns kümmerte. Dair, seine Schwester und sein Bruder waren sich selbst überlassen. Die Gräfin schloss sich ein. Ihr gebrochenes Herz ließ sie für eine Weile wahnsinnig werden ...“

„Die Gräfin von Strathsay? *Gebrochenes Herz?* Vielleicht erklärt das, warum sie keine nette Person ist.“

„Es erklärt aber nicht, warum sie jedem gegenüber so kalt wie ein zugefrorener See ist, auch ihren eigenen Kindern! Keinerlei mütterlichen Instinkt, soweit man das feststellen kann. Aber sie ist Dairs Mutter, also werde ich kein Wort gegen sie sagen."

„Das solltest du auch nicht. Aber nur weil *sie* kaltherzig ist, heißt das nicht, dass er es auch ist. Sein Vater muss ein wärmeres Herz haben und Lord Fitzstuart ähnelt ihm ... Vielleicht ist das der Grund, warum der Earl in die Karibik ging?"

Grasby zuckte die Achseln. „Möglich. Habe nie gefragt. Ich weiß nur, dass sein englischer Besitz verfällt, während der Earl mit seiner braunen Geliebten und ihren beiden Gören auf seiner Zuckerplantage lebt. Er will keinen Cent für den Unterhalt ausgeben. Noch seinem Erben Vollmacht erteilen, in seinem Namen zu handeln. Also sitzt Dair da und wartet. Wartet darauf, dass sein Vater stirbt. Wartet darauf, das Erbe anzutreten. Wartet darauf, zu etwas anderem in der Lage zu sein, als nur zu warten." Er runzelte die Stirn. „Es macht mir Sorgen, dass sich sein Glück wenden könnte, während er wartet. Du kannst nicht ständig dein Leben riskieren und nicht erwarten, dass der Tod dich am Ende einholt."

„Der Tod holt uns alle irgendwann ein", sagte Rory leise. „Aber ich verstehe nicht, warum er den Tod herausfordert. Er scheint mir...", begann sie und korrigierte sich sofort, bevor ihr Bruder ihren Ausrutscher bemerkte. „Was ich über ihn gehört habe, ist, dass er das Leben liebt. Dass er jeden Moment davon genießt."

„Nun, das würdest du wohl auch, wenn dein nächster Atemzug dein letzter sein könnte! Was Dair tun sollte, wäre zu heiraten und einen Erben zu zeugen. Dann könnte der Earl erwägen, ihm die Kontrolle über den Besitz zu übertragen. Das ist Grands Meinung. Aber seit Dair gegen den Willen des Earls zur Armee gegangen ist, hat Strathsay sich geweigert, einen Cent seines Geldes herauszurücken oder ihm irgendeine Verantwortung zu übertragen."

„Aber wenn sein Vater seit zwanzig Jahren nicht mehr in England ist, wer kümmert sich dann um seine Güter, wenn nicht sein Erbe?"

Grasby seufzte und hatte einen Moment einen leeren Blick. „Sein Cousin, glaube ich. Ja. Dairs so prinzipienstrenger Cousin zweiten Grades, der Herzog von Roxton. Er hält den Daumen auf der Brieftasche, und wenn einer der Fitzstuart-Geschwister Geld braucht, müssen sie mit dem Hut in der Hand zu ihm gehen."

Rory spähte aus dem Fenster. Ihr Großvater und der Major waren nirgends zu sehen. Nur die Gärtner waren noch da, die Hecken schnitten und Kies harkten. Sie seufzte und ließ sich wieder zwischen den Kissen nieder.

„Er würde es hassen, mit dem Hut in der Hand zu jemandem zu

gehen ... Er würde es demütigend finden.“

„Ja. Ja, das tut er. Aber das ist an sich nichts Ungewöhnliches. Viele Söhne leben von gelegentlichen Zuwendungen und Schuldscheinen, bis sie ihr Erbe antreten. So ginge es mir, wenn Grand mir nicht die Verwaltung der Güter übertragen hätte, als ich Silla heiratete. Jetzt habe ich eine Beschäftigung und noch viel zu lernen, aber wenn ich den Titel erbe, wird Großvater wissen, dass die Güter gut betreut werden. Aber nur wenige Männer sind wie Grand ...“

„Der Earl von Strathsay sollte sich schämen! Nicht nur, weil er seine Familie verlassen hat, was unentschuldbar ist, sondern weil er seine Kinder, besonders seinen ältesten Sohn, mit solcher Missachtung straft!“, sagte Rory hitzig. „Sie bei einem Verwandten um ihr Erbe betteln lassen. Seinen Erben das Gleiche tun lassen, wenn er während der Abwesenheit seines Vaters das Oberhaupt der Familie sein sollte ... Ich nehme zurück, was ich gesagt habe. Der Earl ist überhaupt nicht warmherzig. Er ist ebenso kalt und unangenehm wie seine Gräfin. Ich würde sagen, sie passten perfekt zusammen. Das Erstaunliche ist nur, dass in den Adern ihres Sohnes nicht auch nur Eiswasser fließt!“

„Rory, es gibt keinen Grund für dich, dich so aufzuregen“, sagte Grasby leise und fragte sich, warum sie plötzlich so leidenschaftlich war, obwohl er wusste, dass sie großes Mitgefühl besaß. „Dieser Zustand besteht, seit Dair zehn Jahre alt war. Das ist nichts Neues.“

„Dann bin ich nicht im Geringsten überrascht, dass er sein Erbe, seine Stellung in der Gesellschaft und sein Leben rücksichtslos aufs Spiel setzt! Er wird immer noch wie ein kleiner Junge von zehn Jahren behandelt. Er hat keinen Grund, erwachsen zu werden, oder? Er könnte genauso gut zehn bleiben, so wenig würde es nutzen, wenn er versuchte, Verantwortung für seine Familie und sein Erbe zu übernehmen. Solange sein Vater lebt und so starrsinnig bleibt, kann Lord Fitzstuart nichts tun als warten. Und jeder weiß, dass Jungen, die ohne Beschäftigung und Ziel sind, auf die eine oder andere Weise Unheil anrichten werden.“

Grasby blinzelte. „Bei Jupiter, Rory“, flüsterte er und fügte mit viel lauterer Stimme hinzu, als er ihre Erklärung verstand. „Du hast den sprichwörtlichen Nagel auf den Kopf getroffen! Ich habe Dairs Lage nie in diesem Licht betrachtet. Aber du könntest genau recht haben. In der Tat ergibt das vollkommen Sinn. Wie klug du bist!“

„Vielen Dank. Aber so klug bin ich nicht“, lächelte sie, doch bildeten sich bei dem Lob Grübchen in ihren Wangen. „Seine Situation unterscheidet sich nicht so sehr von der von Frauen, die darauf warten, verheiratet zu werden. Bis wir heiraten, haben wir wenig Sinn im Leben. Wir sind nur eine Last für andere, in jeder Hinsicht. Aber wenn wir einmal verheiratet sind, haben wir eine Stellung in der Gesellschaft, ein Haus, das wir führen können, und, so Gott will, Kinder, die wir großziehen und um die wir uns Sorgen machen. Für älteste Söhne muss es ähnlich sein, vor allem für die, die von ihren Vätern ausgeschlossen werden. Sie warten auch. Unverheiratete Frauen haben wenigstens Väter und Brüder, die sich um sie kümmern und um die sie selbst sich ein wenig kümmern können. Obwohl das weniger wird, wenn die Brüder Ehefrauen finden ...“

„Du wirst nie eine Last sein, Rory. Ich habe vor, immer für dich zu sorgen.“

„Das weiß ich, mein Lieber. Ich habe nicht an mich gedacht, sondern allgemein gesprochen. Ich werde eines Tages eine wundervolle Tante abgeben, und Silla wird sich freuen, mich zu haben. Sie wird eure Kinder lieben, aber ich sehe sie nicht viele Stunden im Kinderzimmer verbringen, oder?“

Grasby wollte gerade sagen, dass es bei der Art und Weise, wie die Dinge gegenwärtig zwischen ihm und seiner Frau standen, fast ein Wunder wäre, wenn es irgendwann in der Zukunft Leben in den Kinderzimmern geben würde. Eine Bemerkung blieb ihm erspart, als Rory fortfuhr und er fand sich von ihrer naiven Hellsichtigkeit erneut überrascht.

„Ich wage zu behaupten, dass das Leben in der Armee gut für seine Lordschaft war. Abgesehen von der sehr realen Möglichkeit, im Kampf getötet oder verstümmelt zu werden, gibt die alltägliche Disziplin eines Regiments den Männern einen Lebenszweck. Es kann sie sogar vor Unfug bewahren, bis ihnen Urlaub gewährt wird, und dann werden sie vielleicht ein bisschen wild...?“

„Ich kann dir nur zustimmen“, lächelte Grasby. „Obwohl ich mich frage, mit wie vielen Offizieren du dich schon unterhalten hast?“

„Es basiert alles auf Beobachtungen und Vermutungen, liebster Bruder. Ich habe Soldaten auf der Parade gesehen, aber nicht Lord Fitzstuarts 17. Regiment. Es muss unglaublich viel Zeit und Mühe kosten, all diese Knöpfe an ihren scharlachroten Röcken zu polieren und ihre Stiefel zum Glänzen zu bringen, bis die Sonne sich darin spiegelt! Und ihre weißen Reithosen weißer als weiß zu halten — wessen Idee war es, Soldaten in eine so unmögliche Farbe zu stecken?“

„Aber das macht doch ihr Aussehen aus — all das Scharlachrot und Weiß.“

„Schon. Und wir haben noch nicht die Stunden erwähnt, die darauf verwendet werden, ihre Pferde zu versorgen. All das Messing und Leder und der Glanz ihres schönen Fells. Die berittenen Dragoner bieten schon einen unvergesslichen Anblick, nicht wahr?“

„Das ist es mit Sicherheit. Erstaunlich, was ein bisschen Spucke und

Politur und ein scharlachroter Rock bei einem Mann bewirken können", neckte Grasby seine Schwester und sah sie dann eindringlich an. „Du hast dich doch nicht in eine Uniform verguckt, oder, Rory?"

„Sicherlich nicht!" erwiderte sie und um die Hitze in ihren Wangen zu verbergen, bewarf sie ihm mit ihrem Kissen, das er auffing und lachend zu ihr zurückwarf.

„Gut. Weil ich nicht will, dass du eine Uniform heiratest. Ich fand es schlimm genug, dass mein bester Freund zum Kämpfen auszog. Ich könnte es nicht ertragen, dass du dir um einen Ehemann Sorgen machst, der dasselbe tut."

Rory kicherte. „Ich liebe dich dafür, dass du denkst, ich könnte überhaupt heiraten!"

„Warum solltest du nicht? Ich meine, du bist hübsch genug und einige Männer finden blaue Augen attraktiv."

„Ich fasse das als Kompliment auf." Sie fügte ernsthaft hinzu und hoffte, dass ihr Tonfall so beiläufig klang, dass sie keinen Verdacht erregte: „Warum hat Lord Fitzstuart sich ein Offizierspatent gekauft?"

„Ja, nun. Er hatte wohl kaum eine Wahl, nachdem entdeckt wurde, dass er Dummheiten gemacht hatte. Ich glaube, die Entscheidung wurde vom alten Herzog von Roxton, dem damaligen Vormund von Dair, getroffen."

„Meinem Paten? Warum?"

Grasby schauderte unwillkürlich. „Der Sohn ist pompös genug, aber der alte Herzog…Finster ist noch nicht das passende Wort für ihn! Jedes Mal, wenn ich Treat besuche, erwarte ich fast, seinen Geist die Flure seines Palastes heimsuchen zu sehen. Schon im Leben wirkte er gespenstisch genug mit diesem Schnabel von einer Nase, der drohenden Art zu sprechen und diesen schwarzen Augen, denen nichts entging. Ich glaube, in seinem ganzen Leben hat nie jemand ‚nein' zu ihm gesagt."

Rory zuckte die Achseln. „Seltsam, dass er so einen Eindruck bei dir hinterlassen hat. Zu mir war er immer freundlich … ich erinnere mich besonders an einmal, als ich etwa sechs Jahre alt war, und Grand und ich zu Besuch nach Treat fuhren …"

„Wo war ich?"

„Harrow. Grand nahm mich mit, um das Baby zu sehen. Es war zwei Monate nach der Geburt von *Mme la duchesses* jüngerem Sohn und ich durfte in ihre Räume gehen … Ihre Zofe nahm mich mit in die wundervollsten Räume, die ich je zuvor oder je nachdem gesehen habe! So stellte ich mir einen Palast einer Fee vor, alles in Gold— und Rosatönen… Es roch köstlich und weich… Aber als ich sah, wie *Mme la duchesse* ihr Baby stillte, vergaß ich meine Umgebung. Ich muss sie mit all meinen Fragen erschöpft haben, denn mein Pate setzte mich auf seinen

Schoß und lenkte mich weiter ab. Nun, *jetzt* weiß ich, dass es das war, was er tat. Er erzählte mir eine Geschichte über den alten französischen König, seinen Hof und all die hübschen Damen. Obwohl ich vermute, dass es überhaupt keine Geschichte war, sondern seine Erinnerungen an sein früheres Leben, bevor er meine Patin heiratete."

„Er war *dort*? Im Raum? Im selben Raum, während die Herzogin — während das Baby gefüttert wurde?"

Rory kicherte.

„Oh Grasby, wenn du nur dein Gesicht sehen könntest! Ein säugendes Baby ist der natürlichste Anblick der Welt."

„Herzoginnen haben Ammen, die sich um solche Dinge kümmern."

„Nun, sei nicht überrascht, wenn Silla beschließt, ihr Baby selbst zu füttern."

„Silla wird alles tun, was in Mode ist."

„Dann wird sie mit Sicherheit ihr Baby füttern, denn es ist für Damen der Gesellschaft durchaus üblich, ihre eigenen Kinder zu stillen. Wenn ich ein Kind hätte, würde ich das tun, unabhängig von der Mode. So, wie *Mme la duchesse* sich nicht um die Mode gekümmert hat."

„Wie auch immer ihre Entscheidung gewesen sein mag, es verblüfft mich unglaublich, dass der alte Herzog dort war, als wäre es eine Einladung zum Tee!" Er runzelte die Stirn. „Grand war bei dieser Fütterung des Babys nicht dabei, nicht wahr?"

„Dummchen! Natürlich nicht. Als der Herzog seine Geschichte beendet hatte, nahm er mich wieder mit nach unten, wo Grand wartete." Rory lächelte und zog ihre Schultern hoch. „Und da sagte ich ihm, dass ich seine schnabelartige Nase mochte."

Grasbys Mund klappte auf. „Das hast du nicht! Du hast dem gruseligen alten Herzog von Roxton gesagt, dass du seine — seine *schnabelartige* Nase magst? Ich glaube es nicht! Was hat er gemacht?"

„Was meinst du, was er gemacht hat? Ich war erst sechs Jahre alt. Er lachte und sagte mir, dass ich sie haben könnte, wenn ich älter wäre."

„Du bist sicher das seltsamste aller Mädchen, Rory. Die meisten kleinen Mädchen hätten sicher gesagt, dass ihnen eine hübsche Blume oder ein Diamantring oder einen Papagei gefiele, aber du sagtest einem alten Herzog, dass du seinen Schnabel von einer Nase mochtest!" Er lachte und sagte scherzhaft: „Wenn das deine Kriterien für den Aufbau einer Zuneigung sind, muss ich sehen, ob ich einen Gentleman für dich finden kann, dessen Schnabel mithalten kann."

Rory lächelte zur Antwort, aber sie lachte nicht und fühlte, wie ihre Wangen heiß wurden. Sie kannte genau den Gentleman, dessen markante Nase durchaus mithalten konnte, aber sie behielt dies für sich und fragte ihren Bruder erneut, warum für Lord Fitzstuart ein Offizierspatent gekauft worden war.

„Ich sollte dir das nicht anvertrauen. Aber ich weiß, wenn ich es dir nicht sage, wirst du Grand einfach die gleiche Frage stellen ... Und es ist möglicherweise keine Überraschung für dich. Es wurde genug darüber geflüstert, dass du bei einer dieser Teegesellschaften, zu denen Silla dich mitnimmt, davon hast sprechen hören. Außerdem macht Dair kein Geheimnis daraus, dass er einen leiblichen Sohn hat, hat das niemals verschwiegen.“

„Lily Banks' Sohn?“

Grasby nickte. „Also hast du davon gehört. Ja. Der Grund, warum Dair zur Armee geschickt wurde. Er und Lily versuchten, nach Gretna Green auszureißen; der einzige Ort, an dem sie heiraten konnten, ohne alle diese Formalitäten einzuhalten. Er war erst achtzehn und sie, sie war alt genug, um es besser zu wissen! Alt genug, um es zu bewerkstelligen, schwanger zu werden, und zu hoffen, dass der Erbe eines Earls sie heiraten würde!“

„Aber wie konnte sie es bewerkstelligen, schwanger zu werden? Ist ein Kind nicht ein Segen Gottes?“

„Nicht diese Art von Kind, Rory.“

Rory runzelte die Stirn und fühlte sich sofort unbehaglich; ihr gefielen die Worte ihres Bruders überhaupt nicht. Sie verließ den Fensterplatz, um mit dem Teegeschirr zu klappern, in der Hoffnung, dass die Beschäftigung ihre Gefühle beruhigen würde. Sie hob die silberne Teekanne und stellte fest, dass nur noch Tee für eine weitere Tasse darin war, daher löschte sie die Kerze im Stövchen und stellte die Teekanne wieder in ihre Halterung. Dann stapelte sie die Teetassen aufeinander und kam zum Fenstersitz zurück, wo ihr Bruder noch immer saß und sie beobachtete. Nachdem sie ihre Gedanken zu zusammenhängenden Sätzen geformt hatte, die ihr Bruder würde verstehen können, ohne sich aufzuregen, sagte sie ruhig:

„Harvel, es stört mich zu hören, dass du in einem so abfälligen Ton von einem Kind sprichst. Ein Kind ist ein Kind, und das ist alles, was es ist. Er wurde unschuldig geboren und trotzdem sofort von anderen gebrandmarkt, wegen seiner Abstammung, seines Aussehens oder seiner — seiner Missbildungen, als wäre er weniger wert als nichts ...“

„Rory, ich habe nicht dich gemeint.“

„Das weiß ich, mein Lieber. Aber es lindert den Schmerz nicht, den ich fühle, wenn ich höre, wie ein Kind zu einem ungleichen Geschöpf erklärt wird. Ich habe mich mit meinen Mängeln abgefunden. Ich führe ein privilegiertes Leben, das mich vor der Hässlichkeit der Welt schützt.

Aber wenn du und andere ein Kind verdammt, weil seine Eltern nicht verheiratet waren ... wie einfach du vergisst, dass unsere eigene Mutter illegitim war!"

„Das habe ich nicht vergessen. Ich wünschte nur, dass ich es könnte."

„Warum? Weil die Ehe unserer Eltern ungleich war? Sogar Grand gibt zu, dass ihre Beziehung glücklich war. Wenn du dir etwas anderes wünschst, heißt das, dass du ihr Glück wegwünschst. Es verurteilt auch meine Existenz, denn in den Augen vieler bin ich Gottes Strafe für Vater, weil er weit unter seinem Stand geheiratet hatte."

„Wer so etwas behauptet, ist nicht einmal gut genug, um Hundefutter aus ihm zu machen!"

„Das gilt auch für Leute, die Lily Banks' Sohn verurteilen, weil er illegitim ist."

Grasby stritt sich nicht mit ihr über diesen Punkt. Er hatte noch nie eine Debatte mit seiner Schwester gewonnen. Stattdessen sagte er flach: „Sein Name ist Jamie – James Alisdair Banks."

„Oh! Der Name gefällt mir. Und er hat dem Jungen auch seinen Vornamen gegeben ...“

„Dair hätte ihm auch seinen Familiennamen gegeben, wenn man es ihm erlaubt hätte. Aber das ging nicht, ebenso wenig wie eine Heirat. Der alte Herzog von Roxton kam ihnen auf die Schliche und regelte alles. Lily Banks bekam sein Kind und Dair ging in die Armee. Das war vor zehn Jahren, und seitdem ist viel Wasser die Themse hinabgeflossen!"

Rory schaute finster. „Und das soll heißen?"

Grasby hätte sich wegen seines Mangels an Anstand die eigene Zunge abbeißen mögen. Trotzdem antwortete er ihr.

„Das heißt, Lily Banks ist verheiratet und hat vier weitere Kinder mit ihrem Mann."

„Sie ist also nicht Lord Fitzstuarts Mätresse?"

„Mätresse? Ich bezweifle, dass sie das jemals im wahrsten Sinne des Wortes war. Sie war ein hübsches, kleines Ding, als sie Dairs Blick auf sich zog. Glaubst du, dass sich Dair nach fünf Kindern noch für eine solche Frau interessiert?"

Zu wissen, dass Lily Banks verheiratet war und nicht Lord Fitzstuarts Geliebte, heiterte Rory mehr auf, als sie zugeben wollte, aber es hielt sie nicht davon ab, verschmitzt zu sagen:

„Liebe Güte, sie muss so alt sein, dass sie schon mit einem Fuß im Grabe steht! Ich kann mir nicht vorstellen, dass seine Lordschaft sich zu einer so alten Vettel hingezogen fühlt."

„Ha, liebes Schwesterchen! Um die Wahrheit zu sagen, habe ich keine Ahnung, wie Lily Banks aussieht, nur, dass der Sohn, den sie von Dair hat, das völlige Ebenbild seines Papas ist. Mr. Banks ist in jeder Hinsicht ein feiner Kerl. Sie sind Cousins und kennen sich seit ihrer Kindheit, so sagte mir Dair, daher der gleiche Nachname. Das hat den Übergang erleichtert, nicht wahr? Er ist Botaniker, oder der Pflanzensammler eines Botanikers? Wie auch immer, er ist ein Abenteurer, der in der Welt herumreist auf der Suche nach exotischen Pflanzen."

„Dann erklärt das, warum sie ein Haus neben dem Chelsea Physic Garden bewohnen ... Ich frage mich, ob Mr. Banks etwas über Ananas weiß... Harvel, ich muss mich jetzt ankleiden, oder ich werde zu spät kommen. Und Grand hasst es zu warten ..."

Grasby hüpfte vom Fenstersitz und schob seine Hände in die Taschen seines seidenen Morgenrocks. „Ich wage zu behaupten, dass Banks etwas über Ananas weiß ..."

Rory schob ihren Arm in den ihres Bruders und ging mit ihm zur Tür ihres Wohnzimmers. „Bist du sicher, dass du Grand und mich nicht ins Theater begleiten willst?"

Grasby blieb an der Schwelle stehen, die Tür wurde durch eines von Rorys Dienstmädchen für ihn geöffnet.

„Und Silla mehr Munition verschaffen? Außerdem", fügte er mit einem schuldbewussten Grinsen hinzu, „ist das Theater mehr deine Sache als meine. Sillas Zorn hat mir gerade eine gute Ausrede gegeben, nicht mitzugehen... Oh! Warte einen Moment! Ich habe dir nie gesagt, dass Lily Banks neben dem Chelsea Physic Garden wohnt. Also woher ..."

Aber Rory hatte die Tür vor der Nase ihres Bruders geschlossen, bevor er sie weiter befragen konnte, und plante bereits, den Chelsea Physic Garden zu besuchen, um zu erfahren, was die Gärtner ihr über den Anbau der Ananas erzählen konnten. Vielleicht konnte sie sogar einen Informationsaustausch anbieten. Sie würde ihren Gärtner mitnehmen, und vielleicht könnte sie Silla dazu bringen, sie zu begleiten und ein Picknick aus dem Tag machen. Und wenn sie zufällig in der Nähe der Steinmauer wanderte und auf das Haus blickte, das von Lily Banks und ihrer Familie bewohnt wurde ... Es wäre reiner Zufall, wenn sie einen Blick auf Mrs. Banks und ihre Kinder erhaschen würde, und vor allem auf den Jungen, der das Ebenbild seines Vaters war. Hatte der Major sie nicht in das Haus von Lily Banks eingeladen, ohne dass sie Fragen gestellt bekäme?

Rory wäre sehr überrascht gewesen, hätte sie gewusst, dass, während sie an Lily Banks und Jamie dachte, Dair Fitzstuart über sie und sein Versprechen an ihren Großvater nachdachte und was er dagegen tun könnte.

# ELF

Am Morgen nach seinem Besuch bei dem Earl of
Shrewsbury kam Dair kurz vor Mittag in der Residenz seines Cousins
am Hanover Square an und fand das Haus mitten in einer Familienfeier. Er wollte die Gesellschaft nicht stören und sagte dem Butler, er
würde warten, nicht in einem Vorraum, sondern auf den Stufen der
Haupttreppe. Er zog seine braunen Lederhandschuhe aus und ließ sie in
seinen Hut fallen, erlaubte einem Lakaien, ihm aus seinem grauen
Wollmantel zu helfen, und übergab sein Schwert und seine Schärpe
dem Butler. Er lehnte jede Art von Getränk ab, bat nur um eine Kerze,
um seinen Stumpen anzuzünden und setzte sich dann so auf die
Treppe, dass er seine langen, in Stiefeln und eng an den Oberschenkeln
anliegenden Reithosen steckenden Beine so bequem wie möglich
ausstrecken konnte. So saß er hier, rauchte, beide Ellbogen auf eine
Stufe hinter seinem breiten Rücken gestützt, und starrte auf das lebens-
große Porträt einer Schönheit mit tizianroten Haaren, seiner Großmutter, Augusta, der ersten Gräfin von Strathsay.

Aber es war nicht seine Großmutter, die er vor seinem inneren Auge
sah, als er auf das prächtige Gemälde starrte, sondern eine junge Frau,
die nicht viel älter als zwanzig sein konnte, mit hellblauen Augen, die
vor Offenheit funkelten. Sie war nicht schön, aber sie war hübsch. Sie
war nicht mollig, wie es in Mode war, sondern zart, wie eine feine
Meißener Porzellanfigur. Ihr Haar war von unbestimmt blassem Blond,
und während ihr Mund perfekt geformt war, waren ihre Lippen von
allerhellstem Rosa. Sie war eine Frau, an der er bis zu dem Überfall auf
Romneys Atelier auf der Straße oder in einem überfüllten Salon vorbei-

gegangen wäre und der er keinen zweiten Blick geschenkt hätte. Er hätte sie sicher nicht für ein Gespräch auserwählt, erst recht nicht für etwas anderes. Das lag daran, dass der Mann, der er bis vor zwei Tagen gewesen war, Blässe immer mit Langeweile gleichgesetzt hatte.

Aber jetzt konnte er nicht aufhören, an diese blasse Schönheit zu denken. Nach dem Überfall auf Romneys Atelier, während sein zerschlagener und zerkratzter Körper zusammengeflickt wurde, war er so damit beschäftigt gewesen, sich jede Einzelheit ihres Zusammentreffens noch einmal durch den Kopf gehen zu lassen, dass er nicht auf den stechenden Schmerz reagierte, als Farrier Leinenverbände auf seine Abschürfungen legte, die mit einer antiseptischen Lösung aus Terpentin, Alkohol und Aloe getränkt waren. Dies veranlasste den Burschen, sich laut zu fragen, ob sein Herr eine innere Verletzung davongetragen hätte, die ihn für den Schmerz taub gemacht hatte. Woraufhin Dair Farrier befohlen hatte, aufzuhören, wie eine altjüngferliche Tante Aufhebens um ihn zu machen, sondern einfach seine Arbeit fortzusetzen.

Während er mit dem lilaseidenen Haarband, das er von ihr als Kriegstrophäe erbeutet hatte, herumspielte, entschied er, dass ihre blasse Schönheit eine Täuschung war, so wie Schnee, der eine Vielzahl von Dingen bedeckte, die Landschaft gesichtslos machte. Aber er ließ sich nicht täuschen. Er hatte das mutwillige Funkeln in ihrem Lächeln gesehen, die Heiterkeit in ihren Augen über die empörende Lage, in der sie sich befand, durch einen Vorhang an ihn gefesselt und dann auf dem Boden hinter der Bühne mit gespreizten Beinen auf ihm sitzend.

Sein *Augenstern* war kein kicherndes kleines Mädchen, niemand, der gewöhnlich auf jedem Sofa ohnmächtig wurde. Selbstbewusst und spielerisch hatte sie ihm ohne Verstellung geantwortet. Sie hatte auch nicht versucht, mit ihm zu flirten. Sie war ganz einfach sie selbst gewesen, und er fand das faszinierend. Er verstand sich nicht gut auf Worte, aber für ihn, aus Mangel an einer besseren Analogie, war sie ein Stern unter tausenden, der am Nachthimmel funkelte, unbemerkt und unbeachtet, bis das Schicksal eingegriffen hatten. Erst da hatte sie seine Aufmerksamkeit erregt, nicht unähnlich einer Sternschnuppe, die vor dem schwarzen Nachthimmel vorbeizieht, und unter den bizarrsten Umständen. Wie konnte er sie danach weiter ignorieren?

Bei Gott, er musste einen Schlag auf den Kopf erhalten haben, dass er hier so poetisch über verschneite Landschaften und Nachthimmel voller Sterne fantasierte! Was zum Teufel war mit ihm nicht in Ordnung? Ein Hieb zu viel auf den Kopf während seines letzten Kommandos könnte daran schuld sein. Oder vielleicht die Rebellenkugel, die eine Furche in seine Kopfhaut gerissen hatte. Er wusste von einigen Männern, die man in Zwangsjacken gesteckt hatte, weil sie nicht mehr in der Lage gewesen waren, mit den endlosen blutigen Szenen fertig zu werden, die sich immer wieder in ihren Köpfen abspielten: von abgehackten Gliedmaßen und Köpfen, die zu Hackfleisch zerschossen wurden; kreischendem Tod und weinenden Waisenkindern; und rebellische Zivilisten, die nicht auf ein Schlachtfeld gehörten, aber zu den Waffen gegriffen hatten, nur, um zu Tausenden abgeschlachtet zu werden... Ja, alles, was einem Soldaten ein Strohbett in Bedlam einbringen konnte.

Aber hatte er wirklich neun Jahre in der Armee überlebt, mit all den damit verbundenen Schrecken, um seinen Kopf wegen einer Frau zu verlieren, von der er nun erkannte, dass sie so unerreichbar war, dass sie ebenso gut in Wladiwostok leben könnte?

Als sie Shrewsburys Arbeitszimmer betreten und ein Buch auf seine Füße hatte fallen lassen, war ihm das Blut aus dem Gesicht gewichen. Sie zu sehen — nein, ihre Stimme zu hören, mit diesem Unterton freudiger Erwartung — hatte ihn lächeln lassen, noch bevor er auch nur wusste, was sie sagte oder wie sie aussah. Und dann traf es ihn auf einmal, wie ein harter Schlag in seinen Bauch. Da war seine Sternschnuppe und sie war *Shrewsburys Enkelin*.

Schlimmer noch, zwei Minuten bevor sie aufgetaucht war, hatte er sein Wort gegeben, alles über den Vorabend zu vergessen – alles über *sie* zu vergessen. Er fühlte sich, als hätte man ihn um etwas Kostbares betrogen. Dennoch wusste er, dass Shrewsbury nicht weniger tat, als seine Pflicht war: den makellosen Ruf seiner Enkelin zu schützen.

Er war in der Hocke geblieben, hatte unglaublich viel Zeit damit verbracht, ihr Buch aufzuheben, bevor er sich zu seiner vollen Größe aufrichtete, in der Hoffnung, seinen Schrecken gut genug zu verbergen, dass Shrewsbury nicht aufmerksam werden würde. Hatte sein Bestes versucht, um passiv und beherrscht zu bleiben — benommen wäre ein besseres Wort gewesen — und hatte ihr das Buch hingehalten und sie nicht angesehen, sondern über ihre blonden Haare hinweggeschaut. Er wollte nur, dass sie es nahm, damit er sich schleunigst davonmachen konnte. Stattdessen überraschte sie ihn damit, dass sie nicht nur Besorgnis für seine Wunden zeigte, sondern noch mehr damit, dass sie mit ihm sprach, als wären sie alte Freunde. Und was war seine Reaktion? Das einzige, was ihm blieb: Stumm bleiben und die gefühlsmäßige Tiefe eines Baumstamms an den Tag legen. Herzloser Narr!

Doch als sie ihn berührte, musste er seine ganzen schauspielerischen Fähigkeiten aufbieten. Sie hielt seine Hand, als wäre es die natürlichste Sache der Welt, dies zu tun. Jedes feine Haar, jeder Quadratzentimeter Haut auf dem Handrücken brannte, das Gefühl war viel intensiver als die Wunden, die ihm bereits zugefügt worden waren. Er zwang sich, an etwas anderes zu denken, wie man es ihm für den Fall von Gefangennahme und Folter beigebracht hatte. Und dies war eine Folter. Schlimmer als Daumenschrauben und Feuer.

Ein kurzer scharfer Satz und er flüchtete auf die Terrasse. Er starrte auf beschnittene Eiben und kantigen Hecken, die in geometrischen Mustern angeordnet waren, bevor er merkte, dass ihm ein Lakai nach draußen gefolgt war. Der Diener bot ihm einen Becher Ale an – er goss ihn auf einmal herunter und verlangte einen weiteren.

Er hatte einen riesengroßen Schock erlitten. Nein. Zwei Schocks. Das hübsche blasse weibliche Wesen, das er in Romneys Atelier zu verführen versucht hatte, war keine Dirne, und ihr Ruf war auch alles andere als von Unmoral befleckt. Sie war die Enkelin des Earl of Shrewsbury und er war zutiefst beschämt. Hätte er das gewusst, hätte er ihr gegenüber nicht so gehandelt, wie er es getan hatte. Ganz sicher hätte er nicht dieselben Dinge zu ihr gesagt. Doch zu seiner tiefsten Schande erkannte er, dass er ein Lügner war. Er wollte sich nicht für sein Verhalten ihr gegenüber entschuldigen. Er hatte ihr Geplänkel genossen, mehr noch, weil es ehrlich und ungekünstelt gewesen war. Vor allem aber war sein überwältigender Wunsch, als er ihre Stimme hörte, sie wieder in den Arm zu nehmen und zu küssen, wie er sie geküsst hatte, als sie im Kokon eines leinernen Vorhangs gesteckt hatten.

Seinen ersten Kavallerie-Angriff anzuführen war mit weniger Schrecken verbunden, als er in Shrewsburys Arbeitszimmer erlebt hatte. Er konnte es kaum erwarten, nach Portugal abzureisen.

Mit den Gedanken an Portugal und seinen bevorstehenden Auftrag wurde ihm klar, dass er seit mindestens zwanzig Minuten auf der Treppe des Herrenhauses seines Cousins am Hanover Square saß. Er sollte auf dem Weg nach Portsmouth sein, bevor ihn jemand in London sah. Schließlich war er, soweit alle Beteiligten vermuteten, im Tower eingesperrt, während eine Untersuchung wegen seiner Beihilfe zu den verräterischen Taten seines jüngeren Bruders durchgeführt wurde. Er hatte Farrier, sehr zur Abscheu seines Burschen, in den Tower geschickt. Farrier würde den nächsten Monat als Gast Seiner Majestät verbringen. Dair hatte ihm gesagt, er solle es als Urlaub betrachten. Farrier hatte seiner Lordschaft gesagt, er könne sich ein paar Ausdrücke vorstellen, um seine freiwillige Inhaftierung zu beschreiben, aber das Wort „Urlaub" gehörte nicht dazu.

Dair wollte gerade einen Diener in den Salon schicken, um seine Cousine zu stören, als sich die Tür öffnete, und sie in einem Wirbel aus elfenbeinfarbenen Satinröcken mit Metallfadenstickerei, goldenem

Haar mit passenden elfenbeinfarbenen Satinbändern, gerötetem Gesicht und strahlend, herauskam. Dair musste lächeln, als er sie so glücklich sah, weit entfernt von der Witwe, die drei trübe Jahre lang um ihren geliebten Ehemann getrauert hatte. Der Grund für ihr Glück folgte ihr nach draußen. Jonathon Strang Leven, der frischgebackene Herzog von Kinross, war ebenso prächtig in dunklen Samt gekleidet, und seine indische Weste aus goldenen und silbernen Metallfäden schimmerte vor seinem braunen Teint.

Dair erkannte dann, worum es bei der Familienfeier gehen musste, und erhob sich langsam, um das edle Paar zu begrüßen und seine Glückwünsche auszusprechen.

Jonathon umfing Antonias Taille, wirbelte sie herum und küsste sie prompt. Sie lachte und wollte ihre Arme um seinen Hals legen, doch da sie so viel kleiner war als er, musste sie sich auf die Zehenspitzen stellen, und ihr bestrumpfter Fuß verlor seinen Satinschuh. Immer der Kavalier und mit Rücksicht auf ihre unterschiedliche Größe hob Jonathon sie mühelos auf einen an der Wand stehenden Stuhl, was ihr erlaubte, auf ihn hinabzusehen. Er ließ seine Hände auf ihrer seidenen Taille liegen und lächelte zu ihr auf. Sie nahm sein sonnengebräuntes Gesicht in ihre Hände und legte ihren Mund auf seinen.

Endlich allein, nach einem Morgen voller Zeremonie und Familie, war ihre Aufmerksamkeit ganz aufeinander gerichtet, und sie gaben sich einem langen, gemächlichen Kuss hin, der von gemurmelten Worten ewiger Liebe und Hingabe in Französisch, ihrer Muttersprache und der Sprache, die sie bevorzugten, wenn sie allein waren, unterbrochen wurden.

Als sie sich voneinander lösten, blieb Antonia auf dem Stuhl stehen, die Arme um Jonathons Hals geschlungen und spielte mit dem schwarzen Samtband in seinem Nacken. Sie lehnte sich an ihn, während die Lagen ihrer elfenbeinfarbenen Satinröcke ihn wie eine Wolke einhüllten und sagte mit einem Schmollmund und einem verspielten Funkeln in ihren smaragdgrünen Augen:

„Ich verstehe überhaupt nicht, warum unsere Heirat zu einer so unchristlichen Stunde stattfinden musste. Wolltest du nicht mit mir im Bett bleiben? Hätte unsere Hochzeit nicht heute Nachmittag stattfinden können? Das wäre ein viel passendere Stunde gewesen."

„Aber meine geliebte Frau — Ach! Ich liebe es, dich so zu nennen.

*Meine* geliebte Frau. *Meine* Herzogin. *Meine Liebste* ... Schatz, wenn ich eine Wahl gehabt hätte, wären wir den ganzen Tag im Bett geblieben — und hätten auch dort geheiratet, wenn es nach mir ginge ...“

Antonia kicherte. „Wirklich? Aber der arme Reverend Jenkins, er hätte nicht gewusst, wohin er seine Augen richten sollte!“

„... doch um unserer Familie willen, insbesondere wegen deines prinzipienfesten Sohnes, dachte ich, es wäre das Beste, die Zeremonie so schnell wie möglich hinter uns zu bringen. Und in einer Umgebung, in der er sich möglichst wohl fühlen würde.“

„Julian? Sich wohlfühlen? Hast du seinen Gesichtsausdruck nicht gesehen? Er sieht so wohl aus wie ein Kohl, der gerade gehackt wird!“

Jonathon lachte laut auf.

„Kohl? Ja. Ja, er sieht ein bisschen säuerlich aus. Aber nimm es dir nicht zu Herzen. Er ist ein großer Grübler. Denke daran, wie er sich fühlen muss. Gestern Abend ging er ins Theater, um ein neues Stück zu sehen, und was geschieht? Das Publikum interessiert sich weniger für das, was auf der Bühne vor sich geht, als für die Loge, in der seine Mutter sitzt. Die übrigens seit sechs Jahren nicht mehr im Theater war, und als sie jetzt kommt, taucht sie mit einem braunhäutigen Riesen als Schatten auf. Schlimmer noch, sie küsst diesen unbekannten Kerl vor aller Welt Augen und löst damit fast einen Aufruhr aus. Und wir wissen, wie sehr Roxton öffentliche Aufmerksamkeit jeglicher Art hasst. Der arme Mann ist höchst beschämt, als aller Augen sich auf ihn richten, um zu sehen, was er von dem empörenden Benehmen seiner Mutter hält. Und als Erstes an diesem Morgen muss er als Zeuge auftreten, da seine Mutter ihren küssenden Riesen heiratet, der zufällig nicht viel älter ist als er selbst. Doch mit unseren Unterschriften auf den Heiratsdokumenten sind wir jetzt rechtlich und geistig eins geworden und er kann absolut nichts dagegen tun. Das bedeutet, dass seine Mutter nicht mehr eine Herzoginwitwe ist, sondern Herzogin von Kinross, und ihr Mann ist sein neuer Papa.“

Antonia schnappte nach Luft.

„Neuer Papa?! Das ist unglaublich komisch! Aber nicht für Julian. Ja. Wenn du es so sagst, kann ich seine Sorgen ein bisschen verstehen. Also“, fügte sie mit einem verschmitzten Lächeln hinzu, „wäre es unhöflich von uns, unsere Gäste zu verlassen und in der Bibliothek zu verschwinden?“

„Unsere Gäste, Schatz, also deine Söhne, deine Schwiegertochter, Roxtons Kaplan und sein Pate? Ich habe sie eingeladen, zum Mittagessen zu bleiben.“ Als Antonia ihm einen bösen Blick zuwarf, lachte er und küsste sie herzhaft. „So gerne ich mich in die Bibliothek schleichen würde, unsere Abwesenheit gerade an diesem Tage würde auffallen.“

Auf Antonias Gesicht zeigten sich Grübchen, als sie ihn neckte. „Aber... Unsere Ehe muss vollzogen werden, um bindend zu sein, ja?"

„Und du glaubst, bei einem Haus voller Leute wäre die Bibliothek die weiseste Wahl?"

„Ich habe nichts davon gesagt, dass das weise wäre — oder bequem."

„Nur unerhört?" Jonathon grinste. „Du bist so herrlich verrucht!"

„Aber deshalb liebst du mich ja, nicht wahr?"

„Deshalb und aus vielen anderen Gründen ..." Er wollte sie von dem Stuhl herunterheben, setzte aber ihre bestrumpften Füße gleich wieder auf dem Gobelin-Polster ab. „Verdammt sollen diese Reifen sein! Wie soll ich dich je ordentlich in den Arm nehmen können mit diesen elenden Dingern unter deinen Röcken, die jede meiner Bewegungen behindern? Wenn wir zu Hause sind, solltest du *en deshabillé* bleiben."

„Noch keine Stunde verheiratet und Seine Gnaden von Kinross hat schon Forderungen bezüglich der Kleidung seiner Frau!" Als Jonathon die Stirn runzelte, kniff Antonia ihn in sein kantiges Kinn. „Aber natürlich. Dir zuliebe und zu meiner eigenen Bequemlichkeit werde ich so wenig wie möglich anziehen." Sie legte eine Hand an seine Wange. „Aber nicht heute... Oder morgen..."

„Vielleicht könnten wir davonhuschen, wenn auch nur für eine halbe Stunde..."

„Eine halbe Stunde? Ich werde mich nicht betrügen lassen!"

Das brachte Jonathon zum Lachen, in seinen Augenwinkeln bildeten sich Fältchen. Als er seine Fassung wiedererlangt hatte, sagte er ernst: „Wir haben nur heute und die Nacht, bevor ich abreise. Morgen kann deine Familie dich bis zu meiner Rückkehr wiederhaben."

„Heute hast du mich zur glücklichsten aller Frauen gemacht, aber morgen werde ich untröstlich sein." Sie küsste seine Stirn sanft, legte dann ihre eigene dagegen und blickte in seine dunklen Augen. „Wie werde ich es ertragen?"

„Und ich?", murmelte *er*, ohne seinen Blick von ihr zu lassen.

Jonathon wagte sich zu fragen, ob es nicht alles ein wunderbarer Traum war, aus dem er aufwachen würde. Aber er war am frühen Morgen mit diesem köstlichen Geschöpf, das sich in seine Arme schmiegte und das er über alle Vernunft liebte, aufgewacht. Sie hatten sich geliebt, wie sie es immer taten, voller Leidenschaft und ohne jede Zurückhaltung, wohl wissend, dass ihnen nicht viele Stunden blieben, und es Monate dauern würde, bis sie wieder ein Bett teilen könnten. Er musste nach Schottland, um seinen alten Verwandten zu begraben und seinen rechtmäßigen Platz als Oberhaupt der Familie Strang Leven und Laird von Schloss Kinross am Ufer des Loch Leven einzunehmen. Seine

Braut würde auf das Anwesen der Familie Roxton zurückkehren, in ihren Witwensitz, um ihrem geliebten, verstobenen Monseigneur die Nachricht von ihrer Wiederheirat zu überbringen, ihre Besitztümer für ihr neues Leben zu arrangieren und auf seine Rückkehr zu warten.

Sie waren erst seit einer Stunde Mann und Frau und er wollte nichts mehr, als sie auf seine Arme zu heben und zurück ins Bett zu bringen. Doch ein paar gestohlene Momente vor dem Salon würden beiden genügen müssen. Die Familie erwartete sie. Er war im Begriff, ihr vorzuschlagen, dorthin zurückzukehren, als in seinem Unterbewusstsein der stechend erdige Geruch von Tabak, gemischt mit einem Hauch Kirsche, aufstieg. Sofort sehnte er sich nach einem Stumpen. Er brauchte sich nicht umzudrehen, um zu wissen, wer in der Nähe war, noch wandte er seine Augen von seiner Herzogin ab, sondern sagte leise zu Antonia:

„Schatz, wir haben noch einen späten Gast auf unserer Hochzeit ...“

DAIR WARTETE, BIS SEINE COUSINE, ANTONIA, DIE HERZOGIN von Kinross, wieder festen Boden unter den Füßen hatte und ihre bestrumpften Füße in ihre Satinschuhe hatte gleiten lassen, bevor er vortrat, um das Brautpaar zu begrüßen und ihnen zu gratulieren. Er schüttelte Jonathon herzlich die Hand und beugte sich förmlich über Antonias ausgestreckte Finger. Und als sie ihn näher zog und ihre Wange bot, küsste er sie zaghaft, und es überraschte Jonathon zu sehen, dass er in Gegenwart seiner Cousine, eines Familienmitglieds, das er sein ganzes Leben lang kannte, unbeholfen schüchtern war. Falls es Antonia auffiel, reagierte sich nicht darauf, noch äußerte sie sich zu den Abschürfungen an Dairs Fingerknöcheln, dem heilenden Riss an seiner Lippe oder dem dunklen Bluterguss an seinem linken Auge.

Dair überraschte Jonathon weiter, indem er sich mit ihnen in fließendem Französisch unterhielt. Er hätte sich denken können, dass der Junge die Sprache ebenso beherrschte wie alle anderen in der Familie Roxton. Schließlich sprach Antonia fast ausschließlich Französisch, obwohl sie Englisch sprechen konnte, wenn die Notwendigkeit sie dazu zwang. Ein Engländer, der zu ihrem Gespräch hinzustieß, hätte sicherlich gedacht, er sei in einen Pariser Salon gestolpert.

Es folgte ein kurzer Austausch von Allgemeinplätzen; es war offensichtlich, dass Dair ein Wort mit Antonia unter vier Augen wechseln wollte. Also lud Jonathon ihn ein, sich der Familie für das Mittagsmahl anzuschließen, was höflich abgelehnt wurde, wie Jonathon vorausgeahnt hatte, dann entschuldigte er sich und kehrte in den Salon zurück und ließ die Cousins allein am Fuße der Treppe zurück. Antonia breitete ihre Röcke aus und setzte sich auf die Stufen. Auf ihre Bitte hin tat Dair es ihr nach.

„Ich mag Euren neuen Herzog", sagte Dair und streckte noch einmal seine langen Beine über mehrere Stufen aus. „Er ist ein guter Mann." Er lächelte. „Ihr hättet ihn sonst nicht geheiratet. Und er hat Euch glücklich gemacht."

„Ja. Ich bin sehr glücklich – wieder."

„Nicht viele sind mit einer guten Ehe gesegnet, aber zwei zu haben..."

„Eines Tages hoffe ich, dass Ihr so glücklich sein werdet wie ich, Alisdair."

„Aber — Cousine Herzogin — Ihr mögt mich doch nicht einmal."

Antonias Lächeln verschwand. „Das ist ein großer Unsinn und es beleidigt mich!"

Dair neigte höflich den Kopf in Anerkennung dessen, dass sie durch ihren Status sagen und tun konnte, was ihr gefiel, doch als ihr Cousin ersten Grades zuckte er mit einer Schulter und sog an seinem Stumpen. „Ihr wäret die erste, die mich tadeln würde, wenn ich nicht aufrichtig mit Euch wäre."

„Aber Ihr seid *nicht* aufrichtig, Ihr bildet Euch ein grundloses Urteil über meine angeblichen Gefühle."

„Dann verzeiht mir. Ich bin weder mit Worten noch mit Gefühlen gut ..." Er wandte seinen Blick wieder dem lebensgroßen Porträt Augustas, Gräfin von Strathsay, zu. „Ich kann niemandem die Schuld für meinen Mangel an Verstand geben. Charles hat alles geerbt, was in der Familie zu verteilen war. Aber ich mache den Sohn dieser Frau, meinen Vater, für meinen Mangel an Gefühl verantwortlich."

„Wenn Ihr jemandem die Schuld geben wollt, dann unserer Großmutter", stellte Antonia fest und schaute ebenfalls auf das Porträt. „Sie hat Eure Mutter gegen Euren Vater aufgebracht. Und Euren Vater gegen Monseigneur. Euer Vater nahm ein Schiff übers Meer, um sie loszuwerden. Aber man kann nicht vor sich selbst davonlaufen. Augusta, sie war eine schöne, herzlose Frau, so kalt wie eine Schlange." Antonia schauderte leicht vor Abscheu. „Bitte. Lasst uns nicht ausgerechnet heute von ihr sprechen."

„Warum lasst Ihr, wenn sie so eine Schlange war, das Porträt unserer Großmutter an dieser Wand? Wenn es mir gehörte, würde sie in ein Laken gewickelt und in einer Bodenkammer versteckt oder in eine staubige Ecke einer Gemäldegalerie verbannt. Vielleicht möchte Roxton sie haben?"

Antonia lächelte, schüttelte aber den Kopf. „Das kann er nicht, selbst, wenn er so nett wäre, mich von ihr befreien zu wollen. Monseigneur hatte sie aus Treat verbannt. Ihre sterblichen Überreste sind nicht im Mausoleum der Familie begraben, sondern in Ely, neben ihrem Geliebten.“

„Aber sie muss doch nicht an Eurer Wand hängen, oder?“

„Das stimmt. Aber ich lasse sie dort... Sie ist eine Ermahnung – eine Ermahnung daran, dass eine schöne Fassade nicht immer ein schönes Herz mit sich bringt.“

„Seltsam ... ich meine, seltsam von Euch, die als die schönste Frau ihrer Zeit betrachtet wird, sowohl in Charakter als auch im Aussehen ...“

„*C'est ce que vous pensez?* Ihr glaubt nicht, dass auch ich schlechte Tage habe?“

Beide lachten darüber, Antonia fügte ernst hinzu:

„Schönheit ist ein Geschenk Gottes und sollte nicht missbraucht oder als selbstverständlich angesehen werden. Wer mit körperlicher Schönheit gesegnet ist, darf nicht den Anschein der Güte erwecken, sondern muss gut *sein*, und das erfordert, Gutes zu *tun*.“

„Wenn ich recht darüber nachdenke, schafft sie nicht fort. Was Ihr braucht, sind ein paar Kerzen, Weihrauch und ein Altar. Ein papistischer Schrein, wenn man so will, für Euren Erzengel der Schönheit. Was, wenn man darüber nachdenkt, passend ist, da unser Großvater ein papistischer General des Alten Thronanwärters war.“

„Es ist wichtig, nicht wahr, dass diejenigen, die mit großer körperlicher Schönheit gesegnet sind, die Pflicht haben, ihre Gabe nicht zu missbrauchen?“, fuhr Antonia fort und ignorierte seinen Witz. „Selbstzerstörerisch zu sein, ohne sich um jemanden zu sorgen, sich ständig selbst verletzen zu wollen, ist eine große Verschwendung; und es ist auch außerordentlich arrogant.“

Dair wandte seinen Blick vom Porträt ihrer Großmutter ab und drehte langsam den Kopf, um Antonia anzuschauen; sein Gesicht ließ seine Gedanken nicht erraten. Er nahm den Stumpen aus dem Mund.

„So lehrte die Herzogin der Schönheit, deren erster Ehemann zu seiner Zeit und wohl auch in ewiger Erinnerung der arroganteste Edelmann zu beiden Ufern des Kanals war.“

Antonia lächelte freundlich. „Ja, das war er. Aber Monseigneur trug seine Arroganz mit erhabenem Selbstvertrauen und der Kraft seiner Persönlichkeit, wie jemand, der den bestgeschneiderten Rock im ganzen Raum trägt. Er hatte auch eine hohe Meinung von sich selbst. Er kannte seinen Wert und ließ es andere wissen. Was für einen Adligen in seiner Position so war, wie es sein sollte.“

„Und wie trage ich meinen Rock, Cousine? Ein bisschen zu locker an den Schultern, Eurem Geschmack nach? Ein bisschen abgetragen an den Manschetten, vielleicht? Ich wage zu befürchten, dass auch das Tuch nicht gut genug ist. Schont jetzt nicht meine Gefühle. Wenn ich zum Diner eine Strafpredigt serviert bekommen soll, möchte ich alle zwölf Gänge mit aller Demütigung!"

Antonia schwieg einen Moment, und dann teilte sie ihm ihre Gedanken mit, ehrlich und ungekünstelt.

„Dieser Mann, der Ihr zu sein vorgebt, dieser eingebildete Adonis, der seinen Körper in Kämpfen und Rangeleien mit Geringeren missbraucht, der ist kein Gentleman. Er tut so, als liege ihm an nichts und niemandem. Er hurt und trinkt im Übermaß. Er lehnt nie eine Wette ab und geht daher alle lächerlichen Wagnisse für seine Freunde ein, um sie zum Lachen zu bringen, oder ohne jeden guten Grund. Diesen Mann kenne ich überhaupt nicht. Und mir liegt auch nicht daran, ihn kennenzulernen. Aber das hält mich nicht davon ab, dass er mich kümmert und mir Sorgen macht. Ich mache mir Sorgen, dass er an die Fassade glauben wird, hinter der er sich versteckt, sodass sich eines Tages diese beiden Wesen zu einem verbinden werden und dann wäre er für uns und für sich selbst verloren."

„Ich bin, was ich bin."

„Nein! Ihr tut nur so. Ihr schauspielert. Doch Ihr spielt diese Rolle jetzt seit so vielen Jahren, dass Ihr den Unterschied zwischen den beiden nicht mehr kennt. Nur manchmal kommt noch der echte Alisdair Fitzstuart heraus, und dann denke ich, dass doch noch Hoffnung für Euch besteht."

Als Dair schnaubte und langsam den Kopf schüttelte, um höflich seine widersprechende Meinung anzudeuten, hob Antonia ihre Brauen und sagte ironisch: „Also war Euer Heiratsantrag für Sarah-Jane Strang aufrichtig gemeint und Ihr seid völlig verzweifelt, weil sie Euren Bruder gewählt hat ...?"

„Natürlich war das nicht mein Ernst!", knurrte Dair und schluckte endlich den Köder. „Ich habe das Mädchen nicht einmal gefragt. Ich musste nur verbreiten, dass ich die Absicht hätte, sie demnächst zu fragen. Dazu brauchte ich nur meiner Mutter anzuvertrauen, dass ich daran dächte zu heiraten. Ganz offen, wenn sie mich überhaupt kennen würde, hätte sie wissen müssen, dass mir dieser Gedanke nie in den Kopf gekommen ist. Ich wusste, dass sie die Tochter eines Kaufmanns nicht als nächste Gräfin von Strathsay gutheißen würde, unabhängig von ihrer Mitgift. Und natürlich rannte sie zu Charlie und weinte ihm vor, dass ich im Begriff wäre, den Namen der Familie zu ruinieren! Charlie nahm das Schlimmste an und als er Miss Strang und mich allein auf der Terrasse spazieren gehen sah, beschloss er, endlich zu handeln. Das war aller Anstoß, den er brauchte, um den Mut aufzubringen, Miss Strang seine wahren Gefühle zu offenbaren." Er schaute Antonia an, immer noch innerlich kochend. „Unglaublich, dass mein kleiner Bruder den Schneid hatte, zum Verräter an seinem Land zu werden, und doch, als es darum ging, das Mädchen, das er liebt, zu bitten ihn zu heiraten, benahm er sich wie ein kastrierter Kater! Was anderes konnte ich tun, als mich einzumischen und Schwung in die Sache zu bringen?"

„Verliebt zu sein kann erschreckend sein — erschreckender als alles andere, vor allem, wenn man daran zweifelt, ob diese Liebe erwidert wird oder andere Hindernisse einem glücklichen Ergebnis im Wege stehen." Antonia sammelte sich und lächelte. „Aber ich habe meine Meinung gesagt. *Enfin*. Also was sollen wir mit Euch tun, Alisdair? Mit Euch, der eines Tages Earl von Strathsay und Oberhaupt Eurer Familie sein wird. Nachdem Euer Bruder Charles als Verräter gebrandmarkt wurde, weil er seinen Überzeugungen gefolgt ist, kann er nie wieder einen Fuß auf englischen Boden setzen und ist vom Erbe der Familie ausgeschlossen. Ihr seid die einzige Hoffnung für den Fortbestand der Strathsay'schen Linie. Daher versprecht mir bitte, dass Ihr aufhören werdet zu versuchen, Euch auf so viele interessante Arten wie möglich umbringen zu lassen. Wie zuletzt, noch dazu in einem Maleratelier."

„Cousine Herzogin, ich kann versprechen, dass ich, sollte ich getötet werden, dies nicht geschieht, weil ich zu sterben wünsche."

Er war darauf bedacht gewesen, dieses Gespräch mit seiner Cousine so kurz wie möglich zu halten. Er wäre sehr gut auf ihre mütterliche Standpauke verzichten können, doch er hatte gesehen, dass es kein Halten mehr gab, als sie einmal angefangen hatte. Wie eine Wildkatze marschierte sie auf den weißen und schwarzen Marmorfliesen am Fuße der Treppe auf und ab, die elfenbeinfarbenen Röcke schwangen hin und her und er musste gestehen, dass er geschmeichelt war, dass sie sich so um sein Wohlergehen sorgte. Eigentlich, dass sie sich überhaupt um ihn kümmerte. Noch dazu ausgerechnet an diesem Tag, ihrem Hochzeitstag, der fröhlich und sorglos hätte sein, nicht damit verbracht werden sollen, sich um ihn zu sorgen. Er war erstaunt zu erkennen, dass dies die erste mütterliche Standpauke war, die er in seinen achtundzwanzig Jahren erhalten hatte (seine Mutter hielt keine Standpauken, sie machte lediglich auf eitel irritierende Weise Vorschläge oder brach in eine Flut von Tränen aus). Seltsamerweise fand er eine gewisse Genugtuung bei Antonias strafenden Worten.

„Ihr findet, dass es zum Lachen ist, wenn man sich mutwillig Gefahren aussetzt? Habt Ihr nicht zugehört? Ihr habt eine Verpflichtung, wenn nicht Euch selbst gegenüber, dann anderen, Eure Fähigkeiten auszuschöpfen. Nein! Sagt nichts. Ich muss Euch noch ein paar Worte mehr sagen. Versucht nicht, mir diesen lächerlichen Unsinn zu erzählen, dass *Ihr* ein Verräter wäret, weil ich das absolut nicht glauben werde. Und erzählt mir nicht, dass dieser Verrat, den Ihr nicht begangen habt, aus Geldmangel geschah. Das glaube ich auch nicht. Ihr würdet Euer Land nie um des Geldes willen verkaufen. Auch das ist also eine große fette Lüge, und ich vermute, dass sie aus dem Mund von Shrewsbury stammt, der mich für einen Hohlkopf und sich selbst für einen modernen Machiavelli hält...“

Diese leidenschaftliche Rede entriss Dair ein widerwilliges Lachen, und er ertappte sich, wie er sich für sein Verhalten entschuldigte, anstatt es zu verteidigen, was seine Absicht gewesen war. Eine solche unerwartete Kehrtwende überraschte ihn ebenfalls und machte es umso schwieriger, seine Bitte an sie zu auszusprechen, vor allem, da es bedeutete, offenzulegen, dass er wieder dabei war, sein Leben in Gefahr zu bringen, und zwar auf eine viel gefährlichere Weise als durch einen dummen Streich im Atelier eines Künstlers. Daher zog er mit einem schüchternen Lächeln ein versiegeltes Päckchen und einen kleinen Lederbeutel mit Guineen aus einer Innentasche seines Gehrocks.

„Habe ich jetzt Eure Erlaubnis zu sprechen, Euer Gnaden?“ fragte er leise und sah von der vierten Stufe auf sie herab und somit aus großer Höhe, weil er in dem Moment, als sie sich erhob, auf die Füße gesprungen war. Als sie nickte, ihm bedeutete, sich wieder zu setzen und sich auf der Stufe neben ihm niederließ, legte er das versiegelte Päckchen und den kleinen Lederhandbeutel zwischen sie beide und fuhr fort. „Ich hätte Euch nicht angelogen, wenn Ihr mich direkt nach den Vorwürfen des Verrats gefragt hättet. Und danke — danke, dass Ihr an mich geglaubt habt ... Aber es macht es mir umso schwieriger, meine Bitte auszusprechen. Ich möchte, dass Ihr dies“, sagte er und hielt das versiegelte Päckchen hoch, „an einem sicheren Ort aufbewahrt. Vielleicht müsst ihr das Siegel nie anrühren, aber im Falle meines Todes ...“

Antonia fuhr hoch. „Eures Todes? Alisdair, was ... „

„Bitte, Eure Gnade, ich muss das hier ohne Unterbrechung durchstehen. Das Paket enthält meinen letzten Willen und Testament, was sich von selbst versteht. Sobald mein Tod allgemein bekannt gemacht wird, möchte ich, dass Ihr dies Eurem Sohn übergebt. Roxton wird wissen, was zu tun ist.“ Er legte das Päckchen wieder auf die Stufe und hielt den Lederbeutel hoch. „Für den Geburtstag des Jungen. Er ist in einem Monat, aber ich könnte vielleicht nicht — nicht rechtzeitig zurück sein. Dies sollten genug Guineen für ein schönes Familienfest und ein Geschenk für ihn sein.“ Er lächelte schuldbewusst. „Ich kann mir nicht vorstellen, was er sich wünscht. Das letzte Mal, als er schrieb, war es eine Muskete oder ein Mikroskop. Er möchte Soldat oder Arzt werden. Er kann sich nicht entscheiden. Aber welcher Junge weiß im Alter von zehn Jahren wirklich, was er mit seiner Zukunft anfangen will? In diesem Alter wollte ich Pirat werden. Ha! Zumindest trägt er nicht das Gewicht der Geburt auf seinen dünnen Schultern und kann einen Weg seiner Wahl beschreiten." Er warf Antonia einen Blick zu und sagte dann: „Wenn es meine Wahl wäre, würde ich ihn nicht in meine Fußstapfen treten lassen. Seine Mutter sagt, er habe einen klugen Kopf, also hoffe ich, dass er das Mikroskop wählt. Doch falls Ihr meinen solltet, dass die Armee der einzige Platz für ihn wäre, dann soll es so sein."

Antonia blinzelte. „Ihr überlasst Jamie mir?"

„Wenn mir etwas zustoßen sollte, ja. Vormundschaft bis zu seinem fünfundzwanzigsten Geburtstag, an dem er den größten Teil seines Erbes erhalten wird, wie es im Moment aussieht. Wäre ich an meines Vaters Stelle und Earl, hätte ich bedeutend mehr bei der Verteilung von großzügigen Mitteln zu sagen ... Wenn Ihr und Euer neuer Herzog ihn im Auge behalten würdet, während er aufwächst, wäre ich Euch ewig dankbar." Dair grinste schräg. „Ihr seid die beiden einzigen Menschen, die ich kenne, die nicht wegen seiner Geburt auf ihn hinabsehen würden."

„Alisdair ... Julian, würde auch niemals auf Euer Kind herabsehen, oder irgendein Kind, und vielleicht ist er ein passenderer Vormund, ja?"

„Nein. Wir mögen kaum miteinander sprechen. Und wer könnte ihn dafür tadeln, nach dem, was bei der Regatta passiert ist? Sein Sohn wäre fast ertrunken und ich war darauf konzentriert, um jeden Preis die Ziellinie zu erreichen ... Himmel! Was muss er — müsst Ihr — von mir denken ...?" Er sog an seinem Stumpen und blies den Rauch über seine Schulter, weg von Antonia. Als sie schwieg, blieb sein Mund zu einem schiefen Lächeln verzogen. „Danke, dass Ihr nicht fragt ... Vielleicht erzähle ich es Euch eines Tages ..." Er riss sich zusammen und fügte hinzu: „Selbst wenn wir das allerbeste Verhältnis hätten, er und Deborah haben genug Kinder und schon wieder eins unterwegs. Außerdem ist Euer neuer Herzog nach all den Jahren auf dem Subkontinent als Kaufmann viel offener für andere Möglichkeiten und Chancen. Ich habe ihn mit Roxtons Jungen beobachtet; Frederick vergöttert ihn." Dair runzelte die Stirn, als fiele ihm plötzlich etwas ein. „Aber wenn Ihr es vorziehen würdet, dass ich nicht ..."

„Nein! Nein! Natürlich werden wir tun, worum Ihr bittet", antwortete Antonia und unterdrückte Tränen. Sie legte ihre Finger auf die große Hand ihres Cousins. „Jonathon wird mir zustimmen. Es wird uns eine Ehre sein. Wirklich." Sie schnüffelte und lächelte, als Dair ihre Hand hob und sie küsste. „Aber es wird nicht dazu kommen, weil Ihr von dort, wohin Ihr auch gehen mögt, zu uns zurückkehren werdet, und Jamie wird seinem Papa persönlich für das Mikroskop danken können, wenn er Euch das nächste Mal sieht."

„Ich hoffe, es wird sich erweisen, dass Ihr recht habt, Cousine Herzogin. Und vielen Dank. Jetzt kann ich beruhigt sein."

Er drückte das schwelende Ende seines Stumpens auf der Sohle seines Stiefels aus und ließ den Rest auf ein silbernes Tablett fallen, das ihm ein schnell denkender Diener entgegenhielt. Nachdem er Antonia auf die Beine geholfen hatte, gab er ihr das versiegelte Päckchen und den Geldbeutel. Sie ließ beides unter die oberste Lage ihres Satinkleides gleiten, in eine der beiden bestickten langen Taschen, die unter den Lagen ihrer Röcke um ihre Taille befestigt waren.

„Soweit es den Rest von London angeht, werde ich den nächsten Monat im Tower verbringen. Ihr und Kinross dürft wissen, dass es Portugal sein wird. Es wird Euch freuen, dass es kein Land ist, mit der wir uns derzeit im Krieg befinden — eine nette Abwechslung. Shrewsbury sagt mir, wir haben ein Handelsabkommen mit den Portugiesen und importieren Fässer über Fässer Portwein ... "

„Aber Ihr reist nicht wegen des Portweins dorthin."

„Nein. Und das ist alles, was ich Euch sagen kann", entschuldigte er sich. „Ich werde Eurem neuen Herzog und Roxton ein Dutzend Flaschen oder eine Kiste zurückbringen, was auch immer ich beschaffen kann."

„Passt auf Euch auf, *mon cher*."

Dair beugte sich über ihre Hand und weil sie ihn mit solcher Sorge anschaute, küsste er impulsiv ihre Wange. „Ich werde mein Bestes geben, um am Leben zu bleiben, *ma chère cousine*. Versprochen."

Antonia schob ihren Arm durch seinen und ging mit ihm ein Stück durch das Foyer, wandte aber eine Schulter bei dem plötzlichen Geräusch von Lärm, Unterhaltung und Lachen, das aus dem Salon drang, als die Tür weit aufgerissen wurde. Ihr jüngerer Sohn, Lord Henri-Antoine, kam herausgeschlendert, sah seine Mutter, kam auf sie zu und ergriff ihre Hand und nickte Dair zu, der seinen Schwertgürtel festschnallte.

„Fitzstuart! Niemand hat uns gesagt, dass Ihr hier seid. Sapperlot! Das ist ja ein tüchtig blaues Auge; und Eure Lippe ... kommt und erzählt, wie Euch das passiert ist. Ich wette, es war ein Riesenspaß. Wir wollten gerade vor dem Mittag noch mit einer Runde Scharade beginnen, Ihr seid genau der Vierte, der uns fehlt. Maman, es macht dir doch nichts aus, wenn Fitzstuart deinen Platz einnimmt ..."

„Henri-Antoine, bitte sei ruhig. Ich glaube, du hast zu viel von dem Hochzeitspunsch getrunken. Hör mir zu. Alisdair geht jetzt und du wirst bitte vergessen, dass du ihn gesehen hast. Kein Wort. Weder zu Jack noch zu sonst jemandem. *N'est-ce pas?*"

„Wenn es dir nichts ausmachen würde, es für dich zu behalten, Harry, wäre ich dir sehr dankbar", sagte Dair und zwinkerte seinem jungen Cousin zu, während der Butler ihm in seinen Mantel half. „Im Auftrag seiner Majestät. Du verstehst ..."

Lord Henri-Antoines dunkle Augen weiteten sich, als er sah, wie sein Cousin einem Lakaien Hut und Handschuhe abnahm. Er tippte sich an die lange Nase. „Verstanden. Kein Wort." Er küsste seine Mutter auf die Wange und legte ihr den Arm um die Schultern. „Dann bleibst nur noch du übrig, Maman, und musst dich mit mir und Jack begnügen, und dem Reverend J..."

„Henri-Antoine? *Jenkins? Incroyable*! Ich verlasse den Raum für fünf Minuten und bleibe auf dem Kaplan sitzen?" Antonia war beleidigt. „Hat das dein Bruder so eingerichtet? Er ist schrecklich schlecht beim Scharadenspielen, aber Jenkins ist noch schlechter ..." Sie ließ zu, dass er sie zurück in den Salon führte. „Ich habe keine Ahnung, was er darstellen will! Und ich kann nicht aufhören, hinter meinem Fächer zu lachen, weil er wie ein keuchender *poisson* aussieht. Es ist äußerst würdelos."

„Wer sieht aus wie ein Fisch aus dem Wasser, Schatz?", fragte Jonathon und drückte ihr eine Champagnerflöte in die Hand. „Roxton möchte einen Trinkspruch aussprechen."

„Reverend Fisch", flüsterte Lord Henri-Antoine laut und schlüpfte davon, bevor seine Mutter ihn erwischen konnte. Aus sicherer Entfernung von der anderen Seite des Raums warf er ihr eine Kusshand zu.

Antonia lächelte und warf ihm ebenfalls einen Kuss zu. Ein Blick über ihre Schulter, gerade als die livrierten Lakaien die Salontüren schlossen, und sie sah, wie der Butler die Haustür verschloss. Dair Fitzstuart hatte das Haus verlassen.

# ZWÖLF

Rory führte einen zweiwöchigen Feldzug, um ihre Schwägerin dazu zu überreden, sie zum Chelsea Physic Garden zu begleiten. Sie spannte sogar ihren Großvater und Mr. Watkins für ihre Pläne ein. Beide teilten ihre Meinung, dass frische Luft, ein Picknick und eine andere Umgebung Lady Grasbys Stimmung verbessern würde. Rory versuchte sogar, sie zu Tode zu langweilen, in der Hoffnung, dass unaufhörliches Gerede über die Vermehrung der Ananas und die Notwendigkeit, dass Crawford sich mit den Gärtnern im Physic Garden beriete, ausreichen würde, um Silla dazu zu zwingen, dem Ausflug zuzustimmen. Lady Grasby blieb unerbittlich.

Rorys letztes Mittel war Schuldbewusstsein. Der Besuch im Physic Garden musste in den nächsten drei Wochen stattfinden. Danach würden Rory und ihr Großvater zu ihrem jährlichen Urlaub nach Treat in Hampshire, auf den Landsitz des Herzogs von Roxton, abreisen. Sie würden einen Monat fortbleiben. Wie sollte sie ihre kostbaren Ananaspflanzen in Crawfords alleiniger Obhut lassen, wenn er nicht die Gärtner dort besucht hätte, um zu erfahren, wie man sie richtig pflegte?

Vielleicht müsste ihr Großvater dieses Jahr ohne sie nach Treat reisen? Obwohl dieses Jahr etwas Besonderes sein sollte, denn statt oben im großen Haus zu wohnen, wollten der Herzog und die Herzogin ihnen die Gatehouse Lodge auf der anderen Seite des Sees überlassen. Die Lodge lag am Ende der kiesbestreuten Auffahrt zum Witwensitz, dem reizenden elisabethanischen Herrenhaus ihrer Patin am Ufer des Sees. Sie hatte sich so auf das Schwimmen und Angeln gefreut ...

Lady Grasby wollte sich weder aus ihrer Ichbezogenheit herausreißen lassen, noch konnte man in ihr den leisesten Stich eines Gewissensbisses hervorrufen. Sie ging dazu über, das Nachtessen in ihren Räumen einzunehmen, um nicht nur Rorys begeisterten Reden zu entgehen, sondern auch den Gesprächen der männlichen Haushaltsmitglieder. Alle schienen nicht nur den fraglichen Vorfall vergessen zu haben, sondern auch die äußerste Demütigung, die sie in Romneys Atelier erlitten hatte. Ihre Demütigung war so groß, dass sie sich aus Angst vor Spott nicht aus Talbot House hinaus traute. Wieder für eine letzte Sitzung für ihr lebensgroßes Porträt in das Atelier zu gehen, stand völlig außer Frage.

Nach zwei Wochen hatte nicht einmal ihr Bruder William, ihr getreuester Verteidiger, noch Mitgefühl. Er wurde ihres ständigen Bedürfnisses, den Vorfall wieder zu durchleben, müde und ging so weit zu behaupten, dass Miss Talbots Bedrängnis, da sie eine unverheiratete Unschuld war, weit größer gewesen sein müsste als das, was seine Schwester zu erleiden gehabt hatte. Lady Grasby starrte ihn an, nannte ihn einen gefühllosen Rohling und befahl ihm, sie ihrem Elend zu überlassen.

Lord Shrewsbury, der wenig Zeit für die Frau seines Enkels als Person hatte, aber ihre Bedeutung für die dynastische Erhaltung der Talbot-Linie und des Shrewsbury-Erbes schätzte, übernahm es schließlich, ihr den Kopf zurechtzurücken. Er sagte ihr, dass es extrem gewöhnlich wäre, moralische Empörung zu zeigen, weil ihr Mann sich mit Tänzerinnen vergnügte. Es stank nach dem Verhalten der schlimmsten Art von Billingsgate-Fischfrau. Als Gattin eines Edelmannes musste sie ihren einzigen Lebenszweck erfüllen: einen Erben hervorbringen. Fast drei Jahre war sie verheiratet und es gab noch kein Anzeichen für eine Schwangerschaft, was stimmte denn nicht mit ihr? Die Predigt seiner Lordschaft wurde von der Nachricht unterbrochen, dass seine Kutsche für die Fahrt zum St. James' Palast wartete. Was auch gut war. Lord Shrewsbury floh vor dem heulenden Schluchzen Lady Grasbys aus seiner eigenen Bibliothek.

Das einzige Haushaltsmitglied, das von Lady Grasbys Verhalten nicht beeindruckt zu sein schien, war ihr Ehemann. Abgesehen von seinen veränderten Schlafgewohnheiten setzte Grasby sein Leben fort, als ob der Vorfall in Romneys Atelier sich nie ereignet hätte. Er verbrachte Zeit bei White's. Er speiste mit Mr. Cedric Pleasant zu Abend. Er traf sich mit seinem Agenten, seinem Verwalter und ließ sich vom Schneider einen neuen Anzug anmessen. Er wusste, dass seine Frau sich schamlos egoistisch und kindisch benahm, und es erinnerte ihn daran, warum er sie überhaupt geheiratet hatte: Nicht, weil er sich in sie verliebt hatte, sondern weil sein Großvater gesagt hatte, da sie eine

Mitgift von fünfzigtausend Pfund bekäme, wäre sie diejenige, die er heiraten sollte. Dass sie schön war, hatte ihm diesen Entschluss erleichtert. Ein Teil von ihm war geschmeichelt, dass sie derart bestürzt über sein Verhalten war, es zeigte, dass ihr an ihm gelegen war. Aber er war nach wie vor entschlossen, ihrer Forderung, seine Freundschaft mit Major Lord Fitzstuart zu beenden, nicht nachzugeben. Dass sein bester Freund wegen des Vorwurfs von Hochverrat im Tower schmachtete, machte ihm weit größere Sorgen als seine Eheprobleme. Ebenso wie die Tatsache, dass seine Frau sich weigerte, seine Schwester in den Physic Garden zu begleiten, obwohl sie wusste, dass Rory nicht ohne weibliche Begleitung an einen rein männlichen Ort der Arbeit und des Lernens gehen konnte, der nur auf Einladung hin geöffnet war.

Aber Grasby wusste, wie er seine Frau dazu bringen konnte, sich seinem Willen zu beugen. Drei Jahre Ehe hatten ihn so viel gelehrt. Als sie allein bei ihrem Nachtessen saß, kam Grasby zu ihr hereingeschlendert und sagte ihr unverblümt, sie bräuchte sich keine Sorgen zu machen, dass man sie zwingen würde, irgendwohin zu gehen. Er würde seine Schwester am nächsten Tag in den Physic Garden bringen, und ihre Anwesenheit war weder erforderlich noch erwünscht, weil die schöne Maria Hibbert-Baker freundlicherweise zugestimmt hatte, als Rorys Anstandsdame mitzukommen. Wenn sie die Kutsche haben wollte, sie stünde ihr den ganzen Tag zur Verfügung, denn er und seine kleine Gesellschaft würden mit dem Kahn fahren, ein zusätzlicher Genuss für Rory und Maria.

Seine List funktionierte. Drusilla erhob sofort Einspruch dagegen, dass Maria Hibbert-Baker ihren Platz einnehmen sollte, wie er es vorhergesehen hatte. Hätte Grasby nicht Drusilla Watkins geheiratet, wäre Maria die nächste gewesen, der er einen Antrag gemacht hätte. Später am selben Abend sagte Lady Grasby zu Rory, gemächlich die Themse hinabzusegeln, sei genau das Richtige, um ihren Kopf frei zu bekommen. Wenn sie im Physic Garden wären, würde vielleichte einer der Apotheker dort so gütig sein, ihr das neueste Kräutermedikament gegen ihre Migräne anzubieten.

Rory hätte nicht glücklicher darüber sein können, dass der Ausflug endlich wie geplant durchgeführt wurde. Und weil sie glücklich war, waren es auch Grasby, William Watkins und Lord Shrewsbury. Zumindest vorerst herrschte Frieden im Hause Talbot. Und dann begann es zu regnen. Es gab ungewöhnliche Sommergewitter und es regnete die ganze Woche über stark. Als das nächste Mal die Sonne hell schien, waren zehn Tage vergangen und es war der Tag, bevor Rory und ihr Großvater nach Hampshire aufbrechen sollten.

Nach Ansicht von Lord Grasby noch genug Zeit, um den Physic

Garden zu besuchen. Also machten sie sich in der eigenen Schaluppe des Earls auf den Weg, die von acht stämmigen Ruderern in der grünlachsfarbenen Livree der Shrewsburys vorwärts getrieben wurde. Der Kahn, dessen Bug, Heck und Reling mit geschnitzten und vergoldeten fantastischen Meereswesen verziert waren, verfügte auch über eine Kajüte mit bemalter Decke und vergoldeten Möbeln. Über diese Schräge war ein Teppich gelegt und es gab sogar eine Markise aus plunkettblauem Tuch, die Schatten vor einer Sommersonne bot, die zum ersten Mal seit Wochen heftig stach, wenn man die kühle Brise vom Fluss her genießen wollte.

Rory hatte eine herrliche Zeit, als sie durch den Physic Garden wanderte, während ihre Gesellschaft ihr pflichtbewusst folgte, wohin sie auch ging. Sie konnte bei allem, was sie sah, ihre Aufregung und ihr Staunen kaum unterdrücken. Sie inspizierte verschiedene Kräuterbeete, hörte aufmerksam dem jungen Apothekerlehrling zu, der ihr Führer war, und starrte ehrfürchtig auf den einzigen Olivenbaum in England, der es geschafft hatte, im englischen Klima zu gedeihen. Doch an einem so heißen Tag war sie nicht überrascht, dass ein Eingeborener aus dem Mittelmeerraum so gut gedieh. Für diese Bemerkung erhielt sie eine so begeisterte Antwort von dem Apothekerlehrling, dass er fast ausschließlich mit Rory sprach, als er sie und ihre Gruppe in die prächtige Orangerie mit all ihren Glasscheiben und Kübel um Kübel mit Orangen, Zitronen und Limetten führte. Bis sie in der Brennerei und der Pflanzenverwertung angekommen waren, wo Medikamente hergestellt wurden, hatte er seine Schüchternheit verloren und völlig vergessen, dass Rory eine hübsche junge Frau war.

Rory hätte nicht glücklicher sein können, besonders als der Gärtner ihr mitteilte, dass er genau den Gentleman kenne, um mit ihr über den Ananasanbau zu sprechen. Er hatte sich die Freiheit genommen, etwa zwanzig Minuten zuvor eine Nachricht nach Banks House zu senden. Mr. Humphrey war ein Experte für Bromelien und wohnte im Banks House, wo er gerade seine Nachmittagsmahlzeit genoss. Er würde Mr. Humphrey zum Boot schicken, wenn Miss Talbot nichts dagegen hätte, dass ihr Mittagsmahl unterbrochen würde…?

Erst bei der Erwähnung der Schaluppe ihres Großvaters erinnerte sich Rory daran, dass sie hungrig war und dass Grasby vor zehn Minuten gekommen war, um sie zu holen. Er wartete geduldig an der imposanten Statue von Sir Hans Sloane, dem Wohltäter der Gärten. Die behandschuhte Hand fest um den elfenbeinfarbenen Griff ihres Spazierstocks gelegt, nahm sie den angewinkelten Arm ihres Bruders mit dem anderen und stützte sich etwas schwerer als gewöhnlich auf ihn. Er schalt sie liebevoll, weil sie sich nicht die Zeit genommen hatte, sich auf einer der vielen Bänke im Garten auszuruhen, und sagte, ein Strohhut würde ihr an einem so heißen Tag wahrscheinlich nicht genug Schatten spenden. Wo war ihr Sonnenschirm?

„Ich habe ihn Silla gegeben, die ihren nicht mitgebracht hat. Du hast natürlich recht. Ich hatte ganz vergessen, wie stark die Sonne sein kann... Erst jetzt spüre ich den Schmerz in meinem Knöchel und meiner Hüfte... „

„Dann lass uns dich aus dieser Hitze herausbringen ... Ich habe Crawford weggeschickt, um mit den Ruderern und den anderen, die uns begleitet haben, sein Mittagsmahl einzunehmen. Wir sind alle unten am Südwanddamm.“

„Südwand...?“

„Wo die Schaluppe angedockt ist.“

„Oh! *Das* ist also die Südwand.“ Rory versuchte, beiläufig zu klingen. „Dumm von mir! Ich verwechsele immer die Himmelsrichtungen.“

„Ich habe beschlossen, dass das Picknick besser drinnen oder unter der Markise stattfinden sollte. Es ist viel zu heiß hier draußen im Freien der Gärten. Außerdem“, fügte er mit einem schiefen Lächeln hinzu, „kehrte Silla zwei Stunden, nachdem wir trockenen Boden betreten hatten, an Bord zurück und bezeichnete die Sonnenstrahlen als ihren Feind. Also hast du ihr deinen Sonnenschirm völlig umsonst gegeben.“ Er schmollte. „Wenigstens hat etwas anderes als ich sie diesmal verärgert!“

„Ja, wenigstens das“, murmelte Rory abgelenkt, „Also muss das Haus — das mit den jakobitischen Schornsteinen auf der anderen Seite der Mauer — Banks House sein ...?“

Grasby wünschte, er könnte das Gesicht seiner Schwester sehen, aber es war unter der breiten Krempe ihres Strohhutes verborgen. Ihre so unschuldig ausgesprochene Frage täuschte ihn jedoch nicht und er vermutete, dass sie dabei errötet war.

„Ich wünschte, wir hätten nie dieses Gespräch über Lily Banks geführt. Du bist neugierig und willst sie selbst sehen. Und wenn ich dich nicht besser kennte und wüsste, dass du wirklich ein großes Interesse an Ananas hast, würde ich sagen, dass dieser ganze Ausflug eine Ausrede für dich ist, auf Zehenspitzen zu gehen und über diesen Zaun zu schauen, um zu sehen, was ...“

„Ich muss mich nicht auf Zehenspitzen stellen. Und warum sollte ich nach dem, was du mir über sie erzählt hast, nicht neugierig sein?“

„Ich wusste, ich würde es bereuen, dir etwas über Lily Banks anvertraut zu haben. Dair spricht mit niemandem über sie oder seinen Sohn. Er hat sich mir nur zufällig einmal anvertraut. Und jetzt habe ich es dir erzählt ...“

„Ich habe nicht die Absicht, dein Vertrauen zu missbrauchen, Harvel."

„Aber es hat deine Neugier nicht verringert, nicht wahr? Es gibt wirklich nichts Geheimnisvolleres an ihr als das, was ich dir erzählt habe. Sie ist verheiratet und hat vier weitere Gören. Was mehr könntest du noch wissen wollen?"

Sehr viel, nach Rorys Meinung. Wie sah sie aus? Welche Art von Charakter hatte sie? War sie ihrem Mann eine gute Ehefrau und eine gute Mutter für ihre Kinder? Diente sie dem Major immer noch als Gespielin? Schließlich hatte er sie nach Banks House eingeladen und gesagt, Lily Banks würde sie aufnehmen, ohne Fragen zu stellen. Liebte Dair Fitzstuart sie noch und sie ihn? Vielleicht war ihre Ehe nur zum Schein, um ihre unmoralische Beziehung zum Major zu verdecken? Sah ihr Sohn wirklich wie sein Vater aus? War er seines Vaters würdig oder wurde er furchtbar verwöhnt? War es ein glücklicher Haushalt? Wer lebte in diesem Haus? Lebten sie in allem Komfort? Akzeptierte Mr. Banks das Kind seiner Frau von einem anderen Mann? Liebte er seine Frau? Spielte er bereitwillig den Hahnrei für seine Lordschaft? War Mr. Humphrey nur ein Untermieter? Die Liste wurde immer länger.

Und bis sie Lily Banks und Jamie selbst sehen könnte, war sie sich sicher, dass sie sich weiter Fragen stellen und von ihnen träumen würde. Ebenso, wie sie von Major Lord Fitzstuart und diesem Kuss träumte und sich fragte, warum er in der Bibliothek ihres Großvaters so getan hatte, als würde er sie absolut nicht wiedererkennen!

Ihr Herz raste und sie fühlte sich so schwindelig wie eine Sommermücke, die in einem umgedrehten Trinkglas gefangen war, wenn sie daran dachte, dass Banks House in Reichweite war. Alles, was den Physic Garden von diesem Haus trennte, war eine niedrige Steinmauer, die dazu gedacht war, vierbeinige Tiere, nicht Menschen, fernzuhalten, um sie daran zu hindern, den Physic Garden zu betreten und alle sorgfältig angelegten und gepflegten Pflanzen zu zertrampeln und zu fressen. Es gab sogar ein geschlossenes, aber unverriegeltes, Tor zwischen den beiden Grundstücken und einen abgenutzten Pfad, der sich durch die Bäume schlängelte.

Sie starrte auf das Tor und wünschte, sie könnte hindurchgehen, bis zum Haus, unter dem Vorwand, sich dem Untermieter Mr. Humphrey vorzustellen, als zu ihrer großen Überraschung ein Mann zwischen den Bäumen hervorkam. Er schritt den Schotterweg hinunter, bog dann ab, überquerte den kleinen Grasfleck, der mit Wildblumen bedeckt war, die in der Hitze welkten, und kam direkt auf sie zu. Er legte einen verwitterten Unterarm auf die niedrige Steinmauer, hob die Mütze und lächelte zur Begrüßung.

„Bitte um Verzeihung für die Störung, meine freundliche Lady und Sir, aber seid Ihr wohl die hohen Herrschaften, die ein Wort mit Mr. Humphrey zu sprechen wünschen, der in Banks House wohnt?"

Grasby schrak zurück, als er angesprochen wurde, ohne dass er dem Mann dazu die Erlaubnis gegeben hätte. Wo blieben die Manieren dieses Dieners? Ein Blick auf die hochgekrempelten Hemdsärmel und die sonnenverbrannten Unterarme, das Halstuch, das um den roten Hals gebunden war, und das Lächeln mit den Zahnlücken in einem verschwitzten Gesicht, und es war offensichtlich, dass der Mann nicht nur ständig körperlich im Freien arbeitete, sondern auch in der Hackordnung des Personals ganz unten stehen musste. Aber Rory trat vor und hob ihr Kinn, damit der Diener ihr Gesicht sehen konnte.

„Ja, ich bin Miss Talbot, die mit Mr. Humphrey ein wenig über seine Fachkenntnisse über Ananas zu sprechen wünscht."

„Ich weiß nichts über diese Ananasse oder wie sie heißen, aber die Mistress hat mich geschickt, um zu fragen, ob Ihr vielleicht gern ins Haus hinüberkommen mögt, um mit Mr. Humphrey zu reden. Die Mistress lässt ebenso fragen, ob Ihr ihr vielleicht bei einem kalten Glas Kräuterlimonade Gesellschaft leisten wollt. Die Hitze ist wirklich gemein und im Garten ist Schatten ...'

„Dankt Eurer Mistress für ihr gastfreundliches Angebot", verkündete Lord Grasby kühl. „Wir haben Schatten und Erfrischungen auf unserem Boot.'

„Wo es Drusilla und Mr. Watkins lieber wäre, wenn wir sie nicht stören", sagte Rory hinter ihrem flatternden Fächer. „Außerdem wäre es unhöflich, die Einladung abzulehnen ...'

„... von jemandem, den wir noch nie gesehen haben? Nein, es wäre nicht unhöflich, es würde ihnen die Verlegenheit ersparen, dass wir ihnen aufgezwungen werden", antwortete Grasby, ohne sich darum zu kümmern, dass der Mann jedes Wort hören konnte. „Wer schickt denn einen Stallburschen? Es sollte wenigstens ein Hausdiener sein. Außerdem gehört es sich nicht für meine Schwester, die Bekanntschaft solcher ... *Leute* zu machen."

Rory hob erneut ihr Kinn, damit der Diener ihr Gesicht unter der Hutkrempe sehen konnte, und lächelte ihn an. Er hatte seine Filzmütze wieder auf seinen kahlen Kopf gesetzt und stützte seine verschränkten Arme auf die Steinmauer, wartete geduldig auf eine Antwort, aber bei ihrem Lächeln hob er seine Mütze wieder, scheinbar unberührt von der Unhöflichkeit seiner Lordschaft. Sie drehte sich dann wütend zu ihrem Bruder um.

„Vielleicht haben sie keinen Hausdiener? Vielleicht hat der Hausdiener anderes zu tun? Reicht es nicht, dass das Angebot gemacht wurde, ganz gleich, wie?"

„Für mich ist es ebenso wichtig wie für jeden Menschen mit guten Manieren", verkündete Grasby hochnäsig, der Inbegriff eines arroganten Adligen. „Es gibt eine richtige Art, Dinge zu tun, oder besser, sie überhaupt nicht zu tun. Und wenn Leute nicht wissen, wie man sich richtig verhält, dann sind sie nur niederes Volk, das unserer Herablassung nicht würdig ist!"

„Ich habe dich nie für einen eingebildeten Tropf gehalten, Harvel. Du benimmst dich kleinlich und hartnäckig, um mich davon abzuhalten, durch dieses Tor zu gehen."

„Und wenn schon! Ich denke nur an dein Wohlergehen. Am besten bleiben wir mit intakter Würde auf dieser Seite, als auf der Seite mit wer weiß, welche Art von Personen — Schnorrer, Schmarotzer und was weiß ich noch!"

„Das ist es ja eben. Du weißt es nicht, oder?"

„Ich weiß mehr als du, und das ist genug!"

Rory blinzelte. Vielleicht hatte ihr Bruder zu viel Sonne abbekommen und war nicht er selbst? Sie hatte ihn noch nie so unhöflich und unbeirrbar erlebt, und, soweit sie es sehen konnte, ohne jeden Grund dafür.

„Du nennst den Major deinen *Freund*", flüsterte sie heftig, „aber du weigerst dich, *seine* Freunde kennenzulernen?"

„Ah, das ist etwas anderes und er würde mir zustimmen. Du bist eine Frau und meine Schwester. Du bist eine Lady und sollst eine bleiben. Ich werde deinen Ruf — *oder dich* — nicht durch eine Verbindung mit Personen unbekannter Herkunft und zweifelhaftem Ruf beschmutzen lassen. Wir wissen bereits, dass eine von ihnen keinen nennenswerten Ruf hat ..."

„Weil ihr Ruf durch ihre *Verbindung* mit *deinem* besten Freund ruiniert wurde! Das ist dann wohl kaum *ihre* Schuld, oder?"

„Ha! Das habe ich dir doch gesagt. Sie war alt genug, um es besser zu wissen."

„Ich werde nicht zulassen, dass du ihr *ganz allein* die Schuld gibst. Es braucht zwei, um ein Baby zu machen. Und ich ..."

„Langsam! Langsam!", forderte Grasby und trat erschrocken einen Schritt zurück. „Du hast wohl ein bisschen zu viel Sonne abbekommen, liebe Schwester ..."

„... ich habe nachgerechnet", erklärte sie. „Er war erst achtzehn Jahre alt, als sein Sohn geboren wurde, und sie muss jünger gewesen sein. Selbst kaum mehr als Kinder."

„Du kannst nicht herumlaufen und laut über Vögel und Bienen

reden", sagte er in lautem Flüsterton mit einem vielsagenden Seitenblick auf den Diener, der weiter geduldig an der Steinmauer lehnte. „Nicht bevor ..."

„Aber deiner Meinung nach, Harvel, spielt es doch keine Rolle, was *wir* vor unseren Dienstboten sagen."

Grasby konnte kein weiteres Argument vorbringen, also gab er auf und sagte seufzend: „Komm schon, Liebes, lass uns dich zum Boot bringen und etwas Schatten ..."

„Harvel, wir können die Einladung nicht ablehnen", flüsterte sie. „Das können wir nicht. Mr. Humphrey hat mir freundlicherweise angeboten, mit mir zu sprechen. Wann werde ich erneut Gelegenheit dazu haben? Nicht in den nächsten Monaten. Und die Herrin von Banks House hat uns eine Erfrischung angeboten. Diese Leute sind die Freunde *deines* besten Freundes."

„Rory, um ehrlich zu sein, ich weiß nicht, was diese Leute für Dair bedeuten. Ich habe jedenfalls nicht die geringste Ahnung, was Lily Banks jetzt für ihn bedeutet. Aber eines weiß ich: Sie sind von niederer Geburt und gehören nicht zu unseren gesellschaftlichen Kreisen, und daher sollten wir uns fernhalten."

„Ich bin nicht deiner Meinung und werde großzügig angebotene Gastfreundschaft nicht missachten, ganz gleich woher sie kommt." Als ihr Bruder verzweifelt eine Hand hob und unbehaglich dreinschaute, fügte sie hinzu: „Sag mir: wird es einen schlechteren Einfluss auf deine Schwester haben, ein Glas Limonade mit den Bewohnern von Banks House zu trinken und ein paar Worte mit dem Fachmann für Bromelien aus dem Physic Garden zu wechseln, als zusammen mit der berüchtigten Mätresse des Herzogs von Dorset und ihren leichten Mädchen in Romneys Atelier auf einer Chaiselongue zu sitzen?"

„Oh, nicht du auch noch!" Grasby stöhnte augenrollend. Er richtete sich auf, wischte sich mit der Hand über den Mund und atmete frustriert durch. „Werde ich nie genug von dieser lächerlichen Geschichte hören?"

„Nein. Nicht, bis du anfängst, Leute so zu behandeln, wie sie sind, nicht, wie dein Rang es angeblich verlangt." Und bevor ihr Bruder noch ein weiteres Wort sagen konnte, wandte Rory sich zu dem Diener um und nahm die freundliche Einladung seiner Herrin mit einem Lächeln an. „Wir werden in Kürze folgen. Ich benutze einen Stock, also werde ich etwas länger brauchen, um den Weg entlang zu gehen."

„Sicher, Miss! Ich werde Mrs. Banks und Mr. Humphrey wissen lassen, dass Ihr kommt", antwortete der Mann mit einem Grinsen und einem weiteren Abnehmen seiner Kappe, drehte sich um, lief den Weg zurück, den er gekommen war, und pfiff im Gehen.

„Auf mich wartete im Boot ein schönes Stück Fasanenpastete, ein Stück des besten Cheshire und eine Flasche Bordeaux", grummelte Grasby, öffnete das Tor und schloss es wieder, sobald Rory und er hindurchgegangen waren. „Ich hoffe, du bist zufrieden mit dir. Und gib mir nicht die Schuld, wenn du den Schock deines Lebens bekommst, wenn du herausfindest, dass diese Leute nicht das Geringste darüber wissen, wie man sich in der Gesellschaft der Enkelin eines Earls benimmt!"

Rory zeigte ihm ihr verschmitztes Lächeln des Triumphs. „Danke, Harvel. Aber dass *ich* weiß, wie *ich* mich benehmen soll, ist das alles, was Grand wichtig wäre."

Er knurrte, bot ihr seinen Arm und sprach nicht wieder, bis sie durch die Bäume und am Rand des Rasens waren, der nach links bis zu einer Gruppe Weiden am Flussufer und rechts bis zum Haus reichte, einem kompakten jakobitisches Herrenhaus aus rotem Backstein mit reich verzierten Schloten. Eine Reihe Fenstertüren, die sich zu einer breiten Terrasse hin öffneten, waren weit geöffnet und mit Haken an der Außenmauer befestigt, so dass sich ein leichter Zugang zum Haus bot und die Brise vom Fluss leicht hineinwehen konnte.

Da der Diener, der die Einladung überbracht hatte, nirgends zu sehen war, gingen Grasby und Rory auf die Terrasse und auf die Fenstertüren zu. Hier, im Schatten des Hauses, bedeckte ein Teppich die Fliesen und darauf war ein Esstisch aufgestellt, der mit einem Festmahl beladen war — ein Rinderbraten mit allen Beilagen, eine Lammkeule, mit Gemüse gefüllte Schalen, Soßenschüsseln und Schälchen mit Gewürzen, zwei großen knusprigen Broten, Weingläsern und Karaffen. Auf beiden Seiten des Festmahls befanden sich halb geleerte Teller, ein Messer mit Knochengriff und eine Gabel, die auf dem Essen lagen. Ein Kinderkleid hing über einen Stuhlrücken und an einem anderen Platz stapelten sich dort, wo der Teller stehen sollte, mehrere eingewickelte Päckchen, noch ungeöffnet. Alles deutete darauf hin, dass hier eine Mahlzeit im Gange gewesen war. Es waren jedoch die Stühle, die herausgezogen und in jedem möglichen Winkel zum Tisch standen, die die Geschichte erzählten. Es war, als hätten die Speisenden das Festmahl in großer Eile verlassen. Aber warum? Was könnte mehr als ein halbes Dutzend Menschen dazu veranlassen, so plötzlich Messer und Gabel fallen zu lassen und davonzulaufen?

Bruder und Schwester sahen sich stumm an und konnten sich keinen einzigen vernünftigen Grund denken.

# DREIZEHN

Lord Grasby wollte bereits vorschlagen zu gehen. Es überstieg sein Verständnis, warum Leute einfach aufstehen und ein so herrliches Mahl wie das vor ihm aufgetischte im Stich lassen sollten. Er sah keinen Grund, abzuwarten und sich in seinem Verdacht bestätigen zu lassen, dass die Familie weit unter ihrem Niveau war. Außerdem machte ihn das Starren auf all das Essen nur hungriger. Wenn er nicht schnellstens zum Boot zurückkäme, zu seiner Fasanenpastete und dem Cheshire-Käse, fürchtete er, vor Hunger den Verstand zu verlieren und sich hier selbst zu bedienen.

Doch dann verdrängte er sofort jede Idee, zur Schaluppe zurückzukehren. Rorys in Handschuhen steckende Hand klammerte sich fest um seinen Ärmel, und ihm wurde klar, dass nur noch bloße Willenskraft sie aufrecht hielt. Der Weg zum Haus hinauf war die doppelte Entfernung, daher die doppelte Anstrengung, die es sie gekostet haben würde, zum Boot zu kommen. Sie musste sich ausruhen und ihren Fuß auf einen Hocker hochlegen. Er wäre überhaupt nicht überrascht gewesen, wenn sie sich Blasen zugezogen hätte. Und sie brauchte eine Erfrischung.

Ohne zu fragen, hob er sie auf, trug sie zum nächsten Stuhl und stieß ihn mit dem Fuß weit vom Tisch weg, damit er sie darauf absetzen konnte. Dann schaute er sich in dem Durcheinander auf dem Tisch nach einem leeren Becher um. Er fand einen am Ende des Tischs, wo die Kinderjacke und die Päckchen waren, und auch ein Krug Kräuterlimonade. Er füllte den Becher, steckte dann die Nase hinein und schnüffelte, bevor er einen Schluck der trüben, bittersüßen Flüssigkeit nahm, um zu schmecken, ob sie akzeptabel war. Erst dann reichte er den

Becher Rory. Als er ihr sagte, sie solle die Kräuterlimonade trinken, weil es seiner Meinung nach eine vollkommen akzeptable Erfrischung wäre, tat sie dies ohne viel Aufhebens. Seine Vorsicht, sich vor dem Weiterreichen zuerst zu vergewissern, dass das Getränk genießbar war, brachte sie zum Lächeln. Dann machte er sich auf die Suche nach einem Fußschemel und ließ sie allein auf der Terrasse, während er zum Haus hinüberging.

Rory wusste, dass sie Blasen an ihrem rechten Fuß hatte und als sie einen Blick auf ihren bestrumpften Knöchel warf, sah sie, dass er geschwollen war. Es juckte sie, ihren speziell gefertigten Schuh auszuziehen und mit den Zehen zu wackeln. Doch sie war nicht zu Hause. Da sie nur sich selbst die Schuld geben konnte, denn sie hatte darauf bestanden, Banks House einen Besuch abzustatten, beklagte sie sich nicht. Sie hätte diese Gelegenheit um nichts in der Welt verpassen mögen. Sie trank fröhlich den Rest der Kräuterlimonade und fühlte sich besser. Im Schatten zu sitzen half, ebenso, den Strohhut abzunehmen, den sie in ihren Schoß fallen ließ. Sie schob ihre Frisur mit den Fingerspitzen zurecht, nahm dann ihren mit Gouache bemalten Fächer zur Hand, der an ihrem Handgelenk baumelte, öffnete ihn mit einem Schnippen und fächelte sich die warme Luft zu.

Als ihr Bruder nach fünf Minuten nicht wiederauftauchte, wurde Rory besorgt. Sie hoffte, er wäre nicht dabei, den Bewohnern des Hauses einen Vortrag über Manieren oder den Umgang mit gesellschaftlich höherstehenden Personen zu halten. Sie begann sich zu fragen, ob einige von Sillas fehlgeleiteten Vorstellungen über ihre gehobene Stellung auf ihn abgefärbt hatten. Grasby hatte sich nie um die Feinheiten der Etikette gekümmert und immer behauptet, nur liebe alte Witwen nahe der Senilität wären darauf bedacht, Regeln durchzusetzen, die jeder in ihren Kreisen praktisch schon in der Wiege gekannt hatte. Doch wo waren die Bewohner? Warum hatten sie den Tisch in Eile verlassen? Wo war Mr. Humphrey? Was war so dringend, dass jeder woanders gebraucht wurde? Was war jetzt mit ihrem Bruder geschehen?

Kaum hatte sie sich diese Fragen gestellt, als eine große Woge aus Lärm zu ihr herüberdrang, die sie aufspringen ließ. Sie war froh, dass sie alle Limonade in ihrem Becher ausgetrunken hatte, denn sie hätte sie sonst sicherlich über die Vorderseite ihrer glänzenden Baumwollröcke verschüttet. Sie wandte sich von ihrem Blick auf den Rasen ab und sah über die rechte Schulter zu den Terrassenfenstern.

Eine große Menge Menschen strömte auf die Terrasse, oder jedenfalls schien es Rory so. Männer und Frauen, junge und alte, herumlaufende Jungen, ein schreiendes Baby in einem Korb, mehrere herumhüpfende Hunde und drei junge, halberwachsene Männer, die in ein Gespräch vertieft waren und es nicht eilig zu haben schienen. Alle waren bester Laune, nahmen ihre Plätze am Tisch wieder ein und schoben geräuschvoll ihre Stühle heran. Drei kleine Jungen ignorierten Rory in ihrem Bestreben, ihren Hunger zu stillen, kletterten mit Hilfe der Erwachsenen auf die für sie vorgesehenen Stühle und nahmen sofort ihre Gabeln auf, um weiter zu essen, was zuvor auf ihren Teller gelegt worden war. Die Erwachsenen nahmen wieder Platz, aßen aber nicht, quittierten Rorys Anwesenheit mit einem Lächeln zur Begrüßung, schienen aber zu zurückhaltend, um mehr als nur stumm zu nicken, als sie das Lächeln erwiderte.

Mehrere Dienstmädchen folgten der Familie auf die Terrasse und trugen noch mehr Geschirr und Eiskübel mit Weinflaschen, die sie in Abständen in die Unordnung stellten. Als nächstes kam ein männlicher Diener mit einem Fußschemel, den er vor Rory hinstellte. Der Diener schob ihn zu ihrer Zufriedenheit zurecht und verschwand dann, Rory allein an einer Tafel von Speisenden zurücklassend, die wussten, dass sie hier war, sie jedoch so behandelten, als wäre sie eher ein Geist denn aus Fleisch und Blut. Sie atmete erleichtert auf, als ihr Bruder wieder auftauchte; der Seufzer wurde jedoch zu einem nach Luft Schnappen, als ihr Blick auf die dunkelhaarige Schönheit an seiner Seite fiel. Sie war dankbar, als eine Magd ihr ein Glas Wein anbot. Damit hatte sie nicht nur etwas zu trinken, sondern auch etwas zum Ansehen, anstatt die Frau anzustarren, die Lily Banks sein musste.

Dies wurde bestätigt, als sie einander vorgestellt wurden; Grasby kam und stellte sich neben ihren Stuhl, als Mrs. Banks den Rest der Familie vorstellte, die um den Tisch herumsaß: Ihre Großmutter, Mrs. Clare Banks, ihre Eltern, Mr. und Mrs. Harold Banks, ihre Brüder Charlie und Eddie und ein Cousin, Arnie, und vier ihrer fünf Söhne. Clive, acht Jahre alt, wollte ein Soldat wie sein Onkel Fitz sein. Bernard, sechs, wollte zur See fahren, um Pirat zu werden. Oliver war drei Jahre alt und bis vor zwei Monaten, bis zur Ankunft von Baby Stephen, das jüngste Mitglied der Familie gewesen.

Rory hatte keine Möglichkeit zu wissen, ob die erwachsenen Verwandten Lilys Verwandte oder die ihres Mannes waren, aber es war egal, und sie konnte auch nicht hoffen, sich an alle Namen zu erinnern, obwohl sie ihr Bestes tat, sich die der Kinder zu merken. Die einzigen Familienmitglieder, die nicht am Tisch saßen, waren Lilys Ehemann, der vor zwei Wochen zu einer Reise in die Südsee aufgebrochen war, aber lange genug zu Hause gewesen war, um bei der Geburt seines vierten Sohnes anwesend zu sein, unterbrach Großmutter Banks, was er bei den Geburten von Bernard oder Oliver nicht geschafft hatte.

„Mein ältester Sohn Jamie ist im Arbeitszimmer und richtet mit

Hilfe von Mr. Humphrey sein Mikroskop ein, der sich mit diesen Dingen auskennt. Die beiden sollten uns bald Gesellschaft leisten," sagte Lily Banks lächelnd, „es sei denn, sie vertiefen sich so in ihre naturwissenschaftlichen Forschungen, dass sie die Zeit ganz vergessen ..."

„Was hier nur allzu oft vorkommt!", warf Vater Banks mit einem bellenden Lachen ein. „Wenn Jamie mit etwas zu beschäftigt ist, würde er das Essen vergessen, wenn man es nicht direkt vor ihn hinstellte!"

„Bitte, Lord Grasby, wollt Ihr Euch nicht setzen?", fragte Lily Banks. „Es gibt genug Essen für eine ganze Armee, obwohl meine Söhne außer Jamie essen, als ob es in die Schlacht ginge! Bitte", beharrte sie und lächelte, als Grasby schließlich die Schöße seines mit silbernen Schnüren besetzten, blauen Leinenrocks lupfte und seine knochigen Knie unter den Tisch schob. „Wir haben bereits vorhin das Tischgebet gesprochen, daher, wenn es Euch nichts ausmacht, werden wir das Geburtstagsessen fortsetzen. Reicht Vater Banks Eure Teller und er wird Euch ein paar Scheiben vom Rind und vom Lamm abschneiden."

Als Lily Banks sicher war, dass alle am Tisch das hatten, was sie brauchten, und mit Essen und Trinken beschäftigt waren, die Jungen unter dem wachsamen Auge ihrer Großeltern, wandte sie sich an Rory und Grasby und sagte sachlich: „Ihr müsst Euch gewundert haben warum die Terrasse verlassen war, und das so bald, nachdem ich den alten Bert mit der Einladung geschickt hatte, mit Mr. Humphrey hier im Haus zu sprechen. Bitte verzeiht mir, wenn ich Euch von Eurer Gesellschaft weggerufen habe. Der alte Bert war eben gerade zum Tor gegangen, als Mr. Humphrey mir mitteilte, dass er Euch mit einer großen Gruppe in einem Boot hatte ankommen sehen ..."

„Oh, macht Euch keine Sorgen, Mrs. Banks", erklärte Grasby ihr zwischen zwei Mundvoll mit einem Lächeln und bediente sich fleißig an dem gut gefüllten Teller mit Fleisch und Gemüse, den man vor ihn hingestellt hatte. „Sie waren von der Sonne ermüdet und genießen ein nachmittägliches Nickerchen, ohne groß darüber nachzudenken, dass wir nicht bei ihnen sind. Nicht wahr, Rory?"

Rory war erstaunt darüber, wie schnell sich ihr Bruder an seine neue Umgebung gewöhnt hatte und wie ein freundliches Lächeln und die Aufmerksamkeit einer schönen Frau Wunder bewirkt hatten, um etwaige Bedenken zu lindern, die er möglicherweise gehabt hatte, sich mit gesellschaftlich unter ihm Stehenden an einen Tisch zu setzen. Und das mit einer Frau, von der er kurz zuvor angedeutet hatte, dass ihre Manieren und Moral so weit von seinen eigenen entfernt sein müssten, dass sie als seiner Aufmerksamkeit unwürdig betrachtet werden müsste.

Wenn man sich Mrs. Banks jetzt ansah, in ihrem schlichten grünen Leinenkleid und der taillierten Jacke, das schwarze Haar aufgesteckt und mit schlichten Nadeln und einem grünen Band gehalten, ohne jeden Schmuck, stellte sie sich als eine Frau und Mutter von bescheidenen Mitteln und guten Manieren wie jede andere dar. Es war ihre Schönheit, die sie von ihresgleichen abhob, und von dem, was Rory in den kaum fünf Minuten, seit sie sie kannte, feststellen konnte, war sie auch in dieser Beziehung bescheiden.

Sie stellte ihr Weinglas ab, als hätte dies ihre ganze Aufmerksamkeit auf sich gezogen, und lächelte ihre Gastgeberin an.

„Wie mein Bruder sagt, das macht überhaupt nichts. Lady Grasby wird sich ausruhen und unsere Abwesenheit völlig vergessen, obwohl Mr. Watkins sich vielleicht über unseren Aufenthaltsort Sorgen macht. Vielleicht sollten wir ihm eine Nachricht schicken?"

„Das wird nicht nötig sein - noch nicht", stellte Grasby fest und ohne seine Schwester anzuschauen, sagte er mit breitem Lächeln zu Mrs. Banks: „Ihr wolltet uns gerade erklären, warum die Terrasse verlassen war ..."

„Ja! Wir alle waren vor das Haus gegangen, um die prächtigste Kutsche zu sehen ..."

„... gezogen von sechs hochtrabenden schwarzen Pferden, mit zwei Vorreitern und vier Lakaien", warf Vater Banks ein, während er mehr Rindfleisch für die Teller seiner Enkel schnitt. „*Alle* in Livree."

„Und auf der Tür war ein Wappen ...", begann Großmutter Banks.

„... das Wappen der Herzöge von Roxton", beendete Mutter Banks. „Sagtest du das nicht, Arnie? Roxton? Hier, Lily, reiche seiner Lordschaft die Flasche. Sein Glas ist leer. Und er hat sich an seinem Rindfleisch verschluckt."

Grasby hatte bei der Erwähnung des Herzogs von Roxton gleichzeitig geschluckt und eingeatmet. Ein mit Rory gewechselter Blick bestätigte, dass sie dasselbe dachten: Welchen möglichen Grund könnte der sechste Herzog von Roxton, ein stolzer Adliger, der nie viele Worte machte, haben, das Haus der Banks aufzusuchen? Es war fast unglaublich. Und dann wurde ihre stille Frage beantwortet, ohne dass sie ihre Ungläubigkeit äußern musste.

„Stellt Euch ein Geburtstagsgeschenk für unseren Jamie vor, das in einem solchen Wagen gebracht wird", erklärte Großmutter Banks voller Stolz. „Das ist etwas, an das er sich für den Rest seiner Tage erinnern kann, nicht wahr?"

„Es ist nicht *so* schwer vorstellbar, Granny, nicht wenn man weiß, dass Jamies Vater - Autsch! Wofür war das?", jammerte Charlie mit schriller Stimme, lehnte sich zurück und rieb sich das Ohr, auf das sein Vater ihn geschlagen hatte.

„Du weißt, dass du nicht in Gesellschaft darüber sprechen sollst, Charlie", warnte Vater Banks und machte sich wieder daran, mehr Rindfleisch zu schneiden. „Niemand hat das Recht, außer seiner Lordschaft ..."

„Natürlich wollten wir alle die Kutsche selbst sehen", fuhr Großmutter Banks fort. „Es geschieht nicht jeden Tag, eigentlich *nie*, dass die Kutsche eines Herzogs vor unserem Hause hält! Ich glaube nicht, dass ich jemals etwas so Prachtvolles gesehen habe. Über und über schwarz lackiert und mit goldenen Verzierungen. Kannst du dich erinnern, jemals eine solche Kutsche gesehen zu haben, Eddie?"

Eddie Banks schüttelte den Kopf, ein wachsames Auge auf seinen Vater. Er hatte nicht vor, sich bei diesem Gespräch die Zunge zu verbrennen und ein rotes Ohr zu bekommen. Daher sprang Cousin Arnie ein, um die entstehende Lücke in der Unterhaltung zu füllen und verlieh der Enttäuschung Ausdruck, die alle Speisenden empfanden, aber nicht ausgesprochen hatten.

„Ich wünschte nur, die edle Dame wäre aus der Kutsche gestiegen, anstatt Jamie für ein vertrauliches Wort hineinzubitten. Dann hätten wir alle sie sehen können ..."

„... und ihre feinen Kleider!", sagte Mutter Banks mit einem sehnsüchtigen Seufzer. „Das macht das Schenken noch mehr zu etwas Besonderem, nicht wahr? Wenn man daran denkt, dass unser Jamie der einzige von uns ist, der in einem Wagen des Adels gesessen hat. Ich stelle mir vor, dass innen alles mit schöner Seide und Brokat ausgeschlagen ist ..."

„Ich bezweifle, dass Jamie an die edlen Hinterteile gedacht hat, die auf diesen Seidenkissen gesessen haben!", schnaubte Eddie Banks und erhielt eine ähnliche Strafe wie sein Bruder; Charlie lachte laut über sein schmerzverzogenes Gesicht und war dankbar, dass er nicht der einzige war, der sich vor Fremden in Verlegenheit gebracht hatte.

„Der arme Jamie zögerte zuerst", vertraute Lily Banks Rory und ihrem Bruder an und ignorierte die Aktivität am anderen Ende des Tisches. „Ich konnte es ihm nicht verübeln. Ganz allein in eine so prachtvolle Kutsche gerufen zu werden, noch dazu von einer Herzogin! Jeder Zehnjährige wäre da nervös."

„Und nicht nur ein Zehnjähriger, Mrs. Banks", stimmte Grasby zu. „Mir würden die Knie zittern, wenn ich das allein tun sollte."

Die jugendlichen Banks-Brüder wechselten einen großäugigen Blick, bevor sie alle gleichzeitig die Gläser hoben.

„Hört! Hört! Das haben wir auch gesagt", warf Charlie ein und stieß mit seinem Bruder Eddie an, beide wieder friedlich vereint.

Grasby legte Messer und Gabel hin und warf seiner Schwester einen Blick zu. „Also nicht der Herzog von Roxton ... Es war Ihre Gnaden von Roxton, die kam?"

„Seltsam, dass Ihr es erwähnt, Lord Grasby", sagte Lily Banks mit ebenso weit aufgerissenen braunen Augen. „Das dachte ich auch. Aber der livrierte Diener, der die Aufforderung brachte, dass Jamie selbst zur Kutschentür kommen sollte, nannte einen völlig anderen Namen - Kin... irgendetwas ..."

„Kin*ross*. Ihre Gnaden, die Herzogin von Kinross", verkündete Charlie mit einem überlegenen Lächeln. „Jetzt darf ich die Beziehung laut erwähnen, Pa? Dieser Diener tat es, daher, wenn die Herzogin von Kinross diese Beziehung anerkennt ..."

Vater Banks hob eine Schulter und schob die Unterlippe vor.

„Es ist Sache deiner Schwester, es zu erwähnen oder nicht. Es hat dich bisher nie gestört, Lily, und es ist ja nicht so, dass wir es verheimlichen. Und Jamie hat immer gewusst, wer und was sein Vater ist. Seine Lordschaft erkennt ihn als seinen eigenen Sohn an. Aber wir haben heute feine Leute zu Gast. Deine Vergangenheit und die Abstammung des Jungen könnten sie stören ..."

Ein kleines Lächeln spielte um Lily Banks Mund, und Rory hielt den Atem an und fragte sich, ob dies der Moment der Offenbarung war, und wenn ja, ob sie würde erkennen können, ob die schöne Lily immer noch in Major Lord Fitzstuart verliebt war. Ob sie in der Tat noch eine andere Beziehung hatten, als nur die Eltern eines gemeinsamen, illegitimen Sohns zu sein.

Doch als Lily Banks zum Sprechen ansetzte, mischte Grasby sich ein; Rory hätte ihm dafür einen Tritt versetzen mögen.

„Es geht uns nichts an, warum Ihre Gnaden von Kinross hier war. Wenn es Euch recht ist, gehen wir einfach davon aus, dass Ihre Gnaden herkam, um mit Eurem Sohn Jamie zu sprechen."

„Wie Ihr wünscht", sagte Lily Banks ruhig und machte sich daran, den Rest des Gemüses auf ihrem Teller zu verspeisen.

„Verzeiht meine weibliche Neugier", sagte Rory in die lastende Stille und Lily Banks' widerspruchsloses Nachgeben auf die Bemerkung ihres Bruders gab ihrer Stimme eine unbeabsichtigte Schärfe, „aber ich habe ein großes Verlangen zu wissen, warum die Herzogin von Kinross in der prächtigen Kutsche der Roxtons den ganzen Weg aus Westminster gekommen ist, um Jamie ein Geschenk zu machen. Ich nehme an, heute muss der Geburtstag Eures Sohnes sein, Mrs. Banks?"

Lily nickte. „Ja. Genau. Er ist heute zehn Jahre alt geworden."

Rory warf einen Blick auf den Tisch, ignorierte den bedeutungsvollen Blick ihres Bruders und sagte, als sie ihre Rindfleischscheibe in kleine, verzehrbare Bissen schnitt: „Wie schade, dass seine Lordschaft nicht hier sein konnte, um den Tag mit seinem Sohn zu feiern ...“

„Rory!“, zischte ihr Grasby leise zu. „Du spielst mit dem Feuer, und das mag ich nicht.“

„Deshalb kam ja die Herzogin von Kin...*ross*“, meldete sich Mutter Banks, als niemand anders nach Lord Grasbys hörbarem Zischen antworten wollte. „Sie kam mit Jamies Geschenk, weil sein Vater es nicht konnte und weil Ihre Gnaden Lord Fitzstuarts Cousine ersten Grades ist.“

„Nun, jetzt hast du es ausgesprochen, Mutter, und Lord Grasby hier wollte das nicht“, sagte Vater Banks mit einem Kopfschütteln, obwohl er dabei nicht klang, als wäre er böse mit ihr. „Er kennt Lord Fitzstuart wahrscheinlich aus der Gesellschaft. Trotzdem bin ich froh, dass es offen gesagt wurde, wie es sein sollte. Jamie ist mein Enkel, und es spielt für mich überhaupt keine Rolle, dass er auf der falschen Seite des Bettes geboren wurde. Mir ist es gleich, wer es hört oder es weiß! Nicht in diesem Haus. Nichts für ungut, M'lord.“

„Nicht doch“, antwortete Rory für ihren Bruder und eher zu freundlich für Grasbys Geschmack. Sie schaute die Banks-Familie an und stellte fest, dass deren Aufmerksamkeit sich auf ihren Bruder konzentrierte, der seine dritte Scheibe Rindfleisch anschnitt, als müsste er seine ganze Kraft aufwenden, um sicherzustellen, dass sein Essen auch tatsächlich tot war. „Bitte. Möchte mir nicht jemand den Rest der Geschichte über den Besuch der Herzogin erzählen?“

Alle waren gerne bereit dazu, und Großmutter Banks sagte:

„Ein Lakai hat die Stufen heruntergeklappt, damit Jamie in die Kutsche klettern konnte, und ein anderer Lakai hat die Tür aufgehalten, hochnäsig, als ob er selbst ein Herzog wäre! Armer Jamie. Er stand am Boden dieser Stufen und blickte in die Dunkelheit, als sollte er aufs Schafott steigen! Aber dann erschien Ihre Gnaden in der Tür. Was für ein Anblick sie war! Eine wahre Schönheit. Und sie trug so himmlische Seide und glitzernden Schmuck, wie es zu ihrem Rang gehört. Obwohl sie keins von beidem bräuchte, um das auszuschmücken, womit Gott sie gesegnet hat.“

„Sie war alles und mehr, wie man sich eine Herzogin in seinen Träumen vorstellen kann“, unterbrach Mutter Banks mit weit aufgerissenen Augen und ehrfurchtsvoller Stimme. „Ihre Röcke hatten einen wunderschönen sanften Rosaton, ganz von silbernen Stickereien und Schleifen bedeckt. Und so viel Stoff war für sie verwendet worden, dass die Röcke die Tür der Kutsche völlig ausfüllten! Und ich habe auch ihren Schuh gesehen. Spitz zulaufend, aus passendem rosa Satin mit Silberfäden. Sie sah so schön aus und streckte eine behandschuhte Hand aus, um Jamie nach drinnen zu bitten ..."

„Und wir konnten ihren himmlischen Bus..."

„... ihr freundliches Lächeln bewundern", unterbrach Mutter Banks ihren Ehemann und warf ihm einen raschen, finsteren Blick zu, bevor sie weiter zu Rory sprach. *So* eine schöne Lady. Natürlich hat meine Lily ein genauso hübsches Gesicht ..."

„Oh, Mutter!" Lily Banks lachte. „Niemand ist so schön wie die Herzogin von Kinross. Ich bin sicher, dass Lord Grasby und Miss Talbot dem von Herzen zustimmen würden."

„Ja. Ja. Ihre Gnaden soll für eine Frau in ihrem Alter atemberaubend schön sein", murmelte Grasby.

„Und sie hat den bewundernswertesten Busen, den ich je zu Gesicht bekommen habe", erklärte Vater Banks zufrieden, mit einem Augenzwinkern zu Charlie, Eddie und Arnie, die alle von Ohr zu Ohr grinsten. Aber was er als nächstes sagte, verwandelte ihr Lächeln in Blicke angeekelten Abscheus. Er gab seiner Frau einen kleinen Stoß und sagte grob mit einem Kichern: „Wenn er auch nicht ganz an deine beträchtliche Pracht heranreicht, wenn du auf der Höhe deiner nährenden Kraft warst, aber dem doch ziemlich nahe! Was? Muss ich jeden um Verzeihung bitten, wenn ich nur sage, was direkt vor meinen Augen war?", klagte er, als nicht nur seine Frau, sondern auch seine Mutter und seine Tochter ihn böse anfunkelten.

Er warf seine Hände hoch, erhob sich mit einem Grinsen und machte eine Verbeugung, bevor er seinen Sitz wieder einnahm. „Bitte Euer Lordschaft und Miss Talbot um Verzeihung für meine Unverblümtheit. Aber ich bin es nicht gewohnt, in so feiner Gesellschaft zu reden. Was ich hätte sagen sollen, um es in Worte zu fassen, die meine weiblichen Familienmitglieder gutheißen würden, wäre dies:" - und er ahmte die Ehrfurcht in den Stimmen seiner Frau und Mutter nach, wenn sie von ihrer edlen Besucherin sprachen: „Die Herzogin trug ein herrlich besticktes Mieder. Es war ganz von winzigen Schleifen bedeckt. Und es war so weit ausgeschnitten. Es zeigte ihren üppigen Busen perfekt. Na, Mutter, ist das besser?"

Der ganze Tisch brach bei seiner Darstellung in Gelächter aus, dass es einige Sekunden dauerte, bis sich alle beruhigt hatten. Vater Banks sah seine Gäste an, die nicht lachten, sondern nur höflich lächelten.

„Nichts für ungut, wir haben gerne ein wenig Spaß bei einer guten Mahlzeit ..."

„Bitte, Mr. Banks. Ihr müsst Euch an Eurem eigenen Tisch nicht entschuldigen", antwortete Rory. „Wir sind *Eure* Gäste. Außerdem", fügte sie hinzu, unfähig, ein Lächeln zu unterdrücken, „bin ich sehr für offene Worte, ebenso wie meine Patin, Ihre Gnaden von Kinross. Sie würde Euch das selbst sagen, sie ist nicht nur für ihre Schönheit sondern auch für ihre ... äh ... *décolletage* berühmt."

Es entstand ein allgemeines Gefühl der Verwunderung und Ehrfurcht, dass die hübsche junge Dame mit den hellen Haaren und feinen Gesichtszügen die Patentochter einer so göttlichen Persönlichkeit wie der Herzogin von Kinross war. Es war, als wäre die Herzogin höchstselbst unter ihnen erschienen, allen stand der Mund vor Staunen offen. Der einzige, der nicht beeindruckt war, war Grasby, dessen Ohren bei Mr. Banks Reden leuchtend rot angelaufen waren. Diese Röte wurden bei den Vertraulichkeiten seiner Schwester noch tiefer, obwohl er über ihre naive Wahrhaftigkeit überhaupt nicht überrascht war.

„Warum sein Vater es für angebracht hielt, einem zehnjährigen Jungen ein Mikroskop zu schenken, übersteigt mein Verständnis", stellte Großmutter Banks eigentlich zu niemandem gewandt fest und hob bestürzt eine Schulter. „Ich dachte, seine Lordschaft könnte ihm ein eigenes Pony schenken, oder einen Cricketschläger. Das entspricht eher dem, was ein zehnjähriger Junge bekommen sollte."

„Granny, du weißt, es ist das perfekte Geschenk für Jamie", sagte Lily Banks milde. „Du hast seinen entzückten Blick gesehen, als er aus der Kutsche stieg und diesen Mahagoni-Kasten trug, als ob er das wertvollste Objekt der Welt enthielte! Er konnte es nicht erwarten, ins Arbeitszimmer zu kommen und ist noch immer mit Mr. Humphrey dort. Beide haben vergessen, dass wir hier seinen Geburtstag ohne ihn feiern. Aber ich möchte seine Neugier nicht entmutigen. Jamie möchte Arzt werden, wenn er groß ist", vertraute sie Grasby und Rory an, hob dann ihr weinendes Baby aus seinem Körbchen und kuschelte es an sich.

„Nun, das sagt er jedenfalls jetzt", warf Mutter Banks ein.

„Wir großartig!", schwärmte Rory. „Dann ist ein Mikroskop das perfekte Geschenk. Zweifellos sind er und Mr. Humphrey in dieser Minute dabei, durch die Linse auf einen vergrößerten Käferflügel zu schauen, oder auf ein Blütenblatt. Ich bin sicher, dass er bald zu interessanteren Themen wie dem Bein eines Flohs und dem Blut einer Ratte übergehen wird – Oh! Verzeihung. Das war jetzt nicht sehr passend von mir, nicht wahr?"

„Meine Schwester hat auch ein großes Interesse an allen wissenschaftlichen Dingen", erklärte Grasby und hoffte, das Gespräch auf ein allgemeineres Thema zu bringen, das eher dem entsprach, was er als Konversation beim Essen gewöhnt war. „Ihr Hauptinteresse gilt

Pflanzen – Ananas, um konkret zu sein. Deshalb sind wir hier, um mit Mr. Humphrey zu sprechen ... Wisst Ihr – weiß jemand von Euch etwas über die Ananas...?"

„Nein, Mylord. Wir nicht. Aber ich bin sicher, unser Mieter Mr. Humphrey, könnte eine abendfüllende Rede über dieses Thema halten! Und es gibt keinen Grund, um Verzeihung zu bitten, Miss Talbot", stellte Mr. Banks fest, als er seinen Stuhl zurückschob und aufstand. Er zog die Serviette aus der Vorderseite seiner Weste und ließ sie auf den Tisch fallen. „Die Gespräche, die an diesem Tisch zwischen meinem Schwiegersohn, wenn er von einer seiner Expeditionen zurückkehrt, und Mr. Humphrey stattfinden, würden Eure blonden Haare schwarz werden lassen, Miss Talbot. Nichts als Ratten, Pest und Pygmäen! Dennoch, das ist noch zivilisierter, als wenn man von Amputationen und Amok laufenden Wilden hört, was der Fall ist, wenn Jamies Vater und sein Bursche einen ihrer seltenen Auftritte hier haben. So, meine drei Äffchen", sagte er und rieb sich die Hände, als er sich an seine Enkel wandte, „wenn ihr alles vernichtet habt, was auf euren Tellern ist, würde ich sagen, es ist Zeit für das Cricketspiel, das ich euch versprochen habe. Banks. Charlie. Arnie. Wer von euch dreien schlägt zuerst?", fragte er, als seine Söhne und sein Neffe auf die Beine kamen. „Vielleicht würde seine Lordschaft gerne an unserem Spiel teilnehmen?"

Lily Banks' zwei älteste Jungen liefen zu Grasby und stellten sich neben seinen Stuhl. „Wirklich? Wollt Ihr Cricket mit uns spielen, Sir? Würdet Ihr das tun? *Bitte.*"

„Wie kannst du solch eifrigen kleinen Gesichtern widerstehen, Harvel?" Rory lachte über die Resignation auf dem Gesicht ihres Bruders und sagte vertraulich zu den beiden kleinen Jungen: „Mein Bruder ist sehr gut mit einem Schläger. Aber lasst ihn nicht werfen. Stellt ihn außen am Feld auf, wo er fangen kann."

„Vielen Dank!", erklärte Grasby und legte widerwillig seine Serviette beiseite. „Es ist durchaus bekannt, dass ich ein oder zwei Male schaffen kann."

„Zwei. Das ist alles, was du je geschafft hast!"

„So viel zu einem faulen Tag auf dem Fluss", grummelte Grasby mit vorgetäuschter Resignation, doch mit einem Lächeln zu den beiden zu ihm aufgereckten, verschmierten kleinen Gesichtern.

Er entledigte sich seines Rocks, wobei Arnie Banks ihm zu Hilfe kam und das Kleidungsstück über die Rückenlehne von Grasbys Stuhl legte, doch nicht, bevor er nicht einen begehrlichen Blick auf den Schnitt des Stoffes, die getriebenen Metallknöpfe und die zarte Stickerei aus Silberfäden auf den aufgeschlagenen Manschetten und Taschenbesätzen geworfen hatte.

Grasby entfernte die Spitzen von seinen Handgelenken und machte sich daran, seine weiten Ärmel bis unter die Ellenbogen aufzurollen. „Vielen Dank für ein großartiges Essen, Mrs. Banks", fügte er mit einer kurzen Verbeugung vor Lily hinzu.

Aber als er sich aufrichtete, sah Rory, dass er kreidebleich war, und sie schnappte sich schnell ihren Stock, um aufzustehen, eine natürliche Reaktion, die aber nicht erforderlich war, denn er drehte sich um und schritt auf der Suche nach Vater Banks und seinen drei Söhnen davon. Sie erkannte bald den Grund für das Erblassen ihres Bruders, als sie eine Tasse Tee von Mutter Banks entgegennahm. Lily Banks hatte die Vorderseite ihrer Leinenjacke geöffnet und ihren Sohn an die Brust gelegt, das Baby nuckelte zufrieden. Rory lächelte angesichts des Gesprächs, das sie mit ihrem Bruder erst kürzlich zu diesem Thema geführt hatte.

Es lag ihr auf der Zunge, nach dem Säugling zu fragen, als sie plötzlich spürte, wie an der Kaskade von Spitzen an ihrem linken Ellenbogen gezupft wurde. Sie stellte ihre Teetasse auf die Untertasse und drehte sich um, wo sie den sechsjährigen Bernard an ihrem Stuhl stehen sah. Er war seinen Brüdern Clive und Oliver nicht mit den Männern auf den Rasen gefolgt, sondern stand da und starrte sie an. Als Rory lächelte, zeigte er auf den Fußschemel und sagte unverblümt:

„Dein Fuß ist schief. Was ist los mit ihm?"

# VIERZEHN

„Bernard! Pst! Das darfst du unseren Besuch nicht fragen.“

Es war seine Mutter und sie klang sehr beschämt.

„Aber ihr Fuß steht ganz falsch da, Mamma. Sieh doch!“

„Sie heißt Miss Talbot und du bist unhöflich. Bitte verzeiht ihm, Miss Talbot. Er war immer der offenherzigste in der Familie und der neugierigste. Er muss immer alles wissen.“

„Es ist vollkommen in Ordnung, Mrs. Banks. Als ich in deinem Alter war, Bernard, habe ich meinem Großvater so viele Fragen gestellt, dass er aussah, als würde er gleich platzen und sich seine Perücke vom Kopf reißen.“ Sie lächelte, als der kleine Junge kicherte. „Ich werde deine Fragen beantworten, wenn ich dazu in der Lage bin.“

„Kannst du so mit deinem Fuß gehen?“

„Ich bin hierher gelaufen. Tatsächlich bin ich durch diese Gärten auf der anderen Seite der Mauer gelaufen und dann den Weg durch die Bäume zu eurem Haus hinaufgegangen“, antwortete sie ruhig, während sie ihre Röcke über ihren Knöcheln glattstrich. „Ich benutze einen Gehstock. Hier. Möchtest du ihn dir genauer ansehen?“ Sie hielt Bernard den Stock hin. „Siehst du die Ananas, die in den Griff geschnitzt ist?“

Bernard nahm bereitwillig den Stock entgegen und spähte darauf, als wäre es das faszinierendste Objekt, das er je gesehen hatte, vom kunstvoll geschnitzten Elfenbeingriff, der einer Ananasfrucht ähnelte, bis hinunter zum abgenutzten Ende. Er fragte neugierig:

„Brauchst du ihn immer zum Gehen?“

„Nicht immer, aber es ist besser, als ihn nicht zu benutzen, damit ich nicht stolpere und falle.“

„Kannst du hüpfen?“

„Auf meinem linken Fuß, ja.“

„Seilspringen?“

„Mit großen Schwierigkeiten.“

„Springen?“

„Auf und ab? Ja. Aber nur, wenn ich *sehr* aufgeregt bin.“

Bernard lächelte und fragte dann: „Was ist mit rennen? Kannst du das?

„Nein.“

„Nicht einmal, wenn ein großer Bär hinter dir her ist?“

„Nein. Nicht einmal dann. Ich würde es natürlich versuchen. Aber ich fürchte, wenn ein Bär mich verfolgte, würde er mich fangen. Glaubst du, wenn ich ihn fragen würde, würde er mit mir tanzen?“

„Dummchen! Bären tanzen nicht; nicht, wenn sie nicht an einer Kette hängen und es gelehrt wurden.“

„Du hast natürlich recht.“

„Ein Bär würde dich eher fressen, als dich anzuschauen!“

„Bernard! Wie schrecklich von dir, das zu sagen“, tadelte Lily Banks ihn.

„Aber wahr.“ Rory lächelte den kleinen Jungen an. „Keine Sorge. Ich werde aufpassen, dass ich im Haus bleibe, wenn ich höre, dass bei Brookes' Menagerie in der Tottenham Court Road Bären los sind.“

„Kannst du reiten?“

„Ja. Reiten macht es mir leichter, von einem Ort zum anderen zu kommen.“

„Hast du Stiefel?“

„Ja. Besondere Stiefel.“

„Kannst du deinen Fuß reparieren lassen?“

Rory schüttelte den Kopf. „Leider nein. Diesen Fuß habe ich für immer, genauso, wie du immer lockiges Haar haben wirst, außer, wenn es nass ist. Dann ist es glatt, nicht wahr? Aber mein Fuß bleibt immer gleich, nass oder trocken.“

Bernard kam ein Gedanke und er riss die Augen auf.

„Schwimmen! Kannst du schwimmen? Kannst du Schwimmen, wie ein - wie eine - eine *Meerjungfrau*?“

Nun lachte seine Mutter.

„Bernard! Du hast dumme Ideen. Miss Talbot braucht zum Gehen ihren Stock; sie kann ihn kaum im Fluss benutzen, um zu schwimmen.“

„Bitte um Verzeihung, Mrs. Banks, aber Bernards Idee ist ausgezeichnet“, entgegnete Rory, deren Blick weiter auf dem kleinen Jungen ruhte, der rot geworden war, als man ihn vor einer Fremden tadelte. Sie lächelte und ergriff seine Hand und zog ihn näher. „Ich denke, du bist sehr klug zu denken, dass ich schwimmen kann. Im Wasser brauche ich meinen Stock nicht, nicht wahr? Das Wasser trägt mich."

„Schwimmst du - schwimmst du wie eine Meerjungfrau?"

„Ich habe noch nie eine Meerjungfrau gesehen, deshalb weiß ich nicht, wie sie schwimmen. Vielleicht hat mein Großvater eine gesehen, weil er mir das Schwimmen beigebracht hat, und ich kann wirklich sehr gut schwimmen."

„Mit deinen Armen; nicht mit deinen Beinen."

„Oh, du *bist* schlau! Ich benutze meine Arme mehr als meine Beine, obwohl ich mit meinen Beinen treten kann, was mir beim Vorwärtskommen hilft." Rory nahm einen Schluck von ihrem Tee mit Milch. „Noch Fragen?"

Bernard zuckte mit den Schultern. „Nein. Wenn mir noch welche einfallen, darf ich sie dir stellen?"

„Natürlich."

„Bedanke dich bei Miss Talbot, dass sie deine Fragen beantwortet hat ..."

„Danke."

„... und jetzt lass Miss Talbot in Ruhe ihren Tee trinken", befahl Lily Banks energisch. „Los mit dir, lauf und spiele mit deinen Brüdern."

Bernard reichte Rory mit einem schüchternen Lächeln ihren Stock und rannte dann über die Terrasse, die Stufen hinunter und auf den Rasen, um beim Cricketspiel mitzumachen. Als er über seine Schulter zurückschaute, winkte Rory ihm zu. Er winkte zurück und stürzte dabei aufs Gras. Rory wandte sich an Lily Banks und wollte gerade sagen, wie sehr sie den Nachmittag genoss, und ihr dafür danken, dass sie Old Bert geschickt hatte, um sie ins Haus einzuladen; dass sie hoffte, sie würde Mr. Humphrey sehen und ihren Sohn Jamie kennenlernen, bevor es Zeit für Grasby und sie würde, zu ihrem Boot zurückzukehren. Aber statt dieser ruhigen Dankesrede sagte sie überhaupt nichts.

Sie war so erschrocken, dass ihr die Teetasse aus der Hand rutschte. Sie kam klappernd auf der Untertasse auf und fiel um. Der in der Tasse verbliebene Tropfen Tee spritzte über den Rand der Untertasse und hinterließ einen Fleck auf dem blauen Satinband, das oben auf dem Strohhut lag, den sie noch immer auf ihrem Schoß hielt. Sie war nur dankbar, dass der Tee nicht den Weg bis zu ihren geblümten Röcken gefunden hatte. Trotzdem machte sie viel Aufhebens, wenn auch nur, um ihr Gleichgewicht wiederzufinden und in der Hoffnung, dass die Röte auf ihrem Gesicht ausreichend verblasst wäre, um dem Neuankömmling ins Gesicht sehen zu können.

Zuerst ihr Buch und jetzt ihre Teetasse. Er würde sie sicherlich für die ungeschickteste aller lebenden Frauen halten!

Denn es war Major Lord Fitzstuart, der auf die Terrasse getreten war.

EIN SCHLAMMBESPRITZTER WEITER UMHANG BEDECKTE EINE pflaumenfarbene Reitjacke und lederne Reithosen; und so wie seine Reitstiefel ebenfalls mit Schlamm bedeckt waren, sah der Major aus, als hätte er den ganzen Tag auf einem Pferd gesessen, noch dazu in mehr oder weniger schlechtem Wetter. Er trug noch Reithandschuhe aus Ziegenleder, hatte aber seinen schwarzen Filzhut abgenommen, so dass sein ungebändigtes, schulterlanges Haar enthüllt wurde, das von der Anstrengung oder vom Regen oder von beidem feucht war. Die Prellung an seinem Auge war verschwunden und der tiefe Riss an seiner Lippe geheilt, hatte aber eine kleine, purpurne Narbe hinterlassen. Seine Haut hatte eine gesunde Farbe, als hätte sie viele sonnige Tage gesehen, und der dunkle, kurz geschnittene Bart ließ ihn aussehen wie ein Pirat. Doch es waren seine Augen, die Rory unverwandt musterte. Er war müde, als hätte er eine Woche lang nicht geschlafen, und er starrte sie auf eine Weise an, die vermuten ließ, dass er wollte, dass sie seine Gedanken las. Diese Gedanken waren äußerst unangenehm, denn sie erweckten den starken Eindruck, dass es ihm nicht gefiel, sie hier in Banks House vorzufinden.

Sie war die erste, die den Blick abwandte, sich mit ihrer Tasse und Untertasse befasste und sie schließlich auf dem Tisch abstellte. Dann musterte sie das befleckte Seidenband, als ob es ihrer gesamten Aufmerksamkeit bedürfte. Während ihrer gezwungenen Geistesabwesenheit trat der Major heran und machte Lily Banks auf seine Anwesenheit aufmerksam. Rory tat so, als würde sie es nicht bemerken, aber aus dem Augenwinkel sah sie, wie er seine Handschuhe auszog und eine bloße Hand leicht auf Lilys Schulter legte. Die Schürfwunden an seinen Knöcheln waren ebenfalls verheilt, und seine Hand war wie sein Gesicht sonnengebräunt. Er bückte sich, sagte etwas an Lily Banks Ohr, küsste sie auf die Wange und richtete sich dann wieder auf. Dieser Kuss, leicht und oberflächlich wie er war, hatte die Macht, Rory erröten zu lassen, und das mit bitterer Verzweiflung. Und als Lily Banks sich mit einem Ausruf entzückender Überraschung halb auf ihrem Stuhl umdrehte, das Baby noch immer an ihrer Brust, und Dair eine Hand zur Begrüßung entgegenstreckte, vertiefte Rorys Röte sich nur noch mehr.

Hier freute sich ein Paar, sich zu sehen; ein Paar, das an Intimität gewöhnt war; ein Paar, das zusammen ein Kind hatte ...

Zum ersten Mal seit ihrer Ankunft in Banks House wünschte sich Rory, sie hätte den Rat ihres Bruders befolgt und wäre zum Boot zurückgekehrt. Aus einem Grund, der nur ihrem Herzen bekannt war, fühlte sie einen großen Druck in ihrer Brust. Es war Schmerz, der quälende Schmerz einer Zuneigung, die nicht erwidert wurde oder erwünscht war. Sie war eine solche Närrin! Er hatte sich in der Vergangenheit nie für sie interessiert, warum sollte sich das nach einem betrunkenen Kuss jetzt geändert haben?

Wie als Antwort auf ihre Frage machte er ihr eine kleine Verbeugung, als Lily Banks sie beim Namen nannte, obwohl sie so tief in ihren Gedanken versunken war, dass sie keine Ahnung hatte, was gesagt wurde. Doch das spielte keine Rolle, er hatte sie gegrüßt und das war alles, was von ihm erwartet wurde. Er sah sie nicht noch einmal an und bezog sie auch nicht in sein Gespräch ein.

Das bedrückende Gefühl verstärkte sich weiter, während sie beobachtete, wie Jamie Banks' Eltern miteinander umgingen. Trotzdem konnte sie Lily Banks nicht ablehnen oder eifersüchtig auf sie sein, nur, weil der Major sich in ihrer Gesellschaft wohlfühlte. Lily Banks war kein leichtes Mädchen. Sie flirtete nicht mit ihm und benahm sich auch nicht so, dass man daraus hätte schließen können, sie wären etwas anderes als langjährige Freunde. Warum, fragte sie sich, wurden Frauen, die außereheliche Kinder hatten, sofort als die niedrigsten Lebensformen gebrandmarkt, unfähig zu Beständigkeit, Ehrlichkeit und anständigem Verhalten? Und dennoch wurden ihre männlichen Partner für alles andere als unmoralisch gehalten. Sie hatte über solche doppelten Standards immer die Nase gerümpft. Natürlich nannte Harvel sie einen Bücherwurm und sagte, man würde sie als Irrsinnige einsperren, wenn sie es je wagen sollte, derartige Gedanken in anständiger Gesellschaft zu äußern. Silla hatte ihre Überlegungen als abartig bezeichnet, sie dürfte sie nie wieder aussprechen, und schon gar nicht vor dem Pfarrer.

Die allgemeine Aktivität, die durch die Ankunft des Majors ausgelöst wurde, ermöglichte es Rory, sich in den Hintergrund zurückzuziehen, an ihren gewohnten Platz als Beobachterin bei Zusammenkünften. In vielerlei Hinsicht war es eine Erleichterung, dass seine Augen nicht mehr auf sie gerichtet waren; es half ihrem Herzen, sich zu beruhigen, und erlaubte es ihr, eine zweite Tasse Tee zu trinken, ohne einen Tropfen zu verschütten.

Diener liefen eilig zwischen der Terrasse und dem Haus hin und her. Umhang, Handschuhe und Hut wurden weggebracht, benutzte Teller und leere Schüsseln vom Tisch entfernt. Für den Neuankömmling wurde Platz gemacht. Sauberer Teller und Besteck, frisches Brot, ein Becher und ein Krug Ale wurden vor ihn hingestellt. Und der Major zögerte nicht, seinen Teller mit den Überresten des Geburtstagsmahls zu füllen und antwortete auf Lily Banks Frage, als sein Mund leer war:

„Ihr wäret auch ausgehungert, wenn ihr in über einem Monat keine anständige englische Mahlzeit mehr gegessen hättet!" Er riss ein Stück knuspriges Brot von einem frischen Laib und tupfte damit die Sauce auf. Als er wieder sprechen konnte, sagte er grinsend: „Zwei Scheiben Rinderbraten und ich fühle mich fast wieder wie ein Mensch. Nein! Sagt es nicht. Ich weiß. Ich brauche noch ein Bad und eine Rasur, bis ich wieder als Mensch gelten kann, doch ich wollte so schnell wie möglich hierherkommen." Er schaute zu dem laufenden Cricketspiel hinüber. „Ich sehe Jamie nicht. Wo ist mein Geburtstagskind?"

Lily Banks erzählte ihm von dem Besuch der Herzogin von Kinross und dem Geschenk des Mikroskops. Nachdem sie ihre Jacke zugebunden und gerichtet hatte, legte sie das Baby an die Schulter, um seinen Rücken sanft zu reiben und seinen Bauch zu beruhigen. „Er ist im Arbeitszimmer mit Mr. Humphrey, mit dem der alle möglichen seltsamen Objekte durch eine Linse betrachtet. Die arme Miss Talbot ist eigens gekommen, um Mr. Humphrey zu sprechen, und Jamie hat dessen gesamte Zeit in Anspruch genommen und sich noch nicht sehen lassen."

„Dann hole ihn da raus, Lil. Ich habe ihm nicht ein Mikroskop geschenkt, damit er die ganze Zeit und Aufmerksamkeit eures Mieters in Anspruch nimmt. Nicht, wenn Humphrey anderweitig gebraucht wird. Und ich möchte nicht, dass Jamie sein Essen oder seine Pflichten vernachlässigt. Haben seine Brüder mit dem Rest der Familie am Tisch gegessen?"

„Ja, natürlich."

„Warum dann nicht Jamie?", fragte Dair ruhig.

„Das hat er schon. Wir hatten alle mit dem Essen begonnen, als wir von der Kutsche der Herzogin unterbrochen wurden. Aber der arme Mr. Humphrey hatte keine Gelegenheit, aufzuessen, was auf seinem Teller war, als Jamie sah, was sich in der Mahagoni-Schachtel befand."

„Lil, er hätte zum Tisch zurückkehren sollen. Er ist der Älteste. Er muss ein gutes Vorbild abgeben. Und sag nicht, dass man es ihm nachsehen kann, weil er Geburtstag hat. Er macht das jedes Mal, wenn er damit durchkommen kann. Er hätte das Mikroskop nicht auspacken dürfen, bis er nicht sein Essen mit der Familie beendet hatte. Und er hätte warten müssen, bis Humphrey sich auch satt gegessen hatte. Das ist nur eine Frage der guten Manieren. Der Magen des armen Kerls muss laut knurren!"

„Ja. Ja, natürlich. Du hast recht", murmelte Lily Banks und rappelte sich auf. „Du weißt, wie es ihm geht, wenn er abgelenkt wird... Er ist so schrecklich klug. Viel klüger als wir anderen."

Dair schenkte sich einen weiteren Becher Ale ein.

„Klug zu sein ist nicht genug. Er muss wissen, wie er seine Klugheit richtig einsetzen kann. Er muss trotzdem auf andere Rücksicht nehmen. Und er muss Zeit im Freien verbringen, die frische Luft genießen, Sonnenschein und Cricket, wie jeder andere Junge seines Alters."

„Ihm ist das Arbeitszimmer lieber ..." Als Dair nicht antwortete und nur sein Ale trank, fügte Lily leise hinzu: „Ich werde ihn sofort holen lassen ..." Als sie das Baby wieder in sein Körbchen legte, begann es zu jammern, so dass sie nur errötend dastand, und sich fragte, was sie mit ihm tun sollte.

Ohne ein zweites Mal nachzudenken, streckte Dair seine Hände aus, nahm das nörgelnde Kind und hielt es an seine Brust, eine seiner großen Hände legte sich über seinen Rücken, um es fest und aufgerichtet zu halten, während das nasse Kinn des Babys auf seiner Schulter ruhte. Als er spürte, dass sie noch immer dastand, sagte er leise:

„Nimm es dir nicht zu Herzen, Lil. Ich bin müde ... ich werde über Nacht bleiben, wenn es nicht zu viele Unannehmlichkeiten macht ..."

„Nie. Dein Zimmer steht immer bereit."

Als er lächelte und nickte, verschwand Lily Banks im Haus, was eine schwere Stille am Tisch hinterließ. Rory wünschte, die beiden älteren Damen Banks, die am äußersten Ende der Terrasse saßen und im Gespräch die Köpfe zusammensteckten, würden sich umdrehen und den Neuankömmling bemerken. Sie hoffte, dass Jamie und Mr. Humphrey nicht lange auf sich warten lassen würden. Sie stellte ihre Teetasse auf die Untertasse und hob ihren Blick zu dem Anblick des kleinen Bündels, das an die Brust des Majors gekuschelt war, während er weiter heißhungrig aß und seine Gabel, so gut er es mit nur einer Hand konnte, sowohl zum Schneiden benutzte als auch, um das Gemüse von seinem Teller zu schaufeln. Er hielt den Säugling fast unbewusst, wie jemand, der darin geschickt ist, und als ob sein Arm der natürlichste und beruhigendste Ort der Welt wäre.

Es war etwas Wunderbares an einem großen, gutaussehenden Mann, der ein so winziges, verletzliches kleines Wesen mit einer großen schützenden Hand hielt. Das ließ unerklärliche Tränen in Rorys Augen steigen, die sie sofort wegblinzelte. Sie schimpfte sich innerlich aus, weil sie sentimental wurde, dass diese kleine häusliche Szene mit dem Major die Macht besaß, eine solch emotionale Reaktion bei ihr hervorzurufen.

Sie wandte ihren Blick dem Rasen zu und beobachtete das laufende Cricketspiel. Ihr Bruder im Außenfeld hatte die Ärmel bis zum Ellbogen hochgekrempelt, eine Hand hochgehoben, um seine Augen vor der Sonne zu schützen. Einer der Banks-Brüder war am Schlagen. Der andere warf. Die drei Jungen machten derweilen Purzelbäume auf der Wiese, ohne sich mehr als nur halbherzig für das Spiel zu interessieren. Rory vermutete, dass die Erwachsenen das Spiel vollständig dominierten, sodass die Kinder das Interesse verloren hatten. Sie sah weg, um zu sehen, ob die Banks-Frauen noch immer die Köpfe zusammensteckten. Dem war so. Sie richtete ihre Aufmerksamkeit wieder auf den Tisch und war erstaunt, als sie feststellte, dass der Major sie eindringlich anschaute. Er musste einige Zeit seine Augen auf ihr Profil gerichtet haben, so intensiv war sein Blick, und als sie nicht wegschaute, sagte er rundheraus:

„Bevor Ihr Euch zu fragen traut, was Ihr denkt, Miss Talbot, lautet die Antwort auf die brennende Frage nein, dieses Balg ist nicht meins. Auch seine drei älteren Brüder nicht. Sie haben einen Vater und ihre Mutter ist eine liebende Ehefrau. Nur Jamie gehört mir."

„Ich danke Euch für Eure Offenheit, Mylord", antwortete Rory gleichmütig. Trotz ihres schweren Herzens kränkte sie seine Vermutung. „Aber ich danke Euch nicht dafür, dass Ihr glaubt, meine Gedanken lesen zu können. Es wird Euch überraschen zu erfahren, dass ich in Wirklichkeit dachte, welche großartige Leistung Mrs. Banks vollbracht hat, ihre Söhne, noch dazu meist allein, zu erziehen; während ihr Ehemann, ein unerschrockener Forscher, und Ihr, ein Offizier, sie immer wieder für längere Zeit allein lasst. Ich dachte auch darüber nach, wie schön es sein muss, in solchen Zeiten andere Familienmitglieder um sich zu haben. Da ich keine Onkel oder Tanten oder Eltern habe, und nur einen Großvater, war es für Harvel und mich ein solches Vergnügen, mit einer so großen, fröhlichen Familie am Tisch zu sitzen. Es erinnerte mich an die wenigen Male, als wir meine Paten auf Treat besuchten ..."

„Miss Talbot, ich entschuldige mich, wenn ich Euch gekränkt habe –"

„Mylord, Ihr solltet warten, bis ich meine Rede beendet habe, bevor Ihr entscheidet, ob Ihr mir eine Entschuldigung schuldig seid oder nicht", unterbrach Rory, und das Funkeln stand wieder in ihren blauen Augen, als er prompt den Mund schloss und wegschaute. „Da wir offen sind, lasst es mich auch sein. Auch wenn es mich nichts angeht, wenn Jamie eine Begabung für die Wissenschaft hat und seine natürliche

Neigung darin besteht, seine Zeit damit zu verbringen, durch Linsen zu blicken und Insekten und Pflanzen zu klassifizieren, und was auch immer sein Interesse weckt, dann ist seine Mutter klug, ihn gewähren zu lassen und zu tun, was er will, anstatt ihn zu zwingen, das zu tun, was Euch gefällt. Ich habe Euren Sohn nie getroffen ...“

„... und dennoch glaubt Ihr, ihn zu kennen?“

Rory lächelte schief. Sie wollte sagen, dass sie, obwohl sie den Sohn nicht kannte, zuversichtlich war, die Neigungen des Vaters zu verstehen. Stattdessen sagte sie etwas weniger scharf als zuvor: „Nein. Ihn nicht. Aber wenn Ihr Euch an Euren zehnten Geburtstag erinnert, wie ich es tat, könnt Ihr Euch daran erinnern, was Ihr gegessen habt? Ich kann es jedenfalls nicht. Doch ich bin sicher, dass Ihr Euch erinnern könnt, was Ihr getan habt ...“

Dair zögerte nicht zu antworten. Er schob das Baby auf seine andere Schulter, hielt es wieder mit einer gespreizten Hand dort fest und sagte trocken:

„Ich war draußen und habe Steine über die Seeoberfläche hüpfen lassen. Ich habe es immer vorgezogen - ziehe es auch heute noch vor - im Freien zu sein. Überall anders als in einer Bibliothek. Ich bekomme Kopfschmerzen von solch stickigen Räumen. Charlie und ich warteten darauf, dass unser Vater zu uns kommen sollte. Er war in seinem Arbeitszimmer; ein Ort, den er selten verließ. Er hatte Charlie und mich vom Fenster seines Arbeitszimmers aus beobachtet ... Als er endlich zu uns kam, gab er mir ein Geburtstagsgeschenk, das ich nie vergessen werde. Am nächsten Tag reiste er nach London ab. Wir haben ihn nie wiedergesehen. Und bevor Ihr etwas dazu sagt ...“, fügte er mit einem dünnen Lächeln hinzu, „... ich zwinge Jamie nicht, ins Freie zu gehen, weil es das ist, was ich in seinem Alter tat oder was ich denke, das er tun sollte. Er muss daran erinnert werden, dass er einer von fünf Brüdern ist, und zwar vor allem an diesem Tag. Unter uns, seine Mutter, seine Großeltern - selbst Lilys Ehemann - verwöhnen ihn alle mehr wegen dem, was er ist, als wegen seiner Klugheit. Mein Urgroß-vater war Charles II., also hat er königliches Blut in seinen Adern, wie dünn es auch sein mag, und eines Tages werde ich Earl of Strathsay sein. Das kann der Familie seiner Mutter schon zu Kopf steigen, deren Vorfahren in den letzten dreihundert Jahren nie etwas anderes als Dienstboten waren. Doch es löscht nicht den Flecken seiner Illegiti-mität aus.“

Rory legte den Kopf schief und sagte nachdenklich: „Vielleicht stört Euch das mehr als sie ...“

Dies rang ihm ein widerstrebendes Lachen ab. „Ja, vielleicht schon ...“ Er sah zu den beiden älteren Banks-Frauen hinüber. „Lils Mutter war die Amme der Familie, dann das Kindermädchen; ihr Vater war Gärtner auf dem Landgut... Das heißt, bis das Undenkbare passierte ...“

„Bis Ihr Euch in Lily Banks verliebtet.“

Dair legte seine Gabel hin, schob seinen Teller weg und nahm seinen Becher. Er leerte ihn. Sie spürte, dass er ihr etwas anvertrauen wollte, aber die plötzliche Aufregung hinter seinem Rücken hinderte ihn daran und der Moment war vorbei. Er schob seinen Stuhl zurück, Lily Banks nahm ihr Baby hoch und ein großer, dünner Junge rannte herbei, um sich in die Arme seines Vaters zu werfen.

Bei diesem liebevollen Wiedersehen zwischen Vater und Sohn gab es kein trockenes Auge auf der Terrasse. Sogar Rory tupfte schnell die Tränen weg, bevor es jemand bemerkte.

Der Trubel ließ die älteren Banks-Frauen von der Mauer aufstehen und zum Tisch eilen. Sie küssten Jamies Vater. Mutter Banks nahm Dairs hübsches Gesicht zwischen ihre Hände und küsste ihn herzlich auf die Stirn, bevor sie ihn in eine erdrückende Umarmung zog. Dair lachte, als sie ihn ausschimpfte, weil er sie nicht auf seine Anwesenheit aufmerksam gemacht hatte, nickte gehorsam, als sie fragte, ob er genug gegessen hätte, und grinste, als sie sagte, das wäre auch gut so, weil sie nicht wollte, dass er an Hunger stürbe, nachdem er all die Jahre als Soldat überlebt hätte. Sie hatte großes Interesse an seinem Wohlergehen. Schließlich war sie nach seiner Geburt zwei Jahre lang seine Hauptnahrungsquelle gewesen. Daraufhin forderte Lily Banks ihre Mutter auf, sich zu beruhigen; sie mache jedes Mal die gleiche Bemerkung, wenn Al (so nannte Lily den Major) nach einer langen Zeiten der Abwesenheit zu Besuch kam. Und diesmal waren es nur fünf Wochen gewesen.

Dair nahm die Aufmerksamkeit gelassen hin, lachte, schmunzelte und schüttelte seinen Kopf über die Frauen, bevor er seinen Sohn auf die Knie zog, um sich alles über dessen Geburtstag erzählen zu lassen.

„Ich sage es immer, ja“, vertraute Mutter Banks Rory an, als sie sich neben ihr auf einem Stuhl niederließ und ein Dienstmädchen mit verkniffenem Gesicht ihr eine frische Tasse Tee hinstellte. „Aber ich frage Euch, Miss Talbot, warum sollte ich das nicht? Ich bin stolz darauf, dass seine Lordschaft zu einem Hünen von Mann herangewachsen ist. Welche Amme wäre das nicht? Er war kein großes Baby. Es gab eine Zeit, kurz nach seiner Geburt, als sein Vater befürchtete, er würde nicht überleben. Aber ich sagte dem Earl, ich würde seinen Erben durch sein erstes Jahr bringen, und ich schaffte es. Um die Wahrheit zu sagen ...“, fügte sie in einem vertraulichen Unterton hinzu, zog ihren Schal enger um ihre runden Schultern und lehnte sich zu Rorys

Stuhl, „... ich war nicht überrascht, dass er so ein dürres Baby war. Ausgehungert, sowohl nach Nahrung als auch nach Zuneigung. Die Gräfin war *in jeder Hinsicht* eine kalte Frau. Verabscheute die Zeugung, die Geburt *und* das Nähren von Kindern. Das ist bei Gott die Wahrheit!"

„*Mutter*! Miss Talbot ist an solche Gespräche nicht gewöhnt. Sie ist eine *Lady*", flüsterte Lily Banks heftig, ein Blick auf den Major, der die Hände seines Sohnes hielt und aufmerksam zuhörte, wie der Junge mit großen Augen von seinem Zusammentreffen mit der Herzogin von Kinross im üppigen Inneren ihrer Kutsche erzählte. „Ich wage zu sagen, dass sie nicht nur verlegen, sondern auch beleidigt ist. Die arme Miss Talbot kam hierher, um mit Mr. Humphrey über Ananas zu sprechen, nicht um deine Geschichten über Al als Baby zu hören. Verzeiht meiner Mutter, Miss Talbot. Mr. Humphrey sollte gleich hier sein. Ich weiß nicht, was ihn noch aufhält ..."

Rory lächelte, schluckte und hoffte, dass ihr Gesicht nicht allzu dunkelrot wäre; die aufschlussreichen Enthüllungen von Mutter Banks hätten ihren Bruder vor schockierter Demütigung vom Stuhl fallen lassen. Mit Sicherheit hätte er sie als Paradebeispiel dafür angeführt, warum er seine Schwester nicht den ungehobelten Manieren der Familie Banks hatte aussetzen wollen. Aber den Umgang des Majors und seines Sohnes miteinander zu beobachten, die offensichtliche Liebe, die sie füreinander hegten, in der Tat die große Zuneigung des gesamten Banks-Clans zu Lord Fitzstuart und seine Zuneigung zu ihnen, war ein Balsam für ihre zarteren Gefühle. Denn wie konnte sie wirklich von Mutter Banks Aufrichtigkeit beleidigt sein, wenn sie die Wärme des Gefühls berücksichtigte, das diese für den Major empfand? Außerdem war ihr eigenes Verhalten auch nicht makellos, denn sie hatte Lily Banks Schönheit angestarrt, als sie sie zuerst zu Gesicht bekam, und jetzt starrte sie den schönen Jungen mit dem Schopf roter Haare, der die dunklen Augen seines Vaters hatte, zweimal so intensiv an. Oh, Jamie Banks würde Herzen brechen wie sein Vater, wenn er alt genug wäre ...

„Miss Talbot...?"

Das war der Major. Er riss sie aus ihren Gedanken, einen Arm um die Schultern seines Sohnes gelegt. „Jamie, das ist Grasbys Schwester, Miss Talbot. Du erinnerst dich an Lord Grasby - er hat uns zu Mr. Pleasants Jagdhütte begleitet ..."

„Grasby? Ja, ich erinnere mich an Grasby." Der Junge machte Rory eine elegante kleine Verbeugung und sagte ernst: „Wie geht es Ihnen, Miss Talbot?"

„Es geht mir sehr gut, Jamie. Darf ich dich Jamie nennen?"

Der Junge lächelte. „Jeder nennt mich so.“

„Ich würde gerne eines Tages dein Mikroskop anschauen, wenn du es mir erlaubst.“

Die Augen des Jungen leuchteten auf. „Wirklich? Es ist von Mr. George Adams aus der Fleet Street“, sagte er ehrfürchtig. „Er stellt die besten Mikroskope her. Es ist aus Messing und hat *drei* Lieberkuhn-Objektive, also habe ich sowohl einen zusammengesetzten Körper als auch eine einfache Lupe. Und man kann alles auseinandernehmen und in diesen großen Holzkasten sortieren ...“ Er schaute seinen Vater an. „Darf ich es ihr zeigen, Papa? Darf ich?“

„Natürlich. Aber nicht heute. Miss Talbot muss jetzt gehen, und du musst den Rest von dem essen, was du auf deinem Teller gelassen hast. Aber bevor du dein Essen beendest“, fügte er hinzu und hob Grasbys Rock auf, „bringe dies bitte zu Lord Grasby und bitte ihn, nicht zu warten. Ich bringe Miss Talbot zu ihm.“

Rory wollte sich gerade erkundigen, warum seine Lordschaft nicht nur ihren Besuch, sondern auch die Beteiligung ihres Bruders am Cricketspiel beendete, als sich der Major abwandte, um mit einem rundlichen Herrn in einer Perücke mit Haarbeutel und Brille zu sprechen, der gerade aus dem Haus auf die Terrasse getreten war. Ihr Gespräch war kurz und dann folgte der Gentleman Jamie die Terrassentreppe zum Rasen hinunter. Rory sah ihm nach und setzte sich auf, als drei Gestalten am Rande des Rasens in Sicht kamen. Jamie hielt immer noch den Gehrock ihres Bruders in der Hand; Grasby hatte dem Cricketspiel den Rücken zugewandt, die Hände in die Taille gestemmt, während die dritte Gestalt mit gefalteten Händen leicht vornübergebeugt stand, als ob sie flehte, trotzdem aber derjenige, der das ganze Reden besorgte. Es war einer der Lakaien vom Boot, und aufgrund seiner Haltung und der in die Seiten gestemmten Arme ihres Bruders war sie sich sicher, dass der Diener Grasby die Ohren voller Beschwerden vorjammerte, mit besten Grüßen von Lady Grasby.

# FÜNFZEHN

Dair streckte Rory die Hand hin. „Kommt her. Lasst mich Euch aufhelfen.“

Sie nahm ihre Füße vom Schemel und er trat ihn mit der Spitze seines Stiefels aus dem Weg. Er half ihr auf die Beine und hielt ihre Hand fest, bis sie ihr Gleichgewicht gefunden hatte und sich auf ihren Stock stützte.

„Seid Ihr mit der Kutsche gekommen?“

„Nein. Mit dem Boot meines Großvaters.“

„Auf dem Fluss? Wie angenehm. Die Rückfahrt sollte Euch ausreichend Zeit geben, ein ausführliches und offenes Gespräch mit Mr. Humphrey über Eure Anananasblüte zu führen - Eure erste, glaube ich?“

„Ihr erinnert Euch an die Blüte?“

„Ihr habt mir eine Abhandlung über Gärtnerei vor die Füße fallen lassen, und Ihr wart so aufgeregt. Wenn blaue Augen leuchten können, dann taten sie es dabei. Ich nehme an, die Pflanze blüht nicht oft?“

„Crawford und ich haben zwei Jahre darauf gewartet, eine Blüte zu sehen. Das bedeutete, dass eine Ananasfrucht nicht mehr lange auf sich warten lässt.“

„Dann ist sie selten und etwas, worüber man sich freuen kann. Ich hoffe, Mr. Humphreys Rat wird nützlich sein. Jetzt gebt bitte Mrs. Banks Euren Stock.“ Als sie zögerte, lächelte er. „Ihr bekommt ihn zurück.“ Als sie getan hatte, was er wünschte, trat er einen Schritt zurück, noch immer ihre Hand festhaltend, und schaute sie von oben bis unten an, wobei sein Blick an der Spitze ihres mit Bändern geschmückten Mieders, das ihre schmale Taille betonte, liegen blieb. „Wenn ich mich nicht irre, befindet sich unter diesen anziehenden, geblümten Röcken ein Satz leichter Reifen?"

„Ja. Aber ..."

„Kein aber, Miss Talbot. Ich werde Euch jetzt hochheben. Wenn ich das tue, rafft Eure Röcke bitte so, dass die Reifen sich zusammenfalten. Das wird meine Aufgabe viel einfacher machen. Mrs. Banks wird Euch dann Euren Stock zurückgeben, den Ihr festhalten müsst, ohne mich zu stoßen, dann werde ich Euch zu Eurem Boot zurücktragen. Verstanden?"

„Ja. Aber ..."

Er wartete nicht darauf, ihre Ausreden zu hören. Er hob sie mühelos hoch und sie tat schnell, was er verlangt hatte, wobei Lily Banks ihr zu Hilfe kam, um die Lagen leichter Baumwolle über Rorys bestrumpften Schienbeinen zu glätten. Dann wurde ihr der Stock gereicht. Nachdem eilige Abschieds- und Dankesworte gewechselt worden waren, schritt Dair über die Terrasse zu den Bäumen hinüber, die die südliche Mauer und den Physic Garden trennten. Doch er war noch nicht weiter als fünfzig Schritte gegangen, als er unter dem Schatten einer ausladenden Eiche anhielt.

„Miss Talbot, wenn ich Euch ohne Zwischenfälle zu Ihrem Boot bringen soll, müsst Ihr weich in meinen Armen liegen. Nicht wie ein Holzbrett, denn so fühlt es sich im Moment an, was ich trage."

„Ich kann gehen!"

„Das könnt Ihr. Aber nicht in Eurem gegenwärtigen Zustand. Mrs. Banks erwähnte, dass Ihr Blasen an den Füßen habt. Ich würde wetten, Ihr wäret dickköpfig genug, noch darauf zu laufen, nur mir zum Trotz. Aber denkt nicht an Euch, denkt an Euren Bruder. In der Zeit, die Ihr brauchen würdet, um zum Boot zurückzukehren, befürchte ich, dass Grasby über Bord gesprungen sein und sich in dem Gewirr von Themse-Schilf verirrt haben könnte. Soweit ich verstand, befindet sich Lady Grasby an Bord Eures Bootes?"

„Ja. Und nur widerstrebend. Harvel und ich haben sie und Mr. Watkins schon einige Zeit allein gelassen ..."

„Danke."

Rory legte den Kopf schief, um ihn anzusehen. Sein Gesicht war so nah, dass sie die einzelnen Haare des Bartes sehen konnte, der seine Wangen und sein Kinn bedeckte. Er war schwarz, wie das Haar, das ihm in die Stirn fiel ... wie die Haare auf seiner Brust ... Mit der jetzt leicht gebräunten Haut sah er wirklich wie ein Pirat aus.

„Ihr dankt mir? Wofür, bitte?"

„Weil Ihr Mylady und das Wiesel nicht nach Banks House mitgebracht habt."

„Oh, sie hätten sich dem Haus nicht auf hundert Fuß genähert! Oh! Das war ..."

„... die Wahrheit. Ich bin überrascht, dass Grasby es Euch erlaubt hat."

„Das hat er nicht. Doch er konnte mich nicht aufhalten."

Er lachte in sich hinein.

Sie lächelte, der Klang gefiel ihr.

„Daran habe ich keinen Zweifel. Ihr seid ein entschlossenes kleines Ding, nicht wahr?"

„Ich wurde eingeladen ... nach Banks House eingeladen ..."

Seine Antwort kam ohne Zögern und klang überrascht.

„Tatsächlich?"

„Ja. Aber ... Aber ich werde Euch nicht sagen, wer mich eingeladen hat, weil Ihr mehr als überrascht wäret. Ihr wäret schockiert."

„So? Ich bin kein Mann, der leicht zu schockieren ist, Miss Talbot."

„Das glaube ich. Ihr müsst bei der Armee einige schreckliche Erfahrungen gemacht haben."

„Ja."

Er setzte sich wieder in Bewegung und war erst ein paar Yard weitergegangen, als sie ruhig sagte:

„Ich hoffe, ich bin keine zu große Last."

„Keineswegs. Ich habe verwundete Soldaten vom Schlachtfeld getragen. Glaubt mir, wenn Männer tot sind oder am Sterben, sind sie doppelt so schwer. Ihr, Miss Talbot, seid so leicht wie die hauchdünnen Flügel einer Fee."

„Ich möchte mich entschuldigen."

„Entschuldigen ...?"

Er versuchte, ihr ins Gesicht zu sehen, aber sie schaute zur Seite, eine größere Menge Haare war aus einer emaillierten Haarspange in ihre Stirn gefallen. Er hatte keine Möglichkeit zu sehen, in welcher Stimmung sie war. Was er wusste war, dass er sie sehr gerne wieder in seinen Armen hielt. Doch war dieses Gefühl auch seltsam beunruhigend, als hätte er kein Recht und keinen Grund, sie festzuhalten. Und sie schien fast aus nichts zu bestehen. Sie hatte zarte Knochen, kleine Brüste, und er fragte sich, ob sie unter all den Yard von glänzender Baumwolle überhaupt Rundungen hatte. Warum verwirrte sie ihn so? Warum hatte er sich, als er auf die Terrasse trat und sie dort in ihren hübschen, geblümten Röcken sitzen fand, von dem Wunsch überwältigt gefühlt, sie hochzuheben und zu küssen?

Warum hatte sie das Gefühl, sich entschuldigen zu müssen? Gott, er hoffte, dass sie die Nacht in Romneys Atelier nicht erwähnen würde. Andernfalls würde er sie wieder anlügen müssen und sich auf volltrunkenes Vergessen berufen, wie er es ihrem Großvater versprochen hatte. Und das war noch etwas, das ihn verwirrte. Es war ihm unangenehm, sie anzulügen, die Rolle des gleichgültigen Trottels aufrechtzuerhalten. Zum ersten Mal in vielen Jahren war ihm nicht nach Schauspielern zumute. Er wollte nur er selbst sein; er selbst *bei ihr*.

Als sie sich leicht in seinen Armen bewegte und seine Gedanken unterbrach, fing er den schwachen Duft von Lavendel in ihren Haaren auf, vermischt mit dem Duft von Vanille auf ihrer warmen Haut. Es war ein so bewegender Geruch, dass ein Schauer des Begehrens direkt von seiner Nase zu seinen Lenden schoss, und dort hatte sich nichts mehr geregt seit dem letzten Mal, als er sie gehalten hatte. Erschreckenderweise war sein verwirrtes Gehirn nicht sein einziges Organ, das weich geworden war!

Während etwas mehr als einem Monat im Ausland und in Gegenwart einer Schar kurvenreicher Schönheiten, die sich ihm jede Nacht anboten, verbrachte, hatte er reichlich Gelegenheit gehabt, Aurora Talbot zu vergessen und sich zu vergewissern, dass er immer noch ein voll funktionsfähiger Mann war, der jede Frau befriedigen konnte. Warum hatte er sich entschieden, in Lissabon allein im kalten Bett zu schlafen? Wie war es dazu gekommen, dass er in demselben entmannten Zustand, in dem er abgereist war, als nicht funktionierender Mann, auf englischen Boden zurückgekehrt war? In jeder Hinsicht ein Eunuch?

Dieser beschämende Zustand durfte so nicht bleiben, sonst würde er verrückt werden. Und er versuchte sich zu überzeugen, dass es nur ein Heilmittel gab. Wenn er Aurora Talbot erneut küsste, konnte er sich davon überzeugen, dass der Kuss in Romneys Atelier eine plötzliche Laune und nichts Besonderes gewesen war. Er wollte nicht, dass es etwas Besonderes war; es durfte nichts anderes als gewöhnlich sein. In seinem Leben war kein Platz für Gefühle, besonders nicht für eine wohlerzogene Frau aus seinen eigenen gesellschaftlichen Kreisen. Gefühle brachten die Erwartung an Ehe mit sich, eine Institution, die er verabscheute. Nachdem er jahrelang Zeuge der hasserfüllten Beziehung seiner Eltern geworden war, hatte er geschworen, niemals dem Oxymoron namens „Eheglück" zu erliegen. Bei seinem Bruder Charlie war es vielleicht etwas anderes, aber Charlie war jünger. Charlie hatte nicht die Gewalt und das Gift zweier Menschen gesehen, die in einer Ehe gefangen waren, der keiner von beiden entkommen konnte. Charlie war nicht der Erbe; nicht der, dem sich ihre Mutter anzuvertrauen pflegte und in den sie all ihre Hoffnungen und Erwartungen gesetzt hatte; nicht der, mit dem ihr Vater spielte, als wäre er eine Marionette, und der die Ehe als Köder und Buße für seine eigenen Sünden benutzte.

Noch ein Kuss von Aurora Talbot und er würde zufrieden feststellen können, dass er nicht mehr und nicht weniger von ihr angezogen wurde als von irgendeiner anderen hübschen Frau, auf die sein schweifender Blick fiel. Ein Kuss, und sein Leben würde zu seinem früheren, ungestörten Zustand vor dem Vorfall in Romneys Atelier zurückkehren, wo er mit einer gewissen Art von Frau ins Bett fallen, sich in gegenseitiger Hingabe und Befriedigung lieben und dann zu der nächsten hübschen Nymphe weitergehen konnte, die ihm auffordernd zulächelte - keine Fragen und keine Erwartung auf mehr als das, was es war, von beiden Seiten.

Je früher er also Aurora Talbot küsste, desto eher würde sein Gleichgewicht wiederhergestellt sein.

Er nahm sich einen Moment Zeit, um seine Gedanken zu sammeln, räusperte sich und sagte mit leichtem Desinteresse zu ihrer Entschuldigungserklärung:

„Ich bitte um Verzeihung, Miss Talbot, aber ich sehe keinen Grund für Euch, mir eine Entschuldigung anzubieten."

„Oh, ich weiß, dass keiner von uns etwas tun kann, um die Vergangenheit zu ändern. Aber nur, weil wir Ereignisse nicht ändern können, heißt das nicht, dass ich meine Meinung nicht ändern kann. Und es kann mich nicht davon abhalten, mich so zu fühlen, wie ich es tue, jetzt, wo sich meine Meinung geändert hat. Ist das überhaupt verständlich?"

„Vielleicht müsst Ihr es mir genauer erklären?"

„Darf ich?"

„Auf jeden Fall", antwortete er höflich und dachte, wenn er ihr erlaubte zu plappern, könnte es ihm helfen zu ignorieren, welche Gefühle sie in ihm auslöste.

„Danke... Seht Ihr, bis Ihr gerade erwähnt habt, dass Ihr die Toten und Sterbenden von einem Schlachtfeld tragen musstet, hatte ich nicht zu eingehend darüber nachgedacht, was Ihr und Eure Kameraden in der Armee ertragen müsst. Oh, ich wusste, dass es furchtbar und zu schrecklich für Worte sein musste, aber ich konnte mir nie vorstellen, welchen Schrecken Ihr auf dem Schlachtfeld ausgesetzt wart ... Aber was Ihr gerade sagtet, klang so nüchtern, dass es mich sofort fühlen ließ, als wäre ich im Gemetzel ... „

„Verzeih mir. Es war nicht meine Absicht, Euch zu erschrecken."

„Oh, es gibt nichts zu vergeben. Ich bin nicht erschrocken. Ich wollte Euch nur wissen lassen, dass ich gern ... *gern* ist nicht das richtige

Wort ... dass ich *geehrt* wäre, wenn Ihr mir je etwas über Eure Zeit in der Armee erzählen wolltet. Egal was. Grand sagt mir, für eine Frau wäre ich eine gute Zuhörerin, weil ich nicht unterbreche oder neugierig frage."

„Ich werde Euer Angebot im Gedächtnis behalten."

Daraufhin lachte Rory perlend auf. „Was heißt, dass Ihr keine Absicht habt, mir irgendetwas zu erzählen! Egal. Mein Angebot steht."

Als er schwieg und dem Weg hinunter und hinaus auf die Lichtung folgte, erlaubte sie sich, ihren Kopf an seine Schulter zu legen und sich in die Weichheit seines pflaumenfarbenen Samtrocks zu kuscheln. Ohne es zu bemerken, atmete sie tief ein und seufzte zufrieden, als sie den leicht salzigen, männlichen Geruch, der sich mit Spuren von Bergamotte und holzigem Tabak mischte, genoss.

„Ich bin seit dem ersten Licht unterwegs", murmelte er verlegen. „Das muss unangenehm für Euch sein."

„Nein! Nein, absolut nicht. Ich mag es - ich meine - *Euch* - ich meine Euren Rock - Euer *Rock* ist sehr gemütlich."

Er presste weiter die Lippen aufeinander, das Kinn vorgereckt und die dunklen Augen nach vorn gerichtet, doch als sie sich so panisch selbst berichtigte, ließ ihn das innerlich schmunzeln.

Sie waren an die niedrige Steinmauer gekommen, die den Physic Garden von Banks House trennte. Anstatt das Tor zu öffnen und hindurch zu gehen, setzte Dair Rory vorsichtig auf der Mauer ab.

„Es macht mich traurig, dass es Euch nicht erlaubt war, Lily Banks zu heiraten", sagte Rory im Plauderton, als sie ihren Spazierstock an die Wand lehnte. „Ich mag sie. Sie ist wirklich hübsch und nicht nur äußerlich. Sie hat ein gutes Herz und eine sanfte Seele. Ich mag auch ihre Familie. Sie sind alle wohlmeinende, sympathische Menschen. Sie betrachten Euch offensichtlich als Teil der Familie. Und Jamie - es ist offensichtlich, dass Ihr ihn sehr liebt. Alles, was wirklich zählt, ist die tiefe Zuneigung, die Ihr, Jamie und Mrs. Banks füreinander empfinden. Unter solchen Umständen hat die gute Meinung der Gesellschaft ungefähr so viel zu bedeuten wie eine Schüssel mit kaltem Haferbrei, nicht wahr? Jamie sieht Euch sehr ähnlich, aber, auch wenn Ihr Euch darüber lustig machen mögt, er ähnelt vor allem dem, wie ich annehme, dass Euer Bruder Charles in diesem Alter ausgesehen haben muss. Obwohl das Haar Eures Bruders eher noch feuriger ist ..."

„Charles...?"

Als er überrascht brummte, sagte sie ruhig: „Es lag nicht in meiner Absicht, Euch zu kränken, Mylord."

„Das habt Ihr auch nicht, Miss Talbot."

Mit einer kurzen Verbeugung entschuldigte er sich und ging ein

Stück in die Wildblumenwiese hinein, bewegte seine Schultern und streckte seine Arme, als ob er steife Muskeln lockern wollte. Dann schritt er weiter, die Hände tief in den Taschen seines Rocks vergraben.

Er mochte gesagt haben, dass sie ihn nicht gekränkt hätte, aber Rory vermutete es doch. Sie war immer ehrlicher, als es gut für sie war. Ihre Gedanken purzelten ohne die Umsicht, von der ihr Großvater sie gewarnt hatte, dass sie sie bräuchte, aus ihr heraus. Ihre unzusammenhängende Rede war dazu gedacht gewesen, dem Major zu versichern, dass sie die Banks-Familie nicht verurteilte oder daran Anstoß nähme, dass er mit Lily Banks einen Sohn hatte, oder sogar, dass er weiterhin eine Beziehung zu Mrs. Banks unterhielt, wie auch immer diese sein mochte - sie war sich nicht ganz sicher. Nachdem sie nun einige Stunden in ihrer Gesellschaft verbracht hatte, war sie überzeugt, dass Lily Banks und der Major kein Liebespaar waren und es sich bereits seit ihrer Heirat mit ihrem Cousin so verhielt.

Sie schaute zu, wie er umdrehte und zu ihr zurückkam, sich mit einer Hand durch das zerzauste Haar fuhr, und da traf es sie wie ein Schlag. Warum hatte er den ganzen Tag im Sattel gesessen? Und wenn das stimmte, war es kein Wunder, dass er seine Glieder strecken wollte. Er war müde, ihm tat alles weh und doch hatte er sich die Mühe gemacht, sie zum Anleger zurückzutragen. Und warum waren sein Gesicht und seine Hände leicht gebräunt, als ob er Tage in einem Klima verbracht hätte, in dem die Sonne so hell schien, dass sie der Haut eines Mannes die Farbe von Karamell verleihen konnte? Mit Sicherheit gab es auf dieser Seite des Ärmelkanals keinen Ort, wo es im letzten Monat nicht geregnet hatte, wo man seinen Teint so hätte verändern können? Sie schloss daraus, dass er seit mindestens vier Wochen aus England fort gewesen sein musste. War das der Grund, warum er zugelassen hatte, dass ein schwarzer Bart sein Gesicht bedeckte, als ob er seit Tagen keine Zeit oder keine Lust gehabt hätte, sich zu rasieren? Oder war er Teil von etwas Geheimnisvollerem, vielleicht einer Verkleidung?

Die Helligkeit der Sonne ließ sie blinzeln und eine Hand über ihre Augen legen, als er sich wieder zu ihr an die Mauer gesellte. Er trat in den Pfad der Sonnenstrahlen, um ihre Augen vor dem Strahlen zu schützen, was sie in seinem Schatten sitzen ließ. Sie lächelte zu ihm auf, nahm ihre Hand herunter und sagte munter:

„Ich hatte immer angenommen, dass ein Insasse des Towers den größten Teil seines Tages in einer dunklen, feuchten Zelle verbringen müsste. Es scheint, dass wir draußen nur wenig über das wissen, was innerhalb des wichtigsten Gefängnisses für Verräter seiner Majestät vor sich geht ...“

Einen Augenblick lang erfasste er nicht, wovon sie sprach. Er hatte vergessen, dass er den letzten Monat angeblich im Tower verbracht hatte; obwohl er nicht vergessen hatte, dass sein Bursche immer noch hinter Schloss und Riegel schmachtete und sich als sein Herr ausgab. Er wollte sie nicht anlügen, aber er würde seine Rolle auch nicht verraten.

„Warum sagt Ihr das, Miss Talbot?"

„Mein Großvater könnte es mir zweifellos erklären. Er kennt die Geschichte des Tower und seiner Gäste ebenso gut wie die Adern auf seinem Handrücken. Vielleicht erlaubt man den Insassen des Turms kein Werkzeug, um den Bart zu rasieren, aus Angst, sie könnten sich selbst oder anderen eine Verletzung zufügen. Aber ich bin sicher, dass die Insassen selten ein so gesundes Aussehen wie Ihr haben, wenn sie freikommen."

Dair hob mit geübter Überraschung eine dicke schwarze Augenbraue. „So? Vielleicht hat man mir mehr Zeit für Übungen im Hof genehmigt. Ich hasse es, eingesperrt zu sein, vor allem in engen Räumen."

Rorys blaue Augen verengten sich und aus ihrer Stimme klang ein Hauch von Triumph.

„Selbst wenn dies der Fall wäre, mein Herr, hätte mehr Zeit im Hof bedeutet, bis auf die Haut durchnässt zu werden und Euer Bedürfnis nach Aufenthalt im Freien hätte Euch eine Erkältung eingebracht. Es hat im letzten Monat immer wieder geregnet - selbst im Tower. Schwarze Wolken öffnen sich nicht für Verräter, nicht einmal, wenn sie unschuldig sind und die Beschuldigung einem höheren Zweck dient ..."

Für einen Moment sagte er nichts und sie fragte sich, ob er ihren Behauptungen widersprechen würde. Aber dann zeigte er ihr ein weißes Lächeln und schüttelte den Kopf.

„Bravo, Miss Talbot. Natürlich kann ich Euch nicht sagen, wo ich war oder was ich getan habe."

„Oh, das interessiert mich nicht! Oh! Das ist nicht ganz wahr. Es *ist* mir wichtig, dass Ihr sicher zu Hause seid, aber was die Frage angeht, was Ihr getan habt und wo Ihr gewesen seid ..." Sie tat so, als dächte sie einen Moment darüber nach, während sie eine lange Locke ihres Haares zwischen ihren Fingern drehte. „Nicht Paris. Nicht warm genug. Und Ihr wart nur etwas mehr als einen Monat fort ... Also seid Ihr nicht in die Karibik und zurück gesegelt... Ich könnte vermuten, dass Ihr irgendwo den Kanal hinunter in Richtung Mittelmeer gewesen seid... Südfrankreich? Spanien vielleicht ...? „

„In Anbetracht dieses Bartes könnte ich es Euch nicht verübeln zu denken, ich hätte mich als Pirat auf hoher See betätigt oder in den Buchten von Cornwall Schmuggel betrieben."

Rorys Blick fiel auf seine Fingerspitzen, die leicht über sein bärtiges

Kinn strichen, und sie sehnte sich danach, das Gleiche zu tun. Sie fragte sich, wie es sich anfühlen würde, ihn mit Bart zu küssen. Würde das ebenso köstlich sein wie bei jenem ersten Mal? Waren die Haare auf seinem Gesicht so weich wie die auf seiner Brust? Würden sie ihre Wangen kitzeln oder kratzen?

*Hör auf, Aurora Christina Talbot! Deine Gedanken über diesen Mann sind nicht mehr entzückend verrucht - sie sind lächerlich besessen geworden. Er hat dich einmal geküsst und jetzt denkst du, dass es eine Verbindung zwischen euch beiden gibt? Da ist nichts. Was auch immer du empfunden hast, es kann unmöglich erwidert werden. Hör auf, so naiv zu sein, du kleine Närrin!*

So sprach die Stimme der Vernunft. Aber sie konnte nicht anders, vor allem nicht, da der Mann in all seiner piratenhaften Schönheit vor ihr stand. Sie wollte so gern wissen, wie es wäre, ihn mit diesem Bart zu küssen. Sie schluckte und presste ihre trockenen Lippen zusammen und sagte mit einem nervösen Lachen, einem Achselzucken, und unter größter Anstrengung, unbeteiligt zu wirken:

„Pirat. Amerikanischer Wilder. Offizier in der Armee seiner Majestät. Schmuggler, vielleicht ... Ich frage mich, welche anderen Verkleidungen Ihr tragt, wenn Ihr nicht in den Salons der Gesellschaft unterwegs seid ...?"

„Euer Großvater sollte in Betracht ziehen, Euch anzustellen. Eure Fähigkeit, zu beobachten und Schlüsse zu ziehen, ist unvergleichlich."

Rory strahlte vor Stolz über dieses Lob. Aber sie bemerkte, dass seine Stimme ausdruckslos war und er eine direkte Antwort geschickt vermieden hatte. Außerdem zeigte er keinen Anflug von Erinnerung, als sie den amerikanischen Wilden erwähnte. Er war entweder ein außergewöhnlich guter Schauspieler oder er war in der Nacht in Romneys Atelier völlig betrunken gewesen. In jedem Fall wagte ihre Stimme der Vernunft selbstgefällig zu bestätigen, war ein solches Ausbleiben einer Reaktion bei ihm der Beweis, dass sie ihm weniger als nichts bedeutete.

„Nicht aus Mangel an Anstrengung, sondern im Laufe der Zeit erlernt", sagte sie mit einem kleinen unbewussten Seufzer der Niederlage als Antwort auf ihre kleine Stimme der Vernunft. „Und aus Langeweile. Auf Bällen und dergleichen gibt es einfach nicht viel zu tun, wenn man auf einen Stuhl beschränkt ist. „

„Ihr könnt nicht tanzen - überhaupt nicht?"

Sie hörte den besorgten Ton in seiner Stimme und er riss sie aus ihrer Gedankenverlorenheit heraus. Recht würde es ihr geschehen, wenn sie auf die Zweifel ihrer inneren Stimme hörte, statt sich auf das Hier und Jetzt zu konzentrieren! Das Letzte auf dieser Erde, was sie von ihm wollte, war Mitleid; das vorletzte, kläglich zu wirken. Sie bemitlei-

dete sich selten selbst, wenn überhaupt, und sie gebrauchte ihren missgebildeten Fuß nie als Ausrede oder als Mittel, um für andere
interessant zu wirken oder Mitgefühl zu erregen. Schon in jungen
Jahren hatte man ihr beigebracht, dass es der Gipfel schlechter
Manieren wäre, in irgendeiner Weise auf sich aufmerksam zu machen.
Als sie die Kinderstube verließ und in die Gesellschaft eingeführt
wurde, hatte ihr Großvater ihr ans Herz gelegt, dass sie dafür verantwortlich wäre, es anderen leicht zu machen und dafür zu sorgen, dass
sie sich in ihrer Gegenwart nicht unbehaglich fühlten. Um dies zu tun,
musste sie sich ihrer Grenzen bewusst sein. Er sagte, sie wäre das
schönste Mädchen der Welt und alle anderen würden das bald auch
sehen, wenn sie einfach sie selbst wäre.

Sie glaubte ihrem Großvater und folgte seinem Rat. Aber was ihr
nie in den Sinn gekommen war, bis sie genau den Mann gesehen hatte,
der jetzt vor ihr stand, war, die Frage zu stellen, die sie sich jetzt stellte:
Würde sie jemals um ihrer selbst willen begehrt werden?

„Ihr habt recht. Grand sollte mich einstellen", antwortete sie und
ignorierte seine Frage ebenso, wie er zuvor ihre ignoriert hatte. „All das
Geschwätz, das ich ihm berichten könnte, nachdem ich stundenlang
andere über den Rand meiner Teetasse beobachtet habe! Aber das muss
ich Euch wohl nicht erzählen, oder? Ich vermute, dass Ihr in Eurer
gewählten Beschäftigung ein Meister der Beobachtung sein müsst.
Obwohl Ihr - in Eurem besonderen Fall - sehr geübt darin seid, Eure
Fähigkeiten zu verbergen."

„Meine Fähigkeiten verbergen?" Sein Mundwinkel zuckte. „Ich
habe mehr als eine?"

Sie ignorierte seine Leichtfertigkeit und atmete erleichtert auf, dass
er nicht weiter nachfragte, ob sie tanzen könnte oder nicht, und freute
sich, stattdessen ihn entlarvt zu haben. Je mehr sie darüber nachdachte,
desto mehr wusste sie, dass ihre Vermutung richtig war. Sie erinnerte
sich an ihren beunruhigenden Eindruck von ihm, wenn sie ihn bei
Bällen und gesellschaftlichen Ereignissen gemütlich von einem Stuhl
aus und hinter ihrem flatternden Fächer hervor beobachtet hatte: Die
Art und Weise, wie er den dummen August spielte, war etwas zu
gekonnt. Und es verwirrte sie, dass ihr Großvater ihn ruhig verteidigte,
wann immer Gäste beim Diner es wagten, Major Lord Fitzstuart als
nichts anderes als einen arroganten Trottel und egoistischen Dummkopf zu bezeichnen, eine Schande nicht nur für sein königliches Erbe,
sondern auch für seine hochgestellten Verwandten, den Herzog von
Roxton und seine Familie.

Sie hatte sich immer gefragt, welche Verbindung zwischen ihrem
Großvater und dem Schulfreund ihres Bruders bestehen könnte. Sie

nahm an, dass ihr Großvater schlicht ein Auge auf den Major hielt, da dessen eigener Vater seine Familie und sein Land im Stich gelassen hatte. Möglicherweise stimmte das, aber sie glaubte jetzt, dass ihr Verhältnis nicht so simpel war. Sie hätte sich an das eigene Schienbein treten können, weil ihr nicht früher der Verdacht gekommen war, dass der Major der Schützling des Herrn der Spione war. Das ergab einen Sinn und der Major spielte seine Rolle ausgesprochen gut.

„Jeder Spion versteckt sich hinter einer Maske, oder er kann nicht gut spionieren, oder?", sagte sie schlicht, und als sein Lächeln erstarb, tat sie so, als würde sie es nicht bemerken, und fügte fröhlich hinzu: „Beobachtung ist eine wichtige Fähigkeit. Nicht sehr viele Menschen können zwei Dinge gleichzeitig gut machen, am allerwenigsten einen Raum voller Menschen beobachten, während sie so tun, als ob sie nicht an ihrer Umgebung interessiert wären. Und Ihr seid besonders geschickt, weil Ihr normalerweise im Mittelpunkt der Aufmerksamkeit steht und es für Euch doppelt schwierig sein muss." Sie legte den Kopf schief und rümpfte nachdenklich die kleine Nase. „Ihr habt das Vortäuschen prahlerischer Arroganz so gut eingeübt, dass es Euer Charakter zu sein scheint, und daher nehmen die meisten Leute das für bare Münze …"

„Bare Münze? Ihr seht viel mehr in mir als andere, die zugeben, mich weit besser zu kennen."

Sie zuckte mit den Schultern. „Warum sollten Eure Familie, Freunde und Bekannten Euch für etwas anderes halten als für das, was Ihr darstellt? Major Lord Fitzstuart kann zu jeder Wette herausgefordert werden, muss um jeden Preis gewinnen und spielt den großen, gutaussehenden Trottel so überzeugend, dass niemand seine Rolle in Frage stellt. Die Gesellschaft schaut selten über das Oberflächliche hinaus. Sie zieht es vor zu glauben, dass die zotigste Antwort die richtige ist, und ändert ihre Meinung nicht, wenn sie sich einmal eine gebildet hat. Auf diese Weise kann eine liebenswürdige Frau mit gutem Charakter für alle Ewigkeit als Hure gebrandmarkt werden, weil sie als bloßes Mädchen den Fehler machte, sich in einen gutaussehenden Jungen über ihrem Stand zu verlieben, den sie nicht heiraten konnte, und infolge dessen sie sein Kind ohne den Schutz einer Ehe gebären musste."

Er war überrascht von ihrer scharfsinnigen und prägnanten Zusammenfassung. Er wusste, dass sie sich auf Lily bezog und teilte ihre Meinung, aber alles, was er sagte, war:

„Vielen Dank, Miss Talbot. Ihr habt Euren Standpunkt klargemacht."

„Ich habe nichts von meiner Darstellung im Bösen gemeint, Mylord."

Er sah ihr in die Augen und sie erwiderte seinen Blick offen und ohne Arglist. Sie war eine so erfrischende Abwechslung im Gegensatz zu den meisten Frauen, mit denen er zu tun bekam. Ob in ihren Betten oder in der Gesellschaft, sogar die Frauen der Banks-Familie, denen er sein Leben anvertraut hätte, Frauen sagten ihm, was sie glaubten, das er hören wollte. Aber Aurora Talbot war unheilbar aufrichtig und er bezweifelte, dass sie lügen könnte, selbst wenn sie es versuchte. Unabhängig von ihrer Ehrlichkeit und dem, was sie über ihn zu wissen glaubte, war er seit zu vielen Jahren auf der Hut, als dass er sich einem Mädchen, dessen Existenz er buchstäblich gerade erst wahrgenommen hatte, in irgendeiner Weise, Form oder Gestalt öffnen wollte, ungeachtet ihrer guten Meinung über ihn. Außerdem wurde das Gespräch für seinen Geschmack viel zu ernst und zielgerichtet. Also sagte er, um sie zu necken,

„Vielleicht habe ich meine wahre Berufung verfehlt? Sollte ich zur Bühne gehen?"

„Oh, Ihr steht jedes Mal, wenn Ihr einen Raum betretet auf der Bühne. Es gibt keinen Kopf - männlich, weiblich oder gepudert - der sich nicht in Eure Richtung drehen würde, wenn Euer Name gemeldet wird. Und dann beginnt Eure Vorstellung!"

Er grinste.

„Seid Ihr nicht ein kluges Mädchen!" Und er machte ihr eine schwungvolle Verbeugung. „Wenn man eine Rolle spielen soll, ist ein Publikum ein Muss, und es gibt kein besseres als ein anbetendes weibliches Publikum."

Sie warf einen Blick auf die geblümten Baumwollhandschuhe, die zu ihrem Kleid passten, und glättete eine imaginäre Falte, während sie an den begeisterten Empfang dachte, den ihm die Tänzerinnen in Romneys Atelier bereitet hatten. Sie holte tief Luft, setzte ein Lächeln mit einem Augenzwinkern auf, was ein Grübchen in ihrer Wange entstehen ließ.

„Ihr braucht Euch nicht so viel Mühe zu geben. Ihr könntet einfach in der Mitte eines Raums stehen, nicht tun und nichts sagen, und Euer anbetendes weibliches Publikum wäre immer noch mehr als zufrieden. Ähnlich wie eine Statue aus Marmor oder ein Gemälde in voller Lebensgröße von Sir Joshua oder Mr. Romney. Ich bedauere die Redekunst eines Gentleman-Dichters, der versuchen wollte, mit Eurer fassbaren Kunst wetteifern zu wollen."

Daraufhin warf er den Kopf zurück und lachte herzlich. Als er wieder sprechen konnte, setzte er sich in Bewegung, um den Abstand zwischen ihnen zu verringern. Die Hände flach auf die Mauer zu beiden Seiten ihres Rocks gestützt, beugte er sich zu ihr, seine Augen auf gleicher Höhe mit ihren und nur wenige Zoll entfernt. Er war so nahe, dass sie sah, dass sich seine Pupillen vergrößert hatten und seine Iris kohlschwarz wirkten.

„Meine liebe Miss Talbot", schnurrte er, „ich wette um eine Guinee, dass es Euch jedes Mal, wenn ich einen Salon betrat, juckte, Euren Spazierstock zu benutzen, um mich zu Fall zu bringen."

„Warum haltet Ihr mich für so kleinlich?", fragte sie leise, während ihre Augen an seinem unverwandten Obsidianblick hingen.

„Das ist es ja eben. Ich glaube, dass Ihr die am wenigsten kleinliche Person meiner Bekanntschaft seid." Er lächelte schief. „Mich flach auf mein Gesicht fallen zu lassen würde zumindest einem anderen arroganten Prahlhans die Gelegenheit geben, die Bühne einzunehmen."

„Aber Euch zu Fall zu bringen würde Euer anbetendes weibliches Publikum berauben. Ich könnte *ihm* gegenüber doch nicht *so* kleinlich sein."

„Touché, Miss Talbot."

„Obwohl ... ich etwas gestehen muss", fügte sie zögernd und ein wenig atemlos hinzu, weil er ihren Blick weiterhin hielt. „Es gab mehr als eine Gelegenheit, bei der ich Euch hätte zu Fall bringen mögen, aber ..."

Er hielt den Atem an und hoffte zutiefst, dass sie Romneys Atelier nicht erwähnen würde. Als er in ihre offenen blauen Augen sah, brach seine Abwehr zusammen und er war im Begriff, ihr alles zu gestehen.

„- aber mein Impuls war ein rein egoistischer, und ich verzichtete darauf."

Er beugte sich noch näher. Sie ahmte unbewusst seine Handlung nach und lehnte sich nach vorn. Jetzt waren sie nur noch um Haaresbreite voneinander getrennt.

„Ihr hättet schon vor langer Zeit egoistisch sein sollen, Miss Talbot ..."

# SECHZEHN

R ORY KONNTE KAUM ATMEN. D ER D RUCK WAR WIEDER IN IHRER Brust, als wäre ihr Herz so groß, dass es gegen ihre Rippen stieße, und das Kribbeln war in ihre Glieder zurückgekehrt. Merkte er, wie nahe sein Mund dem ihren war? Und dann spürte sie, wie sein Unterleib sanft gegen ihre Beine drückte. Zu ihrer Verwunderung öffneten sich ihre Knie wie von allein, so dass er bis an die Mauer treten konnte.

Sie blinzelte und holte scharf Luft, schockiert. Doch sie bewegte sich nicht, um ihr unanständiges Verhalten zu korrigieren. Sie war vor Empörung nicht fähig, sich zu bewegen, weil er in der frischen Luft eines malerischen Gartens zwischen ihren offenen Beinen stand. Um ihres Rufes und des Anstands willen hätte sie ihn so fest wie möglich wegstoßen und ihre Knie sofort und energisch schließen müssen. Doch da sie sich mit ihm, der bis auf einen Lendenschurz nackt gewesen war, in eine Gardine gewickelt, bereits in einer viel kompromittierenderen Lage befunden hatte, hätte es jetzt nicht nur lächerlich, sondern eher heuchlerisch gewirkt, hätte sie sich empört gezeigt.

Daher ließ sie zu, dass ihre Reaktion eher instinktiv war als so, wie sie hätte sein sollen. Ihre Beine schlossen sich tatsächlich, sie schlossen sich um ihn herum, ihre bestrumpften Knie fanden Halt an den beiden Seiten seiner schlanken Hüften. Und so angelegt, schlangen ihre Füße sich um die Rückseite seiner Oberschenkel, verschränkten sich dort und ließen nicht los. Ihre Beine mochten unter den Stoffmengen ihrer geblümten Röcke verborgen sein, aber es war unmöglich, die intime Nähe ihrer Körper zu verheimlichen. Es spielte keine Rolle, dass seine Hände flach auf der Steinmauer blieben und ihre in ihrem Schoß fest gefaltet waren, oder dass sie voll bekleidet waren. Von der Taille nach unten waren sie nun verbunden und Rory konnte sich keinen anderen Ort vorstellen, an dem sie sein wollte.

Und jetzt würde er sie küssen. Das war es doch, was sie beide wollten, oder nicht? Sie wünschte sich so verzweifelt, ihn zu küssen, und wenn er nicht bald die Initiative ergriffe, war sie sicher, dass sie vor ängstlicher Erwartung ohnmächtig werden würde. Sie konnte ihn nicht zuerst küssen. Frauen, wohlerzogene Frauen, vor allem Jungfrauen, ergriffen nicht die Initiative. Das zu tun würde zu unnötigen Spekulationen und Vermutungen führen. Wohlerzogene Frauen warteten darauf, geküsst zu werden. Sie warteten darauf, bemerkt zu werden. Sie mussten vielleicht ihr ganzes Leben lang warten, aber es gab keine andere Wahl.

Doch die leise Stimme in ihr, die *was wäre, wenn* sagte, wagte vorzuschlagen, dass sie ihn einfach zuerst küssen sollte. Was, wenn er nur darauf wartete, dass sie das täte? Nun fing sie schon wieder mit ihrem *was wäre, wenn* an! *Tölpel!* Männer wie der Major warteten auf nichts und niemanden. Wenn er auch nur den geringsten Wunsch hätte, sie zu küssen, würde er es in der nächsten Minute oder gar nicht tun. Vielleicht spielte er nur mit ihr? Es war möglich, dass er diese intime Szene arrangiert hatte, um ihr eine Lektion zu erteilen, weil sie ihn einen großen gutaussehenden Trottel und einen arroganten Angeber genannt hatte. Sicher wusste er doch, dass sie das als Kompliment an seine schauspielerischen Fähigkeiten gemeint hatte?

Also wartete sie weiter und grübelte, ohne zu bemerken, dass ihre Atmung flach geworden war und ihr Gesicht vor Sehnsucht errötete.

Dair mochte ihre Zweifel oder Wünsche nicht kennen, war sich jedoch mit jedem seiner Sinne ihrer gewahr. Er wollte dieses köstliche, schöne Wesen mit ihrer kecken kleinen Nase und ihren großen blauen Augen überall küssen, angefangen bei ihrem außergewöhnlich einladenden Mund. Dann würde er das hauchdünne Tuch, das anstandshalber den tiefen Ausschnitt ihres Mieders verhüllte, wegziehen, um ihre göttlichen Brüste zuerst freizulegen und dann daran zu saugen, ihren Duft in sich aufzunehmen: Eine berauschende Mischung aus zarter Vanille und süßem Lavendel, jedoch zum größten Teil war dieser Duft ihr eigener: zart, aufrichtig und liebenswert.

Er war sich der Tatsache bewusst, dass sie ihn zwischen ihren Beinen gefangen hatte, die Beine weit geöffnet und an seine Hüften gepresst, hart um seine Oberschenkel geschlungen, und er lächelte innerlich. Alles, was zwischen ihm und dem Paradies lag, waren die Schichten ihrer geblümten Röcke. Und zu seiner größten Erleichterung war das schlummernde Tier, das in Portugal drei Wochen lang reglos gelegen hatte, endlich erwacht und drohte, sich zu qualvoller Härte aufzurichten, die seine Vernunft überwältigen könnte, so dass er jede Vorsicht in den Wind schlüge. Er mochte seine Hände flach auf der Steinmauer zu beiden Seiten ihrer Reifröcke halten, doch was er zu tun sich sehnte war, nicht nur ihren Mund zu küssen, sondern auch seine Hosenklappe aufzuzerren, ihr die Röcke über ihre seidigen Ober-schenkel nach oben zu schieben und seine beunruhigende vorüberge-hende Impotenz an Ort und Stelle zu heilen. Wenn er dann befriedigt wäre, könnte er zu seinem bevorzugten Verhalten zurückkehren und mit lüsterner Hingabe mit schönen Frauen schlafen.

Doch entgegen der landläufigen Meinung war er kein gewissenloser Frauenheld, der Frauen nur mit seinem eigenen Vergnügen im Kopf verführte und nicht an die Folgen dachte. Die Wahrheit war, dass seit dem Erhalt der lebensverändernden Nachricht im zarten Alter von sieb-zehn Jahren, dass er Vater werden sollte, die möglichen Folgen der Befriedigung seines fleischlichen Appetits nie weit von seinen Gedanken entfernt waren. Daher erlaubte er nur erfahrenen Frauen, verheirateten, die ihren Ehemännern gegenüber ihre Pflicht erfüllt hatten und denen, die er bezahlte und die wussten, wie man die natürlichen Folgen eines Beischlafs verhinderte, sein Bett zu teilen.

Es war diese Erinnerung an seine persönlichen Kriterien für passende Geliebte und die erschreckende Tatsache, dass hier eine junge Frau ohne jegliche Erfahrung saß, die seine niedrigsten Instinkte besiegte. Er hatte nicht die Absicht, die schöne Miss Aurora Talbot zu entehren. Ein einfacher Kuss würde genügen. Natürlich war ihm klar, dass selbst ein einfacher Kuss mit einer unverheirateten jungen Frau aus guter Familie und von makellosem Ruf von seinesgleichen stirnrun-zelnd als eines Gentlemans absolut unwürdig betrachtet werden würde. Aber er überzeugte sich, dass Miss Talbot eine vernünftige, kluge Frau war, die ihren Kuss als das ansehen würde, was er war: ein flüchtiger Frühlingsflirt. So wie sie sich nach ihrer Begegnung in Romneys Atelier vernünftig verhalten hatte, würde sie diesen Kuss für sich behalten, wofür er ewig dankbar sein würde.

Er lächelte ihr in die Augen und erwartete ihren Kuss, und als sie zurücklächelte, war das alle Ermutigung, die er brauchte. Aber im Gegensatz zu seinem Verhalten in Romneys Atelier, als er sie für eine hübsche Hure hielt, die einen neuen Gönner suchte, und sie entspre-chend behandelte, war er entschlossen, ihr zu zeigen, dass er sanft und rücksichtsvoll sein und sie mit dem Respekt behandeln konnte, der ihr als ihm gesellschaftlich Ebenbürtiger zustand. Vor allem wollte er, dass sie den Kuss genauso genießen sollte wie er und von dieser kurzen Begegnung eine angenehme Erinnerung mitnähme.

Mit vorsichtigen Bewegungen, die er vor sich damit begründete, dass er sie nicht mit anderen Erwartungen als einer einem Gentleman angemessenen Achtung erschrecken wollte, strich er ihr zärtlich über die errötete Wange, bevor er sanft eine widerspenstige Locke rotblonden Haares hinter ihr Ohr strich. Als er ihr lächelnd in die Augen schaute, sah er, wie sie schluckte. Ob absichtlich oder aus Nervosität, sie ließ die rosa Spitze ihrer Zunge entlang dem Rand ihrer Oberlippe gleiten, die Augen auf seinen Mund gerichtet, und das war alle Aufforderung, die er brauchte, um zu wissen, dass er ihre Erlaubnis hatte, seinen Mund auf ihren zu drücken.

Schließlich legte er seine großen Hände um ihr Gesicht und küsste sie.

RORYS HÄNDE GLITTEN LANGSAM ÜBER DEN WEICHEN SAMT seines Rocks nach oben, legten sich um seinen Hals, um sich festzuhalten; ihre Finger schoben sich in sein schulterlanges Haar und ihr Kopf neigte sich in seinen Händen leicht zur Seite, um Platz für seine Nase zu machen, als er seinen Mund auf ihren presste. Sie war entschlossen, jede Sekunde ihres Kusses zu genießen, und war entzückt und überrascht, dass sein Piratenbart nicht rau und stachelig, sondern seidig und samtig weich war, wie das weiche Material seines Rocks. Die schwarzen Borsten seines Bartes rieben an ihrer Haut, als sie sich küssten, und zwar so zärtlich, dass sie ihre Sinne reizten. Es kribbelte sie am ganzen Körper. Sie mochte seinen Bart sehr. Aber was sie noch mehr überraschte, war, wie sanft er war, und wie zaghaft sein Kuss.

Dieser Kuss war so anders als der, den sie in Romneys Atelier geteilt hatten, sodass sie sich fragte, ob er es sich beinahe anders überlegt hätte, sie zu küssen. Als er sie zum ersten Mal geküsst hatte, geschah das mit aller Begeisterung eines Mannes, der sie begehrenswert fand. Jetzt war das Flackern des Begehrens kaum zu spüren. Und gerade als sie anfing, in seinen Armen zu schmelzen, erstickte er dieses Flackern, indem er ihren Kuss abbrach. Ihre Wangen brannten vor Scham, dass er zu der Erkenntnis gekommen sein musste, dass er sie überhaupt nicht anziehend fand, wenn er nüchtern war. Doch er zog sich nicht zurück, sondern starrte sie weiter an, als ob er von ihr verlangte, ihm eine Erklärung zu geben.

Wie sollte sie, der eine solche Situation völlig neu war, darauf reagieren? Sie war nie mit einem Mann allein gewesen, der nicht ein enger männlicher Verwandter war, geschweige denn, von einem geküsst worden, bis der bestaussehende Mann Londons ihre Träume wahr werden ließ. Sie erkannte bei diesem Kuss, dass sie willig teilnahm, doch da ihr jede Erfahrung mit Zurückweisungen und würdevollem Rückzug fehlte, erstarrte sie vor Unentschlossenheit. Beschämt über solche Schwäche ihres Charakters war sie den Tränen nahe.

Wie konnte sie so ungeschickt sein? Warum hatte sie sich in diesen Mann verliebt? Der Druck in ihrer Brust und der schnelle Schlag ihres Herzens, wann immer sie in seiner Gesellschaft war, sagten ihr dies. Warum musste es *dieser* Mann sein, dessen schändliche Vergangenheit mit Frauen ihr wohlbekannt war und der deutlich machte, dass nicht viel an ihr lag? Und jetzt, wo er wusste, was sie war: eine einigermaßen hübsche Unschuld, die niemals würde tanzen können und nie eine elegante Modedame sein würde, hatte er sie vermutlich aus Mitleid geküsst, und das bereitete ihr tiefste Übelkeit.

Langsam zog sie ihre Hände von seinen Schultern zurück und ließ sie wieder in ihren Schoß fallen. Doch als sie begann, ihre Beine zu lösen, den Druck ihrer Knie an seinen Hüften zu verringern, das Gesicht heiß vor Scham, als sie erkannte, wie weit sie zugelassen hatte, sich zu erniedrigen, erschreckte er sie, indem er ihre Oberarme packte und sie nicht losließ.

Ihr Blick huschte zu seinem Gesicht hinauf und sie schauderte bei der Intensität in seinen schwarzen Augen und dem harten Zug um seinen Mund. Welche Gedanken flogen durch diesen schönen Kopf? Kämpfte er mit den richtigen Worten, um ihr eine Entschuldigung für sein Verhalten anzubieten? Sie wollte sie nicht hören! Sie wollte seine Reue nicht, und ganz bestimmt nicht sein Mitleid. Entschlossen, ihre Würde zu bewahren, presste sie die Lippen zusammen und musterte offen, ohne zu blinzeln, sein finsteres Gesicht. Sie sprach ein stilles Gebet und hoffte, dass die Tränen, die hinter ihren Augen aufstiegen, nicht über ihre Wangen rinnen würden, um ihre Beschämung noch zu steigern.

Aber er überraschte sie noch einmal, indem er seinen Griff um ihre Arme lockerte, als seine Stirn sich glättete. Sie sah zu, wie ein schwer zu entziffernder Ausdruck über seine Gesichtszüge ging. Es war, als hätte er eine Art Offenbarung erlebt, die so tiefgreifend war, dass er sich mit diesem neu gewonnenen Wissen selbst überrascht hatte. Langsam wanderte sein Blick über sie und folgte seinen Händen, während sie über die Länge ihrer schlanken Arme zu der Kaskade von Spitzen an ihren Ellbogen glitten, bevor er über ihre Baumwollhandschuhe zu ihren Fingern weiterging, und dann ihre Hände ergriff. Sie sah, wie sein Adamsapfel sich bewegte, als er schwer schluckte, dann zeigte sich ein harter Zug um sein Kinn, als hätte er eine Entscheidung getroffen, die ihm schwergefallen war. Worum es bei dieser Entscheidung ging, konnte sie nicht einmal erahnen. Ihr Atem ging flach, während sie darauf wartete, dass er wieder sprechen würde. Aber als er das tat, gab er ihr keine Erklärung oder Entschuldigung, und erst recht keinen Einblick in seine Gedanken.

Sie fühlte sich verwirrt und orientierungslos.

„Oh, zur Hölle ...“, murmelte er. „Hölle und Verdammnis ...“

DAIR WAR WÜTEND AUF SICH SELBST, WEIL ER SEINE FRUSTRATION über die Unfähigkeit, seine Gedanken auf eine sinnvolle Weise zu artikulieren, die die welterschütternde Natur seiner Offenbarung vermitteln würde, zum Ausdruck gebracht hatte, und gab den Versuch auf. Er mochte vielleicht nicht in der Lage sein, ihr zu erklären, was er fühlte, doch er konnte es ihr mit Sicherheit zeigen. Also küsste er Rory ein zweites Mal.

Während seine Hände ihre schlanke Taille umfassten, presste er seinen Mund auf ihren, alle Zurückhaltung war in tausend Stücke zerbrochen.

DIESER LEIDENSCHAFTLICHE UND ALLES VERZEHRENDE KUSS löschte bei Rory jeden Zweifel an seinem Begehren aus. Und wenn sie atmete, war sie sich dessen nicht bewusst. Wenn sie einen einzigen Gedanken hegte, dann, dass sie von diesem Augenblick, diesem speziellen Kuss und mit diesem speziellen Mann seit dem Sommer ihres dreizehnten Lebensjahrs geträumt hatte, als Alisdair Fitzstuart in der Uniform seines Regiments zu Besuch gekommen war, um sich von ihrem Großvater und ihrem Bruder zu verabschieden.

Jeglichen Empfindens für Zeit und Raum beraubt war sie sich nur seines Mundes bewusst, der anhaltenden Beharrlichkeit seiner Zunge und des wundervollen Gefühls, das er in ihr erregte. Sie schmolz dahin, jedoch war ihr ganzer Körper lebendiger, als er je gewesen war. Sie wollte, dass er sie aufhob und zu einem schattigen Platz unter den Bäumen trug und sich mit ihr zwischen die Wildblumen legte. Sie wollte, dass er sich vor ihr auszog, damit sie ihn wieder nackt bewundern konnte, aber diesmal vollständig; und sie wollte ihn streicheln, überall. Vor allem wollte sie, dass er sie liebte, so, wie das Paar in den Wandteppichen des Tempels sich der Liebe hingab, die Körper unverschämt nackt und miteinander verschlungen inmitten in einer alles verzehrenden Leidenschaft.

Aber nicht hier. Nicht auf dem Land von Banks House. Nicht in Fußentfernung des Hauses, in dem sein Sohn und die Frau, die er geheiratet hätte, wenn die Standesunterschiede nicht wären, wohnten. Nicht, wenn er aus der Ferne so eindringlich gerufen würde, wie von einem Diener, der aus einem dringenden Grund an der Tür kratzte und der nicht weggehen würde, egal wie oft er dazu aufgefordert wurde. Aber ... der alte Bert war kein Diener ihres Großvaters ... Warum sollte er sie und seine Lordschaft rufen ...

Das zerstörte den Zauber.

Mit einer Hand fest auf Dairs Brust gedrückt, löste sie ihre Beine aus ihrer festen Umklammerung seiner Schenkel, zog ihren Mund von seinem zurück und setzte sich auf. Sie warf ihm einen warnenden Blick zu, senkte dann den Kopf, die Hände wieder im Schoß, die Finger fest verschränkt. Sie wusste nicht, warum sie ihr Kinn so feige sinken ließ, weil sie sich nicht schämte, ihn zu küssen. Es war eine instinktive Reaktion, als wäre sie bei etwas furchtbar Verruchtem ertappt worden, obwohl sie sich nicht im Geringsten so fühlte. Doch sie erkannte, dass ihre Handlungen ihm dies signalisiert haben mussten, denn seine Hände lösten sich von ihrer Taille und er trat von der Mauer und von ihr zurück, mit einer unartikulierten Entschuldigung, die sie nicht ganz verstand, so sehr war sie mit ihrer eigenen Feigheit beschäftigt, obwohl die Aufrichtigkeit seiner Entschuldigung im Tonfall seiner Stimme deutlich genug zu hören war.

Hätte sie seinen tatsächlichen Worten aufmerksam zugehört, nicht nur das Wesentliche seiner Entschuldigung wahrgenommen, hätte sie an Ort und Stelle erkannt, dass etwas Bedeutendes sich ereignete, etwas, das weit über den Kuss hinausging, den sie geteilt hatten. Er hatte sie *Augenstern* genannt, wie er es in Romneys Atelier getan hatte. Erst später, als Mr. William Watkins und ihr Bruder bei ihnen ankamen, erinnerte sie sich an Dairs Entschuldigung und seine Verwendung des Kosenamens *Augenstern*, und das änderte alles.

Einstweilen war Rory, als sie auf der halbhohen Steinmauer zwischen dem Physic Garden und Banks House saß, zu sehr davon eingenommen, das Wenige an Würde, das ihr geblieben war, zu retten.

Sie hob langsam die Hände und machte sich an die banale Aufgabe, ihr zerzaustes Haar zu glätten und neu festzustecken, ohne einen zweiten Blick auf den Major zu werfen. Trotzdem war sie sich seiner Nähe sehr bewusst, seines männlichen Geruchs, der sie immer noch umgab, seines salzigen Geschmacks auf ihrer Zunge, und der Tatsache, dass ihr Gesicht schuldbewusst rot wie das Innere eines Granatapfels war.

NOCH SCHWINDELIG VOR VERLANGEN UND IM AUGENBLICK gefangen konnte Dair nur langsam auf die Abweisung reagieren. Sein Atem ging unregelmäßig, als er sie verwirrt anstarrte, ohne zu verstehen, warum sie einen solch absolut wundervollen Kuss einfach unterbrochen hatte. Hatte er sie zu sehr gedrängt? Hätte er sanfter sein sollen? Sie war jung und unerfahren ... das musste es sein. Er musste Schritt für Schritt vorgehen. Seine Leidenschaft hatte sie erschreckt. Himmel, er war ein rücksichtsloser Holzkopf! Nachdenklich legte er eine Hand auf seine Wange und fühlte die Haare unter seinen Fingerspitzen. Er verzog das Gesicht, aber dabei fiel ihm etwas ein. Was, wenn es sein Bart gewesen wäre, der sie abgestoßen hatte? In Romneys Atelier war sie nicht vor ihm zurückgewichen, ganz im Gegenteil, warum also jetzt? Es mussten die Haare in seinem Gesicht sein. Verdammt! Er hätte sich in Portsmouth rasieren sollen, bevor er losritt. Aber er war zu begierig darauf gewesen, nach Hause zu kommen, um den Geburtstag seines Sohnes mit ihm zu verbringen. Und nicht einmal das hatte er richtig geschafft! Großer Trottel, der er war!

Einmal zu viel die Rolle von Rodomonte, dem polternden, prahlenden Helden von Ariosto, zu spielen, hatte ihn zu dieser Figur werden lassen. Zum ersten Mal in seinem Leben war er nicht nur verärgert, sondern schämte sich auch dafür, dass er es seinem Verlangen und seinem wichtigsten Körperteil erlaubt hatte, sein Verhalten zu beherrschen. Er verspürte ein überwältigendes Bedürfnis, sie in die Arme zu ziehen und zu trösten, ihr von seinen Absichten zu erzählen, aber dafür war jetzt nicht der Moment; und sie würde ihn in Anbetracht seines Handelns kaum glauben.

Also trat er mit einer respektvollen Verbeugung von der Wand zurück, die Hand in der Rocktasche, wo sie sein silbernes Etui mit Stumpen umklammerte, und murmelte eine Entschuldigung, die aus seinem Mund kam, bevor er recht darüber nachdenken konnte. Und erst da hörte er seinen Namen und wirbelte auf einem Stiefelabsatz herum, wo er den alten Bert über das offene Feld stapfen sah, der einen breitkrempigen Strohhut mit blauen Seidenbändern, die im Wind flatterten, hochhielt. Der alte Diener war rot um Gesicht und keuchte. Er muss den größten Teil des Weges gelaufen sein.

Als er Dair erreichte, nickte ihm der alte Bert mit dem Hut zu und senkte dann den Blick auf das Gras, ohne Rory anzuschauen. Seine Verstohlenheit war ein Beweis genug, dass er Zeuge ihrer Intimität geworden war. Dass er an Ort und Stelle stehenblieb, nachdem Dair ihm gedankt hatte, ließ diesen einen Schritt nähertreten, da er merkte, dass der alte Mann ihm etwas sagen wollte. Er hoffte nur, dass der alte Bert, wenn er ihm zu sprechen erlaubte, so geistesgegenwärtig wäre, sich weiter blind zu stellen, wie es alle guten Diener gewohnt waren, und das Offensichtliche nicht erwähnen würde.

„Verzeihung, Mylord. Da drüben im Park stand ein Gentleman, der Euch beobachtete. Ich sah ihn von den Bäumen aus, als sein Kopf aus der Hecke ragte. Das war der Grund, warum ich Euch so gerufen habe. Ich wollte nicht respektlos oder unhöflich sein."

„Habe ich auch nicht so aufgefasst. Wie sieht er aus?"

„Spitzes Gesicht. Kleine Augen. Seltsame Haare."

„Groß oder klein?"

„Klein."

„Hast du ihn schon früher gesehen?"

Der alte Bert schüttelte den kahlen Kopf.

Dann war es nicht Grasby. Nicht, dass sein bester Freund die Gewohnheit hatte, sich im Gebüsch herumzutreiben. Wäre es Grasby gewesen, wäre er direkt auf ihn zugegangen, hätte seine Schwester aus seinen Armen gerissen und ihm ins Gesicht geschlagen. Grasby war kein Feigling, und er war nicht klein. Aber er kannte jemanden von der Gesellschaft auf Shrewsburys Boot, der beides war. Er hoffte, dass seine Intuition sich als richtig erweisen würde. Es juckte ihn in den Fingern, die Krawatte des dienstbeflissenen Wiesels stramm zu ziehen.

„Hat dieser Schleicher so etwas wie Muskeln? Muss ich mich in Acht nehmen?"

Der alte Bert schnaubte verächtlich und grinste zahnlos. „Im Leben nicht, Mylord! Das ist ein Milchbart, wenn ich je einen gesehen habe. Nicht, dass ich das hätte. Aber ich würde einen erkennen, wenn ich ihn sehe, und das ist er! Ihr müsstet ihn nur mit dem Finger anstoßen und er würde sofort am Boden liegen, beide Hände über dem Kopf und jammernd wie ein Mädel!"

„Das beschreibt das Wiesel bestens. Gut. Dann werde ich die frische Haut über meinen Knöcheln schonen. Ist er noch in dem Gebüsch?"

„Nein, Mylord. Sobald Ihr den Rücken gekehrt hattet, zeigte er sich ..."

„Ach, tatsächlich.“

„... und ging direkt zu Eurer Hübschen, mit der er jetzt redet.“

Dair widerstand dem Drang, sich umzudrehen. Er hob eine schwarze Augenbraue bei Old Berts Bezeichnung für Miss Talbot, machte aber keine Bemerkung darüber. Er spielte mit den blauen Seidenbändern an Rorys Strohhut und sagte knapp:

„Sag Jamie, dass ich innerhalb einer Viertelstunde wieder im Haus bin. Und Mrs. Banks hat die Erlaubnis, meine Taschen durchzusehen. Da sind ein paar Flaschen Portwein, ein Beutel Orangen für die Jungen und ein Berg schmutziger Wäsche. Und meine Rasiermesser müssen geschärft werden.“

„Um die Rasiermesser kümmere ich mich, Mylord!“

Dair hatte nicht das Herz, das Angebot des alten Mannes abzulehnen. Was Farrier davon halten würde, dass er jemand anderen in die Nähe der persönlichen Toilettengegenstände seines Herrn ließ, damit würde er sich zu gegebener Zeit befassen müssen. Vorerst musste er diesen Bart aus dem Gesicht schaben, damit Miss Aurora Talbot keine Ausrede hatte, ihn nicht wieder zu küssen. Und er würde sie wieder küssen, dessen war er sich so sicher, wie der Tag auf die Nacht folgte. Und beim nächsten Mal würde es keine Ausreden, keine Unterbrechungen und keinen Voyeur im Gebüsch geben.

Er sah dem alten Bert nach, der auf dem gleichen Weg, den er gekommen war, nach Banks House zurückstapfte und dabei im Gehen pfiff, während er selbst über die beste Methode nachdachte, wie er mit Mr. William Watkins und dessen widerwärtigen Gewohnheiten umspringen sollte.

Er mochte Watkins immer noch den Namen aus ihrer Schulzeit in Harrow, Wiesel, geben, aber der Mann war kein Wiesel, er war eine Schlange. Er war ein hinterhältiger, scheinheiliger Feigling, der sich seinen Weg durch die Schulzeit geschmeichelt hatte und dann der ebenso selbstgefällige wie alleswissende Sekretär des englischen Herrn der Spione geworden war, nur durch die Heirat seiner Schwester mit Grasby.

Der Mann war es nicht würdig, seine spitzen Knie unter den Schreibtisch des Sekretärs von Lord Shrewsbury zu stecken, wo er Zugang zu allen möglichen privaten und Staatsgeheimnissen hatte; besonders zu den privaten. Niemand saß höher auf dem moralischen Ross als Watkins. Er war kein selbstloser Beamter, der seinen Dienst an seinem Land leistete. Sein Motiv war nicht Pflichtgefühl oder die Notwendigkeit, die päpstliche Tyrannei von Englands Küsten fernzuhalten, oder das patriotische Bestreben, das Recht jedes Engländers zu schützen, im liberalsten Land der Erde zu leben. Und er hatte sicherlich nie angeboten, sich die Hände schmutzig zu machen, indem er geheime Missionen jenseits der Papiere auf seinem Schreibtisch durchführte.

Dair hatte sich gefragt, wie ein Mann mit Shrewsburys meisterhafter List und überlegener Einsicht einen solchen Egoisten beschäftigen konnte, nur um vom Herrn der Spione aufgeklärt zu werden, dass dieser genau wusste, welche Art von Kreatur er angestellt hatte, und dass es besser war, eine Schlange in der Nähe zu halten als es ihr zu erlauben, in das hohe Gras zu gleiten, in dem man ihre Bewegungen nicht erkennen konnte, und somit nicht wusste, wann sie zuschlagen würde.

Dair straffte die Schultern und wappnete sich, um den arroganten Angeber zu spielen. Watkins wurde unweigerlich nervös, wenn er damit rechnen musste, jeden Moment körperlicher Gewalt zu begegnen. Aber als er sich umdrehte, um zurück zur Wand zu schlendern und dabei den breitkrempigen Strohhut an seinen blauen Seidenbändern baumeln ließ, wurde er mit einem erstaunlichen Anblick konfrontiert.

Mr. William Watkins tat sein Bestes, um Miss Talbots Hand festzuhalten, während sie ebenso entschlossen war, ihre Finger loszureißen. Und als der Mann sich von einem gebeugten Knie erhob, um sich auf Miss Talbot zu stürzen und sie die Arme ausstreckte, um ihn auf Distanz zu halten, zerplatzte Dairs beabsichtigter Auftritt wie eine Seifenblase.

Er trat mit langen Schritten vor, ergriffen von dem primitiven Drang, Rory ohne Rücksicht auf mögliche Folgen für sich selbst zu beschützen. Das war ein Instinkt, den er zum ersten Mal bei der Geburt seines Sohnes erlebt hatte und vor Kurzem in Brooklyn Heights, wo er eine königstreue Witwe und ihre beiden Kinder gerettet hatte, die ins Kreuzfeuer der Schlacht geraten waren. Aber diesmal war etwas Neues in diesem gemischten Gefühl, etwas, das er noch nie zuvor erlebt hatte, und eines, das ihn überraschte und noch mehr ärgerte. Er war besitzergreifend - und deshalb wütend.

Niemand hatte zu berühren, was jetzt ihm gehörte - *niemand*.

# SIEBZEHN

Dass Mr. William Watkins auf einem gebeugten Knie vor Rory kniete, während ein wütender Dair Fitzstuart sich wie ein verwundeter Stier auf ihn stürzte, war auf ein Gespräch mit Drusilla, Lady Grasby, eine Stunde zuvor zurückzuführen.

Bruder und Schwester hatten ihr Mittagsmahl in der prachtvollen Kajüte von Lord Shrewsburys Boot eingenommen. Die Vorhänge aus goldfarbenem Damast waren vor den Fenstern zugezogen, vor denen die livrierten Ruderer ihr Mahl einnahmen, während die Fenster der Kajüte, die einen Blick auf die Wasserfahrzeuge auf der Themse gaben, geöffnet waren, um eine angenehme Brise hereinzulassen.

Es gab genug zu essen und zu trinken für eine Gruppe von sechs Personen, aber Lady Grasby und Mr. Watkins waren die einzigen, die sich hinsetzten, um Erbsen, Salmagundi-Salat, Ententerrine, verschiedene Käsesorten und die verschiedenen Früchte der Saison zu genießen. Sie aßen schweigend und unter dem Lachen und den Gesprächen ihrer Diener, die im Schatten der Weiden am Ufer ein Picknick an Land ausgebreitet hatten. Diese Fröhlichkeit betonte nur die Verärgerung und Verlegenheit von Bruder und Schwester wegen der Art, wie sie von Lord Grasby und dessen Schwester allein gelassen worden waren.

„Ich verstehe deinen anhaltenden Ärger über deinen Mann wegen seines Verhaltens in Romneys Atelier", sagte William Watkins und schob seinen leeren Worcester-Teller beiseite, „aber du musst es übers Herz bringen, ihm zu vergeben *und* zu vergessen. Andernfalls wird es keinen Erben geben, und du wirst dich geschieden und uns beide in Ungnade wiederfinden."

*„Geschieden?"* Lady Grasby setzte sich auf, die Augen vor Schreck weit aufgerissen. Sie schluckte; ihre Finger umklammerten fest die geschlossenen, schwarz lackierten Stäbchen ihres Fächers. „Ich will nicht von Grasby geschieden werden. Ich bin gern seine Frau. Ich mag ihn. Vielleicht bin ich sogar in ihn verliebt ... Und ich möchte Gräfin von Shrewsbury werden, William. Ich *muss* es werden."

„Dann schenke ihm ein Kind, jedes Kind, Junge oder Mädchen, wird es vorläufig tun. So weit bist du schon in Lord Shrewsburys Achtung gesunken. Ein Kind wird zeigen, dass du fähig bist, zu gebären, und den Bruch heilen. Wenn der langersehnte Sohn dann kommt, wirst du für immer einen festen Platz in Grasbys Herzen und seinem Leben haben. Dann bist du unantastbar. Du wirst Gräfin von Shrewsbury werden, meine Liebe."

„Es ist alles die Schuld *dieses Mannes*, William. Wenn Fitzstuart im Kampf gefallen wäre, hätte Grasby um seinen Freund trauern können, und unser Leben ohne ihn wäre wunderbar gewesen. Es ist unchristlich von mir, das zu sagen, aber das *fühle* ich. Ich war so glücklich, als er zu seinem Regiment in den Kolonien ging und wir Ruhe vor ihm hatten. Ich habe gebetet - ja, *gebetet* - dass er nicht wiederkommen würde! Das Letzte, was ich erwartet hatte, war, dass er als Kriegsheld zurückkäme. *Dieser Mann* hat mich zu einem schlechten Menschen gemacht, William. Bitte, bitte sag mir, dass es nicht meine Schuld ist."

William Watkins warf einen Blick auf die beiden stummen Lakaien, deren Köpfe hoch erhoben blieben und deren Augen geradeaus starrten, und sagte sanft: „Da sind wir uns einig. Aber er hat verteufeltes Glück und es gibt wenig, was wir dagegenzusetzen haben." *Außer, ihn vergiften oder in einem Bordell erstechen zu lassen, wenn er nach einer Nacht voller betrunkener Ausschweifungen schläft,* flüsterte ihm seine von Rotwein animierte innere Stimme ein. *Aber du bist starr vor Angst, dass du erwischte werden könntest. Und das würdest du auch. Selbst im Tode würde das Glück noch auf Seiten von Shrewsburys begriffsstutzigem Liebling, Major Lord Fitzstuart, sein.*

Mr. Watkins erinnerte sich an die geheimen Missionen, mit denen Lord Shrewsbury Major Lord Fitzstuart betraut hatte, und daran, wie er jede einzelne trotz der Gefahr und des Risikos für Leib und Leben überlebt hatte. Jede Wunde an seinen athletischen Gliedern, der ein oder andere Kratzer oder die Narben an Wangen und Kinn hatten nur zu seinem guten Aussehen beigetragen. Er war davon überzeugt, dass Fitzstuart seine Seele dem Teufel verkauft hatte und dieser ihn eines Tages holen würde.

„Ich habe über das Problem des unangemessenen Einflusses des Majors auf deinen Ehemann nachgedacht und bin zu einer geeigneten

Lösung gekommen, die du, glaube ich, von ganzem Herzen gutheißen wirst." William Watkins konnte sich ein selbstgefälliges Lächeln nicht verkneifen. „Welche Wirkung Fitzstuart und seinesgleichen auch auf Grasby haben mögen, sie wird durch Miss Talbots vernünftigen und liebevollen Rat ausgeglichen. Vorsichtiges Vorgehen und zusätzlicher Einfluss durch mich selbst, in der vertrauteren Stellung als Miss Talbots Ehemann, würde Grasby dem Einfluss seines Freundes entziehen."

„*Aurora*? Aurora, mit dir verheiratet ..." Lady Grasby blinzelte überrascht. Auf diese Idee war sie nie gekommen. Aber nachdem dieser Vorschlag jetzt ausgesprochen worden war, hörte er sich sehr vernünftig an. „William! Oh! Ja! *Ja!* Es würde mich so glücklich machen, wenn Aurora meine wahre Schwester würde! Und Grasby hört mehr auf sie als auf jeden anderen; mehr als auf mich! Und wenn du sie heiraten würdest - oh, bitte sage mir, dass das dein Ernst ist. Dass es nicht nur eine Laune ist. Mit deinem Vermögen und deiner wichtigen Stellung bei der Regierung könntest du jede reiche, schöne Frau heiraten. Aber Aurora zu wählen ... ich glaube, ich muss gleich vor Freude weinen."

Er hob seine Hand in einer bescheidenen Geste, doch sein Schmunzeln zeigte deutlich, dass er über ihre überschwängliche Reaktion erfreut war und er bat einen Diener, die Kristallkaraffe an seinem Ellbogen abzustellen. Es war so ein heißer Tag ...

„Meine Liebe, deine Unterstützung freut mich sehr. Ich gebe zu, dass die Aussicht, mich Miss Talbot zu nähern und die Zustimmung von Lord Shrewsbury einzuholen, mich außerordentlich nervös macht. Daher fürchte ich, ich bin voll mit Rotwein bis in die Kiemen. Ich weiß, ich bin niemand Besonderes. Als meine Schwester hast du die Pflicht, das zu denken, aber ... "

„Oh, sei still! Dass du bereit bist, Aurora zu heiraten, kann Lord Shrewsbury nur auf ewig dankbar machen. Wir alle haben insgeheim gedacht, dass sie nie einen Antrag erhalten würde, sogar Lord Shrewsbury. Was Grasbys romantische Vorstellungen betrifft, dass eines Tages ein Gentleman kommen würde, der Aurora um ihrer selbst willen lieben würde, das ist nur jede Menge märchenhafter Unsinn. Sie hat zwar ein hübsches Gesicht und einen ausgezeichneten Stammbaum, aber das vergisst jeder, nicht wahr, in dem Moment, in dem sie mühsam auf die Beine kommt und diesen elenden Stock benutzt. Aber du ..." Sie drückte die Hand ihres Bruders. „... du, liebster William, bist so ein *edler* Mensch. Du hast es immer, genau wie ich, geschafft, ein natürliches Unbehagen bei ihren unbeholfenen Bewegungen zu verbergen."

William Watkins füllte sein Glas nach. Die Begeisterung seiner Schwester für eine Verbindung zwischen ihm und Aurora Talbot war beruhigend, aber er war nicht so edelmütig, wie sie glaubte. Dass

Aurora ein hübsches Gesicht und einen sanften Charakter hatte, trug wesentlich dazu bei, dass er ihre körperlichen Gebrechen und ihre Eigenwilligkeit übersehen konnte. Aber er war bereit, viel zu ertragen - die mitleidigen Blicke seiner Standesgenossen, ihre Leidenschaft für den Ananasanbau und eine natürliche Zurückgezogenheit, ganz zu schweigen von ihren klarsichtigen Beobachtungen, die alle unangenehm waren -, wenn es bedeutete, dass er durch die Ehe seinen zweifachen Ehrgeiz würde verwirklichen können: in den Adel einzuheiraten und zum Nachfolger ihres Großvaters als Herr der Spione bestimmt zu werden.

„Deine Freude wärmt mir das Herz, Drusilla", sagte er mit einem dünnen Lächeln. „Ich hatte die Absicht, Miss Talbot heute Nachmittag zu fragen, und wenn ich ihr Einverständnis habe, heute Abend mit Lord Shrewsbury zu sprechen. Ich weiß, dass dies eine ungewöhnliche Art ist, die Zustimmung zu erbitten, doch ohne die erste möchte ich die zweite nicht verfolgen."

Lady Grasby war vom Sofa aufgestanden und warf die französischen Fenster weit auf, um mit einem weiten Blick über das Boot und dann das trockene Land nach ihrer Zofe zu suchen. Sie musste sich für die Rückkehr ihres Mannes und seiner Schwester, die dann frisch mit ihrem Bruder verlobt wäre, vorzeigbar machen.

„Was kümmert mich die Reihenfolge?", verkündete sie. „Ich möchte nur, dass du Aurora so schnell wie möglich heiratest und meinen Mann von Fitzstuart trennst! Also geh. Geh und sage, was immer du sagen musst, um sie von diesen gewöhnlichen Leuten wegzubringen. Und finde auf dem Weg zurück hierher einen Moment, um dich aufzuraffen und sie zu bitten, dich zu heiraten. Jetzt geh schon, William!"

William Watkins folgte seiner Schwester pflichtbewusst auf das Deck und schloss seine Augen sofort fest gegen das Sonnenlicht. Er blinzelte, öffnete ein Auge, verbeugte sich vor ihr und taumelte zum Anleger. Froh, vom Boot herunter zu sein, war er überrascht, als das Gefühl von Schwindel nicht nachließ, denn er hatte angenommen, dass es das sanfte Schaukeln des Boots war, das ihn schwanken ließ. Jetzt fragte er sich, ob es der Rotwein war, der von seinem nur an Tee gewöhnten Kopf seinen Tribut forderte. Er stolperte weiter, den Steg hinauf, und ging auf die niedrige Steinmauer zu. Er war froh, auf festem Boden zu sein und etwas zu haben, an dem er entlang gehen konnte, und machte sich auf den Weg zu dem Tor, das er zuvor auf seinem Gang durch den Physic Garden gesehen hatte.

Er war fast an seinem Ziel, als er mit dem überraschenden Anblick von Major Lord Fitzstuart konfrontiert wurde, der Aurora Talbot auf seinen Armen trug. Der Major erschien wie aus dem Nichts unter dem

Baldachin eines Birkenhains heraus und schritt über das offene Gelände zur Mauer. Völlig unvorbereitet auf eine solche Möglichkeit geriet William Watkins in Panik und tat das Einzige, das ihm in den Sinn kam. Er kauerte sich nieder und krabbelte, da er nicht gesehen werden wollte, über den kiesbestreuten Weg und warf sich seitwärts in eine Hecke, um sich zu verstecken. Doch die unerwartete Kraft, die er aufwenden musste, um in Deckung zu gehen, reichte aus, um ein Verdauungssystem anzuregen, das nicht an alkoholische Stimulation gewöhnt war. Sein Magen ertrank buchstäblich in Rotwein. William Watkins fiel durch Adlerfarn und Blätter, schlug hart auf dem Boden auf, erbrach sich sofort und wurde ohnmächtig.

Als er aufwachte, was einige Minuten später war, erlebte er einen Moment der Panik, dass das Boot ohne ihn abgelegt haben könnte. Aber er tat dies als bloße Fantasie ab, rappelte sich auf, bürstete sich ab und wischte sich hastig Gesicht und Mund mit seinem Taschentuch ab. Wieder stieg Panik in ihm auf, als er die Vorderseite seines Rocks auf Flecken von Erbrochenem oder Gras untersuchte. Zufrieden, dass er vorzeigbar aussah, wagte er einen Blick aus dem Gebüsch heraus. Erschrocken von dem, was er sah, und um sich davon zu überzeugen, dass er nicht träumte, steckte er seinen Kopf über die Hecke und gaffte offen.

Miss Aurora Talbot, die Frau, an die er seine ehelichen Hoffnungen und Träume geknüpft hatte, und der lasterhafte Major küssten sich! Das war nicht nur ein Kuss. Es war ein leidenschaftlicher Kuss. Es war die Art von Kuss, wie man ihn bei Lüstlingen und gut bezahlten Huren erwartete. Selbst dann nutzen diese Entarteten den Schutz der Dunkelheit oder blieben hinter geschlossenen Türen. Es war eine Szene wie direkt aus einer Radierung Hogarts, und sie ließ William Watkins vor Wut und Furcht gleichermaßen erstarren.

Seine Träume von einer Ehe würden sich in Nichts auflösen, wenn er nicht etwas unternähme, und zwar sofort, um einen Wüstling beiseite zu stoßen, der mehr Muskeln als Hirn besaß und seiner erwählten Braut Aufmerksamkeiten aufzwang. Lieber Himmel! Fitzstuart musste sie mit genug Alkohol abgefüllt haben, um sie nachgiebig zu machen, und so schockiert und zerbrechlich, wie sie war, konnte sie ihn nicht abwehren.

Er würde dort hinübergehen und Genugtuung fordern. Aber das würde ihm gerade viel nutzen. Der Major würde ihm zu Recht ins Gesicht lachen und ablehnen - sie waren nicht vom gleichen Stand. Aber da der Major eher ein Schläger als ein Adliger war, wäre er gar nicht überrascht, wenn dessen bevorzugte Waffe eher seine bloßen Fäuste als der Degen eines Edelmannes wären. Doch er wollte sich

nicht das Gesicht blutig schlagen lassen, daher beschloss er, seiner
eigenen Sicherheit jedem übereilten Handeln, um Miss Talbot aus einer
so absolut kompromittierenden und unmoralischen Lage zu befreien,
den Vorzug zu geben.

Daher blieb er in der Hecke, fragte sich dabei, wie er eine Jungfrau
am besten vor einem Schicksal, schlimmer als der Tod, bewahren
könnte, als sich eine Gelegenheit bot, Miss Talbot ohne Gefahr für
seine Person zu retten. Der Major, der von einem Bauerntölpel angesprochen worden war, hatte seinem Opfer den Rücken gedreht. Jetzt
oder nie würde er für Miss Talbot den Helden spielen können.

Mr. William Watkins löste sich aus dem Gebüsch und eilte hinüber,
um das Mädchen, dass er als Beute seiner Heiratsabsichten betrachtete,
zu retten. Sein großer Auftritt war gekommen!

# ACHTZEHN

„Mr. Watkins! Lasst sofort meine Hand los und steht auf!“

Rory sah sich suchend nach ihrem Gehstock um, aber er lehnte nicht an der Mauer, an der sie ihn abgestellt hatte. Es musste ins Gras gefallen sein, während sie und der Major beschäftigt gewesen waren. Nachdem Mr. Watkins entschlossen schien, ihre Hand festzuhalten, war alles, was sie tun konnte, um nicht neben ihrem Stock ins Gras zu fallen, sich mit ihrer freien Hand an der Mauer festzuklammern.

„Miss Talbot - *Aurora* - bitte, hört doch ...“

„Ich erlaube Euch nicht, meinen Vornamen zu benutzen, Sir. Ich sage es noch einmal, steht auf! Daraus kann nichts Gutes entstehen.“

William Watkins, der auf seinen Fußballen balancierte und dessen Wadenmuskeln begannen, von dieser unnatürlichen Haltung zu schmerzen, spürte, wie ihm vor Unsicherheit der Schweiß in Tropfen an den Schläfen austrat. Miss Talbots Reaktion war nicht die, die er erwartet hatte. Sie war keine bebende Jungfrau, keine verängstigte alte Jungfer, die sich für sein Eingreifen dankbar zeigte und erleichtert, aus den brutalen Armen ihres Verführers gerettet zu werden. Doch er redete sich ein, dass sie nicht sie selbst wäre. Dieser Teufel hatte sie betäubt. Aus ihr sprach der Alkohol. Und es war der Alkohol, den er selbst getrunken hatte, der seine natürliche Einbildung nährte und ihn drängte, sich sofort zu erklären oder die Gelegenheit zu verpassen. Wenn er sich durchsetzte und sie ihm mit klarem Verstand zuhörte, würde sie sich auf die Chance stürzen, Mrs. William Watkins zu werden. Und daher beharrte er auf seiner Erklärung, wie unorthodox sie auch abgegeben werden mochte. Und dies, obwohl er mehr und mehr das Gefühl in seinem rechten Bein verlor.

„Miss Talbot, mein größter Wunsch auf dieser Erde ist, Euch zu meiner Fra...“

„Nein! Nein, sprecht es nicht aus, Mr. Watkins“, befahl Rory. „Dies ist weder die Zeit noch ganz sicher der Ort für eine solche Erklärung. Wenn Ihr mich fragt, werde ich aufrichtig antworten, und ich habe nicht den Wunsch, Euch in Verlegenheit zu bringen.“

„Miss Talbot, wenn Ihr erst wieder nüchtern seid, werdet Ihr sehen, welche Vorzüge mein Antrag Euch bietet und mir die Antwort geben, die ich mir wünsche ...“

„Wenn ich - wenn ich *nüchtern* bin?“ Rory schnappte beleidigt nach Luft. „Mr. Watkins, es ist offensichtlich, dass *Ihr* getrunken habt, oder Ihr würdet keine so unmögliche Vermutung äußern! Ihr habt mich beleidigt, aber wenn Ihr um Verzeihung bittet, meine Hand loslasst und Euch aus meiner Nähe entfernt, werde ich Euch vielleicht vergeben.“

„*Mir* vergeben?“ Seine Finger legten sich fester um ihr schlankes Handgelenk, als er aufstand, ohne zu bemerken, dass sein rechtes Bein eingeschlafen war. „Miss Talbot, ich stehe vor Euch mit dem aufrichtigen Wunsch, Euch zu heiraten. Ich werde mich nicht entfernen, bevor ich nicht mein gegenwärtiges und zukünftiges Glück gesichert habe, und dazu ist es nötig, dass Ihr sagt, ja, Ihr wollt meine Frau werden.“

„Eure ...? *Euer* gegenwärtiges und zukünftiges Glück...?“

Rory entschied, dass Mr. William Watkins betrunken war, *sehr* betrunken, und ihre Angst verzehnfachte sich. Nicht so sehr um sich selbst. Sie fühlte sich nicht persönlich bedroht. Wenn nötig, würde sie ihm einen Schlag auf die Wange geben, sicher, dass ihm das seine Umgebung wieder ins Bewusstsein rufen würde, wenn nicht sogar die Unangemessenheit seines Verhaltens. Doch sie fürchtete um die Sicherheit des Sekretärs, sollte Major Lord Fitzstuart sich in seiner Unterhaltung mit Old Bert umdrehen und die Szene bemerken, die sich ihm darbot. Sie war sich sicher, dass der Offizier zuerst reagieren und sich später über die Konsequenzen Gedanken machen würde.

Wenn sie als gezwungene Zuschauerin von Veranstaltungen in ihrem Sessel etwas gelernt hatte, dann, dass Gentlemen in unterschiedlichem Maße zwei Grundtypen zugeordnet werden konnten. Der eine war phlegmatisch, sprach langsam, schlenderte dahin und erschien bei gleich welcher Gelegenheit unerträglich gelangweilt. Sie waren zweifellos im Fechten wohlgeübt, jedoch war ihre bevorzugte Waffe die vernichtende verbale Herabsetzung, die einen Gegner unter Garantie mit maximaler Wirkung und minimaler körperlicher Anstrengung zu Boden zwingen konnte. Der zweite Typ neigte nicht zu langen Reden und war in jedem Sinne des Wortes weit handfester. Das Gespräch in Gesellschaft war laut und hemmungslos. Alles wurde bis zum Exzess betrieben - trinken, tanzen, flirten und zweifellos auch huren. Typ zwei genoss jede Minute im hellen Kerzenschein, und sein ansteckender Sinn für Humor war so merklich, dass er Verehrerinnen anzog wie eine Flamme die Motten. Der Major gehörte definitiv zu dieser zweiten Gruppe, und als Schauspieler und Spion hatte er das Talent, diese Eigenschaften zu seinem Vorteil zu übertreiben. Aber seine körperliche Größe und Beweglichkeit waren keine Übertreibung. Was die Sache für Mr. William Watkins noch schlimmer machte, war, dass der Major nicht nur ein heißblütiger, kräftiger Mann, sondern auch furchtlos dazu war, ein erfahrener Soldat.

Wäre Mr. William Watkins irgendein anderer Gentleman gewesen, der sie belästigte, hätte sie nicht gezögert, den Major auf ihre Situation aufmerksam zu machen und ihm zu erlauben, entsprechend zu handeln. Aber Mr. Watkins war der vertrauenswürdige Sekretär ihres Großvaters. Er war auch Sillas Bruder, und das machte ihn zum Schwager ihres Bruders, also war er ein Teil der Familie. Sie wollte nicht, dass diese Episode sich zwischen sie stellte und das Leben unangenehm machte. Er würde auch weiter mit ihr in Kontakt kommen, wenn nicht täglich, dann doch mehrere Male in der Woche. Es würde von jetzt an unangenehm sein, da er seine Absichten ihr gegenüber bekannt hatte. Wenn der Major sich einmischte, würde das die Angelegenheit noch sehr viel komplizierter machen, und wenn sie sich selbst gegenüber ehrlich war, fühlte sie sich nicht in der Lage, Fragen ihres Großvaters zu beantworten, da sie die Gefühle des Majors für sie nicht kannte.

Und daher versuchte sie ein letztes Mal, Mr. William Watkins zur Vernunft zu bringen.

„Mr. Watkins, ich bitte Euch, lasst mich los und steht auf." Mit einem strahlenden Lächeln, von dem sie hoffte, dass es natürlich wirkte, fügte sie hinzu: „Wenn Ihr tut, worum ich Euch bitte, werde ich mir anhören, was Ihr zu sagen habt, aber nicht heute. Morgen. Wenn Ihr Zeit hattet, über Eure Absichten nachzudenken. Einverstanden?"

„Miss Talbot, morgen oder übermorgen oder überübermorgen, das wird an meiner Entschlossenheit nichts ändern. Ich will und muss Euch heiraten."

Sie zweifelte nicht daran, dass er es ernst meinte, und für einen kurzen Moment gewann die Neugier Oberhand. Sie schob ihre Furcht beiseite, hörte auf zu versuchen, ihre Hand loszureißen und ließ sich auf ein Gespräch mit ihm ein.

„Warum?"

„Ich bitte um Verzeihung?“

„Warum wollt Ihr mich heiraten?“

William Watkins blinzelte, und sein betrunkenes Gehirn bemühte sich, sich an alle Gründe zu erinnern und sie in zusammenhängende Sätze zu fassen, die er formuliert und in sein Tagebuch geschrieben hatte, warum Miss Aurora Talbot, Enkelin eines Earls, Schwester eines zukünftigen Earls, Patentochter einer Herzogin, die perfekte Frau für ihn wäre. Aber während sein Gehirn in Alkohol schwamm und seine Unterlippe zitterte, war die einzige Substanz, die herauskam, ein Speichelfaden.

„Drei kleine Worte, Mr. Watkins. Nicht mehr. Nicht weniger. Nur drei.“

Als er sie seltsam ansah, ohne eine Ahnung zu haben, was diese drei Worte sein könnten, lächelte Rory schief. Und als er auf der Suche nach seinem Taschentuch eine Hand in seine Rocktasche steckte, um sich die Feuchtigkeit vom Mund abzuwischen, sah Rory ihre Chance.

Sie packte den Rand der Steinmauer, um nicht nach hinten zu fallen, und zog fest. Ihre Hand kam frei, aber sie war nicht frei von William Watkins. Ihre plötzliche Bewegung erwischte ihn überraschend. Er lockerte seinen Griff, aber durch die übertriebene Menge Alkohol, die er genossen hatte, war seine Reaktion langsam und er konnte keine geeignete Bewegung machen. Anstatt rückwärts von der Wand weg zu taumeln, blieb sein nicht reagierendes rechtes Bein dort, wo es war. Dies bedeutete, dass sein linkes Bein diese Reglosigkeit überkompensierte und nachdem er einen Schritt zurückgewichen war, stolperte er nach vorn.

Dieser plötzliche Richtungswechsel machte dem Sekretär schwindelig. Ohne Kontrolle über seine Gliedmaßen stürzte Mr. William Watkins nach vorne, das rechte Bein brach unter ihm zusammen, so dass er mit flatternden Armen und auf der Suche nach Halt schwer auf seinem Knie landete. Sein Kinn stieß hart gegen die Kante von Rorys Knie, und die Wucht, mit der er landete, war so groß, dass er abprallte und dann mit dem Gesicht voran wieder in den Schoß von Rorys zerzausten Petticoats fiel. Hier blieb er in einem Zustand gelähmten Unglaubens liegen.

RORYS KNIE WURDE SO HART GETROFFEN, DASS SIE unwillkürlich vor Schmerz aufschrie, fast das Gleichgewicht verlor und erneut schrie, diesmal vor Schreck, als sie rückwärts in die leere Luft fiel, bevor sie sich schnell nach vorn warf, um auf der Wand sitzen zu bleiben. Sie schnappte erleichtert nach Luft. Doch sie war vor Schreck und Schmerz sprachlos, als Mr. William Watkins mit dem Gesicht voran in ihrem Schoß landete und dort liegenblieb. Sie war hin- und hergerissen zwischen dem Wunsch, ihn von sich zu stoßen und auf der Mauer entlang zu rutschen, um Abstand zwischen ihnen zu schaffen, und der Frage, ob er ernsthaft verletzt war. Sie bekam keine Gelegenheit, eines davon zu tun.

Wie durch Zauberei erhob sich William Watkins mit schlaff hängendem Kopf und Gliedmaßen und schwebte dort kurz vor ihren Augen, bevor er durch die Luft flog, um zusammengesackt zwischen den Wildblumen zu landen.

Dair hatte William Watkins am Genick gepackt. Mit einer Kraft, die von ungezügeltem Zorn verstärkt wurde, zog er den Sekretär so hoch aus Rorys Schoß, dass seine Schnallenschuhe den Boden verließen. Für einige Momente schwebte William Watkins in der Luft. Dair wollte das Wiesel vernichten. Oder wenn das nicht möglich war, ihn so weit von Miss Aurora Talbot entfernen, wie es in seinen Kräften stand. Er wollte ihn hart bestrafen. Nie wieder würde William Watkins Aurora Talbot auch nur mit einer Fingerspitze berühren, ohne befürchten zu müssen, dass er ernsthaft Schaden erleiden könnte.

In der Vergangenheit hatte er dem Drang widerstanden, dem Sekretär das überhebliche Lächeln aus dem Gesicht zu wischen, jetzt würde er es nicht nur wegwischen, er würde es dauerhaft zerstören. Nichts und niemand würde ihn davon abhalten. Aber gerade als er eine Faust ballte und William Watkins zu sich drehte, warf er zufällig einen Blick auf Rory. Er sah, wie in ihren weit aufgerissenen Augen Furcht geschrieben stand, und er erkannte, dass er es nicht hier und nicht jetzt tun durfte, nicht vor ihren Augen. Das Letzte, was er wollte, war, ihre Angst zu vergrößern. Also zwang er sich, seine Gewalt zu unterdrücken, lockerte langsam seine Faust und dehnte seine Finger in alle Richtungen.

Er drehte den Sekretär von sich weg, platzierte einen Stiefel hart in der Mitte seines Rückens und stieß ihn auf die offene Fläche, wo William Watkins mit wild um sich schlagenden Armen herumstolperte, als er vergebens versuchte, auf den Beinen zu bleiben, um dann mit dem Gesicht voran ins Gras zu fallen.

Dair holte Rorys Strohhut, bürstete ihn ab und kam zu ihr.

Woraufhin er ihn sanft auf ihre blonde Frisur setzte und die blauen Seidenbänder glattstrich, die er dann auf beiden Seiten ihres Gesichts herabhängen ließ, damit sie sie zubinden könnte. Danach hob er mit einem besorgten Blick ihr Kinn, um ihr unter der Strohkrempe ins Gesicht schauen zu können.

„Ist alles in Ordnung mit Euch?"

Sie nickte, obwohl sie den Tränen nahe war, nur weil es ihr peinlich war, in eine so lächerliche Lage geraten zu sein, während er anwesend war und Zeuge davon wurde. Was hatte William Watkins sich nur gedacht? Sie hatte ihn nie im Geringsten ermutigt, und er hatte ihr nie Anzeichen dafür gezeigt, dass ihm mehr als gewöhnlich an ihr lag. Was, wenn der Major sie für einen Flirt hielt, glaubte, sie hätte William Watkins irgendwie ermutigt? Sicherlich nicht. Andererseits hatte sie ihn selbst bereitwillig und ohne Zurückhaltung geküsst.

„Ja. Ja, mir geht es gut", fügte sie fröhlich hinzu, als er sie weiter anstarrte. Sie fügte hinzu, um ihn zu beschwichtigen (musste aber danach feststellen, dass sie ihm damit eher Unbehagen bereitete, da seine Reaktion brüsk war): „Es muss daran liegen, dass es mir neu ist, so belästigt zu werden, ich bin solche Aufmerksamkeit nicht gewöhnt." Sie gab ein nervöses kleines Lachen von sich, hinter ihrer auf den Mund gelegten Hand. „In diesem Frühjahr muss der Wein stärker gegoren sein, dass er normalerweise nüchterne Gentlemen sinnlos betrunken macht. Hoffentlich erwacht Mr. Watkins mit einem dicken Kopf und keiner Erinnerung an diese Ereignisse."

„Hat er Euch verletzt?"

„Vielleicht werde ich eine große Prellung am Knie haben, das ist alles. Obwohl ich wünschte, er hätte eher mein linkes als mein rechtes Knie getroffen. Dieses arme Bein hat genug zu kämpfen, ohne herumgestoßen zu werden! Aber es gibt wirklich keinen Grund zur Sorge und - und – danke", fügte sie mit einem strahlenden Lächeln hinzu, weil sein besorgtes Stirnrunzeln sich zu einem finsteren Gesichtsausdruck verwandelt hatte. „Danke, dass Ihr ihn nicht geschlagen habt. Ich weiß, dass seine Trunkenheit keine Entschuldigung für sein Verhalten ist. Er muss angenommen haben, der Alkohol würde ihm Mut geben. Obwohl ich keine Ahnung habe, woher er die Vorstellung hat, dass ich jemals - dass er und ich jemals - es ist völlig absurd! Und wenn ich nicht so erschrocken wäre - kein Gentleman hat mich je auch nur von der Seite angesehen - denn solche unerwünschten Aufmerksamkeiten von einem Mann wie Mr. Watkins zu erhalten, dem Sekretär meines Großvaters ... Nun, ich wage zu behaupten, wenn mein Knie nicht schmerzen würde und er nicht meine Röcke ganz vollgespuckt hätte, könnte ich an seinem Verhalten etwas Komisches finden ..."

Sie unterbrach sich, als sie bemerkte, dass sie plapperte, aber sie hatte nicht anders gekonnt. Der finstere Ausdruck des Majors hellte sich auf, während sie schwatzte und jetzt sah er sie seltsam an, mit einem merkwürdigen Lächeln, das sie nicht einordnen konnte und das ihr unangenehm warm werden ließ.

Er hob überrascht eine Augenbraue darüber, dass sie wusste, dass er Wiesel die Faust ins Gesicht hatte schlagen wollen, enthielt sich aber jeder Bemerkung. Was ihn mehr interessierte, war der Grund, warum Watkins Mut brauchte. Er wollte sie schon fragen, ob der Mann die Unverschämtheit gehabt hatte, sie zu bitten, ihn zu heiraten. Warum sonst hätte das Wiesel Wein saufen, sich auf ein Knie niederlassen und ihr seine Aufmerksamkeiten aufzwingen sollen? Doch er kam nicht weiter als bis zu ihrem Namen, und dann überraschte ihre Offenheit ihn aufrichtig.

„Miss Talbot ...“

„Rory. Eigentlich heiße ich Aurora, aber so nennt mich niemand. Ich denke, über diese Formalitäten sind wir hinaus, meint Ihr nicht?“

Er lachte in sich hinein und wurde verlegen. „Ja, das nehme ich an ... Rory. *Rory.* Das gefällt mir. *Aurora* ist sehr schön, aber Rory passt zu Euch. *Rory...*“

Sie spürte, wie ihr die Röte heiß ins Gesicht stieg. Die Art, wie er ihren Namen in seiner tiefen, dunklen Stimme sagte, in einem fast streichelnden Tonfall, ließ einen Schauer über ihre Schulterblätter laufen. Dennoch überraschte sie sich selbst, indem sie es schaffte, ihren Ton ruhig und gelassen zu halten.

„Und Ihr? Ich würde Euch gerne anders nennen als Major. Das ist zu spießig.“

„Meine Freunde und Familie nennen mich Dair.“

„Ja, aber ich würde Euch gerne Alisdair nennen.“

Daraufhin runzelte er die Stirn, alles andere als erfreut.

„Niemand als Ihre Gnaden von Rox... Ihre Gnaden von Kinross, nennt mich so. Ich mag es nicht, wenn sie den Namen benutzt, aber Ihr wisst, wer sie ist, und man kann ihr nichts abschlagen. Und sie ist meine direkte Cousine, ich könnte ihr nichts abschlagen.“ Er lächelte und zupfte spielerisch an einem der Seidenbänder ihres Hutes. „Jeder nennt mich Dair.“

Aber Rory wollte nicht jeder sein. Sie wollte die einzige sein, die die Erlaubnis hatte, ihn beim Vornamen zu nennen. Ihr war klar, dass nur Mütter und Frauen und geliebte Schwestern ihre männlichen Verwandten mit ihren Vornamen anredeten, und selbst dann wurde das nicht allgemein so gehandhabt, insbesondere, wenn der Ehemann einen Titel hatte. Major Lord Fitzstuart war vielleicht der älteste Sohn eines

Adligen und würde eines Tages eine Grafschaft erben, aber er erlaubte Lily Banks, ihn Al zu nennen. Wenn also die Mutter seines Sohnes ihm so nahestand, dass sie ihn bei einem so vertraulichen Namen nannte, dann könnte sie, die ihn jetzt geküsst hatte und jede Absicht hatte, sich ihm hinzugeben, ihn Alisdair nennen. Und wenn er ihr das verweigerte, dann fühlte er sich nicht so zu ihr hingezogen, wie seine Küsse es vermuten ließen. Ihre Finger kribbelten in Erwartung seiner Reaktion, aber sie war entschlossen, es auf die eine oder andere Weise herauszufinden.

„Jedermann nennt Euch Dair. Ich ziehe Alisdair vor. Es passt zu Euch. Ebenso wie - ebenso wie der Bart ...“

Er ließ das Band los und warf einen Blick über die Schulter, da er kurz von einem Stöhnen abgelenkt wurde. Es war der Sekretär, der versuchte, sich im Gras aufzurappeln. Er wandte sich wieder Rory zu und sagte schärfer als beabsichtigt:

„Mein Vater war der einzige, der mich Alisdair nannte. Ich verabscheue den Mann. Ich hasse den Namen - habe ihn gehasst, seit ich zehn war.“

„Oh?“ Rory war ungerührt, aber ihr Herz begann heftig zu schlagen, weil er ihr dies anvertraut hatte. „Dann ist es vielleicht an der Zeit, dass jemand, den Ihr mögt, jemand außer der Herzogin von Kinross, Euch Alisdair nennt? Wenn Ihr mir die Erlaubnis gäbet, Euch bei Eurem Namen zu nennen, dann würdet Ihr diese schlechten Erinnerungen oder was auch immer es ist, was Ihr an Eurem Vater nicht mögt, begraben können. Also, anstatt an Euren abscheulichen Vater zu denken, wenn Ihr Alisdair genannt werdet, könnt Ihr stattdessen daran denken ... an ...“

„... daran, Euch zu küssen?“ Er ergriff die beiden Seidenbänder, die von ihrem Hut herabbaumelten und band sie langsam unter ihrem Kinn zu einer Schleife, ließ sich dabei Zeit, als ob er über ihren Vorschlag nachdenken müsste. „Ich wünschte, es wäre so einfach ... ich werde niemals meine Meinung über meinen Vater ändern.“ Er zuckte mit den Schultern. „Vielleicht könnte ich mit der Zeit, wie Ihr vorschlagt, diese schlechten Erinnerungen begraben.“ Sein Mund zuckte mit dem Hauch eines Lächelns. „Obwohl... Wenn ich höre, dass Ihr mich so nennt, kann ich nicht versprechen, dass ich am Anfang keine Grimasse schneiden werde. Das ist schließlich eine instinktive Reaktion.“

„Vielen Dank. Zweifellos werdet Ihr nach einer Weile aufhören, ein Gesicht zu ziehen und lernen, Euren Namen ebenso zu mögen, wie ich es tue.“

„Ich hoffe, Ihr habt Recht. Ich kenne ein Mittel, das Euch garantiert helfen kann, meine Grimasse zu verhindern, wenn Ihr meinen Namen sagt."

Rory blinzelte. Er konnte sehen, dass sie keine Vorstellung hatte, wovon er sprach, und das ließ sein Lächeln breiter werden.

„Wenn Ihr mich jedes Mal küsst, wenn Ihr es sagt."

Rory schnappte nach Luft und lachte dann. Impulsiv berührte sie die gestickte Vorderseite seines Rocks.

„Möchtet Ihr, dass ich Euch küsse, bevor oder nachdem ich Euren Namen ausspreche? Wenn es vorher ist, bezweifle ich, dass ich dazu kommen werde, ihn zu sagen, und das ist, wie ich befürchte, Eure Absicht, nicht wahr? Mich davon abzuhalten, Euren Namen zu sagen, indem Ihr mich küsst? Aber ich lasse mich nicht überlisten!"

„Rory, Ihr seid zu schlau für Euer eigenes Wohl. Ich würde Euch gerne wieder küssen, jetzt gleich ..." Er sah ihr in die Augen. „Und ich bin nicht betrunken ..."

Rory schluckte und verlor ihr Lächeln. „Das ist etwas anderes ... *Ihr* seid anders ... ich will - ich will, dass Ihr mich küsst."

„Dann sagt es. Sagt meinen Namen."

„Alisdair."

„Noch einmal."

„Alisdair."

Er beugte sich vor, um sie zu küssen.

„Noch einmal", murmelte er, den Mund fast schon auf ihrem. „Sagt es, Rory."

„Alisdair... *Alisdair!*"

Ihre Lippen hatten seine kaum berührt, als sie sich zurückzog und seinen Namen wiederholte, dieses zweite Mal wie einen Warnschrei.

Dair riss die Augen weit auf. Als er sah, dass sie in Sicherheit war, doch eine Hand gerade über seine Schulter ausstreckte, wie um eine Gefahr abzuwehren, wusste er, was diese Gefahr in seinem Rücken sein musste. Sofort fuhr er auf einem Stiefelabsatz herum. William Watkins stand auf Armeslänge vor ihm entfernt drohend da. Sein linker Arm war schräg über seiner rechten Schulter erhoben, beide Hände umklammerten ein Ende von Rorys Gehstock, dessen geschnitzter Elfenbeingriff hoch in die Luft ragte. Der Sekretär schwang den Stock wie eine Axt und wollte in einem Akt betrunkener Dummheit diese sprichwörtliche Keule benutzen, um seinen Feind auf den Hinterkopf zu schlagen.

Dair schonte den Mann nicht. Er versetzte ihm einen schnellen Schlag ins Gesicht.

# NEUNZEHN

„SAPPERLOT! WAS FÜR EIN GROSSARTIGER HIEB! UND BRILLANT ausgeführt, mein Freund! Schnell. Präzise. Perfekt. Niemals in all meinen Tagen hätte ich erwartet, einen solchen Anblick zu erleben! Bei Jupiter, Dair, du könntest Jack Broughton ein oder zwei Dinge beibringen!"

Es war der überschwängliche Lord Grasby. Seine Aufregung darüber, Zeuge zu werden, wie sein bester Freund Wiesel Watkins die Faust ins Gesicht schlug, war so groß, dass er seine Schwester, die stumm und still wie eine Zierstatue auf der Mauer saß, kaum bemerkte. Und er konnte mit Sicherheit die Stimmung seines besten Freundes nicht einschätzen, der auf seine Anwesenheit nicht reagierte oder den Kopf wandte, um ihn anzuschauen, sondern sich weiter auf William Watkins konzentrierte, während er seine Finger bewegte, deren Knöchel von dem Schlag schmerzten.

In der Tat war Grasbys Freude so groß, als er sah, wie sein Schwager nach all diesen Jahren bekam, was er verdiente, und zwar von der Hand seines besten Freundes, der immer damit gedroht hatte, Wiesel Watkins Gesicht zu verschönern, seine Drohung jedoch nie wahr gemacht hatte, dass er fast vergaß, wie unglaublich wütend er war, nicht nur auf William Watkins, sondern auch auf Dair.

Er war wütend auf William Watkins, weil dieser so unverschämt war zu glauben, er hätte ein Recht, Rory einen Heiratsantrag zu machen, und noch dazu bis zur Halskrause voll mit Alkohol. Grasby war zum Boot zurückgekehrt, wo ihm seine Frau erwartungsgemäß eine Strafpredigt hielt, weil er sie allein gelassen hatte und wegen seines

Aussehens - er hatte auf dem Rückweg von Banks House ein Bad in der Themse genommen – und er hatte es sich ohne sie gut gehen lassen. Und mitten in ihrer egozentrischen Tirade erwähnte sie zufällig die Absichten ihres Bruders, als wären es die wunderbarsten Neuigkeiten überhaupt. Seine Antwort - dass ihr Bruder der letzte Mann auf der Erde sein könnte und er trotzdem einer solchen Heirat nicht zustimmen würde - ließ Lady Grasby in eine Flut von Tränen ausbrechen. Grasby ließ sie auf dem Sofa zusammengebrochen zurück und stapfte auf der Suche nach Rory über den Steg, bevor William Watkins seine Pratzen auf sie legen konnte.

Doch was erblickte er, als er um eine Biegung des Weges kam, nicht William Watkins, wie er Rory betatschte, sondern die verblüffende Vision, wie sein bester Freund sich an seine kleine Schwester heranmachte! Er war so überrascht, dass er sich fragte, ob die Sonne ihn verwirrte und er ein Trugbild vor sich sähe. War er betrunken, oder träumte er? Wie auch immer, er war höllisch wütend. Sein bester Freund noch aus den Zeiten von Harrow hatte die Grundregel bester Freunde gebrochen: Schwestern waren absolut tabu.

Schwestern wurden an einen netten Kerl verheiratet, der ein langweiliger Trottel war; vorzugsweise ein Kerl, der so nah wie möglich daran war, Jungfrau zu sein. Was bedeutete, ein Mann, dessen sexuelles Vorleben Brüdern und Freunden gleichermaßen unbekannt war. Ein Kerl, der auf die Grand Tour gegangen war und sich im Ausland ausgetobt hatte, dies aber nicht zu Hause tat. Ein netter Kerl, der keine Leichen im Schrank lauern hatte oder, wie im Falle seines besten Freundes, ein Banks House mit einer verflossenen Geliebten und einem illegitimen Sohn und einer schmutzigen Vergangenheit sexueller Abenteuer, die nicht nur ihm selbst, sondern jedem Mitglied von White's und darüber hinaus bekannt waren!

Es war eine Sache, damit zu prahlen und ein wenig über die Schürzenjagd seines besten Freundes zu verraten, wenn die betreffenden Frauen einer bestimmten Klasse und einer bestimmten Sorte angehörten, aber wenn Dair seine kleine Schwester im Auge hatte, war das etwas völlig Widerwärtiges und Unverzeihliches.

Tatsächlich versetzte der Anblick von Rory und Dair, die so nahe beieinander lehnten, wie ein Paar sich kommen konnte, ohne sich tatsächlich zu küssen, Grasby einen heftigen Ruck. Es war ihm nie in den Sinn gekommen, dass seine Schwester überhaupt heiraten würde. Ihm gefiel die Vorstellung, dass sie eine altjüngferliche Tante werden und bei ihm und Silla und den Kindern leben würde. Was Rorys Anziehungskraft auf Männer anging, nun, sie war seine Schwester, um Himmels willen! Wenn er ernsthaft darüber nachdachte, war er froh, dass sie eine Behinderung hatte, denn das hieß, dass sie nie einen Verehrer haben und in Ruhe gelassen werden könnte. Sie würde immer seine kleine Schwester sein und nicht die Frau eines anderen Kerls.

Er mochte über Wiesel Watkins' Anmaßung äußerst erbost sein, aber William Watkins' Motive waren durchsichtig. Er liebte Rory nicht, er wollte sie wegen des Status heiraten, den das mit sich bringen würde. Wenigstens war das bei Wiesel offensichtlich, während er keine Vorstellung hatte, welches Spiel Dair spielte. Möglicherweise eine Laune des Augenblicks, aber eine, der er hätte widerstehen müssen. Das letzte, was er auf dieser Erde wünschte, war, dass seine Schwester sich in den Teufelskerl Dair Fitzstuart verliebte. Daraus konnten nur Kummer und Herzschmerz entstehen, davon war er überzeugt.

Als er Rory auf der Mauer sitzen sah und sein bester Freund so nah bei ihr stand, dass klar war, dass er sie küssen würde, beschleunigten Schock und Wut seinen Schritt. Er marschierte auf die Mauer zu und wollte gerade fordern, dass Dair seine Schwester loslassen sollte, als zu seinem Erstaunen William Watkins aus dem Nichts heraus gesprungen kam und in unzweifelhafter Absicht einen Stock schwang. Grasbys Zorn verflog sofort und wurde von Ungläubigkeit abgelöst. Er wollte gerade eine Warnung ausrufen, als Rory das für ihn tat, und sein bester Freund wehrte die Bedrohung schnell und heftig ab.

In diesem Moment gefangen vergaß er seine zornige Absicht über seiner Bewunderung für Dair und seiner großen Befriedigung darüber, dass sein Schwager endlich seinen verdienten Lohn erhielt. Er konnte es nicht erwarten, das Cedric und den Jungs bei White's zu erzählen. Er war sicher, dass eine Menge Wetten damit erledigt und ein Haufen Schulden bezahlt oder gemacht würden, nur durch diesen einen Schlag.

Trotzdem hatte er ein schlechtes Gewissen, als er beobachtete, wie das Wiesel mit einer Hand an seiner gebrochenen Nase herumstolperte, die Augen durch Tränen des Schmerzes blind. Schließlich war der Mann sein Schwager und er wusste, dass Silla völlig aufgelöst sein würde, wenn sie entdeckte, dass ihr Bruder verletzt worden war und noch dazu von der Hand Major Lord Fitzstuarts. Er konnte vorhersehen, dass häusliche oder andere Seligkeit in seinem Haus nicht mehr möglich sein würde. Und das erinnerte ihn an seine Schwester und Watkins' Heiratsantrag, und sein Mitgefühl verschwand. Doch bevor er zu Rory gehen konnte, rief Dair nach ihm, und Wiesel Watkins fand unter Schmerzensschreien wieder Worte.

„Meine Nase! Meine Nase, sie - sie ist gebrochen! Lieber Gott, Ihr habt mir die Nase *gebrochen*! Ihr verdammter Bastard, Fitzstuart. Ihr verdammter hirnloser Rabauke! Ihr habt sie gebrochen! Wisst Ihr, was ..."

„Achtet auf Eure Sprache, Wiesel, oder ich breche Euch auch noch das Kinn."

William Watkins lachte schnaubend, wodurch Blut aus seinen Nasenlöchern spritzte und die Vorderseite seiner exquisit bestickten Seidenweste befleckte. Trotz des stechenden Schmerzes zwischen seinen Augen fand er die mentale Energie, um eine freche Antwort zu keuchen.

„Sprache? Was Ihr wohl darüber wisst? Ihr könnt doch keine zwei zusammenhängenden Sätze bilden. Ich bezweifle, dass ein schwerfälliger, ungebildeter Trottel wir Ihr mehr als Euren Namen schreiben könnt - lieber Gott im Himmel, meine *N-nase*!" Er wischte sich die Tränen aus den Augen, obwohl sie weiter nässten, und fuhr sich dann mit einem Finger vorsichtig über die Nasenflügel, sah das Blut, dann das Blut auf seiner Kleidung und brach mit gekreuzten Beinen im Gras zusammen. „Jesu - ich verblute! Der Schmerz! Ich *sterbe*!"

„Nein, Ihr sterbt nicht. Eure Nase ist gebrochen und gebrochene Nasen bluten - und zwar stark. Wenn Ihr wissen wollt, was Schmerzen sind, fragt meinen Burschen. Eure zerschmetterte Hand amputiert zu bekommen, das sind Schmerzen. Vier Sätze und eine Konjunktion, diese nicht mitgerechnet. Grasby!? Gib mir deine Flasche."

Das Wort *Konjunktion* ließ William Watkins den Kopf wenden, um den Major anzustarren. Als würde er ihn zum ersten Mal sehen, musste er sich nach all den Jahren fragen, ob er ihn falsch beurteilt hatte. Aber er entschied schnell, dass die Menge an Wein, die er beim Mittagessen getrunken hatte, zusammen mit dem höllischen Schmerz zwischen seinen Augen ihn wahnsinnig gemacht hatte. Und als Dair ihm mit einem wissenden Lächeln zuzwinkerte, wusste er, dass es so sein musste.

„Grasby? Die Flasche! Die mit dem Cognac, die du immer in der Rocktasche mit..."

„Warte eine Minute, verdammt!", unterbrach Grasby und zeigte mit dem Finger auf den Major. „Du hast dir einen Bart wachsen lassen!"

Dair rieb sich die Wange.

„Ich konnte kaum anders. Gefangene dürfen keine Rasierutensilien haben. Sie könnten sie für andere Zwecke verwenden. „

„Welche anderen Zwecke?"

„Mord und Selbstmord kommen mir in den Sinn ...", murmelte Dair.

„Mal langsam! Du wurdest aus dem Tower entlassen!"

Dair grinste. „Ja."

„Guter Gott, mir wird klar, warum ihr beide zueinander passt!", platzte William Watkins unter Stöhnen heraus, unfähig, sich eine weitere Minute eines solchen unsinnigen Gesprächs anzuhören.

„Soll ich den Bart behalten?", fragte Dair Grasby und ignorierte William Watkins völlig.

Er warf Rory einen Blick zu, aber da sie ihren Kopf gesenkt hatte, fragte er sich, ob sie ihr Bestes tat, um ein Kichern über den bemerkenswerten Mangel an Auffassungsgabe ihres Bruders zu unterdrücken. Um sie dazu zu bringen, ihren Kopf zu heben, fügte er hinzu: „Ich habe gehört, die Damen mögen einen Piratenbart. Was denkst du, Grasby?"

Als Grasby ernsthaft darüber nachdenken wollte, schauderte William Watkins vor unkontrollierter Verzweiflung, während das Blut in seiner Kehle hinabsickerte.

„*Denken*? Mit einem Gehirn von der Größe einer Walnuss, das auch noch zwischen Euren Beinen sitzt, kann ich mir nicht vorstellen, dass Ihr an irgendetwas anderes denkt!"

„Größe einer Walnuss?" Dair hob eine Augenbraue.

„Er hat nichts Walnussgroßes an sich!", bestätigte Grasby. „Gehirn oder - oder - oh, Gott! Ist das richtig, dass er das tut?"

Grasby rettete sich aus seiner Verlegenheit, als William Watkins begann, unkontrolliert zu husten. Der Sekretär ließ den Kopf zwischen die Knie sinken und Blut begann aus seiner Nase ins Gras zu laufen.

„Gib mir dein Taschentuch. Meins wird nicht genug sein", befahl Dair und wollte sich gerade abwenden, um sich um den verletzten William Watkins zu kümmern, als sein Blick auf Rory fiel. Sie hatte ihn beobachtet und sah nicht weg. „Geht es Euch gut, Miss Talbot?"

„J-ja. Es wird mir gleich wieder gut gehen, sobald Ihr Mr. Watkins geholfen habt."

Ein Moment, keine zehn Sekunden, waren zwischen ihnen verstrichen, doch Grasby erfasste es und obwohl er generell nicht schnell etwas begriff, tat er es diesmal schon. Er hatte eine Ahnung, dass sein erster Eindruck, als er um die Kurve des Weges gebogen war, der richtige gewesen war. Dair hatte seine Schwester geküsst, und vielleicht hatte Watkins sie erwischt, Dair angegriffen und sich für seine Mühe einen Faustschlag eingefangen.

„Hier", sagte Dair zu Watkins, hockte sich neben ihn und hielt ihm eines der Taschentücher hin. „Es wird bald aufhören zu bluten und dann könnt Ihr einen Schluck von Grasbys Cognac nehmen. Je schneller Ihr auf das Boot zurückkommt und eine kalte Kompresse auf die Schwellung legt, desto schneller lässt sie nach. Die Prellung wird viel länger brauchen."

Watkins schnappte sich das Taschentuch, tupfte sich versuchsweise die Nase ab und beäugte den Major mit Abscheu. Der Mann war ein gorillagroßer Trottel, aber er musste zugeben, dass er sehen konnte, warum Frauen mit ihm ins Bett fielen. Nun, es gab eine

Frau, die er unbedingt um jeden Preis von seinem Bett fernhalten wollte.

„Ich warne Euch, Fitzstuart. Haltet Euch von Miss Talbot fern. Sie gehört mir und ich habe vor, sie zu heiraten.“

Dair warf den Kopf zurück und lachte. Er gab William Watkins einen Stoß, halb verspielt, halb kraftvoll.

„Ihr? Ihr warnt *mich*? Ihr und wessen Armee? Und zu denken, dass ich zu hoffen wagte, Euch ein wenig Verstand eingebläut zu haben!“

„Glaubt nicht, dass ich nicht Euer Spiel nicht kennen würde!“

„Meine Güte, Wiesel, eine dreifache Verneinung, und Ihr nennt *mich* einen Trottel im Gebrauch der Sprache.“ Er schraubte den Deckel auf und hielt ihm die Flasche hin. „Nehmt einen Schluck. Ihr werdet Euch besser fühlen. Obwohl, warum sollte ich mich überhaupt mit Euch befassen ...“

Der Sekretär nahm einen Mund voll Cognac, spülte und spuckte aus. Dann trank er einen Schluck und drückte Dair die Flasche wieder in die Hand.

„Belästigt Miss Talbot noch einmal und ich gehe direkt zu Shrewsbury mit allem, was ich über Euch weiß ...“

„Ihr seid immer so vorhersehbar! Ihr wart schon in der Schule immer ein Zuträger.“

„... Ihr und Eure - Eure *perversen Freuden.*“

„Perverse Freuden? Ein hübsches Mädchen zu küssen ist ein perverses Vergnügen?“ Dair stieß ein verächtliches Schnauben aus. „Ihr wisst wohl viel über Perversitäten! In der Tat, Ihr versteht überhaupt nichts von hübschen Mädchen!“

William Watkins spürte, wie ein Hammer hinter seinen Augen pochte und wie sein Gesicht anschwoll, aber trotz alledem war er entschlossen, gegenüber diesem bärtigen Pavian die Oberhand zu behalten. Mit einem überhöhten Gefühl für seine eigene Schlauheit und in grober Unterschätzung der Intelligenz des Majors nahm er sich vor, seine Lordschaft, ohne es Wort für Wort auszusprechen, darüber zu informieren, dass ihm die lang bestehende Wette bekannt war, die den Teufelskerl dazu herausforderte, mit einem Krüppel zu schlafen. Wenn solch eine abstoßende Wette allgemein bekannt werden würde, wäre die Gesellschaftsfähigkeit des Majors am Ende. Denn, während absurde Wetten an der Tagesordnung waren, gab es einige Bereiche, die selbst für den niedrigsten, hartherzigsten Spieler verboten waren; Geistesschwache, Deformierte und die sehr Jungen standen ganz oben auf der Liste.

„Ich weiß, warum Ihr plötzlich begonnen habt, Euch für Miss Talbot zu interessieren“, sagte William Watkins und schaute über Dairs

Schulter hinweg zur Mauer, wohin sich Lord Grasby zurückgezogen hatte, um mit seiner Schwester zu sprechen und wo die Geschwister jetzt in eine leise Unterhaltung vertieft waren. Er wandte seinen Blick wieder dem Major zu. „Es muss Euch all Eure geistigen Fähigkeiten gekostet haben, endlich zu erkennen, dass es *so eine* auf Eurer Türschwelle gibt. Und es gibt niemand Besseres als Miss Talbot, denn solange sie sitzt, kann man ihre - *Beschädigung* - fast vergessen.“

„*So eine*?“, unterbrach Dair ihn, völlig ahnungslos, wovon der Sekretär da schwätzte. Er kam zu dem Schluss, dass der Schlag das Gehirn des Mannes in Mitleidenschaft genommen haben musste. „Was soll das heißen?“

„Oh, kommt schon, Fitzstuart!“, höhnte William Watkins. „Ihr seid dumm, nicht blind! Miss Talbot ist ein *Krüppel*.“

Dair biss die Zähne zusammen und seine Hände ballten sich zu Fäusten.

„Und Ihr habt braunes Haar. Nichts davon bedarf weiterer Diskussion.“

William Watkins blinzelte. Seine Augenlider fühlten sich schwer und dick an. „Sie hat einen deformierten rechten Fuß hinkt auf einem Bein, was sie zu einem vorzüglichen Opfer für Eure perverse Wette macht, nicht wahr?“

Dair packte den Sekretär an der Kehle, hoch genug, um ihm den Mund zu verschließen. Er knirschte mit den Zähnen und zischte dem Mann ins Ohr. „Ich würde sagen, dass ich der Liste Eurer Verletzungen noch zerschlagene Zähne hinzufügen werde, wenn Ihr nicht das Maul haltet!“

Dann stieß er ihn weg, richtete sich zu seiner vollen Größe auf und ließ den Sekretär nach Atem ringend zurück, den Mund weit geöffnet, um nach Luft zu schnappen, da seine gebrochene Nase mit getrocknetem Blut verstopft war.

„Er gehört ganz dir!“, blaffte Dair Grasby an. „Zieh ihn auf die Füße. Seine Beine können nicht so nutzlos sein wie der Rest von ihm.“

„Aber was ist mit meiner ...“

„Ich bringe Miss Talbot bis an den Steg.“

„Nein. Ich denke nicht, dass das eine gute Idee ist“, sagte Grasby und trat von der Mauer weg. „Ich kümmere mich um Rory ...“

„Deine Schwester hat Blasen an den Füßen und kann nicht laufen, und du kannst sie nicht die ganze Strecke tragen.“ Er zog Grasby beiseite und sagte in sein Ohr: „Wenn du mich bei ihm lässt, werde ich die Made wahrscheinlich zu Brei schlagen. Willst du das auf dem Gewissen haben?“

„Auf keinen Fall!“

„Gut! Dann machen wir es, wie ich sage!"

Wut war eine Emotion, die sein bester Freund selten, wenn überhaupt je, zeigte, daher erhob Grasby keine weiteren Einwände. Er sah zu, wie Dair zu seiner Schwester hinüberging, wo diese still und aufmerksam dasaß, die Hände in ihrem Schoß, und ein beunruhigendes Gefühl ließ seinen Magen sich zusammenziehen. William Watkins' anhaltendes Husten ließ ihn sich widerwillig abwenden, um seinem Schwager seine Hilfe anzubieten. Das war auch gut so, denn das Gefühl, das Rory ins Gesicht geschrieben stand, war unverkennbar, als der Major ihr den Gehstock überreichte, den er im Gras liegend fand.

Dair hatte den Stock aufgehoben und wollte ihn ihr gerade hinhalten, als Rory ihr Gesicht hob, sodass er ihr Gesicht unter der Hutkrempe sehen konnte, und all sein Zorn verflog augenblicklich. Er war von ihrem Gesichtsausdruck so verblüfft, dass er sprachlos abrupt vor ihr stehenblieb. Er hatte sich bei ihr entschuldigen wollen, für seine gewaltsame Reaktion auf Watkins Benehmen, dafür, dass sie Zeugin eines so scheußlichen Anblicks hatte werden müssen und dafür, dass sie in der Sonne saß. Doch all diese Worte, bereits formuliert, doch noch nicht ausgesprochen, wurden wieder verschluckt und vergessen.

Sie lächelte ihn an, doch es war kein einfaches Lächeln, es war ein freudiges, liebevolles Lächeln und das Letzte, was er von ihr unter den gegenwärtigen Umständen erwartet hätte. Es war das schönste Lächeln, das er je gesehen hatte. Es ließ ihn seinerseits lächeln, ohne zu wissen, dass er das tat.

„Ihr erinnert Euch an mich", flüsterte sie, so, dass nur er es hören konnte. Sie nahm den Stock aus seiner Hand entgegen und legte ihn über ihren Schoß, um dann die Hand auszustrecken. Er nahm sie, ohne darüber nachzudenken, und sie zog ihn näher zu sich. „Als Ihr Euch vorhin entschuldigt habt, weil Ihr mich geküsst hattet, hörte ich, was Ihr sagtet, begriff es aber nicht gleich. Wenn das verständlich ist. Aber jetzt, als ich hier saß und über diesen Kuss nachdachte - was ein netterer Zeitvertreib war als zuzuschauen, wie der arme Mr. Watkins das Gras vollblutete ...“

„Ich bedauere, dass ich ihn vor Euren Augen geschlagen habe, aber nicht, dass ich ihn geschlagen habe.“

„... erinnerte ich mich an das, was Ihr vorhin zu mir gesagt habt. Ihr sagtet: *Es tut mir leid, Augenstern.* Das ist ein Beweis, nicht wahr, dass

Ihr Euch an mich aus Romneys Atelier erinnert! Ihr wart gar nicht betrunken, nicht wahr?"

Er hob sie ohne jedes weitere Wort auf und trug sie durch das Tor und den Weg entlang.

„Ihr habt ein wenig zu viel Sonne abbekommen, Miss Talbot."

„Und Ihr, Mylord, könnt mir keine Märchen mehr erzählen, nachdem Ihr mich geküsst habt! Gebt es zu!"

Er schritt weiter aus.

„Miss Talbot, würdet Ihr so freundlich sein, über meine Schulter zu schauen und mir zu sagen, ob Ihr Euren Bruder und das Wiesel sehen könnt."

„Nennt mich Rory oder Augenstern, aber ich habe genug davon, dass Ihr mich Miss Talbot nennt! Ihr stellt Euch nur stur, weil ich Euch auf die Schliche gekommen bin!"

„Könnt Ihr Euren Bruder sehen oder nicht?"

Sie schaute auf, spähte über seine Schulter und schüttelte den Kopf.

„Nein. Da sind Bäume und sie müssen außerhalb unserer Sichtw... oh! *Alisdair!* Was - was macht Ihr?"

Er war in das Gebüsch ausgewichen. Hinter einer Hecke ließ er sie auf ihre Füße gleiten, zog sie eng an seinen Körper und bevor sie ihren Hut oder ihre Röcke richten konnte oder wusste, was sie mit ihrem Gehstock anfangen sollte, beugte er sich unter ihre Hutkrempe und küsste sie auf den Mund. Es war nur ein Kuss, aber er reichte, um das Lächeln wieder in seine dunklen Augen zu bringen und seine Mund-winkel zu heben.

„Jetzt fühle ich mich viel besser. Danke - *Rory.*"

Sie ließ ihren Stock fallen, legte beide Hände um seinen Hals und stellte sich auf Zehenspitzen, um ihn zu küssen. „War es Grasby, der dir gesagt hat, du dürftest dich nicht an mich aus Romneys Atelier erin-nern?" Sie lächelte scheu und musterte ihn unter ihren Wimpern hervor. „Ich erinnere mich an dich ... an alles an dir ..."

„Du, mein Augenstern, bist ein frecher Fratz! Nein. Nicht Grasby. Dein Großvater."

„Oh! Das ergibt viel eher einen Sinn. Grand muss versucht haben, mir die Schande einer solchen Situation zu ersparen." Sie kicherte. „Oder er wollte dir und Grasby die Peinlichkeit ersparen! Willst du mich noch einmal küssen?"

„Nicht hier. Nicht jetzt. Nicht, solange dein Bruder mir im Nacken sitzt."

Rory schmollte und gab Enttäuschung vor. „Aber du wirst mich wieder küssen, nicht wahr?"

„Ja."

„Und mit diesem Bart?"

„Ha! Also magst du meinen Piratenbart wirklich?"

„Ich bin kein Kolibri, aber ich kann so etwas durchaus sagen. Und alles, was ich dir sagen kann, ist, dass ich noch entscheiden muss, welche Inkarnation von dir ich bevorzuge: amerikanischer Wilder oder Pirat ... Aber ich werde es dich nach eingehender Überlegung wissen lassen."

Er lachte laut und unterdrückte dann schnell seine Heiterkeit, indem er eine Hand auf seinen Mund drückte, obwohl das Lachen immer noch in seinen Augen tanzte. Als er wieder sprechen konnte, sagte er heiser: „Du bist unverbesserlich!"

„Und du wirst in Banks House bitter vermisst werden", sagte sie und hob ihren Stock auf. „Ich fühle mich grässlich, weil ich so viel von deiner Zeit in Anspruch nehme, die du mit deinem Sohn verbringen solltest, und noch dazu ausgerechnet an diesem Tag."

„Wie ich Jamie kenne, ist er mit seinem neuen Mikroskop beschäftigt, und wenn ich in den Bücherraum gehe und ihn auf meine Anwesenheit aufmerksam mache, wird er aufschauen und lächeln und denken, ich sei die ganze Zeit dort gewesen. Du magst denken, er sähe aus wie mein Bruder Charles, aber er hat das freundliche Naturell seiner Mutter, wofür ich zutiefst dankbar bin." Er holte sie wieder ab, zögerte dann und sagte mit gerunzelter Stirn: „Stört es dich - Jamie, meine ich - und - die Banks-Familie?"

„Mich stören? Ich weiß nicht, was du meinst."

Er hob sie wieder auf und kehrte wieder auf den Weg zurück.

„Nein. Nein, ich nehme an, das weißt du wirklich nicht. Ich werde das in Ordnung bringen müssen - ich denke, es ist wichtig, dass ich es dir erzähle, über sie und über mich, bevor wir weiter gehen."

Rory hielt den Atem an und fragte sich, was er ihr anvertrauen wollte und, ebenso wichtig, was er mit weiter meinte ... wohin *weiter gehen*?

„Wenn du das möchtest", sagte sie ruhig.

Er nickte. „Gut."

Und das war das letzte Wort, das er zu diesem Thema sagte, da sie am Steg angekommen waren. Hier stellte er sie auf festem Boden ab, gerade, als Lady Grasby aus dem Inneren des Bootes an Deck kam. Sie erschrak so sehr, dass Rory meinte, ihre Schwägerin müsste gleich in Ohnmacht fallen und vor Erleichterung aufseufzte, als ein schnell denkender Diener ihr einen Stuhl unterschob, bevor sie zusammenbrechen konnte. Ihre Zofe brachte schnell einen Fächer, um den wogenden Busen ihrer Herrin zu kühlen. Doch ein Blick über ihre Schulter ließ Rory erkennen, dass es nicht ihre Rückkehr war, die ihre Schwägerin so verstört hatte, sondern der Anblick von William Watkins mit einem Arm um Grasbys Schulter und einem blutigen Taschentuch an seiner Nase.

„Ich fürchte, eure Heimfahrt wird nicht so ereignislos sein wie die hierher", sagte Dair an Rorys Ohr, als er sich zum Abschied über ihre Hand beugte. „Ich hoffe nur, dass du das große Drama ignorieren und eine ruhige Ecke finden kannst, um mit Mr. Humphrey ungestört über den Ananasanbau zu sprechen."

„Oh! Ist er hier? Auf dem Boot?"

„Ja. Er sollte an Bord sein und auf dich warten. Ich fand es nur fair, dass du die Gelegenheit haben solltest, Humphreys ungeteiltes Fachwissen für ein paar Stunden zu nutzen, da Jamie ihn während deines Aufenthalts in Banks House völlig für sich beansprucht hat."

„Das war rücksichtsvoll von dir, Mylord. Vielen Dank." Ihr Lächeln ließ ein Grübchen in ihrer Wange entstehen. „Ich werde mir einen geeigneten Weg überlegen müssen, um dir das zu entgelten."

Dair hob eine Augenbraue und sagte höflich: „Das erfordert kein großes Nachdenken. Ich bin nur ein einfacher Soldat, daher sind meine Bedürfnisse ebenso einfach." Er verbeugte sich wieder und sagte, gerade, als Grasby und William Watkins am Steg ankamen: „Ich freue mich darauf, in den kommenden Wochen mit Euch und Lord Shrewsbury in der Gatehouse Lodge zu speisen und in die Geheimnisse des Ananasanbaus eingeweiht zu werden." Er nickte Grasby zu und sagte doppelsinnig zu dem Sekretär: „Ich glaube wirklich, ich habe Eurem Gesicht Charakter verliehen, Wiesel. Dankt mir jetzt nicht. Später, wenn die Schwellung verschwunden ist, wird noch früh genug sein." Er machte auf dem Absatz kehrt und wanderte davon, den Weg hinauf, die Hände tief in den Taschen seines Rocks vergraben.

Rory sah ihm nach, ihr Blick ruhte länger auf seinem Rücken, als höflich war. Zu ihrer Schande war der Ananasanbau das Letzte, was ihr im Sinn lag.

# ZWANZIG

## TREAT, HAMPSHIRE: LANDSITZ DER
## HERZÖGE VON ROXTON, JULI 1777

DAIR KAM ÜBER DEN MIT GEPFLEGTEM RASEN BEDECKTEN HANG und schlenderte zum Steg hinab, der in den See ragte und an dem mehrere schaukelnde Boote festgemacht waren. Die Sonne stand hoch an einem strahlend blauen Himmel, ohne Wolken und ohne Brise. Es war das perfekte Wetter zum Schwimmen. Nicht zum ersten Mal blickte er neidisch über das glitzernde Wasser eines Sees, der mit Fischen gefüllt und mit Inseln übersät war. Wie er sich wünschte, sich auszuziehen, einzutauchen und sich abkühlen zu dürfen. Aber solche Sehnsucht wurde schnell von Furcht abgelöst. Er straffte die Schultern, sog wieder an seinem Stumpen und ignorierte die Hitze unter seiner Krawatte. Ebenso ignorierte er die Frau in seinem Rücken, die ihm vom Sommerpavillon der Herzogin aus gefolgt war.

Er hatte sie dort allein mit ihrer Näharbeit gefunden. Sie hatte darauf gewartet, dass ihre junge Herrin vom Schwimmen zurückkehrte. Ein Korb neben einem gedrungenen Tisch war von allem für den Nachmittagstee notwendigen Dingen befreit und diese auf einer Leinentischdecke angeordnet worden. Die silberne Teekanne auf ihrem Ständer und das ihm vertraute dazu gehörige Teegeschirr waren mit freundlicher Genehmigung des elisabethanischen Witwensitzes oben auf dem Hügel hergebracht worden. Die Herzogin von Kinross sollte jeden Tag nach Hause kommen; das hatte ihm die Haushälterin erzählt, als er in der Nacht zuvor unangekündigt mit seinem Kammerdiener und seinen Portmanteaux vor der Haustür aufgetaucht war.

Er hatte gerade anstrengende vierzehn Tage in Fitzstuart Hall in Buckinghamshire, dem Sitz seiner Familie, verbracht. Er hatte sich nur eine Woche dort aufhalten wollen, sich aber verpflichtet gefühlt zu bleiben, weil seine verwitwete Schwester Lady Mary und ihre Tochter Theodora am Tag vor seiner Abreise eintrafen. Sie hatten sich so gefreut, ihn zu sehen, dass er nicht guten Gewissens abreisen und sie damit kränken konnte, dass er seinen Aufenthalt nicht verlängerte. Außerdem mochte er Mary und seinen Wildfang von Nichte wirklich gern. Teddy bettelte, dass ihr Onkel Dair sie zum Ausreiten und zur Falkenjagd mitnehmen sollte, alles, um im Freien zu bleiben, damit sie den wohlmeinenden Versuchen ihrer Mutter, sie zu einer jungen Dame zu erziehen, entkommen konnte. Er konnte es ihr nicht abschlagen und das gab ihm auch die notwendige Ausrede, um es zu vermeiden, im Haus zu bleiben.

Doch länger zu bleiben bedeutete, noch mehr von den übermäßig dramatischen Wehklagen seiner Mutter über die gesellschaftlich unannehmbare und (in ihren Augen) katastrophale Flucht ihres Bruders zu ertragen. Ganz gleich, dass Charles ein Verräter an König und Vaterland war, das war nichts im Vergleich zu der unpassenden Wahl seiner Braut. Dair ersparte sich jeden Kommentar. Was nutzte es, wenn ohnehin nur ihr Standpunkt galt? Er musste auch ein offenes Ohr für die schwierige Lage seiner Schwester haben. Mary machte ihrer Demütigung über die Bedingungen Luft, unter denen sie jetzt zu leben gezwungen war, dank des abscheulichen Testaments ihres verstorbenen Mannes, und über den Mann (den Mary einen Teufel und einen Tyrannen nannte), der mit der Verwaltung des Besitzes beauftragt war, bis der Erbe, Sir John Cavendish, volljährig würde.

Als Dair es wagte, darauf hinzuweisen, dass sie das große Glück hatte, nicht aus einem Haus und von einem Hof vertrieben zu werden, worauf sie keinen Anspruch mehr hatte, war Marys Antwort, ihn zu beschuldigen, ein gefühlloser Rohling zu sein, der keine Ahnung hatte, wie es war, wegen allem, was erforderlich war, um das Leben einer Frau erträglich zu machen, mit dem Hut in der Hand zu einem Angestellten gehen zu müssen. Da Lady Mary ein Kleid aus der teuersten Seide trug, das mit Goldfäden bestickt war, dazu passende Pantoletten und Handschuhe, und zweimal täglich ihre Kleider wechseln konnte, vermutete Dair, dass der „Tyrann", dessen Namen er kannte, an den er sich jedoch in diesem Moment nicht erinnern konnte, überaus großzügig war.

Und als Dair bemerkte, dass er tatsächlich wusste, wie es war, von einem anderen finanziell abhängig zu sein, und dass sie all sein Mitgefühl hatte, entschuldigte sich Lady Mary sofort und unter Tränen, wohl wissend, dass ihr Bruder keine Kontrolle über sein Erbe hatte und alle Entscheidungen in Bezug auf das Anwesen von ihrem Cousin, dem Herzog von Roxton, getroffen wurden.

Die Antwort der Gräfin war, tragisch zu seufzen und den weiterhin unverheirateten Zustand ihres ältesten Sohnes zu beklagen. Alles, was Dair tun müsste, um die Kontrolle über das zu erlangen, was rechtmäßig ihm gehörte und die Schande der Familie, dass Roxton über sie bestimmte, zu beenden, war zu heiraten.

Da war er am Ende seiner Geduld und sein Entschluss stand fest. Nun hatte seine Mutter wirklich ein wahres Wort ausgesprochen. Er entschuldigte sich dafür, dass er ihren Rat nicht früher befolgt hätte. Und damit verabschiedete er sich und machte sich auf die Suche nach dem Verwalter. Woraufhin er sich mit dem alten Gefolgsmann zwei Tage hinter verschlossene Türen begab. Danach verließ er Fitzstuart Hall, ohne dass seine Verwandten in Bezug auf seine Absichten irgendwie klüger gewesen wären, und ließ den Verwalter mit einer langen Liste von Anforderungen und Anweisungen zurück, deren umgehende Ausführung er nicht abwarten konnte.

Dair ritt nach Hampshire, zufriedener mit seinem Leben, als er je gewesen war.

Seine Cousine Antonia war eine von drei Personen, die ihn zum Herzogssitz von Roxton, Treat, gebracht hatten. Lord Shrewsbury war ein anderer. Er musste ihm über seine Mission in Portugal Bericht erstatten. Aber es war die dritte Person, die er am meisten sehen wollte, und sie war es, die gegenwärtig das erfrischende Wasser des Sees genoss.

Als er angeboten hatte, ihre Herrin zu holen, damit die Zofe in der Kühle des Pavillons bleiben konnte, hatte die Frau heftig den Kopf geschüttelt und erklärt, dass sie und alle Bediensteten strenge Anweisung erhalten hatten, Miss Talbot nicht allein zu lassen. Daraufhin hatte Dair eine schwarze Augenbraue hochgezogen, denn in diesem Moment war Miss Talbot mit Sicherheit allein, im See. Die Zofe war rot geworden und hatte ihre Worte berichtigt: Miss Talbot durfte mit keinem anderen Gentleman als ihrem Großvater oder ihrem Bruder allein gelassen werden. Dair sagte nichts dazu, wandte sich auf dem Absatz um und ging, um Miss Talbot zu suchen, ihre Zofe an den Schößen seines cremefarbenen Leinenrocks.

Er war fast am Steg, als er Rory erblickte. Nun, einen Teil von ihr. Er hörte ein Platschen, schaute rasch nach rechts zu den Booten und erhaschte einen Blick auf nackte Haut. Ihr rundes Hinterteil schaukelte im Wasser und verschwand dann zusammen mit dem Rest von ihr nach einem Tritt ihrer Beine unter der Wasseroberfläche. Er warf einen Blick über die Schulter, sah, wie die Magd schnaubte, eine Hand an ihre Stirn legte, um ihre Augen vor Blendung zu schützen, und sagte beiläufig und zeigte auf eine Gruppe von Weiden am Ufer:

„Geht und setzt Euch in den Schatten. Dann seid ihr noch immer in Sichtweite des Stegs und könnt ehrlich sagen, dass Ihr Miss Talbot nicht allein gelassen habt - mit mir."

Die Hitze der sommerlichen Sonne überzeugte die Zofe und sie ging in den Schatten, was es Dair erlaubte, sich dem Steg zu nähern, etwas, das er mit verborgenem Misstrauen tat und ohne zwischen den Holzplanken in das Wasser darunter zu schauen. Er legte äußerlich ruhiges Selbstbewusstsein an den Tag, doch die schlanken Finger, die den Stumpen an seinen Mund führten, zuckten. Er verfluchte seine Achillesferse; und noch mehr verfluchte er seinen Vater, weil dieser der Grund für seine Schwäche war. Doch am meisten verfluchte er sich selbst dafür, dass er nicht fähig war, eine solche Schwäche zu überwinden.

Solche bitteren Gedanken verschwanden, als er Rorys Gehstock und einen Haufen Kleider am Ende des Stegs erspähte. Mit dem geschnitzten Bernsteingriff des Gehstocks stupste er die Kleidung an und hob jedes Stück zur Inspektion hoch. Er kannte sich mit weiblicher Kleidung und den Dessous bestens aus, und die durchsichtigen Kleidungsstücke sagten ihm, dass Miss Talbot so vernünftig war, während dieser ungewöhnlichen Hitzewelle so wenig Lagen wie möglich zu tragen. Sie hatte darauf verzichtet, unter ihrem leichten Musselin-Kleid ein Korsett zu tragen, ging barfuß, doch da lag ein Paar weißer Strümpfe, mit Grasflecken an den Füßen, die sie vielleicht aus Gründen des Anstands getragen hatte. Und wenn er sich nicht sehr irrte, hatte sie auch auf ein leinenes Badegewand verzichtet. Er lehnte den Gehstock an einen dicken Poller und, den Stumpen zwischen den Zähnen und seine rechte Hand über die Augen gelegt, suchte er das Wasser nach verräterischen Ringen auf seiner glasglatten Oberfläche ab.

„Hallo! Was machst denn du hier?"

Die Stimme ertönte von hinter ihm. Sie war fröhlich und frei von Angst - obwohl er auf sie gestoßen war, als sie nackt im See schwamm. Er drehte sich um, schaute aber nicht zum Wasser hinab, sondern über die Boote ans Ufer. Es hatte nichts mit Anstand zu tun und alles mit ruhigem Wasser. Trotzdem gelang es ihm, lässig zu klingen und den Stumpen zwischen seinen Zähnen herauszunehmen.

„Ich bin gekommen, um dich zu küssen."

Als sie vor Lachen gurgelte, grinste er. Aber noch immer sah er nicht zu ihr hinab.

„Du hast deinen Bart behalten."

„Ja."

„Hast du ihn meinetwegen behalten?"

„Ja. Sehr zum Leidwesen meiner Mutter. Sie sagt, ich sähe aus wie ein schmutziger Landstreicher. Ich muss mich rasieren, bevor ich zurückreite nach …“

„Aber du bist gerade erst hier angekommen …“

„… nach Fitzstuart Hall.“

„Oh … du kannst ruhig hersehen. Der größte Teil von mir ist hinter einem Boot versteckt.“

Er rauchte seinen Stumpen und bemühte sich, ruhig und beherrscht zu bleiben und zu vergessen, dass nur ein paar Meter unter seinen Stiefelabsätzen mit Schilf gefülltes Seewasser schwappte. Es verwirrte ihn immer wieder, dass er nicht die gleiche Reaktion zeigte, wenn er an Bord eines Schiffes ging, um auf offenes Meer hinaus zu segeln. Er hätte gedacht, dass große Flächen Meerwassers mit der ständigen Bewegung der Wellen, der salzigen Luft und dem Mangel an Land in jedwede Richtung ihm Angst machen müssten. Aber nein. Es war die glasklare Ruhe des Sees, der schwarze Abgrund des Nichts und die unausweichliche Verstrickung in die klammernden Ranken des Schilfs, die sein Herz zum Rasen brachten. Es ließ seine Gedanken auch zu seinem zehnten Geburtstag zurückschießen, als er unter Wasser gedrückt wurde, bis er fast ertrunken wäre, seine Lungen sich mit Wasser füllten, als er um sich schlug, verzweifelt nach Luft rang, die Schreie seines Bruders und die Wut seines Vaters, die in seinen Ohren dröhnten, als er an die Oberfläche geholt und immer wieder untergetaucht wurde. Sein Vater wollte ihm eine Lektion fürs Leben erteilen. Alles, was es bewirkte, war, dass Dair ihn nur noch mehr hasste.

„Hier unten zu deinen Füßen“, rief Rory und winkte mit einem Arm über ihrem Kopf, um seine Aufmerksamkeit zu erregen.

Die Bewegung drang durch Dairs Gedanken, die sich in der Vergangenheit verloren hatten und er schüttelte innerlich die Melancholie ab, um seine dunklen Augen endlich auf sie zu richten.

Rory hatte ihre Ellenbogen auf den Rand des Bootes gelegt und das Kinn in die Hände gestützt, so dass alles, was er von ihr sah, ihre bloßen Arme und ihr Gesicht waren. Sie lächelte zu ihm auf, ihre Haar klebten an ihrem Kopf und fielen in langen, tropfenden Locken auf ihre Schultern. Im Gegenzug ließ er sich mit einer Hälfte seines Gesäßes auf dem Poller nieder und erwiderte ihr Lächeln.

„Farrier hat mich gewarnt, dass der See von Meerjungfrauen bewohnt ist, aber ich habe ihm nicht geglaubt. Denn eigentlich sind Meerjungfrauen Geschöpfe des Ozeans.“

„Farrier…?“

„Mein Offiziersbursche, schon seit der Zeit vor dem Krieg in Amerika. Du könntest ihn in der letzten Zeit gesehen haben, wie er von einem Boot aus angelt oder mit einer Rute am Wehr sitzt. Er hat zwei

Wochen Angelurlaub, seine Belohnung dafür, dass er an meiner Statt einen Monat eingesperrt im Tower verbracht hat. Er hat die Erlaubnis des Herzogs, so viel Forellen und Wild zu fangen, wie er essen kann, unter den Sternen zu schlafen, wo immer er mag, und nach Lust und Laune Meerjungfrauen zu beobachten."

„Ist er ein kahlköpfiger Gentleman mit einer Narbe auf der Wange und einem silbernen Haken anstatt einer Hand?"

„Das ist Farrier."

Rory schüttelte den Kopf. „Ich habe ihn nicht gesehen, aber Grand hat ihn mir beschrieben und mich gewarnt, dass der Herzog einen Gast hat, der sich am See vergnügt."

„Und trotzdem schwimmst du nackt ...?"

Rory schmollte und fühlte sich plötzlich unbehaglich.

„Ganz offensichtlich musstest du nie in etwas schwimmen, was nahezu ein Nachthemd ist. Scheußliches Kleidungsstück! Mehr ein Hindernis als eine Hilfe und eher geeignet, seine Trägerin zu ertränken." Ihre Grübchen zeigten sich. „Ohne es bin ich eine außergewöhnlich gute Schwimmerin, praktisch ein Fisch. Kein Wunder, dass dein Bursche dachte, er hätte eine Meerjungfrau gesehen."

Er ließ seine dunklen Augen über ihre schlanken Arme und Schultern gleiten, entlang dem Gewirr langer, nasser Haare, die ihr herzförmiges Gesicht einrahmten und dann im Wasser verschwanden. Sie wirkte tatsächlich wie eine schöne Meerjungfrau. Er fragte sich, ob nicht nur ihr schmaler Rücken, sondern auch ihr rundes Gesäß über der Wasserlinie sichtbar waren, und zum ersten und einzigen Mal missgönnte er Farrier seinen wohlverdienten Urlaub. Sein Bursche saß in seinem Boot, auf halben Weg zwischen dem Steg und der Insel, mit einer Angelschnur im Wasser. Aber wenn das Angeln war, wollte Dair sein Boot fressen. Der Mann saß direkt hinter Rory, quasi auf einem Logenplatz. Dair nahm sich vor, Farrier zu befehlen, sich für den Rest seines kleinen Angelabenteuers so weit entfernt wie möglich vom Steg des Witwensitzes und der dort ansässigen Meerjungfrau zu halten.

Er zeigte mit dem Ende ihres Spazierstocks über ihren schönen Kopf in Richtung Farriers Boot.

„Wenn du nicht an seinem Haken enden willst, schlage ich vor, dass du zu einem Mittagsmahl zum Pavillon hinaufkommst."

Mit einem Blick über ihre Schulter erfasste Rory das kleine Boot und seinen Insassen. Als der Angler es wagte, seinen Hut zu ziehen, quietschte sie erschrocken und verschwand unter Dairs Gelächter unter der Wasseroberfläche. Sie kam auf der anderen Seite des Stegs wieder nach oben, von Farriers Blick verborgen, aber jetzt in voller Sichtweite ihrer schockierten Zofe und, hätte Dair über den Rand der Holzplanken geschaut, auch in voller Sicht für ihn. Er drehte sich zu ihr um, blieb aber, wo er war.

„Ich werde zurück zum Pavillon gehen, damit deine Zofe dir beim Anziehen helfen kann. Ich vermute, das Leben als Meerjungfrau muss dir großen Appetit verschafft haben."

Rory schwieg einen Moment, sagte dann aber leise, so leise, dass er zum Rand des Stegs kam, um sie zu verstehen:

„Vielleicht möchtest du zuerst schwimmen? Es ist so warm ... Dir muss in dem Rock heiß sein."

„Danke für das Angebot, aber ich ..."

„Oh! Oh, ich werde nicht bleiben. Ich hatte nicht gemein, dass du *mit mir* schwimmen sollst", berichtigte sie sich rasch, verlegen über die Zurückweisung. „Du kannst den See ganz für dich allein haben. Und Männer müssen sich nicht völlig ausziehen. Sie können in ihren Hosen schwimmen. Ich habe Grasbys abgelegte getragen, als ich schwimmen lernte, daher weiß ich, wie einfach es für Männer ist, zu ... Oder nicht", fügte sie wegen der Art und Weise, wie er auf das Wasser hinaus, aber nicht zu ihr hinuntersah, schnell hinzu. „Du musst nicht in deinen Hosen schwimmen, wenn du nicht willst. Du kannst ..."

„Rory. Es gibt nichts, was ich mehr möchte, als nackt mit dir zu schwimmen."

Das war die Wahrheit. Es gab nichts, was er sich mehr wünschte. Berichtigung. Es gab noch etwas, aber das konnte warten. Und wenn es jemals einen Moment gegeben hatte, um seine Angst vor Seewasser zu überwinden, dann war es dieser, und mit ihr. Aber anstatt den Moment zu nutzen, weil er warten musste, bis er sicher war, wie die Dinge zwischen ihnen standen, lehnte er höflich ab und sagte sanft:

„Ich werde mir dein Angebot für einen anderen Tag aufheben. Ich werde Farrier jetzt wegschicken, damit du dich anziehen kannst. Dann warte ich oben im Pavillon. Ich muss etwas Wichtiges mit dir besprechen."

„Was ist so wichtig?", fragte sie ihn eine halbe Stunde später, als sie die Stufen hinaufstieg, um sich ihm im Schatten des hübschen Pavillons der Herzogin anzuschließen.

Sie hatte sich in Eile angezogen. Das Mieder hatte feuchte Flecken, wo sie ihre Haut nicht sorgfältig getrocknet hatte, sehr deutlich unter ihrer Brust, und ihre Haare, obwohl sie aus dem Gesicht gekämmt und mit einem Satinband im Nacken befestigt waren, tropften noch. Aber das war nicht schlecht. Ohne einen Windhauch bot selbst der Schatten des Pavillons nur geringe Erleichterung von der sommerlichen Hitze.

Dair hatte seinen Rock ausgezogen und trug eine ärmellose Seidenweste und Hemdsärmel. Die Beine waren über eine Reihe von Gobelinkissen ausgestreckt, eine Hand unter dem Kopf. Er starrte an die bemalte Decke. Er war fast eingeschlafen, als Rorys Frage ihn zum Leben erweckte. Er setzte sich auf und bot ihr die ihm gegenüberliegenden Kissen am gedrungenen Tisch an, der mit einem bescheidenen Mittagsmahl beladen war: Ein Rad Cheshire-Käse, ein Glas Chutney, ein Laib frisches Brot, Scheiben kaltes Rindfleisch, eingelegte Zwiebeln und ein Salat mit Gemüse. Neben der silbernen Teekanne auf dem Ständer und den Teesachen auf einem Tablett stand ein Krug Birnenmost, der eigentlich auf Eis gestand hatte, das jetzt zu kaltem Wasser geschmolzen war, in einem Porzellaneimer. Es war der Krug, den Rory verwirrt ansah, als sie ihren Stock beiseitelegte.

„Eine freundliche Gabe der Küche meiner Cousine Herzogin, ebenso wie die Teekanne", sagte Dair und goss ihr ein Glas Most ein. „Tee ist gut und schön, aber bei dieser Hitze ist es am besten, mit einem kalten Getränk zu beginnen. Müssen die wirklich sein?", fügte er streng hinzu, als Rorys Zofe Edith mit einem paar Stiefeletten herankam.

Rory schüttelte den Kopf und Edith zog sich zurück, um ihren Platz zwischen zwei dicken Säulen neben den Pavillonstufen wieder einzunehmen. Sie nahm ihre Näharbeit wieder auf, ein Ohr bei der Unterhaltung.

Rory nahm ihren Platz am Tisch ein, steckte ihre bestrumpften Füße unter ihre Baumwollröcke und trank dankbar den Most.

„Wohnst du im Witwensitz?"

„Ja."

„Warum nicht mit ihren Gnaden im großen Haus?"

Dair füllte einen Teller mit einer Auswahl dessen, was der Tisch bot.

„Roxton ist ein ausgezeichneter Gastgeber, und er betrachtet mich immer noch als Familie, trotz meines verabscheuungswürdigen Verhaltens bei der Regatta. Aber wir sprechen kaum miteinander." Er reichte ihr den beladenen Teller und hielt ihren Blick fest. „Und es ist nur ein kurzer Spaziergang von hier zur Gatehouse Lodge, und du ..."

Rory spürte, wie ihr Gesicht heiß wurde und sie lächelte unbewusst. Sein Eingeständnis, im Haus ihrer Patin zu wohnen, um in ihrer Nähe zu sein, ließ sie überall kribbeln, und sie hätte nicht glücklicher sein können. Dennoch blieb sie nachdenklich bei seiner Erwähnung der Regatta. Diese hatte vor zwei Monaten auf dem Landsitz stattgefunden. Rory erinnerte sich tatsächlich sehr gut an das Bootsrennen. Wie hätte sie oder ein anderer Gast diesen Tag vergessen können?

Während des Bootsrennens war einer der fünfjährigen Zwillingssöhne des Herzogs von einem Boot in den See gefallen und beinahe ertrunken. Sein junges Leben war durch die Bemühungen des Herzogs von Kinross gerettet worden. Das Rennen war so gut wie abgebrochen worden. Dennoch war der Major weitergerudert und hatte das Rennen gewonnen, und war noch stolz darauf gewesen. Die Roxtons hatten über den ganzen Vorfall auffallend wenig gesagt. Und da niemand glauben konnte, dass ein Kriegsheld in der Lage wäre, einen Hilferuf zu ignorieren, musste es eine völlig vernünftige Erklärung dafür geben, warum der Major das Rennen stur fortgesetzt hatte, um zu gewinnen.

Rory kannte vielleicht nicht den Grund für Dairs Verhalten, aber sie glaubte, mehr Einblick in die Episode zu haben als die meisten anderen. Der beste Aussichtspunkt, um das Bootsrennen zu sehen, war von einer Markise aus, die sich am höchsten Punkt des abfallenden Rasens befand. Und von dort hatte Rory den Major über die Ziellinie unter dem Bogen der Steinbrücke rudern sehen, das erste von drei Booten, die das Rennen beendeten. Und während die unwissende Menge heftig jubelte, weil es einen Sieger gab, hatte Rory zwei weitere Boote dicht beieinander langsam auf die Brücke zu rudern sehen, die offensichtlich nicht mehr am Wettkampf teilnahmen. Erst viel später erfuhr sie von der Beinahe-Tragödie auf dem See. Noch davor, bevor der schockierende Vorfall allgemein bekannt wurde, waren der Major und seine Schar von Bewunderern, darunter eine Reihe junger Schönheiten, die an jedem Wort hingen, das der fesche Major von sich gab, unter ihre Markise gestürzt, um nach Erfrischungen zu suchen.

Der Major war gut bei Stimme und in Hochform. Er hatte einen Arm um Mr. Cedric Pleasants Hals gelegt, nicht weil er die Unterstützung seines Freundes benötigte, um nach einer solchen körperlichen Anstrengung aufrecht zu bleiben, sondern als liebevolle Anerkennung dafür, dass Mr. Pleasant auf seinen Sieg gewettet hatte. Während er von den Feinheiten des Rennens berichtete, war Rory sicher, dass die bewundernden Damen in seiner Begleitung, insbesondere die Aubrey-Zwillinge - zwei elfenhafte Schönheiten mit großen, braunen Augen - nur ein Wort unter zehn hörten, weil sie, wie Rory selbst, zu sehr damit beschäftigt waren, den schönen, kräftigen Körperbau des Majors zu bewundern. Sein Schopf widerspenstiger schwarzer Haare fiel feucht über seine Stirn in die Augen. Das gewöhnlich weite Leinenhemd war durchnässt und klebte daher an jedem Muskel seines Oberkörpers; ebenso zeichneten sich seine straffen Oberschenkel sehr vorteilhaft unter den eng anliegenden Hosen ab.

Rory nahm ihren flatternden Fächer zu Hilfe, da es sie plötzlich schwindlig machte, sich so nahe an solch starker Männlichkeit zu befinden und weil der Platz unter der Markise plötzlich heiß und schwül schien, überfüllt, wie er jetzt durch das Publikum war, das darauf bedacht war, Teil der Siegesfeier des Majors zu sein. Als Mr. Pleasant dem Major einen Krug Ale in die Hand drückte, wurde dieser in einem Zug und zu anerkennenden Ermutigungsschreien heruntergegossen. Schließlich verschluckte die Menge der Bewunderer den Major, und Rory blickte von ihrem Stuhl auf die Rückseiten der Gehröcke und die zerknitterten komplizierten Kreationen der Röcke *à la polonaise* der Damen.

Rory fühlte sich ignoriert und unsichtbar, schnappte sich ihren Gehstock, begierig darauf, frische Luft und Trost auf dem Rasen zu finden. Doch es war nicht leicht für sie, sich aus ihrem Stuhl zu erheben. Sie war in einer Menge eingeschlossen, die im Moment zu sehr mit sich selbst beschäftigt war. Aber keine fünf Minuten später teilte sich die Menge, um dem Major, neben dem ein Diener ging, zu erlauben, sich zum hinteren Teil des Festzeltes zu bewegen. Er blieb kurz vor Rorys Stuhl stehen und blickte starr auf einen Punkt über ihrem Kopf, ohne zu wissen, dass sie da war. Hier half der Diener ihm in seine bestickte Seidenweste.

Rorys Augen wichen nicht von seinem Gesicht. Sie, die immer in ihrer ruhigen Ecke saß, die Beobachterin, aber nie die Beobachtete, sah, was andere nicht bemerkten und wovon er nicht wollte, dass andere es sahen. In dem Moment, als er allen anderen den Rücken kehrte, fiel die Maske der Unbesonnenheit, die er in der Öffentlichkeit trug, ab. Verschwunden war das Funkeln in seinen Augen und das selbstsichere Grinsen. Sein Gesicht entspannte sich in offensichtlicher Erleichterung - aus welchem Grund ahnte sie nicht, doch es war, als hätte man ihm eine Aufgabe gestellt, von der er wusste, dass er dabei versagen würde, nur, um sie dann doch wundersamer Weise zu bewältigen. Er holte tief Luft und schloss kurz die Augen, vielleicht vor Dankbarkeit, weil er etwas durchgestanden hatte, was für ihn eine regelrechte Qual gewesen sein musste, wenn sie von dem Ausmaß der Erleichterung ausging, die sich so deutlich auf seinen schönen Zügen abzeichnete.

Rory wusste instinktiv, dass es nur mit dem Bootsrennen zu tun hatte, genau wie sie jetzt wusste, als sie ihm im Schatten des Pavillons gegenübersaß, dass er sich ihr anvertrauen wollte. Daher nahm sie sich Zeit, ihre Worte zu wählen und zupfte an der weichen Mitte des Brotstücks auf ihrem Teller. Sie aß es, bevor sie etwas sagte, im besten Plauderton, den sie aufbringen konnte, mit einem kurzen Blick über den niedrigen Tisch, an dem er mit gekreuzten Beinen auf den Kissen saß und Scheiben kalten Bratens auf eine Brotscheibe häufte.

„Du hast bei der Regatta eine ziemliche Vorstellung gegeben ...“

„Vorstellung? Ha! Eine meiner besten. Es musste sein, oder ich wäre zum Scheitern verurteilt gewesen. Aber das Wort Scheitern gibt es nicht in meinem Wörterbuch. Von dem Moment an, als ich auf diesen Steg und in das Boot trat, bis ich hinter der Ziellinie ausstieg, habe ich die

Vorstellung meines Lebens gegeben. Ich bin erleichtert, dass ich mich an nichts mehr erinnere - an das Rudern; was während des Rennens passierte; das anfeuernde Geschrei vom Ufer. Ich schaute weder nach links noch nach rechts und hielt für nichts oder niemanden inne. Ich kann nicht ...“

„Also bist du weitergerudert, als andere deine Hilfe hätten brauchen können?“

„Ja. Aber mein Bruder hat mir versichert, dass meine Hilfe nicht benötigt wurde.“

„Sicher hättest du angehalten, wenn sie um Hilfe nach dir gerufen hätten?“

„Ganz ehrlich?“ Er hielt ihrem Blick stand, trotz des Gefühls, dass plötzlich heiß in seiner Kehle brannte. Er fragte sich, ob es möglich war, das Erröten eines Mannes unter dessen Vollbart zu erkennen. „Das kann ich nicht beantworten. Ich ruderte nur, als wäre der Teufel hinter mir her, entschlossen, die Ziellinie zu überqueren und in kürzester Zeit an Land zu gehen.“

„Du hättest es ablehnen können, an dem Rennen teilzunehmen“, sagte sie und beantwortete sofort ihre eigene Frage. „Nein. Natürlich konntest du das nicht. Dair Fitzstuart lehnt keine Wette ab. Wenn er das täte, wäre das in der Tat seltsam und deine Freunde würden Fragen stellen...“

„Ja... ich habe den kleinen Trost zu wissen, dass ich im Rennen zu weit vorne war, um von Nutzen zu sein, wenn ich zurückgerufen worden wäre, wie Charles mir anvertraute. Der kleine Louis war über Bord gefallen und schnell gesunken, Kinross tauchte nach ihm und hatte ihn gerettet, bevor Charles oder Roxton auch nur Zeit gehabt hatten, zu reagieren.“

Rory zupfte weiter an ihrem Brot, ohne es zu essen, und hinterließ eine ausgehölte Kruste und einen Haufen Krümel auf ihrem Teller.

„Ich glaube, wenn dein Bruder dich gerufen hätte, wärest du ihm instinktiv zu Hilfe gekommen, und alles andere wäre zweitrangig gewesen.“

„Danke, dass du das glaubst. Das bedeutet mir ungeheuer viel ...“

Sie lächelte schüchtern über solche Lobeshymnen, wandte aber ihren Blick nicht von ihm ab.

„Du hast nicht an deine eigene Sicherheit gedacht, als du diese Familie vom Schlachtfeld in Brooklyn Heights gerettet hast, oder?“

„Eine Schlacht ist etwas anderes. Ich weiß, wie ich mit mir und meinen Männern auf einem Schlachtfeld verfahren muss. Und das war auf festem Boden.“

„Aber sicher ist es doch in einer Schlacht das primäre Ziel, um jeden Preis zu siegen?"

Dair grinste schräg. „Vielleicht haben wir in letzter Zeit nicht viel gesiegt, aber in der Kampagne auf Long Island war der Sieg unser. Washington und seine Rebellen wären auch gefangen genommen worden, wenn sie nicht mitten in der Nacht weggeschlichen wären."

„Aber in der Nähe des Jamaikapasses hast du eine Frau und ihre beiden Kinder aus einem brennenden Haus gerettet; ein Haus, das absichtlich von Kolonialmilizen angezündet wurde, weil sie glaubten, dass die Frau den General des Königs beherbergen würde. Den Rebellen machte es nichts aus, diese Leben zu opfern, nur, um General Clinton herauszutreiben und diesen großen Fang zu machen. Und doch bist du in ein brennendes Gebäude eingedrungen, mit Musketenfeuer um dich herum und dem Feind in nächster Nähe, und hast nicht nur diese drei Leben gerettet, sondern auch das Leben des Generals."

„Ich sehe, dass du über den Krieg in den Kolonien auf dem Laufenden bist und die Zeitungsberichte über dieses kleine Scharmützel gelesen hast", antwortete er mit einem bescheidenen Lächeln. „Aber in diesen Berichten wurde die Gefangennahme von General Sir Henry Clinton nicht erwähnt. Dies zu tun, wäre nicht gut für die öffentliche Moral gewesen."

Die Falte zwischen Rorys Brauen glättete sich, als sich ihre blauen Augen weiteten und ihre Lippen ein „Oh" formten. Als Dair sie imitierte, tauchten ihre Grübchen auf und sie gestand.

„Als die Enkelin des Herrn der Spione kommen mir einige Details zu Ohren, die der Öffentlichkeit nicht allgemein bekannt sind. Natürlich würde ich meine Quellen nie verraten, aber du genießt auch das Vertrauen meines Großvaters, also habe ich nicht das Gefühl, dass ich zu viel verraten habe."

„Rory, ist dir klar, dass es auf beiden Seiten des Konflikts Leute gibt, die nicht zweimal überlegen würden, unschuldige Leben als Mittel zum Zweck aufs Spiel zu setzen?"

Er dachte insbesondere an Lord Shrewsbury. Aber er würde ihn nie beim Namen nennen und das liebevolle Bild ihres Großvaters zerstören. Lord Shrewsbury war ein gerissener und rücksichtsloser General der Spione, ohne Gewissen, wenn es wichtig war, um jeden Preis zu gewinnen. Für ihn war es jeden Preis wert. Nicht für Dair. Kinder waren unschuldig, unabhängig von den Taten ihrer Eltern, und manchmal trotz ihnen. Mehr als Grund genug, warum er niemals Shrewsburys Platz würde einnehmen können und das Angebot ablehnen müsste, wenn es ihm gemacht würde. Aber dieses Gespräch war für einen anderen Tag, und mit seinem Mentor. Er schob seinen

Teller beiseite und sagte tonlos: „Du wirst es schwer zu glauben finden, aber nicht alle Frauen sind unschuldige Zuschauer des Krieges."

„Oh, ich finde das gar nicht so schwer zu glauben", widersprach Rory ernsthaft. „Unser Geschlecht hindert uns nicht daran, in einem Konflikt Partei zu ergreifen und nach unseren Überzeugungen zu handeln."

„Der Ehemann der Frau, die ich rettete, war ein Rebell, aber sie nicht. Sie war Loyalistin und unsere Spionin. Ich musste sie retten. Ich durfte sie nicht in die Hände des Feindes fallen lassen. Sie wusste zu viel. Aber das ist nicht der Grund, aus dem ich sie gerettet habe. Ich konnte die Kinder nicht ihrer Mutter berauben."

„Natürlich konntest du das nicht", antwortete Rory lächelnd. Aber dann legte sich ihre Stirn in Falten. „Wenn mein Mann ein Soldat der Rebellen oder einer der Männer des Königs wäre, könnte ich ihn nicht verraten, indem ich als Spion für seine Feinde arbeiten würde. Ich würde ihn unterstützen, ihm in jeder erdenklichen Weise helfen. Ist das nicht das Wesen der Ehe? Einander in guten wie in schlechten Zeiten zu unterstützen?"

„Aber was wäre, wenn du nicht an seine Sache glaubst?"

Rory stieß bei dieser Vorstellung ein ungläubiges kleines Lachen aus.

„Dummchen. Warum sollte ich einen Mann heiraten, an dessen Sache ich nicht glaube? Ich würde hoffen, dass wir uns vor unserer Hochzeit gut genug kennen, uns genug lieben, einander schätzen, dass die Zeremonie nur eine Formsache ist. Da sollte es keine Überraschungen und keine Unsicherheiten geben. Wir müssten uns einig sein, wenn nicht in allen Dingen, aber sicherlich in Angelegenheiten, die für unser Zusammenleben von großer Bedeutung sind. Wenn dies nicht der Fall ist, nun, dann - dann könnte ich genauso gut einen *Bettpfosten* heiraten!"

Dair lag es schon auf der Zunge zu witzeln, dass eine Ehe mit einem Bettpfosten einer mit Mr. William Watkins vorzuziehen wäre, doch er hatte keine Lust, ihr *tête-à-tête* durch eine Erwähnung des Wiesels zu verderben, daher sagte er so beiläufig, wie er es fertigbrachte:

„Und was betrachtet Miss Talbot als von größter Bedeutung in einer Ehe?"

Rory zuckte mit den Schultern und hob eine Hand in einer Geste, die darauf hindeutete, dass die Antwort selbstverständlich war.

„Liebe. Respekt. Freundschaft. Ehrlichkeit. Vertrauen ..."

„Körperliche Übereinstimmung?"

„Natürlich. Wenn es Liebe, Respekt, Freundschaft, Ehrlichkeit *und*

Vertrauen in eine Ehe gibt, dann sollte doch auch eine körperliche Übereinstimmung gegeben sein?"

Seine Lippen verzogen sich zu einem kurzen Lächeln.

„Es kann körperliche Kompatibilität ohne Ehe geben..."

Rorys Gesicht überzog sich mit Farbe, Verlegenheit und Ärger. Seine Selbstgefälligkeit und dieses Zucken reizten sie, und mehr, als es sollte.

„Das ist etwas völlig anderes. Das ist wie - wie das Essen vom Tisch eines anderen Mannes zu stehlen!", sagte sie heftig. „Es kann ein vorübergehendes Bedürfnis befriedigen, aber zu welchen Kosten für das Selbstwertgefühl und die Schuld, die folgt? Solche Beziehungen sind sicherlich unbefriedigend, denn ihnen fehlen die Qualitäten, von denen ich gesprochen habe, die die körperliche Liebe zwischen Mann und Frau so befriedigend machen. Während ich sehr wohl weiß, dass Männer Geliebte haben und Frauen Liebhaber nehmen, könnte ich meinen Mann nie in dieser Art hintergehen. Sollte er sich eine Geliebte nehmen ..." Sie holte tief Luft, bewusst, dass sie mehr gesagt hatte, als sie sollte, und warf einen Blick auf ihn, sah in seine Augen, um zu sehen, ob er über sie lachte wegen ihrer naiven Äußerungen über Dinge, in denen sie keine Erfahrung hatte. „Wenn mein Mann mir untreu wäre, dann läge es nahe, dass die Qualitäten, die uns zuerst zusammen-gebracht haben, nicht mehr existieren. Ich könnte nicht mit einem solchen Mann verheiratet bleiben."

„Aber es gibt keinen Ausweg aus einer Ehe für eine Frau."

Rory hielt seinem Blick stand.

„Daher ist es wichtig, vor der Ehe die richtige oder gar keine Wahl zu treffen. Obwohl, warum wir von Ehe sprechen, weiß ich nicht, weil ich in dieser Frage und von – und von – allem anderen – so – so absolut nichts verstehe. Daher ist meine Meinung wertlos ..."

„Nein, das stimmt nicht. Deine Meinung ist wichtig, sie bedeutet sehr viel – für mich. Ich bitte um Verzeihung, wenn ich dir Unbehagen bereitet habe. Ich wollte lediglich die Idee zum Ausdruck bringen, dass es zwar möglich ist, eine körperliche Übereinstimmung außerhalb der Ehe zu finden, dass es jedoch unmöglich ist, dass eine Ehe gedeiht, wenn in ihr keine körperliche Übereinstimmung besteht. Aber ich akzeptiere deinen Standpunkt. Wenn es Liebe, Respekt, Ehrlichkeit, Vertrauen *und* Freundschaft gibt, dann gibt es keinen Grund, warum ein Mann und eine Frau keine körperliche Intimität genießen sollten. Und wenn nicht, ist es sicher die Schuld des Ehemannes, der der erfah-renere Partner ist. Obwohl in einigen seltenen Fällen beide Parteien unwissend sein mögen ..."

„Doch sicher nicht?" Rory fand die Vorstellung absurd, vor allem in ihrer momentanen Gesellschaft. Doch als Dair ihr nicht zustimmte, verlor sie ihr ungläubiges Lächeln und fragte sich, an wen er dabei dachte, denn er musste dabei an jemanden oder ein Paar denken. „Sollten dann nicht beide Seiten gleichermaßen daran arbeiten, eine Lösung für ihre - ihre *missliche Lage* zu finden?"

Er lachte laut auf. „*Missliche Lage?* Oh, Augenstern, ich liebe deine Wortwahl! *Missliche Lage.* Ein perfekter Euphemismus!"

Sein Lachen war ansteckend. Sie kicherte und war im Begriff, einen unpassenden Scherz zu machen, als sie von etwas unterbrochen wurden, das wie eine verwundete Maus klang. Es ließ sie ihren Gedanken vergessen und zu ihrer Zofe hinüberschauen, denn das Geräusch war von dort gekommen. Aber es gab keine Maus, gar kein kleines verwundetes Tier. Nur Edith, die hochaufgerichtet dort saß, die Hände fest im Schoß ihres Kleides umeinander geklammert, und Rory mit fest zugepresstem Mund anstarrte, so angespannt, dass die Sehnen in ihrem Hals sichtbar waren.

Sie hatte dem Gespräch mit einem Ohr zugehört, und jedes Wort ließ das Paar in Richtung einer Vertrautheit wandern, die zwischen einem Junggesellen und einem unverheirateten Mädchen ungehörig war. Und als sich das Gespräch dem völlig unpassenden Thema intimer Beziehungen zwischen Mann und Frau und dann der skandalösen Vorstellung vom Liebesspiel außerhalb der Ehe zuwandte, konnte Edith nicht mehr an sich halten. Doch anstatt solche unpassenden Gespräche mit der Ausrede zu beenden, dass es an der Zeit wäre, zur Gatehouse Lodge zurückzukehren und auf das Pony und das Wägelchen zu zeigen, die sie im Schatten des großen, sich über den Rasenhang vom Pavillon ausbreitenden Lindenbaums erwarteten, verlieh sie ihrer Ablehnung auf äußerst unbeabsichtigte Weise Ausdruck. Alle ihre unterdrückten Worte kamen zwischen ihren Lippen heraus in einem dünnen, schrillen Quietschen des Protests heraus, das klang, als ob eine Maus von einer Katze erwischt worden wäre, oder, in Dairs Ohren, wie eine Katze, deren Schwanz zwischen Fenster und Rahmen eingeklemmt war.

Doch dieser Laut hatte die erwünschte Wirkung, dem Paar ihre Umgebung wieder zu Bewusstsein zu bringen. Und während es sie auf das Unpassende ihrer Unterhaltung aufmerksam machte, ließ es sie doch auch erkennen, wie wohl sie sich in der Gesellschaft des jeweils anderen fühlten. Das zeigte sich, als Rory unter ihren Wimpern hervor Dair ansah und er ihr zuzwinkerte. Sie tauschten ein verschwörerisches Lächeln, als ob man sie dabei erwischt hätte, etwas völlig Verruchtes zu planen. Trotzdem respektierten sie den unausgesprochenen Tadel der Zofe und wandten ihre Aufmerksamkeit pflichtbewusst ihren Tellern und dem angebotenen Essen zu. Sie verzehrten den Rest ihrer Mahlzeit schweigend, Rory stocherte in ihrem Essen, während Dair wie immer heißhungrig aß. Sie fragte sich, ob große, kräftige Männer bodenlose Abgründe als Magen hätten. Obwohl das Schwimmen im See ihr Appetit gemacht hatte, war sie jetzt in seiner Gegenwart gar nicht mehr hungrig. Als er einen Becher Birnenmost getrunken und auch ihren wieder gefüllt hatte, fragte sie im Flüsterton:

„Warum musstest du rudern als - als wäre der Teufel hinter dir her?"

Er lächelte unwillkürlich bei ihrem Zögern, solche Worte zu gebrauchen und hatte das überwältigende Verlangen, über den Tisch zu springen und ihren schönen Mund zu küssen. Er bezähmte diesen Drang und verputzte den Rest des Brotes mit Schreiben von Rinderbraten, in Chutney getränkt, um dann, als er satt war, zu sagen:

„Du würdest mir nicht glauben - nein, das stimmt nicht. *Du* würdest mir eher als jeder andere glauben, weil du meine Masken durchschaust. Du durchschaust *mich*, nicht wahr, Augenstern?"

Sie nickte und streckte ihre Hand über den Tisch zwischen den leeren Tellern und Schüsseln aus, in der Hoffnung, dass Edith zu ihrer Handarbeit zurückgekehrt wäre, denn wenn ihre Zofe das Tischgespräch für unpassend gehalten hatte, würde sie es sicher missbilligen, wenn das Paar sich an den Händen hielte. Doch Rory kümmerte sich nicht mehr darum, was ihre Zofe oder andere denken mochten. Ihr war leicht schwindelig vor Glück, aber das lag vielleicht daran, dass sie nichts gegessen hatte? Nein! So fühlte jemand sich doch sicher, wenn er verliebt war? Schwindelig, nicht fähig zu essen, so voller Freude, dass man am liebsten auf den Rasen laufen und seine Gefühle mit der ganzen Welt teilen wollte? Und sie wusste es, als er seine Finger mit ihren verflocht, und ein warmes Gefühl, eine Art Kribbeln – sie wusste nicht, wie sie es sonst beschreiben sollte – ihren Arm durchströmte, in ihren Körper eindrang und sich in ihrer Brust festsetzte. Es war, als säße sie plötzlich in einem Badezuber mit warmem, duftendem Wasser. Aber als er sie anlächelte und sein freimütiges Geständnis abgab, wusste sie in ihrem Herzen, dass er ebenso fühlte wie sie.

„Wie kommt es, dass ich *dich* bis vor kurzem überhaupt nicht gesehen habe?", fragte er mit Staunen in der Stimme. „Wie konnte ich nur so blind sein?" Er schüttelte über sein eigenes Erstaunen den Kopf und grinste verlegen. „Ich bin kein besonders scharfsinniger Mann, schon gar nicht, wenn ich die Maske aufhabe, die die Gesellschaft von mir erwartet. Du sagtest selbst, ich wäre ein guter Schauspieler. Ich bin gut darin, mein wahres Ich und meine Absichten vor anderen zu verbergen. Ein Spion muss ein Experte für Maskeraden sein, sowohl für Gefühle als auch in der Gestalt." Er rieb sich die Wange und dann das Ohrläppchen zwischen Daumen und Zeigefinger. „Ich lasse mir einen

Bart wachsen, stecke einen goldenen Ohrring an, binde mir ein rotes Kopftuch um den Hals und kann als Freibeuter unentdeckt und ungestört unter den Einheimischen Portugals spazieren gehen. Ich habe die Uniformen meiner Feinde getragen und mich ohne Angst als Dragoner in den Kampf für Seine Majestät geworfen ... Doch wenn es um Rudern oder Schwimmen in schwarzem Wasser geht, wo das Schilf dicht und stark wird..." Sein Lächeln verflog, als er sich, um nicht belauscht zu werden, über den Tisch beugte: „Ich bin - ich bin ein *Feigling.*"

Rorys Finger krampften sich bei dem Wort *Feigling* zusammen und sie erkannte den Mut, den es ihn, einen Soldaten, der bei vielen Gelegenheiten für König und Land sein Leben riskiert hatte, kostete, ihr seine Angst anzuvertrauen. Sie räusperte sich, um ihr Gefühl zu verbergen und fand die Sprache wieder.

„Ein Kriegsheld ist kein Feigling. *Du* bist kein Feigling. Es ist ebenso natürlich, sich vor dem Ertrinken zu fürchten, wie es das Atmen ist. Wie viele von uns können schwimmen oder kümmern sich darum, es zu lernen? Unsere Seeleute müssen nicht schwimmen können und sie verbringen den größten Teil ihres Lebens auf See."

„Rory, ich kann schwimmen. Zumindest glaube ich, dass ich es noch kann. Ich habe es seit so vielen Jahren nicht mehr tun müssen. Ich habe es als Junge gelernt. Ich nehme an, es ist so ähnlich wie mit dem Reiten. Wenn man es einmal gelernt hat, vergisst man es nicht wieder. Du wirst mich für doppelt so dumm halten, wenn ich dir sage, dass ich kein Problem damit habe, übers Meer zu fahren. Das Segeln auf Hoher See stört mich nicht." Er zuckte mit den Schultern. „Vielleicht ist es der Geruch und der Geschmack von Salz in der Luft, oder die Bewegung der Wellen, oder beides, was meine Furcht vor großen Gewässern unterdrückt? Wie auch immer, es ist ein sehr glücklicher Zufall, oder ich hätte eine verdammt scheußliche Zeit gehabt, als ich mit meinem Regiment nach Amerika und wieder zurück segelte."

„Also sind es nur stehende Gewässer, die dich stören?"

Er lächelte. „Danke, dass du das Wort stören benutzt hast. Ja, es *stört* mich. Es stört mich sehr."

Sie schaute auf ihre verschränkten Finger und war überrascht, wie klein und schmal ihre im Vergleich zu seinen waren. Er war ein Bär von einem Mann und es war schwer zu begreifen, dass jemand dieser Größe sich vor irgendetwas fürchten könnte, schon gar nicht vor dem kühlen, ruhigen Wasser eines Sees, in dem sie so viele Stunden glücklich beim Schwimmen verbracht und sich dankbar und völlig lebendig gefühlt hatte. Sie mochte ihn mit Bart. Kurz geschnitten und so dunkel wie das Haar auf seinem Kopf und seiner Brust stand er ihm gut. Irgendwie ließ er seine Augen dunkler und sein Lächeln heller erscheinen. Wie schade, dass die Mode glatt rasierte Gesichter verlangte.

Sie zögerte und fragte sich, wie sie ihn am besten fragen sollte, was in seiner Kindheit geschehen wäre, dass er sich davor fürchtete, in einem See zu schwimmen. Es musste etwas Entscheidendes gewesen sein, etwas Schreckliches, das in seinem Inneren Narben hinterlassen hatte, denn er war ein Soldat, der immer wieder dem Tod ins Auge geschaut hatte und in jeder anderen Hinsicht furchtlos war. Sie hörte sich die Frage aussprechen.

„Warum stört dich stehendes Wasser, Alisdair?"

„Weil, mein Augenstern, mein Vater mich an meinem zehnten Geburtstag in einem See ertränkt hat."

# EINUNDZWANZIG

Er sagte nicht, versucht, mich zu ertränken. Er sagte, *HAT mich ertränkt.* Rory war entsetzter, als sie es für möglich gehalten hätte. So viele Fragen drängten sich in ihren Gedanken, dass sie es für klug hielt, überhaupt nichts zu sagen. Er würde es ihr alles in seinem eigenen Tempo erzählen und auf seine Weise. Sie wollte nichts sagen, was ihm den Mund verschließen würde. Doch die Anwesenheit von Edith störte sie, möglicherweise mehr als ihn. Es war nicht richtig, dass ihre Zofe dieses intime und offensichtlich erschütternde Geständnis hören sollte, daher schickte sie sie mit ein paar ruhigen Worten weg, hinüber zum Witwensitz, um einen Diener zu holen, der den Tisch abräumen sollte. Es musste ihr betroffener Gesichtsausdruck gewesen sein, der Edith dazu veranlasste, ohne ein Wort des Widerspruchs zu gehorchen und mit einem raschen Knicks aus dem Pavillon zu verschwinden.

Rory fragte sich, ob Dair Ediths Abgang überhaupt bemerkt hatte, so weit in die Ferne gerichtet war der Ausdruck in seinen Augen. Doch kaum war ihre Zofe die Treppe hinunter und auf den Rasen verschwunden, packte er ihre Finger etwas fester als beabsichtigt und sagte offen:

„Es war mein zehnter Geburtstag. Charles und ich warteten darauf, dass unser Vater zu uns an den See käme. Er wollte zuschauen, wie ich mein Spielzeug-Segelboot zu Wasser ließe, mein Geburtstagsgeschenk. Nun, Jungen sind Jungen, vor allem, wenn sie gezwungen sind, so lange zu warten, dass sie vergessen, worauf sie eigentlich warten." Er schenkte Rory ein schnelles Lächeln, nachdem er sich bis hierher auf ihre verflochtenen Finger konzentriert hatte. „Es dauerte nicht lange, bis wir unsere Jacken ausgezogen, Schuhe und Strümpfe abgelegt und unsere

Hosen bis über die Knie aufgekrempelt hatten, damit wir ins Wasser waten und mein Schiff schwimmen lassen konnten. An jedem anderen Tag hätten wir uns bis auf die Unterhosen ausgezogen. Doch man hatte uns einen strengen Vortrag gehalten, dass wir sauber bleiben müssten, weil unsere Anzüge neu waren."

Dair zuckte die Achseln.

„Um ehrlich zu sein, an die Einzelheiten kann ich mich nicht erinnern. Alles, was ich noch weiß, ist, dass Charles und ich begannen, einander mit Wasser zu bespritzen, der Mast des Schiffs durch unsere Dummheiten abbrach und ich ihm die Schuld gab. Wir stritten uns. Es war nichts Ernstes. Ich war schon damals groß für mein Alter und Charles war einen guten Kopf kleiner. Ich hätte ihm kein kupfernes Haar auf seinem Haupt gekrümmt ... Doch wie jüngere Brüder es so tun, schrie er zweimal so laut und so lange. Ich tauchte ihn wegen seines Gejammers unter. Er schluckte Wasser und begann zu husten. Statt Mitgefühl zu zeigen, lachte ich. Und je lauter er jammerte, desto lauter lachte ich. Inzwischen war Vater bei uns angelangt, aber wir nahmen das kaum zur Kenntnis. Charles beschuldigte mich, ich hätte versucht, ihn zu ertränken.

„Ich nehme es ihm nicht übel, dass er das gesagt hat. Er war erst acht Jahre alt und wir hatten beide mehr Angst vor unserem Vater als vor Monstern unter unseren Betten! Er war ein harter, kalter Mann, der keine Zeit für Kinder hatte, besonders keine Zeit für mich. Er konnte nicht verstehen, warum ich es vorzog, draußen zu sein und *alles Mögliche* lieber zu tun, anstatt still über einem Stapel staubiger alter Bücher zu sitzen. Ich verbrachte meinen Unterricht damit, durch das Fenster die Schafe zu beobachten, und bekam die Rute öfter zu spüren, als ich mich erinnern möchte! Meine fehlende Begeisterung und Mühe frustrierten ihn weit über seine beschränkte Geduld hinaus. Er hatte eine Vorstellung davon, wie sein Erbe sein sollte, und ich entsprach dieser Vorstellung nicht."

Er grinste und schüttelte den Kopf.

„Ironischerweise ist Jamie genau die Art von Sohn, auf den er stolz gewesen wäre: Gelehrt, zurückhaltend, und er kann Stunden mit der Nase in Büchern verbringen."

„Und du bist stolz auf ihn, so wie er ist."

„Ja. Aber ich habe mein Selbstwertgefühl. Ich kann den Wert des Unterschieds schätzen; *seinen* Wert. Mein Vater war ein unsicherer, verbitterter Mann, der lang anhaltende Ressentiments hegte. Er wollte mich zu dem machen, was er hätte werden sollen und es nicht wurde - aber zurück zu meinem zehnten Geburtstag ...

„Vater sagte, ich müsste eine Lektion erhalten. Er sagte, ich müsse verstehen, was es hieße zu ertrinken, damit ich nie wieder meinen jüngeren Bruder angreifen würde. Er packte mich im Nacken ... hielt mich unter Wasser ... mein Gesicht ... ich erinnere mich an das Gewirr von Schilf ... spürte aber die Schnitte in meinem Gesicht nicht ... Mein letzter Moment von Bewusstsein war, als mir schwarzes Wasser in die Nase drang ...

„Als ich aus der Dunkelheit erwachte, lag ich am Ufer ... ich hustete mir das Wasser aus der Lunge und im Wasser war Blut. Mein Vater hatte Schnitte im ganzen Gesicht ... Leute standen da und schrien. Meine Schwester - Mary - hat mir den Rest erzählt. Sie war auf die Terrasse gekommen, hatte gesehen, was geschah, und nach unserer Mutter geschrien. Bis sie am Seeufer ankamen, war ich aus dem Wasser und atmete; Banks, unser Obergärtner, hatte mich gerettet.

„Stimmt", sagte er lächelnd, als Rorys Finger sich zwischen seinen bewegten, „derselbe Vater Banks, den du in Banks House kennengelernt hast. Ohne daran zu denken, was es ihn und seine Familie kosten würde, hatte Banks sich eingemischt. Er zog meinen Vater von mir weg, holte mich aufs Trockene, wo er mich schlug, um das Wasser aus meinen Lungen zu drücken. Später fand ich heraus, dass mein Vater zu verblüfft gewesen war, um sich irgendwie gegen Banks' Eingreifen zu wehren. Doch als ich wieder atmete, schlug er Banks hart ins Gesicht, weil er sich eingemischt hatte. Banks wehrte sich nicht. Wie hätte er auch? Wenn er einen Adligen schlug, hätte er gehängt, zumindest aber deportiert werden können. So, wie es war, verlor er seine Stellung, ebenso wie seine Frau, mein altes Kindermädchen, und die ganze Familie wurde ohne Zeugnisse und ohne einen Ort, an den sie hätten gehen können, hinausgeworfen ...“

„Wie kam es, dass die Familie nach Banks House kam?", fragte Rory ermutigend. „Hatten sie Verwandte in diesem Haus, die sie aufnahmen?“

Dair schüttelte den Kopf.

„Nein. Sie haben ein Jahr von milden Gaben gelebt. Ohne einen Ort, an den sie hätten gehen können und ohne Empfehlungen zogen sie umher, nicht in der Lage, eine feste Anstellung zu finden. Und dann fand Monseigneur - der alte Herzog von Roxton - sie, gewährte ihnen Unterkunft und eine Anstellung für Banks im Physic Garden.“

Überrascht, dass der alte Herzog in diese traumatische Episode in Dairs Leben verwickelt war, konnte Rory nicht anders, als ihn zu unterbrechen. „Mein *Pate* hat ein Heim für die Familie Banks gefunden? Er hat Mr. Banks eine Stellung verschafft?“

Dair sah sie an, als wäre an diesem Umstand nichts Ungewöhnliches.

„Natürlich. Er half nicht nur der Familie Banks, sondern als er entdeckte, was Vater mir angetan hatte, rief ihn Monseigneur zu sich, um ihn zur Rechenschaft zu ziehen. Ich weiß nicht, was in diesem Gespräch gesagt wurde, aber nicht lange danach ging Vater nach Westindien, um die Zuckerplantagen der Familie zu inspizieren, und er ist nie zurückgekommen. Gerüchten zufolge wurde ihm vom Herzog befohlen, zu gehen, und ich glaube es. Ich wurde nach Harrow geschickt, was das Beste war, was mir damals passiert ist, und ich durfte ein paar meiner Schulferien bei der Familie Banks verbringen."

Er sah plötzlich verlegen aus, und wieder wurde Rory für ihr Schweigen belohnt, als er offen sagte: „Zweifellos hätte der Herzog, wenn er hätte voraussagen können, was während einer dieser Ferien passieren würde, zweimal darüber nachgedacht, solche Besuche zuzulassen."

„Du hast dich in Lily Banks verliebt und sie ist mit deinem Sohn schwanger geworden."

„Rory, das ist das zweite Mal, dass du mit Sicherheit behauptest dass ich in Lil verliebt gewesen wäre. Ich war siebzehn; sie war sechzehn. Was zwischen uns passiert ist, hätte nicht passieren dürfen, aber es ist passiert. Ich kann nicht sagen, dass ich mir wünschte, es wäre nicht geschehen, denn jetzt habe ich Jamie. Wir empfinden große Zuneigung zueinander, aber wir haben uns nie *verliebt*. Lil ist in ihren Ehemann verliebt, was schön und richtig ist, und ich - ich musste schnell erwachsen werden. Es sollte keine Grand Tour für mich geben. Der Herzog ließ mir keine Wahl. Er kaufte mir ein Offizierspatent in der Armee und zwei Monate nach Jamies Geburt heiratete Lil Daniel Banks, und ich ging zu meinem Regiment. Doch ich bereue nichts, nicht wegen Lil, nicht wegen Jamie und auch nicht meine Zeit als Offizier."

„Das bezweifele ich überhaupt nicht", antwortete sie mit einem Lächeln. „Du hast einen wunderbaren Sohn und er wächst in einem liebevollen Heim auf; Mrs. Banks ist ihm, wie all ihren Söhnen, eine gute Mutter. Aber", fügte sie verwirrt hinzu, „ich verstehe nicht, warum der Herzog von Roxton sich in die Angelegenheiten deiner Familie gemischt hat ... Wie er es geschafft hat, deinen Vater, der, wie es scheint, kein nachgiebiger und gehorsamer Mann war, wegzuschicken. Er scheint ein heftiges Temperament und ein begrenztes Verständnis für Kinder oder überhaupt für Menschen zu haben. Solche Männer sollte man am besten ihren Büchern überlassen und sie sollten ihr Leben lang Junggesellen bleiben! Ich hoffe, ich habe dich nicht gekränkt ..."

„Nicht im mindesten. Deine Zusammenfassung trifft ihn, wie er leibt und lebt. Aber dir ist doch sicher klar, warum der Herzog von Roxton meinetwegen eingriff, warum er sich einmischte?"

Als Rory ihn immer noch verwirrt anblinzelte, erklärte er es.

„Mein Vater hat nicht nur seiner unmittelbare Familie Schande gemacht, sondern auch der entfernteren Verwandtschaft, und vor allem dem Oberhaupt *seiner* Familie. Indem Vater die Familie Banks hinauswarf, wo sie für sich selbst sorgen sollten, obwohl sie Dienstboten guten Charakters und treuer Dienste waren, eine Familie, die meinen Vorfahren bereits seit der Zeit James I. gedient hatte, beschmutzte Vater seinen guten Namen unwiederbringlich. Er mag ein Earl sein, aber selbst *er* hat sich vor einer höheren Autorität der Familie zu verantworten, dem Oberhaupt der Familie."

Als Rorys Brauen vor Unverständnis zusammengezogen blieben, lächelte Dair und versuchte geduldig, ihr etwas zu erklären, was er lange für selbstverständlich gehalten hatte.

„Wir alle gehören zu einer großen Familie mit weitläufigen Verbindungen. So läuft das bei Leuten wie uns; so bleibt der Adel mächtig und behält die Kontrolle über das Königreich. Anders als die französischen Adligen, die sich vor ihrem Herrscher verbeugen und katzbuckeln, haben wir die Magna Carta. Selbst dein Großvater muss sich, wenn erforderlich, den Wünschen seines Familienoberhaupts beugen."

„Ich verstehe, dass wir alle auf die eine oder andere Weise miteinander verbunden sind, aber sicherlich ist Grand als Earl of Shrewsbury niemandem außer sich selbst Rechenschaft schuldig?"

Dair vergaß sich so weit, dass er Rorys Hand nach oben zog und ihren Handrücken küsste.

„Er würde so gern hören, dass du das sagst! Und dass du und jeder andere es glaubt. Als Herr der Spione hat er sicherlich mehr Macht als die meisten Männer. Doch in Familienangelegenheiten, wenn es um persönliche und familiäre Treue und Verbindungen geht, muss seine Lordschaft sich genauso beugen wie wir anderen. Nicht, dass das Familienoberhaupt regelmäßig eingreift oder sich einmischt, nur wenn es Streitigkeiten gibt oder wie im Fall der Behandlung der Familie Banks durch meinen Vater, wenn die Ehre und der Ruf der Familie auf dem Spiel stehen."

„Welcher weiteren Familie schuldet mein Großvater Treue?"

Aber sobald sie das sagte, hatte sie eine Offenbarung. Der Ausdruck aufsteigender Verwunderung auf ihrem Gesicht ließ Dairs Lächeln breiter werden; er fand sie bezaubernd. Er ließ sie es aussprechen.

„Der Herzog von Roxton ist das Oberhaupt von Grands Familie und der deinen. Wir beide - du und ich - gehören zur gleichen Großfamilie, aber zu verschiedenen Zweigen?" Als er nickte, lächelte sie. „Oh, jetzt verstehe ich! Das erklärt, warum der alte Herzog bereit war, mein Pate zu werden. Wie konnte er Grand das abschlagen, selbst, wenn er es *damals* wahrscheinlich gewollt hätte. Obwohl es vielleicht die Herzogin war, die ihn überredete ...? Sie hat ein so freundliches und liebevolles Herz und ich weiß, wie sehr sie einander liebten. *Ihr* hätte er nichts abgeschlagen."

Dair runzelte die Stirn. „Warum sollte er sich weigern? Warum sollte Cousine Herzogin den alten Herzog überreden müssen, dein Pate zu werden?"

Rory errötete wider Willen. Sie wollte es nicht laut aussprechen, tat es aber.

„Weil ich geboren wurde - wegen dem, was ich bin", sagte sie leise. „Weil - weil ich ein Krüppel bin."

Dair runzelte vor Wut die Stirn und sein Mund wurde zu einem dünnen Strich. Er sah wütender aus, als Rory ihn jemals gesehen hatte - wie schwarzer Donner, der über fernen Hügeln hereinrollte. Sie versuchte, ihm ihre Hand zu entziehen, aber er ließ sie nicht los. Sie fragte sich, was ihn mehr aufbrachte - dass sie ihre Paten beschuldigt hatte, kleinlich gesinnt zu sein, oder dass sie sich offen als Krüppel bezeichnet hatte und er sich dadurch in ihrer Gegenwart unbehaglich fühlte.

„Mumpitz! Das bist du nicht, du kleiner Dummkopf! Du bist so viel mehr als das, und wenn du denkst, dass Ihre Gnaden wegen einer solchen Kleinigkeit gezögert hätten, deine Paten zu werden, dann kennst du sie überhaupt nicht!"

„Ich habe nicht gesagt, dass sie es bereut haben, meine Paten zu sein", antwortete Rory leise, obwohl sie bei seiner temperamentvollen Verteidigung rot wurde und sich fragte, wie sie das verstehen sollte. „Aber als ich geboren wurde, sagten die Ärzte zu meinem Großvater, ich sei sowohl geistig als auch körperlich verkrüppelt. Bevor ich laufen konnte und bevor ich sprechen und ihnen zeigen konnte, dass ich einen funktionierenden Verstand hatte, musste es für Grand schwierig gewesen sein, den Herzog und die Herzogin zu bitten, sich für mich einzusetzen. Aber ich verstehe jetzt, warum mein Großvater wollte, dass das Familienoberhaupt mein Pate wurde. Indem sie meine Paten wurden, gaben mir der Herzog und die Herzogin nicht nur ihren Segen, sondern machten stillschweigend anderen klar, dass ich auch unter ihrem Schutz stehe. Ich habe mich immer gewundert, warum ich auf den Roxton'schen Gesellschaften bereitwillig empfangen werde; warum andere aus dem weiteren Kreis der Roxtons mich zu Bällen und Gesellschaften einluden, wenn mit Sicherheit keine Einladung ausgesprochen worden wäre, wenn ich nicht die Patentochter des Herzogs wäre.“

„Du unterschätzt dich selbst, Augenstern“, sagte Dair sanft, aller Ärger war verschwunden. „Ein paar Minuten in deiner Gesellschaft reichen aus, um jemandem eine gute Meinung von dir zu verschaffen. Abgesehen davon bist du die schönste Blüte in jedem Ballsaalstrauß, unabhängig von allen anderen Überlegungen.“

„Schade, dass ich seit meiner ersten Saison in die Vase des Ballsaals verbannt wurde. Wenn ich nur mit den anderen hübschen Blütenblättern auf dem Tanzboden des Ballsaals gewesen wäre“, witzelte sie mit einem Seufzer der Enttäuschung, obwohl das Grübchen in ihrer Wange ihm sagte, dass sie mit seiner Einschätzung zufrieden war. „Dann hättest du mich vielleicht früher bemerkt.“

„Ich bin dankbar, dass du in deiner Vase geblieben bist, während ich Kriege geführt habe“, sagte er und küsste ihre Hand erneut. Diesmal sah er ihr dabei in die Augen. „Sonst wärst du mit einem anderen verheiratet und hättest inzwischen ein paar Gören.“

„Mit einem anderen verheiratet? Das setzt voraus, dass es da draußen noch jemanden für mich gäbe ...“

Er legte den Kopf zur Seite. „Also glaubst du, jeder Mensch hat nur eine wahre Liebe?“

Das glaubte sie tatsächlich, aber sie brachte es nicht fertig, das auszusprechen, nicht, nachdem er sie in so skeptischem Ton fragte. Das erwies sich als gut, denn was er ihr als Nächstes anvertraute, ließ sie diese Worte verschlucken und die Vorstellung aufgeben, dass er auch daran glauben könnte.

„Meine Eltern dachten das am Anfang. Das war, bevor sie heirateten; bevor sie ihre erste Nacht zusammen als Mann und Frau verbrachten.“

„Deine Eltern haben keine Lösung für ihr - für ihr *Problem* gefunden?“

Dair tippte auf die Seite seiner Nase, signalisierte, dass sie den sprichwörtlichen Nagel auf den Kopf getroffen hatte.

„Ganz genau. Ich vermute, dass seine Unerfahrenheit und ihre bedeutete, dass eine Lösung unwahrscheinlich war.“

„Wenn sie wirklich verliebt gewesen wären, wenn es ihnen bestimmt gewesen wäre, für immer zusammenzubleiben, hätten sie sich stärker bemüht, eine zu finden.“

„Du bist eine solche Romantikerin!“

Rory schmollte. „Du sagst das, als ob es etwas Schlechtes wäre.“

„Keineswegs. Aber es spricht auch etwas dafür, praktisch zu sein, zumal eine Ehe ja für immer geschlossen wird. Meine Eltern hatten sich nicht einmal leidenschaftlich geküsst, bevor sie ihre Ehegelübde ablegten. Bemerkenswert."

„Das kannst du ihnen nicht vorwerfen. Es ist für ein anständiges Mädchen und einen Gentleman, der ihre Tugend schützen will, nicht unüblich, sich vor der Ehe nicht zu küssen. Grasby und Drusilla haben sich auch erst geküsst, als sie Mann und Frau waren."

„Nur, weil sie sich nicht geküsst hatten, heißt das aber nicht, dass sie nicht andere geküsst hätten, oder?"

Rory riss schockiert die Augen auf. „Oh! Du bist *schlimm*. Grasby, ja, natürlich. Aber Silla? Nein! Sie war Jungfrau, als sie heirateten, davon bin ich überzeugt."

Dair äußerte sich nicht weiter, und Rory hatte den Verdacht, dass er wusste, wen Silla wo und wann geküsst hatte. Sie wollte es gar nicht wissen. Obwohl sie geneigt war zu denken, dass es Dair war, den ihre Schwägerin geküsst hatte, und vielleicht hatte er sie dann zurückgewiesen. Das würde erklären, warum ihre Schwägerin ihn hasste.

Rory hatte einen plötzlichen, teuflischen Einfall und beschloss, ihre Vermutung auf die Probe zu stellen.

„Ich bin so froh, dass wir diese Unterhaltung geführt haben. Ich kann mir jetzt vornehmen, so viele Gentlemen wie möglich zu küssen, bevor ich mich entschließe, welchen von ihnen ich heiraten will. Es scheint, dass Erfahrung notwendig ist ..."

„Nein, das wirst du nicht tun!", unterbrach er sie und beschloss endlich, dass der Tisch eine Barriere zwischen ihnen war, die er nicht länger ertragen würde.

Doch anstatt einfach zu ihrer Seite des Tisches herumzugehen, wie jeder besonnene Gentleman es getan hätte, sprang er darüber. Er sprang über die Überreste ihrer gemeinsamen Mahlzeit, über sämtliche Gläser, Porzellanschüsseln, -teller und das Besteck und schaffte es, nichts davon zu berühren, außer einem Becher, gegen den er mit einem Knie stieß. Der silberne Becher fiel um und schoss in die Luft, um dann mit lautem Klirren auf dem Marmorboden zu landen.

Rory stieß einen unwillkürlichen Schrei bei dem plötzlichen Geräusch aus, erschrocken, weil ihre ganze Aufmerksamkeit von Dairs wildem Sprung gefesselt war und sie hoffte, dass er durch sein Ungestüm nicht sich selbst oder sie verletzen oder etwas zerbrechen würde. Sie quietschte vor Lachen, als er neben ihr landete, wo seine Füße jedoch durch seinen Schwung unter ihm wegrutschten und er neben ihr mit ausgestreckten Beinen auf einem Kissen zu liegen kam. Sie erhob sich halb auf die Knie und ihre Hand schoss vor, um den sich bauschenden Ärmel seines weißen Hemdes zu ergreifen, als ob das ihn aufhalten könnte. Das tat es nicht. Es ließ sie hinter ihm her fliegen und sie landete auf seiner Brust, inmitten der Ansammlung von Kissen, die jetzt um sie herum verstreut waren. Er warf einen Arm um ihre Taille, um sie festzuhalten und dann lagen sie dort ausgestreckt auf den Kissen auf dem Marmorboden und lachten beide aus vollem Herzen. Und als er eine rosa-goldene Seidenquaste hochhielt, die sich von einem der vielen Kissen gelöst hatte, und sie mit einem breiten, albernen Grinsen vor ihren Augen baumeln ließ, als ob es ein Preis wäre, den er durch seinen Sprung über den Tisch gewonnen hatte, lachten beide nur noch lauter.

Als sie wieder still und ruhig waren, fand Rory sich an seine Brust gekuschelt. Dair hatte eine Hand unter seinen Kopf gelegt, der auf einem Kissen ruhte, und starrte zu der bemalten Decke des Pavillons hinauf, während seine rechte Hand mit ihrem feuchten Haar spielte.

„Nicht so elegant oder so dramatisch wie mein Auftritt in Romneys Atelier", bemerkte er, „aber ich habe das gewünschte Ergebnis erzielt. Du bist wieder in meinen Armen, wo du hingehörst."

Rory lächelte zufrieden und legte ihr Kinn auf seine Brust.

„Aber wo sind die Tänzerinnen, um zu applaudieren, Mylord, und dich zu bejubeln?"

Er hob seinen Kopf leicht an, um auf ihr hochgerecktes Gesicht zu sehen. Ihre blauen Augen funkelten vor Vergnügen, ihr schöner Mund hatte sich zu einem kecken Lächeln verzogen und auf ihren Wangen lag eine leichte Röte, die die Makellosigkeit ihrer Porzellanhaut noch betonte. Sie sah strahlend aus. In diesem Augenblick und auf ewig war sie das schönste Geschöpf, das er je zu Gesicht bekommen hatte.

„Ich will keinen Applaus, nur deinen ..."

Sie hob sich auf einen Ellbogen.

„Den hast du, Alisdair. Immer ..."

Er drehte sich zur Seite.

„Warum verschwenden wir dann kostbare Zeit? Wir sind allein und ich bin den ganzen Weg nach Hampshire gekommen, nur um dich zu küssen. Aber zuerst musst du mir versprechen ..."

Sie legte einen Finger auf seine Lippen, um ihn am Reden zu hindern. Dann streichelte sie seine bärtige Wange.

„Ich weiß, und das werde ich", sagte sie ernst, aber das Funkeln stand noch in ihren Augen.

„Du hast keine Ahnung, was ich dich fragen wollte, du kleines Biest!"

Sie nickte und drückte ihre Lippen zusammen, um ein Lächeln zu unterdrücken, bevor sie trocken sagte:

„Du wolltest mich bitten, keinen Gentleman außer dir zu küssen."

„Nun ja, das war es, worum ich dich bitten wollte, aber ..."

„... eine solche Bitte ist absolut ungerecht, dem musst du zustimmen.“

Er schaute finster. „So?“

„Natürlich. Vor allem, nachdem du gerade dargelegt hast, dass Unerfahrenheit vor der Ehe kein idealer Zustand für ein Ehepaar ist.“

„So etwas habe ich nicht gesagt. Was ich gemeint habe, ist, dass du und ich ...“

„... so viele Personen des anderen Geschlechts wie möglich küssen sollten, damit wir, wenn wir einander küssen, genau wissen, was wir tun. Und da du viel mehr Erfahrung hast als ich, muss ich noch viel nachholen, wenn du erwartest ...“

Weiter kam sie nicht.

„Was für ein Unsinn!“, knurrte er und eroberte ihren Mund mit seinem, bis der Rest ihrer Ausführungen vergessen war, während ihr Mund mit seinem zu einen langen, ausgiebigen Kuss verschmolz. „Nachholen, allerdings“, murmelte er, als sie sich trennten, um zu Atem zu kommen. „Deine Küsse sind vollkommen wunderbar, ohne Erfahrung zu brauchen ...“

„Oh, aber ich werde noch viel besser küssen, wenn ich erst so viele ...“

„Nein! Auf keinen Fall! Du wirst keinen anderen Mann zu küssen brauchen, niemals. Nur mich, du verruchtes Geschöpf. Und tu nicht so, als hättest du gedacht, ich würde etwas anderes meinen! Und drehe mir nicht das Wort im Mund herum“, schmollte er und ließ eine große Hand sanft bis zur Mitte ihres schmalen Rückens hinabgleiten. „Du kannst weit besser mit Worten umgehen als ich, doch ich fand es immer besser zu handeln als zu reden“, fügte er hinzu, beugte sich vor, um ihren Hals zu küssen und daran zu knabbern, wobei seine Hand auf den zusammengeknüllten Röcken um ihre Taille liegen blieb. „Was für einen Duft hast du da an dir? Er könnte einen Mann - mich - verrückt machen ...“

Sie kicherte und erschauerte dann, als die weichen Haare seines Bartes sie an ihrem Hals kitzelten. Sie drehte sich in seinen Armen so um, dass sie jetzt auf den Kissen lag und er über ihr. „Dummchen! Seife. Aber wahrscheinlicher Teichwasser, da ich gerade vom Schwimmen komme.“

„Keine Seife auf Gottes Erde riecht so gut“, murmelte er und sog weiter ihren Duft ein, während seine weichen Küsse bis zum Ansatz ihrer Brüste voranschritten, die durch einen tiefen, eckigen Ausschnitt fast freigelegt wurden. „Und wenn das Seewasser so berauschend riecht, dann bin ich bereit, mich allen Gefahren zu stellen, die mich da draußen in der Tiefe erwarten...“

Seine Finger machten sich geschickt daran, die Schlaufen zu finden, die das Mieder an den Röcken hielten, und daran zu zerren. Dann schob er sanft das leichte Baumwollmaterial mit seiner kleinen Spitzenkante von ihren Brüsten herunter, so dass sein Mund Zugang zu ihrer Brustwarze hatte. Er lächelte leise in sich hinein, als ihm wieder auffiel, dass sie kein Korsett trug. Das hatte er vergessen. Und als er erst sanft saugte, dann vorsichtig den Rand seiner Zähne über die zarte rosa Spitze kratzen ließ, schnappte Rory nach Luft und bog ihren Rücken in genießerischer Reaktion durch. Ihre Hüften begannen sich unter ihm zu bewegen und sie hielt seine Hemdsärmel fest, Zeichen genug dafür, dass ihr das, was er tat, durchaus gefiel und sie nicht wollte, dass er aufhörte.

Ganz in diesem Augenblick gefangen ließ er seine Hand weiter gleiten. Langsam raffte er die vielen Schichten leichter Baumwollröcke, entblößte ihre Füße, dann ihre Knöchel und schob sie dann über ihre langen, bestrumpften Beine nach oben. Ihre Röcke bauschten sich über ihren Knien, wo ihre weißen Seidenstrümpfe von hübschen rosa Seidenstrumpfbändern gehalten wurden, und er ließ seine Finger über eines dieser Strumpfbänder streichen, bevor er sie über die seidige Haut der Innenseite ihrer Oberschenkel gleiten ließ. Sie hatte so wohlgeformte lange Beine ... Da scheute sie zurück. Im Handumdrehen war seine schöne Erforschung vorbei und ließ ihn allein, auf seine Ellbogen gestützt, verblüfft und erstaunt zurück.

# ZWEIUNDZWANZIG

Rory rutschte eilig von ihm weg, zum Tisch, und schüttelte hastig ihre Röcke aus. Sie musste ihre Beine bedecken, vor allem ihre Füße verstecken. Sie tat auch ihre Bestes, das über ihre Brust aufklaffende Mieder zu schließen und bemerkte erst jetzt, dass alle Schlingen geschickt geöffnet worden waren. Wie würde sie die ohne Ediths Hilfe wieder schließen können? Sie fühlte sich töricht angesichts ihres Benehmens, noch mehr, als Tränen der Frustration unter ihren Lidern brannten. Sie wurde von widersprüchlichen Emotionen überwältigt: sie wollte, dass er sie weiter streichelte, doch sie war noch nicht bereit, ihn ihren Fuß berühren zu lassen. Nicht, dass er das versucht hatte, und das ließ sie sich fragen, ob er absichtlich davor zurückgeschreckt war. Seine Zärtlichkeiten waren so sanft, seine Küsse so leidenschaftlich, dass sie sich nach mehr sehnte, und nachdem sie sich trotzdem von ihm zurückgezogen hatte, hinterließ dies in ihr ein schmerzliches Gefühl des Verlustes und Leere.

Dair blieb dort, wo er war, auf dem Marmorboden, ein langes gestiefeltes Bein angezogen, bis sich sein Verlangen soweit abgekühlt hatte, dass es für ihn nicht länger peinlich war. Dann setzte er sich auf und schaute zu, bis er ihre vergeblichen Versuche, die Schlingen an ihrem Mieder ohne Hilfe wieder zu schließen, nicht länger ertragen konnte. Er ging schweigend zu ihr an den Tisch und nahm die Sache in die Hand. Zuerst wollte sie seine Hilfe nicht und schob seine Hände fort. Als er weitermachte, einfach ihre Hände festhielt, bevor sie sie wieder wegschlagen konnte, und seine Lippen auf ihren Handrücken drückte, sackten ihre Schultern in Ergebung ab. Sie leistete keinen weiteren Widerstand.

Nachdem ihr Mieder wieder befestigt war, machte er sich daran, die Kissen aufzuräumen, den heruntergefallenen Becher aufzuheben und auf den Tisch zurückzustellen und kam dann, um sich ihr gegenüber hinzusetzen. Während der ganzen Zeit, in der er im Pavillon herumging, war ihm bewusst, dass sie schlaff dasaß, den Kopf auf die im Schoß liegenden Hände gesenkt und zweifellos den ganzen Kopf voll von emotionalen Vorwürfen aller Art. Er erinnerte sich daran, wie jung sie noch war. Ihre Erfahrung von der Welt war auf das Haus ihres Großvaters und eine Handvoll gesellschaftlicher Veranstaltungen unter Verwandten, gleich, wie entfernt, beschränkt. Sie war immer gut behütet, immer von anderen umringt, wenn sie nicht in der vertrauten Umgebung ihres Heims war. Selbst in ihrem eigenen Haus, da war er sich sicher, wäre sie nie mit einem anderen Mann als ihrem Großvater oder ihrem Bruder allein gelassen worden.

Und hier kam er und hob ihre Röcke in dem Moment, als ihre Zofe ihnen den Rücken kehrte! Was musste sie von ihm denken! Er wusste genau, was ihr Großvater denken würde, und deshalb war er entschlossen, noch am gleichen Abend mit diesem zu sprechen. Und doch blieb ein Hauch des Zweifels an seinem Entschluss, eine kleine, nagende Sorge, die er als etwas Normales für einen Mann abtun sollte, der einen Weg einschlug, der sein ganzes Leben verändern würde. Diese Sorge blieb, weil sie Teil von ihm gewesen war, seit er sich erinnern konnte; zumindest, seit er die Wurzel des Problems in der Ehe seiner Eltern entdeckt hatte. Er hatte sich gegen eine Heirat gewehrt, insbesondere gegen eine Vernunftehe, die nur zum Zweck, einen Erben zu produzieren, geschlossen wurde. Die bloße Vorstellung schreckte ihn ab. Er wollte keine lieblose Ehe, und dennoch - war es für einen Mann in seiner Stellung nicht ein törichtes Unterfangen, aus Liebe zu heiraten?

Als er zu Rory hinübersah, glaubte er das nicht mehr. Er hatte es fast von ihrer ersten Begegnung an gewusst, obwohl er versucht hatte, das Gefühl von Schicksalshaftigkeit zu ignorieren, als er sich beim ersten Kuss in sie verliebte. Oh, aber dieser zweite Kuss an der Steinmauer bei Banks House, der hatte ihm den Rest gegeben! Da hatte er gewusst, dass es kein Zurück mehr gab, dass das, was er für sie empfand, weit mehr war als bloße Lust. Was ihn aber vor allem überraschte, was seine Entschlossenheit besiegelte, war, dass sie hinter seine Fassade sah und sich dennoch bei ihm wohlfühlte, ganz gleich, welche Maske er der Welt gerade präsentierte. Sie zweifelte weniger an ihm als er an sich selbst. Bei ihr gab es keine Verstellung, keine Hintergedanken, keine Überlegung, ob sie mehr an seinem Titel als an ihm interessiert wäre. Und nach alledem entsprachen ihre Wertvorstellungen, das, was sie von einem Lebensgefährten erwartete, durchaus seinen eigenen.

Dennoch blieb dieser Hauch eines Zweifels bestehen, der durch ihre Reaktion auf seine Zärtlichkeiten jetzt in den Vordergrund gerückt wurde. Ihm wurde klar, dass er zu schnell vorgegangen war. Doch wenn sie ebenso leidenschaftlich wäre, wenn sie ebenso wie er in diesem Augenblick gefangen gewesen wäre, sicher hätte sie sich dann nicht zurückgezogen? Er fürchtete den Gedanken, sie könnten doch nicht so gut zueinander passen. Was, wenn die körperliche Seite der Liebe sie abstieße? Seine Mutter war jung und unschuldig gewesen und hatte geglaubt, verliebt zu sein, dennoch hatte sie den Liebesakt so verabscheut, dass nur die Pflicht, einen Erben zu produzieren, sie das Ehebett hatte ertragen lassen.

Und das hatte sein Vater ihm erklärt, nicht von Angesicht zu Angesicht, sondern in einem Brief, den er vor ein paar Jahren geschickt hatte, als Dair auf der anderen Seite des Atlantiks für sein Land und um sein Leben kämpfte. Was für eine Enthüllung! Es hätte ihn ein wenig von dem blutigen Geschäft des Krieges abgelenkt, wenn es sich um eine andere Ehe als die seiner Eltern gehandelt hätte, die in schwarzer Tinte vor ihm entblößt wurde. Sein Vater hatte der Gräfin nicht die Schuld am Zusammenbruch ihrer Ehe gegeben, sondern seinem eigenen Versagen als Ehemann. Und warum hatte sein Vater es nach all diesen Jahren auf sich genommen, seine Sünden zu bekennen, hatte Dair sich gefragt, was ihm dann im nächsten Absatz beantwortet wurde. Sein Vater hatte sich verliebt und lebte offen mit seiner Geliebten, und diese Geliebte, diese Monica Drax, war in allem außer dem Namen seine Frau und war dies bereits seit einer Reihe von Jahren gewesen.

Und weil sein Vater, wie es schien, zum ersten Mal im Leben verliebt war, empfand er jetzt eine große Last von Schuld und Scham darüber, wie er seine rechtmäßige Frau und legitimen Erben behandelt hatte. Er war ein schrecklicher Ehemann und ein noch schlechterer Vater gewesen. Er erklärte, dass er, weil Dair und sein Bruder nur aus Pflichtgefühl und in der abscheulichsten Art (er vermied es das Wort *Vergewaltigung* zu gebrauchen, aber Dair konnte zwischen den Zeilen lesen), gezeugt worden waren, er sie nicht hatte lieben können. Sie erinnerten ihn daran, dass er eine Ehe ohne Liebe, führte die ein Gefängnis darstellte, aus dem es kein Entkommen gab, und dass er ein Monster war. Jetzt bat er um die Vergebung seiner Söhne. Ein ähnliches Geständnis hatte er an Charles geschickt.

In der nächsten Zeile erwähnte sein Vater, dass die Liebe seines Lebens, diese Monica Drax, ihm zwei liebe süße Kinder, Zwillinge, geboren hätte. Keine zwei Kinder könnte er mehr lieben oder als so perfekt ansehen wie Barnaby und Bernadette. Und weil er sie sehr liebte, hatte er sein Testament so verändert, dass fünfzig Prozent des Vermögens, das aus seinen Zuckerplantagen stammte, jetzt an seine leiblichen Kinder mit Monica Drax gehen würden, die anderen fünfzig Prozent an ihn. Er hoffte, dass er seinen Pflichten gegenüber Schwester und Bruder nachkommen und mit seinem Erbe auch für sie sorgen würde. Er war sicher, Dair würde die Gerechtigkeit dieser Aufteilung erkennen. Schließlich würden alle Einkünfte aus dem Besitz in England, das jakobinische Herrenhaus in Buckinghamshire, das Stadthaus und die diversen Pachten aus Anwesen in London alle Dair gehören, wenn er Earl von Strathsay würde. Und, fügte sein Vater hinzu, nachdem er jetzt selbst einen illegitimen Sohn hatte, könnte Dair kaum etwas dagegen einwenden, nicht wahr?

Dair hatte nichts einzuwenden. Doch er wollte nichts von den schmutzigen Einkünften, die durch Sklaverei erzielt wurden. Wenn es nach ihm ging, konnten die Drax-Zwillinge alles haben.

Sein Vater schloss den offenen Brief mit der Ankündigung, dass er nicht nach England zurückkehren würde; das Leben in Barbados gefiel ihm ausgesprochen gut. Er hatte an seine Anwälte in London geschrieben und sie angewiesen, dass in dem Moment, in dem Dair heiratete, alle Rechte und Pflichten an seinem englischen Besitz und die Verwaltung der beträchtlichen Einkünfte, die seine Gnaden von Roxton treuhänderisch verwaltete, ihm zufallen sollten. Er wünschte, er könnte ihm auch die Krone des Earls und den Hermelin übertragen.

Das wünschte Dair auch. Später erfuhr er, dass sowohl Mary wie auch Charles ihrem Vater geantwortet hatten. Er hatte keinen der beiden gefragt, was sie geschrieben hatten oder ob sie ihrem Vater die erbetene Vergebung gewährt hätten. Er antwortete nicht. Er setzte den Brief mit der Glut seines Stumpens in Brand und schaute zu, wie er sich eingerollt und als Asche mit dem Lagerfeuer vermischt hatte.

Er schüttelte die Gedanken an seinen verachtenswerten Vater und dessen letzten Brief ab, goss die letzten Tropfen Birnenmost ein und stellte den Becher vor Rory, bevor er so nebenher, wie er es vermochte sagte:

„Sollten wir nicht Tee trinken? Es wäre doch zu schade, die Teekanne von Cousine Herzogin nicht zu benutzen ...“

Da schaute Rory zu ihm herüber und ihr Blick war so verzweifelt, dass es Dairs ganzer Willenskraft bedurfte, um still stehen zu bleiben und nicht auf ihre Seite des Tisches zu eilen und sie in seine Arme zu ziehen.

„Es ... es tut mir leid“, sagte sie düster, und ihre Stimme schwankte. „Du musst mich für jämmerlich kindisch halten.“

„Was ich denke, ist, dass du dich noch nie zuvor in einer solchen Situation befunden hast und du für einen Moment vor dem Unerwarteten zurückgeschrocken bist. Das ist völlig natürlich.“

„So? Wie viele andere alberne Jungfrauen hast du schon beruhigen müssen ... Nein! Das hätte ich nicht fragen sollen ...“

„Nur eine. Lil. Und wie du ist sie nicht hohlköpfig. Obwohl ich das vermutlich war und noch immer bin. Wir waren beide noch jungfräulich, als wir unsere Frühlingsromanze anfingen. Seither? Keine.“ Als sie die Stirn runzelte, lächelte er in sich hinein und fügte sanft hinzu: „Du sagest doch, es wäre wichtig, aufrichtig zu sein.“

„Ja. Das habe ich. Danke, dass du es mir gesagt hast.“

„Aber natürlich verletzt Aufrichtigkeit nicht weniger ...“

„Mich verletzte dieses Wissen nicht. Ich wäre überrascht gewesen, wenn du gestanden hättest, mit Jungfrauen zu schlafen. Und, um ganz offen zu sein, auch empört. Ich habe dich nie für einen Mann gehalten, der aus Vergnügen den Unschuldigen nachstellt. Ich habe immer angenommen, dass du Affären mit Frauen hast, die wissen, was sie wollen und dir im Gegenzug das gleiche Vergnügen bereiten konnten.“

Er neigte lächelnd seinen Kopf, sagte aber nichts weiter dazu.

Rory krampfte ihre Hände fest im Schoß zusammen und zwang sich, ihm in die braunen Augen zu sehen.

„Es tut mir leid, aber nichts davon wirkt auf mich beruhigend - hier.“

„Rory, wir sind beide daran beteiligt. Du musst dich für nichts entschuldigen. Ich bin derjenige, der etwas falsch gemacht hat. Mir hätte klar sein müssen ...“

„Nein! Nicht! Entschuldige *du* dich nicht für mein Verhalten. Ich wollte, dass du mich küsst. Ich wollte *dich* küssen. Ich wollte, dass wir uns lieben. Es ist nur so, dass ich - ich nicht möchte ... dass ich nicht glaube, bereit zu sein, dich ...“

„Rory, wenn du nicht bereit bist, dass ich dich *überall* berühre, dann bist du nicht bereit dazu, dass wir uns lieben.“

Der ruhige Ton seiner weichen Stimme hätte sie beruhigen sollen. Er führte jedoch nur dazu, dass sie sich noch ungeschickter und unsicherer fühlte. Er hatte recht. Vielleicht war sie nicht bereit ... Oh, aber die *Gefühle*, die er in ihr weckte! Die Art, wie ihr Körper auf seine Berührung reagierte ... Wenn er sie küsste; wenn seine Hände auf ihrer Haut lagen; als er an ihren Brüsten gesaugt hatte ... Das Pochen zwischen ihren Beinen war fast unerträglich gewesen, und jetzt ließ der bloße Gedanke daran, ihn zu lieben, dieses Gefühl zurückkehren. Ihr Gesicht wurde flammend rot vor Verlegenheit und sie trank den Birnenmost in einem Zug aus, ohne seinen Geschmack wahrzunehmen oder dass sie den Becher geleert und ohne nachzudenken wieder abgestellt hatte.

Vielleicht hatte er recht. Sie brauchte eine Tasse Tee. Das würde ihre Nerven beruhigen. Es würde am besten sein, über etwas - *irgendetwas* - zu sprechen, bis sie die Worte fände, um es ihm zu erklären ... Und dann setzte sie sich auf, als wäre ihr urplötzlich etwas eingefallen, und sie schaute ihn mit leicht zusammengekniffenen Augen und einem aufsässigen Zucken um den Mund herum an. Wie war es so weit gekommen? Sie hatten über *seine* Angst vor stillem Wasser gesprochen, und jetzt hatte er es durch einen Trick geschafft, das Thema komplett zu wechseln, und das noch, bevor sie ihre Diskussion darüber, wie sie ihm am besten helfen könnte, seine fürchterliche Erinnerung aus seiner Kindheit zu überwinden, zufriedenstellend abgeschlossen hatten.

Sie war zuversichtlich, dass sie ihm helfen könnte, selbst wenn sie ihn nur dazu in die Lage versetzen könnte, ein Boot zu rudern, ohne durch eine so harmlose Aktivität verängstigt zu werden. Sie lächelte in sich hinein. Sie war sich sicher, dass sie den Ort kannte, an den sie ihn rudern lassen wollte. Er war nur eine kurze Strecke vom Steg entfernt. Ein Mann mit seiner Kraft konnte in wenigen Minuten dorthin rudern. Es war ein unglaublich zauberhafter Ort, ein Ort, an dem sie ihre eigenen Mängel vergessen konnte und wo sie sich immer vorgestellt hatte, dort zum erstem Mal einen Mann zu lieben: die Tempelgrotte auf der Schwaneninsel.

Ihr aufrührerischer Gesichtsausdruck wurde von einem strahlenden Lächeln ersetzt, als sie ihren Plan aussprach.

„Ich könnte dir helfen, deine Angst vor stillem Wasser zu überwinden, wenn du es mir erlaubst."

Dair lächelte zweifelnd.

Er war entzückt von ihrem Selbstvertrauen und nicht unempfindlich für ihr Geschick, ihre Unterhaltung zu einem Erlebnis seiner Kindheit zurückzuführen, über das er noch immer nicht gerne sprach. Seine Verlegenheit darüber, ihr diese Schwäche gestanden zu haben - schließlich gaben Soldaten nicht zu, vor etwas Angst zu haben - ließ ihn überheblich klingen.

„Lass mich raten", sagte er gedehnt. „Du hast vor, mich zum Steg zu locken und mich, wenn ich nicht hinsehe, hineinzustoßen, in der Hoffnung, dass ich augenblicklich geheilt werde?"

Sie ignorierte seine Leichtfertigkeit.

„Wenn es so einfach wäre, würde ich das tun. Nein. Versprich mir, mich morgen früh am Steg zu treffen, und dann werde ich dir sagen, was ich vorschlage."

„Vielleicht können wir uns gegenseitig helfen?" schlug er vor und streckte seine Hand über den Tisch. Als sie schüchtern lächelte und seine Finger ergriff, fügte er mit einem Lächeln hinzu: „Ich werde da sein, aber du musst deinen Schatten zurücklassen."

„Edith?" Rory seufzte leicht mitfühlend. „Arme Edith. Sie hat den Befehl, mich keine Minute allein zu lassen. Grand ist geradezu mittelalterlich geworden, seit du Mr. Watkins' Nase eingeschlagen hast. Er erholt sich übrigens, aber seine Nase wird nie mehr gerade sein. Danke, dass du nach ihm gefragt hast." Ihre Grübchen zeigten sich, als sie über seinen eigenen Mangel an Interesse am Schicksal des Wiesels laut auflachte. „Grasby hat Grand natürlich alles erzählt, und jetzt ist Grand wütend auf Mr. Watkins. Ja. Ich dachte mir, dass dir das gefallen würde. Aber du kannst aufhören, so selbstgefällig zu schauen, weil niemand mitbekommen hat, dass du mich geküsst hast! Ich bin sicher, dass Grasby einen Verdacht hat, aber das ist nicht die Art Gespräch, die man mit seiner Schwester führt."

„Danke für die Warnung."

„Oh, ich wollte dich nicht warnen. Du kannst auf dich selbst aufpassen und Grasby verzeiht dir ohnehin alles. Wirklich. Er hat sich auf deine Seite geschlagen und nicht auf Sillas wegen dieser ganzen Geschichte in Romneys Atelier, was sie furchtbar wütend gemacht hat. Nichts und niemand kann ihre Laune verbessern."

„Das überrascht mich nicht. Grasby hätte keine Partei ergreifen sollen. Und er sollte immer loyal zu seiner Frau stehen."

„Ich dachte, du hättest keine Geduld mit Silla ...?"

„Habe ich auch nicht. Aber ich bin nicht mit ihr verheiratet. Grasby schon. Das heißt, er muss seine Pflicht ihr gegenüber erfüllen, nicht ich."

Rory betrachtete ihn einen Moment lang mit scharfen blauen Augen und sagte, was sie dachte.

„Interessant, dass du das jetzt sagst. Ich würde fünfzig Pfund wetten, dass du und mein Bruder in dem Moment, als ihr beide durch dieses Fenster in Mr. Romneys Atelier stiegt, weder für Grasbys Ehe noch die Ehe eines anderen Gentlemans zwei Pennys gegeben hättet, um die Wahrheit zu sagen ..." Sie machte eine Pause, als er seinen Kopf schüttelte und lachte, dann fuhr sie im gleichen harten Ton fort. „Alles, woran du interessiert warst, war dein Auftritt, und ein möglichst großes Hallo unter einem Haufen kreischender, spärlich bekleideter Tänzerinnen zu verursachen, das es die Tinte einer Zeitung wert wäre."

Er lächelte dünn und hob eine Augenbraue, als ob er ihre Zusammenfassung mit einem Ausrufezeichen versehen wollte. Sie hatte es genau auf den Punkt gebracht und sie fragte sich, ob sie ahnte, dass sie, wenn er und Grasby nicht durch dieses Fenster gestiegen wären, jetzt nicht dieses Gespräch führen würden. Glaubte er an Schicksal? Vor jener Nacht hätte er die Vorstellung als Märchen abgetan. Jetzt war er sich nicht mehr so sicher, vor allem nicht, seit Miss Aurora Talbot der Katalysator geworden war, der ihn sein eigenes Weltbild in Frage stellen ließ. Er sah sie jetzt mit völlig neuen Augen. Es war, als ob sein Leben auf eines von Jamies kleinen Glasplättchen geschmiert worden wäre, wie ein Blutstropfen, und zur genauen Begutachtung unter die Linse eines Mikroskops geschoben wäre. Und genau so, wie er durch das Okular des Geburtstagsgeschenks seines Sohnes gespäht hatte, erschien eine völlig andere Welt vor seinen Augen, eine, von der er nie geahnt hatte, dass sie existierte oder die er überhaupt für möglich gehalten hätte. Das begeisterte ihn, erschreckte ihn aber auch.

Rory hatte die gleiche Wirkung auf ihn. Bei ihr wurde sein Leben plötzlich erschreckend deutlich. Sie ließ sein Herz ein wenig zu heftig schlagen und seine Brust schmerzen. Er war kein Mensch tiefer Gedanken oder des Grübelns, doch er war sich sicher, dass diese junge Frau, die ihm mit einem triumphierenden Leuchten in den Augen gegenübersaß, die Art, wie er die Welt sah, für immer verändert hatte. Er konnte sich niemand anderes vorstellen, mit dem er seinen Lebensweg teilen wollte.

„Wette?", schaffte er es, ruhig zu fragen. „Sei vorsichtig, Rory. Hast du meinen Spitznamen vergessen?"

Rory lachte. „Keineswegs. Und ich rate dir, diese Wette nicht anzunehmen, weil du verlieren würdest!"

„Ja. Ja, das würde ich."

„Ich habe keine Ahnung, warum Grand glaubt, dass meine Tugend *jetzt* bewacht werden müsste", schwatzte sie weiter, weil er sie so eindringlich ansah, mit einem neuartigen und beunruhigenden Ausdruck in seinen Augen. „Vor zwei Monaten hat er sich nichts dabei gedacht, mich einen ganzen Nachmittag lang unbeaufsichtigt mit Mr. Pleasant in der Ananasplantage zu lassen. Zugegeben, Cedric half mir bei der Vorbereitung von Ananastöpfen, die zum Einbetten in Gerberrinden geeignet waren. Nicht einmal Crawford war da..." Sie legte den Kopf schief, schmunzelte und rümpfte die kleine Nase. „Ich schätze, Grand dachte, es würde einem Hang zur Romantik nicht förderlich sein, mit den Armen bis zu den Ellbogen in Pferdemist zu stecken."

„Mich hätte es nicht davon abgehalten, dich zu küssen."

„Na, wer ist jetzt hier der Romantiker?", neckte sie ihn.

„Hat der Mist Cedric abgehalten?"

Der ernste Ton seiner Frage überraschte sie. Sie konnte es nicht glauben.

„Sei kein Dummkopf, Alisdair! Mr. Pleasant, *mich* küssen? Ich *ihn* küssen?" Sie schauderte leicht. „Cedric ist ein lieber Mensch, aber ich betrachte ihn als zweiten Bruder."

„Ich bin sicher, dass er dich nicht als Schwester betrachtet; außerdem hat er schon acht."

Mr. Cedric Pleasants Gefühle für sie waren für Rory eine Neuigkeit, und es war aus ihrer Stimme zu hören, als sie sich über die Kissen zum Ende des Tisches bewegte, wo die Teekanne auf ihrem Stövchen stand, eine brennende Kerze unter dem Ständer, um das Wasser in der Kanne bei der richtigen Trinktemperatur zu halten.

„Wirklich? Wie seltsam, dass ich das nie gedacht hätte ..." Ihre Grübchen zeigten sich wieder. „Andererseits ... an *dich* habe ich nie wie an einen Bruder gedacht ... Bitte, bleib sitzen und erlaube mir einzuschenken", befahl sie, als er sich von seinem Kissen erhob, um ihr zu helfen.

Er war entschlossen gewesen, die Teekanne für sie von ihrem Stand zu heben, eine Arbeit, die normalerweise von einem Butler oder Lakaien ausgeführt wurde, weil das Silber schwer war, besonders, wenn die Kanne mit heißem Tee gefüllt war. Doch er tat, was sie sagte und ließ sich wieder auf dem Kissen nieder.

„Ich mag vielleicht in beiden Beinen nicht die gleiche Kraft haben, aber ich habe starke Handgelenke und Arme, und das liegt daran, dass ich zu Hause in der Themse und hier im See schwimme", erklärte Rory ihm, als sie drei Sèvres-Tassen auf ihre Untertassen stellte. „Grand bestand darauf, dass ich das schon als kleines Mädchen lernte, er war entschlossen, dass ich meinen Körper kräftigen und den Ärzten beweisen sollte, dass sie unrecht hatten. Ich kann mich nicht auf langen Spaziergängen oder beim Tanzen bewegen, und obwohl ich einen Damensattel benutze, muss ich feststellen, dass lange Ausritte meinem Knöchel nicht guttun. Aber schwimmen ..."

Sie hob die silberne Teekanne, goss geschickt Tee in jede Tasse, ohne einen Tropfen zu verschütten, und stellte die Teekanne wieder auf den Ständer.

„Ich liebe das Schwimmen! Ich wünschte, ich könnte es das ganze Jahr über tun."

Als nächstes benutzte sie die silberne Zuckerzange, um einen kleinen Zuckerklumpen aus der Porzellan-Zuckerdose zu wählen, die das gleiche Muster und die gleichen Farben trug wie das Teeservice, und ließ diesen in eine der Teetassen fallen. Sie legte einen silbernen Teelöffel auf die Untertasse und stand einen längeren Moment da, hielt die Teetasse und lächelte auf ihn hinab.

„Als ich ein kleines Mädchen war, wollte ich unbedingt ein Vogel sein, damit ich frei fliegen könnte. Ich hatte beobachtet, dass Vögel mit einem gebrochenen Bein oder nur einem Fuß trotzdem in der Lage waren, hoch in die Luft zu steigen. Aber Schwimmen ist ein ausgezeichneter Ersatz für das Fliegen. Wenn ich im Wasser bin, fühle ich mich frei und - und *anmutig* ..." Sie lachte perlend, zuckte mit den Schultern und sagte scherzhaft: „Vielleicht bin ich doch eine Meerjungfrau? Vielleicht verwandeln meine Beine sich, wenn ich im Wasser bin, zu einem langen Fischschwanz. Du wirst nur bis morgen warten müssen, um das selbst zu entdecken. Nein, Edith. Bitte bleib, wo du bist. Ich bringe dir den Tee. Du siehst aus, als wärest du den ganzen Weg vom Haus zurück gerannt und in dieser Hitze brauchst du etwas, um dich zu erfrischen."

Dairs Kopf fuhr herum, er war ebenso überrascht, Rorys Zofe zu sehen, wie Edith es war, dass ihre junge Herrin sie bemerkt hatte.

EDITH WAR KEUCHEND DIE TREPPENSTUFEN ZUM PAVILLON heraufgekommen, dabei die Nadeln in ihrem zerzausten Haar feststeckend, weil sie den größten Teil des Weges den gewundenen Pfad entlang, der zu dem großen Haus hinaufführte, schnell gelaufen war. Sie war zu spät, brachte aber große Neuigkeiten. Das Witwenhaus summte wie ein Bienenstock. Die Dienerschaft eilte geschäftig von Zimmer zu Zimmer, die Arme voller Laken, Tabletts mit poliertem Silberzeug und Gläsern, sie trugen endlose Eimer mit Wasser nach oben und in jedem Kamin wurde Feuerholz zurechtgelegt, um für die abendliche Kühle vorbereitet zu sein, obwohl das unwahrscheinlich schien, wenn man das erdrückend heiße Wetter der letzten Woche bedachte, das Tag und Nacht angehalten hatte. Die Luft in der großen Küche war schwer vor köstlichen Gerüchen von Pasteten und Broten, gebratenem Lamm, das sich am Spieß drehte. Der französische Küchenchef überschüttete seine zwei geschäftigen Helfer mit gallischen Flüchen (Edith war sich sicher, dass die Worte für die Ohren einer Frau ungeeignet waren, warum sonst sollte er auf Französisch herumbrüllen?). Niemand hatte eine Minute Zeit für Edith, eine Zofe aus der Gatehouse Lodge, die ein Eindringling war und im Weg stand, wo doch die berühmte Herrin des Hauses zurückkehrte.

Edith folgte einer Gruppe der oberen Dienerschaft zu der weit offenen Vordertür und stellte sich gerade rechtzeitig ins Innere des Portikus, um Zeuge zu werden, wie eine große Reisekutsche, deren schwarz lackierte Türen von Staub bedeckt waren und die von sechs jetzt erschöpften Grauen gezogen wurde, auf der runden Auffahrt zum Stehen kam. Vier livrierte Vorreiter, die die Kutsche begleitet hatten, stiegen ab und streiften ihre Reithandschuhe ab, während Stallburschen zu den Köpfen der Pferde rannten. Eine zweite Kutsche mit zwei weiteren Vorreitern folgte. Diese Kutsche war fast ebenso prachtvoll, aber sie wurde von Gepäck erdrückt, das auf dem Dach festgeschnallt und im Inneren gestapelt war, so hoch, dass Hutschachteln und Pakete die Sicht aus den Fenstern versperrten. Vier Mitglieder der oberen Dienerschaft schälten sich aus dieser Kutsche, schüttelten ihre Röcke oder die Schöße ihrer Fracks aus und gingen sofort ins Haus, um die Insassin der großen Kutsche der Hilfe ihrer Zofe zu überlassen, die die Fahrt mit ihrer Herrin zurückgelegt hatte. Das hatten auch zwei lebhafte Whippets, einer schwarz, der andere weiß-braun, die von einem Diener übernommen wurden, der Leinen an ihren diamantbesetzten Halsbändern befestigte und sie wegführte.

Edith wusste, dass sie Rory jetzt zu lange mit dem gutaussehenden Major allein gelassen hatte, doch sie konnte sich nicht losreißen, ohne die Herrin des Hauses, die Herzogin von Kinross, eine Edeldame, die sie nur von ihrem Ruf und durch ihre Beziehung zu ihrer jungen Herrin kannte, gesehen zu haben. Sie wurde nicht enttäuscht.

Zuerst hielt sie die fesch gekleidete Dame im Brokatkleid und der Hochfrisur für die Herzogin, dann wurde ihr klar, dass diese Frau zu jung war und auch nicht hübsch genug. Es hieß, die Herzogin wäre atemberaubend schön, ein Augenschmaus und ganz und gar eine Herzogin. Dies musste die Zofe sein. Sie wusste, dass dem so war, als die Frau sich an eine Seite des Kutschentreppchens stellte, wo eine Reihe des gehobenen Personals, von der Haushälterin bis zum Butler und denen, die hochstehend genug waren, Zugang zu den Privatgemächern der Herzogin zu haben, sich versammelt hatte, um ihre Herrin zu begrüßen.

Ein Diener an der geöffneten Kutschentür streckte seine behandschuhte Hand aus und auf den Stufen erschien ein feenhaftes Geschöpf von kaum mehr als fünf Fuß. Das blonde Haar war aus einem lieblichen Gesicht gekämmt, das noch immer exquisit war. Der größte Teil der schweren Locken fiel um ihre Schultern und den Rücken hinab, von Satinbändern gehalten, die zu ihrem losen Kleid aus weicher grüner Seide mit Spitzenunterröcken passten. Das dazu gehörige seidene Mieder hatte einen zarten Spitzenbesatz und zeigte ein prächtiges Dekolleté, auf dem eine dreisträngige Kette aus Barockperlen und Diamanten ruhte. Die schlanken Arme waren mit goldenen Armreifen geschmückt und ein paar bestickte Seidenpantöffelchen lugten gerade unter dem Saum des Kleides hervor. Edith war mehr als zufrieden, dass sie an diesem Tag tatsächlich eine Herzogin gesehen hatte und dass diese besondere Herzogin ihre Erwartungen erfüllte. Sie versuchte, jedes

Detail aufzunehmen, von den ungewöhnlichen mandelförmigen Augen
über die hübschen Seidenhaarbänder bis hin zur Dresdner Spitze der
Unterröcke, überzeugt, dass sie nie wieder eine solche Gelegenheit
haben würde.

Und dann verflüchtigte sich die sorgfältige Aufbewahrung dieser
Erinnerungen wie von Zauberhand in dem Moment, in dem die
Herzogin einen teuren Fuß auf festen Boden setzte. Sie erwachte plötzlich zum Leben, und sie war faszinierend. Eine Handvoll ihrer Röcke
raffend rauschte sie auf die Dienerschaft zu, wobei sie erklärte, wie froh
sie wäre, wieder in Hampshire zu sein, sprach dabei aber nicht Englisch,
sondern Französisch. Sie ließ einen zarten Fächer flattern und bemerkte,
dass die Hitze für diese Jahreszeit unerträglich wäre, sprach mit jedem
der Diener, stellte Fragen und lauschte aufmerksam jeder Antwort. Und
als sie das Ende der Reihe erreicht hatte, wo die Haushälterin stand, die
in einem Knicks versank, und der Butler, der den Kopf neigte, ergriff
die Herzogin die Hand des Butlers und dann die der Haushälterin und
vertiefte sich drei oder vier Minuten lang in ein leises Gespräch, wobei
die Haushälterin sich eine Träne aus dem Auge wischte. Und dann war
die Herzogin drinnen verschwunden. Ihre Zofe und der Rest der
Diener folgten, jeder einzelne von ihnen lächelte, und sie ließen Edith,
die sich hinter die andere Seite der Standuhr gedrückt hatte, um nicht
gesehen zu werden, voller Ehrfurcht zurück. Den Vorzug zu haben, eine
Adlige des höchsten Rangs und von solch blendender Schönheit aus
nächster Nähe zu sehen, würde sich in ihrem Leben sicher nicht wieder
ereignen, und Edith schwor sich, die Heimkehr von Antonia, Herzogin
von Kinross niemals zu vergessen.

IM PAVILLON VERGASS EDITH DIESE NEUIGKEIT UND DIE
Nachricht, die sie dem Major überbringen sollte, wie sie ein Diener ihr
beim Verlassen des Hauses aufgetragen hatte, vor Überraschung, als ihr
eine Tasse Tee angeboten wurde. Mit ihrem Kopf noch voller Bilder von
der Ankunft der Herzogin von Kinross, vergaß sie auch den angebrachten Dank. Ihr Zustand gedankenverlorener Verwirrung wurde
noch verstärkt, als sie zuschaute, wie Rory sich auf Strümpfen und ohne
ihren Gehstock durch den Pavillon bewegte. Ohne ihre Spezialschuhe
und einen Stock, auf den sie sich hätte stützen können, war ihr unbe-
holfener Gang auffälliger denn je. Dieser Umstand an sich war für
Edith, die sich seit deren Jugend um ihre Herrin gekümmert hatte,
keine Überraschung. Es war Rorys Entscheidung, sich vor dem Major

in ihrem verwundbarsten Zustand zu zeigen, ein Umstand, der sonst um jeden Preis vermieden wurde, selbst gegenüber Familienmitgliedern.

Gehorsam nahm Edith die Tasse Tee und ging zur dem Platz auf der Marmorbank zwischen zwei dicken Säulen, wo ihre Handarbeit lag. Sie rührte den Zuckerklumpen und als dieser sich aufgelöst hatte, nippte sie an dem süßen schwarzen Gebräu, dankbar für das heiße Getränk, ein vorsichtiges Auge auf ihre Herrin haltend.

Rory kehrte an den Tisch zurück und räumte das Teegeschirr herum. Sie stellte eine Tasse Tee, das Milchkännchen und die Zuckerdose vor den Major hin und dann die letzte Teetasse an ihren Platz, setzte sich aber nicht gleich. Sie wusste sehr wohl, was sie tat. Sie wusste, dass Dairs Blick auf sie gerichtet blieb, während sie die ganze Zeit über Damensättel, das Fliegen wie ein Vogel und das Schwimmen wie eine Meerjungfrau plapperte. Sie konnte kaum glauben, dass sie wie eine hohlköpfige Debütantin daher schwätzte. Es waren ganz einfach ihre Nerven. Sie wusste auch, dass seine Augen ständig auf ihr ruhten, während sie den Tee eingoss und eine Tasse quer durch den Pavillon zu ihrer Zofe brachte. Das war ein plötzlicher Einfall, ein böser Geniestreich. Aus dem Augenwinkel hatte sie Edith die Stufen heraufkommen und zum Atemholen auf der obersten stehenbleiben sehen. Ihr eine Tasse Tee zu bringen, würde ihr einen Grund geben, ohne Schuhe und ohne Stock durch den gesamten Pavillon zu gehen. Es ging nicht darum, dass sie Sorge hatte, sie könnte den Tee verschütten, stolpern oder sich sonst derart zum Narren machen. Sie lief geschickt genug in ihren eigenen Räumen oder draußen im Garten an einem Sommertag, wenn niemand in der Nähe war, auf Strümpfen herum.

Was sie mit Beunruhigung erfüllte, was sie nervös machte, war, dass sie ihm die Rory, die niemand jemals sah, zeigte. Die lahme Rory mit einem verdrehten Fuß und einem abstoßenden Gang. Die Rory, die bestickte Seiden- und Satinkleider und Gewänder liebte, und all die weiblichen Kleinigkeiten, die dazu gehörten, und sich selbst, wenn sie vor einem hohen Spiegel stand, davon überzeugen konnte, dass Männer sie attraktiv finden könnten. Das hieß, bis sie einen Schritt von ihrem Spiegelbild wegtrat. Ihr rechter Fuß würde ihrem linken Fuß nicht gehorchen und nach vorne zeigen, noch würde er flachliegen. Er drehte sich nach innen, so dass das Gewicht auf dem Fußballen lag und ihre Zehen einquetschte; das ließ sie hinken. Sie versuchte, es auf die Unterkleidung zu schieben oder ihre Kleider oder komplizierte Seidenstickerei, dass ihre Behinderung im Gehen verstärkt wurde. Doch die Wahrheit war, dass nichts sich änderte, wenn sie bis aufs Hemd ausgezogen war oder ihr Nachthemd trug. Sie würde immer so gehen. Sie konnte den harten, körperlichen Tatsachen nicht entkommen; sie würde sich an Land nie anmutig, elegant oder für das Auge angenehm bewegen können.

Sie tröstete sich ein wenig mit dem Wissen, dass sie heute wenigstens nur ein schlichtes, cremefarbenes Musselinkleid trug, ohne Korsett, und ihre Haare in einer unordentlichen Masse ihren Rücken hinunterfielen. Vielleicht würde sein Auge abgelenkt, um Mängel an ihrem einfachen Kleid und den wie ein Vogelnest wirkenden Haaren zu finden …

Wenn es je einen Augenblick gegeben hätte, um seinen Wunsch, sie zu lieben, zu ändern, dann dieser.

Mit einem tiefen Atemzug, während ihr Herz so laut in ihren Ohren dröhnte, dass sie dachte, sie müsste taub werden, wandte sie sich schließlich um, um ihn anzuschauen. Und was sie sah, oder vielmehr, was sie nicht sah, war kein Trost. Sie konnte seine Reaktion nicht deuten. Was sich in seinen Augen widerspiegelte, war etwas ihr völlig Unbekanntes. Sie hielt seinem Blick stand und mit jeder vorbeiziehenden Sekunde stieg die Hitze an ihrem Hals und in ihren Wangen. Sie wollte nichts sagen. Sie wartete darauf, dass er es tat. Und sie wartete darauf, dass er die Zeit wieder in Gang setzte, und die Richtung offenbaren würde, die er wählte.

Als er das tat, geschah dies auf völlig unerwartete Weise. Es war so unerwartet, dass Edith die Teetasse aus der Hand fiel. Der heiße, schwarze Tee spritzte auf ihre Röcke und hinterließ Flecken auf dem Saum, als die Teetasse auf dem harten Marmor zerbrach und in hunderten winziger Scherben auf dem Boden des Pavillons zersplitterte.

DREIUNDZWANZIG



Dair wusste, was sie zu tun versuchte, und hatte nicht vor, ihr das zu gestatten. Nur, weil er kein Gelehrter war, hieß das nicht, dass er nicht die Gefühle und Absichten eines Menschen erkennen konnte. Wenn sie mit dieser Vorstellung versuchen wollte, ihn zu vertreiben, seinen Entschluss zu ändern und ihm klarzumachen, wie unwürdig sie seiner wäre, dann kannte sie ihn überhaupt nicht. Doch er vermutete, dass es ihr Mangel an Selbstvertrauen war, der sie ihre körperliche Schwäche so offen zur Schau stellen ließ. Es musste sie viel gekostet haben. In den acht Wochen (waren es nur acht Wochen?), seit er sie von dem Podium in Romneys Atelier auf die Arme gehoben hatte, war sie in seiner Gegenwart nur mit Hilfe ihres Gehstocks gelaufen.

Er war ein wenig verletzt, dass sie es nötig hatte, seine Aufrichtigkeit auf diese Weise auf die Probe zu stellen; dass sie einen Hauch von Zweifel verspürte, dass er oberflächlich sein könnte; dass er sie nicht begehren, achten, lieben würde, nur wegen eines winzigen Fehlers in Gottes Schöpfung. Wieder sagte er sich, dass ihre Zweifel durch ihre Jugend und Unerfahrenheit hervorgerufen würden. Ihr Großvater hatte sie sehr behütet, und das war nicht schlecht. Nur die Zeit würde sie ihre Selbstzweifel verlieren lassen und ihr eigenes Bewusstsein dafür, wie wirklich liebenswert sie sowohl ihrem Charakter als auch ihrer Gestalt nach war, stärken. Und er hatte jede Absicht, diese Zeit an ihrer Seite zu verbringen, der Teufel mochte diese letzten Zweifel holen. In seinem Herzen wusste er, dass sie in jeder Hinsicht zueinander passten. Wenn dieser Gang durch den Pavillon ihm etwas gezeigt hatte, dann, sich selbst genau zu betrachten, wie er es zugelassen hatte, dass die liebesleere Ehe seiner Eltern und die abscheuliche Bitterkeit seines Vaters viel zu lange seine eigene Lebenseinstellung bestimmt hatten.

Hier war eine junge Frau, die ohne ihr Verschulden jeden Tag mit einem Hindernis lebte. Es war ein Umstand, der außerhalb ihrer Kontrolle lag, und dennoch hatte sie es ihm nicht erlaubt, darüber zu bestimmen, wie sie die Welt sah. Sie war nicht verbittert. Sie machte nicht andere verantwortlich. Sie war fröhlich und voller Optimismus. Er brauchte das in seinem Leben. Er brauchte *sie* in seinem Leben.

Er ging zu ihr, wo sie am Ständer der Teekanne stand.

Er war sich nicht ganz sicher, wie er sich an einem so bedeutsamen Scheideweg in ihrem Leben verhalten sollte. Er war ebenso nervös wie sie zögerlich. Tatsächlich war er so nervös, dass ihm die Haut im Nacken kribbelte. Er dachte einen Moment, er würde das Bewusstsein verlieren. Warum schien die Zeit bei solchen lebensverändernden Anlässen langsamer zu laufen? Es war der gleiche Moment, wie wenn der Trommler der Infanterie seine Stöcke auf seine Trommel legte und zu schlagen begann, oder der Trompeter sein Horn ertönen ließ und das Zeichen zum Beginn der Schlacht gab. Schrecken, gemischt mit der Erleichterung, dass es losging, dass man es durchstehen musste, um noch einen Tag zu erleben, ließen ihn in vollem Galopp losstürmen. Aber gleich, wie oft er auf seinem Ross zum Angriff geritten war, dies hier hatte er noch nie getan, und er wusste, er würde es niemals wieder tun.

Erst spät in der Nacht, als er nackt unter einem Laken auf dem großen Himmelbett lag, die Fenster weit aufgerissen, um einen kühlen Luftzug hereinzulassen, die Hände unter dem Kopf verschränkt, lächelte er in die Dunkelheit, als er sich daran erinnerte, was er gesagt und was sie geantwortet hatte.

Er ergriff Rorys Hände, lächelte ihr in die Augen und küsste sie sanft auf die Stirn. Dann ließ er ihre rechte Hand los, hielt die linke noch immer fest und ließ sich auf ein gebeugtes Knie nieder. Er schaute zu ihrem Gesicht auf und lächelte einen Moment. Er konnte an ihrem Gesichtsausdruck sehen, dass sie seine Absicht nicht ahnte. Das beruhigte seine Nerven genug, damit er mit ruhiger Stimme sagen konnte:

„Rory, ich liebe dich. Wirst du – wirst du – Miss Aurora Talbot – zustimmen, mich zu heiraten?"

Als sie nur zu ihm hinabblinzelte, als ob er in einer fremden Sprache gesprochen hätte, die nur ihm bekannt war, und seine bärtige Wange berührte, lächelte er nervös und drehte seinen Kopf in ihre Hand, um ihre Handfläche zu küssen. Zum zweiten Mal war er froh, dass er seinen Bart hatte wachsen lassen; er wusste, dass er errötete. Er erhob sich, hielt aber ihre Hand weiter fest.

„Rory, ich möchte, dass du mich heiratest... Ich wollte noch nie
etwas in meinem Leben so sehr wie ich möchte, dass du meine Frau
bist, aber nur, wenn du willst..."

Rorys blaue Augen wurden groß. Sie schlug eine Hand vor ihr
Lächeln, als ob sie zu schockiert sei, seinen Antrag zu glauben. Und
dann begann sie gleichzeitig zu lachen und zu weinen. Sie nickte mehrfach, das war ihm als Antwort genug. Dann schlang sie ihre Arme um
seinen Hals und er zog sie in eine feste Umarmung und lachte mit ihr.
Sie klammerte sich an ihn, flüsterte, dass sie ihn auch liebte und dass
nichts sie würde glücklicher machen können als seine Frau zu werden.
So standen sie, glücklich und beruhigt, während ein Beben der Erleichterung durch ihre Körper ging, bis sie unfreiwillig auseinandergerissen
wurden, als Edith ihre Teetasse fallen ließ und sie auf den Marmorfliesen in Stücke zerschellte.

Danach raste die Zeit weiter, zu schnell, als dass er sich an alle
gesprochenen Worte und gegebenen Versprechen hätte erinnern
können. Es schien nur einem Wimpernschlag nach seinem Antrag und
ihrem Jawort, als er zuschaute, wie seine Verlobte mit ihrer Zofe im
Ponywagen zurück zur Gatehouse Lodge fuhr. An zwei Dinge erinnerte
er sich: Sie hatten vereinbart, ihre Verlobung für sich zu behalten, bis
Dair offiziell mit Lord Shrewsbury gesprochen hätte; er würde sie am
Morgen am Steg treffen, um sie zur Schwaneninsel hinüber zu rudern.
Im Einschlafen konnte er nicht entscheiden, wovor er sich mehr
fürchtete.

Er kam in Hemdsärmeln am Steg an, den leichten
Leinenrock über eine Schulter geworfen, und fand Rory, wie sie auf ihn
wartete.

Er kam spät.

Er war früh aufgestanden, wie er es seit seiner Zeit in der Armee
gewöhnlich tat, und hatte in seinen Zimmern gefrühstückt, um drei
Briefe zu schreiben: einen an seinen Vater, einen an die Bankiers
seines Vaters und einen an seinen Bruder Charles. Alle drei Briefe
informierten ihre jeweiligen Empfänger über seine Verlobung. Von
den beiden ersten Briefen wusste er, dass sie zugestellt werden
würden, ohne an Shrewsburys geheime Postkontrolle weitergeleitet zu
werden, wo alle verdächtigen Briefe geöffnet, gelesen und fachmännisch wieder versiegelt wurden, ohne dass der Empfänger etwas von
diesem Eingriff bemerkte. Doch sein Brief an Charles, einen

bekannten Verräter, würde in diesem geheimen Postbüro landen. Das Wachssiegel mit dem Abdruck des Fitzstuart-Wappens, das sein goldener Siegelring hinterlassen hatte, würde fachmännisch entfernt, und der Inhalt des Briefes bis ins kleinste Detail studiert werden. Deshalb schrieb er es in die Chiffre, die sein Bruder verwendet hatte, um wichtige Informationen über die englischen Truppenzahlen und den Einsatz über die Franzosen an die amerikanischen Rebellen weiterzugeben.

Der Brief enthielt nichts Verräterisches oder Interessantes für den Geheimdienst. Er informierte einfach seinen Bruder über seine Verlobung und drückte den Wunsch aus, dass er unter anderen Umständen Charles sehr gern gebeten hätte, bei seiner Hochzeit zugegen zu sein. Er hoffte, dass sein Bruder und dessen junge Frau sich an das Leben in Paris gewöhnt hätten und sie demnächst ein Hochzeitsgeschenk von ihm erwarten dürften. Er unterschrieb im festen Glauben daran, dass sie sich eines Tages in einer nicht allzu fernen Zukunft wiedersehen würden.

Obwohl der Inhalt des Briefes harmlos und alles andere als verräterisch war, wusste er, dass der Doppelagent in Shrewsburys Geheimdienst nicht das Risiko eingehen konnte, dass der Brief keine wichtigen Informationen verbarg, die für die amerikanischen Kriegsanstrengungen von entscheidender Bedeutung waren. Warum sonst würde der Major seinem Bruder schreiben, noch dazu chiffriert? Dair hoffte, dass die Erwähnung eines Hochzeitsgeschenks als Code für die Bewegungen der englischen Armee in Nordamerika ausgelegt werden würde. Es war eine List, und er hätte sein zukünftiges Erbe darauf gewettet, dass der Verräter dafür sorgen würde, dass der Brief seinen Bestimmungsort erreichte, ohne dass jemand in der geheimen Poststelle und vor allem Shrewsbury von seiner Existenz erfuhr. Jetzt blieb es ihm überlassen, die Falle zu stellen und darauf zu warten, dass der Verräter hineintrat, oder besser gesagt, stolperte.

Er war überzeugt, dass der Verräter William Watkins war. Aber das zu beweisen würde nicht einfach werden, und er befürchtete, dass die Falle, die er gestellt hatte, nicht rechtzeitig zuschnappen würde, um ihm die bevorstehende Unterhaltung mit seiner Cousine, der Herzogin, zu ersparen. Sein Kontaktmann in Portugal würde nicht ewig warten, und es war zwingend notwendig, die Identität dieses Mannes zu bestätigen, und nur die Herzogin war dazu in der Lage. Dann könnte diesem Gentleman sicheres Geleit und Immunität zugesichert werden, damit er nach England zurückkehren dürfte, im Austausch gegen Beweise und den Namen des Verräters in Shrewsburys Umgebung. Das Gespräch, William Watkins und der Gentleman, der in einer Taverne in Lissabon wartete, waren vergessen, als er Rory auf dem Steg erblickte und seine Schritte wurden länger.

Sie war wieder in Strümpfen, der Saum ihres leichten, glänzenden Baumwollrocks reichte gerade bis zu den Knöcheln. Sie trug eine dazu passende, tief ausgeschnittene Jacke, die vorn geschnürt war, und ein leichtes Gazetuch über ihren Schultern, das zur Wahrung des Anstands über ihren Brüsten gekreuzt war. Ihr blondes Haar war unfrisiert, es fiel ihr in einem langen, dicken Zopf über die Schulter, der bis zu ihrer Taille reichte und mit einem rosa Satinband zusammengehalten wurde. Beide Hände klammerten sich um den gebogenen Griff eines Weidenkorbs, der einen großen Laib Brot enthielt, der unter einem Leinentuch hervorragte. Ein anderer, größerer und schwerer Korb stand neben einer Leiter, die an der Seite des Stegs ins Wasser reichte, wo ein Boot festgemacht war.

Als sie sah, wie Dair über den Rasen schritt, stellte sie den Korb zu ihren Füßen ab, wo ihr Gehstock neben ihren abgelegten Schuhen lag, und winkte aufgeregt. Er winkte zurück und auf seinem Gesicht breitete sich angesichts ihrer Begeisterung ein Strahlen aus. Er freute sich so darauf, den Tag mit ihr zu verbringen, dass er alle Nervosität, die er beim Einsteigen in ein Ruderboot auf einem stillen See verspürte, beiseiteschob. Er war entschlossen, für sie über den See zur Schwaneninsel zu rudern, und mochte der Teufel seine schrecklichen Kindheitserinnerungen holen. Und da er mit der Welt im Reinen war, seit sie seinen Heiratsantrag angenommen hatte, war er sogar darauf vorbereitet, Rorys Zofe mit Gleichmut als Rorys Anstandsdame bei ihrem Abenteuer zu akzeptieren. Daher war er überrascht, als er einen vorsichtigen Blick über den Rand des Stegs wagte, das Boot leer zu finden.

„Edith liegt mit Migräne im Bett, daher kann sie nicht mitkommen", erklärte Rory ihm sachlich und ohne den Hauch eines Lächelns, so dass er ihr fast geglaubt hätte. „Und ich musste Grand keine Unwahrheit sagen, weil er das Haus schon lange vor mir verlassen hatte. Er hat Geschäfte mit dem Herzog zu besprechen. Doch ich habe Ernest, Grands Haushofmeister, gesagt, dass ich den kleinen Wagen nähme, um meine Patin zu besuchen ... Was eine halbe Lüge war, denn ich bin im Witwensitz vorbeigefahren, bevor ich herkam, um diese Sachen zu holen." Als Dair fragend eine Augenbraue hob, musste sie ein Lächeln unterdrücken und konnte ihn nicht anschauen. „Hauptsache, ich habe nicht gelogen ..."

Dair spähte unter das Tuch, das den Weidenkorb zu ihren Füßen bedeckte, und dann in den neben dem Poller. Beide waren mit genügend Proviant gefüllt, um eine vierköpfige Gruppe zu ernähren. Er drapierte seinen Rock über den Poller.

„Gehen wir für einige Zeit weg? Hätte ich eine Nachricht hinterlassen sollen?“

„Dummchen! Ich dachte nur - nach all dem Rudern - würdest du -
*Männer* brauchen nach körperlicher Anstrengung Nahrung ...“

Dair ignorierte ihre ungeordnete Erklärung und ihr verlegenes
Erröten und sagte einfach, als er seine Hemdsärmel bis zum Ellbogen
aufrollte.

„Wie überlegt und klug von dir, ein solches Festmahl mit halben
Wahrheiten zu organisieren.“

Sie wirkte selbstzufrieden. „Pierre hat sich wirklich nichts dabei
gedacht, denn das Essen für die Gatehouse Lodge stammt aus den
Gärten des Witwensitzes. So auch unser Brot und Gebäck. Er war
zuvorkommend und froh zu sehen, dass das Abendessen, das er für die
Herzogin vorbereitet hatte, nicht umsonst war. Und er bot zwei
Küchenjungen an, um die Körbe und das *nécessaire de voyage* auf das
Boot zu laden.“ Sie runzelte plötzlich die Stirn. „Du hast gestern Abend
allein gegessen, nicht mit meiner Patin?“

„Sie ist nicht nach unten gekommen, sondern ist in ihren Zimmern
geblieben. Ich werde heute Abend mit ihr speisen, wenn es ihr gut
genug geht. Und dann habe ich eine Verabredung mit Lord
Shrewsbury.“

„Seltsam, dass sie krank ist. Ich hoffe, es ist nichts Ernstes.“ Sie
schaute mit einem zögernden Lächeln zu ihm auf. „Du - du willst heute
mit Grand reden? Er sollte nach dem Diner zurück sein.“

Er lächelte wegen des Zögerns in ihrer Stimme in sich hinein und
stupste sie unter das Kinn.

„Zweifelnde Schönheit! Ich schätze, du bist heute Morgen aufgewacht und hast gleich gedacht, dass du meinen Heiratsantrag nur
geträumt hättest?“

Rory schnappte nach Luft.

„Oh! Woher weißt du das?“

Er brach in Lachen aus und schüttelte den Kopf.

„Ach, Augenstern, deine Ungekünsteltheit erfüllt mich mit Freude.“
Er täuschte einen bösen Blick vor. „Oder vielleicht sollte ich gekränkt
sein, dass du mich für ein launisches Monster hältst?“

Sie war plötzlich schüchtern und schüttelte den Kopf. Als sie den
leichteren der beiden Körbe aufheben wollte, tat er dies schnell für sie.
Er folgte ihr zu der Leiter hinüber.

„Nein. Aber ich bin mir sicher, dass es so manche junge Dame
und ihre ehestiftende Mutter geben wird, die sich wünschen werden,
es wäre ein Traum, wenn sie entdecken, dass der zum Umfallen
gutaussehende Major Lord Fitzstuart verlobt ist, noch dazu mit mir,

und das nachdem man dir jede Saison all diese jungen Damen vorgeführt hat."

„Mir vorgeführt? Das habe ich kaum bemerkt. Du schätzt dich zu
gering, Rory." Er stellte den Korb ab und legte den Kopf schräg. „Bin
ich zum Umfallen gutaussehend?"

„Zweifelst du daran? Glaubst du mir nicht, wenn ich sage, jedes
Mal, wenn du in einen Raum trittst, ist jedes weibliche Herz ... oh! Du
*bist* ein Teufel!", schnappte sie nach Luft, als er grinste und ihr zuzwinkerte. „Du machst dich schon wieder über mich lustig!"

Aber sein Grinsen schwand, als er über die Seite des Stegs in das
Boot spähte.

„Ich gehe davon aus, dass du diese Körbe und mich in diesem Boot
haben möchtest?"

„Ja. Ich werde sie dir hinunterreichen ... Oder möchtest du, dass ich
zuerst einsteige und du sie mir dann reichen kannst?"

Er stellte den Korb zu seinen Füßen und nahm seinen Gehrock
vom Poller, um in einer tiefen Tasche zu kramen. Als er fand, wonach er
suchte, nahm er den Inhalt aus einer kleinen mit Samt überzogenen
Schachtel, steckte die leere Schachtel wieder in die Tasche und legte den
Gehrock über den größeren der beiden Körbe. Rory fragte sich, ob er
das Unvermeidliche verzögerte und ihren Plan in die Tat umsetzen
wollte, als er sie bat, ihre rechte Hand auszustrecken. Er räusperte sich
und sagte, nachdem er tief Luft geholt hatte und jetzt flach atmete:

„Bevor ich mich völlig zum Narren mache, ohnmächtig werde und
von diesem elenden Steg falle und ertrinke, möchte ich, dass du dies
bekommst."

Und er streifte ihr einen dünnen Goldring mit einem achteckig
geschliffenen blass lavendelblauen Saphir über ihren Ringfinger. Er
drehte den Ring, um den Sitz zu prüfen und war erleichtert, dass ihr
Finger schlank und die Knöchel zart waren, der Ring gut passte und
nicht von ihrem Finger rutschen würde.

„Meine Mutter bekam ihn von meinem Vater bei meiner Geburt,
um zu feiern, dass sie ihm einen Erben geschenkt hatte. Sie hat ihn nie
getragen und hat ihn mir an meinem einundzwanzigsten Geburtstag
gegeben mit der Absicht, dass ich ihn meiner Verlobten schenken sollte.
Jetzt", fügte er mit einem schiefen Lächeln hinzu, „wirst du beim
Aufwachen konkrete Beweise dafür haben, dass unsere Verlobung kein
Traum ist. Und einen Beweis", fügte er hinzu und sah ihr in die Augen,
„für meine Liebe - und meine Hingabe."

Sie starrte fast ungläubig auf den Ring und bewegte unbewusst ihre
Finger, so dass das Sonnenlicht in einer der acht achteckigen Facetten
schimmerte. Der blass lavendelfarbene Saphir wechselte im Licht die

Farbe. Es war der schönste Ring, den sie jemals gesehen hatte. Tränen trübten ihre Sicht.

„Dummchen. Du wirst nicht ertrinken", sagte sie mit leiser Stimme, überwältigt. „Er ist - er ist *so* schön. Danke, Alisdair ... ich möchte dich küssen, aber ..."

„Ich verstehe. Wir stehen im Freien und *überall* sind Augen. Schnell! Lass uns auf diese Insel fahren, damit wir uns dort küssen können!"

Beide lachten. Er sprach nur halb im Scherz. Bevor er die Körbe aufheben konnte, warf sie ihre Arme um seinen Hals und küsste seine bärtige Wange.

„Verdammt sollen sie sein, diese Augen!", verkündete sie hitzig und schlug alle Vorsicht in den Wind. Sie hob ihr Kinn zu ihm auf und erhielt einen sanften Kuss auf den Mund. „Ja. Rudern wir zur Insel", fügte sie leise hinzu. „Dort kann ich dir anständig danken. Und dort wartet eine Überraschung auf dich. Etwas, das du genießen wirst ..."

Dann, als sie in seinen Armen gefangen war, wurde ihm klar, dass sie nicht nur kein Korsett trug, sondern dass die Laschen, die ihre Petticoats um ihre Taille hielten, tatsächlich lose gebunden waren. Er ließ sie los, bevor er der Versuchung erliegen und jede Schleife lösen konnte, dann steckte er einen Finger zwischen die Schnüre, um ihre Jacke zu öffnen. Er hob den Korb auf.

„Hast du dich heute Morgen selbst angezogen?", fragte er und sein Verlangen ließ ihn schroff klingen.

„Wie denn sonst? Die arme Edith hat Kopfschmerzen. Oh, hast du gedacht, ich hätte das erfunden? Nein. Die Ereignisse von gestern und die Geheimhaltung unserer Verlobung waren zu viel für sie. Zu wissen, dass wir heute zur Schwaneninsel wollen, ließ den Schmerz in ihrem Kopf natürlich nur noch schlimmer werden. Also musste ich mich natürlich allein anziehen, ebenso, wie ich mich jetzt ausziehe, und aus gutem Grund."

Während sie redete, tat sie genau das, was er von ihr wollte, aber nie davon geträumt hätte, dass sie es hier draußen offen auf dem Steg tun würde. Sie ließ ihren Baumwollrock über die Hüften gleiten und trat aus ihm hinaus. Als nächstes nahm sie den dünnen Schal von ihren Schultern. Zuletzt schnürte sie das Jäckchen auf und zog die Schnüre aus der letzten Öse, so dass die beiden Vorderseiten aufklafften und ihre Brüste enthüllten, die nur von einem dünnen Leinenhemd bedeckt wurden. Nachdem sie ihre Arme aus den ellenbogenlangen Ärmeln gezogen hatte, hob sie den Rock und den Schal auf und drückte alle drei weiblichen Kleidungsstücke an seine Brust.

Mechanisch nahm er ihre Kleidung in Empfang, sein Blick hing an ihr, wie sie in nichts als einem dünnen Hemd und weißen Strümpfen vor ihm stand. Wenn dort draußen Augen waren und sie beobachteten, mussten alle an ihr hängen, und kein Wunder! Rorys Hemd reichte gerade bis zu den bestickten Strumpfbändern direkt über ihren Knien. Sie hätte genauso gut nackt sein können. Er hatte seit dem Moment, als sie begann, sich auszuziehen, nicht einmal geblinzelt. Seine Augen enthielten keinerlei Feuchtigkeit mehr, genau wie seine Kehle, die ausgetrocknet war. Er schluckte schwer und versuchte, sein Verlangen herunterzuschlucken.

„Rory - bist du - bist du *verrückt*? Was - was hast du vor?"

Er versuchte, ihr die Kleider zurückzugeben, doch sie drückte sie ihm wieder in die Arme, ein listiges Lächeln umspielte ihre Lippen. Wenn sie einen Moment darüber nachgedacht hätte, hätte sie seine Reaktion auf ihre Nacktheit als amüsant empfunden. Schließlich stand hier der Teufelskerl Dair persönlich, und war von *ihrem* Verhalten schockiert. Aber sie wusste, was sie tat, und sie glaubte an ihre Fähigkeit, ihn zu überraschen, was ihn verwirrt und verblüfft zurückließ und ihn hoffentlich derartig beschäftigte, dass er vergessen würde, was vor ihm lag. Auf diese Weise war sie zuversichtlich, ihn dazu zu bringen, in das Boot zu steigen und zur Insel zu rudern, bevor er wusste, worum es ging und wo er war.

„Leg meine Sachen mit allem anderen ins Boot", befahl sie milde. „Ich werde sie später brauchen. *Au revoir*."

Er hatte keine Ahnung, wovon sie sprach. Er drehte sich um und sah auf das Boot hinunter. Ein Arm hielt einen Korb, der andere war voll mit ihren Kleidern, und trotz ihrer Anweisung wusste er nicht, was er damit anfangen sollte. Dann hörte er ein kräftiges Platschen und ihm wurde klar, was gerade geschehen war. Sein Kopf fuhr zu der Stelle herum, an der sie eben noch gestanden hatte. Natürlich war sie nicht mehr dort. Sie war über den Rand des Stegs in den See gesprungen.

Er rief nach ihr und ohne darüber nachzudenken, kletterte er die rostigen Stufen der eisernen Leiter hinunter, ihren Rock, ihre Jacke und ihren Schal zusammengeknüllt unter seinem Arm und den Korb in einer Hand. Er war die Leiter halb hinuntergestiegen, bevor er über seine Schulter zum Wasser hinabschaute. Gerade rechtzeitig, um Rory aus den Tiefen des Sees nahe dem Bug des schaukelnden Bootes auftauchen zu sehen.

„Vergiss den anderen Korb nicht!" rief sie, zog sich aus dem See hoch, das Hemd, das schwer vom Wasser war, klebte wie eine zweite Haut an ihren Rundungen. „Und mache das Seil auch von dem Poller los!"

„*Jesu* ..." Dair verlor fast seinen Halt.

Rory hing halb aus dem Wasser, lehnte ihren Körper gegen die Außenwand des Bootes, streckte die Arme aus und packte die Seite, um sich aufrecht zu halten. So balancierte sie und wartete darauf, dass der größte Teil des Wassers von ihr herunterrinnen würde, damit es nicht bei ihnen im Boot wäre. Dann kletterte sie über den Bootsrand hinein auf die gebogenen Planken im Inneren.

Dair ließ sie keinen Moment aus den Augen. Doch als sie sicher an Bord war, wandte er sich ab und eilte die Leiter wieder hinauf, um zu tun, was sie gesagt hatte, kam die Leiter in einer Zeit, die als Rekord hätte gelten müssen, wenn je Aufzeichnungen über solche Leistungen geführt worden wären wieder herunter.

Rory huschte ins Heck, um das Seil einzuziehen und ihm nacheinander die Körbe abzunehmen. Sie verstaute sie mit verschiedenen anderen Dingen, die die Küchenjungen zuvor an Bord gebracht und im Bug gestapelt hatten: Ein kleines, mit Chagrinleder bezogenes *nécessaire de voyage*, das alles enthielt, was sie an Porzellantellern, -schüsseln, -tassen und -untertassen benötigen mochten, dazu Besteck, Gläser, Servierbesteck und eine kleine, silberne Teekanne. Ein wasserdichter Lederbeutel enthielt ein Bündel Kerzen und eine Zunderbüchse. Hinzu kamen ein paar Handtücher und eine gesteppte Decke, auf der man sitzen und das Mahl ausbreiten konnte.

Dair war all dem gegenüber taub, als er auf den Sitz fiel, wo die Ruder in ihren Dollen befestigt waren. Er hätte aus Stein gemeißelt sein können, so angespannt war jeder seiner Muskeln, nachdem ihm jetzt bewusst war, dass er sich auf dem Wasser befand. Er war sich nur des Schaukelns des nicht festgemachten Bootes bewusst, als Rory herumhuschte, und dass alles, was sich zwischen ihm und dem trüben schwarzen Wasser voller Schilf befand, ein dünner Holzrumpf war. Er wollte nur aus dem Boot auf die Leiter klettern und auf festes Land rennen. Es gab nicht einmal eine Wette, die ihn zwang zu bleiben oder zu verlieren - nicht nur das Gesicht, sondern auch seinen Spitznamen Teufelskerl Dair und die Bewunderung seiner Kameraden. Doch solche Vorstellungen schienen ihm jetzt eher banal zu sein.

Er hörte, wie Rory vorschlug, seine gestreifte Seidenweste auszuziehen, da es ein so warmer Tag war. Er tat es, ohne es wahrzunehmen, und sie verschwand wie durch Zauberei. Rory faltete sie zusammen und legte sie beiseite. Er entfernte sogar seine Krawatte und öffnete die beiden kleinen Hornknöpfe seines Hemdes an seiner Kehle, obwohl er sich weder daran erinnerte noch daran, warum sich sein Hals und seine Brust plötzlich kühler anfühlten.

Erst als Rory sich im Heck gegenüber niederließ, vergaß er den dünnen Holzrumpf, das Schilfgewirr und das trübe Wasser. Seine ganze

Aufmerksamkeit konzentrierte sich auf sie, als hinge sein Leben davon ab, dass sein Blick keine Sekunde lang von ihr wich. Und in gewisser Hinsicht stimmte das. Sie zu beobachten beruhigte ihn beträchtlich. Er war fähig, beide Ruder zu ergreifen, obwohl er den Schaft so hart umklammerte, dass er das Gefühl in seinen Fingerspitzen verlor, und bereitete sich darauf vor, die Ruderblätter in die Oberfläche des Wassers eintauchen zu lassen.

Rory hielt eines der Handtücher und benutzte es, nicht etwa um es um ihre Schultern zu legen oder ihre nackten Beine zu bedecken, sondern um ihr Gesicht zu trocknen und die Feuchtigkeit aus ihren dichten Haaren herauszudrücken. Sie erstarrte für einen Moment, warf einen Blick auf ihre rechte Hand und atmete dann auf. Der blass lavendelblaue Saphir funkelte immer noch an ihrem Finger. Schließlich legte sie das feuchte Handtuch über ihren Schoß, als hätte sie sich gerade an ihren Anstand erinnert. Aber sie unternahm nichts, um ihre Brüste zu bedecken, die genauso gut hätten nackt sein können, so, wie das nasse Hemd an ihnen klebte. Wenn sie sich dessen bewusst war, zeigte sie es nicht.

„Was für ein wunderbar sonniger Tag für unser Abenteuer!", schwärmte sie. Mit einem Seufzer der Zufriedenheit schloss sie die Augen und neigte ihr Gesicht zur Wärme der Sonne und machte es sich bequem. „Alisdair, ich denke, wir sollten losrudern, meinst du nicht?"

Das tat er. Seinen Blick fest auf ihr nasses, an ihr klebendes Hemd gerichtet begann er zu rudern. Er ruderte nicht in der hektischen Art, wie er es gewöhnt war, sondern mit langen, gleichmäßigen und kräftigen Schlägen, die das Boot durchs Wasser gleiten ließen wie ein heißes Messer durch Butter. Er ruderte mühelos und als er in dieser gelassenen Weise weiterruderte, begann er, sich zu entspannen, genug, um sich über ihr Ziel, die geheimnisvolle Schwaneninsel, zu wundern.

# VIERUNDZWANZIG

Die Schwaneninsel war die grösste der Inseln in der Seen auf dem herzoglichen Anwesen und das Betreten war, solange Dair sich erinnern konnte, verboten gewesen. Es hieß, sie würde von einem verrückten alten Einsiedler bewohnt, oder war es ein Rudel Wildhunde? Was auch immer auf der Insel lebte, es war böse und gefährlich. Es waren sicher keine Schwäne! Schwäne, Wasservögel und Enten glitten vorbei, aber er hatte noch nie von Vogelschwärmen gehört oder solche bemerkt, die sich an oder in der Nähe der Ausläufer der Insel sammelten. Ihm war als Junge oft und wiederholt gesagt worden, dass alle Boote sich von dort fernzuhalten hätten. Es war zudem strengstens verboten, auch nur einen Fuß auf die Insel zu setzen. Auf herzoglichen Befehl ging niemand außer einer Handvoll Bediensteter dorthin. Wer wusste, was sie dort taten, aber auch ein Wildhüter ging mit ihnen. Dies schien darauf hinzudeuten, dass es dort etwas gab, was des Schießens wert war. Keiner der Diener, die dorthin gingen, sprach je darüber; sie alle waren zur Verschwiegenheit verpflichtet. Soweit Dair wusste, war diese Regelung in Kraft, seit der fünfte Herzog vor über fünfzig Jahren den Titel geerbt hatte, und sein Sohn, der sechste und gegenwärtige Herzog, hatte das Dekret seines Vaters noch nicht aufgehoben.

Nicht, dass Dair großes Interesse daran gezeigt hätte, dem zuwiderzuhandeln. Schließlich war es eine Insel, umgeben von Seewasser. Er hatte weder um der Liebe noch um des Geldes willen in ihre Nähe kommen wollen. Die einzigen Anlässe, bei denen er ihr auch nur etwas nahe kam, war, wenn er an der Regatta teilnahm, die verlangte, dass er auf der Strecke an ihr vorbeiruderte. Das hieß, bis heute ...

Als sie sich der Insel näherten, wies Rory Dair an, in Richtung einer scheinbar undurchdringlichen Waldmauer zu rudern, die bis an den Rand des Wassers ging. Dort gab es der Tat einen dunklen, schmalen Kanal, der unter einem Bogen verworrener Ulmen verborgen lag. Nach einem Dutzend Ruderschlägen öffnete dieser sich dem Tageslicht und einer kleinen, einsamen Bucht. Hier war ein Kiesstrand und hinter dem Strandstreifen eine Mauer dichten Waldes. Das Wasser war tief genug, um das Boot in der Nähe des Strandes zu verankern, so dass Rory und Dair mit nur wenigen Schwimmzügen in ausreichend flaches Wasser gelangen konnten, um an Land zu waten. Rory erwartete, dass Dair dank seiner Größe in der Lage sein würde, den ganzen Weg vom Boot zum Ufer zu gehen. Und das Wasser hier war einladend klar.

Dair wurde erst bewusst, dass er in eine klare Wasserbucht gerudert war, als Rory ihm leise sagte, es wäre an der Zeit, die Ruder aus dem Wasser zu nehmen und Anker zu werfen. Da wurde ihm klar, dass ihr Blick, während er sie beim Rudern nicht aus den Augen gelassen hatte, ebenso fest auf ihm ruhte. Und aus dem kleinen, heimlichen Lächeln, das um ihren Mund spielte und aus dem Funkeln in ihren Augen entnahm er, dass sie nicht so sehr seine Rudertechnik als seinen rudernden Körper bewundert hatte. Nun, er würde ihr mehr von sich zeigen, was sie bewundern dürfte.

Sein Hemd war schweißnass, also zog er es über seinen Kopf und ließ es auf den Sitz neben sich fallen. Dann streckte er seine Arme aus, um seine Muskeln zu lockern, und füllte seine breite behaarte Brust mit einem tiefen Zug frischer Luft, ohne irgendwie müde oder erschöpft zu sein. Er tat, was sie gesagt hatte und ließ den an das Seil gebundenen Sandsack über den Bootsrand fallen, überrascht und entzückt, das Seewasser so klar zu finden. Er drehte sich um, bereit, die nächsten Befehle anzunehmen und zwinkerte Rory zu. Als ihr Blick sich sofort zu den Planken unter seinen gestiefelten Füßen senkte, lachte er leise.

„Sei nicht schüchtern, Augenstern. Es freut mich mehr, als ich dir sagen kann, festzustellen, dass du mich ebenso begehrst wie ich dich.“

„Verzeih mir. Das war dumm“, sagte sie mit einem Seufzer der Verärgerung. „Ich habe aus Gewohnheit weggeschaut, nicht weil ich wollte. Wohlerzogene junge Damen, vor allem unverheiratete, werden immer von ihren Gouvernanten und verheirateten weiblichen Verwandten daran erinnert, dass es die Höhe der Verruchtheit sei, einen schönen Männerkörper offen zu bewundern. Was absolut lächerlich ist, da wir Gemälde und Statuen von Männern als Kunst ohne ein Wort des Tadels bewundern dürfen.“ Ihre Grübchen zeigten sich. „Ich habe nicht weggeschaut, als du ein amerikanischer Wilder warst. Obwohl ich, wenn ich daran zurückdenke, in dieser Nacht in so freier und leichtsinniger Gesellschaft war, dass ich mich nicht gezwungen fühlte, das zu tun, was von mir erwartet wurde, sondern ich tat, was ich tun wollte, auch wenn es sich damals absolut verrucht anfühlte."

„Oh, ich hoffe sehr, dass wir zusammen absolut verrucht sein werden ... wenn der richtige Zeitpunkt gekommen ist."

Sie beugte ihre Schultern und lächelte, als ob sie ihm etwas vorenthielte. Als er eine Augenbraue hob, kicherte sie und sagte geheimnisvoll:

„Dann sind wir am richtigen Ort!"

Er konnte sich nicht denken, was sie meinte, und erhielt keine Gelegenheit zu fragen. Genau wie am Steg überraschte sie ihn. Sie kletterte über den Bootsrand und verschwand unter Wasser. Diesmal geriet er nicht in Panik und zögerte auch nicht, über Bord zu schauen. Das Wasser war klar, als die Wellen sich glätteten, und er wurde für seine Ruhe belohnt, als Rorys hübsches rundes Hinterteil direkt unter der Oberfläche in Sicht geriet, da ihr Hemd sich um ihre Taille verheddert hatte. Sie trat mit den Beinen aus, wie ein Frosch es tut, um vorwärts zu kommen und beschrieb weiter Kreise mit ihren Armen, um sich durch das Wasser zu bewegen. Er staunte, wie mühelos sie schwamm und teilte völlig ihre Meinung, dass ein Badekleid solche fließenden Bewegungen behindert hätte.

Er fragte sich nur, wie weit sie schwimmen konnte, bevor sie an die Oberfläche musste, um Atem zu holen, als sie in Ufernähe auftauchte und aufstand, wobei ihr das Wasser jetzt bis knapp über die Knie reichte. Sie drehte sich zu ihm um, ihre Hände zum Gesicht erhoben, um ihre Augen auszuwischen, dann über das Haar zu streichen und den langen Zopf hinab; das Wasser troff an ihr hinab, einzelne Tropfen glänzten im strahlenden Sonnenlicht. Er hatte noch nie etwas so Bezauberndes gesehen. Wenn es Meerjungfrauen gab, mussten sie genau so aussehen.

Er verspürte den dringenden Wunsch, seine Reitstiefel abzulegen, sich aus seinen unbequem engen Hosen zu befreien und über Bord zu springen; er hoffte, das Wasser wäre so kalt wie Eis.

„WIE ALT, SAGST DU, WARST DU, ALS DU DIESE BUCHT ENTDECKT hast?"

„Vierzehn."

„Und du kommst seither jedes Jahr hierher?"

„Ja."

„Und es hat dich nie beunruhigt, dass auf Befehl des Herzogs das Betreten dieser Insel für jedermann verboten ist?"

„Nein. Und es stört dich auch nicht, oder du hättest mich hier nicht herübergerudert."

„Ich habe dich ungeachtet des Befehls meines Cousins hierher gerudert. Das heißt nicht, dass mich das nicht stört."

Sie hielt auf dem schmalen Weg an, der durch den dichten Wald zur Lichtung führte, und wandte sich um, um ihn anzuschauen; Dair folgte ihr, beladen mit den Vorräten aus dem Boot.

„Warum?", fragte sie neugierig.

„Ich kann auf mich selbst aufpassen. Einen wilden Hund, ein blutrünstiges Ungeheuer oder einen verrückten alten Einsiedler, der ein rostiges Messer schwingt, verjagen, wenn es sein müsste. Aber du, du bist aus viel feinerem Porzellan und hättest nie allein hierherkommen dürfen - und auch nie wieder."

„Aber ich komme jetzt seit sieben Jahren hierher und habe mich nie in Gefahr gefühlt."

„Ich dachte nicht nur an Gefahr... Aber was ist, wenn du einen Unfall hättest. Was, wenn du dir den guten Fuß verrenkst? Was dann? Wie würdest du Hilfe holen? Wer würde wissen, dass du hier bist?"

In Rorys Augen erschien ein aufrührerisches Funkeln. „Ich werde mich nicht in Watte packen lassen!"

Er blinzelte. „Watte?" Woher kam das jetzt. „Wieso Watte? Ich möchte doch nur auf dich aufpassen ..."

„Ich werde nicht wie eine dieser zerbrechlichen Dämchen behandelt werden, die für immer halb ohnmächtig auf Sofas schmachten und verbrannte Federn benötigen, die unter ihre Nase gehalten werden. Sie strengen sich nie an und erwarten doch, dass ihre Ehemänner oder Brüder wegen jeder Kleinigkeit um sie herumtanzen, nur, weil sie Frauen sind!"

„Natürlich nicht. Ich wollte nicht andeuten ..."

„Ich habe es oft genug gesehen, und es ist beschämend. Silla benutzt diese Methode ständig bei Grasby, und mit großem Erfolg ..."

„Das bezweifle ich nicht", murmelte er.

„... und das ist nicht richtig!"

„Nein."

Seine ruhige Zustimmung ließ sie innehalten. Sie schaute ihn an, ärgerte sich plötzlich über sich selbst und schmollte.

„Verzeih mir. Du wolltest mich nur lieb beschützen und ich war überempfindlich."

„Ja."

„Ich habe nie darüber nachgedacht, in echte Schwierigkeiten zu geraten und nicht um Hilfe rufen zu können. Ich war immer selbständig. Grand sagte, das wäre der beste Weg, um zu lernen, mit meinen - meinen Mängeln zu leben."

„Ja. Aber du musst auch praktisch denken. Also versprich mir, nicht wieder hierher zu kommen, oder allein an andere Orte zu gehen ..."

Er starrte sie an, als ob dieses Versprechen nicht verhandelbar wäre.

Sie seufzte, als wäre sie besiegt, und sagte mit vorgetäuschtem Ärger: „Ich schätze, wenn wir heiraten, kannst du mir als mein Mann befehlen, was du willst, also kann ich es ebenso gut versprechen."

„Das ist nicht die Art von Versprechen, das ich möchte", bemerkte er und schluckte ihren Köder. „Und wenn das die Art von Ehemann ist, der ich deiner Meinung nach werde, solltest du mir diesen Ring besser wiedergeben!"

Rory schlug schnell ihre Hand hinter ihren Rücken, als ob er ihn ihr wirklich abnehmen wollte, dann aber streckte sie die Zunge heraus wie eine verwöhnte Göre. Er riss die Augen auf und lachte dann herzlich.

„Du - du Schauspielerin!"

„Bestie!"

Sie lachten beide und sie beugte sich zu ihm vor, eine Hand auf seine bloße Brust gelegt, und hob ihr Kinn zu einem Kuss. Er tat sein Bestes, ihr diesen Wunsch zu erfüllen, obwohl er sich bücken musste, um das zu tun, da er mit der rechten Hand den schwereren der beiden Körbe auf der Schulter festhielt, während das *nécessaire* unter seinen linken Arm geklemmt war und seine linke Hand den zweiten Korb hielt.

„Danke, dass du mich beschützen willst", sagte sie leise. Sie küsste ihn erneut. „Ich hatte noch nie einen Ritter."

„Du wirst auch keinen anderen brauchen."

Sie streichelte seine bärtige Wange. „Ich wollte nie einen anderen, niemals. Nur dich ..."

Er richtete sich wieder zu seiner vollen Größe auf und sie setzten ihren Weg fort, wobei er nebenher sagte:

„Also keine wilden Hunde, Bestien oder andere Bedrohungen, die ich bekämpfen müsste, solange ich hier bin?"

„Nichts davon. Es ist ein ruhiger Ort voller Vogelgezwitscher und gelegentlichem Geschnatter einer Ente."

„Nicht einmal ein verrückter alter Einsiedler?"

Sie lachte über seine Enttäuschung. Sie war sich sicher, dass er sich nur zu gerne jeder Bedrohung gestellt hätte, die ihm über den Weg lief.

„Leider nicht einmal der alte Einsiedler. Aber ich kann dir sein Häuschen zeigen, und wo er begraben ist."

„Aha! Es *gab* also einen verrückten alten Einsiedler!"

„Geoffrey war nicht verrückt, er bevorzugte einfach ein einsames Leben. Hier sind wir!", verkündete sie aufgeregt. „Also was hältst du von meinem geheimen Paradies?"

Der Wald hatte sich zu einer breiten, flachen Lichtung, mit hohen Bäumen an allen Seiten und im Hintergrund der steile Hang eines Felsens geöffnet. Aber was die unmittelbare Landschaft beherrschte, war menschengemacht, ein kreisförmiger griechischer Tempel, ein *Tholos*. Er stand stolz in der Mitte der Lichtung, erhöht auf einer Reihe von abgestuften Sockeln, so dass acht flache Stufen zu ihm hinaufführten. Seine geriffelten Kolonnaden ragten zwanzig Meter in die Luft, jede ionische Säule aus Marmorblöcken erschaffen. Er hatte kein Dach und war für die Elemente offen, aber an einem Ende des *Tholos* befand sich ein kleinerer, gemütlicher rechteckiger Tempel, mit einem Innenraum, der von Säulen umgeben war. Er hatte ein Kuppeldach, das es dem Licht erlaubte, durch einen gläsernen Oculus einzudringen und konnte durch den runden Haupttempel erreicht werden.

Rory war sich sicher, dass Dair, wenn er Zeit hätte, diesen kleineren Tempel ganz zu betrachten, er auch erkennen würde, was ihr erst vor ein paar Jahren aufgefallen war: Dass er eine kleinere Kopie des Mausoleums der Familie Roxton oben auf Treat Hill darstellte. Doch der Tempel hier auf der Insel ehrte nicht verstorbene berühmte Familienmitglieder, und es war auch kein Ort der Trauer. Er war etwas völlig anderes. Es war dieser Tempel und das, was er symbolisierte, was sie mit Dair teilen wollte.

Vorerst aber begnügte sie sich damit, sich seiner Aufregung anzuschließen, die Lichtung und ihre Tempel zum ersten Mal zu sehen. Er sah so ehrfürchtig aus, wie sie sich vorgestellte, dass sie ausgesehen haben musste, als sie diese Entdeckung auf ihren Inselwanderungen machte, und Geoffrey, der Einsiedler, sie erwischt hatte.

Die Lichtung mochte nur fünf Minuten zu Fuß durch den Wald von der Bucht entfernt sein, aber Dairs erster Gedanke war, dass sie irgendwie in das Zeitalter der Mythen zurückgestolpert wären. Es erweckte den Eindruck eines Tagtraums, einer Fata Morgana, und er fragte sich, ob er in ein großes Wandgemälde gewandert war, das den Berg Olymp, die Heimat der Götter, zeigte. Er war so aufgeregt und fasziniert, dass er seine Ladung am Fuß der Stufen im Schatten einer sich ausbreitenden Ulme abwarf und dann hinauf und in den kreisförmigen Tempel lief.

Rory folgte nicht, sondern blieb im Schatten, um den Druck von ihrem Fuß zu nehmen. Denn obwohl sie es geschafft hatte, die Strecke ohne ihre speziellen Schuhe zu gehen, und dabei ein Paar weiße

Strümpfe völlig ruiniert hatte, hatte sie Schmerzen in ihrem Knöchel und in ihren Zehen. Aber das machte nichts aus. Sie war nur zu glücklich, sich Dairs Staunen über einen solch neu entdeckten Ort anzuschließen. Und als er rief, dass es Statuen im Tempel gäbe, als ob sie dies nicht wüsste, dämpfte sie seine Begeisterung nicht, sondern rief zurück und fragte, ob alle acht anwesend und in Ordnung wären. Er zögerte sekundenlang und rief ihr dann ein Ja zu, was sie ein Lachen unterdrücken ließ, damit er nicht dächte, sie würde sich über ihn lustig machen.

Als sie nichts mehr von ihm hörte, machte sie sich daran, eines der Tücher auszuschütteln und öffnete das *nécessaire*. Sie nahm einen der gravierten Glasbecher heraus, um ihn mit Wasser zu füllen. Sie war ausgedörrt. Doch das war nicht überraschend und sie konnte sich nur selbst die Schuld geben, da sie im Boot ohne Sonnenschirm und nur in Hemd und Strümpfen gesessen hatte. Sie würde vermutlich morgen aufwachen und ihre weiße Haut zur Farbe reifer Erdbeeren verfärbt sehen.

Sie hatte den größten Teil des Geschirrs und des Bestecks aus dem *nécessaire* ausgepackt, bevor Dair aus dem Tempel auftauchte. Er war gut fünf Minuten oder mehr fortgewesen und auf seinem Gesicht lag ein Ausdruck, der schwer zu deuten war und Rory sich fragen ließ, was ihn verunsichert hatte. Bevor sie fragen konnte, sagte er leise:

„Ich bin ein rücksichtsloser Esel. Ich hätte dir helfen sollen. Und du hast Durst. Wo kann ich Wasser holen?"

Sie zeigte über die Stufen vor dem Tempel.

„Schau bei dem Schwimmbecken. Es füllt sich mit Wasser aus einer Quelle. Aber das frischeste Wasser kommt aus den Wasserfontänen – aus den Mäulern der Löwen. Das ist auch das kühlste. Du kannst sie von hier aus nicht sehen. Siehst du diese großen Vasen auf zwei Sockeln auf beiden Seiten der Stufen? Die Fontänen zeigen zum Schwimmbecken, daher strömt das Wasser aus ihren Mäulern in das Becken. Das Becken ist nicht tief, und es hat einen gefliesten Boden, daher könntest du ... Was - was ist los?", fragte sie plötzlich. Sie hatte in Richtung des Schwimmbeckens geschaut, während sie sprach, aber als sie sich umdrehte, sah sie ihn nicht zu dem Becken schauen, sondern er starrte sie durchdringend an. „Du siehst aus, als hättest du ein Gespenst gesehen." Sie blinzelte und schnappte leicht nach Luft. „Doch nicht – nicht den Geist von Geoffrey dem Einsiedler?"

„Nein. Keine Geister. Ich bin in den zweiten Tempel gegangen... In welchem Alter hast du gesagt, dass du zum ersten Mal hierhergekommen bist? Vierzehn? Bist du mit vierzehn Jahren in diesen zweiten Tempel gegangen?"

Sie antwortete nicht sofort auf die Frage und sagte stattdessen mit einem Lächeln: „Ist er nicht schön? Solche wunderschönen Wandteppiche, und der Teppich so dick unter den Füßen, und die Vergoldung auf der Holzvertäfelung ist exquisit. Es ist so gemütlich mit einem Feuer im Kamin und die Sonne scheint durch den Buntglas-Oculus." Sie runzelte in Gedanken die Stirn. „Es muss ein Trick der Einrichtung sein, weil er innen viel kleiner erscheint als erwartet; nicht größer als ein gemütlicher Salon. Zweifellos sind es die Wandteppiche, die drei der Wände von der Decke bis zum Boden reichen, die den Raum kleiner wirken lassen ... Wie haben sie sie wohl auf die Insel gebracht? Mit einem Lastkahn?"

„Auf die gleiche Weise, denke ich, wie sie Marmor, Stein und Holz hergebracht haben, um die Tempel und das Schwimmbecken zu bauen. Obwohl ich den Verdacht hege, dass die Tempel gebaut wurden, bevor das Land ringsum überflutet wurde, um den See zu füllen."

„Oh, ja. Das stimmt. Ich habe vergessen, dass der See kein natürliches Gewässer ist, obwohl er aussieht, als wäre er seit je her hier gewesen. Man hätte Ochsengespanne verwenden können, um die Marmorblöcke heranzuschaffen ... Aber die Wandteppiche sind nicht so alt wie die Insel. Sie ..."

„Rory, es spielt keine Rolle, wie sie hierhergekommen sind. Es sind diese Wandteppiche – dieser Raum –"

„Warte, bis du ihn siehst, wenn die Wandleuchter angezündet sind und ein Feuer brennt. Im Kerzenlicht ist er noch intimer und schöner.

„Intim? Schön? Ha!"

„Alisdair, was ist los?"

Er wischte sich mit der Hand über den Mund und atmete tief durch. Er war sich nicht sicher, wie er in Worte fassen sollte, was er sagen wollte, also platzte er einfach damit heraus. Natürlich klangen seine Worte daher, als wäre er böse, böse auf sie, was er nicht war. Das was er an den Wänden des kleinen Tempels gesehen hatte, hatte ihn in Verlegenheit gebracht, weil sie es auch gesehen hatte, noch dazu als sie jünger war als er selbst bei seinem ersten sexuellen Erlebnis. Seine Reaktion hatte ihn mehr schockiert als er es für möglich gehalten hätte.

„Rory – diese Wandteppiche – dieser Raum – sie sind nicht für die Augen eines jungen Mädchens geeignet."

„Ich dachte– ich verstehe es nicht... Das sollte meine Überraschung für dich sein."

„Überraschung?", polterte er, verschränkte seine Arme vor seiner nackten Brust, sah ihr aber nicht in die Augen. „Das war es, und mehr noch!"

„Sie gefallen dir nicht?", fragte sie enttäuscht und stand auf. „Warum? Was stimmt denn nicht mit ihnen?"

Da sah er sie an und fand nur eifrige Neugier. Das erhöhte sein Unbehagen noch. Er hatte sich selbst das sprichwörtliche Loch gegraben.

„Was mit ihnen nicht stimmt? Du willst, dass ich es laut ausspreche?"

„Ja. Ja, das tue ich, denn mir ist jetzt klar, dass der Tempel, die Wandteppiche, der Raum selbst dich sehr verärgert haben, und ich verstehe überhaupt nicht, warum sie es tun sollten. Vor allem nicht einen Mann mit deiner weltmännischen Erfahrung."

Er entfernte sich von ihr, fuhr sich mit den Händen durch seine dunklen Haare und kam dann zurück.

„Und deiner unerfahrenen Meinung nach, was glaubst du, was die nackten Paare auf diesen Wandteppichen tun? Nein! Antworte nicht darauf. Die Frage war idiotisch, so wie ich selbst!"

„Da ist nur ein Paar", sagte sie leise. „Ein Paar in vielen verschiedenen *Situationen*."

„Situationen?", fragte er zweifelnd. Rory fand, er sähe selbstgefällig aus. „Ich war in diesem Raum weniger als fünf Minuten und glaube mir, ich erkenne eine Orgie, wenn ich eine sehe."

„Dessen bin ich mir sicher. Aber du irrst dich."

„Rory, darum geht es nicht ..."

Sie schnitt ihm das Wort ab.

„Du glaubst, weil ich Jungfrau bin, sollte ich diese Wandteppiche nicht anschauen. Du glaubst vielleicht, dass alle weiblichen Wesen von solchen Darstellungen der Liebe geschützt werden müssten?"

Seine schwarzen Frauen zogen sich über seiner Adlernase zusammen. „Liebe?"

„Ja. Liebe. Nur, weil ich noch nie einen Mann *geliebt* habe, heißt das nicht, dass ich mir nicht die Freude vorstellen könnte, die die körperliche Liebe einem Paar bereiten kann, das *verliebt* ist. Also bitte sprich nicht mit mir wie mit einer unwissenden Idiotin ..."

„Ich habe nicht ..."

„Ich bin mir bewusst, trotz meiner fehlenden echten Erfahrung, dass es Menschen gibt, die sich der körperlichen Liebe um ihrer selbst willen hingeben ..."

„Aurora!"

„... was etwas völlig anderes ist, als sich zu lieben. Und es ist Letzteres, was in diesen Wandbehängen dargestellt wird. Du kannst mich nicht vom Gegenteil überzeugen." Sie schaute in sein errötetes Gesicht und stellte unverblümt fest: „Der Gedanke an die Liebe macht dir Angst."

Als er sie entsetzt anstarrte, wusste sie, dass sie den Nerv der Wahrheit getroffen hatte.

„Oh, ich weiß, dass du ein wunderbarer, rücksichtsvoller Liebhaber bist. Ich habe die Geschichten gehört, über deine ... Fähigkeiten und deine ... deine ... Eigenschaften. Du wärest überrascht, worüber Frauen hinter ihren Fächern klatschen, vor allem, wenn sie glauben, dass niemand sie hört. Aber diese Heldentaten sind nicht das, wovon ich spreche, und ich möchte auch gar nicht mehr darüber erfahren, als ich schon weiß. Für mich ist die Lage wichtig, in der wir uns jetzt befinden. Sie ist für uns beide einzigartig."

„So?"

„Du hast noch nie mit dem Menschen geschlafen, den du liebst, und ich auch nicht. Daher sind wir in dieser Hinsicht beide unerfahren und ..." Sie lächelte schüchtern. „... mehr als nur ein wenig *ängstlich*."

„Ich nehme an, wenn du es so ausdrückst ..." Sein schüchternes Lächeln spiegelte ihres wider. „Aber selbst du kannst nicht leugnen, dass durch meine Erfahrung die Last, dich glücklich zu machen, vor allem auf meinen Schultern liegt."

„Oh, bitte entlasse mich nicht aus der Verantwortung, nur weil ich Jungfrau bin", antwortete sie ernsthaft. „Ich möchte dir ebenso viel Freude schenken, wie du mir gibst, das versichere ich dir."

Er lachte tief und leise und schüttelte den Kopf.

„So wahr Gott mein Zeuge ist, Augenstern, wenn jemand mir vor drei Monaten gesagt hätte, dass ich eine brutal offene Unterhaltung über das Ehebett mit einer hübschen, blonden Jungfrau haben würde, die ich liebe und verehre, hätte ich ihn als Wahnsinnigen bezeichnet!"

Sie war einen Moment besorgt.

„Ich hoffe, ich bin nicht zu brutal?"

„Mit mir? Nein. Überhaupt nicht. Es gefällt mir."

„Dann wird es dir nichts ausmachen, wenn ich das sage: wenn alles, was für dich - *für uns* - erforderlich ist, um sich mit dem anderen vollkommen wohl zu fühlen, ist, uns zu lieben, worauf warten wir dann noch?"

Er konnte sein Erstaunen nicht verbergen oder sein Lachen unterdrücken. Aber er war nicht schockiert; in ihren Worten lag die Wahrheit. Als er sich wieder gefasst hatte, sagte er:

„Ich verdiene dich nicht, aber ich weigere mich, dich aufzugeben. Du weißt genau, was du sagen musst, um mir klar zu machen, dass ich den Kopf voller unbegründeter Ängste und Zweifel habe, und nur du kannst sie vertreiben." Er streichelte ihre Wange. „Ich werde dir nie genug dafür danken können, dass du mich vor mir selbst gerettet hast."

Ihr Grübchen vertieften sich. „Du kannst es versuchen, wenn du mich dir diese Wandteppiche zeigen lässt."

Er gab vor, empört zu sein.

„Du willst, dass ich mit dir wieder in diese Höhle der Verruchtheit gehe? Und ich dachte, Liebe sei bedingungslos."

„Alisdair James Fitzstuart, du bist prüde! Für einen Mann, der in einem Lendentuch im Atelier eines Malers herumstolziert und eine Darbietung für eine Gruppe kichernder Tänzerinnen veranstalten kann ..."

„Eine Darbietung. Es war eine *Darbietung*. Ich habe geschauspielert. Ich bin gut beim *Schauspielern*."

„Keine Entschuldigung, die ich akzeptieren möchte!" Sie schmollte. „Fünf Minuten flüchtige Betrachtung dieses Raumes, dem wirst du zustimmen müssen, ist nichts gegen die Stunden, die ich damit verbracht habe ..."

„Stunden?"

„... diese Wandteppiche zu studieren und zu bewundern. Sie erzählen eine Geschichte ..."

„Eine Geschichte?"

„... über eine Ehe, eine liebevolle Ehe. Und weil es eine liebevolle Ehe ist, ist es für das Paar ganz natürlich, sich viele Male und auf allen drei Wandteppichen zu lieben. Jeder Wandteppich repräsentiert eine andere Phase ihrer Ehe - Oh! Du hast mich überlistet!", erklärte sie, als er anfing, in sich hineinzulachen. „Du stellst dich so prüde, um mich zu reizen! Gib es zu."

„Ich gebe nichts zu, nur, dass ich dich umso mehr verehre, wenn das möglich ist, wenn du so leidenschaftlich über ein Thema sprichst, das dich interessiert. Ich kann es kaum erwarten, alles über den Ananasanbau zu erfahren."

Sie schmollte. „Jetzt machst du dich über mich lustig."

„Niemals! Ich bin aufrichtig am Ananasanbau interessiert."

„Ich glaube nicht einmal so lange, wie der Sekundenzeiger deiner Taschenuhr braucht, um sich einmal zu bewegen, dass du das geringste Interesse an Ananas hast! Alisdair!"

Sie quietschte vor Schreck, als er sie plötzlich auf seine Arme hob.

„Was - was tust du?"

„Was ich tue?" wiederholte er und trug sie leichtfüßig die Tempeltreppe hinunter zum Rand des Badebeckens. „Es ist Zeit, dass wir uns diesem Paradies hingeben und ein Bad nehmen. *Und* ich habe dir vor einer halben Stunde schon versprochen, dir ein Glas Wasser zu holen."

Die Oberfläche des Badebeckens schimmerte und kräuselte sich wie ein Stück weißer Satin, der von einer Brise erfasst wurde. Wasser strömte aus den offenen Mäulern zweier großer Löwenköpfe unter riesigen Giebeln zu beiden Seiten einer breiten Treppe, die zu dem gefliesten Fußboden hinabführte. Dair ging diese Stufen ohne zu zögern hinunter. Das Wasser war an einem so warmen, sonnigen Tag erfrischend kühl. Er und Rory holten tief Luft, als das kalte Wasser an ihre warme Haut schwappte.

„Lass mich dir sagen, wie ernst es mir mit dem Ananasanbau ist, meine zukünftige Frau. Ich habe Bill Chambers beauftragt, ein Gewächshaus für Fitzstuart Hall zu entwerfen."

„Chambers? *Sir William* Chambers? Den schwedischen Architekten? Um ... um ein *Gewächshaus* zu bauen? Am Sitz deiner Familie? Für - für *mich*?"

Er watete mit Rory in den Armen in die Mitte des Beckens, und das Wasser stieg an der tiefsten Stelle bis knapp über seinen Nabel.

„Bald *unser* Zuhause", berichtigte er sie. Er runzelte die Stirn. „Du willst doch ein Gewächshaus, oder? Ich dachte, es wäre ein ausgezeichnetes Hochzeitsgeschenk. Der Bau kann ein oder zwei Jahre dauern, aber ein Hochzeitsgeschenk soll es sein."

Als sie sich an ihn klammerte, und etwas Unverständliches an seinen Hals murmelte, nahm er es als Zeichen, dass sie mit seinem Hochzeitsgeschenk zufrieden war. Er versuchte, ihren Arm zu lösen, damit er ihr Gesicht sehen, sie beruhigen und küssen konnte, aber sie klammerte sich weiter an ihm fest. Also tat er das Natürlichste auf der Welt, etwas, das jeder gute Schwimmer tun würde, aber etwas, das er seit vielen Jahren nicht mehr in einem großen Süßwasserteich getan hatte. Er schlüpfte aus ihrem Griff, indem er einfach untertauchte. Und als er einmal unter Wasser war und sah, wie klar es war, schwamm er davon, um an den Stufen wiederaufzutauchen.

Rory winkte ihm aus der Mitte des Badebeckens zu und er winkte zurück, bevor er wieder unter Wasser tauchte und verschwand. Sie folgte seinem Beispiel und tauchte ebenfalls, wissend, dass sie jetzt ein feuchtes Katz- und Mausspiel spielten. Sie hätte nicht glücklicher sein können. Ihr Glück hatte nichts mit seinem Hochzeitsgeschenk eines Gewächshauses zu tun.

# FÜNFUNDZWANZIG

Es war unvermeidlich, dass sie sich lieben würden.

Zwei innig verliebte Menschen in einem abgeschlossenen Paradies hätten die vereinte Willenskraft aller mythischen Götter benötigt, um dem überwältigenden Bedürfnis widerstehen zu können, diese Liebe auch mit ihrem Körper zu bestätigen. Alle anderen Überlegungen waren unwichtig. Anstand, familiäre Erwartungen und gesellschaftliche Normen befahlen zu warten, bis sie rechtlich und geistig eins waren, bevor sie ihre Liebe vollendeten. Und ihre Verlobung blieb ein Geheimnis und hatte noch nicht den Segen einer der beiden Familien erhalten, insbesondere von Dairs Mutter, der Gräfin von Strathsay, und vor allem die Billigung von Lord Shrewsbury, Rorys Großvater.

Diese Überlegungen waren bloße Formalitäten. Segen und Billigung waren eine Selbstverständlichkeit für zwei junge Menschen aus demselben gesellschaftlichen Umfeld, die entfernt verwandt waren, da alle Adligen ihre Abstammung in irgendeiner Form auf die Eroberung Englands zurückführten. Ihre Verbindung würde sicher von allen als der Inbegriff gesellschaftlicher, politischer und wirtschaftlicher Annehmbarkeit betrachtet werden. Doch für das glückliche Paar und an diesem Ort war nichts davon wichtig.

Die Waldlichtung, ihre Isolation vom Rest der Insel, ihr hoher, dichter Baumvorhang, der fantasievolle Tempel und ihr verzaubertes Badebecken hatten etwas an sich, das die Liebenden in diesem Moment unverwundbar machte.

Die wenigen Stunden, die dazu führten, dass das Paar unter einer Bettdecke im kleinen Tempel in den Armen des anderen einschlief, blieb in ihre gemeinsame Erinnerung eingebrannt. Sie liebten sich zweimal in dem Raum, über den Dair sich so aufgeregt hatte, aber es war nicht das erste Mal oder die einzige Kulisse. Sie genossen ihre Liebe unter dem Schatten einer alten Ulme auf der Picknickdecke neben dem Wasserbecken. Dair war bereit gewesen zu warten, ungeachtet seiner privaten Bedenken, angesichts der katastrophalen Hochzeitsnacht seiner Eltern, um ihretwillen, weil er sie liebte. Rory hatte andere Vorstellungen, obwohl sie ihr Herz an den Tempel als den perfekten Ort gehängt hatte, um sich ihm zu schenken. Doch in den Fängen einer alles verzehrenden Leidenschaft werden Selbstbeherrschung und die besten Pläne gleichermaßen unwichtig. Nichts zählte mehr außer ihrer Liebe zueinander, und in diesem Paradies die geteilte Erfahrung gegenseitiger körperlicher Erfüllung.

Viel später trug Dair Rory in den kleinen Tempel, machte ein Feuer im Kamin und kochte Wasser für Tee. Während er einen Stumpen anzündete, kochte sie Tee, beide schwiegen, Worte waren nicht nötig, um die Freude und Erleichterung auszudrücken, die beide empfanden, als sie entdeckten, dass sie beide gleichermaßen die Liebe genossen. Es blieb unausgesprochen, dass die Hochzeitsnacht für keinen von beiden jetzt noch einen Schrecken bot. Sie würden zusammen in ihr neues gemeinsames Leben gehen, selbstbewusst und voller Optimismus. Und während sie Tee auf der Bettdecke tranken, die auf dem dicken Teppich vor dem Feuer ausgebreitet war, erzählte Rory Dair die Geschichte des Paares, die in die drei riesigen Wandteppiche eingewebt war, die drei Wände bedeckten.

Sie gestand, dass die Wandteppiche mehr Bedeutung für sie hatten, da sie die Geschichte von Geoffrey dem Einsiedler gehört hatte. Nein, nicht hier in diesem Raum, versicherte sie Dair rasch. Es war bei ihrem ersten Besuch auf der Insel gewesen, als der Einsiedler sie erwischte, wie sie sich in den runden Tempel geschlichen hatte. Als Gegenleistung dafür, dass sie auf der Insel kommen und gehen durfte, wann immer sie wollte, nahm er ihr das Versprechen ab, den kleinen Tempel nicht vor ihrem siebzehnten Sommer zu betreten. Trotz ihrer überwältigenden Neugier versprach sie es und er nahm sie beim Wort, obwohl er sie warnte, dass er aufpassen würde, um sicherzustellen, dass sie ihr Wort hielt.

Und weil er sehen konnte, dass sie ein liebes Mädchen mit einem guten Herzen war, bot er ihr an, ihr ein mit dieser Insel verbundenes Märchen über einen dunkelhaarigen Elf und seine goldhaarige Feen-Nymphe sowie drei Zauberteppiche zu erzählen. Wie hätte sie da widerstehen können? Erst Jahre später, als sie endlich die Wandteppiche (die er Zauberteppiche nannte) betrachtete, erkannte sie, dass das Märchen

wahr war, mit seidenen Fäden in die drei großen Wandteppiche eingewebt. Das ließ die vereinfachte Erzählung der Lebensgeschichte des
Paares nur noch umso ergreifender werden.

Geoffrey der Einsiedler hatte zehn Jahre oder länger auf der Insel
gelebt, als eines Tages wie durch Zauberei ein Paar im runden Tempel
erschien. Sie blieben zwei Nächte und verschwanden dann. Er hatte sie
aus der Sicherheit des Waldes beobachtet und befürchtet, sie könnten
böse Kobolde sein, erschienen, um ihm Unheil zuzufügen. Aber als er
sie im Badebecken planschen, sich gegenseitig durch den runden
Tempel jagen und die ganze Zeit über lachen und verspielt miteinander
umgehen sah, wusste er, dass sie ihm niemals Schaden zufügen würden.
In den nächsten 23 Jahren kehrten sie jedes Jahr für zwei Nächte auf die
Insel zurück, um im Badebecken zu planschen und sich gegenseitig
durch den Tempel zu jagen.

Er konnte erkennen, dass sie einander über alle Maßen liebten.

Eine Woche vor dem zweiten Besuch des Paares kamen Arbeiter,
um die Bäume und Büsche um die Tempel herum zu beschneiden, das
Becken von Laub zu reinigen und den kleinen Tempel zu entstauben
und von Spinnweben zu befreien. Und daher wusste der Einsiedler
genau, wann die Kobolde jedes Jahr auf die Insel zurückkehren würden.

Kurz vor ihrem siebten Besuch brachten die Arbeiter einen Zauberteppich mit. Sie hingen ihn an einer der Wände des Tempels auf. Als
die Männer gingen, schaute Geoffrey ihn an, und er war wirklich
zauberhaft, mit bunten Seiden- und Goldfäden durchwirkt und so
strahlend wie ein sonniger Frühlingstag. In den Teppich eingewebt
waren seine zwei freundlichen Elfen, und er sah, dass es einen kleinen
Elf gab, einen Sohn. Er erkannte auch den Palast auf der gegenüberliegenden Uferseite des Sees und wusste nun, wo seine Elfen den größten
Teil des Jahres lebten und wer sie waren. Sie waren in Wahrheit der
König und die Königin dieses Landes, und wenn sie diese Insel betraten, verwandelte ein Zauber sie in Elfen. Er wusste das, weil sie keine
goldenen Kronen trugen, keine Diener mitbrachten, um sie zu bedienen, und ihr eigenes Essen kochten. Ihre Kleidung bestand jedoch aus
Seide und Samt, wenn sie Kleidung trugen, was, da sie Elfen waren,
nicht oft vorkam.

Von diesem Tag an sammelte er jedes Jahr Blumen und Weinreben
und webte sie zu Kronen, damit die Elfen sie in diesem Feenreich der
Insel tragen konnten. Er legte sie kurz vor ihrer Ankunft als Opfergaben
in dem kleinen Tempel ab. Er wusste, dass seine Blumenkronen den
Elfen gefielen, weil er sie in ihnen herumtollen sah.

Der zweite Zauberteppich traf kurz vor dem fünfzehnten Besuch
des Paares auf der Insel ein. Dieser Teppich war so bunt wie der erste

und drehte sich nur um Familien. Der Teppich bestand aus vier Kacheln. Die erste zeigte die Elfen so liebevoll miteinander wie alle anderen. In der zweiten waren sie mit ihrem Sohn zusammen, der groß geworden war. Die dritte Kachel zeigte die Elfen-Familie mit einem anderen Paar, das ebenfalls einen Sohn hatte, und schließlich auf der vierten Kachel eine dritte Familie mit einer Mutter, aber keinem Vater und drei Kindern, zwei Jungen und einem Mädchen, die sich den Elfen und ihren Freunden mit nur einem Sohn angeschlossen hatten. Alle waren glücklich und hielten sich an den Händen.

Und bei diesem fünfzehnten Besuch war Geoffrey überrascht zu sehen, dass die Elfe hochschwanger war. Das Paar ging schwimmen wie immer, aber sie rannten nicht um die Kolonnaden des runden Tempels herum, sondern verbrachten die meiste Zeit in dem kleinen Tempel. Er konnte den Rauch aus dem Tempelkamin von seiner Hütte aus sehen. Und als es keinen Rauch mehr gab, wusste er, dass sie die Insel verlassen hatten, um in ihren Palast zurückzukehren.

Zwei Tage vor dem dreiundzwanzigsten Besuch des Paares auf der Insel erschien ein dritter Zauberteppich an der Wand des Tempels. Der männliche Elf hatte kein dunkles Haar mehr, sondern eine reinweiße Mähne, und er ging mit Hilfe eines Stocks. Doch die Elfe war ebenso schön und voller Leben wie am ersten Tag, als Geoffrey dem Zauber ihrer Schönheit erlegen war. Dieser Besuch sollte anders sein als alle anderen und für Geoffrey der denkwürdigste. In der Abenddämmerung der zweiten Nacht klopfte es an der Tür seines winzigen Häuschens. Vor ihm stand die Königin der Feen, viel kleiner, als er sie sich vorgestellt hatte, aber schöner, als er es je für möglich gehalten hatte. Sie hatte die faszinierendsten grünen Augen und trug seine Blumenkrone auf ihrem langen goldenen Haar, das über ihre Taille floss.

Sie fragte, ob sie sein Häuschen betreten dürfe, und er gab ihr seinen einzigen Holzstuhl, auf dem sie in der Nähe der Wärme des Kamins sitzen konnte. Er stellte ihr eine Tasse Löwenzahntee hin, den sie in winzigen Schlucken trank. Sie dankte ihm für die Blumenkronen, die sie bei ihrer Ankunft immer so herzlich begrüßten. Sie dankte ihm auch dafür, dass er der Hüter ihres Inselparadieses war. Sie lächelte, aber er konnte sehen, dass sie untröstlich war. Ihre grünen Augen sagten es ihm. Er fragte sie, was er tun könnte, um ihre Trauer zu lindern. Sie sagte, es gäbe nichts zu tun; es läge in Gottes Händen. Sie sagte ihm mit mutiger, aber stockender Stimme, dass dies der letzte Besuch von ihr und ihrer einzigen wahren Liebe auf der Insel sein würde. Sie sagte ihm, er sollte sich keine Sorgen machen, er würde immer ein Zuhause auf der Insel haben. Und wenn seine Zeit käme, könnte er auf der Insel begraben werden, und sie würde dafür sorgen, dass er einen Grabstein

bekäme und sein Name über den Kaminsims gemeißelt würde, sodass
er, der Wächter der Schwaneninsel, niemals vergessen sein würde.

Als kein Rauch mehr aus dem Kamin des Tempels kam, wusste
Geoffrey, dass die Elfen in ihr Königreich zurückgekehrt waren und er
sie nie wiedersehen würde. Rory hatte ihn gebeten zu beschreiben, was
sich auf dem dritten und letzten Zauberteppich befand. Es war eine
Karte der Insel, und sie war voll mit all den wunderbaren Dingen, die
dort zu finden waren, und den wundervollen Zeiten, die die beiden
Elfen genossen hatten. Sie waren dort, der König mit seinen weißen
Haaren, die Königin der Feen mit ihren fließenden goldenen Haaren,
beide trugen seine Kronen aus Blumen und sie waren so verliebt wie
immer miteinander. Aber was Geoffrey den Einsiedler freute, was ihm
Tränen in die Augen trieb, als er es Rory erzählte, war, dass in die Insel-
karte sein kleines Häuschen eingewebt war und aus dem einzigen
Fenster schaute er heraus und lächelte mit seinem langen Bart und den
Schnurrhaaren und einer Blume hinter seinem Ohr.

Dair war dann hinübergegangen, um sich vor den dritten Wandteppich zu stellen, ihn intensiv zu mustern und die Hütte zu finden.
Dort war sie, auf der anderen Seite der Lichtung mit den Tempeln, in
einem Bett aus Wildblumen, und in die Blumen eingewebt war der
Name des Einsiedlers: Geoffrey Swan. Immer noch den Wandteppich
betrachtend fragte er nach dem Schicksal des Einsiedlers. Sie erzählte
es ihm. Vor zwei Jahren besuchte sie die Insel wie gewohnt, konnte
Geoffrey aber nirgendwo finden. Oft hatte er sie aufgesucht. Sie ging
zu seiner Hütte. Sie war leer, und den Spinnweben und dem Staub
nach zu urteilen, war sie seit einiger Zeit unbewohnt gewesen. Sie fand
sein Grab nicht weit von der Hütte entfernt an einer sonnigen,
offenen Stelle. Es wurde von einem schönen Grabstein markiert und
war mit Wildblumen bedeckt. Am Grabstein befand sich eine große
Urne mit wunderschönen, exquisit gearbeiteten Porzellanblüten jeder
Farbe und Sorte. Rory stellte sich vor, dass sie dort hingestellt worden
war, damit Geoffrey der Einsiedler, der Wächter der Schwaneninsel,
jeden Tag Blumen auf seinem Grab haben würde, egal bei welchem
Wetter.

Das Paar wurde in den Armen des anderen vor dem Kamin
des Tempels schlafend entdeckt; die Ironie darin entging Dair nicht.
Wenn in Wandteppichen gewebte Figuren ihn als scheinheiligen
Spießer verspotten konnten, taten sie genau das, als er seine Unterhosen

anzog und Farrier bis zur Kühle des runden Tempels und ins Nachmittagslicht folgte.

„Bitte um Verzeihung, Euch aufgeweckt zu haben, Mylord ...“

„Was macht Ihr hier, Mr. Farrier?“

„Da drüben steht ein Häuschen. Hübsch und ordentlich und mit einem bequemen Bett. Ich denke, es gehörte dem Wächter Schwaneninsel, Geoffrey dem Einsiedler, denn das steht über dem Feuer in die Kaminumrandung eingraviert.“

Dair schob sich das widerspenstige Haar aus den Augen und nahm den Stumpen, den sein Bursche ihm anbot.

„Ich meine, hier auf der Insel. Hier, um mich zu stören. Habt Ihr nicht noch ein paar Tage Eures Angelurlaubs übrig?“

Farrier blickte durch die Tempelsäulen auf den Wald, der die Lichtung umgab, wo die zum Himmel aufstrebenden Blätter jetzt im orangen Licht der Nachmittagssonne glänzten. Ein Rauchfaden stieg zu den Wolken auf und schien einen Schwarm Enten zu erreichen, als sie in Formation vorüberflogen. Der Bursche sah seinen Herrn nicht an und sog weiter an seinem Stumpen. Er beantwortete die Frage nicht und konnte sein Grinsen nicht verbergen.

„Diese kleine Lichtung ist ein Paradies, nicht wahr? Verschwiegen und abgelegen ... Niemand würde erfahren, dass Ihr hier seid ... Die Sache ist nur, dass ein Wildhüter und seine beiden dummen großen Burschen an Land gekommen sind. Sie hörten etwas, das sie für ein wildes Tier hielten, aber anstatt direkt hierher zu kommen, wollte es das Glück, dass sie den Rauch sahen und zuerst im Häuschen nachschauen kamen. Wollten, dass ich sage, was ich dort zu schafften hätte. Und dann fingen wir an zu rauchen und eine schöne Tasse Tee zu trinken und ich hielt sie beschäftig, bis ... na ja, bis es wieder still wurde. Schätze, es würde Euer Lordschaft nicht interessieren zu wissen, dass jedes Vogelzwitschern, jeder brechende Zweig sein Echo im Wald findet ...“

„Nein“, erwiderte Dair. Er sog tief an seinem Stumpen, als hätte er eine Woche lang nicht mehr geraucht, und blies mit erhobenem, schweren Kinn den Rauch in die Luft. „Was wollt Ihr?“

Farrier kam direkt auf den Punkt.

„Eine ganze Flotte sucht nach Eurer goldhaarigen Meerjungfrau. Scheint, sie hat ihre Schuhe und noch etwas, ohne das sie nicht zurechtkommt, auf dem Steg gelassen, und das hat den Eindruck erweckt, es könnte ein Unglück gegeben haben ...“

„Verdammt!“

„... und daher wurden der Wildhüter und seine Burschen geschickt, um nachzusehen, ob sie hier wäre.“

„Was habt Ihr ihnen gesagt?"

Farrier blickte seinen Meister an und sagte süffisant: „Hab gar nichts gesagt, wie ich es immer tue. Geht mich nichts an, nicht wahr, ob Opernsängerin an Frühlingskartoffeln und heute Meerjungfrau in Weißwein serviert wurde. Euer Geschmack ist alles andere als gewöhnlich. Aber Euer Bart hat mich verwirrt. Obwohl, vor diesem Waldhintergrund das Tier mit zwei Rücken zu spielen ..."

„Obacht, Mr. Farrier!", knurrte Dair, und die Heftigkeit dieses Befehls ließ den Burschen verstummend zurückschrecken. „Dies ist nicht einer meiner hirnlosen Streiche, und ich bin nicht hier wegen irgendeiner idiotischen Wette, oder einer lüsternen Laune! Verstanden? Sie ist – offen gesagt, sie geht Euch gottverdammt nichts an!"

„Sehr wohl, Major!", verkündete Farrier und salutierte seinem vorgesetzten Offizier. „Nehme die Ermahnung zur Kenntnis, M'lord."

Dair schleuderte den Stumpen zu Boden und der Bursche trat ihn sofort aus. Dair seufzte heftig und hob resigniert eine Hand.

„Schaut, Mr. Farrier, ich möchte nicht ..."

„Mein Stock", unterbrach Rory und kam heran. „Ich habe meine Schuhe und meinen Gehstock auf dem Steg gelassen. Dumm von mir, sie zu vergessen. Deshalb müssen sie es gemerkt haben. Ich kann mich nicht erinnern, sie ins Boot gelegt zu haben ..."

Rory hatte ein wenig abseits gestanden, die Decke um sich gewickelt, so gut es ging, und an ihren Brüsten zusammengehalten, während sie den überschüssigen Stoff über einen Arm raffte, sodass sie nicht stolpern würde. Ihr helles Haar fiel um ihr Gesicht und um ihre Schultern bis zu ihrer Taille wie ein Schleier. Sie hatte den größten Teil des Gesprächs zwischen Herrn und vertrauenswürdigem Diener gehört, war aufgewacht, kurz nachdem Farrier Dair aus einem leichten Schlaf gerissen hatte.

Auf Farrier wirkte sie weniger wie eine Meerjungfrau, sondern vielmehr wie eine ätherische mittelalterliche Jungfrau, wie er sie in Kirchenfenstern aus Buntglas gesehen hatte. Sie war hübscher, als er von einer hellhaarigen Schönheit erwartet hatte, mit dunklen Wimpern, die tiefblaue Augen umrahmten, und sie hatte einen schönen dunkelrosa Mund. Aber sie war nicht so schön und auch nicht so üppig wie die weiblichen Bettgefährtinnen, die der Major gewöhnlich bevorzugte. Und sie war viele Jahre jünger, was den Buschen sofort veranlasste, sich über die Beziehung zwischen seinem bärtigen Herrn und diesem Mädchen zu wundern. Er musste nicht lange grübeln, denn er bekam seine Antwort, als Dair sich beim Klang von Rorys Stimme umwandte. In seinen dunklen Augen erschien ein Leuchten, seine Züge wurden weicher, aller Ärger und alle Wut erloschen. Da erfasste Farrier die

Bedeutung dieses weiblichen Wesens im Leben seines Herrn und er gab innerlich einen leisen Pfiff von sich, um dann seinen Blick auf seine Stiefel zu senken und dort zu belassen.

Das Paar lächelte einander schüchtern an und als Dair zu Rory hinüberging und ihr seine Hand hinstreckte, nahm sie sie und er zog sie an sich. Er küsste ihre Stirn und sagte sanft:

„Ich sollte dich am besten zurückbringen, bevor dein Großvater sich so aufregt, dass ihn der Schlag trifft, und deine Zofe sich gezwungen sieht, zuzugeben, dass sie fürchtet, dir könnte Schlimmeres zugestoßen sein."

„Als zu ertrinken? Sicher nicht." Sie lächelte und lehnte sich mit erhobenem Gesicht an seine nackte Brust. „Er mag denken, dass der Verlust meiner Unschuld ein weit schlimmeres Schicksal wäre als zu ertrinken", fuhr sie flüsternd fort. „Aber ich nicht. Ich war in meinem Leben noch über nichts glücklicher."

Er strich ihr die Haare aus dem Gesicht. „Lasst uns diese Woche hier heiraten, in Treat. Ich veranlasse, dass Roxton uns eine Sonderlizenz besorgt."

„Oh? Wird das eine Woche dauern?"

Er lachte und kniff ihr ins Kinn. „Wenn es nach mir ginge, würden wir morgen heiraten. Aber Erzbischöfe brauchen gewisse Zeit, um nachzudenken und wichtig zu wirken ... Doch Cornwallis ist ein netter Kerl. Roxton wird kein Problem mit ihm haben."

„Eine Woche wird Zeit genug sein, ein Kleid von zu Hause holen zu lassen ... Und Grasby muss dabei sein ..."

„Ja. Ich hätte Grasby auch gern hier. Dann ist das abgemacht." Er küsste sie sanft auf den Mund. „Ich kann es kaum abwarten."

„Ich auch nicht ... Jetzt muss ich mich anziehen, damit du mich zum Witwensitz zurückbringen kannst ... Aber zuerst muss ich baden ..."

„Natürlich", unterbrach er schnell, um ihr jede Verlegenheit zu ersparen. „Ich habe mir die Freiheit genommen, deine Strümpfe und Kleider an den Stufen des Beckens bereit zum Anziehen niederzulegen."

„Oh! Wie - wie rücksichtsvoll. Danke", antwortete sie und ihre Wangen wurden noch heißer. „Ich - ich weiß nicht, wann - wann du die Zeit gefunden hast..."

„Ich habe auch den größten Teil unseres Picknicks eingepackt, aber die Erdbeeren draußen gelassen und da ist noch ein Pfirsich ..."

Ihr Unbehagen, statt geringer zu werden, wurde durch seine taktischen Unterbrechungen noch verstärkt. Daran zu denken, dass er sich die Mühe gemacht hatte, ihre Kleider zurechtzulegen, da er wusste, dass sie würde baden wollen. Doch natürlich musste er das gewusst haben.

Es war nicht das erste Mal, dass er eine Frau liebte. Aus irgendeinem
albernen Grund, den nur ihr Herz kannte, fühlte sie sich in seiner
Gegenwart plötzlich ungelenk, dumm und linkisch, was völlig anders
war als das Gefühl, als sie einander nackt im Arm gehalten hatten.

Sie erinnerte sich, wie sie sich, nachdem sie ihr Versteckspiel im
Badebecken beendet hatten, abgetrocknet und dann zusammen daran
gemacht hatten, das Picknick anzurichten. Sie waren beide hungrig und
nach einem gemächlichen Mahl und einer Flasche Wein für sie beide
hatten sie sich satt auf die Picknickdecke gelegt und zu den Wolken am
Himmel hinaufgesehen. Sie war sich nicht ganz sicher, was alles
geschah, bis sie sich schließlich liebten. Einige Augenblicke waren ihr
lebendiger in Erinnerung als andere … Wie er sanft ihre Strümpfe
ausgezogen hatte, dabei an den kleinen Schleifen gezupft hatte, die ihre
Strumpfbänder schlossen und ihre Strümpfe über den Knien festhielten.
Er hatte jeden feuchten Strumpf an ihrem Bein nach unten und über
den Fuß gerollt, ihren Spann geküsst, bei beiden Füßen gleichermaßen,
und ihr dabei gesagt, wie sehr er sie liebte und begehrte; und sie war
nicht zurückgewichen. Er war so geduldig und so sanft gewesen, als es
darauf ankam. Sie vertraute ihm vollkommen.

Er liebte sie genauso wie sie ihn, und es war eine wundersame
Sache. Sie hatte Dinge gelernt, außergewöhnliche Dinge über sich, über
ihren eigenen Körper und seinen. Oh! Sein Körper war so herrlich
männlich, seine Reaktion auf ihre Küsse und liebevollen Erkundungen
waren das Außergewöhnlichste. Sie war immer noch voller Ehrfurcht
vor dem, was gerade zwischen ihnen geschehen war. Und nachdem sie
die intimste Erfahrung der Welt mit dem Mann geteilt hatte, den sie
über alles andere liebte, hatte sie eine Brücke überquert, von der es kein
Zurück mehr gab. Sie war jetzt innerlich auf ewig an ihn gebunden und
hätte nicht glücklicher sein können. Es blieb nur noch, die legale Verei-
nigung zu feiern, um ihr Glück vollkommen zu machen.

Warum dann, nachdem ihr Körper sich abgekühlt und ihr Geist zur
Ruhe gekommen war, empfand sie immer noch etwas wie einen
Schatten auf ihrem Glück. Ihr Herz sagte ihr, dass es das Natürlichste
der Welt war, sich ihrem Geliebten hinzugeben. Doch da war ein leiser
Zweifel, ein Schuldgefühl, das an ihrem Herzen nagte und sie sehr
beunruhigte. Sie konnte nicht anders. Von klein auf hatte sie gewusst,
dass die Jungfräulichkeit der kostbarste Besitz einer Frau war. Sie durfte
nicht leichtfertig verschenkt werden, nicht einfach an irgendeinen
Mann, und nie, *niemals*, vor der Hochzeit; das zu tun wäre der Beginn
ihres moralischen Verfalls. Und obwohl sie dies glaubte, dachte sie nie
ernsthaft, dass sie heiraten würde, und am allerwenigsten, dass sie in

einer magischen Grotte mit dem bestaussehenden Mann in England schlafen würde.

Er hatte ihr einen Ring gegeben, und sich ihr damit anverlobt, bevor sie sich geliebt hatten... Und er sagte, dass sie mit einer Sonderlizenz vor zum Ende der Woche heiraten würden... Das war alle Sicherheit, die sie brauchte – oder nicht ...?

Dair spürte Rorys Unbehagen und bemerkte, wie ihre Finger unbewusst mit dem ungewohnten blassen Lavendel-Saphirring herumspielten und ihn auf ihrem Ringfinger hin und her drehten. Aber er hatte keine Ahnung, was sie beunruhigte oder wie groß ihr innerer Aufruhr war. Er dachte, dass ihr vielleicht Farriers Anwesenheit Unbehagen bereitete, daher legte er einen Arm um ihre Schultern und führte sie an das Badebecken, fort von seinem Burschen, der weiter auf den Boden starrte, als gebühre diesem seine gesamte Aufmerksamkeit.

Als er zurückkam, um Rory allein baden zu lassen, war Farrier in den kleinen Tempel gegangen und machte sich nützlich, indem er das Feuer löschte und den Raum aufräumte. Dair zerrte an seiner Hose und warf sein Hemd und die Weste über, musste aber noch die Knöpfe schließen. Er hielt seine Reitstiefel und Strümpfe hin.

„Mr. Farrier! Wenn Ihr eine Hand frei habt ...“

„Eine ja, und so kann ich Eurer Lordschaft behilflich sein.“

Dair lächelte. „Eine ist alles, was ich brauche.“

Nachdem sie einander wieder unbefangen begegnen konnten, fühlte Farrier sich frei zu fragen:

„Soll ich meinen Angelurlaub abkürzen und wieder in Euren Dienst zurückkehren, M'lord?“

Dair schaute auf, während er eine der Schnallen der Reithose schloss.

„Seid Ihr sicher? Es ist nicht nötig ... Obwohl, wenn ich darüber nachdenke, ja! Bitte. Ich brauche eine Rasur, noch heute Nachmittag. Reynolds ist in den meisten Punkten ein feiner Kammerdiener, aber er kann mich nicht rasieren oder sich um meine Rasiermesser kümmern, und er hat nicht die leiseste Vorstellung davon, wie man einen Wetzstein einsetzt.“

Farrier schüttelte in großer Sorge den Kopf.

„Kein Wunder dann, dass Ihr mit einem Wald im Gesicht herumlauft, M'lord. Ich würde mir auch nicht von Reynolds die Kehle aufschlitzen lassen wollen! Und er hat auch noch zwei gesunde Hände, mit denen er das tun könnte. Überlasst es mir ... So!“, fügte er befriedigt hinzu, nachdem sein Major jetzt angezogen und in Stiefeln dastand. „Wenn Ihr mich nicht mehr braucht, gehe ich in die Hütte zurück, um meine Sachen zu holen. Mein Kahn ist auch in der Bucht festgemacht.“

„Mr. Farrier - Bill ...“

Der Bursche blieb in der Tür des Tempels stehen und drehte sich wieder in den Raum.

„Ja, M'lord?“

Dair schaute ihm in die Augen.

„Mein Leben hat eine unerwartete, aber willkommene Wendung genommen, seit Ihr im Tower eingesperrt wart.“

Farrier hätte nicht mehr zustimmen können. Seiner Meinung nach war das Geständnis des Majors eine kolossale Untertreibung. Als Dair nicht näher darauf einging, nickte Farrier und ging. Er war sich sicher, dass sie interessanten Zeiten entgegengingen ... Am Abend hätte nicht einmal er vorhersehen können, wie interessant.

# SECHSUNDZWANZIG

Antonia erhob sich langsam von den Gobelin-Kissen auf der Chaiselongue und setzte ihre bestrumpften Füße auf den Teppich. Sie tat dies, ohne ihre Augen zu öffnen. Und mit geschlossenen Augen suchten ihre Zehen ihre bestickten türkisfarbenen Seidenpantöffelchen, die sie früher abgeschüttelt hatte. Obwohl es schon spät am Nachmittag war, musste sie noch ihr morgendliches *déshabillé*, ein weiches braunes Seidenkleid *à la turque*, das locker saß, abgesehen von der breiten Schärpe aus türkiser Seide um ihre Taille, wechseln. So, wie sie sich fühlte, hatte sie keine Lust, sich zum Diner umzukleiden, und das, obwohl ihr Cousin zum Essen kommen würde. Wie sie diese Mahlzeit überstehen sollte, wusste sie nicht. Sie hatte kein Interesse am Essen.

Ihr Körper verlangte keine Nahrung und aus irgendeinem Grund, der auch nur ihrem Körper bekannt schien, war es einfacher, mit den Wellen der Übelkeit fertig zu werden, wenn sie ihre Augen vor dem Licht schloss. Michelle hatte angeboten, die Vorhänge zu schließen, aber sie wollte – nein, sie *musste* – die leichte Brise spüren, die vom See heranwehte. Und nachdem die Sonne hinter dem Witwensitz stand, waren die Fenster weit aufgerissen und der Blick zeigte Steg, See und Schwaneninsel im prachtvollem goldenen Licht des späten Nachmittags.

Nur eine Stunde zuvor hatte sie zufällig am Fenster gestanden, als zwei Boote heranglitten, um am Steg anzulegen. Sie wurden von einem halben Dutzend Männern in Empfang genommen, von denen einige zuvor im Rahmen eines Suchtrupps auf dem See gewesen waren. Ihre erste Reaktion war Erleichterung darüber gewesen, dass ihre Patentochter gesund und munter war. Die zweite war großes Interesse an der Begleitung, in der Rory sich befand. Ihr Interesse wurde noch gesteigert, als sie entdeckte, dass die junge Frau eine Bootstour auf dem See mit ihrem eigenen Cousin, dem Major, gemacht hatte.

Sie beobachtete, wie die Männer beide Boote abluden und sich um ihre Arbeit kümmerten, einer überreichte Rory ihren Gehstock. Der Major und Rory gingen dann langsam über den abschüssigen Rasen in Richtung eines Ponywagens, der darauf wartete, Rory zur Gatehouse Lodge zurückzubringen. An diesem Gefährt, genauer, bei dem, was dahinter geschah, geriet Antonia ins Schwanken, sodass sie das Fensterbrett mit beiden Händen packte, was ihre Zofe befürchten ließ, sie würde gleich in Ohnmacht fallen. Glaubte das Paar ernsthaft, dass niemand sehen würde, wie sie sich küssten, wenn ein ganzes elisabethanisches Herrenhaus über ihnen aufragte? Doch durch die Weise, wie sie sich küssten, erkannte Antonia, dass das Paar überhaupt nicht nachdachte. Sie waren so ineinander vertieft, dass sie alles andere vergaßen, vor allem ihre Umgebung. Das ließ nur einen Schluss über ihre Patentochter und ihren Cousin, den Major, zu, einen, der gemischte Gefühle bei ihr hervorrief. Denn obwohl ihr Kuss Antonias Mund dazu veranlasste, sich zu einem Lächeln zu verziehen, erfüllte er sie auch mit einer Unruhe, die sie nicht abschütteln konnte.

Sie wurde an diesen Kuss erinnert, als Michelle ihre Gedanken unterbrach mit der Ankündigung, dass der kleine Speisesaal bereit wäre und nur noch auf ihren Gast wartete, damit die Speisen von der Küche heraufgebracht werden könnten. Wollte sich *Mme la duchesse* jetzt zum Essen umziehen? Antonia schüttelte den Kopf und packte in einem seltenen Anfall von Ungeduld das Ende der Schärpe um ihre Taille, öffnete ihre Augen und platzte heraus:

„Wenn ich mir nur ein anderes Kleid und andere Schuhe anziehen müsste, um - um mich besser zu *fühlen*, glaubst du nicht, dass ich das tun würde? *Mon dieu*", murmelte sie in sich hinein, „was ist nur mit mir los?"

Michelle hätte es ihrer Herrin sagen können, aber sie behielt ihre Meinung für sich. Mit einem Nicken ihres Kopfes in Richtung des mit Vorhängen verschlossenen Durchgangs, der zu den privaten Gemächern der Herzogin führten, schickte sie die beiden Kammerfrauen fort, die dem Blick der Zofe entnahmen, dass die Kleider, die sie ausgewählt und für ihre Herrin bereitgelegt hatten, für einen anderen Tag wieder aufgehängt und weggepackt werden sollten.

„*Mme la duchesse*, würdet Ihr es vorziehen, dass ich seiner Lordschaft die Nachricht überbringen lasse, dass Ihr nicht wohl seid und ..."

Antonia schüttelte den blonden Kopf. „Nein." Sie schaute Michelle an, die gekommen war, und vor der Chaiselongue stand. „Dadurch würde ich mich auch nicht besser fühlen. Vielleicht holst du ihn zuerst hierher. Und für mich kannst du eine Kanne Tee holen. Keine Milch. Vielleicht eine Scheibe Brot dazu. Keine Butter. Das könnte helfen, diese Übelkeit zu lindern ..."

Ihr Blick huschte über die Weite des tiefen Teppichs zwischen ihr und dem Kamin, übersät mit Dokumenten, aufgeräumt in ordentliche Stapel und von links nach rechts, in der Reihenfolge ihrer Bedeutung. Da lagen juristische Papiere, Grenzkarten, Hauspläne, Rechnungen und Quittungen, die Handelskarten einer Vielzahl von Handwerkern und Kaufleuten und Korrespondenz mit diesen. Neben Stapeln geordneter Papiere lag *The Gentleman and Cabinet-Maker's Director*, mit vielen Lesezeichen versehen, Textilmuster, Farbmuster für Lacke und zahlreiche Tapetenmuster. Es gab sogar mehrere detaillierte Zeichnungen eines Stellmachers für eine neue Reise- und eine Stadtkutsche. Und am Ende der Chaiselongue, oben auf einem Stapel von Büchern, die sie aus dem Haus am Hanover Square mitgebracht hatte, um sie in Ruhe zu lesen, ihr Terminkalender. Er lag offen da und teilte ihr mit, dass der Maler, Mr. Joseph Wright, im Laufe der nächsten Woche auf ihre Bitte hin von Derby herunterkommen würde, um zwei Wochen damit zu verbringen, vorläufige Skizzen für ein neues Porträt zu machen. Wenn das Gemälde fertiggestellt wäre, würde es nach Leven Castle geschickt um neben dem bei Wright bestellten Porträt des neuen Herzogs von Kinross zu hängen.

Alles, vom kleinsten Handwerkerbericht bis zu ihrem Terminkalender, war mit ihrem neuen Leben als Herzogin von Kinross verbunden, und den vier Häusern, deren Herrin sie nun war: Der Witwensitz, der jetzt Teil des neu gebildeten Strang-Leven-Vermögens war; das Herrenhaus am Hanover Square, das jetzt zu Kinross House umbenannt werden sollte; Leven Castle, das französische Schloss aus dem 16. Jahrhundert am Ufer des Loch Leven in Schottland; und ein Stadthaus in Edinburgh. Ihr Herzog hatte ihr die Aufsicht über sie alle übertragen, weil er ihrem Urteilsvermögen uneingeschränkt vertraute, und, wie sie vermutete, um sie während seiner Abwesenheit nördlich des Hadrian Walls zu beschäftigen.

Aber wie konnte sie daran denken, ein Haus, geschweige denn vier, zu verwalten, zwei neue Kutschen zu bestellen und dem neuen Agenten des Herzogs bei einer Reihe von administrativen Angelegenheiten, die seine Besitzungen betrafen, Rat zu geben, wenn sie sich kaum darauf konzentrieren konnte, die neueste Zeitung zu lesen, geschweige denn, wichtige Entscheidungen zu treffen. Und ohne mit Jonathon diese Entscheidungen besprechen zu können, schien dies alles seltsam irrelevant. Doch sie würde ihre Pflichten ihm gegenüber erfüllen, obwohl sie zuerst noch mit sich selbst zurechtkommen musste, mit dem winzigen Leben, das jetzt in ihr wuchs, dem Erben seines Besitzes und seines Reichtums und der doppelten schottischen Herzogskrone.

Dair wurde in Antonias überfüllten, hübschen Salon mit Blick auf den See eingelassen, während sie an ihrem schwarzen Tee nippte und eine Scheibe einfachen Weißbrotes knabberte. Er war formell gekleidet, was eine Überraschung war. Noch mehr, da er gewöhnlich in einem bequem geschnittenen Rock mit seinen üblichen Reitstiefeln zu sehen war, die dichten schwarzen Haare kunstlos aus dem Gesicht gekämmt und im Nacken zusammengebunden. An diesem Tag trug er jedoch einen eleganten mitternachtsblauen Leinenrock, dessen kurze Schöße, schmale Ärmelaufschlägen und Taschenklappen mit silbernen Sträußchen und Schnallen bestickt waren und ein dazu passendes, eng anliegendes Paar Jerseykniehosen. Beide waren mit glänzenden, silbernen Knöpfen geschmückt, die zu denen an einer cremefarbenen Seidenweste passten. Und zum ersten Mal seit vielen Jahren waren seine großen Füße in schlichte schwarze Lederschuhe mit schmucklosen silbernen Schnallen und niedrigen Absätzen gehüllt. Sein schulterlanges Haar war ordentlich frisiert und aus seinem Gesicht gekämmt, am Nacken mit einem cremefarbenen Seidenband zusammengebunden.

Am überraschendsten war, dass er nicht mehr den kurz geschnittenen schwarzen Bart trug, den Antonia noch an diesem Nachmittag an ihm gesehen hatte. Tatsächlich war sein breites Kinn so glatt, wie es seit Jahren nicht gewesen war. Er hatte selbst bei offiziellen Gelegenheiten immer ein wenig Stoppeln getragen, als wäre es ihm die Mühe nicht wert oder als hätte er keine Zeit für eine anständige Rasur. Antonia hatte dies immer für eine seiner Marotten gehalten, ebenso wie das unordentliche Haar und die Reitstiefel. Ein Stück aus seinem Reservoir zum Auftritt vor seinem bewundernden, weiblichem Publikum und, wie sie vermutete, um seine Mutter zu reizen; die Gräfin war penibel, was die Beachtung von Konventionen und korrekter Bekleidung anging.

Es war nicht der berechnende Cousin mit dem arroganten Auftreten, dessen ganze Haltung prahlerisch wissen ließ, dass seinetwegen die Welt zum Teufel gehen könnte, der sich über ihre zum Gruß ausgestreckte Hand beugte, sondern ein liebenswürdiger junger Gentleman mit einem Lächeln, das fast schüchtern wirkte. Es veranlasste Antonia, sich aufzusetzen und ihn scharf zu mustern. Um ihn zu necken, sagte sie:

„Ein Monat im Tower und Ihr seid ein veränderter Mann, Alisdair."

Er hob eine Augenbraue.

„Ihr und ich, Euer Gnaden, wissen beide, dass ich diesen Monat in Portugal verbracht habe."

„Aha, also kein Kerker, sondern ein Sonnenstich ließ Euch Eure Stiefel ablegen, *hein?*" Sie stellte ihre Teetasse beiseite. „Dieser Cousin, den Ihr mir zeigt, sieht viel ernster aus als der andere. Aber Ihr solltet Eure Reitstiefel öfter weglassen. Weiße Strümpfe sind für Eure kräftigen Unterschenkel ausgesprochen vorteilhaft. Und der Bart hatte zwar etwas Anziehendes, aber ohne seht Ihr weit besser aus."

„Danke, Euer Gnaden ..."

„Euer Gnaden? Ich mache Euch ein Kompliment und Ihr werdet so förmlich? Und jetzt habe ich Euch dazu gebracht, rot zu werden! Wer hätte das für möglich gehalten? Aber ich sage Euch nichts, was Ihr nicht bereits wisst."

Dair grinste. „Nein, Euer - nein, Cousine. Doch ich werde Euren Rat zu Strümpfen und Schuhen bedenken."

„Weiß Julian, dass Ihr hier seid und hat Euch vielleicht heute Abend zu einem Konzert eingeladen?"

Dair schüttelte den Kopf. „Nein. Nach dem Essen mit Euch habe ich einen Termin bei Lord Shrewsbury." Als Antonia die Augenbrauen kaum merklich hob, fügte er hinzu: „Um ihm meinen Bericht über Lissabon abzugeben. Doch bevor ich das erledigen kann, muss ich etwas Wichtiges mit Euch besprechen ..."

„Mit mir?", unterbrach sie ihn und erinnerte sich an den leidenschaftlichen Kuss, den sie ihn ihrer Patentochter hatte geben sehen. Sie bot ihm einen Ohrensessel neben ihrer Chaiselongue an und entschuldigte sich für den unordentlichen Zustand des Teppichs, wo seine großen Füße es schwierig fanden, einen Weg zwischen den Papierstapeln hindurch zu finden. Als er saß, fügte sie lächelnd hinzu: „Natürlich werde ich Euch in jeder mir möglichen Weise helfen. Das wisst Ihr, *mon cher.*"

Er nickte und, plötzlich von seinen Gefühlen überwältigt, wechselte in ihre französische Muttersprache. „Ja. Ja, das weiß ich, *ma chère cousine...* Jamie liebt sein Mikroskop, und Euer Besuch in Banks House hat der Familie und ihren Dienern genug Gesprächsstoff für Wochen gegeben, sowie eine gewisse Berühmtheit in ihrer kleinen Ecke der Welt. Ich schätze, das wusstest Ihr, bevor Ihr in vollem Staat nach Chelsea fuhrt ...?"

Sie lachte perlend und wurde dann wieder ernst.

„Menschen in unserer Position haben die Verantwortung, den Erwartungen anderer gerecht zu werden, insbesondere derer, deren Umstände oder Positionen ihnen nicht die Möglichkeit geben, sich unserem gesellschaftlichen Kreis zu nähern, geschweige denn, mit ihm zu verkehren. Wie hätte ich anders als in der großen schwarzen Reisekutsche mit Vorreitern und in einem meiner besten Kleider vorfahren können, ganz die Herzogin? Was für eine Enttäuschung wäre es gewesen, wäre ich in diesem Zustand dort aufgetaucht!"

Dair lachte und schüttelte den Kopf. „Niemals eine Enttäuschung, *Mme la duchesse*. Was Ihr auch immer Gegenteiliges sagen mögt, Ihr seid *immer* ganz und gar eine Herzogin; Eure Aufmachung ist ein unbedeutendes Detail."

„Ich hoffe, dass das auch in den kommenden Monaten wahr bleiben wird...", murmelte Antonia und bemühte sich aufzustehen, ohne dass ihr dabei wieder übel würde, dazu veranlasst durch das Erscheinen eines Lakaien in der Tür des Vorraums, der den Salon mit dem kleinen Speisesaal verband. „Es macht Euch nichts aus, zuerst zu speisen, bevor wir diese wichtige Angelegenheit besprechen? Pierre wird sich den Rest seiner Haare ausreißen, wenn ich die Gerichte, mit denen er meinen Appetit anregen will, nicht wenigstens koste. Ich bin nur zu froh, dass Ihr bei mir wohnt", sagte sie lächelnd, als Dair ihr seinen Arm bot und dann schritten sie zum Speisesaal zu einem mit Silber, feinem Kristall und Sèvresporzellan gedeckten Tisch. „Euer Appetit wird meinen Küchenchef wenigstens spüren lassen, dass er geschätzt wird ..."

Während Cousin und Cousine Lammlende mit Pilzkruste, Salmagundi, Karottenpuffs, gefüllten Gurken und Kartoffelpüree verzehrten, blieb die Unterhaltung bei aktuellen, aber nicht persönlichen Themen. Sie diskutierten den überraschenden Besuch des gebrechlichen Lord Chatham im Oberhaus in seiner Sänfte und die Ablehnung seines Antrags, die Feindseligkeiten in Amerika zu beenden, mit 76 zu 26 Stimmen. Beide waren sich einig, dass die Veröffentlichung von Macphersons Allgemeiner Geschichte, die den Geiz des ersten Herzogs von Marlborough verurteilte, unnötig üble Nachrede war, denn Macpherson hätte kein Recht, den großen General Königin Annes zu verurteilen. Beide waren sehr an den jüngsten Überfällen amerikanischer Freibeuter an der schottischen und irischen Küste interessiert, Antonia drückte die Hoffnung aus, dass die Kisten mit ihrer persönlichen Habe aus ihrem früheren Haus in Paris es in die Sicherheit eines englischen Hafens schaffen würden, ohne von verräterischen Piraten beschlagnahmt zu werden. Dair biss sich rasch auf die Zunge und machte keine

Bemerkung darüber, dass diese verräterischen Piraten von ihren Verwandten, den Franzosen, unterstützt und gedeckt wurden, die weiterhin ihre tückischen, doppelzüngigen Geschäfte mit den Kolonisten hinter einem Schleier von Herzlichkeit gegenüber den Engländern versteckten. Er wusste, dass ein offener Krieg mit den Franzosen vor der Tür stehen musste, es konnte sich höchstens um Monate handeln.

Antonia war nicht so abgelenkt von ihrer Übelkeit oder dem laufenden Gespräch, dass sie die plötzliche Anspannung im ausdrucksvollen Gesicht ihres Cousins bei der Erwähnung der Franzosen nicht bemerkte, daher lenkte sie das Gespräch geschickt mit einer banalen Anmerkung, die Horace Walpole in einem seiner Briefe an sie gemacht hatte vom Krieg ab. Sie handelte von der derzeitigen Verrücktheit der Londoner Gesellschaft, immer später aufzubleiben. Sie erzählte Dair, wie Lord Derbys Koch seine Herrschaft gewarnt hatte, dass es ihn umbringen würde, wenn er um drei Uhr morgens Abendmahl servieren müsste, woraufhin seine Lordschaft ihn kühl gefragt hatte, wie viel er zahlen müsste, um ihn zu töten!

Sie lachten beide und ihr freundschaftliches Einvernehmen war wiederhergestellt, sodass Antonia, die es geschafft hatte, ihre Übelkeit unter Kontrolle zu halten, indem sie sehr wenig aß, eine Kugel Pistazieneis, begleitet von einer dünnen, mit Berberitze gewürzten Waffel, genießen konnte. Und Dair vergaß, warum er mit seiner Cousine aß, und schüttete ihr stattdessen sein Herz über seine Gefühle für Miss Aurora Talbot aus.

Antonia verbarg ihren Unglauben und hörte zu, ohne etwas zu sagen. Aber als sie den letzten Löffel Pistazieneis im hohen Kristallglas leerte, glaubte sie völlig an seine Aufrichtigkeit. Jetzt ergab die Veränderung in ihm einen Sinn. Es war eigentlich keine Veränderung, sondern er war schlicht der Mann geworden, der er seit jeher zu werden bestimmt gewesen war. Wenn sie sich insgeheim wunderte, dass ihre Patentochter die Frau war, die dies bewirkt hatte und in die Dair alle Hoffnungen und Träume für seine Zukunft setzte, lag es nicht daran, dass sie nicht Rorys Potenzial erkannte, die Liebe seines Lebens für einen guten Mann zu sein. Sie staunte nur darüber, dass ihr Cousin, der seit Jahren in Rorys Nähe herumlief, sie endlich bemerkt und sich unwiderruflich in sie verliebt hatte. Sie hätte sich nicht mehr freuen können und nahm natürlich an, dass dies die wichtige Angelegenheit war, die er mit ihr hatte besprechen wollen.

Sie kehrten zu Tee und Makronen in den Salon zurück, wo der unter hohen Papierstapeln verschwundene Teppich wundersamerweise von allen Paraphernalien für die Verwaltung und Renovierung von vier

Häusern befreit worden war, die jetzt in ordentlichen Stapeln auf einem an eine Wand gestellten Mahagonitisch saßen. Erst, als das Teegeschirr vor ihr stand und der Butler sich daranmachte, den Tee in die Porzellantassen zu gießen, fragte Antonia, ob Dairs geheime Verlobung die wichtige Angelegenheit wäre, die er mit ihr hatte besprechen wollen.

Die unschuldige Frage der Herzogin riss Dair mit einem Ruck aus seinen Träumen und er kehrte zu dem tatsächlichen Grund zurück, aus dem er mit ihr sprechen musste. Womöglich zögerte er jetzt nur noch mehr, dies zu tun. Ihre neue Vertrautheit machte es ihm noch schwerer, das Thema der Identität seines Kontakts in Lissabon anzusprechen. Dennoch war es unvermeidbar. Wenn die Identität des Doppelagenten bestätigt wurde, hieß das, dass der Mann nach England zurückkehren und damit alles, was er über die Verhandlungen der Franzosen mit den amerikanischen Rebellen wusste, berichten und den Doppelagenten in Shrewsburys eigenem Geheimdienst entlarven könnte.

Antonia war natürlich verwirrt, als ihr Cousin das Gespräch auf seinen geheimen Besuch in Portugal zurückbrachte.

„Ihr wollt mit *mir* über Eure Tätigkeit in Lissabon sprechen?"

Sie erschrak, als sie erkannte, dass die Sache tatsächlich sehr ernst sein musste, als Dair, nachdem er eine Tasse Tee angenommen hatte, sich von seinem Sessel erhob und sich auf das Ende ihrer Chaiselongue hockte.

„Der Hauptgrund, warum ich nach Lissabon ging, war, mich mit einem Kontaktmann zu treffen, einem wichtigen Agenten, einem Doppelagenten, der nicht nur für Frankreich, sondern vor allem für uns gegen die Franzosen arbeitet. Er verfügt über äußerst wichtige Informationen, die das Leben von tausenden unserer Soldaten retten könnten. Er kennt auch die Identität des Verräters innerhalb Shrewsburys eigenem Geheimdienst."

Antonia hielt ihm die Zuckerdose hin und schaute zu, wie Dair die silberne Zange benutzte, um einen kleinen Klumpen Zucker in seinen Tee mit Milch fallen zu lassen.

„Habt Ihr dieses Individuum gefragt, ob Euer Bruder der Verräter ist, wie Shrewsbury behauptet?"

Dair hörte ihren kritischen Unterton und verbrachte einen Moment damit, seinen Tee umzurühren, bevor er ruhig sagte: „Er glaubt ebenso wie ich, dass Charles ein intellektueller Idealist ist, und Kräfte, die *le roi* treu ergeben sind, seine Ideale ausgenutzt haben, um ihren eigenen Zwecken dienlich zu sein."

„Ich verstehe. Also diese Person, die Ihr getroffen habt, muss denken, dass er Charles gut kennt, ebenso wie Ihr, um eine solche Beobachtung zu machen, *hein*?"

„Ja, *Mme la duchesse*", antwortete Dair. Er bat sie, ihre Teetasse beiseite zu stellen, da er fürchtete, in ihrer Überraschung über das, was er ihr mitteilen musste, könnte sie ihren Tee verschütten.

Sie tat, was er verlangte, die Verwendung ihres Titels und der Ausdruck in seinen dunklen Augen, ließen ihr Herz rasen. Bevor er etwas weitersagen konnte, sagte sie flüsternd: „Euer Bruder... Charles... ist er in Sicherheit?"

„Ja. Ja, natürlich. Er und Sarah-Jane haben sich in einem Haus in der Stadt Versailles, etwas außerhalb des Palastgeländes, niedergelassen. Wie Charles sagt, hat es einen schönen, ummauerten Garten und liegt dem Palast nahe genug, dass er zu Fuß dorthin gehen kann, wenn es nötig ist."

Antonia nickte und atmete leichter. „Ja. Ja. Ich hatte auch einen Brief von Sarah-Jane. Sie und Charles sie sind glücklich in ihrem neuen Haus, was mich und ihren Vater sehr freut."

„Der Agent, den ich in Lissabon getroffen habe, nennt sich M'sieur Lucian, M'sieur Gaius Lucian. Obwohl das nicht sein echter Name ist. Ich muss eingestehen, dass ich nicht überzeugt war, als er mir seine wahre Identität verriet - nein, ich war am Boden zerstört. Man hätte mich umpusten können! Aber wir verbrachten mehrere Tage zusammen und am Ende musste ich zugeben, dass etwas an seiner Person war, das mich an den jungen Mann erinnerte, der er einmal war. Daher könnte er sehr wohl der sein, der er zu sein behauptet, aber ich bin nicht der richtige Mann, um das festzustellen.

„Schließlich ist es mehr als zehn Jahre her, dass ich ihn zuletzt gesehen habe, und wenn er es ist, hat er sich sehr verändert. Meine Erinnerung an ihn ist keine gute. Ich wollte ihm immer wegen seiner angeberischen Unverschämtheit ins Gesicht schlagen. Nur Julians Eingreifen hielt mich davon ab, Gewalt gegen diesen aufschneiderischen Dummkopf anzuwenden! Er flitzte in Absätzen herum, die höher waren als die einer Frau, und hatte ein so aufreizendes Lachen, wie man es nie aus dem Mund eines Mannes hören sollte. Dazu noch die lästige Gewohnheit, seine Bratsche überall mit sich herumzutragen, wohin er auch ging. Er pflegte eine misstönende Komposition anzustimmen, gewöhnlich in meiner Hörweite, die mich wünschen ließ, ihm das Instrument auf dem gepuderten Kopf zu zertrümmern, um ihn zum Schweigen zu bringen."

Antonia tätschelte Dairs Hand, die sich auf seinem Knie zur Faust geballt hatte.

„Ich weiß, wen Ihr beschreibt, *mon cher*, und ich, ich verstehe Eure Irritation. Ich liebte ihn sehr, weil er der Sohn meiner liebsten, besten Freunde war, und mein Neffe. Aber auch ich hätte ihm manchmal gerne mit dem Fächer auf die Finger gehauen. Das war alles ein großes Theater, ist Euch das klar?"

„Ja. Ja, jetzt schon. Aber mein jüngeres Ich konnte dieses empörende Auftreten nicht durchschauen." Er lachte schroff. „Stellt Euch vor? Ich, der begabteste Schauspieler im Geheimdienst, der sich von der Verstellung seines eigenen Cousins hinters Licht führen lässt!"

Antonia stieß einen kleinen, traurigen Seufzer aus. „Es ist so traurig ... eine ganze Familie, alle verloren ... ich tröste mich damit, dass er, Evelyn, nicht erlebte, wie seine beiden Eltern und Monseigneur uns auf diese Weise verließen ..."

Dair runzelte die Stirn. „Aber die Person, die ich Euch gerade beschrieb, der Cousin, für den ich vor mehr als einem Jahrzehnt nicht viel übrig hatte, *ist* der Gentleman, mit dem ich Zeit in Lissabon verbracht hatte; jedenfalls versuchte er, mich davon zu überzeugen. M'sieur Gaius Lucian gibt an, Evelyn Gaius Lucian Ffolkes zu sein, Euer Neffe und Erbe des Earls von Stretham-Ely."

Antonia schüttelte den Kopf. „Nein. Nein. Nein. Dieser Mann ist ein Lügner! Evelyn ist seit vielen Jahren für uns verloren. Er brannte mit einem äußerst unpassenden Mädchen durch, das ein paar Jahre nach der Hochzeit starb, in Florenz, glaube ich. Und danach ..." Sie hob in einer hilflosen Geste ihre Hände. „...haben wir jeden Kontakt zu ihm verloren. Monseigneur hat ein kleines Vermögen für die Suche nach ihm ausgegeben. Seine Schwester, Evelyns *maman*, war, wie Ihr Euch vorstellen könnt, vor Trauer außer sich; zuerst wegen der Flucht, und dann, als er verschwand. Er war ihr einziges Kind. Es verging kein Tag, an dem sie nicht irgendwann in Tränen ausbrach, weil sie an ihn dachte. Es war so tieftraurig für meine Schwägerin und ihren Mann. Und deshalb, als Monseigneur Nachricht aus Krakau erhielt, dass seine Leiche – Evelyns Leiche – aus der Weichsel gefischt worden wäre, war es in gewisser Hinsicht ein Abschluss für seine Eltern. Natürlich glaubten wir, keiner von uns, wirklich, dass er tot wäre, und es bestand ein Funken Hoffnung, dass die Leiche nicht seine war, da sie so furchtbar entstellt war. Aber als sein Siegelring uns erreichte und sein Vater ihn als den seines Sohnes identifizierte, wussten wir, dass er wirklich tot war. Also ist dieser Mann, dieser M'sieur Lucian, ein Lügner, Alisdair."

Dair hatte ohne Kommentar oder Reaktion der Argumentation der Herzogin zugehört. Hätte er nicht selbst Zeit mit diesem M'sieur Lucian verbracht und sich von ihm überzeugen lassen, dass er der wäre, der er zu sein behauptete, wäre er der erste gewesen, der ihr zugestimmt hätte. Doch alles, was sie ihm erzählte, war ihm bereits bekannt gewesen und war von Gaius Lucian widerlegt worden. Und daher beharrte er darauf, sie vom Gegenteil zu überzeugen.

„Was wäre, wenn ich Euch sagen würde, dass der Leichnam im Fluss nicht sein Leichnam war? Was, wenn ich sagen würde, dass der Siegelring seiner Familie geschickt wurde, um den Herzog und seine Eltern endgültig davon zu überzeugen, dass er tot war, da er sich zu diesem Zeitpunkt in seinem Leben den Tod wünschte und nicht gefunden werden wollte? Ist das nicht plausibel?" Als Antonia leicht mit der Schulter zuckte, aber nicht widersprach, stellte er seine leere Teetasse weg und fuhr fort. „Ich bin sicher, dass viel mehr an seiner Geschichte ist, als er mir erzählt hat, aber meine Zeit war begrenzt und es war nicht meine Aufgabe, Beichtvater dieses Mannes zu sein. Ich sollte mit unserem Doppelagenten in Lissabon Kontakt aufnehmen, gewisse Dinge herausfinden und diese Informationen an Shrewsbury weitergeben. Aber, so scheint es, unser Agent hat seine eigenen Vorstellungen davon, was er bereit ist zu verraten, und wann. Er wird dies nur tun, wenn er freies Geleit nach England und einmal im Land, Immunität vor Strafverfolgung, erhält. Daher ist es unbedingt notwendig, dass ich glauben kann, wer er ist und Shrewsbury das auch tut. Nur dann können wir den Informationen, die er uns geben wird, als Wahrheit vertrauen."

„Ihr wollt, dass ich sage, ich glaube, dass dieser Mann mein Neffe ist, von den Toten auferstanden? Aber das kann und das will ich nicht glauben. Erst wenn er vor mir steht und ich in seine blauen Augen schaue. Dann würde ich vielleicht eine solche Aussage machen."

„Glaubt mir, Cousine. Ich war nicht erstaunter oder skeptischer als Ihr jetzt, dass dieser Mann derjenige ist, der er zu sein behauptet. Schließlich ist er nicht mehr der arrogante Aufschneider, an den ich mich erinnere. Er kann nicht einmal Bratsche spielen. Nun, zumindest halte ich das nicht für möglich. Ihm fehlen zwei Finger an der linken Hand. Ich glaube, er ist eher in meinem Alter, aber er sieht zehn Jahre älter aus ...“

„Wenn er noch lebte, müsste er fast dreißig sein."

„Dieser Mann sieht aus wie vierzig, wenn nicht älter. Hals und Hände zeigen Zeichen von Folter. Er ist hager und dünn, als ob er lange Zeit nicht viel zu essen bekommen hätte. Er hat wirklich blaue Augen ...“

„Ein kleiner Trost."

„... und alles, was er mir erzählt hat - und ich meine *alles* - über seine Familie, seine Kindheit in Paris und hier in Treat, über Monseigneur, Euch, seine Zeit in Eton mit Julian, wie er die Herzogin das Bratschespiel gelehrt hat, selbst Ereignisse, bei denen mein Vater anwesend war - alles davon ist korrekt."

„Hochstapler! Er hätte all diese Geschichten einem engen Freund erzählen können, sogar einem Diener, und es ist dieser finstere Mensch, der vorgibt, mein Neffe zu sein. Alles, um das Erbe zu ergaunern, ich zweifle nicht daran!"

Antonia machte eine abweisende Handbewegung und tastete nach ihrem zusammengeklappten Fächer. Plötzlich brauchte sie Luft. Warum waren die Fenster geschlossen und die Vorhänge zugezogen? Auf ihr Zeichen eilten zwei Diener herbei, um die Vorhänge aufzuziehen und die Fenster weit aufzureißen. Und wo war Michelle? Oder eine ihrer vier Zofen. Sie schaute sich zu dem bemalten, chinesischen Wandschirm um, dessen sechs Paneele die Ecke des Zimmers abschirmte. Er verdeckte einen Nachtstuhl und einen Waschtisch mit einem Wasserkrug und einer Porzellanschüssel. Sie fragte sich, ob sie es schaffen könnte, zu der Schüssel zu stürzen, bevor die Woge von Übelkeit, die in ihr aufstieg, sie überwältigte. Gewöhnlich war Michelle oder eine ihrer Helferinnen in der Nähe, bereit, ihr die Schüssel vorzuhalten, wenn es nötig sein sollte. Dass sie nicht im Raum waren, steigerte ihre Panik noch. Und aufgrund dieser Panik, dieses Gefühls, dass sie sich von einem Moment auf dem anderen so übel fühlen könnte, dass sie hinter den Wandschirm würde rennen müssen, um sich zu übergeben, klang sie gereizt, als sie zu ihrem Cousin sprach.

„Warum belästigt Ihr nicht Julian mit all dem? Er könnte Euch dasselbe sagen. Er stand seinem Cousin viele Jahre lang nahe, bis dieser mit der Tochter eines Steuereintreibers durchbrannte und sie den Kontakt verloren. Ich bin sicher, er könnte auch die Briefe finden, die sein Vater an viele Agenten auf dem Kontinent schrieb, um Informationen über Evelyn zu erhalten. Es tut mir leid, Alisdair, aber dieser M'sieur Lucian ist ein Betrüger."

„Ich wünschte, ich könnte so sicher sein wie Ihr, *Mme la duchesse*. Ich wünschte, ich müsste Euch nicht stören und könnte die Angelegenheit mit Roxton klären. Aber das ist nicht möglich."

„Warum nicht? Warum könnt Ihr nicht mit meinem Sohn reden?", wollte Antonia wissen. Sie hatte es geschafft, sich zum Fenstersitz zu begeben und ihr Gesicht der kühlen Brise zuzuwenden, die vom See hereinkam. „Findet Ihr nicht auch, dass es seltsam ist, dass dieser M'sieur Lucian möchte, dass Ihr mich und nicht meinen Sohn damit belästigt?"

Dair schwieg und bereitete sich auf das vor, was er von ihr verlangen musste, um es zu bestätigen. Dies würde umso schwieriger werden, wenn sich sein Verdacht über die Ursachen des Appetitmangels seiner Cousine als richtig erwiese. Er hatte beobachtet, wie sie bei Speisen, die sie in der Vergangenheit gern gegessen hatte, die Nase gerümpft hatte. Am bemerkenswertesten war ihre Abneigung gegen ihr Lieblingsgetränk, Kaffee, und ihre neu entdeckte Vorliebe für Tee, den sie für gewöhnlich verabscheute. Es war ein ebenso deutliches Anzeichen, dass sie unter morgendlicher Übelkeit litt. Und während er leicht schockiert darüber war, dass eine Frau im Alter seiner Cousine ein Kind erwartete, wusste er, dass das nicht ungewöhnlich war. Insgeheim freute er sich sehr für sie und ihren neuen Herzog. Ein Kind war immer willkommen und er wusste, dass dieses für das frisch verheiratete Paar besonders kostbar sein würde, vor allem, da der Herzog von Kinross keinen männlichen Erben hatte.

„Wenn ich den Herzog damit belästigen dürfte, würde ich es tun. Aber dieser Teil der Informationen, die M'sieur Lucian mir anvertraut hat, um seine Identität zu beweisen, ist nur für Eure Ohren bestimmt. Er will nicht, dass es dem Herzog gegenüber erwähnt wird, und wenn Ihr hört, was ich zu sagen habe, werdet Ihr zustimmen, dass wir es besser für uns behalten."

Antonia lehnte sich auf dem Fenstersitz zurück und musterte Dair mit ihren klaren grünen Augen. Sie schwieg einen Moment und hob dann ihre Hand von ihrem seidenen Schoß, als Zeichen dafür, dass er mit allem fortfahren sollte, was er zu sagen hatte; sie würde ihm nicht länger widersprechen. Wenn von ihr nur verlangt wurde, die Geschichte dieses M'sieur Lucian zu bestätigen oder zu bestreiten, dann musste sie es eben tun. Je schneller, desto besser. Sie war sicher, dass sie sich jeden Moment würde erbrechen müssen.

„Nur fünf Personen kennen die Details dieses beunruhigenden Vorfalls - jetzt sechs, wenn Ihr mich dazu zählt. Zwei dieser sechs weilen nicht mehr unter uns: Monseigneur und ein Mr. Robert Thesiger. Die anderen, Roxton - Alston, wie er damals genannt wurde, M'sieur Lucian und ganz offensichtlich Ihr, waren die einzigen Familienmitglieder, die in der Nacht von Harrys Geburt anwesend waren."

Die Erwähnung ihres sechzehnjährigen Sohnes Henri-Antoine ließ Antonia sich aufsetzen, das Gesicht plötzlich weiß, aber sie blieb stumm, und so fuhr Dair fort.

„Ich will Euch nicht aufregen, indem ich detailliert auf den Vorfall eingehe, obwohl ich könnte, wenn nötig. M'sieur Lucian drückte sein Bedauern aus, dass er Euch nicht zu Hilfe gekommen wäre oder zumindest Alston weggezogen hätte. Aber er, wie auch seine Begleiter, waren sehr betrunken. Trotz seiner eingeschränkten Wahrnehmung und den vergangenen Jahren konnte er mir eine lebhafte Beschreibung der Ereignisse jener Nacht geben. Er beschrieb mir das schockierende Verhalten Eures ältesten Sohnes, der Euch beschuldigte, eine Hure zu sein, und dass das Kind, das demnächst zur Welt kommen sollte, nicht von seinem Vater wäre. Er zerrte Euch aus dem Haus auf den Hanover

Square, wodurch Ihr vorzeitig Wehen bekamt, und nur die rechtzeitige Rückkehr des Herzogs von White's konnte Euch und das Kind retten. Diese vorzeitige Geburt Harrys ist der Grund, warum er lähmende Anfälle von Fallsucht hatte, als er jünger war ..."

„*Assez! Ces souvenirs sont trop douloureux!* Ich ertrage es nicht. Bitte. Alisdair. Sagt kein Wort mehr darüber. Nicht jetzt - niemals. *C'est compris?*"

Dair war neben ihr auf dem Fenstersitz und hatte ihre Hand ergriffen, noch bevor sie zu Ende gesprochen hatte, aber nicht, bevor Tränen über ihre weißen Wangen zu laufen begonnen hatten. Er fischte rasch sein sauberes Leinentaschentuch aus seiner Rocktasche und drückte es ihr sanft in die Hand.

„Nie wieder. Ich gebe Euch mein Wort. Ich hätte Euch um alles in der Welt nicht so aufregen wollen, glaubt mir, aber ich konnte Roxton nicht damit konfrontieren ..."

„Nein. Ihr hattet recht, damit zu mir zu kommen. Julian darf nie erfahren, dass Ihr davon wisst. Er hat mit dieser Nacht und ihren Folgen jeden Tag seines Lebens leben müssen. Ich glaube immer noch, dass er sich selbst nicht vergeben hat, auch wenn sein Vater und ich es vor langer Zeit getan haben. Er gibt sich immer noch für die frühe Krankheit seines Bruders die Schuld. Aber wer kann sagen, dass Henri-Antoine auch ohne diese Umstände seiner verfrühten Geburt krank geworden sein könnte. Die Ärzte können es nicht. Trotzdem gibt Julian sich die Schuld daran." Sie packte Dairs Hand hart. „Kein Wort davon zu Shrewsbury. Versprecht es mir."

„Kein Wort. Ich muss nur die Identität von M'sieur Lucian von Euch bestätigen lassen, und Shrewsbury wird sich damit zufriedengeben."

Antonia seufzte erleichtert und nickte langsam. „Dieser M'sieur Lucian, er muss Evelyn sein... ich - ich freue mich, dass er lebt, aber... wie konnte er so grausam und gefühllos sein, seine Eltern, Monseigneur, mich, seine Familie, ihn all die Jahre für tot halten zu lassen? Weiß er, dass seine Eltern beide tot sind? Dass auch Monseigneur nicht länger bei mir ist?"

„Ja. Er hat mir ein wenig von seiner Geschichte erzählt. Er bat mich, Euch dies mitzuteilen, in der Hoffnung, dass Ihr ihn besser verstehen würdet und ihm vielleicht eines Tages vergeben könntet ..."

„Er ist ein Dummkopf! Warum sollte ich ihm nicht vergeben? Er ist mein Neffe."

Dair lachte, wurde dann wieder ernst und sagte leise:

„Er hat mir nicht erzählt, wie es dazu kam, aber er verbrachte viele Jahre wegen Verbrechen gegen das russische Kaiserreich inhaftiert. Er verlor jeden Kontakt zur Außenwelt. Als er schließlich freigelassen wurde, war er ein gebrochener Mann und wollte dann mit niemandem Kontakt aufnehmen, insbesondere nicht mit seiner Familie, der er große Schande bereitet hatte. Er glaubt, dass es für seine Eltern besser wäre, ihn zu betrauern, als zu wissen, was er war und was er durch die Geheimpolizei von Kaiserin Katharina hatte erdulden müssen. Aber das und noch viel mehr muss er Euch in seinen eigenen Worten und in Eurer Gegenwart sagen, sobald er nach England zurückgekehrt ist und Eure Erlaubnis hat, Euch aufzusuchen."

„Aber natürlich! Noch einmal. Er ist ein Dummkopf. Warum sollte ich mich weigern, ihn zu sehen? Auch Julian und Deborah werden ihn zu Hause willkommen heißen, da bin ich mir sicher. Und bitte, Ihr werdet mir erlauben, ihnen die Neuigkeiten mitzuteilen, *n'est-ce pas?*"

Dair drückte ihre Hand und verbeugte sich.

„Natürlich. M'sieur Lucian wird über die Nachrichten überglücklich sein. Und jetzt werde ich Euch Ruhe gönnen. Ich bin bereits zu spät für meine Unterhaltung mit Lord Shrewsbury ..."

Antonias feuchte Augen leuchteten auf. „Wo Ihr ihn um die Erlaubnis bitten wollt, meine Patentochter zu heiraten, ja?"

Dair nickte, seltsam überwältigt von der Freude über ihre Begeisterung.

„Um über die Rückkehr Eures Neffen nach England zu sprechen, und ..." Er wurde wider willens rot, was Antonia köstlich fand, „... um ihn um Rorys Hand zu bitten. Ich muss zugeben, dass ich mehr als nur ein wenig nervös bei dieser Aussicht bin."

„*Eh bien*! Aber, *mon cher*, es ist mit Sicherheit nur eine Formalität, da Rory volljährig ist."

„Es mag nur eine Formalität sein, aber es macht die Aufgabe nicht weniger schwierig. Rory liebt ihren Großvater sehr und deshalb ist seine Zustimmung notwendig."

„Er wird Euch nicht abweisen! Wie könnte er? *Warum* sollte er?"

Sie sprang vom Fensterplatz auf und schob ihren Arm durch seinen. Auf halben Wege über den Teppich wandte sie sich ihm zu und streckte ihm zum Abschied die Hand hin, und als er sich darüber beugte, zog sie ihn zu sich, um ihn auf die Stirn zu küssen und seine Wange zu berühren.

„Ihr werdet kommen und mich besuchen, nach Eurer Rückkehr, und mir alles erzählen, ja? Ich werde wach sein, das versichere ich Euch."

Wie konnte Dair zu dieser Begeisterung nein sagen? Er konnte es auch nicht erwarten, Rory mitzuteilen, wie glücklich ihre Patin über die Nachricht von ihrer Verlobung war.

„*Mme la duchesse, M'sieur le duc* ist eingetroffen", unterbrach der Butler sie und schickte zwei Lakaien in den Salon, einen, um das Teegeschirr abzuräumen, und den anderen, um ein schweres Silbertablett mit Kaffeekanne, -tassen und -untertassen und einen Teller mit Mandelkeksen an seine Stelle zu befördern.

Ein Hauch des berauschenden Aromas von starkem, schwarzen Kaffee war alles, was es brauchte.

Antonia schlug eine Hand über ihre Nase und Mund, um ein Würgen zu unterdrücken, raffte eine Handvoll ihrer Röcke zusammen und rannte durch den Raum, um hinter dem Wandschirm zu verschwinden.

# SIEBENUNDZWANZIG

Der Herzog schaute mit offenstehendem Mund und weit aufgerissenen grünen Augen zu, als seine Mutter vor ihm weglief, zwei ihrer Kammerfrauen hinter ihr her, und hinter dem Wandschirm in der Ecke ihres Salons verschwand. Ihre Zofe fuhr dann fort, die beiden Lakaien zu beschimpfen, ohne sich darum zu kümmern, wer noch im Raum war. Die Diener machten auf dem Absatz kehrt und flohen dorthin, wo sie hergekommen waren, Tassen und Teller klapperten dabei auf ihren Silbertabletts. Der Butler schaute ebenso erstaunt zu wie der Herzog, aber in anderer Art. Sein Gesicht über der weißen Krawatte war dunkelrot, er war sich bewusst, gerade einen *faux pas* begangen zu haben, von dem er sich sicher nie wieder erholen würde. Michelle wütete gegen ihn und nannte ihn einen Idioten, hatte sie ihm doch gesagt, dass Kaffee aus *Mme la duchesses* Nähe verbannt war! Der Butler versuchte ihr zu widersprechen, er hätte keine Wahl gehabt. Schließlich hatte *M'sieur le duc* persönlich den Kaffee bestellt, und wer war er, dass er seinem König in dessen Reich zuwiderhandeln dürfte? Michelle erwiderte, dass es ihr egal sei, ob es König Louis von Frankreich wäre, der mit ihrer Herrin einen *café au lait* trinken wollte, er könnte zum Teufel gehen! Erst, als diese Worte aus ihrem Mund kamen, wurde ihr klar, dass der Herzog neben ihr stand und mit einem raschen Knicks und einer gemurmelten Entschuldigung wandte auch sie sich ab und floh hinter den Wandschirm.

Daran gewöhnt, in einer disziplinierten und berechenbaren Umgebung mit wohlerzogenen, leisen Dienern zu leben, die sich angemessen benahmen, ob sie nun in seiner Gegenwart waren oder nicht, und wo sein

Wort Gesetz war, war dieses chaotische Umfeld für den Herzog unverständlich. Er hatte seine Mutter nie verstanden, und er empfand sie bestenfalls als einen winzigen Wirbelwind impulsiver Fröhlichkeit. Einen Herzschlag lang fragte er sich, ob sie in die Melancholie zurückgeglitten war, die sie nach dem Tod seines Vaters für drei Jahre in den Fängen gehabt hatte, weil ihr neuen Herzog für ein paar Monaten nördlich der Grenze abwesend war. Und seine augenblickliche und harte Reaktion war der Wunsch, dass Kinross sie mit nach Schottland genommen hätte, anstatt sie hier in seiner Nähe zu lassen. In dem Moment, als der Gedanke in ihm aufkam, wurde er jedoch bereits verbannt und durch ein solches Schuldgefühl ersetzt, dass er, bevor er sich dessen auch nur bewusst wurde, drei Zimmer weiter fort war, in einem kleinen Vorraum neben dem privaten Esszimmer seiner Mutter, der als Bibliothek benutzt wurde.

Dair hatte seinen Cousin am Ellenbogen genommen und dorthin geführt. Im Gegensatz zum Herzog hatte er die ganze Episode amüsant gefunden, besonders Roxtons Blick der totalen Verwirrung, als er erlebte, wie seine Mutter seiner Nähe entfloh, und die dramatische Reaktion ihrer treuen Diener auf ihre missliche Lage. Und bevor der Herzog Fragen stellen konnte, steckte er seinen Kopf in den Flur hinaus und ließ einen Lakaien das silberne Tablett mit dem Kaffeegeschirr zurückholen, weil er meinte, es läge jetzt genug Abstand zwischen ihnen und der Herzogin. Der Herzog sah so aus, als würde er eine Tasse starken Kaffees brauchen, wenn nicht etwas Stärkeres. Dair öffnete dann die beiden Fenster über dem Fenstersitz und hoffte, dass frische Luft das starke Kaffeearoma verfliegen lassen würde, bevor die Herzogin ihren Weg zu ihnen fand.

„Ich habe Shrewsbury gerade in der Gatehouse Lodge abgesetzt und dachte, ich würde kommen und sehen, wie *maman* sich eingelebt hat", sagte Roxton, da ihm sonst nichts einfiel, um das Schweigen zu brechen und seine Unbeholfenheit zu vertuschen. „Ich weiß, dass sie erst gestern zurückgekommen ist – du bist herzlich eingeladen, im großen Haus zu wohnen. Deborah und die Kinder würden sich freuen, dich zu sehen."

*„Merci, mon cousin"*, antwortete Dair auf Französisch und war nicht überrascht, als der Herzog verwirrt die Stirn runzelte, da er selbst nicht bemerkt hatte, dass er mit Dair in seiner ersten Sprache gesprochen hatte. „Die Herzogin war so freundlich, mich unterzubringen", fuhr er auf Englisch fort. „Es ist näher an der Lodge, was Shrewsburys Zwecken dient."

„Er sagte mir, er hätte mit dir Dinge zu besprechen ... Dein kürzlicher Aufenthalt in Portugal?"

„Ja", sagte Dair, ging aber nicht näher darauf ein und freute sich über die Unterbrechung, als ein Lakai mit der Kaffeekanne zurückkehrte.

Er lehnte es ab, sich dem Herzog auf eine Tasse anzuschließen, es kribbelte ihn, sich endlich zu verabschieden. Doch wollte er nicht hastig oder unhöflich erscheinen, daher wartete er ein paar Minuten, überzeugt, dass die Herzogin selbst auftauchen oder der Herzog in ihren Salon gerufen werden würde. In beiden Fällen würde er dann zur Gatehouse Lodge entkommen und das beängstigende Anliegen, um Rorys Hand zu bitten, erledigen können.

„War ... war hier alles in Ordnung, solange du hier warst ...?", fragte Roxton, hoffend, einen unbefangenen Ton zu finden.

Dair erkannte, dass der Herzog eigentlich nach seiner Mutter fragte. Da er wusste, dass sein geradliniger Cousin bezüglich des Zustands seiner Mutter völlig ahnungslos sein musste und in tausend Jahren eine solche Möglichkeit für ausgeschlossen halten würde - denn das passte zu der maßvollen Veranlagung des Edelmannes - beschloss Dair, dass dieser einen kleinen, inneren Schubs in die richtige Richtung bräuchte. Er genoss es auch ein wenig; er wollte das Gesicht des Edelmannes sehen, wenn sich in seinem Gehirn ein Rädchen zu drehen begann und ihm klar wurde, dass die Frau, die ihn vor über dreißig Jahren geboren und vor Kurzem wieder geheiratet hatte, von ihrem neuen, jüngeren Ehemann schwanger war.

„Völlig in Ordnung. Natürlich muss ich es dir nicht sagen", bemerkte Dair im Plauderton, „nachdem du vier Kinder hast und noch eines erwartest, dürftest du genau wissen, wie es ist. Zweifellos leidet die Herzogin unter Anfällen von morgendlicher Übelkeit. In den ersten Monaten der Schwangerschaft geht es ja vielen Frauen so, dass sie unerklärliche Abneigungen gegen Aromen und Düfte entwickeln, die sie sonst sehr lieben ..."

Der Herzog blinzelte verständnislos, doch als Dair nur dastand und ihn mit wissendem Schmunzeln anschaute, taumelte er zurück, als wäre er geschlagen worden, so groß war sein Schock. Dann, ohne ein Wort, drehte er sich auf dem Absatz um und schritt in Richtung des Salons seiner Mutter davon, als ob jemand ihm gerade mitgeteilt hätte, dass das Haus in Flammen stünde. Dair folgte ihm.

„Roxton! Julian! Warte doch! Deine Tasse! Gib mir deine Tasse!"

Der Herzog hielt an, schaute auf die Kaffeetasse in seiner Hand, drückte sie Dair in die Hand, schob dann den Brokatvorhang beiseite und verschwand im Salon seiner Mutter. Dair lächelte immer noch über den Blick des völligen Unglaubens auf dem Gesicht seines edlen Cousins über die Nachricht von der Schwangerschaft seiner Mutter, als er zwanzig Minuten später in die kleine Eingangshalle der Gatehouse Lodge eingelassen wurde.

Rory saß auf der vorletzten Stufe der Treppe und wartete auf ihn.

Die Anwesenheit des Butlers hinderte das Paar daran, sich anders als nur höflich zu begrüßen. Dair nickte und Rory, deren eine Hand auf dem polierten Geländer lag, knickste. Doch der Blick und das Lächeln, die sie tauschten, sagte alles. Sie waren sehr aufgeregt und angespannt vor Aufregung und freudiger Erwartung. Beide hatten sich sorgfältig gekleidet und wollten, dass dieser Stunde gebührliche Achtung zuteilwürde. Schließlich verlobte sich nicht jeden Tag ein Paar und in den gesellschaftlichen Kreisen, zu denen sie gehörten, war es selten, dass ein solches Paar sich innig liebte.

Als der Butler im Arbeitszimmer verschwand, um zu sehen, ob seine Lordschaft bereit wäre, seinen Gast zu empfangen, waren sie ein paar Augenblicke allein. Beide ergriffen die Gelegenheit. In zwei langen Schritten war Dair am Fuße der Treppe. Er zog Rory an sich und sie schlang ihre Arme um seinen Hals.

Dair konnte sich nicht daran erinnern, jemals so glücklich gewesen zu sein wie an diesem Tag. All seine früheren Ängste die Ehe betreffend, darüber, die richtige Frau zu finden, die seine Zukunft teilen sollte, noch viel weniger, eine Seelenverwandte zu finden, waren verflogen, und all das nur dank des göttlichen Geschöpfs in seinen Armen. Er hatte keinerlei Zweifel. Er hoffte, dass das gleiche für sie galt. Daher erschrak er, als das Lächeln auf Rorys erhobenem Gesicht, nachdem sie sich geküsst hatten, zu einem Schmollen wurde.

„Ist – bist du – ist alles in Ordnung?"

„Ich bin mir nicht sicher... Du musst mich noch einmal küssen. Ich bin nicht davon überzeugt, dass ich dich ohne Bart mag."

Er unterdrückte ein Lachen und entspannte sich sofort, um ihr ins Ohr zu flüstern: „Und ich wollte dir die Gelegenheit geben, einen anderen Gentleman zu küssen ... du könntest mir dann verraten, welchen der beiden du lieber auf deine Hochzeitsreise mitnehmen möchtest."

Sie schnappte nach Luft und kicherte dann.

Er hielt sie an den Händen und machte einen Schritt nach hinten, um sie von oben bis unten zu mustern. Ihm gefiel das Kleid, das sie trug, sehr. Über einem Hemd aus feinstem, cremefarbenen Leinen lag ein loses, rosa-lavendelfarbenes Kleid aus schimmernder Seide mit einer breiten Rüsche am Saum und ebenso an den beiden Ärmeln. Es umschmeichelte ihre schlanke Gestalt, von den kleinen Brüsten bis zur schmalen Taille, um sich an den Hüften zu öffnen und die cremefarbenen Leinenunterröcke zu zeigen. Auch ihr hüftlanges strohblondes Haar war sorgfältig frisiert, aus ihrem Gesicht zurückgekämmt und locker auf ihrem Kopf aufgesteckt und mit Bändern befestigt, während der größte Teil seines Gewichts ihr über den Rücken hinabfallen durfte. Und ihre Schuhe passten natürlich zu ihrem Kleid. Alles in allem war sie so schön und strahlend, und wie er sich eine Braut an ihrem Hochzeitstag vorstellte. Er wünschte, sie würden gleich vor den Pfarrer treten können.

Er küsste schnell ihre eine Hand, dann die andere, als er hörte, wie die Tür hinter ihm sich öffnete und er sie losließ; leise sagte er: „Du siehst so schön aus. Schicke nicht nach einem anderen Kleid. Trage dieses zu unserer Hochzeit. Die Farbe passt perfekt zu dem Saphir, den ich dir gegeben habe."

Rory strahlte vor Glück, so sehr, dass ihre blauen Augen sich mit Tränen füllten. Sie konnte nur lächeln und nicken, um ihm zu antworten, als er bat:

„Wartest du hier auf mich ...?"

Als Dair dem Butler in das Arbeitszimmer ihres Großvaters folgte, sank sie zurück auf die Stufe, um zu warten, ohne sich bewusst zu sein, dass sie mit dem ungewohnten, aber tröstlich anwesenden, blass lavendelfarbenen Saphirverlobungsring spielte.

Die Besprechung dauerte viel länger, als Rory erwartet hatte. Mehr als einmal erkundigte sich der Butler, ob er ihr ein Glas Wein oder eine Tasse Tee und einen Keks bringen sollte. Aber Rory war zu nervös, um zu essen oder zu trinken. Sie versuchte, nicht auf Geräusche zu hören, und es war unmöglich, Stimmen oder Gespräche zu hören, aber ein oder zwei Mal drang lautes Gelächter durch die mit Eiche getäfelte Tür. Dann war sehr lange Zeit nichts zu hören und Rory begann einzuschlafen. Es war jetzt sehr spät und sie hatte auf der Schwaneninsel einen so großartigen Tag gehabt, einen so bedeutsamen, dass es jetzt in der Dunkelheit eines späten Abends fast schien, als wäre es ein Traum gewesen.

Sie schlief schon, gegen das Geländer gelehnt, als sie in ihrem traumverlorenen Zustand bemerkte, dass die Tür zum Arbeitszimmer ihres Großvaters weit aufgerissen wurde und der Mann, den sie liebte, in die Eingangshalle trat. Auf seinen Fersen folgte ihr Großvater. Warum konnte sie nicht aufwachen? Ihr Kopf war so schwer. Ihr Großvater sprach mit ihr, und obwohl sie seine Worte hörte und instinktiv tat, was er sagte, konnte sie sich nicht genau erinnern, was er sagte. Sie stand auf und er bot ihr seinen Arm an. Doch als er sich von der Treppe abwandte, war da ihr zukünftiger Ehemann. Er stand in der Mitte der Halle, und die Haustür war weit offen. Sie wollte den kleinen Abstand überqueren, der sie trennte, doch ihr Großvater hielt sie an seiner Seite fest und sein Griff um ihren Arm fühlte sich an wie ein Schraubstock. Erst da erkannte sie, dass sie gar nicht träumte. Sie war hellwach und nichts und niemand schien verständlich zu sein.

FAST EINE STUNDE ZUVOR, ALS DER BUTLER MAJOR LORD Fitzstuart bei seiner Lordschaft meldete, hatte Lord Shrewsbury seinen besten Agenten wie immer fröhlich und wohlgelaunt begrüßt. Er war immer ehrlich erfreut, den jungen Mann zu sehen, und erleichtert, dass er seine letzte Aufgabe unbeschadet überstanden hatte. Er wusste das meiste von dem, was in Lissabon geschehen war aus Dairs verschlüsseltem Bericht, den dieser geschickt hatte, sobald er in Portsmouth gelandet war. Er wusste auch, dass die wichtigsten Informationen nicht schriftlich erfolgen würden, sondern in einem mündlichen Bericht. Am meisten wollte er den Namen des Doppelagenten in seinem eigenen Geheimdienst erfahren; einen Namen, den zu erfahren der Major den ganzen Weg bis nach Portugal gereist war.

So war er bitter enttäuscht, als Dair ihm unverblümt sagte, dass er den Namen nicht nennen, sondern dass er die Person beibringen könnte, die ihm den Namen zu geben in der Lage wäre, dass aber Bedingungen daran geknüpft seien. Wann war das je anders gewesen?, räumte Shrewsbury ein.

Die beiden nippten Portwein aus schönen Kristallgläsern; Portwein, den der Major in Kisten aus Lissabon mitgebracht hatte, während Dair alles berichtete, was sein Kontaktmann, M'sieur Lucian, ihm erzählt hatte. Shrewsbury war am meisten überrascht und fasziniert, als er entdeckte, dass dieser M'sieur Lucian tatsächlich der von den Toten auferstandene Erbe des Earls von Stretham-Ely und der Cousine des Herzogs von Roxton war. Er interessierte sich umso mehr dafür, dass der verlorene Erbe selbst ein Spion gewesen war, und fragte sich, welche Informationen er ihm über den Hof der Kaiserin Katharina anbieten konnte. Natürlich stimmte er den Bedingungen des Mannes für seine Rückkehr nach England zu und sagte Dair, dass er Watkins für M'sieur Lucians sofortige sichere Heimreise sorgen lassen würde.

Die Erwähnung von William Watkins lenkte das Gespräch von Lissabon ab und zurück nach England. Aus Höflichkeit fragte Dair nach der gebrochenen Nase des Wiesels, worüber Shrewsbury herzhaft lachte und sagte, es sei an der Zeit, dass sein Sekretär von seinem hohen Ross geholt würde und dorthin zurückkehrte, wo er hingehörte, in das Hinterzimmer inmitten eines Berges von Papieren, wo er am wenigsten Schaden anrichten konnte. Eine Sekunde lang hatte Dair Mitleid mit dem Sekretär, doch das verflog rasch, als ihm wieder einfiel, warum er ihn überhaupt auf die Nase geschlagen hatte. Shrewsbury dachte in die gleiche Richtung und ließ Dair überrascht denken, er könnte Gedanken lesen, als er unverblümt sagte:

„Ich möchte, dass Ihr vergesst, warum Ihr Mr. Watkins' Nase gebrochen habt. Am besten, wenn die Leute glauben, dass es ein Streit zwischen zwei Männern wegen einer Wette war – es ist mir egal, was für eine Wette – solange der Name meiner Enkelin nie erwähnt wird."

„Das wird nie geschehen, Sir."

Der alte Mann starrte Dair weiter an, als ob er erwartete, dass er mehr über den Vorfall sprechen würde, aber Dair schwieg, und Shrewsbury sagte mit leiser Stimme:

„Grasby erzählte mir alles darüber, was im Physic Garden geschah. Er sagte mir auch, dass er sich geirrt haben müsste, als er dachte, er hätte Euch in engem Kontakt mit meiner Enkelin gesehen. Natürlich waren wir uns beide einig, dass dies Unsinn war. Grasby sagte, die Sonne in seinen Augen müsste ihm einen Streich gespielt haben ..." Shrewsbury musterte Dair sichtlich aufgewühlt von oben bis unten. „Ihr mögt ein Frauenheld sein, der sich für Tänzerinnen, Huren und fremdgehende Frauen anderer Männer interessiert - viel Glück dabei - aber wir waren uns einig, dass Ihr keine jungen Mädchen verführt ..."

„Sir, ich ..."

„... keine jungen Mädchen von guter Geburt ..."

„Sir, ich ..."

„... vor allem nicht die Schwestern Eurer besten Freunde, wie sehr Watkins auch versuchen möchte, uns vom Gegenteil zu überzeugen. Mein Sekretär hat Euch immer für einen hirnlosen, triebgesteuerten Mistkerl gehalten und ich würde nur ungern glauben, dass diese Einschätzung tatsächlich irgendeine Grundlage hätte. Aber Ihr habt mich in der Vergangenheit nie im Stich gelassen und ich weiß, Ihr werdet das auch jetzt nicht tun. Ihr habt sehr schön alles über diesen Vorfall in Romneys Atelier vergessen und ich weiß, Ihr werdet jetzt dasselbe tun, was Watkins' idiotischen Versuch betrifft, meiner Enkelin einen Antrag zu machen." Shrewsbury schüttelte den Kopf. „Die absolute Dummheit dieses Mannes ist unfassbar. Was glaubte er, was passieren würde? Was dachte er, wie meine Enkelin reagieren würde? Wie konnte er sich je einreden, dass er ihrer würdig wäre?"

Dies waren offensichtlich rhetorische Fragen, die keiner Antwort bedurften, daher blieb Dair stumm. Als Lord Shrewsbury die Karaffe hob, schüttelte Dair den Kopf und schaute zu, wie er sein Glas füllte und die Karaffe wieder auf das Tablett neben sich abstellte. Er hielt es für das Beste, Lord Shrewsbury ausreden zu lassen, in der Hoffnung, dass er, nachdem er wegen des erbärmlichen Benehmens des Wiesels Dampf abgelassen hatte, geneigter sein würde, sich Dairs Heiratsantrag anzuhören. Schließlich waren er und das Wiesel in jeder Hinsicht, Gestalt und Auftreten, wie Feuer und Wasser!

„Es ist ein verdammter Jammer, dass ich seine Fähigkeiten beim Erfinden und Entziffern von Verschlüsselungen brauche, sonst wäre ich ihn in dem Moment losgeworden, als ich von seinem widerwärtigen Benehmen erfuhr", vertraute Shrewsbury ihm an, noch immer mit allen Gedanken bei diesem Thema. „Er mag Grasbys Schwager sein, aber das gibt ihm kein Recht, auch nur in irgendeiner Weise an meine Enkelin zu *denken*! Und selbst, wenn ich einen Ehemann für sie suchen wollte, der letzte Ort dafür wäre Billingsgate! Sein Großvater war ein Fisch- händler, um Gottes willen! Während ihrer - *ich* - ein Earl ist! Hätte seine Schwester nicht eine Mitgift von fünfzigtausend Pfund gehabt, würde sie noch immer nach Fisch stinken. Wo wir von meiner lieben Schwiegerenkelin sprechen, mein Enkel und seine liebe Frau sollen morgen hier eintreffen. Ich sagte ihnen, sie sollten Watkins keinen Platz in der Kutsche anbieten; er verdient es, draußen im Kalten zu sitzen. Eine passende Strafe für seine grässliche Anmaßung. Außerdem, wenn es etwas zu feiern gibt, dann nur für die *Familie*."

Die Augen des alten Mannes leuchteten auf und er rieb sich fröh- lich die Hände. Er konnte die Aufregung in seiner Stimme nicht unter- drücken.

„Grasby hat einige Neuigkeiten... Neuigkeiten! Er wollte nichts dazu schreiben. Er sagte, er müsste es mir selbst sagen. Ich sage Euch, mein Junge, ich bete, dass seine Frau schwanger ist - *endlich*! Ich werde nicht jünger, und auch die Frau meines Enkels nicht! Drei Jahre verhei- ratet und noch nichts vorzuweisen. Na, wenn Ihr heiraten würdet, schätze ich, würdet Ihr Eure Frau in einem Monat, wenn nicht in einer Woche, schwängern! Ihr habt ja schon bewiesen, dass Ihr ein Kind zeugen könnt. Aber ich tadele Grasby nicht. Sondern sie. Gedankenlo- ses, lästiges Geschöpf ... Wenn Ihr meinen Rat annehmen wollt, heiratet eine Witwe mit Kindern. Eine hübsche, junge Witwe, aber eine mit Kindern, damit Ihr wisst, dass sie Kinder haben kann. Wenn ich besser darüber nachgedacht und mir nicht von dem Vermögen des Fischhändlers den Kopf hätte verdrehen lassen, hätte ich meinem Enkel eine nette, fruchtbare Witwe ausgesucht."

Als der Herr der Spione innehielt, um an seinem Portwein zu nippen, nahm Dair an, es wäre der richtige Moment und Shrewsbury in der richtigen Laune, dass er das Thema seiner eigenen Ehe anschneiden könnte.

„Zufällig, Sir, habe ich selbst wichtige Neuigkeiten, die ich Euch mitteilen möchte.

Der alte Mann setzte sich sehr aufmerksam auf und Dair ertappte sich dabei, wie er sich räusperte. Trotzdem schaffte er es, seine tiefe Stimme ruhig und gelassen klingen zu lassen.

„Ich habe beschlossen, dass es an der Zeit ist, in Grasbys Fußstapfen zu treten und zu heiraten.“

Shrewsburys Gesicht verzog sich zu einem Grinsen und er schlug sich vor Freude auf das seidenbedeckte Knie.

„Beim Jupiter, das sind wirklich ausgezeichnete Neuigkeiten, mein Junge! *Ausgezeichnete* Neuigkeiten!“

„Vielen Dank, Sir. Eure Unterstützung bedeutet mir - *uns* - die ganze Welt. Ich habe an Lord Strathsay und an seinen Verwalter geschrieben, ihnen meine Nachrichten mitgeteilt und die notwendigen Vorkehrungen getroffen, damit ich die Verwaltung der Familiengüter übernehmen kann. Und meine Mutter wurde über meine Absichten und die Notwendigkeit informiert, dass sie Fitzstuart Hall verlassen und sich im Witwensitz niederlassen muss. Natürlich nicht sofort, aber es müssen Vorkehrungen getroffen werden, damit meine Frau ihre Stellung als Dame des Hauses einnehmen kann.“

„Also ist diese Ehe kein ganz neuer Gedanke? Ihr denkt schon länger über diese Idee nach?“

„Das ist schwer zu beantworten. Hättet Ihr mit mir bei meiner Rückkehr aus dem Krieg gewettet, dass ich innerhalb von zwölf Monaten heiraten würde, hätte ich keinen Penny auf diese Möglichkeit gesetzt.“ Er zuckte mit den Schultern und lächelte verlegen. „Aber zum Glück richtet sich das Leben nicht nach dem Wettbuch, nicht wahr, Sir? Was mich zu meiner Bitte bringt, aus meinen Verpflichtungen im Dienst entlassen zu werden. Ich bin sicher, dass Ihr meine Meinung teilt, dass ich mit Frau und Familie und einem Besitz, den ich verwalten muss, nicht weiter als Euer Agent tätig sein kann.“

„Nein. Das ist völlig verständlich. Die Ehe ist mit einer Reihe von Verpflichtungen und Verantwortung verbunden, insbesondere für einen Mann in Eurer Stellung, der eines Tages den Titel seines Vaters erben wird. Es gefällt mir überaus, dass Ihr das ernst nehmt. Es gibt einige in unseren Reihen, die die Ehe nicht mit der Würde behandeln, die sie verdient. Nicht, dass ich dafür plädiere, dass Ihr Eure Gelübde wörtlich nehmt. Ihr müsst kein lästiger Pharisäer werden bei Eurer

Heirat; weit davon entfernt. Aber ich rate Euch, keine Zeit zu verlieren oder Eure Mätresse zu schwängern, bevor Eure Braut nicht schwanger ist. Wenn Ihr das geschafft habt, könnt Ihr zu Eurer Mätresse oder jedem Rock, der Euch gefällt, zurückkehren, im guten Gewissen, Eure Pflicht erfüllt zu haben. Wenn Eure Braut ein vernünftiges, angenehmes Geschöpf ist - und ich gehe davon aus, dass Ihr eine solche gewählt habt - wird sie froh sein, ihre Ruhe zu haben. Wer ist denn die ...“

„Ich muss um Verzeihung bitten, Sir, aber ich muss Euch versichern, dass ich jede Absicht habe, meine Ehegelübde ernst zu nehmen, denn was ist sonst ...“

Der alte Mann wehrte Dairs Eifer mit einer Handbewegung ab.

„Junge Männer meinen es gut, aber lasst mich aus Erfahrung sagen, dass es selten, wenn überhaupt je, geschieht, dass wir treu bleiben. Es liegt nicht in unserer Natur. Offen gesagt, warum sollten wir auch? Die Frauen tragen die Last, unseren Samen auszutragen, und daher sind sie es, die verdammt noch mal uns treu zu sein haben! So hat Gott Adam und Eva erschaffen, und das ist das letzte Wort dazu.“

„Sir, das ist nicht die Art von Ehe, die ich führen will. Der Herzog von Roxton ist ein treuer Ehemann, wie sein Vater vor ihm. Sie sind mein Maßstab für das, was einen guten Ehemann, einen guten Vater und eine Ehe ausmacht, die es wert ist, sie zu führen.“

Shrewsbury war abweisend.

„Beides Ausnahmen! Und lasst Euch von mir sagen, der alte Roxton war ein lüsterner Bock, bevor er dem Zauber dieses göttlichen Geschöpfs verfiel, das er geheiratet hat! Er wurde aus gutem Grund der edle Satyr genannt, mein Junge, und ich sollte es wissen. Er lief jedem hübschen Rockzipfel hinterher, der ihm in unseren Tagen in Eton ins Auge fiel.“ Er beugte sich in seinem Sessel vor, als wollte er nicht belauscht werden, und kicherte wissend. „Nach dem, was ich von Euren Bettgeschichten höre, könntet Ihr gut in Roxtons Fußstapfen treten. Also falls Ihr nicht eine ebenso seltene und prachtvolle Schönheit wie Eure Cousine Antonia zum Heiraten gefunden habt, was ich sehr bezweifle, würde ich mir wegen einer solchen Kleinigkeit wie Treue keine schlaflosen Nächte bereiten lassen. Glaubt mir, Eure Braut wird das ebenso wenig tun.“ Er richtete sich auf. „Wer ist also das glückliche Geschöpf? Eine Erbin, daran zweifele ich nicht. Eines der Spencer-Mädchen oder eine von Deborah Roxtons Cavendish-Verwandten? Oder habt ihr unwissentlich meinen Rat befolgt und Euch eine fruchtbare junge Witwe gesucht? Kein Grund, Euch etwas zu beweisen, nicht wahr? Wie viele Gören hat Eure Mätresse Euch bis jetzt geboren? Vier, oder sind es fünf? Lauter gesunde Söhne, noch dazu. Mit Eurem Glück werdet Ihr Eure junge Frau schwanger wissen, bevor die Sonne auch nur aufgeht!"

„Ich habe einen leiblichen Sohn, Sir", sagte Dair mit beherrschter Stimme und umklammerte die gepolsterte Armlehne des Sessels, um ruhig zu bleiben. Er kochte vor Wut. „Seine Mutter ist seit fast neun Jahren treu verheiratet. Ihre vier jüngeren Söhne sind von ihrem Ehemann."

„Ja. Ja. Wenn Ihr das sagt, mein Junge. Ich habe keinen Anlass, mir über Bastarde Gedanken zu machen. Wenn es ihren Mann tröstet zu glauben, dass die Bälger ihm ..."

„Sir! Mylord! Mrs. Banks ist keine Ehebrecherin, und ich bin kein Lügner!"

Dair war aufgesprungen. Nur die Achtung, die er dem Herrn der Spione entgegenbrachte, hatte ihn seinen Zorn so lange beherrschen lassen. Er hatte ihn nicht beleidigen wollen. Jetzt war es ihm völlig gleichgültig.

„Ich bin nicht hierhergekommen, um Vorträge über die Institution der Ehe zu hören oder darüber, wie ich mich als Ehemann verhalten sollte. Ich brauche Euren Rat nicht und auch Eure gute Meinung kümmert mich nicht sehr, denn es scheint, dass Ihr ohnehin nicht viel von meinem Charakter haltet.

„Ich habe die Hölle auf Erden, die meine Eltern in ihrer Ehe durchlebten, mit eigenen Augen gesehen, daher weiß ich recht wohl, wie ich mich als Ehemann und Vater *nicht* verhalten sollte. Aber ich erkenne auch eine liebende Ehe, wenn ich sie sehe, und mit Hilfe der Frau, die ich liebe, beabsichtige ich, diese Art von Ehe zu führen, diese Art von Ehemann und Vater zu werden, auf den meine Frau und meine Kinder stolz sein können. Ich liebe Eure Enkelin von ganzem Herzen und würde niemals etwas tun oder sagen, um ihr Glück oder unsere Ehe zu zerstören. Das kann ich Euch versichern. Ich bin völlig ehrlich dabei. Um Rorys willen bitte ich um Euren Segen zu unserer Verbindung. Ich hoffe, Ihr werdet ihn gern geben und sie glücklich machen. Sie wartet draußen im Foyer. Soll ich sie holen, damit Ihr es ihr selbst sagen könnt ...?"

Lord Shrewsbury erhob sich langsam aus seinem Ohrensessel am Feuer, während Dair sich noch mitten in seiner ernsthaften Rede befand, überrascht von dem untypischen Temperamentsausbruch des jungen Adligen, aber bereit, ihm eben deshalb zu vergeben; der Junge war noch nie so unhöflich gewesen. Doch er war nicht darauf vorbereitet gewesen, Rorys Namen so vertraulich von den Lippen des Majors fließen zu hören und schockiert sank er in seinen Sessel zurück.

In tausend Jahren hätte er nicht vermutet, seine Enkelin könnte ein romantisches Gefühl für *irgendeinen* Mann entwickeln, geschweige denn für diesen Mann. Warum hatte er das nicht kommen sehen? Warum war er den Warnsignalen für eine geheime Zuneigung gegenüber nicht misstrauischer gewesen? Warum hatte keiner seiner Diener, seiner Agenten, ihr eigener Bruder, es auch nicht gesehen und ihn gewarnt? Die einzige Person, die auf Major Lord Fitzstuarts Interesse an Rory hingewiesen hatte, war William Watkins, und dummerweise hatte er die Unterstellungen des Mannes als lächerlich und von Eifersucht angestachelt abgetan.

Er war völlig verblüfft und konnte es nicht glauben.

Warum sollte ein Mann der Tat, ein ordensgeschmückter Soldat und ein Spion, ein Mann, der sein Leben riskierte, als ob es ihm nichts bedeutete - ein Mann, dessen Männlichkeit dazu führte, dass einige Frauen bei seinem Anblick in Ohnmacht fielen - warum sollte ein solcher Mann an seiner Enkelin interessiert sein? Seine geliebte Rory war ein naiver Krüppel und verließ selten das Anwesen ihrer Familie. Auf ihre eigene Art war sie hübsch, mit den hellen Haaren ihrer norwegischen Mutter und seinen tiefblauen Augen, aber sie war nicht so schön, dass sie das wandernde Auge des heißblütigen Major Lord Fitzstuart hätte auf sich lenken können. Sie war keine Antonia Roxton Kinross, keine üppige Schönheit, die das Blut eines Mannes mit einem Blick in Wallung bringen konnte.

Es ergab für ihn einfach keinen Sinn, und so sagte er es Dair in ebenso vielen Worten, obwohl seine Rede manchmal stockte und unverständlich wurde. Trotzdem war seine Ungläubigkeit offensichtlich, ebenso wie sein Widerstand gegen die Verlobung des Paares. Er verbot sie. Er würde seinen Segen nicht geben. Seiner Meinung nach war Rory weder geistig noch körperlich in der Lage, jemanden zu heiraten. Die Idee, dass dieser lüsterne Schürzenjäger mit seiner unschuldigen Enkelin schlafen könnte, bereitete ihm körperliche Übelkeit. Wenn es nach ihm ginge, würde Rory Jungfrau bleiben und den Rest ihrer Tage als seine Begleiterin verbringen, um als alte Jungfer zu sterben.

Dair war angesichts Shrewsburys gewaltigem Widerstand ebenso ungläubig, der sich nicht nur auf seine Heirat mit Rory bezog, sondern auf die Vorstellung, dass sie überhaupt heiraten könnte. Es wurde bald klar, dass der alte Mann einen so großen Schock erlitten hatte, dass es sinnlos war, an diesem Abend weiter mit ihm zu streiten. Doch er erwartete, dass Shrewsbury ein tapferes Gesicht aufsetzen würde, um seine Enkelin nicht zu enttäuschen. Ganz gleich, was er von dieser Verlobung hielt, Dair würde Rory heiraten, mit oder ohne seinen Segen.

„Immerhin ist sie zweiundzwanzig und braucht Eure Zustimmung nicht", sagte Dair unverblümt. „Wir können ohne Euren Segen heiraten, aber um ihres Glücks willen hätte ich ihn lieber."

Shrewsbury ließ sich nicht besänftigen. Der Schock wich Wut und Groll. Er schlug auf die Armlehnen seines Sessels, sprang wieder auf und blieb diesmal stehen.

„Ich werde ihn nicht geben! Nie und nimmer. Ihr könnt doch nicht ernsthaft erwarten, dass ich glaube, dass Ihr sie heiraten wollt? Ha! Das ist doch nur ein Scherz! Ein verdammt schlechter, aber ein Scherz! Wie viel habt Ihr darauf gesetzt, dass ich mich von Euch hinters Licht führen lasse? He?" Als Dair sein Gesicht bei dieser Vorstellung voller Abscheu verzog, stieß Shrewsbury ein barsches Lachen aus. „So gut habt Ihr noch nie geschauspielert, Fitzstuart! Aber ich lasse mich nicht zum Narren halten! Ich weiß alles über Eure widerliche Wette, mit einem Krüppel ins Bett zu gehen. Watkins hat mir gesagt ..."

„Wie bitte? Ich habe nie ..."

Dair unterbrach sich. Er konnte Shrewsburys fast unglaubliche Behauptung nicht widerlegen, weil sie wahr war. Er hatte eine solche Wette angenommen, aber er war völlig betrunken gewesen und es war Jahre her. Er versuchte sich an die genauen Umstände zu erinnern, unter denen er einer solch verabscheuungswürdigen Herausforderung zugestimmt hatte. Er war mit einer Gruppe anderer Offiziere in einem Bordell in Covent Garden gewesen, oder war es ein türkisches Bad? War er neunzehn oder zwanzig Jahre gewesen? Egal, alles, woran er sich erinnerte, war, dass sie so stockbetrunken gewesen waren, dass er jede Wette angenommen hätte, die ihm vorgeschlagen wurde, egal wie teuflisch und unmöglich. Nur, weil er seine Kameraden nicht enttäuschen konnte. Irgendwie war die Wette im Wettbuch bei White's eingetragen worden. Er vermutete, dass William Watkins etwas damit zu tun gehabt hatte. Aber das war schon so lange her ...

„Das hat mit hier und heute überhaupt nichts zu tun", fuhr er auf. „Ich bedauere es zutiefst, mich auf eine solch absurde Wette eingelassen zu haben, aber wenn Ihr die Umstände kennen würdet ..."

„Das macht nicht den geringsten Unterschied. Ihr habt vor Zeugen damit geprahlt und das ist alles, was zählt. Ob Ihr vorhattet, das zu tun, ist mir völlig einerlei. Es könnte mich nicht weniger interessieren, aber für meine Enkelin würde es viel ausmachen."

Dair war so entsetzt, dass er nicht sprechen konnte.

Shrewsbury wirkte äußerst selbstzufrieden bei dieser Reaktion.

„Verzichtet auf diese lächerliche Verlobung und sie wird von mir nichts über diese Wette hören ..."

Dair machte einen letzten Versuch, Shrewsbury zur Vernunft zu bringen.

„Sir, ich liebe Rory mit jeder Faser meines Wesens. Ich möchte sie heiraten, für sie sorgen, sie für den Rest meiner Tage ehren ...“

Der alte Mann ließ sich nicht überzeugen. Er verstand Paare, die aus Liebe heirateten, nicht. Seine Frau war ihm von seinem Vater ausgesucht worden und er hatte die Frau seines Enkels gewählt. Eltern wussten, welcher Partner für ihre Kinder am besten war. Sein Sohn hatte törichterweise aus Liebe geheiratet und das hatte in einer Katastrophe für alle Beteiligten geendet. Rory war das Kostbarste, das er auf der Welt hatte und er würde sie nie der Qual und dem Herzschmerz einer Liebesbeziehung aussetzen, noch würde er sie aufgeben. Und das sagte er Dair, völlig unberührt von der offenen, aufrichtigen Erklärung dessen Gefühlen.

Dair seufzte, weil er es nicht verstehen konnte und hob ungeduldig eine Hand.

„Eines Tages werde ich der Earl von Strathsay sein und sie meine Gräfin. Sicher müsste Euch das doch etwas bedeuten, wenn schon nichts anderes von dem, was ich gesagt habe?“

„Schon. Das spricht ebenso gegen Euch. Sie ist nicht in der Lage, als Ehefrau eines Adligen in der Gesellschaft aufzutreten. Schon so drehen sich genug Köpfe, wenn sie in einen Raum gehinkt kommt, und nicht im Guten. Stellt sie Euch an *Eurem* Arm vor. Was für ein Schauspiel! Was für eine - eine *farce*. Sie kann nicht einmal tanzen, um Himmels willen! Ihr werdet sie zum Gespött der Leute machen und das lasse ich nicht zu. Es würde mein Herz brechen, und ihres dazu.“

Dair schüttelte ungläubig den Kopf.

„Ihr empfindet so wenig Achtung für sie und dafür, wozu sie wirklich fähig ist, dass Ihr nicht über das Offensichtliche hinaussehen könnt. Sie ist kein fehlerhafter Diamant, der wegen eines winzigen Defekts in einer Samtschachtel aufbewahrt werden muss, damit ein minimaler Fehler nicht auffällt. Sie ist ein prachtvolles, einzigartiges Juwel, dessen wahrer Wert erstrahlen dürfen sollte. Lasst sie ihren Platz an meiner Seite einnehmen und schaut zu, wie sie funkeln wird. Sie verdient nichts weniger vom Leben. Und dieses Leben ist an meiner Seite.“

Shrewsbury konnte die Anmaßung dieses jungen Mannes nicht glauben. Sich eine Predigt über den Menschen, den er auf der Welt am meisten liebte, anhören zu müssen, ließ sein Gesicht vor Wut rot anlaufen.

„Funkeln? Mumpitz!“, fauchte der alte Mann. „Sie wird nicht strahlen, sie wird verwelken und sterben, so sicher, wie Ihr zu Euren Huren und Euren rücksichtslosen Dummheiten zurückkehren werdet, sobald Ihr sie gehabt habt! Gott weiß, welcher perverse Lustdämon Euch dazu bringt, eine Kreatur heiraten zu wollen, die die Treppe auf der anderen Seite dieser Tür ebenso wenig hinaufsteigen könnte, wie sie fliegen kann! Ich weiß alles über Männer wie Euch. Niemand ahnt etwas, aber tief in Eurem Inneren habt Ihr unnatürliche Wünsche, Neigungen und Triebe, die, wenn ihnen erlaubt wird, an die Oberfläche zu sprudeln, unermesslichen Schaden anrichten können, der nie wieder gutgemacht werden kann! Das werde ich nie wieder zulassen, nicht bei ihr. Findet anderswo eine lahme Frau. In Covent Garden gibt es ein Freudenhaus, das für solche Perversionen ausgestattet ist ...“

„Genug!“, knurrte Dair, wirbelte vom Kamin weg, wo er mit gesenktem Kopf den Kaminsims umklammert gehalten hatte, um sich davon abzuhalten, Shrewsbury an die Gurgel zu gehen. „Ich habe genug von Eurem zotigen Geschwätz gehört! Wäret Ihr nicht ihr Großvater, würde ich Euch den dreckigen Mund mit meiner Faust stopfen!“

Er holte tief Luft und erinnerte sich daran, dass Shrewsbury siebzig Jahre alt war, und es die Liebe zu seiner Enkelin war, die ihn dazu brachte, irrationale und absurde Dinge zu sagen. In diesem emotional aufgeladenen Zustand war es sinnlos, weiter mit ihm zu streiten. Er beschloss, dass der alte Mann Zeit brauchte, um sich mit seinem Antrag anzufreunden. Er hoffte, dass Shrewsbury bis zum Morgen einsehen würde, dass es das Beste für Rorys Glück wäre, der Verbindung seinen Segen zu geben. Wenn sich der alte Mann als unbeirrbar erwies, würde die Heirat ohne ihn stattfinden, und je früher, desto besser.

An diesem Abend gab es für ihn hier nichts mehr zu tun. Doch der Gedanke, aus dem Arbeitszimmer zu gehen und Rory auf der Treppe zu sehen, lächelnd vor Glück, die blauen Augen voll freudiger Erwartung, war fast zu viel für ihn und er wünschte, er könnte aus einem Fenster klettern und wie ein Dieb in der Nacht durch den Park verschwinden. Dennoch, ein Feigling war er nicht. Aber wie sollte er ihren zu erwartenden Kummer lindern, wenn sie erfuhr, dass ihr Großvater seinen Antrag zurückgewiesen hatte? Er musste ihr ein Wort oder einen Blick schenken, bevor ihm die Tür gewiesen wurde, damit sie wusste, dass er entschlossen war, sie zu heiraten, und keine Opposition dulden würde.

„Ich sage gute Nacht“, sagte er ruhig. „Doch morgen früh werde ich zurückkommen ...“

„Das wäre weder klug noch willkommen.“

„Ich werde trotzdem kommen.“

„Nein. Das werdet Ihr nicht.“

„Ihr könnt mich nicht davon abhalten.“

Shrewsbury höhnte überlegen:

„Nein? Vor einiger Zeit habe ich dieses spezielle Wettbuch von White's im nationalen Interesse beschlagnahmt. Wenn nötig, werde ich

Rory diese beleidigende Wette zeigen. Doch ich hoffe, dass es dazu nicht kommt. Ihr müsst verstehen, dass ich alles in meiner Macht Stehende tun werde, um ihre Unschuld und ihr Glück zu schützen. Wenn das heißt, sie einzusperren, werde ich es tun. Schaut mich an, Fitzstuart: ich meine es todernst.“

Dair glaubte ihm. Aber dieses Spiel konnten zwei spielen, und er hatte vollends die Absicht, bei Sonnenaufgang zurückkehren und Rory zu entführen, wenn es sein musste. Da nichts mehr zu sagen blieb, verbeugte er sich höflich vor dem alten Mann und folgte ihm aus dem Arbeitszimmer ins Foyer, wo der Butler an der Vordertür wartete.

Und da war Rory, auf der Treppe zusammengerollt, den Kopf auf den Arm gelegt, und das blonde Haar umfloss ihr leicht errötetes, schlafendes Gesicht.

Dair trat einen Schritt vor, um zu ihr zu gehen, aber Shrewsbury legte eine Hand auf seinen Leinenärmel, um ihn aufzuhalten. Dann schob er sich an ihm vorbei und stand wie ein Wachposten zwischen dem Paar, um Dair die Sicht auf sie zu versperren. Der alte Mann bewegte ruckartig seinen Kopf in Richtung des Butlers und die Vordertür wurde geöffnet.

Dair zögerte, seine Hände ballten sich frustriert zu Fäusten und lösten sich wieder. So sehr er zu Rory gehen, sie in seine Arme nehmen und diesen Ort mit ihr verlassen wollte, konnte er das nicht tun, da er wusste, dass der alte Mann durchaus imstande war, eine grässliche Szene zu machen. Also wandte er sich auf dem Absatz um und ging.

Er schätzte, dass es weniger als acht Stunden bis zum Sonnenaufgang waren.

# ACHTUNDZWANZIG

Als Antonia endlich hinter dem faltbaren Wandschirm auftauchte, war Alisdair Fitzstuart nicht mehr da, und der Herzog saß auf dem Fenstersitz und blickte nach draußen. Sie hatte sich kaltes Wasser ins Gesicht gespritzt, ihr Haar geglättet und mit einem cremefarbenen Seidenband das hüftlange Gewirr heller Locken zusammengefasst. Als ihre Kammerfrauen ihr durch den Raum folgten, winkte sie sie fort und nickte Michelle zu, sie mit *M'sieur le duc* allein zu lassen. Dann nahm sie ihren Platz auf der Chaiselongue wieder ein, als wäre an ihrem Verhalten nichts Ungewöhnliches gewesen und warf ihrem Sohn einen Blick von der Seite zu, bevor sie im Plauderton auf Französisch (der Sprache, die sie immer benutzten, wenn sie unter sich waren) sagte:

„Gab es etwas Bestimmtes, weshalb du mit mir sprechen wolltest, Julian?"

Roxton wandte sich vom Fenster ab.

„Nein, nichts. Shrewsbury hatte den Tag bei mir im Haus verbracht und ich habe ihn eben an der Lodge abgesetzt. Daher dachte ich, ich könnte weiterfahren und sehen, wie deine Reise von Westminster hierher war."

Antonia zuckte mit den Schultern. „Ereignislos. Danke, dass du fragst."

Roxton unterdrückte ein Lächeln. „Sicher nicht so ereignislos wie jede andere Heimreise?"

„Ich verstehe nicht, was du meinst."

„Ich dachte, vielleicht war die Bewegung der Kutsche dir bei dieser

Gelegenheit unangenehm? Und du musstest öfter halten lassen als gewöhnlich?"

Antonia runzelte die Stirn. „Wie kannst du ..." Dann wechselte sie schnell das Thema. „Wie geht es den Kindern? Darf ich sie bald sehen?"

„Sie fragen ständig nach dir. Ich sagte ihnen, sie könnten ihre zweiwöchentlichen Nachmittagstees mit dir wieder aufnehmen, was sie alle dazu brachte, vor Freude im Kinderzimmer herumzuschreien! So etwas habe ich noch nie gehört. Die Ohren der Kindermädchen klingelten noch eine Stunde später davon." Er legte den Kopf zur Seite. „Aber vielleicht sollten ihre Besuche verschoben werden, bis du dich besser fühlst ..."

„Nein. Nein. Tu das nicht. Lass sie herkommen. Dieses Gefühl geht vorüber, das weiß ich. Wie geht es Deborah?"

Der Herzog konnte ein Grinsen nicht unterdrücken.

„Eigentlich gut. Sie glaubt, es könnte sein, dass sie wieder Zwillinge erwartet."

„*Mon dieu!* Darüber kann man nicht so grinsen, Julian. Ich könnte es nicht ertragen!"

Der Herzog verlor sein Lächeln.

„Das musst du ja auch nicht, *maman*. Und Deborah freut sich genauso. Wir wünschen uns beide eine große Familie."

„Ja, natürlich. Das war lieblos. Verzeih mir. Ich bin nicht ich selbst." Sie warf ihm einen erneuten Seitenblick zu und schaute dann auf ihre auf ihren seidenen Röcken gefalteten Hände. „Ich - ich denke es liegt am - am *Wetter*."

Der Herzog starrte sie lange und fest an, und dann tat er etwas in ihrer Gegenwart Uncharakteristisches. Er brach in haltloses Gelächter aus. Zuerst war Antonia gekränkt, aber dann begann sie zu kichern. Mutter und Sohn lachten, bis ihnen die Tränen kamen.

„Oh, *maman*! Ändere dich niemals!", verkündete Roxton, als er endlich sprechen konnte, und wischte sich die Augen trocken. „Ich liebe dich so sehr."

Antonia holte ein paar Mal schluckend Luft und brach dann in echte Tränen aus, überwältigt von seiner von ganzem Herzen kommenden Erklärung. Als sie ihre Beherrschung wiederfand, klopfte sie auf den Platz neben sich auf der Chaiselongue und der Herzog setzte sich bereitwillig neben sie. Dann klingelte sie nach Michelle, die eben im Nebenzimmer über ihrer Stickerei saß, und ließ sie das kleinere von den zwei Schildpatt-Schmucketuis holen, die immer mit ihr reisten.

Antonia schloss die Schmuckkassette mit dem kleinen, silbernen Schlüssel auf, der an ihrer Kette aus Gold und Emaille hing und nahm eine kleine, geschnitzte Elfenbeinschachtel heraus. Sie legte diese in die Handfläche ihres Sohnes und bat ihn, sie zu öffnen. Ein Blick auf den Inhalt und er schaute sie mit fragendem Stirnrunzeln an.

„Ich wollte ihn dir schon lange geben, aber zum richtigen Zeitpunkt", erklärte sie mit einem sanften Lächeln. „Der Smaragd des Herzogs hätte dir schon vor langer Zeit zugestanden. Er wurde immer von einem Herzog an den nächsten weitergegeben. So ist es richtig. Dein Vater hätte gewollt, dass du ihn trägst. Ich weiß jetzt, warum Monseigneur ihn nicht dir gab, sondern ihn in meiner Verwahrung ließ. Vermutlich hat er es dir selbst gesagt ..." Als Roxton nickte, aber zu überwältigt war, um zu sprechen, war sie nicht überrascht. Natürlich hatte Monseigneur seine Absichten seinem Sohn anvertraut. Trotzdem sprach sie es laut aus. „Er war besorgt, nicht wahr, dass ich nicht stark genug wäre, ohne ihn weiterzuleben. Er ließ mich versprechen, Frederick den Ring an seinem einundzwanzigsten Geburtstag zu überreichen. Auf diese Weise, das wusste er, hielt er mich davon ab etwas - Idiotisches - zu tun. Dein Vater - er dachte immer an mich - bis - bis - bis zu seinem letzten Atemzug."

„Ja, *maman*."

Der Herzog ließ den Ring an einen Finger seiner rechten Hand gleiten und staunte, wie gut er dort aussah. Er kannte ihn gut, konnte sich nicht erinnern, seinen Vater je ohne ihn gesehen zu haben. Der quadratisch geschliffene Smaragd auf dem dünnen Goldreif war groß und hatte dieselbe Farbe wie die schönen Augen seiner Mutter und dieselbe Farbe wie seine eigenen.

„Du hast die eleganten, schlanken Finger deines Vaters, *mon chou*", sagte Antonia, als ob sie seine Gedanken lesen könnte. „Er steht dir gut, finde ich." Sie seufzte leise und glücklich. „Möge Frederick alt und grau werden, bevor er an der Reihe ist, ihn zu tragen, ja?"

Der Herzog küsste zuerst sie, dann ihre Hand.

„Danke, liebste *maman*. Ich werde ihn nie ablegen ..." Er hielt ihre Hand weiter fest und sagte mit einem schiefen Lächeln: „Gibt es vielleicht etwas Bestimmtes, das du mir anvertrauen möchtest?"

Antonia legte eine Hand an ihre Wange. Plötzlich fühlte sie sich einsam.

„Ich weiß nicht, ob ich mich selbst damit soweit abgefunden haben, dass ich es jemandem anvertrauen kann. Ich habe es noch nicht laut ausgesprochen, als würde das es noch realer machen, als es bereits ist. Meine Damen wissen es, natürlich müssen sie es wissen, und manchmal ertappte ich sie dabei, wie sie mich ansehen, als wäre ich dumm. Aber ich will es einfach ignorieren, weil es für eine Frau meines Alters einfach schockierend ist. Ich bin neunundvierzig. Ich kann es selbst kaum glauben. Es ist *incroyable*, ja?"

„Ich gebe zu, dass es ungewöhnlich ist, aber man hat durchaus schon gehört, dass eine Frau in so *hohem Alter* ein Kind bekommt."

Antonia setzte sich kerzengerade auf, die Augen beleidigt weit aufgerissen.

„Hohes Alter? Sehe ich aus, als wäre ich senil, Julian?"

„Weit davon entfernt." Der Herzog lächelte. „Aber schließlich warst du in jeder Hinsicht immer einzigartig, *maman*. Also sage mir: wann wirst du *das Wetter* von deinen wundervollen Neuigkeiten informieren? Kinross wird vor Freude außer sich sein."

In Antonias Gesicht bildeten sich gegen ihren Willen Grübchen.

„Jonathon war sich so sicher, dass wir ein Kind haben würden, und ich hielt ihn für verrückt. Jetzt sieht es so aus, als hätte der verflixte Mann recht behalten. Und wo ist er, wenn ich ihm so unglaublich wichtige Nachrichten mitzuteilen habe? Hunderte von Meilen entfernt! Er sollte hier sein, bei mir, um zu sehen, was ich durchmache, um ihm einen Erben zu schenken. Nein! Das ist auch lieblos. Ich weiß. Aber was ich nicht verstehe, ist, dass ich eine Minute glücklich bin, dass wir ein Kind bekommen. In der nächsten bin ich todunglücklich, weil Monseigneur nicht hier ist, um mein Glück zu teilen. Aber wie wäre das möglich? Ist das nicht eine lächerliche Vorstellung?"

Der Herzog schüttelte den Kopf, die Augen auf den großen herzoglichen Smaragdring gerichtet, den er jetzt trug.

„Nein. Überhaupt nicht", sagte er leise. „Vater würde sich für euch freuen – für euch beide. Alles, was er jemals wollte, war, dass du glücklich bist – wieder."

Antonia atmete tief durch und stieß einen langen Seufzer aus. Dann sammelte sie sich und sagte mit einem kurzen Lachen:

„Ich muss ihn besuchen und ihm meine Neuigkeiten erzählen, und du weißt, was er sagen wird? Dass ich eine verruchte Frau bin und das davon kommt, wenn man einen viel jüngeren Mann heiratet." Sie zuckte mit den Schultern. „Es ist so seltsam, wieder *enceinte* zu sein. Aber meine *bébés* waren fünfzehn Jahre auseinander, und daher, nachdem jetzt dieses unterwegs ist ... Bitte, Julian, sage kein Wort, zu niemandem, bis ich sicher bin, dass es wirklich dazu kommt. Noch zwei Wochen, dann ist die größte Gefahr vorbei und das Baby wird bleiben. Dann werde ich Jonathon schreiben, um ihm zu sagen, dass er Papa wird."

„Kein Wort. Aber ich muss es Deborah erzählen."

Antonia legte ihre Hand auf die ihres Sohnes und schaute ihm in die Augen.

„Es tut mir so leid, eine Last für euch beide zu sein. Jetzt musst du dich um zwei schwangere Frauen sorgen, *mon cher*.“

Der Herzog küsste wieder ihre Hand und lächelte sie an.

„Das sind die schönsten Sorgen, die es gibt. Was ist mit Henri-Antoine? Willst du es ihm sagen? Er und Jack sind auf dem Weg hierher. Ich habe ihre alten Räume herrichten lassen, aber wenn es dir lieber ist, dass sie bei dir ...“

„Julian, *mon cher*, du musst tun, was du für richtig hältst. Versuche nicht, mir alles recht zu machen. Es ist völlig richtig, dass die Jungen bei dir und Deborah im großen Haus bleiben. Was sollen sie hier bei mir, vor allem, solange ich unter dieser elenden Morgenübelkeit leide? Das große Haus war immer ihr Heim und du bist ihr Vormund. Und wenn du die Wahrheit wissen willst“, fügte sie mit einem traurigen Lächeln hinzu, „seit Monseigneurs letzter Krankheit warst du auch Henri-Antoines Papa ...“

„*Maman*, bitte, ich ...“

„Es ist die Wahrheit, sage ich dir! Und dein Vater, er würde mir zustimmen. Ich bin mir sicher, Henri-Antoine glaubt es auch. Also kein Grund mehr, mich zu fragen, außer natürlich, wenn es Zeit für ihn wird zu heiraten, dann werde ich lange vor der Verlobung alles über das Mädchen wissen wollen.“

„Sehr wohl, *maman*. Jetzt musst du mich entschuldigen. Mein Schreibtisch ist voller Korrespondenz. Und das erinnert mich an etwas. Die Kisten aus Paris sind gestern angekommen; die Kisten mit deinen persönlichen Sachen aus dem *hôtel*. Ich werde sie lagern, bist du hinüberkommst, um sie durchzuschauen und zu entscheiden, welche hierher gebracht werden sollen und welche Gegenstände und Bücher nach London oder nach Leven Castle gesandt werden müssen.“

Als seine Mutter nur geistesabwesend nickte – er hatte erwartet, dass sie vor Freude in die Hände klatschen würde, endlich wieder mit ihren persönlichen Dingen aus dem Hôtel Roxton vereint zu werden – machte er sich daran, sich von ihr zu verabschieden, stand auf und küsste sie auf die Stirn. Aber da hielt sie seine Hand fest und sagte, als hätte er überhaupt nichts über die Kisten gesagt:

„Julian, du musst Frederick Cornwallis heute Abend schreiben und um eine Sonderlizenz bitten und ihm sagen, dass du sie sofort brauchst; innerhalb der nächsten zwei Wochen. Schicke einen Kurier, um sie zu holen, wenn es nötig ist.“

Der Herzog lupfte die Schöße seines braunen Samtreitrocks und nahm geduldig wieder seinen Platz auf der Chaiselongue ein. Er versuchte, scherzhaft zu klingen.

„Noch eine Sonderlizenz? Seine Gnaden, der Erzbischof, wird sich fragen, ob ich diese Lizenzen weiterverkaufe. Das wäre die zweite in zwei Monaten. Aber ich bezweifle, dass Cornwallis überraschter sein könnte, wenn er eine neue Lizenz unterschreiben soll, damit du heiraten kannst ..."

„Das ist kein Augenblick für dumme Witze, Julian. Mein Cousin Alisdair will meine Patentochter Aurora heiraten, und so bald wie möglich."

„*Dair* und - und Miss *Talbot?*"

„Ja. Das habe ich gesagt. Und ich sage dir in strengstem Vertrauen, dir, niemand sonst, auch nicht Deborah, dass, nachdem ich mit Alisdair gegessen habe und weiß, dass sie den Nachmittag auf der Schwaneninsel verbracht haben ..."

„Auf der *Schwaneninsel?*"

„Ja, auf der Schwaneninsel. Er hat sie hinüber gerudert."

„Auf die Schwaneninsel? Aber das ist streng verboten."

„Trotzdem sind sie hingerudert."

Der Herzog biss die Zähne zusammen. „Er musste wissen, dass ihm nicht erlaubt war, dorthin zu gehen, und trotzdem hat er es getan!"

Antonia zählte bis fünf und sagte dann geduldig: „Julian, hast du dich nicht als Junge, vielleicht mit Evelyn, auf die Schwaneninsel geschlichen, um einen Blick darauf zu werfen, um deine Neugier zu befriedigen, oder in Evelyns Fall, nur um unartig zu sein?"

Roxton war gekränkt. „Als Papa noch lebte? Natürlich nicht. Ich gab ihm mein Wort, die Insel niemals zu betreten. Ich breche mein Wort nicht."

„Du warst schon immer ein guter Junge", sagte Antonia lachend und küsste seine Wange. „Danke, dass du dein Versprechen gehalten hast. Dein Papa wäre stolz auf dich; er war es immer." Sie versuchte, unbeschwert zu klingen. „Du warst auf der Insel, nachdem Monseigneur uns verlassen hat, ja?"

Der Herzog wirkte kurz unbehaglich, und als er seiner Mutter nicht in die Augen schauen konnte, wurde Antonia klar, dass er nicht nur auf der Insel gewesen war, sondern auch in dem kleinen Tempel, und dort die Wandteppiche gesehen hatte. Sie wusste, dass ihm bekannt war, dass sie und sein Vater jedes Jahr zwei Nächte zur Feier ihres Hochzeitstages auf der Insel verbracht hatten und war sicher, dass die bacchanalische Ausstattung von Tempel, Badebecken und Wandteppichen für den prüden Charakter ihres Sohnes eine schwere Prüfung gewesen sein musste. Doch ließ sie sein Unbehagen wachsen, indem sie darauf wartete, dass er ihre Frage beantwortete.

„Ja. Ja, ich war da. Ich bin mit den Landvermessern hingefahren", sagte er und brachte das Gespräch auf weniger intime Angelegenheiten.

„Es scheint - und ich wollte das mit dir und Kinross nach seiner Rück-kehr besprechen - dass die Grenze, die die Ländereien von Strang Leven und den herzoglichen Sitz von Treat trennten, über die Hügel verlief, die jetzt die Schwaneninsel bilden, seit das umliegende Land vom vierten Herzog überflutet wurde, um den See zu bilden. Daher gehört die Hälfte der Insel zu Treat, die andere zum Strang Leven-Land und diesem Haus, was jetzt Teil der Erbländereien des Herzogs von Kinross ist.“

Antonia schmunzelte verschmitzt und fragte: „Ich hoffe, die Tempel sind auf meiner Seite der Grenze?“

Der Herzog hörte den scherzhaften Ton in der Stimme seiner Mutter nicht, so groß war sein Unbehagen über die Insel überhaupt, und daher hob er eine Hand und sagte unverblümt: „Was mich betrifft, könnt du und Kinross gern alles haben! Das habe ich auch den Landvermessern gesagt, als sie die neue Grenze festlegten. Also wird es deine und Kinross Sache sein zu entscheiden, ob die Insel weiterhin für Leute wie Fitzstuart und Miss Talbot gesperrt bleibt, nicht meine.“

„Vielen Dank. Diese Insel bedeutet mir sehr viel ...“

Roxton nickte und lächelte. „Ja, *maman*. Ich weiß. Ich bin froh, dass du sie bekommst.“

Antonia seufzte leise.

„Aber ich glaube nicht dass, selbst wenn ich Monseigneurs Beschluss beibehalten und die Insel weiter gesperrt lassen würde, Alis-dair sich davon abhalten ließe. Manche Leute - nein, das stimmt nicht - die *meisten* Leute sind nicht wie du, *mon chou*. Sie sehen Warnungen und Verbote nicht als etwas Absolutes an. Und unser Cousin Alisdair hat ein Temperament, das in einem solchen Verbot eher eine Herausfor-derung als ein Hindernis sehen würde.“

„Der Grund, warum er ständig in irgendwelche Klemmen gerät!“, erwiderte Roxton gereizt. „Wenn er nicht in die Ateliers eines angese-henen Malers einbricht, zerschmettert er Lord Shrewsburys Sekretär die Nase! Und jetzt höre ich, dass er die Unverschämtheit hat, Miss Talbot zu einer Insel zu rudern, die für alle außer den Herzog verbotenes Gebiet ist, und das bin ich!“

„Natürlich bist du das, Julian. Und ja, er hat sie auf die Insel geru-dert“, wiederholte Antonia und hoffte, dass er bald erkennen würde, wie wichtig es war, dass ihr Cousin in einem Ruderboot über offenes Wasser gerudert war. Sie lächelte, als der Herzog sie von der Seite ansah.

„*Er* hat sie hinüber gerudert?“

„Das habe ich gesagt. Er hat sie hinüber gerudert. Da siehst du, wie ernst es ihnen ist.“

„*Er* hat sie gerudert? Er ist aufs offene Wasser hinaus ohne anderen Anreiz, als Miss Talbot zur Insel hinüberzubringen?"

„Julian, brauchst du ein Hörrohr?"

„Auf keinen Fall!"

„Dann hör mir doch zu! Ja, er hat sie freiwillig dort hinüber gerudert. Das habe ich gesagt und das hat er getan. Das ist nicht alles. Sie sind im Badebecken geschwommen."

„*Geschwommen*? Alisdair ist geschwommen?" Roxton hätte es nicht geglaubt, wenn es nicht seine Mutter gewesen wäre, die ihm das erzählte. „Zusammen? Sie sind zusammen im Badebecken geschwommen? Hat er dir das erzählt?"

„Er hat mir gesagt, dass sie schwimmen gegangen wären", antwortete Antonia mit einem verschmitzten Lächeln. „Man muss nicht besonders scharfsinnig sein, um daraus zu folgern, dass das zusammen war."

„Lieber Himmel! Was wird Shrewsbury denken, wenn er entdeckt, dass seine Enkelin ...?"

„Julian, was wird einen stolzen Mann wie Shrewsbury interessieren, außer, dass seine Enkelin den Erben eines Earls heiraten wird? Jetzt musst du gehen und diesen Brief an Cornwallis schreiben. Ich erwarte jeden Moment, dass Alisdair zurückkommt, er wollte Shrewsbury um die Erlaubnis bitten, Rory heiraten zu dürfen."

„Dann hat er wirklich ernste Absichten."

„Ja. Das sage ich dir doch. Aber ich denke nicht, dass sie die für ein Aufgebot nötigen drei Sonntage sollen warten müssen. Das ist höchst lästig ..."

„... aber es gehört sich so. Und Shrewsbury möchte vielleicht ..."

„Es geht hier überhaupt nicht darum, was Shrewsbury will. Und da du die Macht und das Geld hast, um den Erzbischof von Canterbury dazu zu bringen, dir deinen Wunsch zu erfüllen und eine Sonderlizenz auszustellen, warum soll das junge Paar warten müssen?"

„Maman, was sind schon drei Sonntage ...?"

„Julian, ich bin so stolz auf dich und Monseigneur hätte sich keinen besseren Sohn als Nachfolger für ihn als Herzog wünschen können, aber manchmal wundere ich mich über deine Fähigkeit, gewisse Dinge zu erfassen. Das Paar ist verliebt, sie haben den Nachmittag allein auf der Schwaneninsel verbracht und sind zusammen schwimmen gegangen. Muss ich dir den Rest buchstabieren?" Als die Augenbrauen ihres Sohnes sich zusammenzogen und er errötete, küsste sie ihn rasch auf die Wange und sagte mit einem leisen Lachen: „Mir scheint, dein Wunsch nach einem Haus voller Babys könnte wahr werden, und das schon zur Weihnachtszeit!"

Antonia blieb wach und wartete auf die Rückkehr ihres Cousins von der Gatehouse Lodge. Als er nicht kam und weil sie nicht schlafen konnte und es eine warme Nacht war, ging sie bei Mondschein zu ihrem Pavillon am Ufer des Sees hinunter. Ein Lakai mit einem Kerzenleuchter erhellte ihren Weg. Michelle, die sich weigerte, die Herzogin allein gehen zu lassen, folgte ihr mit einem wollenen Umhang über dem Arm. Was, wenn *Mme la duchesse* etwas brauchte? Was, wenn sie sich das Fußgelenk auf den Steinstufen vertrat? *M'sieur le duc de Kinross* würde ihr niemals verzeihen, wenn sie ihre Pflicht gegenüber seiner Herzogin und seinem *enfant* nicht erfüllte. *Es tut mir leid, Mme la duchesse, aber selbst wenn Ihr es nicht aussprechen wollt, werde ich es tun, denn nach meiner Berechnung sind es vierzehn Wochen, nicht zehn, seit Ihr Eure letzte Blutung hattet, und das war nur vierzehn Tage, bevor M'sieur le duc Euch zum ersten Mal geliebt hat -* da hatte Antonia ihr Einhalt geboten. Sie hatte genug gehört und ihrer Zofe verboten, noch ein Wort mehr zu sagen. Michelle ließ sich leicht zum Schweigen bringen. Indem sie solche intimen Dinge über ihre Herrin laut aussprach, hatte sie sich selbst bereits so schockiert, dass sie verstummte.

Antonia ließ den Diener und Michelle am Fuß der Treppe warten und stieg allein die Stufen zum Pavillon hinauf. Es gab genug Mondlicht, um die Treppe erkennen zu können. Auf der obersten Stufe ließ ein Schauer der Erinnerung sie anhalten. Es war das angenehme Aroma eines brennenden Stumpen, und es erinnerte sie so sehr an Jonathon, dass sie einen so eindringliches Gefühl von Verlust verspürte, als hätte sie ihn ebenso verloren wie ihren ersten Ehemann. Aber sie schüttelte schnell die Melancholie ab. Ihr zweiter Ehemann, ihr zweiter Herzog, war sehr lebendig, gesund und so stark wie ein Ochse. Er würde innerhalb weniger Monate zu ihr zurückkehren, da war sie sich sicher.

In ihre Gedanken versunken zögerte sie, so lange, dass eine vertraute tief im Schatten anbot, den Stumpen auszudrücken. Sie schüttelte den Kopf.

„Nein. Dieser Geruch gefällt mir zum Glück immer noch. Es erinnert mich an meinen Mann...“

Als Dair nicht antwortete, ging sie auf das plötzliche rote Leuchten zu, als die Spitze des Stumpen lebendig wurde, und fand ihren Cousin in Hemdsärmeln, eine Schulter an eine Marmorsäule gelehnt. Sein Gesicht war von ihr abgewandt, sie vermutete, damit er Rauch in diese Richtung pusten konnte. Aber als er sie nicht ansah, sondern weiter auf das silberne Licht über der stillen Oberfläche des Sees blickte, trat sie näher und sagte leise:

„Ihr seid nicht gekommen, um mit mir zu sprechen, Alisdair ...“

Schließlich drehte er sich langsam um. Dabei schien das Mondlicht in sein Gesicht und beleuchtete seine dunklen Augen. Sie waren hell und glänzten, und das Licht traf sie und erlaubte es ihr zu erkennen, dass sie voller Tränen standen. Er wandte den Blick ab, schluckte schwer und paffte an seinem Stumpen. Antonia war schockiert über die Veränderung in ihm seit dem Abendessen, behielt ihre Gelassenheit und wartete darauf, dass er sprach, während sie sich fragte, was bei seinem Besuch in der Gatehouse Lodge schiefgelaufen war.

„Ihr habt mir einmal gesagt, dass ich mich hinter einer Fassade verstecke; seit so vielen Jahren die Rolle des aufschneiderischen Prahlhanses spiele, dass ich den Unterschied zwischen dem realen und dem vorgetäuschten Ich nicht erkennen kann. Aber Ihr irrt Euch, Cousine“, sagte er und schaute sie wieder an. „Weil ich genau weiß, wer ich bin, woher ich komme und was ich werden muss, habe ich mich versteckt. Es war das einzige Mittel, mit dem ich die bittere Enttäuschung meines Vaters - Eures Onkels - ertragen konnte, darüber, dass ich nicht der gelehrte Erbe war, den er wollte. Ich habe so die hasserfüllte Ehe meiner Eltern ertragen. Diese Fassade - diese Maske -, über die Ihr gespottet habt, hat mir geholfen, viele blutige Jahre in der Armee zu überleben, und sie hat mir als Agent der Krone in mehr als einem gefährlichen Kampf geholfen. Aber ich habe nie aus den Augen verloren, wer ich war oder was ich vom Leben wollte...“ Er wandte sich schnell ab und rieb sein Gesicht an seinen Hemdsärmel, um sich die Augen abzuwischen. Dann wandte er sich mit einem schiefen Lächeln wieder Antonia zu. „Ihr werdet überrascht sein zu erfahren, dass ich mir vom Leben immer gewünscht habe, was Ihr mit *M'sieur le duc* hattet, und was Roxton mit Deb hat und was ich nie zu haben für möglich gehalten hätte: eine glückliche Ehe, verheiratet mit der Liebe meines Lebens und mit eigenen Kindern, die ich liebevoll aufziehen darf. Ist das zu viel verlangt?“

„Nein. Nein, ist es nicht.“

„Erinnert Ihr Euch, dass Ihr mir auf der Treppe am Hanover Square erzählt habt, dass es erschreckend sein kann, verliebt zu sein?“ Als sie nickte, fuhr er fort. „Ihr habt gesagt, dass Verliebtheit schrecklicher sein kann als alles andere, wenn Zweifel bestehen, dass Liebe nicht erwidert wird, oder wenn es ein Hindernis für ein glückliches Ende gibt ... Erinnert Ihr Euch daran, das gesagt zu haben, Cousine?“

„Ja, *mon chou*. Natürlich. Ich stehe zu dem, was ich gesagt habe.“

Dair nickte und nahm einen zitternden, tiefen Atemzug. Er warf einen Blick auf den schwelenden Stumpen zwischen seinen Fingern und dann auf Antonias Gesicht, das teilweise im Schatten verborgen war, und blieb an ihren grünen Augen hängen. Antonia wich seinem Blick nicht aus. Als er schließlich sprach, war er kaum zu hören, aber Antonia hörte die Qual in seiner Stimme, als hätte er seine Worte von den Dächern heruntergerufen.

„Cousine ... ich bin - ich *fürchte* mich.“

# NEUNUNDZWANZIG

Dair saß auf einem wollenen Schal auf der obersten Stufe des Eingangs zum Pavillon, mit einem Stumpen - oder war es sein zweiter - zwischen den Fingern und schüttete Antonia sein Herz aus, bevor er merkte, wo er war oder was er tat. Seine Angst war allgegenwärtig und er sah keinen klaren Ausweg aus seinem Dilemma. Antonia unterbrach seine aufschlussreiche Selbstbeschuldigung nicht, und ihre Diener waren aufmerksam genug, dass ein Blick ihrer Herrin reichte, um sie davoneilen und mit heißem Tee für sie und einer Flasche mit etwas viel Stärkerem für Major Lord Fitzstuart zurückkommen zu lassen.

Seine Hände zitterten und sein Hals war trocken. Als er einen Becher mit einem alkoholischen Getränk auf der Stufe neben seiner Schuhspitze erblickte, schnappte er ihn sich und schüttete ihn herunter, ohne die feurige Flüssigkeit wirklich auf seiner Zunge zu spüren. Er stellten den Kristallbecher beiseite und aus dem Schatten trat ein Diener heraus, der ihn wieder füllte, bevor er wieder in der Nacht verschwand.

Antonia hörte ohne Kommentar, Kritik oder Frage zu, bis Dair Luft holte und wieder nach dem Becher griff. Erst als er erklärte, er hätte keine andere Wahl, als Rory zu entführen und nach Gretna zu fliehen, entschied sie, dass es an der Zeit war, einzugreifen.

Sie konnte sehen, dass seine Not zu groß war, um in der Lage zu sein, rational zu denken. Sein einziger Gedanke war, Rory lange genug von ihrem Großvater wegzubringen, um sich zu verteidigen. Er brauchte Zeit, um ihr zu erklären, dass er kein libidinöses Monster, kein Verführer war; dass seine Absichten ehrlich und aufrichtig waren.

Für jeden anderen als Antonia wäre sein verzweifelter Wunsch, Rorys Ängste über seine Absichten zu zerstreuen, unverständlich gewesen. Schließlich hatte er ihr einen Antrag gemacht und sie hatte ihn angenommen, und da war der blass lavendelfarbene Saphirring als Beweis, dass er vorhatte, sie zu heiraten. Beide waren volljährig und konnten heiraten, ganz gleich, was Shrewsbury gegen diese Verbindung einzuwenden hatte. Aber Antonia wusste, dass das Paar den Tag auf der Schwaneninsel verbracht hatte. Es war eine Insel für Liebende, ein geheimnisvoller und doch sinnlicher Ort, an dem sie und Monseigneur sich ohne Unterbrechung in jeder Hinsicht hatten gegenseitig genießen können. Jetzt war die Insel für sie ein trauriger Ort, voller glücklicher vergangener Zeiten und aus einem anderen Leben. Dort hinüber zu rudern, wo jetzt ihr Geliebter nicht länger bei ihr war, würde mit Sicherheit ihren Seelenfrieden zerstören. Doch für ein junges, innig verliebtes Paar war die abgeschiedene Insel mit seiner fantasievollen Tempelgrotte, dem Badebecken und dem kleinen, mit Wandteppichen geschmückten Tempelchen ein magischer Ort, um Liebe zu schenken und zu erhalten.

Natürlich hatten Dair und Rory auf Swan Island miteinander geschlafen, davon war Antonia überzeugt. Dies war der Grund, warum ihr Cousin so über alle Maßen verstört war. Aus gutem Grund. Wenn Shrewsbury Rory von der lächerlichen Wette erzählte, würden sicherlich Zweifel an Dairs wahren Absichten und vor allem an seinem wahren Charakter bei Rory aufkommen. Was für ein Mann war in der Lage, solch eine abscheuliche Wette anzunehmen?

Ein gedankenloser, arroganter und dummer Junge, war Antonias feste Überzeugung. Die verabscheuungswürdige Wette war in keiner Weise typisch für den Mann, der mit gesenktem Kopf neben ihr saß. Die Wette war das Papier, auf das sie geschrieben war, nicht wert. Aber so einfach es für sie war, eine solche Wette abzuwinken, so schwierig würde es für Rory sein, dasselbe zu tun. Besonders, da sie Dair vor der Heirat ihre Unschuld geschenkt hatte, was ihr sicherlich auf dem Gewissen lasten musste. Es wäre nur natürlich, wenn sie sich dann fragte, welche Art von Mann seine Braut vor der Hochzeitsnacht verführte, wenn er aufrichtig die Absicht hatte, sie zu heiraten. Wenn ihr Großvater dieser Wette noch Bedeutung beimaß und sich ohnehin gegen eine Heirat mit dem berüchtigten gut aussehenden Schurken Major Lord Fitzstuart aussprach, würde Rorys sorgfältig aufgebautes Weltbild von dem liebenden Mann, den sie heiraten würde, unweigerlich zusammenbrechen.

Antonia konnte den alten Mann förmlich hören, wie er Rorys kleines Ohr mit allerlei quälenden Kleinigkeiten über den Mann füllte, den sie liebte, Zweifel schürte, Misstrauen und Elend säte und dafür sorgte, dass Rory unverheiratet und für den Rest seiner Tage an Shrewsburys Seite blieb. Nun, das würde Antonia nicht dulden! Ihr Cousin und ihre Patentochter liebten sich und verdienten eine glückliche Zukunft. Sie würde dafür sorgen, auch wenn sie dafür ein Geheimnis nutzen müsste, das Monseigneur ihr anvertraut hatte und das sie nur im schlimmsten Fall verwenden sollte. Sie wusste, dass er sie verstehen und ihr vergeben würde. Wenn sie am nächsten Tag das Mausoleum besuchen würde, müsste sie ihm alles erklären und ihm die wichtige und überraschende Neuigkeit erzählen, dass sie im neuen Jahr ein Baby zur Welt bringen sollte. Doch dieser Besuch würde stattfinden, nachdem sie den Herrn der Spione Englands aufgesucht hatte.

Dair war überzeugt, dass Handeln die einzige Lösung für seine missliche Lage wäre: er müsste Rory unter Shrewsburys Nase entführen. Als Antonia ihm sagte, Entführung sei unnötig und keine Sorge, bis zum nächsten Nachmittag würde alles in Ordnung gebracht sein, war seine sofortige Antwort ungläubig, und er besaß die Unverschämtheit, ihr zu sagen, dass er ohne ihren Versuch, bei Shrewsbury mit ihrem hübschen kleinen Fuß aufzustampfen, auskommen könnte. Sie ignorierte diese grobe Abwehr. Schließlich wollte sie ihn weder in ihre Gedanken noch in ihre Methoden einweihen, und er stand unter erheblicher emotionaler Belastung. Stattdessen sagte sie kryptisch, als sie ihre Seidenschuhe wieder anzog und die Falten ihres satinbestickten Morgenrocks ausschüttelte:

„Alle Menschen haben Geheimnisse, Alisdair. Sogar der Herr der Spione. Und dieser Herr der Spione hat mehr zu verbergen als andere. Aber das ist alles, was ich Euch je erzählen werde. Ihr müsst jetzt zu Bett gehen und versuchen zu schlafen. Morgen nach dem Frühstück werde ich Shrewsbury einen unangemeldeten Besuch abstatten. Ihr müsst mitkommen, aber in der Kutsche warten, bis Ihr gerufen werdet." Sie lächelte ihn an, als er langsam aufstand, nachdem er den Stumpen auf seinem Absatz ausgedrückt hatte. „Sagt Eurem Kammerdiener, er soll Eure Sachen zusammenpacken und sie als erstes morgen früh ins große Haus bringen. Dort müsst Ihr bis zur Hochzeit bleiben ..."

„Hochzeit? Ihr wollt mich ins große Haus schicken?"

„Ja. Unter keinen Umständen dürfen Braut und Bräutigam unter demselben Dach wohnen, bis sie verheiratet sind, und da Rory hier bei mir sein wird ..."

„Rory kommt hierher? Um - um bei Euch zu bleiben?"

„Ja. Bis Ihr in der Kapelle im großen Haus geheiratet habt. Heute Abend werde ich schreiben und deine Mutter und deine Schwester einladen ...“

„An Mary schreiben? Und an meine Mutter?“

Antonia stieß einen Seufzer aus. „Was ist heutzutage nur mit dem Gehör der jungen Männer los? Braucht ihr alle Hörrohre? Nein! Antwortet nicht darauf und unterbrecht mich nicht noch einmal. Hört nur zu ...“

Dair grinste und verbeugte sich angemessen zerknirscht.

„Ja, *Mme la duchesse* - verzeiht mir - ich bin mehr als nur ein bisschen schwer von Begriff - Ah! Und ich habe Euch schon wieder unterbrochen.“

„Ja, das habt Ihr, aber es spielt keine Rolle“, antwortete sie sanft, sah zu, wie sich die Wolke von seiner Stirn hob und war froh, ihn endlich lächeln zu sehen. „Um es Euch noch einmal zu sagen: Eure Hochzeit wird in der Roxton-Kapelle stattfinden. Bis dies arrangiert ist - und glaubt mir, die Vorbereitungen sind bereits im Gange -, bleibt Ihr im großen Haus, ebenso wie Eure Mutter und Eure Schwester. Charlotte wird nichts anderes von ihrem Sohn erwarten. Und es tut mir leid, Alisdair, aber ich kann Charlotte nicht in meiner Nähe ertragen. Noch weniger, wenn Rory hier ist.“ Ihre Grübchen wurden sichtbar. „Es ist das Beste, wenn Eure Braut so wenig Zeit wie möglich in der Gesellschaft ihrer zukünftigen Schwiegermutter verbringt, ja? Ihr werdet Euch bei meinem Sohn und seiner Frau bedanken müssen für ... für ...“

„... alles“, unterbrach er sie sanft; seine dunklen Augen leuchteten und schimmerten feucht. „Aber vor allem bei Euch ...“ Er ergriff ihre Hand und küsste sie, bevor er ihr in die Augen schaute und mit heiserer Stimme sagte: „Wenn Ihr es schafft, dieses Wunder zu vollbringen, werde ich auf ewig in Eurer Schuld stehen. Ich kann Euch niemals genug danken ...“

„Hört mir zu, Alisdair!“ , unterbrach ihn Antonia brüsk, denn auch ihre grünen Augen füllten sich mit Tränen. „*Naturellement* würde ich alles für Euch tun. Fließt nicht dasselbe Blut in unseren Adern? Sind wir nicht Cousins ersten Grades, Nachkommen des großen Stuart-Königs, Charles des Zweiten? Haben wir nicht die Pflicht, unserem königlichen Vorfahren die legitimen Erben zu geben, die er selbst nicht hatte, damit er durch uns weiterleben kann?“ Sie lachte dann und berührte seine gerötete Wange. „Wie eingebildet ich mich anhöre! Aber Euer Großvater, den Ihr nie kennengelernt habt, mit dem ich aber das letzte Jahr seines Lebens verbrachte, war stolz, der Sohn Charles des Zweiten zu sein, königliches Blut in den Adern zu haben. Er bedauerte nur, dass er nicht wie die anderen leiblichen Söhne seines königlichen

Vaters zum Herzog erhoben worden war. Aber das war die Schuld seiner Mutter und eine Geschichte für einen anderen Tag.

„Jetzt muss ich Briefe schreiben, und Ihr müsst ins Bett gehen", fügte sie mit erzwungener Fröhlichkeit hinzu. „Morgen früh nach dem Frühstück werdet Ihr und ich zur Gatehouse Lodge fahren und alles wird von selbst gut werden."

Sie zogen sich für die Nacht zurück und sprachen beide nicht aus, was ihnen auf der Seele lag: Die Hoffnung, dass Shrewsbury Rory eine ruhige Nacht gönnte, und sie in der Gatehouse Lodge ankommen würden, bevor der Herr der Spione die Gelegenheit bekäme, die Hoffnungen und Träume seiner Enkelin zu zerstören. Wie sich herausstellte, kamen sie beinahe zu spät.

ANTONIA BETRAT DIE GATEHOUSE LODGE, UND NACH Anmeldung durch den Butler den Salon, wo die Spannung lauter knisterte als das Feuer im Kamin. Warum es an einem so warmen Tag ein Feuer gab, konnte sie sich nicht vorstellen, als sie ihre seidenen Halbhandschuhe auszog und einen hübschen, indischen Schal von ihren Schultern gleiten ließ. Beides hielt sie einfach in die Luft und wurde von ihrer Zofe entgegengenommen, die die Herzogin begleitet hatte, um ihre eigene Aufgabe zu erfüllen. Bei der ersten Gelegenheit sollte Michelle hinausschlüpfen und nach Rorys Zofe suchen, damit diese Miss Talbots persönliche Sachen einpacken und für den Transport nach oben zum Witwensitz bereitstellen sollte.

Antonia fegte in einem Rascheln von Röcken über die Schwelle, als edle Gastgeberin, die kam, um die Bewohner ihrer Gatehouse Lodge zu besuchen. Sie war besser für eine abendliche Soiree im palastähnlichen Herrenhaus ihres Sohnes gekleidet als für einen morgendlichen Besuch in einer ländlichen Lodge. Ihre Robe *à la française* bestand aus glänzender indischer Baumwolle und passenden Schuhen mit Diamantschnallen. Das Dekolleté war über ihren großen Brüsten so tief ausgeschnitten, dass jeder Mann im Raum seinen bewundernden Blick auf ihren legendären Busen richtete.

Drei Männer saßen da, Lord Shrewsbury, Lord Grasby und Mr. William Watkins. Antonia hielt inne, um diesen großen, schlaksigen Gentleman prüfend anzusehen, ihre geschwungenen Brauen hoben sich leicht beim Anblick seiner gebrochenen Nase und den beiden mit verblassenden Blutergüssen umringten Augen. Die einzige weibliche Anwesende war die hübsche brünette Lady Grasby, und sie war es, die durch die Ankündigung des Butlers, dass Ihre Gnaden, die Herzogin von Kinross, zu Besuch gekommen wäre, mitten im Satz unterbrochen wurde.

Antonia war sich nicht sicher, aber es schien, dass die Spannung zwischen Lord Grasby und seinem Großvater am größten war. Sie fragte sich, ob dies etwas mit Rory zu tun hatte, was sich später als richtig herausstellte. Aber für den Moment wurde die Meinungsverschiedenheit, aus welchem Grund auch immer, zwischen den beiden Männern in ihrer Gegenwart beiseitegeschoben.

Alle im Raum erhoben sich sofort, um sich zu verbeugen oder zu knicksen, und schwiegen dann höflich, um darauf zu warten, dass die Herzogin das Wort ergriff. Nach einem Austausch von Höflichkeiten und ein paar banalen Bemerkungen über das Wetter fragte Antonia leichthin, während sie sich zur besseren Wirkung in dem gemütlichen Raum umsah:

„Ich sehe mein Patenkind nicht. Ich hoffe, Rory geht es gut?"

„Sehr gut, Euer Gnaden", erwiderte Shrewsbury schnell. „Hättet Ihr gerne eine Schale Kaffee? Wir hatten gerade eine Kanne voll und es wäre kein Umstand, noch eine holen zu lassen ..."

Antonia schloss bei dem Gedanken die Augen und winkte ab.

„Anscheinend hat meine kleine Schwester sich auf dem Land angewöhnt, lange zu schlafen", warf Lord Grasby ein. Sein Tonfall deutete darauf hin, dass er selbst das keinen Moment glaubte. Antonia sah, wie sein Blick zu seinem Großvater wanderte, als er hinzufügte: „Ich dachte, sie würde aufstehen und auf unsere Ankunft warten, besonders, da mein Brief andeutete, dass wir eine aufregende Nachricht haben, die wir mit ihr teilen wollten ..."

„Lady Grasby hat uns alle zu den glücklichsten Männern gemacht", verkündete Lord Shrewsbury stolz mit einem breiten Lächeln. „Ich soll im neuen Jahr Urgroßvater werden, Grasby Vater und Mr. Watkins ein stolzer Onkel."

Lady Grasby lachte leise hinter ihrem flatternden Fächer und erklärte Antonia unnötigerweise:

„Ich dachte, es wäre das unerträglich heiße Wetter, das mich so reizbar machte. Aber dann wurde mir klar, dass ich seit einigen Monaten nicht mehr ich selbst bin. Und ein Besuch des Arztes bestätigte, was ich mir erhofft hatte, aber nicht zu träumen wagte, dass es der wahre Grund für meine schlechte Gesundheit sein könnte." Sie legte eine Hand auf ihre Schulter, und ihr Mann, der hinter ihrem Stuhl stand, hielt diese fest. Sie sah zu ihm auf, bevor sie Antonia mit einem Lächeln ansah, das dem der Katze ähnelte, die den Sahnetopf entdeckt hatte. „Auch, wenn viele Jahre seit Eurer letzten Schwangerschaft

vergangen sein müssten, können Euer Gnaden sich zweifellos an das
Gefühl der Hochstimmung erinnern, das mit dem Wissen einhergeht,
dass man die Hoffnungen und Träume einer ganzen Familie erfüllt."

„*Grands dieux*, noch ein Baby unterwegs. Da muss etwas im Wasser
sein", murmelte Antonia, lächelte dann das glückliche Paar an, sprach
ihre Glückwünsche aus und fügte kryptisch hinzu: „Glaubt mir, Lady
Grasby, dieses Hochgefühl, von dem Ihr sprecht, scheine ich erst
gestern empfunden zu haben. Ihr macht Eure Familie glücklich, insbesondere den Großpapa Eures Mannes. Ich hoffe, dass Ihr einen Sohn
bekommt, aber vor allem wünscht man sich natürlich ein gesundes
Kind. Aber wo ist Rory?", fuhr sie fuhr in einem geübten, fragenden
Ton fort, den Kopf leicht geneigt. „Ihr wolltet nicht warten, bis die
ganze Familie versammelt ist, bevor Ihr diese Nachricht verkündet?"

„Das wollte ich, aber ..."

„Unter diesen Umständen hielt Lord Shrewsbury es für das Beste,
nicht zu warten", erklärte William Watkins, unterbrach Lord Grasby
und wechselte eine schnellen Blick mit Lord Shrewsbury, dem Antonia
entnahm, dass beide Männer besser als die Grasbys wussten, warum
Rory nicht anwesend war.

Antonias grüne Augen weiteten sich. „Umstände, M'sieur Watkins?
Welche Umstände hindern ein geliebtes Familienmitglied bei einem so
bedeutsamen Anlass anwesend zu sein, wie der Ankündigung, dass ein
Baby unterwegs ist? Mir wurde gesagt, Rory gehe es gut?"

„Das habe ich auch gesagt, Euer Gnaden", stimmte Grasby zu und
schmollte in Richtung von William Watkins. „Schließlich wird Rory
eine Tante werden, und niemand wäre aufgeregter als sie über die
Aussicht! Ich verstehe nicht, warum wir nicht warten konnten bis ..."

„Es geht ihr gut, Euer Gnaden", sagte Lord Shrewsbury und schnitt
seinem Enkel nicht nur mit Worten, sondern auch mit einem Blick das
Wort ab. Er richtete seine Aufmerksamkeit schnell wieder auf seine
Besucherin und sagte mit einem gezwungenen Lächeln: „Aber Ihr
werdet verstehen, warum die Frau meines Enkels es nicht erwarten
konnte, es mir zu sagen. Vor allem, da es eine so sehr ersehnte Neuigkeit ist. Wir wollten gerade auf die Gesundheit Lady Grasbys anstoßen
und würden uns geehrt fühlen, wenn Ihr Euch uns anschließen
würdet."

„Natürlich", sagte Antonia und sah den alten Mann jetzt fest an.
„Sobald Rory hier bei uns ist. Bitte lasst sie holen, Edward."

„Das ist nicht möglich, Euer Gnaden."

„Ich möchte meine Patentochter unbedingt sehen. Deshalb bin ich
hergekommen."

„Wenn Ihr vielleicht morgen wiederkommen würdet ..."

„Nein. Das würde mir überhaupt nicht passen. Es wäre höchst lästig. Ich bin jetzt hier. Und ich will sie jetzt sehen.“

Lord Shrewsbury trat einen Schritt auf sie zu.

„Euer Gnaden, wie gesagt, ich bedaure, dass das nicht möglich ist.“

Antonia sah an Lord und Lady Grasby vorbei, die einen verwirrten Blick wechselten, während Mr. William Watkins unheimlich ruhig war.

„Ich bin sicher, ihr Bruder möchte, dass Rory anwesend ist. Vielleicht, Harvel, wäret Ihr so gut, Eure Schwester zu holen?“

Mit seinem Vornamen angesprochen zu werden, erregte Lord Grasbys ungeteilte Aufmerksamkeit und er sagte, ohne weiter darüber nachzudenken: „Ich möchte Rory hier haben, wenn wir auf Lady Grasbys Wohl anstoßen, Euer Gnaden. Sie sollte hier bei uns sein. Ich werde sie holen und wir können ...“

„Nein! Ich habe nein gesagt“, knurrte Lord Shrewsbury durch zusammengebissene Zähne. Er holte tief Luft und wurde wieder zu seinem höflichen Selbst. „Ich verbiete dir oder irgendjemandem, in die Nähe ihres Zimmers zu gehen! Verstanden? Grasby? Verstanden?“

Grasby sah von seiner Frau zu seinem Schwager, zur Herzogin und dann zu seinem Großvater.

„Warum, Grand? Warum kann ich meine Schwester nicht sehen? Was - was ist hier los?“

„Edward, auf ein Wort. Allein“, befahl Antonia.

Sie musste sich nicht weiter erklären. Lord und Lady Grasby verneigten sich vor ihr und schlichen schweigend aus dem Raum. Antonia machte mit ihrer hochgekämmten Frisur ein ruckartiges Zeichen und Michelle knickste und huschte davon, um ihre Anweisungen auszuführen. Mr. William Watkins zögerte in der Tür, als wäre er irgendwie von diesem herzoglichen Befehl ausgeschlossen, weil er auch Lord Shrewsburys Sekretär war. Auf ein hochmütiges Heben von Antonias geschwungenen Brauen verbeugte er sich ebenfalls und verschwand, um den Herrn der Spione und die Herzogin allein in dem überheizten Salon zurückzulassen.

„Mir geht es nicht gut genug, um Energie auf Eure Ausreden statt der Wahrheit zu verschwenden, also komme ich gleich auf den Punkt“, sagte Antonia in ihrer Muttersprache. „Ihr, Edward, werdet tun, was das Beste für Rory ist. *Vous me comprenez?*“

„Was ich verstehe, *Mme la duchesse*“, antwortete Shrewsbury höflich, „ist, dass Ihr Euch in eine Familienangelegenheit einmischt, die Euch nichts angeht.“

„Mich nichts angeht? Ihr unterschätzt mich gewaltig, wenn Ihr glaubt, dass Monseigneur und ich kein Interesse am Glück dieser beiden Kinder hätten, die seit dem tragischen Tod ihrer Eltern unter Eurem Schutz zurückblieben."

Daraufhin verlor der Herr der Spione die Geduld und warf die Hände hoch.

„Um Gottes willen, Antonia, warum ausgerechnet an diesem Tag eine so tragische Geschichte wieder aufwühlen, wenn mir gerade gesagt wurde, dass ich Urgroßvater werden soll? Lasst meinen Sohn und seine Frau in Frieden ruhen und erlaubt mir, den Moment zu genießen. Dies ist ein Tag zum Feiern."

Antonia ging durch den kleinen, überfüllten Raum, um Abstand zu dem Geruch von schalem Kaffee zu gewinnen, der von dem Tablett mit benutztem Kaffeegeschirr herüberwehte. Sie öffnete ein zweiflügeliges Fenster und stieß es, in der Hoffnung auf frische Luft, auf bevor sie sich zu Shrewsbury umdrehte.

„Ich freue mich, dass Drusilla der Grafschaft Shrewsbury einen Erben schenken wird, und ich wünsche mir nichts mehr, als Euren Sohn und seine Frau friedlich in ihren Gräbern ruhen zu lassen. Aber Ihr, Edward, verdient Euer Glück nicht, wenn Ihr Christinas Kind das ihre verweigert."

„Ihr ihr Glück verweigern? Ich habe Rory vor einem Leben voller Herzschmerz bewahrt. Ich werde Euch sagen, was ich Fitzstuart gesagt habe: Rory ist nicht dazu geeignet, als Frau eines Adligen im Mittelpunkt der gesellschaftlichen Aufmerksamkeit zu stehen, und er ist kein passender Ehemann für sie. Ich werde einer solchen Verbindung nicht meinen Segen geben, und ich werde jedes mir zur Verfügung stehende Mittel nutzen, um sie zu trennen. Rory gehört zu mir. Nichts, was Ihr sagen oder tun könntet, wird meine Meinung ändern. Es steht fest. Also, bitte, *Mme la duchesse*, ich weiß zu schätzen, dass Ihr mit den besten Absichten hierhergekommen seid, und zweifellos auf Fitzstuarts Bitten, aber es hat keinen Zweck. Ihr könnt ihm von mir sagen: Wenn er weiter drängt, werde ich Rory ohne zu zögern White's Wettbuch als greifbaren Beweis dafür zeigen, dass seine Absichten nichts anderes als Lüsternheit waren."

„Ihr wisst, dass er sie mit ganzem Herzen und aus ganzer Seele liebt?"

Shrewsbury blies sich ungläubig auf. „Er hat versucht, mich davon zu überzeugen!"

Antonias grüne Augen wurden schmal. „Ihr habt nie geliebt, Edward, wie wollt Ihr das dann verstehen?"

Darüber lachte er, als hätte sie ihm etwas sehr Amüsantes erzählt. Und dann wurden seine blauen Augen kalt und er wagte es, sie anzusehen, wie ein Mann eine Frau ansieht, die er begehrt, aber nicht haben kann, und ließ den Blick schließlich auf ihrem Dekolleté ruhen. „Vielleicht nicht. Aber ich kenne die Lust und weiß, wie man ein Jucken beseitigt.“

„Das ist ein erbärmlicher Versuch der Einschüchterung, selbst von Euch. Richtet Euren Blick auf mein Gesicht statt auf meinen Busen, Edward, und hört mir zu! Ihr macht mir nicht im Geringsten Angst. Ihr werdet folgendes tun: Die Seite aus dem Wettbuch von White's mit dieser lächerlichen Wette, die eine Gruppe dummer Jungen dort hineingekritzelt hat und die von einem noch dümmeren Jungen angenommen wurde, ins Feuer werfen. In ihrem betrunkenen Zustand hielten sie es zweifellos für einen tollen Spaß! Und Ihr werdet Rory Euren Segen dazu geben, dass sie den Mann heiratet, den sie liebt. Wenn Ihr nicht sofort beides tut, werde ich zu meinem Sohn gehen und ihm sagen, was ich über Euch weiß.“

„Zu Roxton gehen? *Ihm* etwas über *mich* erzählen, das *Ihr* wisst?“ Shrewsburys Schultern zuckten vor innerem Gelächter. „Oh, ich liebe es, Euch zu beobachten, wenn ihr leidenschaftlich werdet! Gott, Ihr müsst meinen alten Freund zwischen den Laken erschöpft haben!“ Er verlor sein Lächeln. „Ich werde keiner dieser dummen Forderungen nachgeben. Nun, bitte, *Mme La duchesse*, stampft nicht mit Eurem hübschen Fuß vor mir auf, und hört mit diesem melodramatischen Unsinn auf.“

„Ich glaube nicht, dass ich melodramatisch bin, wenn ich sage, dass Ihr meinen Sohn sehr respektiert, weil er ein Mann von höchsten Moral ist und es außerdem hilft, dass er der mächtigste Herzog in England ist. Roxton betrachtet Euch ebenfalls mit großer Zuneigung. Ihr würdet sicher nicht seinen Respekt verlieren wollen und schlimmer noch, ihn dazu zu zwingen, dafür zu sorgen, dass Ihr in Ungnade Eures Postens als Herr der Spione enthoben werdet.“

Wieder lachte Shrewsbury, aber diesmal ungläubig.

„Lieber Gott, Antonia, bedroht Ihr *mich*? Ich bin mehr erregt als je zuvor!“

Antonia verzog angewidert das Gesicht und hob die kleine Nase. „Ich drohe nicht. Das ist, was geschehen wird, wenn Ihr nicht tut, was ich sage.“

Der alte Mann schüttelte den Kopf und legte das Kinn in die Hand, fertig mit dem spielerischen Geplänkel.

„Geht nur zu Roxton mit Euren Märchen. Ich denke, Ihr werdet feststellen, dass das moralische Empfinden Eures Sohnes durch Fitzstuarts Verhalten und seine Wette, mit einem Krüppel zu schlafen, weitaus mehr gestört wird als alles, was Ihr ihm möglicherweise über mich erzählen könnet.“

Antonia holte tief Luft und machte einen letzten Versuch, Shrewsbury zur Vernunft zu bringen.

„Edward, würdet Ihr wirklich eher Rory das Herz brechen, als sie glücklich mit dem Mann verheiratet zu sehen, den sie liebt und der sie auch liebt?"

„Ja. Es ist zu ihrem eigenen Besten."

Antonias Schultern sackten herab. Doch dann richtete sie sich entschlossen auf und legte die Hände vor ihrem Bauch zusammen.

„Dann lasst Ihr mir keine Wahl, als das Versprechen, das Monseigneur Euch gab, gegen Euch gab, zu benutzen. Wir wurden nicht Rorys Paten, weil Ihr uns darum batet, sondern weil ihre Mutter mich darum bat, bevor das Baby geboren wurde. Ja. Das überrascht Euch. Ihr vergesst vielleicht, dass Eure Schwiegertochter und ich gleich alt sind oder wären, wenn sie noch am Leben wäre. Unsere Söhne waren auch fast im gleichen Alter. Wir trafen uns im Park und begannen dann, unseren Nachmittagstee miteinander zu trinken und zuzuschauen, wie unsere Kinder miteinander spielten."

Es war offensichtlich, dass dies dem alten Mann neu war.

„Was könntet Ihr möglicherweise mit der Bastardtochter einer Näherin gemein haben? Sie war aus Norwegen; Sie konnte kaum ihren Namen schreiben, am allerwenigsten Englisch sprechen."

„Ich sagte es Euch. Wir waren gleich alt und hatten ungefähr gleich alte Söhne. Was brauchten wir noch mehr? Wir sprachen Französisch. Englisch war unwichtig. *Je comprends!* Ihr glaubt, als Herzogin hätte ich sie ihrer niedrigen Herkunft wegen ablehnen müssen? Sie war mit Eurem Sohn und Erben verheiratet, und damit Lady Grasby. Außerdem hatte sie einen äußerst liebenswürdigen Charakter und war ein überaus netter Mensch, genau wie ihre Tochter Rory. Sie sehen einander sehr ähnlich, obwohl Christina schöner war. Wenn wir die Mall entlang schlenderten, wurden wir oft für Zwillinge gehalten, so groß war unsere Ähnlichkeit. Wir trugen manchmal ähnliche Kleidung, um es so aussehen zu lassen, und kicherten hinter unseren Fächern, wenn die Leute uns ansahen und dann ein zweites Mal hinschauten…" Antonia machte mit ihrer Hand eine abwehrende Bewegung und brachte ihre Gefühle unter Kontrolle, bevor solche bittersüßen Erinnerungen sie überwältigen konnten. „Nichts davon ist jetzt wichtig. Wichtig ist Rorys Glück, und ich kenne die Wahrheit: Christina nahm sich das Leben, weil sie nicht länger mit der Schande leben konnte wegen dem, was sie Euch zu tun erlaubt hatte."

Es gab eine unmerkliche Pause, und Antonia glaubte, einen Riss in Shrewsburys arroganter Fassade gesehen zu haben, aber er wurde schnell wieder Herr seiner selbst und gab eine abwehrende Antwort.

*Ich*? Sie stürzte sich wenige Stunden nach der Geburt ihrer kleinen Tochter von einem Balkon. Welche Mutter lässt ein Neugeborenes hilflos zurück? Und darüber hinaus machte sie ihren sechsjährigen Sohn mutterlos!"

„Das ist die Tatsache, aber nicht der Grund, aus dem sie sich tötete. Auch Euer Sohn hat sich aus Trauer das Leben genommen, weil er seine Frau liebte, und aus Scham, weil er wusste, dass Ihr, sein Vater, ein verdorbenes Monster wart, und er nichts dagegen unternommen hatte, Euren Missbrauch seiner Frau zu unterbinden. "

„Verdorben? Monster?" Shrewsbury blies sich auf. Sein Lächeln war überheblich. „Fantasiegeschichten! Ich gebe zu, dass der Kummer meinen willensschwachen Sohn in den Wahnsinn getrieben hat. Aus dem Mund des Irren kommen alle möglichen unbegründeten Vorwürfe und Unsinn. Keine der Behauptungen meiner Schwiegertochter halten näherer Prüfung stand."

„Aber Monseigneur war nicht wahnsinnig, und er hat nie irgendeinen Unsinn erzählt, also glaube ich, was er mir gesagt hat. Er hielt Euch auch für ein Monster. Aber er wollte Christinas Kindern die Qual ersparen, zu wissen, was ihr Großvater ihrer Mutter angetan hatte, und die Wahrheit über den Tod ihrer Eltern. Und er konnte Euch nicht der gesellschaftlichen Ungnade ausliefern, denn sie würde auch die beiden treffen, wenn die hässliche Wahrheit über das, was Ihr getan hattet, je bekannt würde. Daher stimmte *M'sieur le duc* zu, Euer widerwärtiges Geheimnis mit ins Grab zu nehmen." Antonia wagte es, leise zu lächeln. „Doch zuvor erzählte er es mir."

„Er erzählte es Euch? Das glaube ich nicht!"

„*M'sieur le duc* hat Euch nie versprochen, es mir nicht zu sagen. Was er tat, da er Euch nicht traute, und er wusste, dass dieses Wissen nützlich werden könnte, wenn der Herr der Spione Englands beschließen sollte, ein Feind meiner Familie zu werden." Sie runzelte die Stirn. „Er hat es mir nicht gern erzählt. Es tat ihm weh, von Eurem unannehmbaren Verhalten erzählen zu müssen, aber er wusste, dass ich es besser wissen sollte. Er wusste auch, dass es meine Gefühle für meine Patentochter nicht ändern würde. Obwohl es für immer meine Meinung über *Euch* geändert hat. Es war klug von Monseigneur, es mir zu erzählen, weil das bedeutete, dass ich, wenn ich meine Familie eines Tages vor Schaden behüten müsste, vor *Euch* schützen müsste, mit Eurem Geheimnis die perfekte Waffe hätte. Und jetzt ist diese Zeit gekommen, Edward. Ich habe vor, meine Familie zu beschützen, und Ihr werdet jetzt tun, was ich verlange, oder ich werde zu meinem Sohn gehen."

Plötzlich sah der alte Mann krank aus. Dennoch machte er einen letzten Versuch, Antonias Bluff ins Leere laufen zu lassen.

„Mein alter Schulfreund hätte niemals das Vertrauen eines Freundes verraten, nicht für irgendjemanden."

Antonia seufzte leise.

„Wieder sage ich, es ist offensichtlich, dass Ihr nie geliebt habt. Wenn Ihr liebt, werdet Ihr alles, absolut alles in Eurer Macht Stehende tun, um für das Glück und das Wohlergehen der Geliebten zu sorgen." Sie trat vom Fenster weg. „Also, jetzt werde ich meinen Cousin holen, und Ihr werdet Eure Familie und Rory holen, und wir werden alle auf Lady Grasbys Schwangerschaft und die bevorstehende Ehe zwischen Eurer Enkelin und meinem Cousin anstoßen."

Bevor sie es zur Tür schaffte, packte Shrewsbury sie am Oberarm und drehte sie zu sich herum. Sie war so schockiert, angefasst zu werden, dass sie in sein Gesicht sah und weder sprechen noch sich bewegen konnte.

„Vielleicht breche ich Euch hier und jetzt Euren hübschen Hals", fauchte er sie an. „Dann werden all diese kleinen Geheimnisse, die in diesem schönen Kopf verborgen sind, für immer verschwunden sein, und Ihr könnt Euch Eurem kostbaren Monseigneur eher früher als später anschließen."

„Das zu tun würde Euch nicht retten, M'sieur", antwortete Antonia, bei seiner Nähe und seinem heißen Atem wurde ihr sofort übel.

Sie riss ihren Arm los und trat zurück, um Abstand zwischen sich und ihn zu legen, strich die zarte, dreistufige Spitzenrüsche ihres Ärmels glatt, als ob sie seinen Gestank abbürsten wollte. Es diente auch dazu, ihr einen Moment Zeit zu geben, sich zu beruhigen. Immerhin hatte er gerade gedroht, sie zu töten. Aber eine Welle von Übelkeit brachte ihre Klarheit wieder zurück. Sie wusste, dass sie dieses Gespräch für ihren Cousin und ihre Patentochter durchstehen musste. Sie wollte es auch so rasch wie möglich beenden. Sie verdrängte ihre morgendliche Übelkeit und sagte mit klarer, fester Stimme:

„Ich kenne Euch zu gut und weiß, wozu Ihr fähig seid. Ein versiegelter Brief liegt auf meinem Schminktisch. Es ist an meinen Sohn gerichtet. Ich habe angewiesen, ihn *M'sieur le duc de Roxton* zu überbringen, falls seiner *maman* etwas Unerwartetes zustieße. Meine Diener ..."

„Schlau!"

„... werden ihre Pflichten nicht vernachlässigen. Tötet mich, und Ihr seid ruiniert. Ebenso Euer Enkel und seine Familie, und zur ewigen Schande Eurer Tochter ..."

„Ihr meint Enkelin."

„Haltet mich nicht für eine Närrin, M'sieur! Ich meine, was ich sage. Rory ist Eure Enkelin, aber sie ist auch Eure Tochter. *N'est-ce pas?*

Ihr habt Euch ihrer Mutter, Eurer Schwiegertochter, aufgedrängt, und mittels Drohungen und Einschüchterung habt Ihr sie und die Heiligkeit ihrer Ehe vergewaltigt. Ihr seid ein Monster und ein Vergewaltiger und wäre meine Patentochter nicht, ich wollte niemals wieder mit Euch zu tun haben!"

Shrewsbury taumelte zurück, als hätten ihre Worte ihn hart ins Gesicht getroffen. Der Schock, es so unverblümt ausgesprochen zu hören, und mit solch einem Hass, machte ihn für einen Moment sprachlos. Antonia schonte ihn nicht.

„Christina flehte Euch immer wieder an, Eure Besuche in ihren Räumen einzustellen. Aber Ihr wolltet nicht aufhören. Ihr nutztet Eure Besuche bei Eurem Enkel als Vorwand. Doch das war eine List. Ihr schicktet Euren Sohn, ihren Mann, auf eine sinnlose diplomatische Mission in den Haag, um ohne gestört zu werden Zeit in ihrem Bett zu verbringen. Sie hat Euren Missbrauch sieben lange Monate lang ertragen, und erst als Ihr sie geschwängert hattet, ließet Ihr Euren Sohn aus Angst vor der Wahrheit vom Kontinent zurückrufen."

„Nein! Das ist nicht wahr! Ich war nie glücklicher, als Christina mir sagte, dass sie mein Kind trüge. Das war, was wir uns beide wünschten ..."

„*Lügner.*" Antonia starrte ihn an, als wäre er verrückt. „Natürlich wollte sie das Kind. Sie dachte, eine Schwangerschaft würde Euch aufhalten! Und sprecht nicht mit mir über Euer *Glück*. Ihr habt Gottes an Moses übermitteltes Gesetz gebrochen, indem Ihr Eure Schwiegertochter zu Eurer Geliebten machtet, und Ihr habt die Stirn, mir zu sagen, dass Ihr *glücklich* wart, sie geschwängert zu haben? Ihr - *widert* mich an!"

Shrewsbury hatte genug gehört. Er hob eine Hand, als würde dies Antonia davon abhalten, ihn weiter mit der Wahrheit zu reizen. Er hatte gedacht, dass diese Episode schon lange unter zwei Jahrzehnten des Lebens begraben war. Er hatte sich fast selbst davon überzeugt, dass es nie passiert war. Er hielt an der Wahrheit fest, dass Rory seine Enkelin war; dass sie auch seine Tochter war, hatte er sorgfältig unterdrückt. Wie ihm sein fleischliches Verlangen nach seiner Schwiegertochter und dessen Folgen so unverblümt ins Gesicht geworfen wurde, ließ ihn eine plötzliche Übelkeit empfinden.

Er, der Hüter der abscheulichen kleinen Geheimnisse anderer Leute, dem es keine Gewissensbisse bereitete, diese Geheimnisse zu nutzen, um seine Ziele als Spionagemeister voranzutreiben, war in seinem eigenen Spiel und von der Witwe seines besten Freundes geschlagen worden. In einem Moment höchster Schwäche hatte er sich dem alten Herzog von Roxton anvertraut. Er hatte sich besser gefühlt, weil er sein Gewissen gereinigt und kaum begriffen hatte, dass sein eigenes abscheuliches kleines Geheimnis verborgen bleiben würde, aber immer noch vorhanden wäre, sollte es jemals gebraucht werden. Seine Schultern beugten sich in der Erkenntnis, dass dieser Tag gekommen war. Trotz des Bewusstseins seiner Niederlage blieb ihm genug arrogantes Selbstvertrauen für den Versuch, sein Verhalten zu rechtfertigen.

„Ihr müsst das verstehen. Christina hatte mich verhext. Ich wusste, dass es falsch war. Ich schämte mich, aber es gab nichts - *nichts* - was ich hätte tun können, um mich aufzuhalten! Männer sind nur schwache Wesen im Angesicht göttliche Schönheit. Es ist eine Krankheit ..."

„*Taisez-vous*! Ich will nichts mehr hören! Es ist kein Wunder, dass das arme Geschöpf in den Tod sprang. *Mon dieu*, ich weiß nicht, warum Monseigneur Euch nicht mit seinem Rapier durchbohrt hat, als er Euer erbärmliches Geständnis hörte!"

„*M'sieur le duc* kannte die - die *Qual* einer alles verzehrende Leidenschaft für eine viel jüngere, schöne Frau nur zu genau. Er hat Euch geheiratet, als Ihr halb so alt wart wie er und das göttlichste ..."

Antonia schnappte entsetzt nach Luft. Und dann strömte Farbe in ihr Gesicht und ihre grünen Augen funkelten mit einem Zorn, wie sie ihn selten empfunden hatte.

„Wie könnt Ihr es wagen - wie könnt Ihr es *wagen*, Euch und Euer Verbrechen mit der großen Liebe zu vergleichen, die Monseigneur und mich verband! Ihr wisst *nichts* über Liebe! Sprecht *niemals* mehr zu mir über ihn. Ich kann es nicht einmal ertragen, über Euren verdrehten Verstand nachzudenken. Es bereitet mir Übelkeit!"

Sie holte tief Luft und zwang sich, ihre Ruhe wiederzugewinnen, um sich daran zu erinnern, warum sie sich dieser unangenehmen Tortur unterzog. Dennoch musste sie sich fragen, wie sie die Anwesenheit dieses abscheulich abscheulichen Mannes ertragen hatte. Aber Monseigneur hatte sie fast bis zum Ende seines eigenen Lebens vor der schrecklichen Wahrheit über Rorys Abstammung und dem Tod von Christina und ihrem Ehemann geschützt. Die Offenbarung war nur wenige Wochen vor seinem Tod gemacht worden. Damals war sie über den Verlust der Liebe ihres Lebens so voller Kummer gewesen, unfähig, mit der Realität, dass ihr Geliebter sie verlassen hatte, umzugehen, dass alles andere zur Bedeutungslosigkeit verblasste.

Jetzt, drei Jahre später und mit einem Mann verheiratet, den sie liebte und anbetete, war sie wieder zurück im Land der Lebenden, stark und entschlossen, und mit dem Verlangen, alle anderen Mitglieder ihrer großen Familie ein glückliches und erfülltes Leben führen zu sehen. Wenn sie noch einen Hauch von Mitgefühl für Shrewsbury hatte, dann deshalb, weil er sowohl für Harvel als auch für Rory ein liebevoller Großvater gewesen war.

Die höchste Ironie war, dass er, indem er Rory dazu erzogen hatte, ihr Gebrechen einfach als Teil ihrer Selbst und nicht als Hindernis zu betrachten, ihr Selbstvertrauen und Selbstachtung geschenkt hatte. Aber er hatte fälschlicherweise angenommen, dass kein Mann sie heiraten wollen würde, und sie ihn niemals verlassen müsste. Sie wäre die ideale Gefährtin seiner alten Tage gewesen. Ihm war nie die Idee gekommen, dass sie sich verlieben könnte, am wenigsten in den Erben eines Earls, der noch dazu niemand anders war als der auf raue Weise gut aussehende Major Lord Fitzstuart.

Doch dies machte für Antonias Meinung über Shrewsbury keinen Unterschied, oder für ihre Überzeugung, dass er für das, was er Christina angetan hatte, auf ewig in der Hölle schmoren würde. Sie schaute ihn jetzt an und sah, dass ihre leidenschaftlichen Worte ihm jeden Widerstand ausgetrieben hatten. In viel ruhigerem Ton sagte sie jetzt, nachdem sie die Situation völlig beherrschte:

„Ich werde Euch ein paar Momente Zeit lassen, um Euch zu fassen und einen Weg zu finden, um das Wettbuch von White's von der beleidigenden Seite zu befreien. Dann werdet Ihr die Vorstellung Eures Lebens abliefern und Euch für das verlobte Paar freuen. Nachdem wir angestoßen haben, wird Rory bis zu ihrem Hochzeitstag bei mir bleiben, das wird morgen in einer Woche sein. Die Hochzeit wird in der privaten Kapelle von *M'sieur le duc* stattfinden, in Anwesenheit der Familie. Wenn Euch an ihrem Glück und dem Wohlwollen ihres neuen Ehemannes liegt, werdet Ihr dort sein."

Shrewsbury starrte sie voller Groll an, nickte jedoch gehorsam zum Zeichen seiner Zustimmung. Als er wieder sprach, war seine Stimme sanftmütig und flehend.

„Versprecht mir, zu niemandem ein Wort darüber zu sagen. Versprecht es mir, um Rorys willen, um meiner Familie willen, dass Ihr den Brief an Euren Sohn verbrennen werdet."

Antonia gab vor, über seine Bitte nachzudenken. In Wahrheit gab es keinen Brief. In hundert Jahren hätte sie nicht daran gedacht, Rorys wahre Abstammung und die traurige Geschichte hinter dem Tod ihrer Eltern zu Papier zu bringen. Es war ein Bluff gewesen. Der zum Glück gewirkt hatte, denn sie hatte keinen Ausweichplan für den Fall gehabt, dass Shrewsbury ihre Geschichte und ihre Drohung nicht glauben würde.

„Um meiner Patentochter, meines Cousins und Eurer Familie willen, ja. Ich werde tun, worum Ihr bittet. Aber erst, nachdem sie vor dem Pfarrer gestanden haben und zu Mann und Frau erklärt worden sind."

Shrewsbury nickte zufrieden. Er schlurfte zum Kamin und hob einen harmlos aussehenden, ledergebundenen Band auf, der neben dem Fuß seines Sessels gelegen hatte. Er öffnete ihn bei einer mit einem Eselsohr markierten Seite. Er faltete die Seite in drei Teile vom Rand aus und riss das Blatt dann vorsichtig aus dem Buch. Er zerknüllte sie und warf die Papierkugel in den Kamin auf die schwelenden Scheite. Antonias grüne Augen weiteten sich, als das Feuer zu neuem Leben erwachte und der Papierball von Flammen verzehrt wurde. Er musste ihr nicht sagen, dass die Seite aus dem Wettbuch von White's stammte und dass die widerwärtige Wette jetzt nicht mehr existierte.

Ihre Hand lag auf dem Türknauf, als Shrewsbury sie zurückrief. Sie sah über ihre bloße Schulter zurück, bewegte sich aber nicht.

„Ihr irrt Euch, *Mme la duchesse*. Ich weiß, was Liebe ist. Ich liebe meine Tochter. Ich liebe sie mehr, als Worte es ausdrücken können."

„*Bon*. Dann werdet Ihr als liebender Vater überglücklich sein, wenn sie eine gute Ehe, eine Liebesehe, eingeht. Oh, und Edward, wenn Ihr es wagt, mich noch einmal mit Euren Augen nackt auszuziehen, werde ich meinen Mann anweisen, Euch die Augen auszustechen."

DREISSIG

Die Herzogin war noch keine fünfzehn Minuten in der
Gatehouse Lodge gewesen und hatte Dair draußen in ihrem Wagen
gelassen, als er feststellte, dass das zehn Minuten zu lang war. Er hasste
es, eingesperrt zu sein, aber er hasste es noch mehr, einfach herumzusitzen. Er musste irgendetwas anderes tun, als nur untätig dazusitzen, bis
er geholt wurde. Ein gestiefeltes Bein konnte nicht ruhig gehalten
werden, während das andere entlang des seidenen Polsters ausgestreckt
war und die Stiefelspitze gegen die seidene Verkleidung der Tür pochte.
Er warf noch einen Blick auf das perlmuttbelegte Blatt seiner silbernen
Taschenuhr, nur, um etwas zu tun zu haben, bemerkte, dass der Zeiger
sich nur drei Minuten weiterbewegt hatte und ließ sie wieder in eine
Tasche seiner silberfarbenen Weste gleiten. Dann schob er eine Hand in
eine Tasche seines hellen Leinenrocks, fand sein silbernes Zigarrenetui
und die kleine gravierte Zunder-Schachtel, ohne sich erinnern zu
können, sie dort hineingesteckt zu haben, und entschied, dass er genug
davon hatte, auf die opulenten, mit dunkelblauer Waschseide ausgeklei-
deten Wände seines Kutschengefängnisses zu starren.

Er kletterte durch den der Gatehouse Lodge abgewandten
Kutschenschlag hinaus an die frische Luft und ging ein Stück weiter, in
Richtung einer Gruppe hoher Büsche weißer Rosen, wobei er die
Kutsche zwischen sich und dem Haus hielt, um nicht von den Fenstern
aus erblickt zu werden. Er hockte sich hin und benutzte den Inhalt
seiner Zunderbüchse, um einen Stumpen anzustecken. Als dieser
brannte, blieb er unten und rauchte, während seine dunklen Augen in
das helle Sonnenlicht blinzelten, um den friedlichen Anblick einer

gepflegten Landschaft zu mustern, die ihm seit seiner Kindheit vertraut war: Der Kiesweg, der zu einer kurvenreichen Straße direkt hinter dem Tor führte und am See entlang lief, dann durch eine lange, prachtvolle Allee aus majestätischen Ulmen führte und eine lange Steinbrücke mit drei Bögen überquerte, um sich dann weiter zu dem palastähnlichen Herrenhaus der Herzöge von Roxton hinauf zu schlängeln, das den zweithöchsten Punkt des Anwesens beherrschte. Nur das Familienmausoleum prangte auf einem höheren Ort. Jedoch nahm er an diesem Tag die Aussicht kaum wahr. Major Lord Fitzstuarts Gedanken waren voll von Möglichkeiten und Szenarien dessen, was sich innerhalb der Mauern der Gatehouse Lodge abspielen musste.

Er war es gewohnt, eine Situation in den Griff zu bekommen, das Problem und seine logistischen Herausforderungen zu durchdenken und einen geeigneten Plan in die Tat umzusetzen. Aber er hatte seiner Cousine versprochen, dass er warten würde, bis er gerufen wurde; dass er nichts Unüberlegtes tun würde. Sie hatte ihm tatsächlich befohlen, „nicht den Helden zu spielen", womit sie, da war er sicher, meinte, er sollte nicht gegen Türen treten, an einem Seil oder einem Abflussrohr hinaufklettern und ein Fenster einschlagen, um mit Gewalt in Rorys Zimmer einzudringen, wenn es nicht heimlich ging. Alle diese Möglichkeiten hatte er ernsthaft in Betracht gezogen, bis Antonia ihn dazu brachte, ihr das Gegenteil zu versprechen.

Daher blieb ihm nichts anderes übrig, als auf der abgewandten Seite der Kutsche hin und her zu tigern, von dem Treppchen des Kutschers bis zum Sitz des Dieners, den Stumpen zwischen den Fingern. Es dauerte nicht lange, bevor seine Gedanken wieder zu einer Erstürmung von Rorys Schlafzimmer wanderten. Schließlich musste er vorbereitet sein, falls der Besuch seiner Cousine nicht wie geplant verlief. Er nahm an, dass Rorys Zimmer doch nicht im oberen Stockwerk sei, sondern im Erdgeschoss. Er hatte am Abend zuvor die schmale Treppe bemerkt und wie die Stufen sich scharf außer Sichtweite bogen. Sie mochte auf der untersten Stufe gesessen haben, um auf ihn zu warten, doch war er sicher, dass sie diese Treppe nicht jeden Tag benutzte.

Das ließ ihn an seinen Familiensitz denken, Fitzstuart Hall, besonders an die große Treppe und die privaten Räume im ersten Stock, die er für seine Braut renovieren und vergrößern lassen wollte. Es gab andere Änderungen an dem Haus, die er in Auftrag geben wollte, um das Haus für sie so bequem wie möglich zu gestalten. Die erste war die Installation eines Fahrstuhls, wie Shrewsbury ihn in seinem Haus in Chiswick hatte. Vielleicht würde er zwei einbauen lassen, einen in jedem Flügel, damit seine Lady nicht wieder zurückgehen musste, wenn sie nach unten gehen wollte, und es würde ihr einen noch einfacheren

Zugang zu allen Räumen des Herrenhauses ermöglichen. Und natürlich musste das Gewächshaus gebaut werden, um Ananas, Orangen, Zitronen und Limetten zu züchten, und vielleicht exotische Blumen, wenn seiner Frau so etwas gefiele.

Diese Überlegungen beschäftigten ihn im Hin- und Hergehen, wobei er gelegentlich anhielt, um an seinem Stumpen zu ziehen und Asche abzustreifen und diese mit einer Spitze seines Reitstiefels in den Schotter der Auffahrt zu treten.

Bei diesem Besuch war er bequem gekleidet, in Jerseykniehosen und Reitstiefel, weißes Hemd und einen schlichten Leinenrock in Preußisch Blau. Und obwohl er sich gestern von Farrier hatte rasieren lassen, hatte er heute keine Rasur gewünscht. Es war so etwas wie Aberglauben. Das eine Mal, als er sich wirklich Mühe gegeben hatte, piekfein auszusehen und sein Gesicht so glatt gewesen war wie das Hinterteil einer hübschen Nymphe, hatte Shrewsbury ihn kurzerhand nicht als geeigneten Ehemann für seine Enkelin akzeptieren wollen. Doch vor allem fühlte er sich in so leicht vernachlässigtem Auftreten am wohlsten, jetzt, wo es nicht mehr darauf ankam, einen guten Eindruck zu machen. Diesmal erwartete er, dass Shrewsbury ihn akzeptieren würde. Aber es war ihm so oder so gleichgültig. Das Einzige, was ihn interessierte, war Rorys Glück und sie schnellstmöglich zu heiraten. Dieser Tag konnte nicht bald genug kommen!

Je länger er auf und ab ging und rauchte, desto besorgter wurde er, dass seine Cousine in etwa so viel Erfolg haben würde wie er in der Nacht zuvor. Das hieß, bis ein Diener kam, um ihn hineinzubitten.

Dair war so nervös und aufgeregt, dass jeder seiner Muskeln so angespannt wie eine überdrehte Uhr war. Er ging an dem Lakaien vorbei in das kleine Haus, bereit, gegen alles und jeden zu kämpfen. Er trat mit erhobenem Kopf in den Salon, beide Hände zu Fäusten geballt. Seine dunklen Augen suchten schnell den Raum nach dem einzigen schönen Gesicht ab, das ihm wichtig war. Sie war nicht da. Warum war sie nicht da? Aber bevor er die Frage stellen konnte, wurde ihm ein Champagnerglas aus Kristall in die Hand gedrückt, und inmitten des Geschwätzes und Lachens hörte er das Knallen von Korken.

Erst dann wurde ihm klar, dass er von einem Raum voller lächelnder Gesichter mit einem herzlichen Willkommen begrüßt wurde, während zwei Lakaien herumhuschten und Champagner in Gläser gossen.

„Du kommst gerade rechtzeitig!", verkündete Grasby an und trat vor, um seinen besten Freund zu begrüßen. „Was für ein Glück, dass du gerade jetzt eintriffst, während wir auf unsere guten Neuigkeiten anstoßen. Entschuldigung, ich habe nicht geschrieben und es dir erzählt, aber Silla wollte warten, bis wir es Grand erzählt hatten. Was sicher die richtige Reihenfolge war. Trotzdem", fügte er vertraulich hinzu und trat an den Major heran, um ihm ins Ohr zu sagen: „Wenn ich über deinen Aufenthaltsort in den letzten vierzehn Tagen Bescheid gewusst hätte, hätte ich es dir trotzdem gesagt. Was für ein Glück, dass du beim Herzog wohnst."

„Was ist los, Grasby?", fragte Dair kurz angebunden und trank den Champagner, ohne ihn zu schmecken. Er hatte nicht bemerkt, wie ausgetrocknet er war. „Wo ist deine Schwester?"

„Langsam! Wir haben noch keinen Trinkspruch ausgebracht! Hier, nimm mein Glas", beharrte Grasby und streckte seine Hand nach einem Lakaien aus, um ein anderes zu erhalten. „Du bist so bleich wie frischer Schnee, als ob du mit einem Gespenst zusammengestoßen wärest. Bist du in Ordnung, alter Junge?"

„Vollkommen. Wo sagst du, bleibt deine Schwester?"

„Grand ist gerade gegangen, um sie zu holen. Sie fühlte sich nicht recht wohl. Scheint, sie hatte eine schlechte Nacht ..."

Dairs Brauen zogen sich vor Sorge zusammen und dann biss er die Zähne zusammen, Wut kochte knapp unter der Oberfläche seiner freundlichen Maske. Wenn Shrewsbury Rory den geringsten Kummer bereitet hatte, würde die Hölle los sein. Seine linke Hand ballte sich wieder zur Faust.

„... aber wir können schlecht auf einen neuen Talbot anstoßen, solange seine Tante noch nicht anwesend ist, nicht wahr?", plapperte Grasby weiter. „Oh, verflixt, ich Trottel! Da rede ich und verderbe die Überraschung. Du wirst Silla nicht verraten, dass ich es ausgeplaudert habe, nicht wahr?"

„Was sagst du da, Grasby? Ein neuer Talbot?" Dair riss sich aus seinen zornigen Gedanken, genug, um zu lächeln und seinem Freund einen Schlag auf den Rücken zu geben. „Kein Wort, mein Lieber! Glückwunsch. Schön für dich! Wird ja auch Zeit. Rory wird begeistert sein, Tante zu werden."

„Unter uns, nach dem ganzen Debakel in Romneys Atelier war ich am Verzweifeln, ob ich je Vater werden würde", vertraute Grasby ihm mit einem Verdrehen der Augen und einem Seufzer der Erleichterung an. „Jetzt, nachdem Silla endlich ein Kind erwartet, ist sie bereit, diesen grässlichen Abend zu vergessen ..."

„Doch sicher nicht grässlich? Ich meine, nicht grässlich für dich ...?"

Grasby schnaubte verlegen. „Langsam! Nicht so laut!" Als Dair eine Augenbraue hob, verdrehte er erneut die Augen und gab zu: „Oh, in Ordnung, nicht grässlich für mich! Sie waren schön, nicht wahr, diese Mädchen ..."

„Sehr."

„... aber ein Mann muss sich daran erinnern, was im Leben wichtig ist und es ist wichtig, im Ehebett schlafen zu dürfen."

Dair warf seinen Kopf zurück und lachte, was eine Pause in den Gesprächen verursachte, als sich die Köpfe in seine Richtung drehten. „Bei Gott, Grasby! Du besinnst dich immer auf die wesentlichen Dinge!"

Grasby grinste wie ein Idiot. „Ja? Oh ja! Ja, natürlich! Oh, und du wirst dich freuen zu hören, dass meine Frau dir auch verziehen hat."

„Solche Großzügigkeit verdiene ich kaum. Wann ist Lord Shrewsbury gegangen, um Rory zu holen?", fragte Dair und schaute sich im Raum um. Er sah die Herzogin an einem offenen Fenster stehen und sich fächeln, das Gesicht der frischen Luft zugewandt, weshalb er ihren Blick nicht auf sich ziehen konnte. Er wollte schon zu ihr hinübergehen, als Lady Grasby, gefolgt von William Watkins nur einen Schritt hinter ihr, ihre Einsamkeit störte und ihr ein weiteres Glas Champagner anbot.

„Verlass dich nicht zu sehr darauf", warnte Grasby. „So, wie Silla ist, könnte sie ihre Verzeihung sofort vergessen, wenn sie erführe, dass du ihren Bruder ins Gesicht geschlagen und ihm die Nase gebrochen hast!" Diesmal schnaubte Grasby lauter. „Mein Gott, das war ein toller Schlag! Besser ging es nicht, das habe ich auch Cedric und den Jungs gesagt, die sofort eine beträchtliche Summe gewettet haben, dass du ihn noch vor Ende des Jahres noch einmal schlagen würdest."

„Keine Wetten mehr, Harvel", bestimmte Dair und schlug seinem besten Freund auf die Schulter, woraufhin Grasbys Mund offen stehenblieb. „Tut mir leid, dich zu enttäuschen, aber dabei bleibt es von jetzt an. Kein Wettern um große Summen und nichts mehr in White's Wettbuch. Ich bin darüber hinaus, ein gedankenloser Esel zu sein. Ich schätze, das wäre auch für dich als angehendem Vater keine schlechte Idee. Meinst du, Rory wird noch lange brauchen?"

„Hör zu, Dair. Das ist das dritte Mal, dass du meine Schwester beim Vornamen nennst", grollte Grasby. „Wenn du vorhast, sie auf Abwege zu führen, werde ich derjenige sein, der dich verprügelt ..."

„Aber nicht doch, alter Junge. Ganz im Gegenteil."

„Wie?" Grasby war verblüfft, aber das Lächeln auf Dairs Gesicht hatte nichts Unanständiges an sich. In der Tat sah er zufrieden mit sich selbst aus, und in einer anständigen, glücklichen Art und Weise, was Grasbys Befürchtungen linderte. „Na gut. In Ordnung. Ich dachte nur, ich sollte es erwähnen, weil das Wiesel einige ziemlich grobe Unterstellungen bei Silla über deine Absichten gegenüber Rory gemacht hat. Und ich kann dir sagen, wenn er nicht mein lästiger Schwager wäre und du ihm nicht schon die Nase gebrochen hättest, wäre ich derjenige, der ihm die Faust ins Gesicht setzen würde!"

„Bitte, gerne. Aber tu mir den Gefallen zu warten, bis er richtig geheilt ist, bevor du Hand an ihn legst. Und du musst mir auch verzeihen, dass ich *dir* gegenüber mit *unseren* Neuigkeiten nicht so schnell herausgerückt bin, aber es wird gleich alles offen ..."

„Dir verzeihen? Herausgerückt? Offen? Was? *Unsere Neuigkeiten?* Wessen Neuigkeiten? Dair? Dair!"

„Entschuldige mich, Grasby", murmelte Dair, von der sich weit öffnenden Salontür abgelenkt, und trat an seinem Freund vorbei.

Plötzlich war er taub für die Fragen seines Freundes und sah nicht mehr rechts noch links, so war er blind für Lady Grasby und ihren Bruder, die den Raum durchquerten, um sich bei ihm bemerkbar zu machen; Lady Grasbys süffisantes Lächeln schrumpfte zu einem unwürdigen Schmollen ihrer Lippen, als Dair sie ignorierte. Alles, was er sah, war die Tür und alles, was er hörte, war das Dröhnen seines Herzens, das in seinen Kopf hämmerte. Er erkannte, dass er noch immer so überdreht war wie eine Taschenuhr, als er dachte, er könnte vor Freude darüber, Rory gleich zu erblicken und über das, was danach kommen würde, in Ohnmacht fallen.

Lord Shrewsbury kam zuerst ins Blickfeld und dann war sie da, sein Augenstern, am Arm ihres Großvaters und lehnte sich auf ihren Gehstock. Um die Augen herum wirkte sie müde, aber in jeder anderen Hinsicht war sie sein wunderschönes, geliebtes Mädchen. Unbewusst fing er an zu strahlen und trat vor. Und genau wie er es getan hatte, als er den Salon betrat, schaute sie sich schnell um, als ob auch sie etwas oder jemanden verloren hätte.

Und dann sah sie ihn.

GERADE, BEVOR SIE DEN SALON BETRAT, HATTE RORY IM Nachhinein über das gewaltige Auf und Ab ihrer Emotionen gestaunt, das sie in den letzten vierundzwanzig Stunden erlebt hatte, von den himmlischen Höhen uneingeschränkten Glücks bis zu den schwärzester Tiefen der Verzweiflung, aus denen es keinen Ausweg zu geben schien, nur, um wieder in die herzzerreißende Glückseligkeit erfüllter Liebe erhoben zu werden.

Aus der großen Vorfreude auf die freudige Zustimmung ihres Großvaters, als Dair kam, um offiziell um ihre Hand zur Ehe zu erbitten, war sie ängstlich verwirrt im Foyer zurückgeblieben, als Dair ohne ein Wort verschwunden war. Und dann kam die erschütternde Verzweiflung, als ihr Großvater ihr nüchtern erklärte, wie sehr er Major Lord Fitzstuarts Tapferkeit bewunderte, einen Auftrag anzunehmen, mit dem nächsten verfügbaren Schiff in die Kolonien zurückzukehren und sich dort am Rande von New York, in einer loyalistischen Hochburg, in einem Spionagenetzwerk von Rebellen einzuschleichen.

Rory glaubte ihrem Großvater kein Wort. Sie hatte dem Major einen Diener hinterherschicken wollen, um ihn zurückzurufen. Sie musste mit ihm sprechen. Es war eine Angelegenheit von größter Bedeutung und konnte nicht warten. Sie musste die Nachricht von der Abreise des Majors aus seinem eigenen Mund hören, von niemand anderem.

Ihr Großvater hatte ihre Verzweiflung absolut nicht verstanden. Er hatte geduldig bei ihr auf der Treppe gesessen und sie gebeten zu erklären, warum diese Neuigkeit sie so sehr aufregte. Doch sie war am Boden zerstört, als sie dachte, der Major hätte ihrem Großvater nicht gesagt, dass er mit ihr verlobt war, und eine Spionagemission auf der anderen Seite des Atlantiks akzeptiert - als ob es nichts gäbe, was ihn in England hielte - und sie konnte kaum ein Wort herausbringen, geschweige denn einen zusammenhängenden Satz, um sich zu erklären. Er hatte ihr sein Taschentuch angeboten und sie in seinen Armen gehalten, während sie schluchzte, bis ihre Rippen schmerzten. Er meinte, sie hätte sich beim Schwimmen in der Sonne an diesem Tag zu sehr erschöpft, vielleicht sogar einen Sonnenstich erlitten. Er hätte beim Diner bemerkt, dass ihr Gesicht und ihre Arme mehr Farbe als gewöhnlich hätten. Nach einer guten Nacht Schlaf würde alles wieder in Ordnung sein. Am Morgen könnten sie weiterreden.

Aber Rory wusste, dass am Morgen nicht alles in Ordnung sein würde. Sie musste noch an *diesem Abend* mit dem Major sprechen. Ihr Großvater musste es verstehen. Bis zum Morgen war es zu lange. Sie musste ihn jetzt sehen, an diesem Abend, in diesem Moment.

Ihre Verzweiflung war so groß, dass sie sich weigerte, in ihr Zimmer zu gehen und wieder forderte, ihr Großvater möge einen Diener in die Nacht hinaus schicken, um den Major zurückzurufen. Er wohnte bei seiner Cousine, der Herzogin, nur zehn Minuten zu Fuß den Weg entlang. Als er sich wieder geduldig weigerte und sagte, er würde den Haushalt der Herzogin nicht zu solcher Stunde stören und sie wäre ungewöhnlich unvernünftig, so etwas zu verlangen, erklärte sie ihre Absicht, dann den Major selbst aufzusuchen, und zwar sofort.

Erst dann wurde ihr Großvater zornig. Er nannte sie egoistisch. Sie sollte sofort mit ihrem unmöglichen Benehmen aufhören. Dachte sie nicht daran, wer sie war, die Enkelin des Earls of Shrewsbury? Sich aufzuführen wie ein Fischweib, noch dazu vor den Dienern, war inakzeptabel. Er würde ein solches Verhalten von seinem eigenen Fleisch und Blut nicht dulden. Er hatte seine Strafpredigt mit der innigen Hoffnung beendet, sie möge nicht wegen jemandem wie dem Major den Kopf verloren haben.

Er hätte sie erzogen, vernünftig zu denken, ihren eigenen Wert zu kennen und sich entsprechend zu verhalten. Sie war kein hohlköpfiger, mittelloser Niemand, bereit, sich jedem Adligen mit Körper und Seele anzubieten in der Hoffnung, ihn zu einer Heirat verführen zu können. Hatte sie nicht mehr Verstand? Sicherlich würde der Major eines Tages einen hohen Titel erben. Aber er, Shrewsbury, kannte ihn besser als jeder andere. Der Major war der letzte Mann auf Gottes grüner Erde, den zu heiraten er irgendeiner Frau seiner Bekanntschaft erlauben würde. Er war als Verführer bekannt, als Mann, der rücksichtslos sein Leben aufs Spiel setzte, und wenn es seinen Zwecken diente, auch das Leben anderer. Er hatte praktisch überall verstreut seine Bastarde. Verstand sie nicht, dass sein Spitzname aus gutem Grund *Dair, der Teufelskerl*, lautete?

Doch was ihr Schluchzen beendet und sie ihren Atem hatte anhalten lassen, war seine ruhige, fast mitleiderregende Vorhersage, dass es ihm das Herz brechen und seine Gesundheit sich nie wieder erholen würde, müsste er entdecken, dass sie dem Major auch nur erlaubt hätte, ihr die Hand zu küssen. Was das anging, sich den Kopf mit solch lächerlichen Vorstellungen vollzustopfen, dass ein solcher Mann sie lieben und ihr die Ehe anbieten könnte, müsste sie sie schnell vergessen. Um die Wahrheit zu sagen, er war genau die Art gewissenloser Wüstling, ihr schöne Augen zu machen, nur, um eine widerliche Wette zu gewinnen, die zwischen jungen Männern seiner Art abgeschlossen worden war. Aber er war zuversichtlich, dass sie genug Verstand und Vernunft besaß, solche Pläne zu durchschauen.

Rory, unfähig zu atmen, brach zusammen.

Sie erwachte in den Armen eines Dieners, der sie nicht in ihr Schlafzimmer im Erdgeschoss, sondern nach oben brachte, wo er sie auf dem Bett in einem der kleinen Gästezimmer über der Eingangstür ablegte. Edith kam und ihr Großvater auch. Sie lag teilnahmslos da und ihr war kalt. Sie fragte sich ernsthaft, warum sie sich die Mühe gab zu atmen, so groß war das Dröhnen in ihrem Kopf und der Schmerz in ihrem Herzen.

In ihrem Nebel der Verzweiflung hörte sie, wie ihr Großvater Edith sagte, er würde die Tür abschließen. Er wollte nicht, dass seine Enkelin in der Nacht etwas Dummes täte, wie zum Beispiel zum Witwensitz zu laufen. Er würde die Tür zu geeigneter Stunde am Morgen wieder aufschließen, wenn er hoffte, dass eine volle Nacht guten Schlafes Rory wieder zur Vernunft gebracht haben würde.

Rorys Blick musste zum Fenster gewandert sein, denn er fügte hinzu, dass es, aus welchen Gründen auch immer, unmöglich wäre, das Fenster zu öffnen. Und da es beträchtlicher Höhe über dem Boden war, nichts zwischen dem Fenster und der kiesbestreuten Auffahrt, würde sie sich mit Sicherheit jeden Knochen im Körper brechen, wenn nicht sogar sterben, sollte sie versuchen, das Glas zu zerschlagen und hinauszuklettern.

Dann küsste er sie auf die Stirn und sagte zu ihr, sie bedeutete ihm mehr als alles auf der Welt und er liebte sie so sehr. Als der Schlüssel sich im Schloss drehte, brach sie in Tränen aus, weinte bis zur Erschöpfung und schlief dann ein. Sie wachte in der Morgendämmerung auf und fand Edith schlafend in einem Stuhl am Fuße des Bettes, unbequem sitzend und vor Kälte zitternd, weil die Decke, die sie um sich gelegt hatte, zu Boden geglitten war. Das Feuer im Kamin war erloschen, da das Hausmädchen hatte nicht in den Raum gelangen können, um in der Nacht Holz nachzulegen. Rorys Herz litt so sehr, dass sie nichts fühlte außer dem Ring an ihrem Finger.

Der Ring! Der blass lavendelfarbene Saphirring, den Alisdair ihr an den Finger gesteckt hatte, nachdem er sie gefragt hatte, ob sie ihn heiraten wollte. Warum hatte sie nicht vorher daran gedacht, an ihrem Finger nach ihm zu tasten? Mit aufsteigendem Staunen starrte sie den schönen Stein im Morgengrauen an, bis ihre Augen trocken wurden, aus Furcht, dass er nach dem nächsten Blinzeln nicht mehr dort wäre, dass sie nur träumte. Doch er war noch immer an ihrem Finger, exquisit geschliffen, wunderschön in seinen weichen Lavendeltönen, und er gehörte *ihr*. Der Ring wurde ihr Talisman der Hoffnung und des Glaubens.

Sie wusste, dass Alisdair ohne ein Wort zu ihr fortgegangen war, aber aus irgendeinem anderen Grund, nicht, weil er sie verlassen hatte. Er liebte sie tatsächlich. Er wollte sie heiraten. Der Beweis für seine Worte war dieser Ring. Aber vielleicht hatte ihr Großvater ihn als geeigneten Ehemann abgelehnt – das hatte er ungefähr in der Nacht zuvor gesagt – und, niedergeschlagen, hatte Alisdair nicht das Herz gehabt, ihr mit solchen Nachrichten entgegenzutreten. Aber sie war sicher, dass er das Haus verlassen hatte, nur um einen Plan zu schmieden, und dass er England nicht ohne sie in Richtung Amerika verlassen würde. Wenn sie mit ihm in die vom Krieg zerrissenen Kolonien flüchten musste, dann würde sie es tun. Nichts und niemand würde sie aufhalten!

Rory fühlte sich so viel besser und zuversichtlich, dass der Tag Alisdair zu ihr bringen würde, mit einem Plan für ihre Zukunft, dass sie die

Decke wieder über Edith hochzog und noch eine der beiden Decken aus dem Bett hinzufügte, um sicherzustellen, dass ihre Zofe warmgehalten wurde. Dann kuschelte sie sich ins Bett und schlief fast sofort ein, so todmüde war sie. Sie erwachte zu einem späten Frühstück und überraschte Edith damit, dass sie gut aß und dann erklärte, ein Bad nehmen zu wollen, und dann das weiche grüne Seidenkleid *à l'anglaise* tragen zu wollen, mit den bestickten Unterröcken. Sie sollte Rory eine kalte Kompresse bringen, um ihre geschwollenen Augen zu kühlen. Danach könnte Edith ihre Haare zu einem Aufbau aus Zöpfen und Locken frisieren.

Als Lord Shrewsbury Edith fragte, wie ihre Herrin sich nach der letzten Nacht benehme, konnte diese ihm sagen, dass Rory, als sie sie in ihrem Bad verließ, vor sich hingesungen hätte; es war, als hätte sich das Drama des vorherigen Abends nie ereignet. Der alte Mann war alles andere als erfreut; sein Stirnrunzeln vertiefte sich. Er fragte sich, welchen Plan seine Enkelin ausheckte, um sich mit dem Major wiedervereint zu sehen. Er befahl dem Lakaien, seine Enkelin in dem Schlafzimmer im Obergeschoss eingeschlossen zu halten und nur ihrer Zofe Zutritt zu gewähren; ein Lakai sollte ständig an der Tür Wache stehen.

Rory war noch im Bad, als Edith die Nachricht brachte, dass Lord und Lady Grasby und Mr. William Watkins aus Chiswick angekommen wären. Mit dieser Neuigkeit wurde sie wieder im Zimmer eingesperrt, und diese Mal ohne Warnung oder Erklärung, was sie sich besorgt fragen ließ, welche Motive ihr Großvater haben könnte, sie selbst vor den Mitgliedern ihrer eigenen Familie wegzusperren.

Und dann kam Major Lord Fitzstuart zurück! Sie war angekleidet und bereit, nach unten zu gehen, als eine zweite Kutsche in die Auffahrt bog. Edith stand am Fenster und rief sie rechtzeitig hinüber, um die Kutschentür auf der dem Haus abgewandten Seite sich öffnen und die Liebe ihres Lebens erscheinen zu sehen. Rory hätte vor Glück ohnmächtig werden können, als sie ihn sah. Sie drückte ihre Hände und die kleine Nase ans Glas, um ihn besser zu sehen, als er sich hinhockte, um einen Stumpen anzuzünden, und fragte sich, ob er sie hören würde, wenn sie riefe. Doch sie sagte sich, das würde auch den Rest des Hauses alarmieren, daher sollte sie besser ruhig bleiben und zur Flucht bereit sein, wenn er die Tür eintrat. Vielleicht sollte sie an einem Plan arbeiten, um ihm bei ihrer Rettung zu helfen. Zu diesem Zweck ließ sie sich von Edith helfen, die Kerzen aus den Messinghaltern zu entfernen. Sie spielte mit deren Gewicht und dachte über die beste Art nach, eine Kerze so zu halten, dass man sie mit Wucht benutzen konnte. Edith schwankte vor Sorge über die Leidenschaft für Gewalt, die ihre junge Herrin an den Tag legte, als sie vorführte, wie man eine Kerze als Waffe benutzen könnte.

Doch keine der Kerzen war dazu bestimmt, so missbraucht zu werden. Und auch die Tür wurde nicht eingetreten. Sie wurde von einem Lakaien aufgeschlossen, um eine kleine, hoch aufgerichtete Dame einzulassen, die sich auf Französisch als Zofe von *Mme la duchesse de Kinross* vorstellte. Sie kam mit dem Befehl an Edith, *Mlle Talbots* Habseligkeiten einzupacken und zu der wartenden Kutsche der Herzogin hinausbringen zu lassen. *Mlle Talbot* würde die Woche im Haus ihrer Patin verbringen, um sich auf ihre Ehe mit Major Lord Fitzstuart vorzubereiten. Da Edith kein Französisch verstand, schaute sie Rory um eine Übersetzung bittend an. Doch als Rory den Satz hörte ... *um sich auf ihre Hochzeit mit Major Lord Fitzstuart vorzubereiten*, erlitt sie den nächsten Schock und vergaß zu atmen, sodass sie in einer Wolke wallender Röcke auf dem Boden zusammenbrach.

Als sie wieder zu sich kam, lebte Rory in einem Zustand äußerst wachen Bewusstseins, die gemischten Gefühle von Erleichterung und Unglauben ließen nicht nur ihr Herz, sondern auch ihren Verstand rasen. Und während Edith mit der Zofe der Herzogin losging, um das Packen von Portmanteaux zu überwachen, schloss der Lakai Rory wieder im Schlafzimmer ein, mit der Entschuldigung, er dürfte sie nicht hinauslassen, bis seine Lordschaft dies befehle.

Endlich holte ihr Großvater sie, und überbrachte die Nachricht, dass alle im Salon auf sie warteten. Er sprach nicht von den Ereignissen der Nacht zuvor, und während so viele unbeantwortete Fragen blieben, konnte Rory sich nicht dazu bringen, sie ihm zu stellen. Er sah aus, als wäre er über Nacht gealtert. Seine Schultern hingen nach vorn und seine Hände zitterten leicht. Das Schlimmste war der gespenstische Ausdruck in seinen blauen Augen. Er konnte ihrem Blick nicht begegnen, und als er sprach, klang er gebrechlich; verflogen war die selbstbewusste Arroganz.

Wie hätte sie ihm weiter böse sein können? Sie küsste seine Wange, legte ihre Arme um ihn und sagte, sie verziehe ihm und würde ihn immer lieben. Er brach zusammen, bat sie um Verzeihung, weil er sie zu sehr hatte beschützen wollen, und in einer Kehrtwende sagte er, der Major wäre in der Tat ein guter Mann und ihrer würdig. Dann vergossen sie beide ein paar Tränen. Als sie sich wieder ausreichend gefasst hatten, gingen sie Arm in Arm nach unten, Shrewsbury als resignierter Zuschauer, Rory, um den ersten Tag ihres neuen Lebens zu begrüßen.

MIT ZWEI GROSSEN SCHRITTEN STAND DAIR VOR IHR. SIE
lächelte zu ihm auf. Er strahlte zu ihr hinab. Sie waren so glücklich,
einander zu sehen, dass beide kicherten. Rory ließ den Arm ihres Großvaters los und reichte ihm ihren Gehstock. Aber als sie sich umdrehte,
um Dair wieder anzuschauen, als sie sah, dass er tatsächlich noch vor
ihr stand, war sie so überwältigt von Erleichterung, dass sie zusammenbrach. Sie legte eine zitternde Hand vor ihren Mund, in ihren Augen
standen Tränen und sie schluchzte.

Dair hob sie sofort hoch und drückte sie an sich, das Gesicht in
ihren Haaren vergraben, schweigend, als er fühlte, wie das heftige
Zittern der Erleichterung ihre zarte Gestalt beben ließ. Doch dann
bemerkte er, dass nicht nur sie zitterte. Er sagte nichts, hielt sie nur fest
und ließ sie weinen, bis sie von allein aufhörte. Als sie sich in seinen
Armen regte, ließ er sie los. Er reichte ihr sein Taschentuch. Und als sie
ihre Augen getrocknet hatte, wischte er sich schnell über seine eigenen
und steckte das Taschentuch weg.

Keiner der beiden bemerkte, wie die Zeit verging. Doch dann war
sie wieder in seinen Armen, auf Zehenspitzen, das Gesicht erhoben, um
ihn zu küssen. Er beugte sich vor und zerdrückte ihren Mund mit
seinem, ohne Rücksicht auf gesellschaftliche Zwänge. Sie waren zu
erleichtert, zu überglücklich, zu verliebt, um sich um Konvention und
Anstand zu kümmern. Wichtig war nur, dass sie zusammen waren und
so bald wie möglich heiraten würden. Alles und alle um sie herum
verschwand in einem Nebel aus unwichtigen Bewegungen und Lärm.

Sie wären so stehen geblieben, in einer leidenschaftlichen Umarmung umschlungen, doch Rory fand das Bewusstsein für ihre Umgebung wieder, als ein Glas klirrend auf dem Boden zerbrach.

Lady Grasby hatte schockiert gekeucht, als sie sah, wie das Paar sich
umarmte und küsste und ihr Glas fallen lassen, wobei Champagner auf
die seidenen Rüschen ihres Mieders spritzte. Nie im Leben hätte sie
dieses Ende vermutet. Sie traute ihren Augen nicht. Sie blickte schnell
auf ihren Bruder, der genauso schockiert aussah, wie sie sich fühlte, und
mit offenem Mund dastand. Ihren Mann starrte sie jedoch am durch-
dringendsten an. Lord Grasbys unmittelbare Reaktion war die gleiche
wie ihre, doch dann veränderte er sich und sein Mund verzog sich zu
einem dümmlichen Grinsen. Er schlang die Arme um sich, als müsste
er seine Freude bändigen, seine Schultern krümmten sich, der Schock
wich der Erkenntnis und dann schierem Entzücken, als er seine
Schwester und seinen besten Freund so glücklich in den Armen des

jeweils anderen sah. Lady Grasbys Augen standen voller Tränen und ihr Mund schmollte; es hatte nichts mit Sentimentalität zu tun. Ihr Augenblick, um im Kerzenschein zu glänzen, war gekommen und nun war er vorbei, ausgelöscht von der ungezügelten Freude dieses Paares.

Das Zerbrechen des Glases verursachte allgemeine Aufregung; Lakaien liefen herum, sammelten die Scherben auf, während zu hören war, wie Mr. William Watkins bemerkte, er wundere sich nicht, dass Lady Grasby ihr Glas nicht hätte halten können. Der Schock, Zeuge des so unanständigen Benehmens eines Paares zu werden, das sich einen so unwürdigen Auftritt in einer derart erhabenen Gesellschaft erlaubte, und im hellen Licht des Tages, müsste ausreichen, um selbst den liberalsten Geist in der versammelten Gesellschaft zu schockieren. Er erwartete, dass der Major sofort Ihre Gnaden und seine Lordschaft um Verzeihung bäte.

„M'sieur! Ihr habt die Empfindlichkeit einer alten Jungfer, die Manieren einer Waschfrau und das Gesicht eines Rattenfängers", stellte Antonia unverblümt fest und musterte den großen, dürren Sekretär von unten bis oben, von seinen glänzend polierten Schnallenschuhen bis zu seiner modisch, aber übertrieben gelockten Perücke *au faisan*. „Man sagte mir, Euer Gesicht sei die Folge der ersten beiden. Daher habe ich keinerlei Mitgefühl. Und jetzt, M'sieur", befahl sie und zeigte mit ihrem geschlossenen Fächer auf Mr. William Watkins, „werdet Ihr so still sein, als wäret Ihr überhaupt nicht hier. Lord Shrewsbury soll die Trinksprüche ausbringen. Dann können beide Seiten der Familie genauso überrascht von den Neuigkeiten der anderen sein. Ich habe keinen Zweifel, dass es einige für Euch mit Gesprächsstoff für den Rest der Woche versorgen wird. Meine Patentochter und Lord Fitzstuart werdet Ihr bei solch belebenden Diskussionen entschuldigen müssen, da ich sie zu einer Verabredung mit meinem Sohn und dessen Kaplan mitnehme, um die Hochzeitszeremonie zu besprechen, zu der Ihr alle in der nächsten Woche eingeladen seid. Ach, nun! Ich habe Euch die Neuigkeiten verraten, ohne es wirklich zu beabsichtigen. Mylord, die Trinksprüche, wenn Ihr so freundlich sein wollt. *M'sieur le duc* kann es nicht leiden, wenn man zu spät kommt."

Doch als man ihr in die Kutsche half, gab die Herzogin ihrem Kutscher Anweisung, sie nicht zum Herzog von Roxton zu bringen, sondern zum Mausoleum zu fahren. Sie musste die Neuigkeiten des Paares und ihre eigene, noch überraschendere Ankündigung, mit Monseigneur teilen, bevor sie ins große Haus weiterfuhr.

SONNENLICHT STRÖMTE DURCH DEN GLÄSERNEN OCULUS DER prachtvollen Krypta der letzten Ruhestätte der Herzöge von Roxton und ihrer Verwandten, beleuchtete den Boden aus italienischem Marmor und erhellten den Weg tiefer in das höhlenartige Innere.

Ein Lakai und Dair trugen Vasen, gefüllt mit weißen Rosen, herein. Der Lakai stellte die kleinere der beiden Vasen am Fuß eines schwarzen Marmorsarkophags ab, der auf seinem Deckel die schlafenden Gestalten eines Mannes und einer Frau in weißem Marmor trug: die letzte Ruhestätte des Earls und der Gräfin von Stretham-Ely, die während der längsten Zeit ihres Lebens als Lord und Lady Vallentine, Antonias geliebter Schwager und Schwägerin, bekannt gewesen waren; Eltern von Evelyn Gaius Lucian Ffolkes, der sich laut Dair nun M'sieur Lucian nannte.

Die große Vase mit weißen Rosen stellte Dair am Fuß des imposanten Grabmals des fünften Herzogs von Roxton ab. Dieser Edelmann, in weißem Marmor dargestellt, war so lebensecht, dass er aus seinem Stuhl herabschaute, als ob er noch immer alle vor ihm mit der gleichen arroganten Verachtung musterte, die er im Leben allen außer seiner Familie hatte zuteilwerden lassen. Für Dair war der Herzog ein zweiter Vater gewesen, ein strenger zweiter Vater, aber alles in allem doch ein liebevoller Vater. Und so trat er, nachdem er die Vase abgestellt hatte, zurück und stand einen Augenblick mit gesenktem Kopf da, bevor er sich Rory auf der Marmorbank gegenüber anschloss. Er streckte die Hand nach ihr aus, ohne die Augen vom Herzog abzuwenden, und als er fühlte, wie ihre Finger zwischen seine glitten, lächelte er und sah sie an. Sie schaute ihn fest an, und als er seine Brauen in einer schweigenden Frage hob, berührte sie seine Schulter, damit er sich zu ihr beugen konnte und ihr erlauben, ihm ins Ohr zu flüstern, um die Herzogin nicht zu stören.

„Als ich sechs Jahre alt war, sagte mir M'sieur le Duc, dass ich, wenn ich älter wäre, seine Adlernase haben könnte... Er blieb seinem Wort treu... Du hast seine Nase."

Dair setzte sich mit einem Stirnrunzeln auf, sah sie an, dann auf die Statue seines Cousins, denn er war nicht nur mit Antonia durch ihre gemeinsame Ahnin, ihre Großmutter, verwandt, sondern auch mit dem Herzog, der ein Cousin ersten Grades ihrer Großmutter gewesen war. Aber er hatte noch nie viel über seine Blutsverwandtschaft mit dem Herzog nachgedacht. Und doch, als er ihn jetzt anstarrte, war es offensichtlich, dass er tatsächlich dessen markante Nase geerbt hatte. Dass der alte Herzog vorhergesehen hatte, die Liebe von Dairs Leben würde einen Mann mit der gleichen Adlernase heiraten, die er einst besessen hatte, war purer Zufall, doch es ließ ihm trotzdem kalt den Rücken hinablaufen und in seiner Kehle bildete sich ein Kloß. Er hielt Rorys Hand noch ein bisschen fester.

Das Paar saß dann still und sah aufmerksam zu der Herzogin, die vor dem Grab ihres ersten Mannes stand, zuerst, um die Blumen nach ihrem Geschmack zu arrangieren, und dann, um ihn anzuschauen, die Hand auf die Spitze seines schnallengeschmückten Schuhs gelegt. Es war, als ob der Kontakt mit kaltem Marmor irgendwie nötig wäre, damit sie sich ihm ein wenig näher fühlte, um die unüberwindbare Kluft zwischen den Lebenden und den Toten zu überbrücken. Und obwohl sie kein einziges Wort aussprach, war Rory sicher, dass ihre Patin mit ihrem Geliebten sprach. Sie wusste, dass es so war, als die Herzogin endlich vorbeikam und sich auf die Bank setzte, die Hände leicht in den Schoß gelegt.

„Ich habe ihm eure Neuigkeiten erzählt", sagte sie sanft. „Ich weiß, dass er überglücklich für euch beide ist. Aber jetzt verlasst mich bitte und haltet euch in der Kutsche an den Händen, während ich fünf Minuten allein mit Monseigneur verbringe. Dann fahren wir weiter ins große Haus, um meinem Sohn, Deborah und den Kindern eure freudige Nachricht zu überbringen."

Sie sah zu, wie das Paar Hand in Hand das Mausoleum verließ, und drehte sich dann zu der Marmorfigur ihres ersten Mannes, eine Hand an ihrem leicht erröteten Hals.

„Und jetzt muss ich dir etwas erzählen, das dich den Kopf schütteln und über mich lachen lassen wird ..." Sie schaute zu dem Grab mit der zweiten Vase voller Rosen hinüber, und sagte: „Auch euch, Vallentine und Estée. Ihr werdet sehr mit mir schimpfen, aber ich sage euch, ich konnte nicht anders." Sie schaute wieder zu ihrem Geliebten. „Du wirst dich für mich freuen, das weiß ich. Obwohl du mir sagen wirst, dass ich nichts anderes verdiene als Folge davon, einen so männlichen Mann zu heiraten, der nicht viel älter ist als unser Sohn ..."

Als sie wieder in die Kutsche stieg, wartete Michelle draußen auf sie. Antonia verstand, und dankte ihrer Zofe dafür, dass sie dem Paar die Privatsphäre der Kutsche gegönnt hatte. Sie fand ihren Cousin und ihr Patenkind zusammengekuschelt in einer Ecke, schlafend. Sie war nach den emotional anstrengenden Ereignissen der letzten zwölf Stunden darüber nicht überrascht - sie selbst war müde. Mit einem sanften Klopfen an das Brett über ihrem Kopf machte sich der Wagen auf den Weg, und auch sie schmiegte sich in eine Ecke, Michelle neben sich, und döste, bis die Tür von einem höflichen Lakaien aus dem Haushalt ihres Sohnes geöffnet wurde.

Sie nahm die weiß behandschuhte Hand des Lakaien und trat in die frische Luft hinaus, als sie eine höchst willkommene Entdeckung machte. Ihr war nicht mehr übel. Ihre Morgenübelkeit, die sie leise und überraschend überfallen hatte, war ebenso plötzlich verschwunden, wie sie gekommen war. Michelle musste mit ihren Berechnungen die ganze Zeit Recht gehabt haben. Obwohl sie teilweise glaubte, dass es kein Zufall war, da sie gerade im Mausoleum gewesen war, um Monseigneurs Segen für das neue Leben zu empfangen, das in ihr wuchs. An diesem Abend würde sie Jonathon ihre Neuigkeiten schreiben. Er würde überglücklich sein und sie zweifellos liebevoll schelten, dass er es ihr ja gesagt hätte.

Mit selbstbewusstem Schritt rauschte Antonia, Herzogin von Kinross, in das gigantische Foyer ihres einstigen Heims. Ihre vier Enkelkinder eilten die weite, geschwungene Treppe hinunter, um sie zu begrüßen, quietschten und kicherten vor Freude, Kindermädchen, Diener und Tutoren in ihrem Kielwasser. Sie schwebte in einer Wolke aus weicher Seide über den Marmorboden, öffnete ihre Arme weit und umfasste sie alle in einer liebevollen Umarmung.

# EINUNDDREISSIG

Nachdem die Herzogin von Roxton und die Herzogin von Kinross sich zusammengetan hatten, um jede Einzelheit von Rorys und Dairs Hochzeit zu organisieren, von der Gästeliste bis zu den Gerichten, die beim Hochzeitsfrühstück serviert werden sollten, gab es für Rory wenig zu tun, außer jeden Tag, der sie näher an diese Zeremonie brachte, mit einem gesteigerten Gefühl der Vorfreude zu genießen, als ob sie in einem Traum lebte.

Sie hatte nicht einmal das Drama der Unentschlossenheit darüber, welches Kleid am besten geeignet wäre. Ihre Schwägerin versuchte, sie davon zu überzeugen, dass eine elfenbein- oder zitronenfarbene Seide sich am besten für eine Braut eignete, aber beides passte nicht zu Rorys blassem Teint. Und sie hatte Dair versprochen, das rosa-lavendelfarbene, offene Kleid aus Seide und passende Schuhen zu tragen, in denen er sie auf der Treppe der Gatehouse Lodge gesehen hatte. Edith wusste genau, wie sie ihre Haare frisieren sollte, trotz Sillas Beharren darauf, dass sie von solchen Dingen mehr verstünde. Was Schmuck anging, war Rory völlig zufrieden mit ihrem blass lavendelfarbenen Saphirverlobungsring - dessen Farbe perfekt zu dem von ihr gewählten Kleid passte. Wieder sagte Silla, das wäre unmöglich. Sie würde etwas Geeignetes für Rorys Dekolleté und ihre Handgelenke finden. Insgeheim hoffte Rory, dass ihre Suche vergebens sein würde.

Am nächsten Tag schlenderten Lord und Lady Grasby von der Gatehouse Lodge zum Witwensitz, um mit Rory auf der Terrasse den Morgentee zu trinken. Als sie ihre zweite Tasse Tee genossen, überreichten sie Rory eine flache Schmuckschatulle. Drinnen lag auf einem

Samtbett ein vierreihiges Halsband aus glänzenden Perlen und ein dazu passendes Armband. Das Set hatte Rorys Mutter gehört, die es an ihrem Hochzeitstag in Oslo getragen hatte, und jetzt gehörte es Rory, ein Hochzeitsgeschenk ihres Bruders und seiner Frau. Rory war zu Tränen gerührt, überrascht, dass Silla sich von solchen Perlen trennen konnte.

Silla ruinierte den Moment mit der Enthüllung, dass sie ein viel teureres, fünfreihiges Halsband mit einer langen Kette von Perlen hatte, das mit einem Gold- und Diamantverschluss befestigt wurde, und zu dem zwei passende Armbänder und ein Paar Ohrringen gehörten. Das Set war ein Geschenk ihrer Eltern zu ihrer Heirat mit der Familie Talbot. Rory machte keine andere Bemerkung als, dass sie sich sicher wäre, Sillas Perlen müssten wunderschön sein, woraufhin Silla antwortete, dass Rory sie selbst sehen könnte, wenn sie sie am übernächsten Tag zur Hochzeitszeremonie tragen würde.

Rory wechselte einen Blick mit ihrem Bruder, der nur die Augen verdrehte, sich eine Erwiderung verkniff und schweigend seinen Tee trank. Doch keine fünf Minuten später übertraf Silla sich mit einer unsensiblen Antwort auf Grasbys unschuldige Frage, welchen ihrer Gehstöcke Rory für den großen Anlass ausgewählt hätte. Rory zog meist den Malakka-Stock mit dem in Form einer Ananas geschnitzten Elfenbeingriff vor. Tatsächlich hatte er ihn ihr zu ihrem einundzwanzigsten Geburtstag geschenkt, erinnerte er sich nicht? Sie hatte ihn auch in jener schicksalhaften Nacht in Romneys Atelier bei sich gehabt. Grasby lachte darüber und sagte, es wäre die perfekte Wahl und fragte sich laut, ob sein bester Freund sich an den bewussten Gegenstand erinnerte.

Silla fand daran nichts zu lachen. In der Tat war sie schockiert bei dem Gedanken, dass Rory mit einem Gehstock heiraten wollte. Sie stellte ihre Teetasse in die Untertasse und sagte unverblümt, ohne zu bemerken, dass ihre Worte zumindest beleidigend waren:

„Rory kann unmöglich mit ihrem Stock heiraten, Grasby. Hast du jemals eine Braut mit einem Gehstock gesehen? Nein. Das geht einfach nicht. Du musst dich auf den Arm des Majors stützen. Das ist passender und für eine junge Braut völlig angemessen. Die Leute werden denken, dass du von der Zeremonie emotional überwältigt bist und nichts merken ...“

„Silla! Wie kannst du sagen ...“

Grasby wurde unterbrochen.

„Da es eine Familienhochzeit ist, Silla, weiß jeder, dass ich einen Gehstock benutze“, antwortete Rory kühl. „Und ich bin kein so armseliges Geschöpf, dass ich bei meiner eigenen Hochzeit eventuell in Ohnmacht fallen könnte.“ Ihre Grübchen zeigten sich. „Es ist wahr-

scheinlicher, dass ich vor Glück dümmlich grinse, das muss ich unterdrücken, sonst sehe ich aus wie eine Närrin." Sie berührte den
Ärmelaufschlag ihres Bruders. „Du wirst mir irgendein Zeichen geben,
wenn ich beginne, wie eine Irre zu grinsen, ja?"

„Aber, Liebste, du hast noch nie im Mittelpunkt der Aufmerksamkeit gestanden", widersprach Silla. „Und du hast noch nie getanzt. Du
hast bei Veranstaltungen immer irgendwo abseits gesessen. Es ist also
durchaus möglich, dass manche nicht wissen, wer du bist! Glaube mir,
es ist nervenaufreibender, als du dir vorstellen kannst, wenn alle dich
anstarren."

Rory unterdrückte ein Lächeln über die Einbildung ihrer Schwägerin und sagte ruhig, aber sehr verschmitzt: „Noch mehr Grund,
meinen Stock bei dieser Gelegenheit zu benutzen. Schließlich werde ich
eines Tages Gräfin von Strathsay sein. Je früher ich mich daran
gewöhne, im Mittelpunkt der Aufmerksamkeit zu stehen, desto besser.
Meinst du nicht auch, Grasby?"

„Aber sicher. Ich finde, du kannst nicht früh genug im Mittelpunkt
der Aufmerksamkeit stehen."

Bruder und Schwester lachten, aber Silla fand nichts Erheiterndes
daran. Nach reiflichem Überlegen sagte sie: „Ich schätze, das stimmt,
Rory. Und wenn so viele titeltragende Verwandte anwesend sind,
können wir nicht riskieren, dass die Braut einfach umfällt."

„Nein. Nein, sicher nicht", stimmte Rory zu, und als ihr Bruder ihr
hinter dem Rücken seiner Frau eine lustige Grimasse schnitt, kicherte
sie in ihre Teetasse. Als sie ihre Fassung wiedergefunden hatte, fügte sie
hinzu: „Was für ein schlechter Anfang für unsere Ehe, wenn ich
hinfiele, mir den guten Fuß verrenkte und auf dem Gesicht landete!
Arme Alisdair!"

Silla hüstelte sittsam in ihre behandschuhte Faust.

„Liebste, es ist nur Alisdair, wenn ihr allein seid und erst, wenn er
dein Ehemann ist", sagte sie in einem bevormundenden Ton. „*Immer*
Fitzstuart in Gesellschaft und *Mylord* vor den Dienern und anderen
Untergebenen."

Von solch einer unangebrachten Zurechtweisung verblüfft, fiel Rory
nichts ein, was sie erwidern konnte, und sie machte sich daran, das
Teegeschirr zu ordnen, unentschlossen, ob sie wütend oder verlegen sein
sollte.

Grasby mischte sich ein, seine Geduld war am Ende. Seine Frau
mochte ein Kind erwarten und er war gewarnt worden, ihre zarten
Nerven in so frühen Tagen der Schwangerschaft nicht aufzuregen, doch
er würde nicht müßig dabeisitzen und sie seiner Schwester vorschreiben
lassen, wie sie sich zu benehmen hätte, weil das seine Frau absolut

nichts anging. Gereizt bis zur Wut, sagte er, was Rory auf der Zunge lag, das auszusprechen ihre guten Manieren sie jedoch hinderten.

„Woher nimmst du überhaupt das Recht, *uns* Vorhaltungen zu machen? Meine Schwester ist eine Talbot, und wir Talbots wissen, wie wir uns in Gesellschaft zu benehmen haben. Außerdem kann sie sagen, was sie will - ihren Ehemann Rover oder Spot nennen, wenn es *ihm* gefällt, und das kümmert mich kein bisschen! Im Übrigen, wo ist Rover - äh - der glückliche Bräutigam?", fragte er und zügelte sein Temperament ein wenig, rutschte auf seinem Stuhl herum und schaute von rechts nach links, als ob er erwartete, dass sein bester Freund hinter einer Statue hervorspringen und ihn zu Tode erschrecken würde. Das war schon früher geschehen. „Ich dachte, er würde hier bei dir sein."

„Nicht vor heute Mittag", erklärte Rory ihnen. „Er hat mit dem Herzog Geschäftliches zu besprechen."

„Ich dachte, wir hätten gestern alles Nötige festgelegt", bemerkte Grasby. Als Rory die Stirn runzelte, erklärte er es. „Grand und ich, Roxton und Dair haben zusammen den Ehevertrag ausgearbeitet, deine Mitgift und dein Nadelgeld." Er lächelte, anscheinend ziemlich zufrieden mit sich selbst. „Ich kann dir durchaus sagen, liebe Schwester, dass du gut versorgt sein wirst, und alle Eventualitäten berücksichtigt wurden."

„Eventualitäten?" Rory hatte keine Ahnung, wovon er sprach.

„Du weißt schon ... wenn Dair etwas zustoßen sollte ... nicht, dass das wahrscheinlich wäre!", versicherte er ihr rasch, als ihr Stirnrunzeln sich vertiefte. „Er hat es aufgegeben, den Spion zu spielen - Na, das ist etwas, das ich nicht über ihn wusste, und er ist doch mein bester Freund! Ein Spion, all diese Jahre! Aber Rory, bitte. Schau mich nicht so an! Ich hatte nicht die leiseste Ahnung. Doch er hat diesen Nacht und Nebel-Kram aufgegeben. Und das sollte er auch, wo er doch jetzt heiratet. Er hat Verantwortung für anderes zu tragen - vor allem für dich, du bist am wichtigsten, und das habe ich ihm gesagt. Doch ich mache mir da keine Sorgen, nicht wahr, nachdem er praktisch an deinem Schürzenband hängt!" Er neckte seine Schwester. „Und wenn er nicht daran hängt, lauert er irgendwo wie ein Schatten, nur einen Schritt entfernt. Und der arme Kerl kann seine Augen nicht von dir losreißen. Ich würde sagen, es hat ihn bös erwischt ..."

„Was? Was hat ihn erwischt?", frage Silla schnell mit einer Hand auf ihrem Mieder. „Das ist doch nicht ansteckend, oder? Das Baby ..."

Lord Grasby zog eine Schulter hoch und schob seine Unterlippe vor. „Das ist schwer zu sagen ..."

„Oh, hör auf, sie zu necken, Harvel!", schalt Rory ihn liebevoll, die Wangen vor Verlegenheit gerötet. „Dein Baby ist völlig sicher, Silla."

Lady Grasby seufzte vor Erleichterung tief und fächelte sich, als ob sie wirklich geglaubt hätte, Major Lord Fitzstuart wäre mit der Pest infiziert.

„Gott sei Dank! Deb Roxton hat sich so viel Mühe mit deiner Hochzeit gegeben und das, wo sie hochschwanger ist", sagte Silla dramatisch. „Was für eine Enttäuschung es für sie und ihre Gnaden von Kinross wäre, wenn nach all ihrer Planung und harter Arbeit die Hochzeit abgesagt werden müsste, weil der Major mit Grippe darniederliegt!"

„Oh, ja. Lass uns die Herzogin - *zwei* Herzoginnen, in der Tat - nicht enttäuschen", spöttelte Lord Grasby und stellte seine Teetasse beiseite. „Ganz abgesehen von der Enttäuschung für seine Braut!"

Als Rory ihn mit aufgerissenen Augen anschaute, wusste er, dass er mit seinem Spott gegen seine Frau zu weit gegangen war und tat sein Bestes, seine Gereiztheit zu dämpfen. Es war nicht nur Silla, die ihm die Laune verdarb. Wenn er ehrlich zu sich selbst war, war er mit der Welt nicht mehr zufrieden, seit er von der Verlobung seiner Schwester mit seinem besten Freund erfahren hatte. Er war so selbstsüchtig, sich zu wünschen, dass sie die Familie nicht verlassen würde. Er verstand nicht ganz, warum sie vor ihrer Heirat bei der Herzogin von Kinross wohnte und nicht mit ihrer engsten Familie in der Gatehouse Lodge. Die Erklärung seines Großvaters war, dass die Lodge klein wäre, und es mit William Watkins im Haus am besten für Rory wäre, woanders zu sein.

Doch dann war William Watkins erst am Vortag unter einer Wolke des Unmuts nach London aufgebrochen. Er hatte keine vollständige Erklärung erhalten, nur, dass das Wiesel in der Stadt wegen Geschäften für die Krone gebraucht würde. Grasby wusste, dass das nur ein Teil der Geschichte war. Den anderen Teil hatte er laut und deutlich durch die dünnen Wände der Lodge gehört, weil er gerade zufällig vor dem Arbeitszimmer saß, auf der untersten Treppenstufe, und die *Gazette* las.

Das Wiesel beschuldigte Dair, ein Verräter zu sein – nichts Neues – er versuchte immer, den Major zu diskreditieren, und es war seit langem ein alter Witz zwischen Grasby und seinem Großvater geworden. Aber dieses Mal sagte Wiesel, er hätte Beweise, einen Brief von der Hand des Majors an seinen Bruder Charles. Er war auf geheimnisvolle Weise in den Besitz des Wiesels gelangt, über die er nichts sagen wollte. Es hatte ein langes Hin und Her zwischen dem Wiesel und dem Herrn der Spione gegeben, von dem Grasby nur das ein oder andere Wort verstanden hatte. Am Ende schrie Wiesel Shrewsbury an, er sollte den bewussten Brief nicht einfach ins Feuer werfen.

William Watkins hatte daraufhin das Arbeitszimmer verlassen, einen Blick auf Grasby geworfen und war damit herausgeplatzt, dass das Oberhaus voller Schurken wäre, und je früher es abgeschafft würde, desto besser für das Land! Darauf antwortete Grasby milde, dass solche Worte Verrat wären, und wenn er wirklich irgendwo etwas bewegen wollte, in den amerikanischen Kolonien wäre doch gerade eine Revolution im Gange. Er wäre sicher, dass die Patrioten einen Mann mit den Fähigkeiten und philosophischen Neigungen des Wiesels mit offenen Armen begrüßen würden. Dann wandte er sich wieder der *Gazette* zu, während das Wiesel an ihm vorbei die Treppe hinauftrampelte, um seine Taschen zu packen.

Die Erinnerung an den Wortwechsel brachte ein Lächeln zurück auf Grasbys Gesicht und seine Laune besserte sich, als er dachte, dass das Wiesel sich vielleicht wirklich dazu entschließen könnte, sich einem Haufen Revolutionäre anzuschließen und nach Amerika zu türmen und damit ihn und seine Frau in Frieden zu lassen.

„Dair hat überhaupt kein Problem", sagte Grasby sanft zu seiner Frau. „Tatsache ist, unser Major ist kerngesund. Er ist nur in meine Schwester verliebt, und das ist ein Grund zur Freude." Er lächelte Rory an. „Ich könnte nicht glücklicher für euch beide sein. Ich hätte es wissen sollen, als ich euch an der Mauer von Banks House sah." Er setzte sich mit einem Augenzwinkern zu Rory auf. „Wenn Dair hier nicht gebraucht wird, beschlagnahmen Cedric und ich ihn morgen Vormittag. Wir wollen mit Roxton und ein paar hiesigen Adligen zur Falkenjagd, sie sind alle gekommen, um die letzten paar Stunden der Freiheit des armen Kerls zu genießen, bevor er lebenslänglich in Fesseln gelegt wird und sich nicht mehr bewegen kann, ohne dass seine Frau wissen will, wo er ist."

Silla, die Grasbys Zwinkern nicht sah, setzte sich kerzengerade auf. Doch bevor sie eine weitere Strafpredigt beginnen konnte, kam der Gegenstand ihrer Diskussion in Sicht, wie er von den Ställen zum Haus lief.

GEKLEIDET IN REITJACKE UND -STIEFEL, DAS SCHULTERLANGE Haar vom Wind zerzaust, war Dair gerade vom großen Haus herübergeritten. Er war wie immer leicht ungepflegt, hatte sich nicht die Mühe gemacht, sich rasieren zu lassen, und sah mit den Barthaaren im Gesicht noch besser aus. Zumindest wenn es nach Rory ging, und ihre blauen Augen leuchteten auf, als er leichtfüßig die Stufen heraufsprang, um sich ihnen anzuschließen. Ihr Bruder war der gleichen Meinung und beobachtete, wie die Haut seiner Schwester beim Anblick seines besten Freundes rosa erglühte, und seine Frau setzte sich nach vorn und blickte ihn mit schwacher Sehnsucht an – auch sie wollte vom Major bemerkt werden. Grasby nahm das nicht übel und schüttelte nur den Kopf, nicht nur über die Wirkung, die die ungepflegte Männlichkeit des Majors auf das schwächere Geschlecht hatte, sondern auch, weil der Mann selbst sich dieser Wirkung auf alles Weibliche nicht bewusst zu sein schien.

„Ich sollte euch warnen, zwei Kutschen sind auf dem Weg vom großen Haus hierher", erklärte Dair ihnen, als er neben Rorys Stuhl stehen blieb. Er legte eine bloße Hand sanft auf ihre Schulter und ihre Finger fanden die seinen sofort und hielten sie fest. „Eine voller Kinder, die zweite voll ihrer Betreuer. Die Herzogin hat sie zu einem Picknick zu Mittag eingeladen. Ich konnte hierher reiten, Cedric war nicht so glücklich. Roxtons Zwillinge haben einen Narren an ihm gefressen, daher wurde er in die Kutsche gepackt, bevor ich ihn retten konnte."

„Ha! Ich wette, du hast es nicht einmal versucht! Armer Kerl", erwiderte Grasby ohne Mitleid, als er seinen Stuhl zurückschob. „Geschieht ihm recht, wo er doch kaum größer ist als ein Busch. Vermutlich wurde er selbst für einen Burschen gehalten. Komm, Frau! Am besten bringe ich dich heim. Du musst dich ausruhen, und wir können das Baby nicht diesen Flöhen mit Husten und laufenden Nasen aussetzen, auch wenn es herzogliche Flöhe sind."

Lady Grasby hatte keine Einwände. In der Tat konnte sie sich nicht schnell genug bewegen, um Abstand zwischen sich und den Witwensitz zu schaffen. Sie ging die Stufen der Terrasse vor ihrem Ehemann hinab, der stehen blieb, um ein letztes Wort mit dem Paar zu sprechen.

„Lasse euch nicht im Stich. Ich werde zurückkehren, sobald ich Silla zurückgebracht habe", vertraute er ihnen an. Er fing Rorys Blick auf. „Vielleicht können wir uns in Ruhe über diese Angelegenheit unterhalten, die wir gestern angesprochen haben ..."

Als Rory nickte, verabschiedete sich Grasby. Doch selbst, als ihr Bruder außer Hörweite und sie mit Dair allein geblieben war, ging sie nicht auf diese kryptische Äußerung ein. Dair musste das Thema nicht erfahren, um zu verstehen, dass etwas Schwerwiegendes Rory belastete. Ihre Gedanken hätten von nichts Ernsterem beschwert sein sollen als ihrem Hochzeitskleid und den Vorbereitungen in letzter Minute für ihre bevorstehende Hochzeit.

Es gefiel ihm nicht, sie so ernst zu sehen. Und obwohl er ihr nicht helfen konnte, solange er nicht wusste, was los war, wusste er, dass er das unmittelbare Problem lösen konnte. Ohne Vorwarnung hob er sie hoch und rannte mit ihr über den Rasen zum Piratenschiff-Baumhaus. Bevor sie aufhören konnte, nach Luft zu schnappen und gleichzeitig vor Lachen zu quietschen, hatte er sie über die Schulter geworfen, als wäre sie nicht schwerer als sein Rock. Dann kletterte er die Leiter an der dreihundert Jahre alten Eiche hinauf in die magische Welt eines zweistöckigen Baumhauses, das wie das Achterdeck eines Piratenschiffs gestaltet war.

Dair hob Rory auf die Bretter und sie kroch von der Leiter und dem langen Abgrund zum Boden fort, um ihm Raum zu geben, sich selbst in die Sicherheit des hölzernen Bodens zu ziehen. Als sie in Sicherheit war, setzte sie sich auf den Knien auf und spähte über die Seite der bemalten Reling nach der Aussicht.

„Oh! Wie wunderschön! Man kann alles sehen, von der Terrasse zum Pavillon und bis zum Anleger hinüber. Ich wünschte, ich wäre schon früher hier heraufgekommen. Obwohl dieses Schiff aus dem Nichts gekommen zu sein scheint. Letzten Sommer war es noch nicht hier. Vielleicht wurde es von einer Bande Feenpiraten durch die Wolken gesegelt und lief hier auf? Was meinst du?"

„Ich bin erst zum zweiten Mal an Bord. Kinross ließ es für Roxtons Brut bauen, kurz nach Ostern. Aber deine Erklärung gefällt mir besser." Er kam zu ihr und stützte sich mit überkreuzten Armen leicht auf das Geländer. „Die Jungs werden bald genug hier sein und geradeaus auf die Gangway zusteuern, um an Bord zu klettern. Sie können über nichts anderes als das Piratenschiff reden!"

Er wandte sich von der Aussicht ab und setzte sich mit dem Rücken gegen die Reling, die langen, in Stiefeln steckenden Beine vor sich ausgestreckt. Als sie zu ihm kam und sich ihm gegenübersetzte, ergriff er ihre Finger und drückte sanft seine Lippen auf ihren Handrücken. Er lächelte wehmütig.

„Wir hatten keinen Moment allein, seit dein Großvater auf unser zukünftiges Glück angestoßen hat, nicht wahr? Wir sind ständig von einem summenden Bienenstock umgeben, und ich befürchte, das wird nicht nachlassen, bis wir weglaufen können, nachdem wir geheiratet haben. Ich weiß, dass ich damit beschäftigt war, über Eheverträge und Angelegenheiten meines Besitzes zu sitzen, um genau festzustellen, welches Chaos mein Vater dem alten Herzog und dann Roxton zum Aufräumen hinterlassen hat, als er nach Barbados verschwand! Aber was war mit dir? Lady Grasby scheint sich von ihrer tiefen Ohnmacht bei unserer Ankündigung erholt zu haben ..."

„Oh, aber wir sollten Verständnis für ihre Lage haben", sagte Rory mit einem Lächeln, das das seine widerspiegelte. „Endlich ist sie schwanger, was eine von der Familie so sehnlichst erwünschte Nachricht war. Und was machen wir, verderben ihren Augenblick des Sonnenscheins, indem wir unsere Verlobung verkünden. Sie sollte sich noch immer in der Aufmerksamkeit aller sonnen dürfen. Aber so ist ihr Baby hinter unserer Hochzeit an zweite Stelle gerückt. Daher habe ich Mitgefühl mit ihr. Allerdings könnte ich ohne ihre guten Ratschläge für eine Braut auskommen, von denen ich scheffelweise bekomme.“ Ihr Lächeln war koboldhaft. „Das einzige Thema, das sie *nicht* angesprochen hat, ist die Hochzeitsnacht, und ich bin sicher, dass ihre Zurückhaltung nur der Anwesenheit meines Bruders geschuldet ist. Der arme Harvel würde vor Verlegenheit ohnmächtig werden, wenn er jemals den Verdacht hätte, dass sie es wagen würde, mir *zu diesem Thema* Ratschläge zu erteilen.“

„Ich kann mir nicht vorstellen, was sie dir anvertrauen könnte“, kommentierte er mit einem leisen Lachen.

Sie missverstand ihn und wurde rot.

„Ich bin mir sicher, dass ich noch viel lernen muss ...“

„Ich meinte ihren Rat, Augenstern.“

„Oh! Ich verstehe ...“

Er beugte sich zu ihr vor, um ihr unters Kinn zu fassen, damit sie ihm in die Augen sehen musste.

„Was ist los? Seit gestern bist du nicht mehr du selbst. Hast du Bedenken, ...“

„... dich zu heiraten? *Niemals!*“

„... weil du dich mir auf der Insel hingegeben hast. Vielleicht wäre es dir lieber gewesen, bis zu unserer Hochzeitsnacht zu warten?“

„Oh nein!“ Sie war leidenschaftlich. „Wie könntest du das denken? Es ist ein Tag, den ich nie vergessen werde.“ Ihr Lächeln war befangen. „Ich bin sicher, dass jedes Mädchen davon träumt, dass ihr erstes Mal genauso herrlich sein wird wie meins. Und du hast es für mich dazu gemacht.“

„Vielen Dank. Das bedeutet mir mehr als alles auf der Welt. *Du* bedeutest mir mehr als alles auf der Welt.“

„Und du mir ...“

Sie bewegte sich leicht, um ihn sanft zu küssen. Zuerst auf die stoppelige Unterseite seines Kinns, dann seinen Hals, weiter über sein kantiges Kinn, über seine Wange, dann den Rücken seiner markanten Nase und schließlich seine breite Stirn. Sie vermied es neckend, seinen Mund zu küssen. Sie unterbrach diese schmetterlingszarten Küsse mit Worten, die ebenso verspielt waren.

„Wenn Silla versucht, mir Ratschläge zu geben, werde ich ihr höflich sagen, dass ich ihre weibliche Weisheit nicht brauche, weil ich nicht erwarten kann, dich *wieder* zu lieben. Aber dieses Mal als meinen *Ehemann*. Sie wird wieder in eine tiefe Ohnmacht fallen, aber das ist nicht zu ändern, denn ich will nicht lügen. Tatsächlich ist es sehr betrüblich, dass du im großen Haus wohnst und ich hier. Aus dem

Fenster meines Schlafzimmers kann ich die Schwaneninsel sehen und sie erinnert mich beständig an unsere Zeit allein. Und dann habe ich sehr verruchte Erinnerungen an unsere Liebe dort. Wie du im Tempel rücklings auf dem Boden lagst und zu mir aufschautest, als ich über dir saß, und dann liege ich in den Kissen meines Bettes, allein, und kann nicht schlafen, weil ich solche Sehnsucht nach dir habe. Wenn du hier wohnen würdest, könntest du mich nachts dort hinüber rudern, ohne dass jemand im Haus es merkt, und wir könnten ...“

Er nahm ihr Gesicht in die Hände und küsste sie leidenschaftlich, als er die Qual ihrer kaum spürbaren Küsse nicht länger ertragen konnte, ihr Geplänkel und den köstlich süßen Vanilleduft ihrer Haut. Die Erinnerung daran, wie sie sich im Tempel geliebt hatten, wie sie über ihm saß, ihn genoss, während ihr rotblondes, taillenlanges Haar ihr über die Schultern fiel, und dann das Bild, das sie vor seinen Augen entstehen ließ, wenn sie allein nackt in ihrem Bett lag und nach ihm verlangte, war zu viel. Es brachte ihn um den Verstand. Er musste sie lieben, sie schmecken, sie erfüllen, hier und jetzt. Er kümmerte sich nicht mehr darum, dass sie sich in einem Kinderbaumhaus befanden und dass diese Kinder die Leiter jederzeit erstürmen würden. Er war sich sicher, dass genug Zeit war.

Aber so innig Rory seine Küsse erwiderte und wollte, dass er sie liebte, war sie nicht so im Augenblick gefangen, dass sie sich der Umgebung und der Möglichkeit eines Skandals nicht bewusst gewesen wäre. Daher war sie es, die ihre leidenschaftlichen Küsse abbrach. In dem Moment, als sie das tat, hielt er inne.

Er starrte sie an, völlig außer Atem, und fragte sich, was er getan hätte, doch er brauchte nur ein paar Sekunden, bis er sich seiner Umgebung wieder bewusst wurde. Er war nicht nur äußerst verlegen, weil er sich an einem solchen Ort so hatte hinreißen lassen, sondern würde jetzt auch einige Zeit brauchen, um seinen erhitzten Körper wieder ins Gleichgewicht zu bringen. Zu diesem Zweck hielt er es für klug, ein wenig Abstand zwischen ihnen zu schaffen, und er lehnte sich zurück an die Wand des Schiffes. Er strich sich sein windzerzaustes Haar aus dem Gesicht und richtete seine Gedanken wieder auf die Kontenbücher von Fitzstuart Hall, das große Einkommen, das sich über die Jahre durch die Zuckerplantagen seines Vaters angesammelt hatte und die unerwartete, willkommene Neuigkeit, dass er jetzt, am Vorabend seiner Hochzeit, überaus wohlhabend war. Er musste seinen Vater für dessen Voraussicht loben, ihm sein Erbe bis zur Hochzeit vorzuenthalten, und Rory, weil sie seinem Leben ein Ziel und Freude gegeben hatte.

„Das war meine Schuld“, entschuldigte sich Rory und fühlte sich unbeholfen. „Ich hätte dich nicht verführen dürfen mit meinem vulgären und albernen ...“

„Das war nicht vulgär“, unterbrach er sie und riss sich aus seinen Gedanken, aber seine körperliche Frustration ließ ihn barsch klingen. „Und niemals albern. Wir sollten immer so verspielt miteinander sein. Aber du hattest recht, mich aufzuhalten. Dies ist nicht der richtige Ort. Nun, willst du mir nicht sagen, was dich so bedrückt? Vielleicht wäre das genug kaltes Wasser für meine Leidenschaft?“ Er lachte leise. „Es sei denn, dass du ein wenig echtes, kaltes Wasser zur Hand hast?“

Rory runzelte die Stirn. „Kaltes Wasser...?“ Als er wegschaute und schnelle Röte sein Gesicht überzog, riss sie ihre Augen auf, als ihr die Wahrheit dämmerte. Sie seufzte verständnisvoll. „Bei Männern ist es so anders, nicht wahr? Wir Frauen können unsere Frustrationen leichter verbergen, sodass niemand es erfahren muss, aber für Männer – ist es schmerzhaft, wenn du dich nicht erleichtern kannst?“

Akute Verlegenheit, gemischt mit der Einfühlsamkeit ihrer Frage ließ ihn in Gelächter ausbrechen.

„Ach, Augenstern. Ich liebe dich so sehr! Ja. In gewisser Weise ist es schmerzhaft. Aber eher lästig als alles andere, und ziemlich peinlich, wenn man nichts dagegen tut. Er neigt dazu, seinen eigenen Willen zu haben, umso mehr, wenn ich dich sehe! So. Wenn es dir nichts ausmacht. Ich möchte ihn nicht weiter im Mittelpunkt stehen lassen. Gibt es etwas, das dich bedrückt, und was wir vor unserer Hochzeit besprechen sollten?“ Er tippte ihr unter das Kinn. „Wir müssen unsere Sorgen ebenso teilen wie unsere Freuden. Nur auf diese Weise funktioniert eine Ehe.“

Sie nickte. „Ja. Ja, da hast du recht. Ich stecke ein wenig in der Klemme.“ Sie bemühte sich, sich wieder vor ihm hinzusetzen, die Lagen ihrer Röcke unter ihre Knie gelegt, und die Lücke zu schließen, die er zwischen ihnen geschaffen hatte. „Grasby sollte mir helfen, eine Lösung zu finden, damit ich dich nicht damit belästigen muss. Du warst so mit geschäftlichen Angelegenheiten beschäftigt, und ich weiß, wie du es hasst, im Haus zu bleiben, dass du nicht noch mehr Ärger brauchtest ...“

„Rory, lass mich dich hier unterbrechen. Zuerst einmal, ich werde nie so beschäftigt sein, ob mit Geschäften oder sonst etwas, dass du je den Eindruck haben solltest, du könntest mich nicht unterbrechen. Zweitens, du wirst mich nie verärgern. Drittens, ich verstehe, dass du es gewöhnt warst, zu Grasby zu gehen, wenn du Hilfe oder Rat brauchtest, er ist schließlich dein Bruder. Aber ich hoffe, wo wir jetzt verlobt und bald verheiratet sind, wirst du dich wohl genug fühlen, um zuerst zu mir zu kommen.“ Er lächelte schief. „Das klingt, als wäre ich eifersüchtig auf Grasby, nicht wahr? Um ganz ehrlich zu sein, ein wenig bin ich das auch. Mary - meine Schwester - würde nie daran denken, wegen eines Rats zu mir zu kommen. Ich schätze, weil sie älter ist als ich und schon verheiratet wurde, als ich noch in Harrow war ... Lass mich raten, welche Klemme du meinst ... Du machst dir Sorgen wegen deines Großvaters und wie wir alle weitermachen sollen, nachdem du jetzt zuerst mir gegenüber loyal bist ...“

Rory unterbrach ihn.

„Wie ...?“

„Weil ich dich kenne. Und weil ich nicht will, dass du Kummer hast, haben Shrewsbury und ich einen Waffenstillstand geschlossen. Ich respektiere die Tatsache, dass er dich sehr liebt und nur dein Bestes will. Er ist zu der Erkenntnis gekommen, dass er und ich dieses gemeinsame Ziel teilen. Ich weiß auch, dass du wegen des königlichen Besuchs im Gewächshaus deines Großvaters besorgt bist, der eine Woche nach unserer Hochzeit stattfinden soll, wenn wir den Beginn unserer Flitterwochen genießen sollten. Ich nehme an, du hast dich gefragt, wie du es mir am besten beibringen sollst?“

Rorys blaue Augen wurden rund.

„Wie ...?“

Jetzt war er an der Reihe, sie zu unterbrechen, und zwar mit einem selbstzufriedenen Lächeln. Doch er konnte den Anschein des Orakels nicht lange aufrechterhalten und schüttelte über ihr Staunen den Kopf.

„Auch dein Großvater. Wir haben mit Roxton und zwei staubtrockenen Verwaltern Verträge diskutiert, und ich muss in meinem Stuhl herumgerutscht sein. Glaub mir, Augenstern, drei Stunden in einer Bibliothek festzusitzen, an allen Seiten von Bücherwänden umringt, hat mich fast geschafft. Ich war bereit, mich durch ein geschlossenes Fenster zu werfen, die Bücherregale hinaufzuklettern, alles, nur um an die frische Luft zu gelangen! Shrewsbury kennt mich gut. Also lud er mich zu einem Spaziergang um die Terrasse ein, um einen Stumpen zu rauchen, während der Herzog sich mit einer Unterbrechung durch seinen Landvermesser befasste. Dein Großvater bat mich freundlich um meine Erlaubnis, dass du bei der Vorführung der Talbot-Ananas vor ihren Majestäten teilnehmen dürftest. Schließlich hast du sie ja gezüchtet ...“

Er ließ den Satz offen und wartete auf ihre Reaktion, und um der Diskussion etwas hinzuzufügen, aber als Rory stumm blieb und darauf wartete, dass er weitersprach, warf er eine Hand hoch und zog sie dann an sich.

„Guter Gott, Rory. Was hast du gedacht, was ich sagen würde? Nein? Und das, nach all den vielen Monaten harter Arbeit, um das hübsche Ding zu züchten! Außer Speechly, dem Gärtner Portlands, wer sonst ist der beste Züchter einer so majestätischen Frucht im Königreich? Niemand außer dir. Ich weiß, wie viel diese Ananas dir bedeutet, und deinem Großvater, der zugesehen hat, wie du Herz und Seele in sein Gewächshaus gesteckt hast. Bei unserem zweiten Zusammentreffen hast du mir eine Abhandlung über Gartenbau auf die Füße fallen lassen …"

„Du erinnerst dich noch daran?"

„Mich daran erinnern? Das ist hier eingebrannt", sagte er und pochte sich an die Schläfe. „Ich hatte deinem Großvater mein Wort gegeben, mir nicht anmerken zu lassen, dass ich mich an irgendetwas während unserer zufälligen Begegnung in Romneys Atelier erinnerte. Und da stand ich und wollte dich vor Freude auf die Arme nehmen, weil ich dich wiedergefunden hatte, und musste mich zwingen, so zu tun, als hätte ich keine Ahnung, wer du bist. Ich kann mich sogar an den Namen des Buches erinnern. Das ist das erste Mal für mich. *A General Treatise of Husbandry and Gardening* von Richard Gradey …"

„*Bradley*. Richard Bradley."

„Ja, na gut, der. Also *natürlich* weiß ich, wie viel es dir bedeutet, die Talbot Ananas ihren Majestäten vorzuführen. Du wirst dort sein, wir beide werden es." Er lachte leise. „Außerdem, wer wäre besser geeignet, um diese Präsentation zu machen, als Lady Fitzstuart, Frau eines Nachkommen Charles' des Zweiten, dem als ersten Monarch eine Ananas präsentiert wurde …"

„… von John Rose. Ich habe das Gemälde von Danckerts gesehen."

„Ja. Ich schlug deinem Großvater vor, dass er auch den vielversprechenden Anlass von Romney malen lassen und eine zweite Kopie des Gemäldes seiner Majestät als Geschenk überreichen soll. Shrewsbury fand, es wäre eine großartige Idee. Ich habe auch um eine Kopie gebeten, die im Großen Saal in Fitzstuart Hall hängen soll. Meine Mutter wird beeindruckt sein."

Als sie ihre Arme um ihn warf, küsste er sie schnell, ließ sich aber nicht von ihrem Gefühl in den Armen ablenken. Widerwillig machte er sich los, da er noch mehr hatte, was vor ihrem großen Tag gesagt werden musste, und noch bevor Roxtons Brut mit Cedric ankäme und an Bord kletterte.

„Wir müssen uns in einem wichtigen Aspekt unserer Ehe einig sein, Rory. Wenn wir heiraten, werden geistig und rechtlich Mann und Frau zu einer Person, und der Mann ist diese Person. Aber so werden wir uns nicht als Mann und Frau verhalten. Verstehst du mich? Ich war Zeuge dieser Art von Ehe – sie ist erniedrigend und destruktiv. Du sollst immer du sein, und ich, nun, du wirst mich ertragen müssen, wie ich bin! Und wichtige Entscheidungen werden wir *gemeinsam* treffen. Du warst diejenige, die mir gesagt hat, was du in einer Ehe für wichtig hältst: Liebe. Respekt. Freundschaft. Ehrlichkeit. Vertrauen. Und das glaube ich aufrichtig. Verstehst du?"

Rory schmiegte sich in seine Umarmung und nickte zustimmend und fügte verschmitzt mit unterwürfiger Stimme hinzu: „Natürlich, Mylord. Was immer du sagst, Mylord."

„Wirst du aufhören, du verruchtes Geschöpf!" Er küsste sie auf ihr Haar und fügte hinzu: „Ich werde es dir hier und jetzt sagen, damit du dich wohlfühlst und du die Zeremonie und das Hochzeitsfrühstück ohne Sorgen über unsere verschobenen Flitterwochen genießen kannst. Wir verbringen die ersten beiden Nächte als Mann und Frau auf der Schwaneninsel."

Rory schnappte nach Luft. „Wirklich? Wie können wir es schaffen, nach dem Hochzeitsfrühstück dorthin zu rudern, ohne dass unsere Familie es weiß? Ohne dass der Herzog es erfährt? Du musst einen Plan haben!"

Er schüttelte den Kopf und grinste. „Nein. Nein. Nein, liebes Herz. Nichts so Heimliches. Obwohl ich zugeben muss, dich auf eine verbotene Insel zu entführen, hört sich romantischer an. Nein, Augenstern. Es ist ein Geschenk meiner Cousine, deiner Patentante." Plötzlich überwältigten ihn seine Gefühle und er schluckte hart und brauchte einen Augenblick, um sich zu fassen. „Sie - sie hat uns die Nutzung für eine Woche im Jahr auf Lebenszeit geschenkt. Sie war entzückt, als ich sagte, dass es uns eine Ehre wäre, die von ihr und dem fünften Herzog begonnene Tradition fortzusetzen. Und sie hat mir meine Bitte erfüllt, unsere Geschichte in Stickerei aufzuhängen, wenn wir die Zeit für gekommen halten, über dem Kamin an der vierten und letzten Wand des Tempels."

Rory war zu überwältigt, um zu sprechen. Aber es gab keinen Grund für Worte. Beide staunten ehrfürchtig über ein solches Geschenk. Und dann hörte Dair lebhafte Geräusche und die ausgeprägt hohen, lauter werdenden Stimmen ungezügelter Aufregung, wie nur Kinder sie zustande bringen. Er machte sich zum Gehen bereit und half Rory beim Aufstehen.

„Zeit, das Schiff zu verlassen, Augenstern, bevor es gekapert wird und wir gefangen genommen werden. Louis und Gus sind wilde Piraten; das erzählen sie es mir immer wieder. Louis hat sogar gedroht, mich über die Planke laufen zu lassen, sollte er mich erwischen!"

„Du solltest es ihn tun lassen. Nichts würde diesen kleinen Jungen glücklicher machen."

„Ja. Ja, du hast natürlich recht. Das werde ich tun." Dair zwinkerte ihr zu. „Aber ich werde es ihm nicht leicht machen." Er zog sie in seine Arme. „Was hart erkämpft ist, ist durch die Mühe umso wertvoller ..."

Es ertönte ein Scharren und das Geräusch vieler Füße, die die Leiter um die Wette heraufkletterten. Flüstern und Kichern folgte. Dann platzte eine junge Stimme heraus:

„*Bääh*! Die küssen sich. Gus! *Gus*. Sieh nur! Das ist absch-absch - das ist *ekelhaft*!"

„Louis! Bewegung!", befahl Frederick seinem jüngeren Bruder und schob sich auf der Leiter an ihm vorbei.

Der älteste Sohn und Erbe des Herzogs von Roxton steckte dann den Kopf in das Baumhaus, sah sich um, sah die beiden Menschen, nach denen seine Großmutter suchte, und drückte sich wieder an Louis vorbei, um die Leiter hinunterzusteigen. In der Zwischenzeit kam Gus an ihm vorbei und schloss sich seinem Zwilling Louis an, der eine Sprosse weiter nach oben gestiegen und entschlossen war, das Baumhaus zu betreten, ungeachtet des widerlichen Anblicks vor seinen Augen. Die Zwillinge kletterten aufs Achterdeck und zückten ihre bemalten, hölzernen Entermesser, die in einer farbigen Seidenschärpe um ihre Taille befestigt waren. Gus trug sogar eine Augenklappe. Beide richteten ihre Waffen auf die beiden Gefangenen.

„Wir haben sie gefunden, Mema!", rief Frederick zu Antonia hinunter, die mit einem halben Dutzend der höheren Dienerschaft am Fuß der Leiter stand und seine Schwester Juliana in den Armen hielt. Alle schauten himmelwärts in die Äste der alten Eiche. „Sie sind hier, Mema! Sie küssen sich! Und Louis wird gleich schlecht!"

# ZWEIUNDDREISSIG

Die Zeremonie der Hochzeit zwischen Major Lord Fitzstuart, dem Erben des Earl of Strathsay, und Miss Aurora Talbot, Enkelin des Earl of Shrewsbury, sollte in knapp drei Stunden beginnen. Jedermann im herzoglichen Haushalt Roxtons, von Seiner Gnaden bis zum Küchenmädchen und einschließlich des Anwesens und des Dorfes, war in einem Zustand größter Aufregung. Silbersachen und Holz waren zu höchstem Glanz poliert. Fußböden wie Kinder waren geschrubbt. Heiße Bäder standen für Familie und Gäste bereit. Kammerdiener und Zofen putzten ihre Herren und Herrinnen heraus, während Dienstmädchen und Lakaien wie Ameisen die Treppen hinauf und hinab huschten, um Wünsche in letzter Minute zu erfüllen. Blumensträuße und Sommerfrüchte füllten Porzellanschalen in Salons, Prunkräumen und auf den Tischen, die für das kommende Hochzeitsfrühstück gedeckt waren. Die Kapelle von Roxton war mit Girlanden geschmückt.

Unter der fachmännischen Anleitung und den organisatorischen Fähigkeiten der Herzogin von Roxton und der Herzogin von Kinross war nichts und niemand dem Zufall überlassen worden. Das hieß, außer der Mutter und der Schwester des Bräutigams. Es war fast schon die elfte Stunde, aber der Aufenthaltsort der Gräfin von Strathsay und Lady Mary Cavendishs war unbekannt. Das letzte, was jemand von ihnen gehört hatte, war ein Schreiben, in dem sie ihre Absicht bekundeten, zwei Tage vor der Hochzeit anzukommen. Diese zwei Tage waren gekommen und gegangen. Wenn der Major besorgt war, dann wegen ihres Wohlergehens. Doch wenn kein Missgeschick oder ein Todesfall eingetreten war, würde die Hochzeit ohne sie stattfinden. Nichts und niemand würde ihn davon abhalten, Rory am angegebenen Tag und zur angegebenen Stunde zu heiraten.

Es war eine enorme Erleichterung für den gesamten Haushalt, als bestätigt wurde, dass in einer unbekannten Kutsche auf der Straße nach Treat Lady Strathsay und ihre Tochter saßen. Ein Diener kam von draußen geritten, der dies bestätigte. Die Kutsche war staubbedeckt, die Pferde schienen Mietgäule zu sein, die viel zu lange schon im Geschirr gingen und es gab nur zwei Vorreiter. Als der Gräfin, ihrer Tochter und ihren beiden Zofen von livrierten Lakaien aus der Kutsche geholfen wurde, waren sie in so verängstigtem Zustand, dass ihre lauten Klagen über die breite Eingangstreppe bis zum Grünen Salon im ersten Stock zu hören waren. In diesem Salon genossen die Gäste, die aus einiger Entfernung angekommen waren und im *Bull and Feather* in Alston genächtigt hatten, einen kleinen Empfang vor der Hochzeit. Doch der Aufruhr war so groß, dass ein paar Gäste zu den Schiebefenstern hinüberschlenderten, um einen Blick darauf zu werfen, wer ein solches Aufheben verursachte, noch dazu ausgerechnet an diesem Tag.

Als sie in einen der Ruheräume ins Erdgeschoss geführt worden waren, wo sie Erfrischungen serviert bekamen, bis ihre Zimmer bereit und die Bäder gefüllt wären, begrüßte die Herzogin von Roxton sie mit offenen Armen, erfreut, sie gesund und wohlauf und gerade noch rechtzeitig zu sehen! Dem Major wurde eine Nachricht geschickt, dass seine Mutter und Schwester sicher eingetroffen waren. Aber es dauerte lange Zeit, bis beide Damen sich genügend beruhigt hatten, um einen verständlichen Satz zu bilden, und es blieb Mary überlassen, für beide zu sprechen. Die Gräfin ließ sich auf ein Sofa fallen, und hatte kaum genug Kraft, ihr Handgelenk zu bewegen, um sich zu fächeln.

Nach dem, was Deb Roxton verstehen konnte, war ihre Reise von Buckinghamshire nach Hampshire von Beginn an auf Hindernisse gestoßen. Lady Marys Tochter Theodora hatte Fieber, das nicht sinken wollte. Und daher war Mary hin und hergerissen gewesen, ob sie ihre Tochter in der Obhut des Kindermädchens zurücklassen sollte, hatte sich aber vom Arzt der Gräfin schließlich überzeugen lassen, dass es nichts Ernstes wäre, und man sich keine Sorgen machen müsste. Und so waren Lady Mary und die Gräfin endlich nach Hampshire abgereist. Und das war nur der Anfang ihrer Probleme gewesen.

Nach nur zehn Meilen ihrer Reise brach eine Achse an ihrer Kutsche. Sie waren gezwungen, eine Nacht in einem überfüllten Gasthaus zu verbringen, bis die zweitbeste Kutsche herbeigeholt werden konnte. Der Stellmacher des Dorfes war selbst zu krank, um seine Pflichten zu erfüllen. Aber während ihre Kutsche entladen und die Portmanteaux auf die zweite Kutsche verfrachtet wurden, wurden sie ausgeraubt, und das bei Tageslicht! Die Gräfin musste eine Diamantbrosche und Haarnadeln herausgeben, und Lady Mary sich von ihren Saphirohrringen trennen. Glücklicherweise hatten sie es geschafft, ihre Schmuckschatulle und Guineen im gesicherten Geheimfach unter einem Sitz zu verstecken. Und als ob das nicht Prüfung genug gewesen wäre, war die Straße zehn Meilen weiter von einem umgestürzten Ochsenwagen blockiert. Weitere Verzögerungen und mehr Drama folgten.

Die Herzogin hörte sich geduldig so viele unnötige Details an, dass sie mehr als ein paar Momente brauchte, um das Banale vom Wichtigen zu trennen. Trotzdem gelang es ihr, angemessene Laute der Betroffenheit zu produzieren und beide Damen zu beruhigen, bevor ein Lakai kam, um ihr mitzuteilen, dass die Räume der Gräfin und Lady Marys jetzt bereit wären. Die Bäder wären gefüllt, die Portmanteaux ausgepackt und die Kleider mit der Hilfe einiger Hausmädchen, die unten zur Zeit nicht gebraucht würden, vorbereitet. Da es bis zur Zeremonie nur noch wenige Stunden waren, riet die Herzogin, keine Minute mehr zu verschwenden. Sie selbst müsste sich entschuldigen. Es gäbe noch so viel zu tun.

In diesem Moment erwachte die Gräfin zu neuem Leben und sprang vom Sofa, als hätte sie eine Maus gesehen oder als wäre eine Spinne über ihr dickes Handgelenk gelaufen. Sie verlangte, ihren Sohn *sofort* zu sehen. Sie hatte Korrespondenz, die seine dringende Aufmerksamkeit erforderte. Es gab auch einen Brief für den Herzog, vom selben Absender. Es war keine Zeit zu verlieren. In der Tat war sie der Meinung, dass es durchaus möglich war, dass seine Hochzeit verschoben werden müsste, sobald ihr Sohn den Inhalt gelesen hatte, vielleicht auf unbestimmte Zeit.

Um die Dringlichkeit dieser Forderung hervorzuheben, suchte sie nach dem Schlitz in ihren Röcken, der den Zugang zu der Tasche ermöglichte, die um ihre Taille gebunden war. Nachdem sie sie gefunden hatte, bemühte sie sich, nicht einen, sondern zwei Briefe herauszuziehen, einer davon ziemlich dick. Und diese hielt sie hoch, als würde sie einen soeben vom Himmel geschossenen, erstklassigen Fasan vorzeigen.

Dass diese Briefe auch für Lady Mary neu waren, zeigte ihr Erstaunen.

„Mama? Ich kann nicht glauben, dass du bis jetzt damit gewartet haben, dies zu sagen. Warum hast du im Wagen nichts gesagt? Warum hast du mir eigentlich nichts davon gesagt, als wir noch in Fitzstuart Hall waren?“

Die Gräfin tat ihre Tochter mit einer Bewegung ihres Fächers ab, als wäre sie nur eine lästige Mücke.

„Was gab es dir zu sagen, Mary? Die Briefe haben nichts mit dir zu tun. Sie sind für Fitzstuart und den Herzog." Sie zeigte der Herzogin die Briefe, als würde sie sie ihr anbieten. „Sie müssen überbracht werden, und zwar sofort. Sie sind aus Westindien, da bin ich mir sicher, und ..."

„Danke, Cousine", sagte Deb Roxton ruhig, obwohl ihr Herz einen seltsamen Satz machte und heftiger schlug. Obwohl sie ihr die Schreiben am liebsten aus der Hand gerissen hätte, nahm sie die Briefe langsam, bevor die Gräfin widersprechen und sie an sich reißen konnte. Ohne einen Blick darauf zu werden, ließ sie die beiden Päckchen zwischen die seidenen Falten ihrer blauen Damaströcke in ihre Tasche gleiten. „Ich werde sie gleich Seiner Gnaden bringen."

„Als Fitzstuarts Mutter sollte ich diejenige sein, die ..."

„Oh nein, Cousine. Das geht nicht", sagte die Herzogin ernst. „Es wäre zu störend und gar nicht richtig für die Mutter des Bräutigams, ihren Sohn so kurz vor der Zeremonie zu unterbrechen. Er ist mit seinen Freunden zusammen, die mit ihm die letzten Stunden als unverheirateter Mann verbringen. Ich würde es nicht wagen, diesen Flügel des Hauses zu betreten. Nur männliche Diener und männliche Verwandte dürfen dort eindringen. Ich bin sicher, du verstehst das, Cousine Charlotte. Zweifellos hat dein Sohn schon begonnen, sich ankleiden zu lassen. Natürlich werde ich ihm Nachricht von eurer Ankunft schicken", fuhr sie fort und fasste die Gräfin sanft am Ellenbogen, um sie aus dem Raum hinaus zu der doppelten, geschwungenen Treppe zu führen. „Du und Mary habt eine so lange, anstrengende Reise gehabt, dass ein paar Minuten mehr in euren Zimmern, um euch zu erholen, willkommen sein müssen." Sie nickte einem Diener zu, der von seinem Posten herbeitrat. „James wird euch in eure Zimmer führen. Und ihr bekommt Nachricht, wenn es Zeit wird, sich für den Weg zur Familienkapelle zu versammeln. Sie ist erst vor kurzem renoviert worden und ich bin sicher, dass der Herzog daran interessiert ist, deine Meinung über die Ausgestaltung der Kirchenbank der Familie und der Kanzel zu hören. Er hat deinen langen Brief mit Ratschlägen dazu gelesen und dem Architekten gezeigt."

Die Gräfin wurde erfolgreich abgelenkt. „Hat Roxton wirklich? So? Dann werde ich sie ihm sicher beim Hochzeitsfrühstück mitteilen können. Obwohl, wie ich das neue Interieur zur Kenntnis nehmen soll, wenn meine Nerven völlig zerrüttet sind von dem Trauma dieser Reise und mein ältester Sohn heiratet, ohne dass ich, seine Mama, die Braut auch nur zu Gesicht bekommen hätte!" Sie ergriff Deb am Arm.

„Wurde alles getan, um sicherzustellen, dass sie ihn nicht mit weiblicher List gezwungen hat - dass diese Ehe das ist, was *er* will? So viele unpassende Frauen haben versucht, Fitzstuart in ihre Krallen zu bekommen. Es braucht ein wachsames Auge, um sie abzuwehren. Die Männer haben keine Ahnung von der Bosheit, die sie umgibt, Verruchtheit, die herausgeputzt ist, um zu verführen und zu fesseln. Ich habe bereits einen Sohn verloren, der von der Tochter eines Nabob zur Ehe verführt wurde ...“

„Charles wurde nicht verführt, Mama. Er ist mit Miss Strang durchgebrannt. Und ihr Vater ist kein Nabob, er ist ein Herzog des schottischen Adels und mit Cousine Herzogin verheiratet.“

„Mary! Ich weiß sehr wohl, wer und *was* dieser Mann ist. Ich muss mich noch von der schockierenden Tatsache erholen, dass Antonia wieder geheiratet hat, nicht nur unter ihrem Stand, sondern auch eine braun gebrannte Bestie, die so viel jünger ist als sie. Es ist einfach skandalös!“

Lady Marys violette Augen weiteten sich angesichts des völligen Mangels an Bewusstsein ihrer Mutter, dass sie die Schwiegermutter der Herzogin in deren Gegenwart beleidigte. Aber Deb war an die taktlosen und oft giftigen Bemerkungen der Gräfin gewöhnt. Und obwohl sie sich darüber ärgerte, hatte sie keine Zeit, sich damit abzugeben, sich eine geistreiche Entgegnung auszudenken, vor allem, da das die Lady nur davon ablenken würde, dem Diener nach oben zu folgen. Außerdem freute sie sich schon darauf, die Gräfin noch schockierter zu sehen und konnte es kaum erwarten, ihre Reaktion zu erleben, wenn sie erfuhr, dass die Herzogin von Kinross mit dem Erben ihres viel jüngeren Ehemannes schwanger war.

Mit Lady Mary jedoch, die erschöpft und niedergeschlagen aussah, nachdem sie eine Woche in der Gesellschaft ihrer Mutter und dann noch drei Tage mit dieser in einer Kutsche eingesperrt verbracht hatte, empfand Deb Mitleid. Als die Gräfin schließlich überzeugt war, dass sie vor allem ein heißes Bad und eine ebenso heiße Tasse Tee in ihren Zimmern brauchte, und sie dem Diener die Treppe hinauf folgte, hielt Deb Mary mit einer Hand auf ihrem Arm fest.

„Es tut mir leid, dass Teddy nicht bei uns sein kann. Vielleicht könntest du, wenn es ihr viel besser geht, mit ihr zusammen kommen und einen Monat oder länger bleiben?“

Lady Marys Augen leuchteten bei dieser Aussicht auf.

„Bist du sicher? Was ist mit dem neuen Baby?“

Deb strich mit einer Hand über ihren runden Bauch. „Oh, er oder sie oder beide ...“

Lady Mary schnappte nach Luft. „Noch einmal Zwillinge, Deborah? Bist du sicher?“

„Nein. Es wird, was es sein soll. Und wenn du und Teddy für länger kommt, ändert das nichts daran. Also denke bitte ernsthaft über das Angebot nach, ja?“

Lady Mary nickte mit plötzlichen Tränen in den Augen. Sie küsste die Wange ihrer Schwägerin. „Vielen Dank. Du und Roxton wart seit Sir Geralds Tod so freundlich und großzügig. Ich weiß kaum, wo ich anfangen soll, mich zu bedanken ...“

„Mary! Schweig! Kein Dank. Bitte. Du warst mit meinem Bruder verheiratet. Du bist Julians Cousine. Du und Teddy gehört zur Familie. Jetzt geh und mach dich für die Hochzeit deines Bruders bereit und wir können morgen mehr reden, wenn die ganze Aufregung nachgelassen hat.“

Lady Mary nickte, unterdrückte ihre Tränen und zwang sich zu einem Lächeln. Ihr Mann war vor zwei Jahren bei einem Jagdunfall gestorben, unter mysteriösen Umständen wie es hieß, was sie allerdings standhaft leugnete. Was sie nicht übersehen konnte, war die Tatsache, dass das gesamte Vermögen für sie und ihre Tochter verloren war, da sie keinen männlichen Erben produziert hatte, und sie daher so gut wie mittellos war. Trotzdem dachte sie nicht viel über ihre Umstände nach. Im Moment war ihr ihr Bruder am wichtigsten, vielmehr noch seine Braut. Aus diesem Grund legte sie ihre Hand auf den seidenen Ärmel der Herzogin und fragte vertraulich:

„Deborah, sag mir ehrlich: Verdient sie meinen Bruder? Sie ist zwar eine Talbot, und das zählt schon, aber für mich ist das nichts, wenn sie ihn nicht liebt.“

„Sie ist perfekt für ihn. Du wirst sie liebhaben, Mary, wie wir alle. Die beiden lieben einander sehr.“

„Dann werde ich mich für sie beide freuen und sie als Schwester begrüßen.“

Die Herzogin und Lady Mary tauschten einen weiteren Kuss auf die Wange aus, und Lady Mary folgte ihrer Mutter die Treppe hinauf, während Deborah sich auf den Weg machte, um ihren Ehemann zu suchen. Sie hatte den Herzog beim Gespräch mit seiner Mutter in der Bibliothek zurückgelassen. Sie betete, dass die Briefe in ihrer Tasche keine schlechten Nachrichten bargen. Welche Neuigkeiten ihre gefalteten Seiten auch immer enthielten, Deb war entschlossen, dass sie Dairs und Rorys großen Tag nicht verderben dürften.

DAIR MUSTERTE KRITISCH SEIN SPIEGELBILD. SEIN Kammerdiener stand auf der einen Seite des langen Spiegels, seine beiden besten Freunde, stumm, auf der anderen. Alle drei starrten ihn an. Das Ankleiden für seine Hochzeit hatte einige Zeit gedauert und wurde in feierlichem Schweigen erledigt. Lord Grasby und Mr. Cedric Pleasant waren angezogen und bereit, und als sie Zutritt zum Ankleideraum ihres Freundes erhielten, fanden sie ihn so, wie er war, fast vollständig angezogen und vor dem langen Spiegel.

Der Bräutigam hatte einen Seidenanzug aus dunkel geprägtem Gold gewählt, das je nach Licht fast schokoladenbraun wirkte, mit passender Kniehose, Weste und Gehrock. Die Vorderseite der Weste und ihrer Taschenklappen, das Revers und der Kragen des Rocks, die Bündchen der eng anliegenden Kniehose und die Stoffknöpfe aller drei Kleidungsstücke waren dicht mit zarten Sträußchen aus Lavendel, Rosmarin und Nelken in Blättern von Aronstab bestickt.

Es war ein atemberaubender Anzug, vollständig mit weiß gewirkten Strümpfen über muskulösen Unterschenkeln, auf Hochglanz polierten schwarzen Lederschuhen mit niedrigem Absatz, Diamantschnallen an Schuhen und Kniehosen, dazu Lagen schaumiger Spitze an kräftigen Handgelenken, und die gleiche Spitze an der weißen Krawatte um den Hals.

Der Bräutigam war nicht nur ungewöhnlich glattrasiert, sein Haar war auch nach hinten gekämmt zusammengefasst und mit Pomade gepflegt. Der Kammerdiener hatte ein weißes Seidenband ausgewählt, um es zusammenzubinden, aber Dair hatte seine eigene Vorstellung. Er reichte Reynolds ein viel schmaleres Band aus lavendelfarbener Seide. Dies wurde gehorsam zu einer kleinen Schleife gebunden, ohne dass Reynolds mit der Wimper gezuckt hätte; er lag mit seiner Vermutung richtig, dass dieses Band einmal der Braut seines Herrn gehört hatte. Und auch wenn es nicht so elegant aussehen mochte wie das weiße Seidenband, das er selbst ausgewählt hatte, trieb dieses romantische Gefühl Reynolds doch die Tränen in die Augen.

Dair musste sich nur noch in den Rock helfen lassen, den goldenen Siegelring, den er außer zu höchst formellen Anlässen nur selten trug, über seinen Finger streifen und die verschiedenen Kleinigkeiten eines Gentlemans, die in seine Taschen gehörten, einstecken: silberne Taschenuhr, monogrammbesticktes, weißes Leinentaschentuch und silberne Zunderbüchse.

Doch er zögerte noch vor seinem Spiegelbild und zupfte an der Spitze unter seinem rasierten Kinn, als ob das alles ihn nicht zufriedenstellte.

„Alles ein bisschen viel, nicht wahr?"

Der Kammerdiener sah besorgt aus. Lord Grasby und Mr. Cedric Pleasant grinsten und schüttelten die Köpfe.

„Aber gar nicht, alter Junge. Du heiratest. Du sollst aussehen wie ein Kampfhahn!"

„Kampfhahn? Ha! Eher wie ein Pfau. Und ich fühle mich so schwach wie ein verdammter Pudding!"

„Alles ganz natürlich", antwortete Grasby und grinste immer noch.

Er hatte seit dem Frühstück nicht aufgehört zu grinsen. Er grinste durch ein schnelles Billardspiel mit dem Herzog, Dair und Cedric, um den Bräutigam zu beruhigen und ihn vergessen zu lassen, was ihm bevorstand. Er grinste während der spontanen Trinksprüche und grinste sogar, während er einen Stumpen rauchte, seinen ersten. Er konnte nicht anders. Wenn sein Gesicht nicht schmerzte, dann seine Kehle schon, weil er zu viel Cognac getrunken hatte, gemischt mit Tabakrauch, und das alles vor dem Mittag. Er war einfach so glücklich, dass sein bester Freund und seine Schwester Mann und Frau werden würden.

„Und nicht nur sind meine Knie weich wie Pudding, mein Herz rast", grummelte Dair. „Es ist, als hätte man mir gesagt, ich sollte zum Galgen gehen, nicht in die Kapelle. Und ich will mich nicht so fühlen."

„Ja. Ja. Alles ganz normal", versicherte Grasby ihm und gab Mr. Cedric Pleasant einen Stoß in die Rippen, damit er sich diesen beruhigenden Worten anschließen sollte.

„Was? Oh! Äh, ja, alles ganz normal", fügte Cedric Pleasant hinzu. „Nicht dass ich jemals in deiner grässlichen - ich meine, überglücklichen - Lage gewesen wäre, Dair. Aber mir wird aus zuverlässigen Quellen berichtet, dass das Gefühl, sich furchtbar elend zu fühlen, für einen Bräutigam an seinem Hochzeitstag vollkommen natürlich ist."

Dairs Kopf fuhr zu seinen beiden besten Freunden herum und er funkelte sie an und knurrte: „Ihr zwei genießt das hier richtig, stimmt's?"

Cedric Pleasant begann den Kopf zu schütteln, während Grasby laut lachte.

„Ja! Allerdings! Warum nicht? Jetzt ist der Spieß umgedreht, alter Junge. Ich habe es bereits hinter mir. Und wer sollte besser als mein bester Freund, der bald mein Schwager sein wird, den uneingeschränkten Schrecken erleben, wenn die Glocke die letzte Stunde der Freiheit eines Bräutigams einläutet. Ich war genauso vor Furcht gelähmt, das kann ich dir ruhig sagen!"

„Keine Sorge, Dair", versicherte Cedric. „Grasby und ich werden die ganze Zeremonie hindurch direkt neben dir sein, um dich zu stützen, falls du ins Wanken gerätst."

„Ich werde nicht ins Wanken geraten, und ich brauche keine Stütze. Und ich fürchte mich nicht! Ich möchte Aurora heiraten. Ich liebe sie. Das wisst ihr beide doch, oder nicht?"

Seine beiden besten Freunde hörten auf zu lächeln und nickten.

„Ja. Natürlich."

„Ja. Das wissen wir. Würde dich meine Schwester sonst nicht heiraten lassen. Komm, sehen wir zu, dass du in deinen Rock und dann nach unten kommst", fügte Grasby mit einem Nicken zu dem Kammerdiener hinzu, der mit dem weit offenen Rock vortrat. „Der Herzog muss sich fragen, wo wir bleiben ..."

Dair nickte. Er ließ sich ohne Widerrede seinen seidenen Rock überstreifen und blieb brav stehen, während Reynolds noch Aufhebens um den Sitz an den Schultern machte und vorsichtig an den Rockschößen zupfte, damit die Seide richtig lag. Er erlaubte dem Mann sogar, seinen Blick ein letztes Mal vom Haarband bis zu den Schuhschnallen über ihn wandern zu lassen, bevor er sich vom Spiegel abwandte.

„Danke, John, von hier an mache ich allein weiter", sagte er leise zu seinem Kammerdiener, der nickte und sich mit einer Verbeugung zurückzog, um an der anderen Seite des Toilettentisches stehen zu bleiben.

„Ich habe ihn", sagte Grasby, als Dair anfing, auf die Taschen seines Rocks zu klopfen, als hätte er etwas verlegt. Er klopfte auf die Innentasche seiner mit silbernen Pailletten bestickten Weste. Darin war eine kleine Samtschachtel, in die sich Rorys goldener Ehering kuschelte.

„Und ich habe dein Zigarrenetui", warf Cedric ein. Er lächelte freundlich. „Nach dem Gottesdienst, beim Frühstück. Wenn du einmal nach draußen gehen musst ..."

Ein scharfes, einzelnes Klopfen an der äußeren Tür ließ alle drei Gentlemen in diese Richtung schauen. Farrier steckte den Kopf in den Raum.

„Nur Eure Eskorte, M'lord. Gekommen, um Euch zu sagen, dass dies definitiv der letzte Aufruf ist. Eure Wache, bestehend aus Seiner Gnaden, mit Lord Alston, Lord Henri-Antoine und Sir John Cavendish wartet unten, um Euch zur Kapelle zu geleiten."

Die Gentlemen verließen schweigend nacheinander Dairs Zimmer. Auf dem Treppenabsatz schickte Dair Grasby und Cedric vor, damit er unter vier Augen ein leises Wort mit Farrier wechseln konnte. Seine besten Freunde gingen nirgendwo hin. Sie setzten ihren Weg die breite Treppe hinab fort, aber nur so weit, dass ihr Freund noch in Sichtweite blieb, wenn auch außer Hörweite.

„Sehr schick, Mr. Farrier."

Der Bursche, in einem neuen Anzug aus feinem, blauen Leinen, dank der Großzügigkeit seines Herrn, verbeugte sich und hielt dann seinen silbernen Haken mit einem Lächeln hoch. „Alles piekfein poliert und glänzend, M'lord."

Dair lächelte und in einer Aufwallung, die den Burschen dazu veranlasste, seine Gefühle herunterschlucken zu müssen, drückte er Farriers Oberarm und sagte: „Ihr wart immer für mich da, Mr. Farrier. Ob es darum ging, durch einen Hagel feindlichen Feuers zu laufen, mir zu helfen, aus einem Maleratelier zu entkommen, oder jetzt zuzusehen, wie ich vor den Pfarrer trete. Danke."

„Immer bereit, M'lord."

„Ich wollte Euch beruhigen. Auch wenn ich jetzt heirate und mich auf die Ländereien der Familie zurückziehe, heißt das nicht, dass ich Euch nicht mehr brauchen würde. Ich muss ein Anwesen verwalten und ich brauche jemanden, der mich kennt und dem ich uneingeschränkt vertrauen kann. Eine Art häuslichen Verwalter, der meinen privaten Haushalt führt. Um dafür zu sorgen, dass meine Lady und ich alles haben, was wir brauchen. Manchmal auch, um dafür zu sorgen, dass unsere Familie - und in dieses Wort schließe ich Jamie und die Banks' mit ein - soviel Privatsphäre haben, wie wir benötigen. Mylady und ich sind uns darüber einig und wir möchten beide, dass Ihr diese Aufgabe übernehmt. Das heißt, wenn Ihr dazu bereit seid." Dair lächelte. „Das heißt, wenn Ihr nicht meint, dass eine solche Beschäftigung zu langweilig wäre."

„Es wäre eine Ehre und ein Privileg, M'lord. Habe immer daran gedacht, mich eines Tages auf dem Lande zur Ruhe zu setzen."

Dair lachte, nickte und wurde dann ernst. Etwas anderes belastete ihn noch. „Habt ein Auge auf den Jungen und seine Großeltern für mich. Während sie allgemein willkommen sein werden, gibt es ein paar Leute, die sich nicht freuen werden, sie hier zu sehen." Er dachte insbesondere an seine Mutter und ein paar ähnliche steifnackige Moralisten.

Farrier wusste, dass seine Lordschaft über seinen leiblichen Sohn Jamie und die Großeltern des Jungen, Mr. und Mrs. Banks, sprach.

„Keine Sorge, M'Lord. Ich habe gestern Abend nach ihnen geschaut. Sie haben es sich im *Bull and Feather* nett und gemütlich gemacht. Und heute Morgen hat dann Ihre Gnaden eine Kutsche geschickt, um sie herzuholen, und ich bin mitgefahren."

„Das hat sie getan? Wie nett von ihr. Und von Euch. Danke."

„Und Ihre Gnaden und ich, haben die Köpfe zusammengesteckt wegen der Sitzordnung ..."

„Ihre Gnaden von Roxton und - und Ihr - *habt die Köpfe zusammengesteckt ...?*"

„Verzeihung, Euer Lordschaft - die Herzogin von Kinross. Ihre Gnaden wollten Euch nicht stören. Sagte, Ihr hättet genug im Kopf. Daher wurde beschlossen, dass ich bei Master Jamie und seinen Großeltern in der Kapelle sitzen sollte und später beim Hochzeitsfrühstück mit den Banks', während Master Jamie mit Ihrer Gnaden von Kinross an einem Tisch mit Lord Henri-Antoine, Sir John Cavendish und Lord Alston sitzen wird."

Dair war überrascht, aber auch erleichtert. „Nun, dann gibt es nichts, worüber ich mir Sorgen machen müsste ..."

„Überhaupt nichts, M'lord. Entspannt Euch und genießt den Tag mit Mylady. Das ist alles, was Ihr tun müsst." Farrier grinste. „Ist ja nicht so, als würdet Ihr das jemals wieder tun müssen!"

„Verdammt richtig, Bill! Niemals."

Farrier stand stramm und salutierte vor seinem Major. Dann streckte er seine eine Hand aus. „Ich wünsche Euch beiden alles Glück dieser Welt, M'lord."

Dair gab den Gruß zurück und packte dann die Hand seines Burschen fest. „Ich danke Euch, Mr. Farrier."

„Dair! Dair? He! Fitzstuart!

Die Rufe kamen vom nächsten Treppenabsatz. Es waren Grasby und Mr. Cedric Pleasant.

„Um Gottes willen, Alisdair! Beweg' dich, oder die Braut wird vor uns dort sein!"

Dieser letzte Ausruf kam vom Herzog und ließ Dair, gefolgt von seinem Burschen, sofort die Treppe hinabeilen, unter dem Applaus seines Hochzeitsgefolges.

# DREIUNDDREISSIG

ZUVOR, BEVOR DER HERZOG VON ROXTON SICH DEM BRÄUTIGAM und dessen Gefolge anschloss, um zur Kapelle zu gehen, hatte er sich mit seiner Mutter in die Ruhe der Bibliothek zurückgezogen, seinem liebsten Raum in dem Palast seiner Vorfahren.

Es war für den Herzog tröstlich, von deckenhohen Regalen mit ledergebundenen Bänden und den dazugehörigen Dingen umgeben zu sein, wie sie zu einem so prachtvollen Hintergrund gehörten: Die bemalte Stuckdecke, die großen Zwillingsgloben, einer von der Erde, der andere vom Himmel, der große Mahagoni-Schreibtisch, die bequemen Sofas und tiefen Sessel und die dicken Teppiche. Das erinnerte ihn an seine glückliche Kindheit, wenn sein Vater schreibend an seinem Mahagoni-Schreibtisch saß, seine Mutter zusammengerollt in einem Ohrensessel oder auf der Chaiselongue, immer in eine Wolke von Röcken gehüllt, die Schuhe abgestreift und immer beim Lesen.

Heute war es nicht anders. Antonia hatte ihre bestrumpften Füße auf der Chaiselongue hochgelegt und nippte an schwachem Tee; eine Vision der Schönheit in einem Kleid *à l'anglaise* aus zarter indischer Baumwolle. Doch nie in seinem Leben hätte Roxton sich seine Mutter in dieser Umgebung vorstellen können mit dem Kind eines anderen Herzogs unter dem Herzen und das in ihrem Alter. Er hatte gedacht, sie würde immer mit seinem Vater verheiratet bleiben ... Er vermisste den bissigen Witz seines Vaters und dessen allwissendes Auge, vor allem aber seine Gesellschaft. Er fragte sich, was er von all dem halten würde. Besonders an diesem Tag, an dem ihr Cousin Alisdair in der Familien-kapelle die Enkelin seines besten Freundes aus Eton-Tagen heiraten würde. Er war sicher, dass sein Vater es gutheißen würde, dass seine Patentochter den Major heiratete, und zweifellos einen Witz gemacht hätte, dass sie ihn über ihren Stock hätte stolpern lassen und ihr Cousin sich deshalb kopfüber in die kleine Schönheit verliebt hätte.

Er schüttelte diese rührseligen Gedanken in dem Moment ab, als ein Lakai seine Herzogin einließ. Sein Gesicht verzog sich zu einem Strahlen, als sie mit ihrem vertraut festen Schritt den lang gestreckten Raum entlangkam, prächtig in blauen Damaströcken, ihr dichtes, rotbraunes Haar aus dem Nacken hochfrisiert und mit Perlenketten geschmückt. Sie sah nie anders aus als majestätisch, und wie ihr Schritt verlief auch jede Schwangerschaft selbstbewusst. Er dankte Gott jeden Tag, dass sie gesunde Schwangerschaften und leichte Geburten hatte (wenn eine Geburt so genannt werden konnte), weil sie bei der Geburt oder zu einer anderen Zeit zu verlieren, sein Leben ohne Zweifel sinnlos machen würde.

„Man kann wieder all deine Gedanken an deinem Gesicht ablesen, Euer Gnaden", neckte Deborah ihren Mann und küsste ihn. „Ich habe keine vorzeitigen Wehen bekommen, weil ich mich um Charlotte und Mary kümmern musste, wenn das der Ausdruck in deinen Augen bedeuten soll. Und ich habe es geschafft, sie zum Ankleiden nach oben zu schicken, ohne dass Charlotte verlangt hätte, dich zu sprechen. Und dafür verdiene ich noch einen Kuss ... Danke. Aber jetzt muss ich mich ein bisschen hinsetzen, bevor wir zur Kapelle gehen."

Sie löste sich aus der Umarmung ihres Mannes und ließ sich im nächsten Ohrensessel nieder. Roxton stellte rasch einen Schemel vor sie hin, stellte ihre Füße darauf, zog ihr die Schuhe aus und setzte sich auf den Rand des Schemels, um ihre bestrumpften Füße zu reiben.

„Danke, *maman*", sagte sie zu Antonia, als diese ihr eine Tasse Tee überreichte. Sie nippte am Tee und lehnte sich in die Polster mit einem Lächeln für den Herzog. „Und danke *dir*, Liebster. Du solltest selbst besser auch eine Tasse Tee trinken, oder vielleicht etwas Stärkeres. Ich habe Mary und Teddy eingeladen, hier zu bleiben ..."

„Wann und für wie lange?", unterbrach Roxton.

„... für einen Monat, sobald sie es einrichten können. Teddy ist noch in Fitzstuart Hall und erholt sich von einem Fieber. Nichts Ernstes."

„Einen *Monat*,? Ich glaube, ich werde etwas Stärkeres brauchen! Aber ich freue mich, dass Teddy nicht in Gefahr ist. Wie schade, dass sie nicht bei uns sein kann ..."

Tochter und Schwiegermutter wechselten ein Lächeln auf Kosten des Herzogs, als sie ihm dabei zusahen, wie er sich einen Brandy eingoss.

„Das war nett von dir, Deborah", sagte Antonia, und um ihren Sohn zu necken, fügte sie mit geübter Naivität hinzu: „Aber ist ein Monat lang genug...?"

„Ja! Oh ja, *maman*. Nachdem das Baby in zwei Monaten fällig ist ... Oh! Wie witzig!", fügte er hinzu, als beide Frauen hinter ihren Fächern kicherten.

„*Mon chou*, ich bin sicher, Mary hat ihre Vernarrtheit in dich vor langer Zeit vergessen."

Deb warf dem Herzog einen Blick zu, sprach aber zu ihrer Schwiegermutter. „Ich wäre mir da nicht so sicher, *maman*. Manchmal, wenn sie denkt, dass niemand hinsieht, schaut Mary ihn so an." Sie riss die Augen weit auf und klimperte mit ihren Wimpern in einer übertriebenen Art und Weise, die Antonia kichern ließ.

„A-arme Mary!"

„Hört auf! Beide!", forderte Roxton. Errötend goss er den Brandy hinunter und stellte das Glas ab. „Die arme Frau hat ihren Mann verloren und ist praktisch mittellos. Das Mindeste, was wir tun können, ist, ihr in dieser Umgebung etwas Komfort zu bieten."

„Was für eine wunderbare Idee, mein Lieber", stimmte Deborah zu, und wechselte ein wissendes Lächeln mit Antonia. „Dann werde ich die notwendigen Vorkehrungen treffen und Mary wissen lassen, dass du ihr eine Einladung ausgesprochen hast."

„Du könntest sie hierbleiben lassen und nach Theodora schicken, wenn es ihr wieder gut geht?", schlug Antonia vor. Sie stellte ihre Tasse auf die Untertasse und sah ihren Sohn an. „Ich lasse Mary nach der Hochzeit ein paar Tage bei mir bleiben und dann, wenn wir wissen, dass ihre Tochter auf dem Weg hierher ist, schicke ich sie zu euch zurück."

„Das ist ein großzügiges Angebot, *maman*."

„Es ist nichts dergleichen, Julian", korrigierte Antonia ihn mit einem leichten Lachen. „Ich bin einsam und gelangweilt, und sogar Marys Gesellschaft ist dem vorzuziehen!"

„Ich habe die Zielscheiben zum Bogenschießen für die Kinder auf dem Rasen direkt hinter der Terrasse aufstellen lassen", erwähnte Deb im Plauderton. „Sie werden nach der Zeremonie furchtbar aufgedreht sein, daher sollten sie am besten herumlaufen, während wir das Hochzeitsfrühstück genießen." Sie schaute Antonia an. „Ich dachte, vielleicht kümmern Harry und Jack sich darum, ein Auge auf sie zu haben."

„Nach all den Jahren, während ich sie im Auge behalten mussten, wenn sie Pfeile auf wer-weiß-was und wen verschossen! Lass sie es selbst versuchen, es besser zu machen!", sagte der Herzog, nur halb im Spaß. Er schaute auf die Kaminuhr und dann auf seine goldene Taschenuhr.

„Wir sollten uns besser zum Gehen fertigmachen. Ich weiß, wer so überdreht ist wie eine Uhr in diesem Moment, nämlich Dair. Der arme Kerl ist vor Nervosität völlig erstarrt. Wenn er während der Zeremonie ohnmächtig wird, wäre ich überhaupt nicht überrascht.“

„Und so ist es bei großen kräftigen Männern“, fügte Antonia mit einem Seufzer der Erinnerung hinzu. „Dein Vater war genauso …“

„Was? Papa war starr vor Nervosität bei der Aussicht, dich zu heiraten? Das glaube ich nicht!“

Antonia fuhr hoch. „Julian, glaubst du, ich würde über so etwas lügen? Dein armer Vater war wie ein einziger Eisblock, sage ich dir!“

Roxton lachte und schüttelte den Kopf. „*Mon dieu*, ich wünschte, ich wäre da gewesen, um das zu sehen!“

Antonias grüne Augen funkelten und sie lächelte ein heimliches Lächeln und sagte leise: „Auf gewisse Art und Weise, warst du da, *mon cher*.“

„Oh! Was ich fast vergessen hätte“, sagte Deborah spontan in die Stille zwischen Mutter und Sohn, sodass die Zeit wieder weiterlief und die gerunzelte Stirn des Herzogs sich glättete. Ihr waren die beiden Briefe in ihrer Tasche wieder eingefallen, aber sie wünschte, sie hätte nicht daran gedacht. Sie gab sie ihrem Mann und sagte mit einem besorgten Blick auf Antonia, als Roxton an seinem Schreibtisch saß und die beiden versiegelten Päckchen vor sich legte: „Bitte sag mir, Julian, dass diese Briefe nichts an den heutigen Ereignissen ändern werden; oder am Glück des Paares, das kurz vor der Hochzeit steht.“

Beide Briefe kamen von den westindischen Inseln. Beide waren an den Herzog von Roxton adressiert. Warum beide nach Fitzstuart Hall in Buckinghamshire geschickt worden waren, und nicht hierher, nach Treat in Hampshire, konnte er nur erahnen. Aber beide waren sehr verschieden. Ein Brief war mit rotem Wachs versiegelt, in das das Wappen des Earls of Strathsay gedrückt war, und die Handschrift erkannte er als die seines Großonkels, Theophilus, Earl of Strathsay. Er zögerte nicht, diesen Brief zu öffnen. Er las die beiden Seiten, während seine Frau und Mutter geduldig, wenn auch ängstlich, darauf warteten, dass er ihnen den Inhalt mitteilen würde.

Es war in der Tat vom Earl, und vor etwa sechs Wochen geschrieben. Roxton überflog die Worte und suchte nach Andeutungen dafür, was in dem Brief mit dem schwarzen Siegel beinhalten könnte. Aber es gab keine Erwähnung von Leiden, oder Symptomen von Krankheit, nichts, was darauf schließen ließe, dass der Mann in irgendeiner Weise nicht sein übliches gesundes Selbst war.

Nach der Lektüre gab Roxton ihn Antonia zum Lesen.

Der Brief enthielt Neuigkeiten von der Zuckerplantage, wie es seinen beiden natürlichen Kindern ging, wie stolz er auf die Fähigkeiten seines Sohnes mit dem Cricketschläger war und wie seine Tochter zu einer schönen, gebildeten Frau heranwuchs. Es war sogar die Rede von einer geplanten Familienreise auf den Kontinent, wenn die Zwillinge etwas älter wären, um vor allem Italien zu besuchen.

Nur ein Absatz befasste sich mit seiner legitimen Familie. Und dort auch nur über seinen Sohn Charles, seine Flucht nach Frankreich und seine Entführung einer reichen Erbin. Dair wurde nirgends erwähnt. Tatsächlich war mehr Tinte darauf verwendet worden, die bevorstehende Hurrikansaison zu beschreiben und die besorgniserregenden Nachrichten aus dem Hafen von einem Schiff mit dem Gerücht eines großen Sturmtiefs, das in ihre Richtung käme, als auf seine Familie in England. Und da Dairs Absicht zu heiraten nicht erwähnt wurde, musste man annehmen, dass dieser Brief sich mit Dairs Brief, in dem er seinen Vater über seine Absichten informierte, gekreuzt hatte.

Es war der zweite Brief, der dem Herzog mehr Sorge bereitete, und zwar so, dass er ihn mehrmals in den Händen drehte, bevor er ihn seiner Mutter hinhielt, damit sie ihn anschauen könnte. Der Brief war nicht in der Handschrift seines Großonkels beschriftet und an ihn sowohl wie an Alisdair Fitzstuart, in Fitzstuart Hall, adressiert. Dass er nicht mit rotem, sondern tintenschwarzem Wachs verschlossen war und mit einem Siegel, das der Herzog nicht sofort erkannte, bedeutete gewöhnlich nur eines: einen Sterbefall in der Familie.

Als Antonia das schwarze Siegel sah, sprang sie vom Sofa auf ihre bestrumpften Füße, eine Faust vor den Mund gepresst, um einen Aufschrei zu unterdrücken. Deborah warf einen Blick auf ihren Mann, dann auf ihre Schwiegermutter und sagte laut, was sie beide dachten.

„Du denkst, es ist Lord Strathsay, der - der *tot* ist, *maman*?"

„Julian! Lege diesen Brief in eine Schublade und vergiss ihn augenblicklich!", forderte Antonia. „Öffne ihn nicht. Denke nicht einmal daran. Ich will es nicht wissen, und er, Dair, verdient ausgerechnet an diesem Tag keine so entsetzliche Nachricht, wenn es wahr ist! Das kannst du ihm nicht antun!"

Roxton starrte den Brief mit dem schwarzen Siegel weiter an, und so lange, dass Deborah mühsam aufstand und sich Antonia am Schreibtisch des Herzogs anschloss.

„Maman-Herzogin hat recht, mein Liebster. Dair und Rory verdienen es, dass dies ein Tag der Freude und des Feierns ist."

„Und was ist mit morgen oder übermorgen? Das sollten doch eigentlich auch fröhliche Tage sein, oder?", fragte Roxton. „Wenn ich heute oder morgen nicht das Siegel aufbreche, wann sollte ich es dann tun? Verstehst du meine Lage?"

„Wenn du ihn nicht öffnest, was für eine Rolle spielt das?", fragte Deborah kleinlaut. „Wenn du ihn in eine Schublade legst und eine Woche lang vergisst, was bedeutet eine Woche in Dairs Leben?"

„Eine Woche?", schnaubte Roxton. „In einer Woche wird das Brautpaar auf dem Weg nach Fitzstuart Hall sein. Soll ich es ihm sagen, nachdem er von der Schwaneninsel zurückkommt, oder nachdem seine Frau ihre Majestäten die Talbot Ananas überreicht hat oder vielleicht direkt danach, bevor sie nach Fitzstuart Hall aufbrechen?"

„Julian! Du bist so pedantisch, dass man wütend werden könnte", stellte Antonia zornig fest. „Nicht in einer Woche. In einem Monat. Öffne ihn in einem Monat. Wenn Alisdairs und Rorys Flitterwochen vorbei sind. Diese Zeit kannst du ihnen gönnen. Und du kannst mich für kaltherzig halten, aber was ist ein Monat, wenn es stimmt, dass mein Onkel tot ist? In einem Monat wird er immer noch tot sein! Wir müssen an die Lebenden denken."

Der Herzog unterdrückte die Antwort, dass vor noch nicht sechs Monaten die Toten alles gewesen waren, an das seine Mutter hatte denken können, und jetzt sagte sie ihm, er sollte nur an die Lebenden denken? Er wollte den Brief in die Hand nehmen, aber sie ergriff ihn zuerst.

Antonia war gerade dabei, zu verlangen, dass er ihn wegsperren sollte, als sie merkte, dass etwas anderes als Pergament in dem Päckchen enthalten war. Sie hielt den Brief für einige Momente, drehte ihn in beiden Händen, und dann ließ sie ihre Finger über das äußere Pergament streichen, über die Schnur, die den Brief verschloss und hielt die große Ausbuchtung fest. Es war ein kleines schweres Objekt in ihm verpackt und der Form der Ausbuchtung nach hätte sie vermutet, dass das Objekt ein Ring war.

Wenn es der Ring war, den sie annahm, dann kannte sie ihn gut. Sie hatte ihn am Finger ihres Großvaters gesehen. Der goldene Ring wurde Feuer und Eis der Fitzstuarts genannt und trug einen großen Rubin und einen ebenso großen Diamanten. Es war ihrem Großvater als Baby in der Wiege von seinem Vater Charles dem Zweiten geschenkt worden, um ihn an den männlichen Erben mit dem Titel weiterzugeben. Der Rubin repräsentierte das königliche Blut und der Diamant war unzerstörbar; was bedeutete, dass das Band des Königsblutes zwischen Vater und Sohn, der gesamten männlichen Linie, nicht gebrochen werden konnte, ungeachtet der illegitimen Anfänge.

Erst da, als sie das Gewicht des Rings spürte, traf sie die Ungeheuerlichkeit dessen, was dieser Brief enthielt, so hart, dass sie sich schwerfällig hinsetzen musste. Sie wusste, so sicher, als hätte sie es in Tinte niedergelegt gelesen, dass ihr Onkel, der Bruder ihrer Mutter und Enkel

Charles des Zweiten, tot war. Sie wusste nicht wie oder warum oder wann, aber Theophilus James Fitzstuart, der zweite Earl von Strathsay, weilte nicht mehr unter ihnen.

Doch sie würde an einem anderen Tag um ihn trauern. Nicht heute. Heute war ein Feiertag, weil zwei Menschen, die einander innig liebten, miteinander vereint wurden. Nach allem, was sie wusste, musste ihr Onkel vor mehr als einem Monat gestorben sein, so lange dauerte es, bis Nachrichten aus Westindien nach England gelangte. Welchen Sinn hatte es, seinen Tod an diesem Tag zu betrauern? Und dann? Die Hochzeit würde abgesagt, mindestens verschoben werden müssen, und was würde Alisdair dann zu tun haben? Nach Barbados reisen, um sicher zu sein, dass sein Vater tot war, oder sieben Jahre warten, bis er rechtmäßig für tot erklärt werden konnte? War das eine Art, eine Ehe, ein neues Leben als Mann und Frau zu beginnen?

Und das erklärte Antonia ihrem Sohn und seiner Frau.

Sie erwartete, dass ihr Sohn widersprechen und erklären würde, es wäre unmoralisch, ihrem Cousin eine solche Nachricht vorzuenthalten. Dass er als Oberhaupt der Familie verpflichtet wäre, als Vormund des Fitzstuart-Nachlasses und allen Vermögens, das zu tun, was richtig und anständige wäre, ungeachtet der Folgen. Und das Richtige wäre es, die Familie so bald wie möglich zu informieren. Das Paar würde es verstehen und die Gäste auch. Dair, und vor allem auch die Gräfin und ihre Tochter, hatten alle ein Recht zu wissen, dass der zweite Earl of Strathsay tot war; dass Dair den Titel geerbt hatte und nun der dritte Earl of Strathsay war, und der dritte Viscount Fitzstuart.

Doch der Herzog überraschte seine Mutter.

„Hier, *maman*", sagte er sanft und hielt ihr einen kleinen Schlüssel aus Messing und Emaille an einer kurzen goldenen Kette hin.

Antonia nahm ihn, ohne es zu bemerken, so tief war sie in Gedanken versunken. Als sie merkte, dass sie einen Schlüssel in der Hand hielt, schaute sie ihn mit einem Stirnrunzeln an und fragte sich, was sie damit anfangen sollte. Er sagte es ihr.

„Bewahre ihn auf. Bringe ihn in einem Monat zu mir und dann werde ich meine Schreibtischschublade aufsperren und das Siegel des Briefes erbrechen. Und dann werde ich tun, was immer ich tun muss. *Êtes-vous d'accord, chère mère?*"

Antonia nickte und schlüpfte in ihre Schuhe. Sie verließ die Bibliothek mit ihrem Sohn und seiner Frau, den Schlüssel sicher in einer Tasche unter ihren dünnen Röcken aus indischer Baumwolle verwahrt.

Der Herzog ging mit dem Bräutigam und seinem männlichen Gefolge in die Kapelle. Die Herzogin schloss sich den Gästen an, die sich im Grünen Salon versammelt hatten. Antonia schaute kurz bei der

Braut hinein, um zu sehen, wie die Vorbereitungen in letzter Minute voranschritten. Der Brief mit dem schwarzen Siegel war vergessen, als die ganze Gemeinde mit feuchten Augen lächelnd zusah, wie die schöne Braut sich ihrem gut aussehenden Bräutigam am Altar der Roxton-Kapelle anschloss.

RORY HATTE NOCH NIE ZERBRECHLICH SCHÖNER AUSGESEHEN ALS in ihren rosa-lavendelfarbenen Seidenröcken, das blonde Haar elegant mit Nadeln und Bändern nach oben frisiert, von wo eine Kaskade aus Locken über eine bloße Schulter fiel. Sie trug das Perlenhalsband und das Armband ihrer Mutter und den blass lavendelfarbenen Saphirverlobungsring. Wenn sich an ihrer Garderobe im Vergleich zu dem Abend, an dem Dair sie auf der Treppe in der Gatehouse Lodge hatte sitzen sehen, geändert hatte, waren es ihre Schuhe. Aus dem Haus ihres Großvaters in Chiswick hatte sie ein Paar speziell angefertigte Seidenschuhe mit Ananasmotiven, die auf Rist und Fersen gestickt waren, schicken lassen. Sie passten zu ihrem Gehstock und dem kleinen Ananas-Täschchen, das Edith zu ihrem 21. Geburtstag gehäkelt hatte und das an ihrem Handgelenk baumelte.

Als ihr Großvater sie nach vorn geleitete, um sie neben Dair stehen zu lassen, fragte sie sich, ob er ebenso ängstlich war wie sie. Doch sie konnte es nicht über sich bringen, ihn anzusehen. Die Bedeutung des Anlasses lag ihr schwer auf den Schultern. Und vor ihren Standesgenossen verheiratet zu werden, während aller Augen auf sie gerichtet waren, vor allem auf sie selbst, ließ sie sich schwach fühlen. Sie hielt ihren Blick geradeaus gerichtet und konnte ihre Finger um den Elfenbeingriff ihres Gehstocks kaum fühlen, so fest hielt sie ihn gepackt. Und während sie den Kaplan des Herzogs sprechen hörte, war das Dröhnen in ihren Ohren so laut, dass sie keine Ahnung hatte, was er sagte. Da bezweifelte sie, dass sie die Zeremonie ohne Missgeschick durchstehen würde.

Und dann, in ein paar Sekunden, änderte sich alles. Sie war nicht mehr nervös oder ängstlich.

Dair tastete nach ihrer Hand und drückte sie leicht.

Rory fand endlich den Mut, nervös einen Blick auf ihn zu werfen.

Er lächelte sie an und zwinkerte.

Da erkannte sie, dass er genauso nervös war, und sich doch Mühe gab, es ihr leichter zu machen. Und während sie weiter so feierlich tat, wie die Situation es von einer Braut verlangte, wurde sie von solchem Glück überschwemmt, dass sie innerlich lächeln musste.

Wenig später wagte sie es, ihn wieder anzublicken. Diesmal bemerkte sie seinen bronzenen Seidenrock mit seinem wunderschön bestickten Kragen, die schaumigen Spitzen unter seinem sauber rasierten Kinn und wie sein Haar formell frisiert war, so ganz anders als der Dair, den sie kannte. Doch es war das Band in seinen Haaren, das sie anstarrte, und das ein paar Sekunden lang. Dann schaute sie schnell weg, eine Hand vor den Mund, um ein Schluchzen zu stoppen, aber sie konnte ihre Tränen nicht aufhalten.

Er trug das lavendelfarbene Satinband, das er ihr als Kriegsbeute abgenommen hatte, in der Nacht, als er in Romneys Atelier mit ihr zusammengestoßen war. Sie hatte dieses Band ganz vergessen, er aber nicht. Es war eine so von Herzen kommende Geste, dass sie kaum noch atmen konnte.

Bevor sie wusste, wie ihr geschah, wurde ihr ein Taschentuch in die Hand gedrückt. Sie war von ihren Gefühlen so überwältigt, dass sie davon völlig verwirrt wurde und nicht wusste, was sie damit anfangen sollte. Dann, wie durch Zauberhand, wurde ihr Kinn gehoben und ihre Wangen sanft trockengetupft. Dair ließ das Taschentuch in einer seiner Rocktaschen verschwinden. Dann straffte er die Schultern und nickte dem Kaplan zu, dass er fortfahren könnte. All dies mit einem Minimum an Aufhebens und unter den gemeinsamen Seufzern jeder der anwesenden Frauen.

Braut und Bräutigam überlebten den Rest der Zeremonie ohne Missgeschick. Keiner von ihnen versprach sich. Beide tauschten ihre Gelübde mit klarer Stimme aus. Und der Bräutigam schaffte es, den Ehering zu ergreifen, als Lord Grasby ihn ihm hinhielt. Das schmale, goldene Band glitt leicht über Rorys Finger. Erst da gab es eine Abweichung von der Zeremonie. Dair konnte nicht anders. Als der Ring sicher saß, hob er Rorys Hand und küsste das goldene Band, bevor er ihre Finger mit einem weiteren Lächeln und Zwinkern losließ und sich wieder dem Pfarrer zuwandte. Daraufhin ertönte nicht nur ein erneuter kollektiver Seufzer der anwesenden Damen, sondern einige von ihnen brachen in Tränen aus und schluchzten noch während des gesamten Segens.

Als beide Parteien das Kirchenbuch unterzeichnet hatten und ebenso die Zeugen, drehte sich das frisch verheiratete Paar mit errötendem Lächeln zu ihren Familien und Freunden um. Sie grüßten den Herzog und die Herzogin von Roxton mit Verbeugung und Knicks, dann ebenso die Herzogin von Kinross, die ihnen eine Kusshand

zuwarf. Dann drehten sie sich zur Seite und verbeugten sich und
knicksten vor der Gräfin von Strathsay, die ihre Tränen unterdrückte,
das Gesicht halb in ihrem spitzenbesetzten Taschentuch verborgen. Dair
trat einen Schritt vor, küsste die Wange seiner Mutter und dann auch
die seiner Schwester, bevor er zu seiner Frau zurückkehrte, um das
beglückwünschende Lächeln aller zu empfangen, während sie den Gang
entlang zu den offenen Türen gingen und die Menge geduldig darauf
wartete, sie zu sehen. Vor der Familienkapelle würden sie weitere Glückwünsche von Familie, Freunden und dem herzoglichen Haushalt erhalten, und vom größten Teil des Dorfes, das heraufgewandert war, um
einen Blick auf Braut und Bräutigam in all ihrer Pracht zu erhaschen.

Aber das Paar hatte nicht viele Schritte entlang des Ganges zu den
Türen gemacht, als die neue Lady Fitzstuart anhielt und ihren Ehemann
anlächelte. Die der Braut und dem Bräutigam Folgenden wunderten
sich, warum. Dair nicht. Er küsste rasch die Hand seiner jungen Frau
und trat dann vor, um seinen Sohn zu umarmen. Jamie hielt sich so an
seinem Vater fest, dass Dair klar wurde, wie angespannt der Junge war,
daher gab er ihm einen Moment Zeit. Dann küsste er ihn auf seine
dunkelroten Locken, flüsterte ihm etwas ins Ohr und als Jamie nickte,
ließ er ihn los. Dann streckte er Mr. Banks seine Hand hin und der alte
Gentleman, von dieser Anerkennung ganz überwältigt, ergriff sie fest.
Während der ganzen Zeit weinte Mrs. Banks vor Glück in ihr feuchtes
Taschentuch, und als Dair sich zu ihr beugte, um ihre Wange zu
küssen, und etwas in ihr Ohr zu sagen, was niemand sonst hören
konnte, weinte sie noch mehr und fiel in die Arme ihres Mannes.

Es gab einige Leute in der Gemeinde, die dieses Verhalten ungewöhnlich fanden und schauten, wie der Herzog von Roxton sich dazu
verhielt. Doch der Herzog, wie jeder, der an dieser emotionalen Szene
beteiligt war, hätte sich nicht weniger um das kümmern können, was
andere dachten. Sie waren alle so glücklich. Am glücklichsten waren
Braut und Bräutigam.

Dair und Rory verließen die Kapelle und gingen Arm in Arm in
den Sonnenschein einer strahlenden und von Liebe erfüllten Zukunft,
zwei Seelen jetzt als eine.

Die Roxton Family Saga geht in DIE STOLZE MARY weiter.

Als ich über Behinderung im achtzehnten Jahrhundert recherchierte, insbesondere über Soldaten, die mit einem oder mehreren zerstörten oder amputierten Gliedmaßen aus dem Kampf zurückgekehrt waren, stieß ich auf eine bemerkenswerte kleine Abhandlung mit dem Titel *Über die beste Form des Schuhs* von einem ebenso bemerkenswerten Mann, Professor Petrus Camper (1722-1789), der Professor für Medizin, Chirurgie und Anatomie in Amsterdam und Groningen war.

Was heute selbstverständlich ist (aber von vielen Verbrauchern immer noch weitgehend ignoriert wird), war für die meisten im 18. Jahrhundert eine Offenbarung. Camper kam zu dem Schluss, dass Schuhe in Unkenntnis der Anatomie und des Wachstums des Fußes hergestellt und nach den Absurditäten und Diktaten der Mode des Tages konstruiert wurden. Camper verwendete den Begriff „Opfer der Mode", um Personen zu beschreiben, die eine bestimmte Schuhform trugen, nicht weil es bequem, sondern weil dies modisch war. Er äußerte die Hoffnung, dass aufgeklärte Eltern es vermeiden würden, ihren Kindern „Folter" (sein Wort, nicht meines) zuzufügen, indem sie ihnen erlaubten, Schuhe zu tragen, die zu ihrem Fuß passen, um sich wohl zu fühlen, und lobte aufgeklärte Eltern, die ihren Kindern erlaubten, barfuß im Haus zu laufen und damit den wachsenden Fuß auf natürliche Weise wachsen zu lassen.

Das Buch von Camper enthält ein Kapitel über Klumpfüße und er kam aufgrund seiner wissenschaftlichen Beobachtungen und Erkenntnisse zu dem Schluss (fälschlicherweise, aber für die damalige Zeit aufgeklärt), dass eine solche Deformität beim sich entwickelnden Fötus im Mutterleib entstünde und dass es unwahrscheinlich war, dass sie durch die Verwendung der damals verfügbaren Korrekturvorrichtungen aus Holz und Stahl korrigiert werden könnte; Schuhe, wie die für den normalen Fuß, sollten spezifisch für die Form des Fußes selbst herge-stellt werden.

Die Ergebnisse von Camper waren für die damalige Zeit so bemer-kenswert, dass *Über die beste Form des Schuhs* fast sofort in mehrere europäische Sprachen übersetzt und für die nächsten 100 Jahre als nachdruckwürdig angesehen wurde.

*Erkunden Sie die Orte, Dinge und Geschichte im
Zusammenhang mit* Teufelskerl Dair *auf Pinterest.*
www.pinterest.com/lucindabrant

*Entwurf des Covers - Kostüme, Schmuck, Models und Fotoshooting.
Sehen Sie, wie das Cover entstand.*
www.youtube.com/lucindabrantauthor
www.lucindabrant.com/blog/dair-devil-cover-reveal

Die Roxton Familiensaga wird fortgesetzt mit
*Die stolze Mary*